文学作品が生まれるとき

生成のフランス文学

La naissance d'une œuvre littéraire. Études génétiques en littérature française

田口紀子・吉川一義［編］

京都大学学術出版会

目　次

第Ⅲ部　時代の中での創造

序章　生成論の射程

田口紀子

1　文学作品が誕生するためには

文学作品はいったいどのように生まれるのだろうか。作品の生成過程の研究が、手書きの原稿をはじめとする、印刷稿に先立つすべてのテクスト（創作ノート、メモ、下書き、校正ゲラなど）の分析、という方法を用いて本格的に始まったのは、フランスにおいては一九八〇年代に入ってからである。一般に「生成研究」études génétiques[1]と呼ばれるこの新しい分野はその後急速に進展し、めざましい成果を生むとともに、さらなる技術的な発展を遂げつつある[2]。

しかし一見素朴にも見える、この作品誕生の経緯についての疑問は、じつはそれほど簡単な問題ではない。文学作品がどのように生まれるのかを問うことは、不可避的にさらに根本的な問題へと我々を向かわせる。そもそも文学作品とは何かということ、そしてそのことと密接に関連するが、どこからどこまでが文学的創造行為か、つまり文学的創造行為とは何か、という問題である。

「文学作品」とは何か

まず何をもってあるテクストを「作品」と認めることができるのか、ということは決して自明ではない。現在の我々の常識に照らせば、作者が自らの原稿を印刷された本として出版した段階で、ある文学作品が誕生したことになる。しかし、まず出版物による流通という形態に関しては、ヨーロッパにおいて印刷された書物の形で作品が受容されるのは、十五世紀のグーテンベルクによる印刷術の発明とその普及以降のことである。しかし「文学作品」はそれ以前から存在し、流通していた。作家自身による、あるいは「写字生」copiste などによる手稿を回覧することで、作品は受容されていたのである。

また、作者自身による公刊という点についても、フランス文学から反例をとれば、パスカルの『パンセ』は、作家の死後に草稿の形で残されたテクスト群を、第三者が編集し、出版したものである。パスカル自身がそれらの草稿を完結した「作品」と考えていたという証拠はなく、むしろ多岐にわたる問題を論じた膨大な草稿は、その逆を推測させる。

さらにモンテーニュやバルザックのように、いったん出版されたテクストを底本として、さらなる改稿を行う作家の場合には、どの時点で作品が「完成」したと考えられるのだろうか。作家の死によってテクストの最終段階が否応なく決定されたとしても、それは「完成」したと言えるのだろうか。たとえばプルーストの『失われた時を求めて』は、作家が作品後半のタイプ原稿に手を入れていた途中でその死を迎えてしまったため、そのままの状態で世に問われざるを得なかった。この作品は厳密な意味で完成した文学作品とは言えないのだろうか。

ここで我々が直面しているのは、作品の「完結性」あるいは「閉鎖性」の問題であると言ってもいいだろう。一般的に、作家はある時点で草稿を決定稿として印刷所にまわし、その後校正刷りなどに再び手を入れた後、完成した作品として出版し、公にする。しかしそのテクストが本当に作家が目指した「唯一の」テクストであるかどうかはまた別に問われなければならない。今我々が読んでいる作品は、時間的・経済的事情などのさまざまな偶然によってその生成を止めた「暫定的」なテクストなのではないだろうか。そうだとすれば、その作品は未だ「誕生」していないのではないか。

文学創造の形態

「作家」とその「作品」の関係、つまり文学作品の創造の様態は、古来多様な形をとってきた。

ギリシア・ラテン古代、ヨーロッパ中世においては、作家はまず文章を秘書（書記）に口述筆記させ、それを読ませて口頭で修正したものを清書させることが多く、テクストが出現するまでのほとんどの過程は作家の頭の中で行われていた。そしてその清書されたテクストはさらに書き写されて流通する長い過程で、誤写、脱落、改変、検閲等により変更を加えられ、オリジナルやそれに近い古いコピーの散逸とあいまって、本来の「作品」の形は決定的に失われてしまう。そもそもアリストテレスの『詩学』の本来のテクストそのものなど、今ではどこにも存在していないのである。

さらに、我々が今日フランス中世文学作品として親しんでいる『アーサー王物語』『トリスタンとイゾルデ』あるいは『狐物語』などの伝承、説話文学は、一人の特定の作家によって書かれたものではなく、口承によって伝えられた物語が書き留められ、書き写されて普及することで、今日に残ったものなのである。

従って、草稿の分析による生成研究が可能であるためには、まず特定の「作家」が特定の「作品」を創作し、その正確な複製が量産され（それは通常は印刷された「書物」の形態をとる）、流通するという状況が必要条件となる。グーテンベルクが一四五〇年から一四五五年にかけて聖書の活版印刷を出してからさほどたたないうちに、ヨーロッパ各地に印刷所が開設された。一四八〇年頃からユマニストや学生たちといった顧客に向けてギリシア・ラテンの古典作品が印刷出版されるようになり始める。しかし同時代の作家の作品が印刷され、「商品」として流通するようになるのは、別の言い方をすれば、作家が自分の書いたテクストを「商品」として意識するようになるのは、フランスでは十七世紀以降のことである。[3]

しかし、そのような物理的条件が整ったとしても、「文学的創作」という行為の持つ意味は時代によって一様ではない。たとえば十七世紀古典主義時代にさえ、決定稿としての最終テクストと、それに至るための試行錯誤としての草稿という区別は、一般的ではなかった。もちろんだからと言って、古典主義作家たちが創作行為に無頓着だったわけではない。それどころか、彼らの創作行為はギリシア・ラテンの古典作品の正確な受容と厳密なレトリックに基づいたものであった。このような典拠を前提とした厳密な創作方法が、かえって作家自身のオリジナリティーとその査証である創作過程を重要視しない結果を招いたとも考えられる。自らの創作行為そのものに文学的意義が存在するという自覚は、創作行為の主体としての個人、文学的霊感、個性といった、ロマン主義的文学観の出現まで待たなければならなかった。

したがって、確定されたテクストの流通という物理的条件に加え、作品が作家個人の創造物であるという意識が社会に生まれていることが、草稿分析による生成研究成立の重要な要件である。作家がその作品に対して所有権（しばしば複製権という形をとる）を認められることで、作品創造という行為が文学とそれを取り巻く社会状況の表面に浮上してくるからである。さらにそのような価値観の誕生によって初めて、創造の過程を証言する「草稿」が価値を持つものとして保存されるようになり、作品の誕生の経緯が後世にとって可視的になる。

しかし十九世紀に入っても、印刷所に回された作家の清書原稿さえ、印刷が済んでしまえば用済みとして破棄されることが少なくなかった。[4] フランスにおいて作家が自らの草稿を保存し始めるのは十九世紀前半であり、フランス文学史上、作家が自らの草稿を国家に寄贈したのは、十九世紀の国民的作家、ヴィクトル・ユゴーが最初である。ユゴーは早くから自らの草稿を保存し、亡命に際しては防水加工を施した特別の箱に入れて携帯して、その遺書に自書の草稿すべてをパリの国立図書館に委託する旨を記した。そして一八八五年、作家の葬儀の後、遺言通りその草稿類はすべて国家に寄贈された。作家の原稿は、作家の自筆であるという価値と、天才の創造活動の証拠という価値を持ったものとして、保存に値すると見なされたのである。それ以降多くの作家の原稿や草稿類が、作家自身やその親族によって、さまざまな施設や団体に寄贈されている。

ここまで草稿分析による生成研究の成立条件を考えることで、生成研究の持つ歴史的、文学的意味合いを概観してきたが、草稿の分析だけが作品成立の経緯に迫る方法ではない。仮に草稿分析による作品生成の研究を生成論の内在的アプローチと呼ぶならば、作家の創作活動の外部にあるさまざまな要因の創作への影響を検討する方法も外在的アプローチとして存在しうる。詳しくは次項で述べるが、同時代の文化的、歴史的状況、他の作家や作品からの影響は、作品の成立には不可避であり、このような外的要因からの研究は草稿が十分に残っていない作家の（あるいは草稿研究が進んでいる作家にとっても）創作の秘密に迫るための非常に有効な手段である。

2　生成研究の方法

作品の誕生の経緯を解明しようとする試みは、作家の草稿分析が本格的に行われるようになる以前から存在した。たとえば「伝記的研究」あるいは「モデル探し」と言われる方法はその一つである。この方法は、作品の創造行為の起源を求めてその行為の外部に目を向ける外在的アプローチの一種である。ところが一九六〇－一九七〇年代のフランスにおける構造主義批評によって、テクストの自律性――作品はいったん生み出されると、作者から独立した自らの生を生きるようになる――と「作者の死」が宣言され、このような伝統的アプローチは次第に顧みられなくなった。

草稿研究自体も、当初はテクストの自律性をその自己生成の過程から明らかにするという構造主義的射程を持ったものだった。しかし草稿研究は本来的に作者の書く行為そのものを広義の作品と考え、その行為の持続の中に運動としてのテクストを認めることにつながらざるを得ない。このような観点に従えば、草稿に現れた作家の交友関係や、書簡類、日記に代表される伝記的資料もまた「テクスト」の一部を構成することとなり、実際そのような資料が草稿研究に大きく寄与している。

さらにもう一つ、いわゆる草稿分析とは異なった立場から、伝統的にテクストの生成の問題を探求してきた分野に「校訂版」の作成がある。先にも少しふれたが、作者の生前に複数の版本が存在する場合に、どの版がもっとも作者の最終的な意図を反映したものかを決定するには（残されている草稿がある場合には）草稿の比較検討による年代の決定や、伝記的資料の参照が不可欠であり、それらは草稿分析の手法と重なるものである。現在でも作家によってはテクストの生成研究が校訂版の確定という形をとっているケースが少なくない。

また草稿研究自体も、当初の構造主義的テクスト観を超えて、作者にその作品を返そうとする方向へと転換してきている。そして作品を作家の創作という視点からあらためて見直そうとする試みは、多様な角度から行われるようになった。

以下、現在試みられている生成研究のいくつかの方法について簡単に紹介することにしたい。

草稿研究——草稿の種類と分析方法

一言に「草稿」と言ってもさまざまなレベルのものが存在する。まず執筆以前の調査ノート、ストーリーや登場人物に関するアイデアのメモ、断片的に書き付けられたテクスト等々。この段階ではまだ作品のテーマやシナリオを模索している段階で、いわゆるブレイン・ストーミングにあたる。

次に作家が本格的に作品の執筆にとりかかってからは、詳細なプラン、登場人物のプロフィールに関するメモ、そしてそれと同時に書き進められる本来の「下書き」brouillon。その下書きはさらに書き直され、手を入れられた後に、いわゆる「清書原稿」mise au net が完成する。

その原稿が場合によってはさらに遂行された後に印刷に回されて「棒組校正刷」placards が出てくると、ここでまた加筆・訂正が行われる。さらに「組版による校正刷」épreuves にあたって、作家がさらにテクストに手を入れることは珍しくなく、これらもいわゆる草稿の一種と見なされる。

このような段階を経て作品が「完成」し、(場合によっては途中の時点で雑誌に発表されていわゆる「プレオリジナル」となり、) 最終的に単行本として出版されてようやくテクストが一応の決定を見ることになる。しかしその後も、作家の生前に再版される際には、作家自身によってさらに手を入れられ、変更が加えられることもある事はすでに述べた。作家の死後に作品の校訂版を作る場合には、そのような理由で、初版ではなく、作家が目を通したことがわかっている最後の版を使うことが通例となっている。

さらに付け加えれば、作家の死によってテクストが確定された後にも、ダイジェスト版、教科書版、あるいは子供向けに書き直された版など、作品はその形を変え続けることがある。もちろんこれらは作家の創造行為からははみ出たものであるが、それでもある意味では新しい読者や市場に向けた作品の「生成」であることには変わりはない。

以上のような一連のテクストの生成段階の大部分は作者の自筆によるものであるため、まず草稿研究に必要なことはその解読である。筆跡の読みやすさは作家によって大きく異なり、ネルヴァルやジッドのように美しい筆記体で書く作家もいれば、プルーストやフロベールのように読み取れるようになるまでかなりの習熟を必要とする作家もある。その上、いったん書かれた文字が上から線で消されていたり、作家自身にしか解らない記号や略字が用いられていることがあるうえ、未完結な文章、文法を無視した用法、スペルの間違い等が頻出することを考え合わせると、自筆の原稿を判読してタイプにおこすことがそもそも容易な作業ではない。

その上で、あるいはそれと同時に、草稿の書かれた順序、あるいは年代を推定（できれば確定）する作業が必要である。作家によっては下書きを何度も書き直し、しかもそのたびに異なった媒体を使うことがある。プルーストのような、部分的な書き直しを含めると数え切れない段階を経て最終稿に至る作家の場合は、使われたノートや紙の種類の特定や、切り取られた紙片の切り口の照合、またインクの種類の判別などからその執筆年代を推定するなど、根気と細心の注意を要求する手続きを経なければならない。

このような作業を経て初めて、最終稿の一つのパッセージが、どのような経緯を経て生まれてきたのか、そのような形をとるに至るまでに、作家はどのような選択肢で迷い、何を採り、何を捨てたのかが明らかになる。と同時に、作品の遠く離れた部分が実は創作のある段階では同じテクストを構成していたことが判明することもあり、それによって作品の全体構造の構築の過程の一端が現れてくるのである。[5]

テーマの生成

作家の中には、同一の、あるいは類似したテーマを複数の作品で取り上げる作家が少なくない。ゾラのルーゴン・マッカール叢書に繰り返し現れる狂気のテーマ、モーパッサンの短編に頻出する水と恐怖のテーマ、スタンダールに特徴的な「高い塔」のテーマなど、枚挙にいとまがない。このようなケースでは、作家の中で一つのテーマが想起され、取り上げられ、いくつかの作品の中で形を変えて現れるその有り様を分析することで、特定のテーマがその作家の作品創造においてどのような意味を持っているのかを考察することができる。このアプローチは一つの作品に対して行われていたテーマ分析を、セリー（系列）として一人の作家の創作行為全体に適用するものである。

ある作家に特徴的なテーマはしばしば精神分析批評の格好の対象となって、その作家の創作意欲の根源との深い関わりが明らかにされた。作家に内在する固定観念や強迫観念はしばしば作品を生み出す原動力となるのである。

伝記的要因

「人と作品」と形容される事もあるこのアプローチは、作家の創造の秘密をその作家の伝記的事実から解明しようとする方法で、フランスの近代批評の父とされるサント＝ブーヴから、ギュスターヴ・ランソンへと受け継がれ、フランスの文学批評の一つの時代を築いた。この方法は、もちろん作家に起こった具体的事件がそのまま作品として表象されることを前提としているわけではなく、創造主体である作家の精神がどのようにはぐくまれ、陶冶され、成熟して、作品を生み出すに至ったのかを明らかにすることを目指したものである。

作品の本質に迫るための方法として、本来は社会科学的な実証性を意識していたに違いないこのアプローチも、時代とともに顧みられなくなったことはすでに述べたが、作品が生まれ出る過程に注目したという意味では広い意味での生成研究と考えることができる。作家の書簡に記載された個人的な情報が草稿の年代確定の手がかりとなることは前述したが、また作家の読書や美術展の鑑賞の記録、旅行先での印象、あるいは家族や友人との関係などがどのように草稿に反映しているかは、分析において重要な視点を提供する。作家の生の体験がどのように加工され、作品へと昇華されるかを草稿の中にたどることができるからである。

その意味で伝記的研究は作者の創作活動の解明に欠くことのできない方法だと言っても過言ではない。

社会状況

作家は社会から多様な影響を受けながら執筆する。それは文学運動をはじめとする文化・芸術的流行（たとえばフランス十八世紀後半の異国趣味は多くの架空旅行記を生んだし、十九世紀末のリヒャルト・ワーグナーや二〇世紀初頭のバレエ・リュスに対するパリ市民の熱狂は多くの作家たちに共有された）かもしれないし、社会に大きな影響を与えた政治的事件（フランス革命や、第一次世界大戦、あるいはゾラやプルーストをはじめとして同時代の多くの作家の作品に影を落としたドレフュス事件など）でもあり得る。

もう少し射程を広げれば、そもそも文学作品が誰によってどのように受容されていたのかという文学を巡る社会的状況は、テクストの書かれ方を決定的に支配していた。限られた、おそらく顔の見える読者を念頭に置いて書かれた十八世紀の作品と、不特定多数の読者に向けて出版されるためのテクストとでは、その内容、パラテクストを含めた語りの形式、作者のテクストにおける顕在度は大きく異なるはずである。

同様に、作家の社会的地位（経済的な独立を保証されているのか、それとも国王や貴族の保護のもとで活動するのか）や、創作活動を取り巻く社会状況（たとえば創作と表現の自由はどの程度認められているのか）は、定数として作家の創造行為を規定する。

いわゆる「社会批評」と呼ばれるアプローチは、文学作品がそれを生み出した社会を映し出していることを前提として、文学作品を社会や歴史状況を読み解く鍵と見なすものであり、生成研究とはベクトルが反対だが、文学作品が同時代の社会と無関係に生まれることはあり得ないという共通の認識に立っていると言える。

作家、作品の影響関係

「間テクスト性」[6] intertextualité という考え方によれば、あるテクストは不可避的にそれまで書かれたテクストの書き直しでしかない。それは単に作家が自らの読書体験の影響下に創作するという意味ではなく、同時代の読者（そこには作家自身も含まれる）が共有する文学的遺産の総体の中で創作が行われる、という意味においてである。新しい作品とは、原理的にそれまで蓄積された人類の知の総体の一部が、新たな編集作業によって再構築されたものに過ぎないことになる。

そこまで作家のオリジナリティーや作品固有の価値を否定するかどうかは別として、ある作品が他の作家の書いたものの影響を一切受けずに成立することは事実上あり得ない。作品中に他の作家や作品への言及に出会うことは珍しいことではないし、「引用」「剽窃」「模作」「派生」のような間テクスト的手法はレトリックとして文学作法のレパートリーに組み入れられている。また影響関係のなかに、過去の自作の敷衍、自分の日記や手紙の再利用といった自己剽窃をも含めることができるかもしれない（これは、ある意味で作家の創作主体としての同一性を保証するものである）。

これらの「材料」から作家がどのように新たな作品を創造するかということもまた生成研究の重要なテーマの一つである。

言語学的アプローチ

ソシュール以降の近代言語学は主として音声言語をその研究対象としてきたが、書かれたディスクールとも言える草稿の分析に、言語学の知見からの貢献が期待されたのは当然である。本来創作活動は発話行為の一つの様態であり、残された草稿群は作家の「発話」と考えることができる以上、主体とその発話行為を対象とする言語学の発話論的アプローチは草稿研究に有効な方法論を提供できるはずである。しかし実際にはこれまでのところ、共時（同時性）／通時（歴史性）、統辞（文の諸要素の線的関係）／範列（文の一要素の潜在的候補関係）、といったいくつかの基本的な概念が草稿の分析や整理に用いられた以外は、言語学からの方法論としての寄与は大きくはなかった。

その原因は、言語学的主体としての発話者と、文学的主体である作家の存在論的な違いにあると思われる。もし何らかの発話論的枠組みで、草稿の一つの執筆段階を静的に分析することが可能だとしても、それが草稿であるという事実は、そのテクストが前後の段階との関連性の中で初めて存在論的価値を持つことを意味する。つまり一連の草稿の執筆という発話プロセスをとおして、発話主体である作家の同一性（一貫性）を把握する新たな機能モデルを要求するのが草稿というコーパスなのである。[7]

たとえば「言い換え」paraphraseという現象を考えてみよう。書き直す行為は確かにある種の言い換えと考えられないことはない。しかし「言い換え」の言語学的研究の専門家であるカトリーヌ・フュークス[8]は、草稿を「言い換え」の実践と考えると、創作過程は目的論的な性格をまとわざるを得ないと指摘する。しかし現実には、何を書くかという作家の「意図」そのものが創作の過程で変化しながら次第に明確化されていくのであり、はじめから同一の意図に基づいて草稿が書かれるのではない。したがって草稿という言語活動の主体は言語行為論的には「同一」の主体ではあり得ない。[9]主体そのものが絶えず横に滑り、ずれていくような言語実践を、静的なモデルでとらえることは不可能なのである。

このことは、作家が時間の持続を含みながらも同一の文学的主体であることの不可思議さをあらためて示している。そしてこの同一性は、言語学的に証明される性格のものではなく、発想から資料収集、執筆、校正、最終稿の確定という創作行為全体を、一つの「総合的運動」としてとらえるところからしか把握されない。この草稿を含んだ総合的運動こそが文学作品そのものなのである。[10]言語学的アプローチは静的、抽象的モデルからの逆照射によって、文学作品とその創作主体の持つ言語的「厚み」や固有の存在論的「持続」を明らかにしていると言えるだろう。[11]

3　本書の構成

以上、生成研究のいくつかの方法を概観してきた。そしてその過程で、それぞれの方法論が「作者の死」「間テクスト性」「作品の完結性」「社会批評」などの文学理論の重要なトポスと密接に関連していることを確認することができた。冒頭で述べたように、文学作品がどのように誕生したかを問うことは、文学作品とは何かという問題に我々を送り返すからである。

生成研究はこのような広い理論的射程を持ちうることに加えて、対象とする作家と作家が生きた時代に固有の状況に規定される側面もある。すでにふれたように、作品成立の状況も一様ではないし、草稿が残されているか、伝記的資料が十分参照できるか、などの物質的条件も、作品に適用できる生成研究の方法を大きく左右する。

本書は十六世紀のバイフから二〇世紀のレーモン・クノーまで十四人のフランス文学作家の作品の成立の問題を、それぞれの作家の草稿研究の現状を解説した上で（フロベールに関しては第五章、プルーストに関しては第十五章）、さまざまな方法論を用いて論じたものである。採用される方法は上述のようにその対象であるテクストの成立事情や性格によってある種の制限を受けると同時に、論者の文学観を反映したものでもある。あるいは偏愛の対象であるテクストこそが、読む者の文学観を形成すると言った方が良いのかもしれない。その意味ではここに集められた十八の論考は、作品の生成をめぐる十八の文学的冒険である。

十八編の論考はその採用するアプローチによって大きく四部に分けた。

第一部は、十六世紀の詩人アントワーヌ・ド・バイフ、十七世紀の劇作家ラシーヌ、十八世紀の思想家ジャン＝ジャック・ルソーを例に、作家がその時代に支配的な文学的規範を背景にしながらどのように独創的な創造を行ったかという問題を扱っている。

バイフの場合は、旧約詩篇のヘブライ語原典をフランス語に翻案する作業のうちに、新しいフランス詩の韻律形式が探求され、その試みが作曲家ル・ジュンヌの歌曲の方向性を規定したことを示す。ラシーヌに関しては、ギリシア・ローマの古典作品と当時の文学的記憶、レトリックの伝統をどのようにふまえて独自の創作を行ったのかを明らかにすることで、フランス古典主義における「模倣」と「創造」の関係を考察する。ルソーについては、当時流行していた「描写詩」に現れる自然の表象をふまえて自作における自然描写を行いつつも、そこに独自の人間論を表象し得たことを論じる。

第二部は、あるテーマが作家の創作活動のうちでさまざまに変奏され、転調されることによって、新しい作品が生み出されていく現象を、十九世紀前半のロマン主義の時代に生きたジェラール・ド・ネルヴァル、没個性の美学を追究したといわれる十九世紀の小説家フロベール、十九世紀末の詩人ランボー、二〇世紀を代表する作家アルベール・カミュとレーモン・クノーを例に論じている。

ネルヴァルに関しては、フランスの古い民謡が繰り返し複数の作品に取り上げられながら、異なったコンテクストに置かれることでそのつど作品に新たな意味を付与することが示される。フロベールについては、作家が『ボヴァリー夫人』に登場させた一人の医師の人物造形の過程を草稿に追うことで、医者であったフロベール自身の父親像の反映と見られることが多いこの人物像の揺れが、作家の近代的人間観を反映していることを明らかにする。ランボーの場合は、話者の声、構造、テーマを手がかりに、代表作の一つ『地獄の季節』が実は前年に書かれた一連の詩作で素描されていることを論証している。アルベール・カミュについては、未完の習作『幸福な死』がどのようにその代表作の一つである『異邦人』に変奏されたかを「無為な日曜日」の描かれ方とその作品中での機能について検証する。最後にクノーの「自伝三部作」における「自己」表出の変様を分析することで、クノーが自らの文学の基軸に新たな「叙情性」を回復するその軌跡を跡づける。

第三部は十八世紀の思想家ルソー、二〇世紀初頭の小説家マルセル・プルースト、二〇世紀を代表する思想家、小説家であるジャン＝ポール・サルトルを取り上げ、作家が生きた時代の社会的、文化的状況が作家の創作活動と取り結ぶ緊密な関係を問題にする。

まず、ルソーが当時の音楽論を踏襲しながらも、独自の人間論に結びついたリズム論を展開し、それがルソー独特のリズミカルな文体に結びつくものであることを論じる。次にプルーストが同時代の写真論、特にその芸術性をめぐる議論をふまえて独自の芸術観を練り上げたことを示し、それが小説作品にいかに反映されているのかを検討する。最後にサルトルに関しては、草稿研究の現状を概観した上で、放棄された長編小説『自由への道』を執筆と同時期の作家の自伝的状況の反映として読む可能性を示し、作品放棄はサルトルが執拗に追求した「生きることと書くこと」の乖離の問題と関わる可能性を示唆する。

第四部は十七世紀の思想家パスカル、フロベール、二〇世紀を代表する作家の一人アンドレ・ジッド、プルースト、二〇世紀の詩人、批評家であるポール・ヴァレリー、シュルレアリスム運動の中心的作家アンドレ・ブルトンを例に、草稿や手記の読解がもたらす新たな作品解釈の可能性を示す。

まずパスカルについて、死後残された草稿群が『パンセ』という「作品」として世に問われる複数の経緯と、他者による「編集」行為が浮き彫りにする、草稿テクスト自体がはらむ問題を詳述する。フロベールについては、遺作となった『ブヴァールとペキュシェ』の草稿の検討によって、作家の教育をめぐる批判的知が矛盾をはらむエクリチュールとして形を与えられたことを明らかにする。ジッドに関しては『狭き門』を例に、着想から執筆過程に至る経緯を跡付け、あわせて自筆稿、タイプ稿、校正刷や主要刊本について詳説する。プルーストの場合は、まず草稿研究の概要を解説したうえで、代表作『失われた時を求めて』の重要な登場人物の一人ジルベルトの登場場面とサンザシの花のテーマの変遷を草稿の各段階に追い、習得・発展の物語としての作品の生成との関連を指摘すると同時に、プルーストの小説詩学の暗喩的側面を明らかにする。次にプルーストの『失われた時を求めて』の草稿帳の一冊を取り上げ、作家が採用せずに残した断章を読み解くことで、最終稿では別々に展開することとなる、主人公の恋愛のテーマと印象主義絵画的な事物の把握というテーマとが、創作段階で分かちがたく結びついていたことを示す。ヴァレリーに関しては、作家が残した手記『カイエ』を読み解くことで、ヴァレリーの詩への回帰のきっかけとなった作品『若きパルク』を支えていた独自の詩論を、反射運動、待機、偶然、形式と無定型なものの間の運動などのテーマをたどりながら明らかにする。最後に、ブルトンにとって、手書き文字による草稿が書き写されたテクストに「私」の痕跡としての意味を付与するものであり、その意味で、テクストが「(完成し固定された)作品でないもの」であり続けるために必要な審級であったことを、『秘法十七』を中心に検証する。

あわせて、特に生成研究が盛んな幾人かの作家に関しては「研究ノート」をもうけ資料や研究体制の現状を解説した。また「コラム」として、草稿資料を所蔵する主な図書館や研究センターについて詳しく紹介している。これから生成研究を志す読者の参考になれば幸いである。

最後になるが、この書物は京都大学文学研究科の同僚であった吉田城氏が研究代表者として申請した、日本学術振興会の研究助成プロジェクト「フランス文学における総合的生成研究——理論と実践」（一般研究A）の成果に基づき、さらに何人かの執筆者に特に寄稿を依頼して完成したものである。吉田氏は申請の採択を病床で聞いたのち、まもなく帰らぬ人となった。後を田口が引き継いだが、とうてい吉田氏が意図したようなことはできるはずもなかった。しかし、吉田氏がプロジェクトの総決算として研究計画にその構想を熱く記した「書物」は、多くの方々の協力を得てこのような形で実現することができた。吉田氏亡き後研究班をともに支えてくれた同僚や班員の方々、また今回寄稿してくださった方々に心から感謝しつつ、この本を吉田城氏に捧げたい。

注

1　フランス語では他にも « génétique textuelle »（テクスト生成論）« critique génétique »（生成批評）などの用語を用いるが、« génétique » とはそもそも「遺伝学」を意味する。

2　「写本学」codicologie と呼ばれる手法は、紙やインクの科学的分析によって、ある草稿が書かれた年代の特定を行う。また最近ではレーザー光線とコンピュータを使って、ある作家の草稿が真筆かどうか、真筆とすればどの時期に書かれたものか、また一気に書かれたものか後の加筆を含んでいるのか、などをかなりの精度で確定することが可能になった。さらに作家によっては、草稿の膨大なコーパスをコンピュータ処理し、データベース化して、多くの研究者が共同で分析作業を行う環境が整いつつある。Pierre-Marc de Biasi, « La critique génétique », in *Introduction aux Méthodes critiques pour l'analyse littéraire*, D. Bergez *et al.*, p. 26–28.

3　リュシアン・フェーヴル、アンリ＝ジャン・マルタン『書物の出現　上』、関根素子他訳、ちくま学芸文庫。

4　Louis Hay によれば、作家の草稿を含む文学作品に関する資料が収集の対象となったのは、集団的想像力の中で「作家」のイメージが、偉大な人物の一つのタイプとして出現して以降のことで、国によって時期が異なるが、フランスでは十八世紀の啓蒙の時代からである。しかしこの収集は作家の創作の秘密に迫るためというよりは、むしろ作家の個人的な持ち物などと同様の「聖遺物」としての価値に基づくものであった。*La littérature des Écrivains — Questions de critique génétique*, José Corti, « Les Essais », 2002, p. 65.

5　草稿研究の手法について日本語で書かれたものとしては、次の論考がある。吉田城『『失われた時を求めて』草稿研究』、平凡社、一九九三年、松澤和宏『生成論の探求——テクスト・草稿・エクリチュール』、名古屋大学出版会、二〇〇三年。

6　「間テクスト性」は「テクスト相互性」と言われることもあり、ジュリア・クリステヴァがミハイル・バフチンの「ディアロジスム」あるいは「ポリフォニー」(テクストの中には複数の声が響きあい、対話している)という考え方を文学理論の概念として再提案したものである。クリステヴァは間テクスト性を、作者という主体から独立した、テクスト自体の運動としてとらえているが、テクストの重層性という同じ現象に注目していながら、たとえばジェラール・ジュネットは『パランプセスト』でテクスト相互の関連性の定式化に重点を置いた考察を展開した。またジャン＝ピエール・リシャールは読者による他のテクストの想起という事象に間テクスト性をみている。どのような側面に注目するかによって、間テクスト性という概念の定義は一様ではないが、引用をはじめとする他のテクストへの言及や、パロディーや本歌取りなどの手法、またイタリックを用いた言葉のメタ言語的使用なども含めて考えれば、間テクスト性は文学の基本原理の一つであると言える。

7　Almuth Grésillon et Jean-Louis Lebrave, « Les Manuscrits comme lieu de conflits discursifs », in *La Genèse du texte — les modèles linguistiques*, Fuchs *et al.*, CNRS Éditions, 2003, p. 129–171.

8　Catherine Fuchs, « Éléments pour une approche énonciative de la paraphrase dans les brouillons de manuscrits », in *La Genèse du texte*, *op. cit.*, p. 73–102.

9　*Op. cit.*, p. 87–88.

10　「このように創作プロセスを終わりのない連続的な運動と捉えれば、一見不動に見えるテクストも、実はたえまない生成運動の中にいると言うこともできる。この「ゆらぎ」こそ文学テクストの本質の一部をなすものではないか。」吉田城、前掲書、一二頁。

11　しかし言語学から草稿に迫る手だてがないわけではない。グレジヨンとルブラーヴは、「タブロー＝ポートレート」と「コメント」という概念を使って、ハイネの『ルテツィア』*Lutezia* の草稿の分析を試みている。また草稿を「エクリチュールの異稿《ヴァリアント》」と「再読の異稿《ヴァリアント》」とに分け、複雑で分析が難しい前者に対して、後者を「話者／読者」という対立のパラメータを用いて分析する可能性を示唆している。(Grésillon et Lebrave, *op. cit.*)

参考文献

Jean Bellemin-Noël, *Le texte et l'avant-texte : les brouillons d'un poème de Milosz*, Larousse, 1972.

——, « Reproduire le manuscrit, présenter les brouillions, établir un avant-texte », in *Littérature*, n° 28, 1977, p. 3–18.

Pierre-Marc de Biasi, « La critique génétique », in D. Bergez *et al.*, *Introduction aux méthodes critiques pour l'analyse littéraire*, Dunod, 1996.

——, *La Génétique des textes*, Nathan, 2000.

Raymonde Debray-Genette, « Génétique et poétique : esquisse de méthode », in *Littérature*, n° 28, 1977, p. 19–39 [repris dans Raymonde Debray-Genette, *Métamorphoses du récit*, Seuil, 1988].

Michel Contat dir., *L'auteur et le manuscrit*, PUF, 1991.

Michel Contat, Daniel Ferrer dir., *Pourquoi la critique génétique ? : méthodes, théories*, CNRS, 1998.

Catherine Fuchs *et al.*, *La Genèse du texte — les modèles linguistiques* [préface par Antoine Culioli], CNRS Éditions, 2003.

Marie Odile Germain, Danièle Thibault dir., *Brouillons d'écrivains*, Bibliothèque nationale de France, 2001.

Almuth Grésillon, *Eléments de critique génétique*, PUF, 1994.

Louis Hay dir., *Les Manuscrits des écrivains*, Hachette ; CNRS Éditions, 1993.

——, *La littérature des Écrivains — Questions de critique génétique*, José Corti, 2002.

Essais de critique génétique [postface par Louis Hay], Flammarion, 1979.

Genesis : revue internationale de critique génétique, Éditions des archives contemporaines, 1992–[2009].

Leçons d'écriture. Ce que disent les manuscrits [textes réunis par Almuth Grésillon et Michaël Werner], Minard, 1985.

工藤庸子「草稿を読む」『文学の方法』、東京大学出版会、一九九六年、一九三—二一二頁。

松澤和宏『生成論の探究　テクスト・草稿・エクリチュール』、名古屋大学出版会、二〇〇三年。

吉田城『『失われた時を求めて』草稿研究』、平凡社、一九九三年。

季刊『文学』一九九一年春号——特集「手で書かれたもの」。
季刊『文学』一九九三年秋号——特集「未完の小説」。

第Ⅰ部　規範と創造

第1章　詩人バイフの旧約聖書詩篇翻案の生成——十六世紀における詩と音楽の奇妙な結合

伊藤玄吾

外交官であり優れた人文学者でもあったラザール・ド・バイフの私生児としてヴェネツィアに生まれた詩人ジャン＝アントワーヌ・ド・バイフ（一五三二—一五八九）は、幼いころからギリシア・ラテン語の英才教育を受け、十六世紀のフランスの詩人たちのなかでも特に博学な詩人として知られる。ロンサールらと共にフランス語詩の新しいあり方を追求し、極めて多くの韻律上の実験を行っただけでなく、より正確な音声の表記の為の新しい文字や綴字法の導入を試みた。彼はまた、詩と音楽の理想的な融合を目指して音楽家との共同制作も積極的に行っている。

フランス国立図書館にはバイフ自身の手によって端正に書き記された貴重な手稿群が保存されている。手稿番号一九一四〇としてまとめられているこの自筆資料群には、詩人の四つの重要な作品が含まれている。旧約聖書詩篇の翻案が三種類、そして世俗抒情詩作品集が一つである。[1] われわれはそこにバイフの詩的実験の精髄を目にすることができるが、その多くの部分は印刷に付されることなく手稿のまま残された。ところでこの手稿群の成立についてはある特殊な事情を指摘しておく必要がある。それは、詩人バイフが作曲家のティボー・ド・クールヴィルと共同で企画し一五七〇年に国王シャルル九世より設立許可を得た「詩と音楽のアカデミー」[2]の活動とこれらの手稿テクストが密接に結び付いているということである。このアカデミーは、詩人と音楽家が共同で歌曲作品を作り、会員である聴講者たちの前で、そのために特別に訓練された音楽家たちを使って定期的に演奏させることを目的とした組織であった。[3] そこにおいて詩人は自らの作品を単に読むテクストとしてではなく、曲を付けられて歌われるためのものとして、つまり作曲家との共同作業による歌曲作品として最終的に完成させることを目指したのである。そしてまさにこうした共同制作的な性格がきっかけとなり、それらのテクストの一部はバイフの死後、さらにはバイフと共同制作を行った一人の重要な作曲家の死後、ある数奇な運命を辿ることになった。本稿では、バイフの手稿群の中から旧約聖書詩篇の三種類の翻案テクストをとりあげてその生成のプロセスを分析するとともに、作曲家との共同制作の観点から、つまりは複数の作者による作品の生成という観点からも考察を加えてみたい。

1　旧約聖書詩篇の翻案とバイフ

翻案という仕事

バイフの旧約詩篇翻案作品を論じる前に、まずは「翻案」という語について触れておきたい。本論では、聖書学者による文献学的研究に基づいて原典テクストをできるだけ正確に訳し出すことを最優先するものにのみ「翻訳」という言葉を使い、一方、ヘブライ語の原典テクストへの忠実さを大切にしながらも、難解な箇所をわかりやすく書き換えたり、フランス語の詩や散文として美的評価の対象になるよう文体に工夫をこらしたりした作品群を広く「翻案」と呼ぶことにしたい[4]。

十六世紀のフランスにおいては旧約聖書詩篇の翻案が極めて盛んに行われた。その理由は詩篇というテクスト自体の性格にある。それは信仰の実践と極めて密接に結びついたテクストであり、共同体の礼拝において、また個人の祈りの場において頻繁に読まれ、歌われるものであった。特に宗教改革の時代においては、礼拝の場をより魅力的にそして活力にあふれたものにするために優れた詩篇翻案のテクストが求められた。そして実際に改革派側はクレマン・マロとテオドール・ド・ベーズによる詩篇翻案を音楽付きで普及させることで、多くの信者を礼拝にひきつけることに成功したといわれる。そしてこのことはジャン＝アントワーヌ・ド・バイフをはじめとするカトリックの詩人たちに強い対抗意識を生じさせることになった。

さて、バイフは一五六七年頃から晩年に至るまで、少なくとも四回ほど旧約聖書詩篇の翻案を試みている。ギリシア・ラテン古典詩の韻律法を模倣し音節の長短の組み合わせを基礎とする新しい韻律詩句（vers mesurés）――ここではその性質から「古代風韻律詩句」と呼ぶことにする――を使い、一五六七年七月から第一回目の詩篇翻案を始めるが、一五六九年に第六八篇で中断する（以下これを翻案Ａと呼ぶことにする）。その後もう一度初めから翻案をやり直し、一五七三年十一月二四日に旧約詩篇全一五〇篇の翻案を終えている（以下これを翻案Ｂ（図）とする）。その次には、旧来の韻律法、つまり統一された音節数と脚韻からなる韻律法（vers rimés）

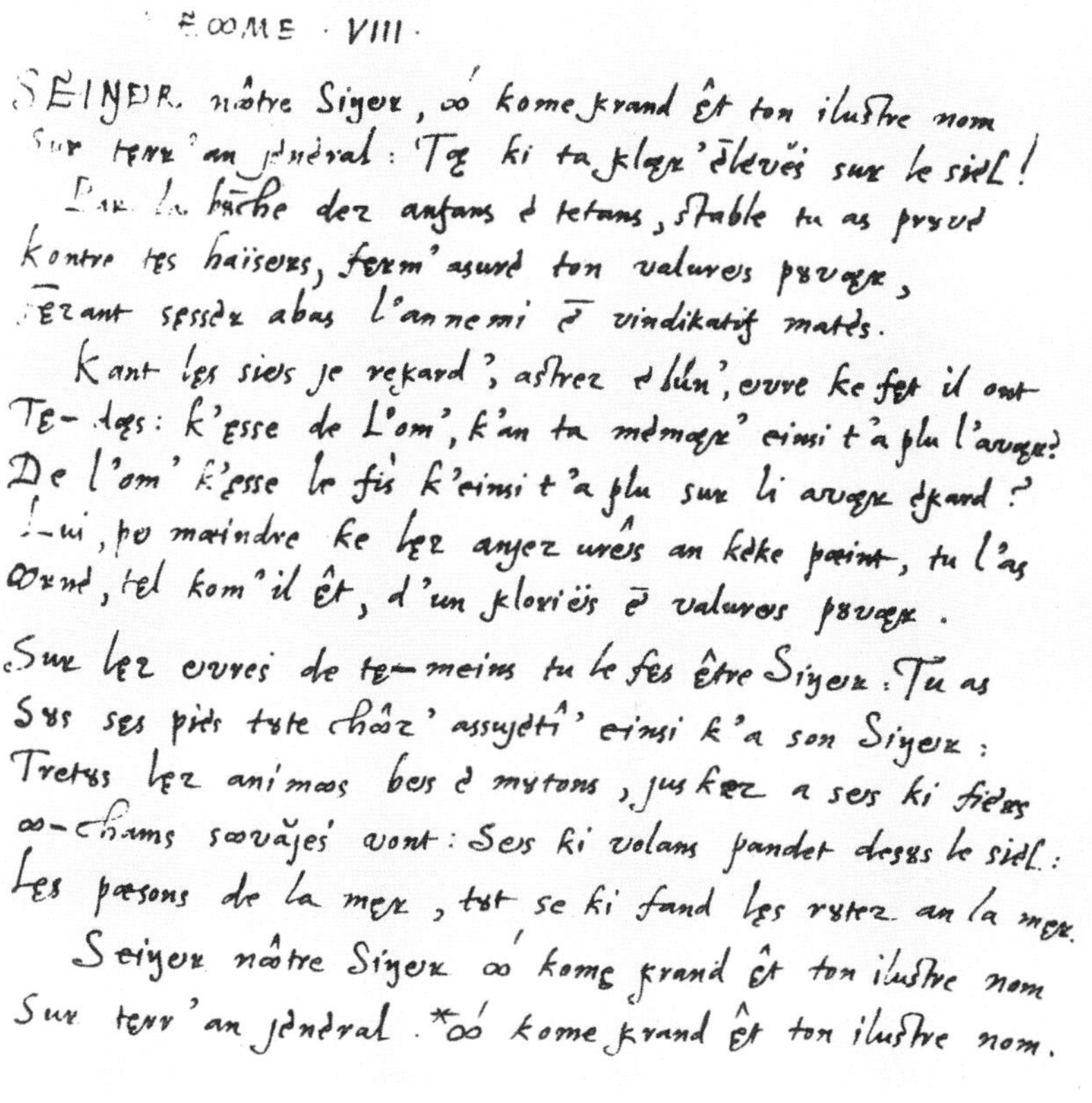
PSEOME · VIII ·

SEINOR nôtre Siyeur, oó kome grand êt ton ilustre nom
Sur terr' an jeneral: Toe ki ta gloer' élevés sur le siel!
Par la bûche dez anfans e tetans, stable tu as prouve
Kontre tes haïseurs, ferm' asuré ton valureus pouvoer,
Fezant sesser abas l'annemi e vindikatif malés.
Kant les sieus je regard', astrez e lun', euvre ke fet il ont
Te-does: k'esse de L'om', k'an ta memoere eimsi t'a plu l'avoer?
De l'om' k'esse le fis k'eimsi t'a plu sur li avoer egard?
Lui, po maindre ke lez anjez urés an keke poeint, tu l'as
Ourné, tel kom' il êt, d'un gloriés e valureus pouvoer.
Sur lez euvres de te-meins tu le fes être Siyeur: Tu as
Sous ses pieds toute chôz' assujetî' eimsi k'a son Siyeur:
Treteus lez animaus beus e moutons, juskez a seus ki fieus
au-chams sauvâjes vont: Seus ki volans pandet desus le siel:
Les poesons de la mer, tout se ki fand les routez an la mer.
Seiyeur nôtre Siyeur oó kome grand êt ton ilustre nom
Sur terr' an jeneral. *oó kome grand êt ton ilustre nom.

図　旧約詩篇翻案Ｂ第８篇（フランス国立図書館蔵）

によって全一五〇編の翻案を行い、一五八七年までにほぼ完成させている(以下これを翻案Cとする)。さらにバイフがラテン語への翻案を行ったという証言が残されているが、現存するのはそのごくわずかの断片にすぎない。[6]

ところで、バイフはなぜこれほど繰り返して詩篇翻案を行ったのだろうか。詩篇翻案という仕事はこの詩人の詩作活動の中でいかなる意味を持っていたのだろうか。この問いに答えるためには、そもそも詩篇翻案が「創作」活動と考えられるのか、もしそうであるなら、それはどういう意味においてであるかを考察することが必要となろう。

「創作」活動としての詩篇翻案

常識的にいえば、何らかの原典の存在を前提とする翻案作品の生成は、一人の作家の独自の創案になる作品の生成とは一応区別して考えるべきであろう。しかしながら十六世紀の文学作品の生成について考えてみると、極めて多くの重要な文学作品が翻案的性格を持っており、作家独自の創案による作品というとらえ方のできるものは決して多くはない。

さらに旧約聖書詩篇の翻案については、この宗教抒情詩が持つ特殊な性格を慎重に考慮に入れなければならない。先にも少しふれたが、旧約聖書詩篇はその性質上礼拝で使用されるものであり、そのテクストは信仰共同体によって読まれ、歌われることを目的として作られている。しかし同時に個人的・内面的な祈りのためのテクストとして極めて私的で孤独な環境において使用されることもある。こうした性格を持つテクストの翻案を行う者には、様々な声が重なりあう場としてのテクストを生み出すことが求められる。つまり、テクストの中に現れる「私」とは、それぞれの詩篇を作った古代の詩人(たち)でもあれば、その詩篇を歌った古代の共同体全体でもあり、また十六世紀においてその翻案を行う詩人の「私」でもあり、その翻案テクストを歌う共同体全体の「私」でもあり、またそれを孤独の中で口ずさむ者の「私」でもあり、さらにはこのテクストを手に取る未来の読者の「私」でもある。

宗教改革の時代において、旧約聖書詩篇の翻案が「今、ここ」における一つの重要な宗教的体験としてとらえられていたことは重要である。翻案者は、古代の詩篇をまさに「生きたテクスト」として同時代の表現空間の中に再生させる役割を担っていた。そのために、原典テクストの凝縮された表現の様々な解釈可能性を探り、彼の生きる時代の政治的・宗教的状況との関連づけを行いつつ、古代の聖典を自らの糧とするため、そして同時代の人々の日々の糧とするための一つの道を示すのである。それは極めて個人的でありながら同時に個人を超えたものを指向している。

当時の様々な詩人の旧約詩篇翻案を比較してみると、それぞれの間には大きな差異があり、そこに各々の作家の翻案の方法やその方向性を明確に見て取ることができる。さらにバイフのように翻案を三回以上も繰り返し、しかもその過程を示す手稿が保存されている場合には、その翻案作品の生成を研究することは、作家独自の創案になる作品の生成の研究に劣らず興味深い作業となろう。

さて、バイフが少なくとも三回、おそらく四回以上旧約聖書詩篇の翻案を行った際の状況については本人の証言、そしてその友人や敵による様々な証言からおおよその流れを推測することが可能である。一五六七年から一五六九年にかけてなされた翻案Aと一五七三年に完成した翻案Bは上で述べたとおり旧来のフランス詩とは根本的に異なる韻律法を用いている。そしてこの新しい試みがティボー・ド・クールヴィルやジャック・モーデュイやクロード・ル・ジュンヌといった当時の作曲家とのコラボレーションを前提になされていることは重要である。この時点ではバイフの新しい韻律法に強い関心を示す仲間が多く存在し、「詩と音楽のアカデミー」を中心として（宗教）改革派に劣らない詩篇歌集を作り上げるための環境が整えられつつあった。しかし一五七二年に起こった聖バルテルミの虐殺事件後の混乱や庇護者であったシャルル九世の死によって「詩と音楽のアカデミー」の活動が滞るとともに、そこで盛んに試みられた新しい韻律法と音楽もその異様さと難解さのゆえにますます人々から敬遠されるようになった。伝統的韻律法の改革を目指し、新たな韻律法の導入をあらゆる側面から試みたバイフではあったが、自分の作品がより広く受け入れられるために、脚韻と音節数をそろえる旧来の韻律法に立ち返ってもう一度詩篇全体を翻案することになり、これが翻案Cとなった。また、断片的にしか伝わっていないラテン語での翻案については、フランス語作品での不人気を挽回し国際的なレベルでの成功を目指した仕事であったことが考えられるが、結局は期待したほどの成果は得られなかったようである。

バイフの旧約詩篇翻案の仕事の背景は以上のように整理できるが、それぞれの作品に一貫して流れる韻律構造への強いこだわりや、音楽との結合の試みなどを考慮に入れると、彼は常に最良の詩篇翻案のあり方を模索していたのであり、手稿として残されている三つの翻案についても、それぞれが独立し完結した作品というよりは、一つの目標に向けての三つの異なったアプローチであったとみることができるように思われる。その点を念頭に置きつつ、実際にバイフの三つの詩篇翻案手稿を比較検討してみたい。

2　バイフの三つの詩篇翻案手稿の比較

韻律の問題

先にも少し述べたが、バイフの三つの詩篇翻案手稿のうち翻案A及び翻案Bは古代風韻律詩句と呼ばれる特殊な韻律詩句を使ってなされている。それはギリシア・ラテン古典詩の韻律法をモデルにしたシステムであり、そこでは各音節の長短を明確に区別し、その長短を一定の法則に従って組み合わせてリズムを作る。この方法はそれまでの伝統的なフランス詩の韻律法、つまり音節数の統一と脚韻を基礎とするシステムとは根本的に異なるものであった。フランス語の通常の音韻システムにおいては母音の長短の正確な区別がそれほど重要ではないことから、一般的にこのバイフの提案する韻律法はフランス語にとって極めて不自然なものであり、はじめから失敗を運命づけられていたとされる。しかしながら十六世紀当時においては、少なからぬ詩人や学者がこの新しい韻律法の導入を歓迎した。そしてそれは当時の人文主義者たちの間で盛んに行われた「詩と音楽の理想的な結合」をめぐる議論によるところが大きい[7]。それによれば、古代の詩には世界に関する最高の知恵が刻み込まれていただけでなく、音楽とも完全に一体であったので、そうした詩句が詩人によって歌われる時には絶大な調和的効果が発揮され、混乱し堕落した世界に良き秩序がもたらされたという。しかし時代とともに詩・音楽・知恵の言葉は分離し、かつて古代の詩が持っていた強大な力は失われてしまった。その古代の詩の力をよみがえらせるために、まずは詩と音楽の新しい結合の可能性を追求すべきであり、その出発点として古代ギリシアおよびローマにおいて詩と音楽の密接な結びつきを可能にしていた優れた韻律法を参考にし、それに倣った効果的な韻律法を新たにフランス語においても作り上げるべきである、という考え方が詩人や人文学者たちに支持された。

　こうして考案された音節の長短の区別に基づく古代風韻律詩句の韻律システムは、朗誦者や作曲家に対しあらかじめ明確なリズム型を提供することになる。バイフは翻案Aの各詩篇の冒頭において、使用した韻律の名称と図式を記述している。[8]たとえば、旧約詩篇第八篇の翻案には以下に示すような短音節と長音節の組み合わせが一貫して使われている（以下∪は短音節を、＿は長音節を、｜は韻律単位の区切りを示す）[9]。

＿＿＿∪｜∪＿＿∪｜∪＿＿∪｜∪＿∪＿

詩人と共同制作を行う作曲家はこの図式に従い、基本的に長音節には短音節の二倍の長さの音符を配置するやりかたで作曲を行う。例えば長音節に二分音符、短音節に四分音符を割り当てることができる。一度そうした枠が決定された後は、単調さを避けるために、四分音符を八分音符二つに置き換えるなどの細分化の操作によって様々なヴァリエーションを作ることができる。[10]

　本来的に音節の長短の区別がはっきりしないフランス語の単語をあらかじめ定められた音節の長短の組み合わせの枠にはめ込んでいく作業は一見不自然であり、それに対する批判は当時から存在した。それに対しバイフはフランス語そのものを新しい韻律に合うように鍛えていかなければならないという考えを抱いていたようである。つまり、こうしたタイプの韻律法は必ずしも自然発生的に生まれるものではなく、ある種の知的な作業の積み重ねの後に獲得されたものと考えていたようである。[11]さらにバイフはそうした新しい韻律法の取り入れを容易にするために、ギリシア文字の筆記体を参考にいくつかの文字を新しく作り、一文字が一音に正確に対応し、特に母音についてはその長短を明確に示すことができる一種の発音記号のような新しいフランス語表記システムを考案している。一例を挙げれば、ギリシア文字のω（オメガ）に似た文字で長い「オー」を示し、oで示される短い「オ」と区別するのである。[12]

一方、翻案Cは旧来の韻律法に従い音節数の統一と脚韻を基礎とする詩句によって作られているが、使用されている有節形式の型が多彩であることをのぞけば、他の詩人たちの作品と比べて韻律上特異な点はそれほど認められない。[13]

バイフの詩篇翻案の方法

十六世紀の他の多くの旧約詩篇翻案との比較においてバイフの三つのヴァージョンの詳細な文体分析を行ったのは、ミシェル・ジャヌレであるが、彼はフランス語詩としての文体美の視点からバイフの作品に対して厳しい点を付けている。[14]そこではまずフランス語の自然な構文を無視した無理な語順が多すぎることが指摘される。これはギリシア詩やラテン詩の語順の自由さに影響されがちなバイフの文体全般に指摘される特徴でもあるが、旧約詩篇翻案においてはそれが極端な形で表れているとジャヌレは言う。そしてその一番の原因は博学な詩人バイフが、あくまでも旧約詩篇のヘブライ語原典テクストの字句に忠実に従おうとしたところにあるという。

ところで、旧約詩篇のヘブライ語原典には古典ギリシア詩のように明確で精密な韻律システムが見られるわけではなく、古来様々な分析の試みがなされてきたものの、唯一研究者の間で一致をみているのは、「構成成分の並行法」Parallelismus membrorum という現象である。それは二つ以上の詩句の中で、使われている音や語の形態そして意味内容について並列、並行関係が見出され、それがある種のリズム感覚をもたらしていると考えるものである。[15]ところで、ヘブライ語原典において頻繁に見られる「並行法」は、必ずしも並べられた要素間の関係を分析的に示すものではないので、それをそのままフランス語に置き換えると極めてぶっきらぼうな感じになる。フランス語は文と文の漠然とした並行関係よりも、それらの間にある論理的な関係を分析し明確に示すことを好む傾向があるために、翻案を行う詩人たちの多くはヘブライ語原典において並列されている詩句間の論理的関連を理由、結果、仮定、対立などに解釈し、それにふさわしい接続詞を補うことで、フランス語として読みやすい文章を目指す。ところがバイフはこうしたプロセスを好まず、ヘブライ語テクストに見られる並行関係の解釈にあまり介入することなく、そのままの形で残すことを好む、とジャヌレは指摘する。

ここで旧約詩篇第八篇を例に、バイフの翻案テクストの特徴を具体的に見て行こう。この詩篇は、敵の迫害を逃れた者が天を仰いで神の業を眺めつつ、人間の存在に思いを馳せ、自らに近い存在として人間を作った神の栄光を称えるという讃歌である。その第四節から第五節のヘブライ語テクストを逐語訳に近い形で日本語に直すと次のようになる。

あなたの天を　あなたの指の業を
あなたが置かれた月や星を　わたしが見るとき
人間とは何なのか　あなたが彼に心を留めるとは
そして人の子とは　あなたが彼を顧みるとは

この箇所に対応するバイフの翻案Aのテクストは次のようになっている。[16]

Quand les cieux je regarde, astres et lune (œuvre qu’a fait ta main)
Mon Dieu, qu’est-ce de nous pauvres humains, nous à la mort sujets
Mon Dieu, qu’est-ce de nous, qu’ainsi t’a plu sur l’homm’ avoir égard

私が大空を、そして星々や月（あなたの手による業）を見つめる時
我が神よ、私たち哀れな人間とは何なのでしょう、死へと定められた私たちとは、

我が神よ、私たちは何なのでしょう、あなたが好んで人間を気にかけたとは。

このテクストは語順に関していくらか無理が感じられる箇所があるものの、十六世紀のフランス語の文章に慣れたものにとっては理解に困難をきたすほどのものではない。また、二行目と三行目の冒頭がそろっていて並行関係がわかりやすい。その一方、ヘブライ語テクストに表れている語句を忠実にフランス語に移しているかというと必ずしもそうではない。二行目において「人間とは何なのか？」という問いを「私たち哀れな人間 « nous pauvres humains » とは何なのでしょう？」と言い換え、さらに「死へと定められた私たち」« nous à la mort sujets » という明らかにオリジナルにはない、儚さの感情に抒情的に訴えるような句を付け加えている。しかしそうした付加を行う一方で、本来ならそこに来るべき「あなたが彼に心を留めるとは」という部分が省略されている。さらに第三行ではヘブライ語原典における「人の子」という極めて旧約聖書的な表現が省かれ、二行目と同じ「私たち」という表現に変えられている。また、その他にも「指〔の業〕」という表現が「手 « main »〔の業〕」へと変えられてもいる。ここにはジャヌレの分析に反して、むしろ旧来の抒情詩の文体や表現に寄り添おうとする傾向を見ることができるように思われる。

次に翻案Bのテクストを見てみよう[17]。

Quand les cieux je regard', astres et lun', œuvre que fait ils ont
Tes doigts : qu'est-ce de l'homm', qu'en ta mémoir' ainsi t'a plu l'avoir
De l'homm' qu'est-ce le fils qu'ainsi t'a plu sur lui avoir égard ?

私が大空を、そして星々や月、あなたの指がお造りになった作品を見つめる時
人間とは何なのでしょう、あなたが好んで彼を心に留めたとは、
人の子とは何なのでしょう、あなたが好んで彼のことを気にかけたとは。

まず二行目において「指〔の業〕」というヘブライ語原典の表現が見られるとともに、翻案Aでは省略されていた「あなたが彼に心を留めるとは」という表現がきちんと登場し、また三行目では「人の子」« le fils de l'homme » という重要表現がしっかりと刻まれている。その一方で、このテクストは翻案Aよりも構文的に錯綜した印象を与える。一行目から二行目にかけての句跨ぎや、二行目と三行目に見られる語順の転倒はまるでギリシア語やラテン語の古典詩を読んでいるような印象を受ける。ここには確かにジャヌレの指摘するヘブライ語テクストへの忠実さと、通常のフランス語構文からの乖離の大きさ、そしてあえて原典の解釈や敷衍を行わないある種の禁欲的な傾向を見てとることができよう。

次に翻案Cのテクストを見てみよう。詩篇第八篇では十二音節詩句と六音節詩句が交差する形で四行一組の詩節が作られ、それが全部で七節ある。比較の対象となる箇所は第四節の二行目以下に対応する。[18]

[...]
Moi je contemplerai des cieux le bel ouvrage
Tel que tes doignts l'ont fait,
La lune et les flambeaux dont tu fis l'équipage.
Qu'est-ce l'homme mortel
Que tu as bien daigné en avoir souvenance ?
Le fils de l'homme est tel,
Et si l'as visité de ta grand providence.

〔……〕
私は、大空の美しき作品を眺める。

あなたの指が造ったその作品を
あなたが従える月やきらめく星々を
死すべき人間とは何なのか
あなたが彼をそれほど心に留めてくださったとは？
人の子はそれほどまでの存在、
あなたがその大いなる摂理を彼に示されたほど。

ここでは「美しき«bel»」業、「死すべき«mortel»」人、というように原典にはない品質形容詞の付加が見られ、また「星」を«flambeau»というような雅語で置き換えている。伝統的韻律法が再び取り入れられるとともに、表現のレベルでも旧来型の抒情性へと歩み寄っているように見受けられる。また脚韻の導入により«ouvrage»と«équipage»、«mortel»と«tel»、そして«souvenance»と«providence»といった単語の響き合いが生まれるが、それは原典にはない響き、また原典にはない観念連想をもたらすものであり、結果的にこの翻案テクストは原典から遠ざかっていく危険を抱えているともいえる。ちなみにこうした傾向は次に示すマロとド・ベーズによる改革派の詩篇翻案においてさらに明確に表れているといえる。

Mais quand je vois et contemple en courage
Tes cieux, que sont de tes doigts haut ouvrage :
Etoiles, lune, et signes différents
Que tu as faits et assis en leurs rangs :
Adonc je dis à part moi, ainsi comme

Tout ébahi, Et qu'est-ce que de l'homme,
D'avoir daigné de lui te souvenir,
Et de vouloir en ton soin le tenir ?

しかし私が仰ぎ、しっかりと見つめる時、
あなたの指のいと高き業である、あなたの大空を
星々、月、様々な天体
あなたが造り、それぞれの位階に従って配置したそれらを。

そのとき私は心の中でつぶやく、驚きで
打ちのめされたように、人間とは何なのか、
あなたが彼に心を留めてくださったとは、
あなたが彼を気にかけてくださったとは。

ここで注目すべきは、後半部の冒頭の二行« Adonc je dis à part moi, ainsi comme / Tout ébahi [...] »「そのとき私は心の中でつぶやく／驚きで打ちのめされたように〔……〕」の部分である。これはもちろん原典にはないもので、翻案者によって追加された、詩篇の語り手の一種のナレーションである。それは語り手の「私」が大空や星や月を眺めるところから「人間とは何なのか」という問いを発するに至るまでの心の動きを解説するものである。こうした追加は、読者や聴衆にとってテクストに感情移入し易い雰囲気を作り出すという点において効果的であると思われる。さらにこの翻案では「人の子」という表現が省かれて「人間とは何なのか」という問い一つにまとめられ、並列的表現としては「心に留めるとは」、「顧みるとは」という部分のみが強調のために残されるが、こうした操作により、マロとド・ベーズの翻案テクストは実に流

れがよく読みやすいものに仕上がっていると思われる。
それに対しバイフは——特に翻案Aと翻案Bにおいて——原典についての解説や整理を避ける傾向にある。むしろそうした操作を加えないことによって、逆に旧約詩篇の世界本来の宗教的な感興や独特の緊張感をよりよく伝えることができると考えていたのではないかと思われる。ここでさらに同じ詩篇第八篇の別の箇所を見てみよう。第六節のヘブライ語テクストは、逐語訳的には次のように示されよう。

あなたは彼を少し低く造った　神よりも[19]
また栄光と栄誉とを　あなたは彼に冠する

バイフの翻案Aの手稿を見ると、この箇所の最初の行に異なる三つの詩句が並べて記してあり、いずれにも削除や選択を示す印が付けられていないことから、バイフ自身でどれにするかを決めかねてそのまま残したものと推測される。[20]

Encores que tu l'aies un petit moins qu'ange démis d'état
moindre créé qu'ange de naturel
un petit moins apetissé que Dieu
De grand gloire et d'honneur, ainsi qu'il est, environné tu l'as

あなたは人を天使よりもほんの少しだけ低い位に置かれたが
天使より本性において少し低いものとして造られたが
神よりほんの少し小さいものとされたが
あなたは、彼を、このように、大いなる栄光と名誉で包んだ。

しかし続く翻案Bにおいては上の三つの詩句はいずれも採用されることがなく、« encores que »「にもかかわらず」という譲歩的接続関係を示す表現も切り捨てられ、全体的に書き直されている。

Lui, peu moindre que les anges heureux en quelque point, tu l'as
Orné, tel comm' il est, d'un glorieux et valeureux pouvoir.

彼〔人〕に対し、満ち足りた天使らより幾らかほんの僅かだけ少なく、あなたは
あのように、輝かしく優れた力をお与えになった。

さらにここでは「ほんの僅かだけより少なく」という部分を詩句の頭の方に持って来て強調するという方向性が見られるが、それは次に示すように翻案Cにおいても引き継がれているように思える。

Un peu moindre qu'un Dieu
Tu l'as rendu, l'ornant d'honneur et gloire grande.

あなたは、彼を神よりごく僅かだけ小さな存在と
なした、大きな栄光と名誉で彼を飾って。

ここでは翻案Bにもまだ少し残っていた« en quelque point »「幾らか」や« tel comme il est »「あの通り」といったヘブライ語原典にない余分な要素が取り払われ、すっきりまとまっている。翻案Cにおいては、翻案AとBの困難な韻律枠を離れて伝統的な韻律法が使われていることで、より自然なフランス語の構文を取り戻し、表現も平明さへと近づいていることは確かであるが、一方でヘブライ語テクストへの忠実性に対するこだわりが消えるわけでなく、それまでの翻案との一貫性を示すような特徴、説明的付加の少なさと並列的表現への好みが見て取れる。ここで例として詩篇一二六番第五節を見

てみよう。ヘブライ語のテクストは、

涙の中で種を蒔く者たちは　喜び声の中で刈り取る

であるが、バイフの翻案Bは次のようになる。

Ceux qui avec des pleurs les tristes semailles auront fait
En fête et joie puis après feront l'août

涙と共につらい種蒔きを行う者たちは、
後には喜び楽しみながら収穫を行うだろう

さらに翻案Cでは余計なものを一切省き、ほとんど格言のような短さにまとめており、ヘブライ語原典に近づいている。

Qui sème en pleur, moissone en ris[21]

涙と共に種蒔く者は、喜びと共に刈り取る

こうした例からも、翻案Cについては、それが旧来の韻律法を使用しているとはいえ全体として決して翻案AやBに逆行するものではなくむしろそれを別の形で引き継ぐものと考えることができる。

バイフのテクストを、上で見たような翻案の複雑な側面をあまり考慮に入れずに単にフランス語の詩句として読んだ場合、構文上、表現上、韻律上の異様さが浮き上がって見えてしまうことは確かである。しかし、それを単にバイフの詩的才能の不足に還元してしまうことは安易すぎるであろう。それよりはむしろ、詩人が従来のフランス語詩とは異なる抒情的表現の世界を開発しようと試行錯誤を重ねていった過程を示すテクストであると考えるのが妥当であると思われる。バイフはこの古代のテクストの文体の喚起する異質性に興味を持ち、そしてそれをフランス語の中にそのまま持ち込むことで、フランス語の空間の中に新しい抒情性と祈りの空間を生み出す可能性を探ろうとしていたと考えられる。現代に生かす、ということは現代人にとってわかりやすい仕方で示す、ということだけではない。古代のテクストの持つ異質性に現代人の目を向けさせ、そこで使われている表現に対する感受性を磨くようにと誘い、そこから古代の霊性の本質的な部分に触れる機会を提供するということも重要である。バイフの詩篇翻案の手稿の中にはそのための絶え間なき努力の跡が刻み込まれているのである。

3 「見出された」バイフの作品

書き換えられたテクスト

バイフの世俗詩作品は生前から様々な作曲家たちによって曲を付され、歌曲集として楽譜付きで出版されている。[22] その一方で、彼が最も力を注いだ仕事の一つである旧約詩篇翻案の試みは期待した通りの成功を収めることがないまま、そのほとんどが生前には出版されずに終わった。しかし詩人の死後十五年以上たったころ、実に奇妙な形でその仕事が世に現れてくることになる。一六〇六年に出版された作曲家クロード・ル・ジュンヌの曲集『古代風韻律詩句による二、三、四、五、六、七声部の旧約詩篇歌集』である。[23] 実はこの曲集は作曲家ル・ジュンヌの死後に遺族や友人によってまとめられ出版されたものである。そして、この曲集の中には、おそらく古代風韻律詩句によるバイフの詩篇翻案をもとに作られたと思われる十七の旧約詩篇歌曲（第一編から十五篇、および第一三〇、一三六篇）が収録されている。[24] バイフのテクストをもとに作られたと思われる、とは当時の重要な証言[25]およびテクストと楽譜の注意深い観察と分析の結果を踏まえてはじめてそう言えるのであって、そうした予備知識なしにこの曲集を手にした場合、そこで目にする詩篇翻案のテクストとバイフの翻案のテクストの間に何らの共通性をも見つけることができないであろう。テクストは実はそこまで徹底的に書き換えられているのである。しかしながら、バイフとル・ジュンヌの関係およびその共同制作の成果としての優れた作品群を知る者は、例の十七篇の作品がバイフのテクストを出発点にしているという説をそれなりの確信を持って受け入れることができる。このル・ジュンヌの曲集とバイフのテクストとの関連をめぐる謎については、バイフ研究の第一人者であるジャン・ヴィーニュとル・ジュンヌ研究の第一人者である音楽学者イザベル・イースの近年の共同研究が興味深い成果を示しているが[26]、ここでは彼らの研究を参考にしつつ筆者自身の観察と分析から得られるものを示していきたい。

バイフとクロード・ル・ジュンヌの関係

この奇妙な共同作品の生成の過程を分析する際に、まずは詩人バイフと作曲家ル・ジュンヌがどのような関係にあったのかについて押さえておく必要がある。先に述べたようにバイフは一五七〇年に作曲家クールヴィルとともに「詩と音楽のアカデミー」を設立したが、そこでは詩のテクストと音楽の調べが密接に結びつくような作品を目指して詩人と作曲家が共同制作を行い、そこで生み出された作品は、そのために訓練を十分に受けた音楽家たちによって、限られた聴衆の前で実験的に演奏されていたらしい[27]。

ルネサンス思想の魔術的側面を詳細に研究したF・A・イェイツやD・P・ウォーカーが指摘しているように、バイフのみならず当時の多くの詩人や音楽家の活動の背景には、詩と音楽の良き結合が作り出すある種の魔術的な調和効果によって、宗教的・政治的に分裂し混乱した世界に再び良き秩序をもたらすことができるという考え方を見ることができる。バイフの活動の独自性は、まさにそのような考え方をアカデミーという機関の設立を通して具体的に実現しようとしたところにあるが、それが可能だったのはバイフにそのような思想を実行に移すための具体的な作詩および作曲上のアイデアがあったからである。それは先に述べた音節の長短の組み合わせを基礎にした「古代風韻律詩句」による作詩であり、そうした詩句を基盤にした作曲であった。あらかじめ長短音節の組み合わせパターンを定めることにより詩句のリズムと音楽のリズムの乖離ができるだけ少なくなるような韻律法および作曲法を目指すバイフに賛同し、早い時期からアカデミーに関わった作曲家の一人がクロード・ル・ジュンヌであった。

彼らの世俗歌曲における共同作業は、のちに発表されるル・ジュンヌの歌曲集「春」*Le Printemps* に代表される新しい韻律歌曲の傑作を生んだが[28]、その一方でバイフがそれに劣らず力を入れていた旧約詩篇翻案に関する共同作業は極めて屈折した過程を経たと考えられる。旧約聖書詩篇は宗教的に最も重要な詩テクストとして、アカデミーの活動にとって最適の素材であったが、バイフがカトリックの詩人であるのに対し、ル・ジュンヌは改革派の作曲家で、マロとド・ベーズによる改革派詩篇歌集に深い愛着を持つ音楽家であった。さらにバイフは自らの旧約詩篇翻案の仕事を「異端」である改革派の詩篇曲集に対抗するものとして位置付けただけでなく[29]、また多くの改革派の人々が虐殺された聖バルテルミの事件を支持する詩をいくつか書いており[30]、こうしたことが二人の共同作業、少なくとも旧約詩篇歌曲に関する共同作業を困難にしたことは想像に難くない。また、そうした状況が深刻化する一五七二年以前に既に完成していた詩篇歌曲があったとしても、ル・ジュンヌは生前それらの作品をそのままの形で世に出すことを好まなかったのではないかと考えられる。

ル・ジュンヌの音楽の中に「見出された」バイフのテクスト

さて、一六〇六年に死後出版されたル・ジュンヌの曲集に使われている旧約詩篇翻案テクストは、先ほども述べたように、一見バイフのテクストとは何の関係もないのではないかと思われるほど異なっている。しかしながら、そこにはバイフのテクストとの決定的なつながりを示す動かぬ証拠がある。それは、この曲集に収録されている曲のうち十七曲のテクストの韻律図式がバイフの翻案Aおよび Bの韻律図式と全く同じであるという事実である。バイフの使う韻律図式は詩篇毎に異なり、その選択は極めて特殊で恣意的なものであるから、別の詩人が偶然それと全く同じ図式を考えて作詩をするということはまずあり得ない。つまり、少なくともこのテクストの下にはバイフの翻案テクストがあり、本来それに基づいてル・ジュンヌが作曲をしていたが、後に別の誰かがテクストの字面だけを変えたということが考えられる。では一体いかなる人物が、どのような動機で、どのようなやり方でテクストの改変作業を行ったのだろうか。

マラン・メルセンヌによれば、その人物はル・ジュンヌと親しい交友関係のあったオデ・ド・ラ・ヌーという改革派詩人である。[31] 残念ながらテクストの字句の改変過程やそれに伴う楽曲の生成過程についての具体的な証言がないため、仮説という形でいくつかの可能性を考察していくしかないが、厄介なことに、十七曲を通じてすべて同じレベルで改変の痕跡が見られるわけではない。その中には、まず先にル・ジュンヌの音楽が出来上がっていてその後でテクストのみをラ・ヌーが書き換えたと考えた方が説得力を持つケースと、逆に、ラ・ヌーのテクストに合わせて音楽も作り換えられたと考えた方が説得力を持つケースが存在する。

ここでは例として再び詩篇第八篇をとりあげ、ル・ジュンヌの音楽およびラ・ヌーのテクストの四行目から七行目とそれに対応するバイフの翻案Bテクストを比較検討してみよう。[32] まずル・ジュンヌの曲とともに印刷されているラ・ヌーのテクストは次の通りである。

Quand au Ciel j'ai les yeux, quand je le vois orné de tant de feux
Brillants, qu'as façonné, Las ! dis-je à part, qu'est-ce de l'homme né,
Qu'en tel soin tu le tiens, Qu'ainsi te plaît l'enrichir en moyens ?

私が目を天に向ける時、それがあなたの造ったあれほど多くの光り輝く星々で
飾られているのを見る時、ああ、私は心の中で言う、〔こうして〕生まれた人間とは何なのか、
あなたがそれほどまでに気をかけ、好んでこれほど多くの力を人間にお与えになるとは。

ここでこの箇所に対応するル・ジュンヌの音楽を分析してみると、ラ・ヌーのテクスト二行目の三音節目から六音節目

« qu'as façonné » に充てられている四つの音符の作り出すリズムと最上声部の音型は、次の行の同じく三音節目から六音節目 « soin tu le tiens » の部分の四つの音符の作り出す音型と極めて類似しており、ある種の呼応関係、もしくは並行性を持ち、類似の要素を別の形で強調、喚起するような潜在的役割を持っているように思われる。そのうえで改めてラ・ヌーのテクストの内容を見てみると、前半が « qu'as façonné »「あなたが造ったところの」、後半が « soin tu le tiens »「〔それほどの〕心遣い〔の中に〕あなたが彼〔人間〕を置いている〔とは〕」であって、両者の間には文法的にも意味的にも何の呼応関係も見られない。一方、この箇所に対応するバイフのテクストは、次のようになっている。

Quand les cieux je regarde astre et l'une œuvre que fait il ont
Tes doignts : qu'est-ce de l'homm' qu'en ta mémoir' ainsi t'a plu l'avoir ?
De l'homm' qu'est-ce le fils qu'ainsi t'a plu sur lui avoir égard

私が大空を、そして星々や月、あなたの指がお造りになった作品を見つめる時
人間とは何なのでしょう、あなたが好んで彼を心に留めたとは、
人の子とは何なのでしょう、あなたがそのように好んで彼のことを気にかけたとは。

先ほど指摘したル・ジュンヌの音楽の特徴的な音型に対応する部分をバイフのテクストの中に探してみると、二行目の三音節目から六音節目にかけては « qu'est-ce de l'homm' »「人とは何ものなのか」、そして次の行の三音節目から六音節目にかけては « qu'est-ce le fils »「〔人の〕子とは何ものなのか」と文法的にも意味的にもはっきりとした呼応関係にあり、ラ・ヌーのテクストよりはるかにぴったりとル・ジュンヌの音楽の構造に一致している。

次にラ・ヌーのテクストの九行目から十行目を見てみよう。

Car bien peu plus petit qu'ange divin ton bras alors le fit

Parfait lors l'achevas, comblé de bien, comblé d'honneur ça bas.

というのも、あなたの腕は彼〔人間〕を天使よりほんのわずかだけ低く造り、
彼をこの下界において幸と栄誉に満ちた者として完成させた。

ル・ジュンヌの音楽では、十行目の後半の« comblé de bien »「幸に満ち」と« comblé d'honneur »「栄誉に満ち」の部分に対応するそれぞれ四つの音符が作るリズムと旋律の流れは類似しており、意味的に並行関係を持つこの箇所のテクストとの対応が良いように思える。しかし、一方でその後に来る« ça bas »「この下界において」という語とのつながりに関してはいささか唐突な感じを拭えず、それはむしろ前半部の« achevas »「仕上げた」と韻を踏むためだけに置かれたように感じられる。さて、バイフのテクストは、

Lui, peu moindre que les anges heureux en quelque point, tu l'as
Orné, tel comm' il est d'un glorieux et valeureux pouvoir.

彼〔人〕に、満ち足りた天使らより幾らかほんの僅かだけ少なく、あなたは
あのように、輝かしく優れた力をお与えになった。

となっており、四つ並んだ音符が作る類似音型の第一番目の音符を省いた残りの三つの音符にそれぞれ« glorieux »「栄光に満ちた」および« valeureux »「力強き」という品質形容詞が対応し、ラ・ヌーの当該箇所に比べ一音節分少ないとはいえ、この二つの形容詞の間に明確な並行関係がみられ、さらにはこの二つの形容詞がこの行の最後に来る« pouvoir »「権能」という単語につながり、意味的にも構文的にもより効果的な終結部を作りだしていると考えることができる。

このように、ル・ジュンヌの曲の中に見られる類似のリズムや音型の繰り返しがラ・ヌーのテクストよりもむしろバイ

フのテクストの構文および意味上の並列・反復構造とよりよく対応しているケースを少なからず指摘することができる。そしてこのことはル・ジュンヌの曲がまずはバイフのテクストを念頭において作られたのではないかという仮説を立てる際の重要な根拠となる。

しかし、残念ながらこれで完全に謎が解けたわけではない。バイフのテクストをもとにしていると思われる曲、つまりはバイフのテクストと同じ韻律図式を持つ十七の詩篇歌曲のうち、ル・ジュンヌの曲が完全にバイフのテクストにぴったりと寄り添っているとは言えないものも何曲かある。この曲集の中でバイフのテクストと関わりのある作品は詩篇第一篇から十五篇までの十五曲および第一三〇篇、第一三六篇の計十七曲であるが、そこで使われている作曲方法は大きく二つに分けられる。まずは通作形式、つまり詩句の全体にわたっていちいち音楽が付けられているものである。詩篇一、二、三、六、八、十、十三、十四、十五、一三六篇の全十曲がこの形式によって作曲されている。次に有節形式、つまり詩の全体にわたってではなく最初の詩節にのみ音楽が付けられ、残りの詩節についてはその同じ音楽が繰り返されるという形式で作曲されているのが詩篇第四、五、七、九、十一、十二、一三〇篇である。ところで実際にバイフのテクストとこれらの曲を突き合わせてみると、通作形式の方はバイフのテクストと音楽がずれることがなく、ぴったりとおさまる。しかし、有節形式の作品のほうではずれが生じている。例えば、詩篇第四篇のバイフのテクストは四行からなる詩節が全七節あり、全体で二八行から構成される。ところが一六〇六年のル・ジュンヌの曲集では、この曲は音楽的には詩句八行分で完結する音楽が四回繰り返される構造を持っており、結果的に全体で三二行分の詩句が歌われることになる。ラ・ヌーのテクストはもちろんそれに対応して三二行の詩句が作られているが、一方バイフの二八行しかないテクストをル・ジュンヌの音楽に合わせて歌うとすれば、四行分の音楽が余ることになる。解決法としては、バイフのテクストの最後の四行を歌わないということが考えられるが、それだと詩篇全体の意味が完成しない。またバイフのテクストが終わった時点で曲を終える、ということも考えられるが、それだと音楽的に不自然な印象を与えてしまう。もう一つの可能性として、残った最後の四行分の音楽を繰り返し演奏することで曲の終結部であることを強調するという方法もあるが、結局それも不十分な解決法であり、ここから少なくとも有節形式の曲に関してはル・ジュンヌがある程度バイフのテクストから離れて作曲したことが考えられる。

こうして見てくると、ル・ジュンヌの曲集の基礎にバイフとの共同作業による作曲過程があったが、通作形式の曲についてはその後あまり手が入れられず、逆に有節形式ではかなり大きな修正が行われたということが考えられる。もちろんル・ジュンヌが有節形式については現存する手稿テクストとは多少異なるバイフのテクストによって作曲したという可能性も考えられるが、その異なるテクストそのものが残っていないため証明不可能である。また、初めはバイフの手稿テクストから出発したものの、有節形式の楽曲として作っていく過程で曲が伸び、それに合わせるためにラ・ヌーがテクストを膨らませたという可能性もある。さらにはもちろんラ・ヌーとの共同作業もしくはラ・ヌーによるテクスト改変の後にル・ジュンヌがそれに合わせて新たに作曲し直したという仮説も一応はなりたつが[33]、実際にこの曲集に見られる音楽とラ・ヌーのテクストのいささか不十分な関係を考えると、そうした共同作業がすべてにわたって体系的に行われたようには思えない。

ここでもう一つ重要な問題は、なぜテクストの改変が行われたかである。最も単純な考え方は、カトリックであるバイフのテクストをより自分の宗派に近いものに、つまり改革派色の強いものにしようとした、というものである。しかし、実際には宗教的立場の相違を明らかにするに足るだけの違いをラ・ヌーとバイフのテクストの間に見つけることができないので、この説明は十分とは言えない。またもう一つの考え方としては、古代風韻律詩句が時代の好みに合わなくなったので、人々にとってより親しみやすい翻案作品にするために、テクストをできるだけ旧来の詩の韻律や文体に近づけたという考えであるが、これはそれなりに納得のいく穏当な解釈である。具体的には脚韻を導入することや(これはバイフ自身が翻案Cでいくらか試みていることでもある)、細部の表現を徹底的に変更することである。バイフのようにヘブライ語にならって並行法を多く用いたり、抽象語を避けて単純な語を多用したりするのではなく、論理的な構造を持つよりフランス語らしい構文を用いることになる。その結果として句跨ぎは減り、詩句の韻律上のバランスが良くなるとともに、原典についての解説的な要素を付け加えたわかりやすい翻案となる。

とはいえ、このテクストの改変がどれだけ作曲家ル・ジュンヌのイニシアティブもしくは同意のもとに行われたかということになると、全くのところ謎である。いずれにせよ、ル・ジュンヌの死後しばらくして出版されたこの曲集に収録されているすべての曲について作曲家が生前にテクストとの関わりを踏まえて十分に手を入れ推敲を重ねていたとは考えにくい。結局現在のわれわれが手にすることができるのは、詩人にとっても作曲家にとってもその生成のプロセスが本当の意味では完結していない状態のまま残された作品群なのである。

以上のようにル・ジュンヌの詩篇曲集の生成過程は複雑であり、バイフ、ル・ジュンヌおよびラ・ヌーという作者それぞれの創作活動が複雑に絡み合っている。バイフの試みから生まれた古代風韻律詩句のシステムがル・ジュンヌの作曲の方向性を規定し、さらにそれをもとに別の詩人がテクストを書き換えるという過程を経て最終的にわれわれの手元に残った作品はいったい誰の作品であると言えるのだろうか。

古代風韻律詩句という韻律形式の拘束力の大きさ、そしてそれと音楽との結びつきの強さを考えると、ル・ジュンヌの詩篇歌曲集においてはバイフの試みが決定的な基盤をなしていることは間違いない。しかし、それを受け継ぎ一六〇六年の出版へと導いた者たちはバイフの築いた新しい基盤の上に立ちつつも、バイフ的な古代嗜好や原典嗜好から離れ、同時代のフランス語との調和を考え、より多くの人に理解され歌われるような新しい詩と音楽の展開を目指したのである。

世俗作品とは異なり、そもそも詩篇の翻案において重要なのは翻案者個人の名を残すことではなく、後世に向けてより優れた信仰実践のテクストを残すことにある。そうした意味で旧約詩篇の翻案の仕事は様々な新しい翻案者たちによって引き継がれ、書き換えられていくものである。バイフのテクストが辿った運命も、そうした背景の中にあっては決して奇妙なものではないかもしれない。確かにル・ジュンヌの旧約詩篇歌集のテクストの作者は常識的に考えればラ・ヌーの方であり、バイフであるとは言えないだろう。しかしそのテクストと楽譜の関係を十分に分析するなら、この旧約詩篇歌集の奥にバイフという一人の翻案者の「創造」性豊かな仕事が深く刻まれていることに気付くであろう。

注

1　この手稿群の一部のファクシミリ版が、Jean-Antoine de Baïf, *Étrénes de poézie fransoeze an vers mezurés (1574)*, *Psautier en vers mesurés. Manuscrit B. N. ms. fr. 19140*, Genève, Slatkine, 1972 および、Bibliothèque Nationale, *Les plus beaux manuscrits des poètes français*, Robert Laffont, 1991, p. 104 に収録されている。

2　バイフの「詩と音楽のアカデミー」に関する研究としては、F・A・イェイツ『十六世紀フランスのアカデミー』、高田勇訳、平凡社、一九九六年のほか、Édouard Frémy, *Origines de l'Académie française : l'Académie des derniers Valois, Académie de poésie et de musique, 1570–1576, Académie du Palais, 1576–1585, d'après des documents nouveaux et inédits*, E. Leroux, 1887 (Genève, Slatkine Reprints, 1969)、最近の研究成果を集めたものとしては M. Deramaix, P. Galand-Hallyn, G. Vagenheim, J. Vignes éds., *Académies italiennes et françaises de la Renaissance : idéaux et pratiques*, Genève, Droz, 2007 が重要である。

3　シャルル九世によるバイフのアカデミーの勅許状と会則には、「詩と音楽のアカデミー」の基礎となる思想、つまり優れた詩と音楽の結合によって世界の調和を回復するという古代の音楽理論に想を得た魔術的思想が見られる。F・A・イェイツ、前掲書、五七八―五八三頁参照。

4　単なる学問的な注解とは異なり、一方全く自由な創作とも異なるこうした仕事を示すのにふさわしい十六世紀のフランス語はおそらく paraphrase である。もちろん優れた「翻訳」と優れた「翻案」の境界は時に曖昧であることはいうまでもない。十六世紀における paraphrase という用語に関する詳しい議論は *Les Paraphrases bibliques aux XVIe et XVIIe siècles*, textes réunis par Véronique Ferrer et Anne Mantero, Genève, Droz, 2006 の各論文、特に Michel Jeanneret の論考を参照。

5　マロとド・ベーズによる改革派の代表的な楽譜付きフランス語旧約詩篇のファクシミリ版は、Clément Marot et Théodore de Bèze, *Les Psaumes en vers français avec leurs mélodies*, Facsimilé de l'édition genevoise de Michel Blanchier, 1562, Genève, Droz, 1986。宗教史や音楽史においてこの改革派詩篇歌集の成功が強調されることが多いが、その成功についての誇張されたイメージとは裏腹に、その詩篇歌集が実際に浸透していく過程にはそれなりの困難があったことを指摘する研究もある。Robert Weeda, *Le Psautier de Calvin*, Turnhout, Brepols, 2002 参照。

6　十七世紀のミニム会修道士マラン・メルセンヌ神父は『創世記についての質疑応答』の中でバイフのラテン語による詩篇翻案の存在を示唆し、そのテクストをジャック・モーデュイの曲と共に引用している。Marin Mersenne, *Quaestiones celeberrimae in Genesim...*, Cramoisy, 1623, col. 1581, 1605–1606 および Mathieu Augé-Chiquet, *La vie, les idées et l'œuvre de Jean Antoine de Baïf*, 1909 (Genève, Slatkine, 1969), p. 480 を参

照。

7　ルネサンス期の詩と音楽に関わる思想を整理した基本文献としてはF・A・イェイツ、前掲書およびD・P・ウォーカー『ルネサンスの魔術思想』、田口清一訳、筑摩書房、二〇〇四年を参照のこと。

8　翻案Aで使用された韻律図式はそっくりそのまま翻案Bにも引き継がれている。

9　バイフはこの型をOde monocole d'antispastiques tétramètres non cadansés「アンティスパストス（短長長短）完全四詩脚による独立詩句からなる頌歌」と名付けている。

10　こうした処理の様々なヴァリエーションは、バイフの古代風韻律詩句の作品に曲を付けたジャック・モーデュイ、クロード・ル・ジュンヌらの楽譜の中に見ることができる。特に以下の楽譜集を参照のこと。Jacques Mauduit, *Chansonnettes mesurées de JAN-ANTOINE DE BAÏF mises en musique a quatre paties...*, A. Le Roy et R. Ballard, 1586（現代譜にしたものは、Henri Expert, *Les Maîtres Musiciens de la Renaissance Française*, t. 10, A. Leduc, 1900）; Claude Le Jeune, *Le Printemps de Claud. Le Jeune, Natif de Valentienne, Compositeur de la Musique de la chambre du Roy à 2, 4, 5, 6, 7 et 8 parties*, La Veufve R. Ballard et son fils Pierre Ballard, 1603（現代譜にしたものはHenri Expert, *op. cit.*, t. 12–15, A. Leduc, 1900–1905）。

11　バイフは一五七四年に出版された『古代風韻律詩句によるフランス詩の捧げもの』*Étrénes de poézie fransoęze an vers męzurés* に収録された詩の中で、ギリシア人やローマ人もかつてはフランス人と同じように脚韻を響かせる単純な韻律法しか知らなかったが、ある時以来ギリシアの勝れた詩人＝音楽家が音節の長短の区別を基礎とする古典詩の韻律を作り上げ、それがギリシアの文芸に栄光をもたらしたと述べている。Jean-Antoine de Baïf, *Euvres en rime*, éd. Marty-Laveaux, t. 5, Alfonse Lemerre, 1881–1890, p. 300.

12　この新しい文字システムの詳細はMathieu Augé-Chiquet、前掲書、三四七—三五五頁参照。このシステムを使って印刷されたテクストは当時の読者にとって読みやすいものとはいえず、不評であった。本稿ではテクストの引用の際にこの新しい文字システムは使わず、韻律法上もしくは解釈上の不都合が生じる場合を除き、できるだけ現代フランス語の綴りに直して引用する。

13　翻案Cで使われている韻律図式は、*Le Psautier de 1587*, éd. critique de Y. Le Hir, PUF, 1963で整理、分析されている。

14　Michel Jeanneret, *Poésie et tradition biblique au XVIe siècle*, José Corti, 1969.

15　例えば詩篇第一篇の第一節「不法者らの集いに行かず　罪人らの道に立たず」では「不法者らの—罪人らの」、「集いに—道に」、「行かず—立たず」というように文法レベルそして意味レベルでの並行法が見られる。

16　このテクストはすでに述べた通り、次のような韻律図式に従って作られている。

— — — ∪ — ∪ — — ∪ — ∪ — — ∪ — ∪ — ∪ —

17　翻案Bの各詩篇の韻律図式は翻案Aと全く同じものである。

18　この第四節の第一行目は、節跨ぎによって直前の第三節に組み込まれる。第三節から第四節第一行までのテクストは次のようになっている。

Le los de ton pouvoir,

La bouche des enfants qui sont à la mamelle
Le fait ouïr et voir
Davant tes ennemis, pour dompter le rebelle,

Et le vangeur défait.
[...]

あなたの力の偉大さは
乳飲み子たちの口が
それを耳に響かせ、目に明らかにさせる、
あなたの敵たちの前で、逆らう者たちを屈服させるために。

そして報復する者たちを打ち負かす。
〔……〕

19　ここで「神」と訳しているヘブライ語の単語「エロヒーム」は一人の「神」を示す語でもあるが、文法的には複数形であるところからこれを「天使たち」とする解釈も古来存在する。新約聖書の「ヘブライ人への手紙」第二章七節においては、後者の解釈を採る旧約聖書ギリシア語訳からこの箇所が引用され、「あなたは彼を天使たちよりもわずかの間低いものとされた」となっている。十六世紀にはこの点をめぐってエラスムスとルフェーヴル・デタープルの間に文献学的・神学的論争があった。

20　もちろんこの三つの詩句は前注で述べた原典テクストの二つの解釈可能性を反映していることに注意したい。

21　マロとド・ベーズによる改革派詩篇曲集のテクストは次のようになっている。

Ceux qui avecques larmes d'œil
Auront semé, perdront le deuil,
Se trouvant joyeux et contents,
Quand de moissonner sera temps.

目に涙を浮かべ
種を蒔く者たちは、もう悲しむことはなくなるであろう、
喜びに包まれ、満ち足りて、
収穫の時が来れば。

22　バイフの作品が収録されている曲集の詳細なリストは、Jean Vigne, *Bibliographie des écrivains français, Jean-Antoine de Baïf*, Memini, 1999, p. 54–69 参照。ただし歌詞の作者としてバイフの名が記されていないものが他にも様々な曲集の中に散在していると考えられ、その網羅的な調査は容易ではない。

23　Claude Le Jeune, *Pseaumes en vers mezurez mis en musique, à 2, 3, 4, 5, 6, 7, et 8 parties*, Pierre Ballard, 1606. 現代譜に直したものが、H. Expert, *Les Maîtres Musiciens de la Renaissance Française*, t. 20–22, A. Leduc, 1905–1906 として出版されている。さらにはル・ジュンヌ研究の第一人者であるイサベル・イースが最新の研究成果を織り込んだ批評版出版に向けて準備を進めている。

24　この曲集には他にアグリッパ・ドービニェによる詩篇翻案をもとにしたものが二曲、作者不明の詩篇翻案が他に二曲、さらにはラテン語によるものが三つ、そのほかおそらくドービニェの手になると思われる詩篇翻案以外の宗教歌曲が三つ含まれている。

25　M. Mersenne, *op. cit.*, col. 1605.

26 Isabelle His et Jean Vignes, « Les paraphrases de Psaumes de Baïf, La Noue et d'Aubigné, mises en musique par Claude Le Jeune (1606) : regards croisés du musicologue et du littéraire », in *Les Paraphrases bibliques aux XVIe et XVIIe siècles*, textes réunis par Véronique Ferrer et Anne Mantero, Genève, Droz, 2006.

27 F・A・イェイツ、前掲書、第三章および付録Ⅰとして収録されているバイフのアカデミーの勅許状と会則を参照。

28 *Le Printemps de Claud. Le Jeune, Natif de Valentienne, Compositeur de la Musique de la chambre du Roy à 2, 4, 5, 6, 7 et 8 parties*, La Veufve R. Ballard et son fils Pierre Ballard, 1603. この作品の演奏の録音をCDで聴くことができる。Ensemble Jacques Feuillie, *Claude Le Jeune. Le Printemps*, Arion, 1995 ; Huelgas Ensemble, *Claude Le Jeune. Le Printans*, Sony Classical, 1996.

29 バイフの翻案Aの手稿の最初の頁には「異端者たちの詩篇に対抗して、良きカトリック教徒たちの役に立つよう書き始められた詩篇」とある。また、一五七三年に教皇グレゴリウス十三世宛ての書簡の中でも同じ意図を表明している。L. Dorez, « Une lettre latine de J. -A. de Baïf », in *Revue d'Histoire littéraire de la France*, I, 1894, p. 159–161 を参照。

30 中でも王母カトリーヌ・ド・メディシスに宛てたオードが有名である。Jean-Antoine de Baïf, *Œuvres complètes*, I, éd. Jean Vignes, Champion, 2002, p. 445–446.

31 Mersenne, *op. cit.*, col. 1605. メルセンヌは改革派＝「異端」の詩人ラ・ヌーによるこの改変作業に注意を促している。このメルセンヌの証言を覆すような資料はなく、むしろル・ジュンヌとラ・ヌーの親密な関係を示す資料、それからラ・ヌーが他にもテクストの「書き換え」に手を染めたことを示す資料もあるため、この詩人がこの詩篇翻案テクストの改変に関わったことを否定する研究者はほとんどいない。詳しくはIsabelle His および Jean Vigne の前掲論文を参照のこと。

32 ル・ジュンヌがバイフとの共同作業を行ったとすれば、年代的にも質的にも翻案Aよりも翻案Bのテクストの方であると思われる。

33 ル・ジュンヌの宗教曲の研究を行ったドナ・ラモートは、ル・ジュンヌとラ・ヌーが「共同制作」という形でこの作品を作った可能性を否定し、各々が制作に関わった時期をずらして考える。Donat R. Lamothe, « Claude Le Jeune et la musique religieuse à la cour des Valois » in *Revue internationale de musique française*, 7, 1982, p. 83–96 ; « Claude Le Jeune : les *Pseaumes en vers mezurez* », in *Claude Le Jeune et son temps en France et dans les Etats de Savoie, 1530–1600*, Acte du colloque international de Chambéry (nov. 1991), éds. M. -Th. Bouquet-Boyer et P. Bonniffet, Berne, Peter Lang, 1996, p. 64–69 を参照。

参考文献

1. Mathieu Augé-Chiquet, *La vie, les idées et l'œuvre de Jean Antoine de Baïf*, 1909 (réimpr., Genève, Slatkine, 1969).
詩人バイフの生涯および作品に関する文献学的研究の最高峰。詩人の様々な詩的実験、特に古代風韻律システムの詳細な研究も含まれ、その後のあらゆるバイフ研究の出発点となっている。

2. F・A・イェイツ『十六世紀フランスのアカデミー』、高田勇訳、平凡社、一九九六年（原著 F. A. Yates, *The French Academies of the Sixteenth Century*, The Warburg Institute, London, 1947 (Routledge, London, 1988)）。
詩人バイフが「詩と音楽の融合」をめざして音楽家たちと共同制作を行うに至った文学的・政治的・宗教的文脈を鮮やかに示した古典的研究。

3. Michel Jeanneret, *Poésie et traditon biblique au XVIe siècle*, José Corti, 1969.
十六世紀における数多くの旧約聖書詩篇翻案を文体論の視点から比較・検討した重要な研究書。一つのテクストの翻案をめぐってこれほど多くの詩人たちがひしめき、競い合い、異なる文体をつくり上げっていった例はフランス文学史上も稀であり、それらの比較研究はフランス語詩の様々な可能性について貴重な示唆を与えてくれる。

4. Pierre Bonniffet, *Un ballet démasqué. L'union de la musique et du verbe dans 'Le Printemps' de Baïf et Claude Le Jeune*, Champion, 1988.
バイフの「詩と音楽の融合」というアイデアが具体的にいかなる形で実践に移されたのかを、作曲家クロード・ル・ジュンヌの世俗作品を中心に音楽学の立場から精密に分析した極めて優れた研究。ル・ジュンヌ研究とバイフ研究の双方に画期的進展をもたらした。

5. Isabelle His et Jean Vignes, « Les paraphrases de Psaumes de Baïf, La Noue et d'Aubigné, mises en musique par Claude Le Jeune (1606) : regards croisés du musicologue et du littéraire », in *Les Paraphrases bibliques aux XVIe et XVIIe siècles*, textes réunis par Véronique Ferrer et Anne Mantero, Genève, Droz, 2006.
もともと詩人バイフと作曲家ル・ジュンヌの共同作品として制作された筈であった旧約詩篇歌集が、二人の死後に出版された際テクストに大きな改変が加えられていた事実をめぐって、バイフ研究の第一人者とル・ジュンヌ研究の第一人者が共同で調査、この作品の生成過程を文学的視点ならびに音楽的視点から緻密に分析し、その謎を解明しようとしている論文。分野の異なる研究者による見事な共同研究の例。

コラム

ドゥルオ会館における古書・自筆稿類の競売

吉井亮雄

古い歴史をもつヨーロッパの競売では、極端な言い方をすれば法律に抵触しないかぎり、あらゆる物が売買の対象となる。古書籍、絵画・美術品、家具調度、宝飾品、切手や古銭、年代物のワイン、競走馬、クラシックカー、はては第二次世界大戦時の戦闘機、といった具合である。だが、ここでは書籍や自筆稿類にかぎって話をすすめよう。とりわけ当該の分野で圧倒的な規模の取扱量を誇る競売場が、パリ九区のドゥルオ通りにある「ドゥルオ会館」である。同会館では中世の写本や活版印刷初期のインクナブラから現代の初版本・豪華本にいたる各時代の稀覯書が、また歴史的人物の書簡や草稿・楽譜など自筆稿類が数多く出品され、世界中の研究者や好事家、古書業者の熱い関心を惹くのである。

現在、ドゥルオ会館はフランス三大銀行のひとつBNPパリバ系列が所有し、競売吏の団体に会場を貸与するかたちをとっている。とくに大きな競売のさいには、八区のモンテーニュ大通りにある別会場ドゥルオ＝モンテーニュを充てることもあるが、会館じたいには、地上二階・地下一階の三フロアーに大小とりまぜ十六の部屋《サル》があり、各部屋は競売の規模に応じて使い分けられている。なおフランスではドゥルオにかぎらず、鑑札をもつ国内の競売吏のみが競売の主催権を有し、長い間、外国資本を厳しく排除してきたが、新通貨ユーロの導入期前後から少しずつ規制緩和が進んでいる。国際的競売会社サザビーズが二〇〇一年の暮れ、外国系としてはじめてパリで競売を主催したのがその第一弾である（ただし同社は前もって現地法人サザビーズ・フランスを設立し、これに備えていた）。

競売はおおむね以下のような手順で準備・実施される。まずは目録の作成だが、これを請け負うのは鑑定人《エクスペール》と呼ば

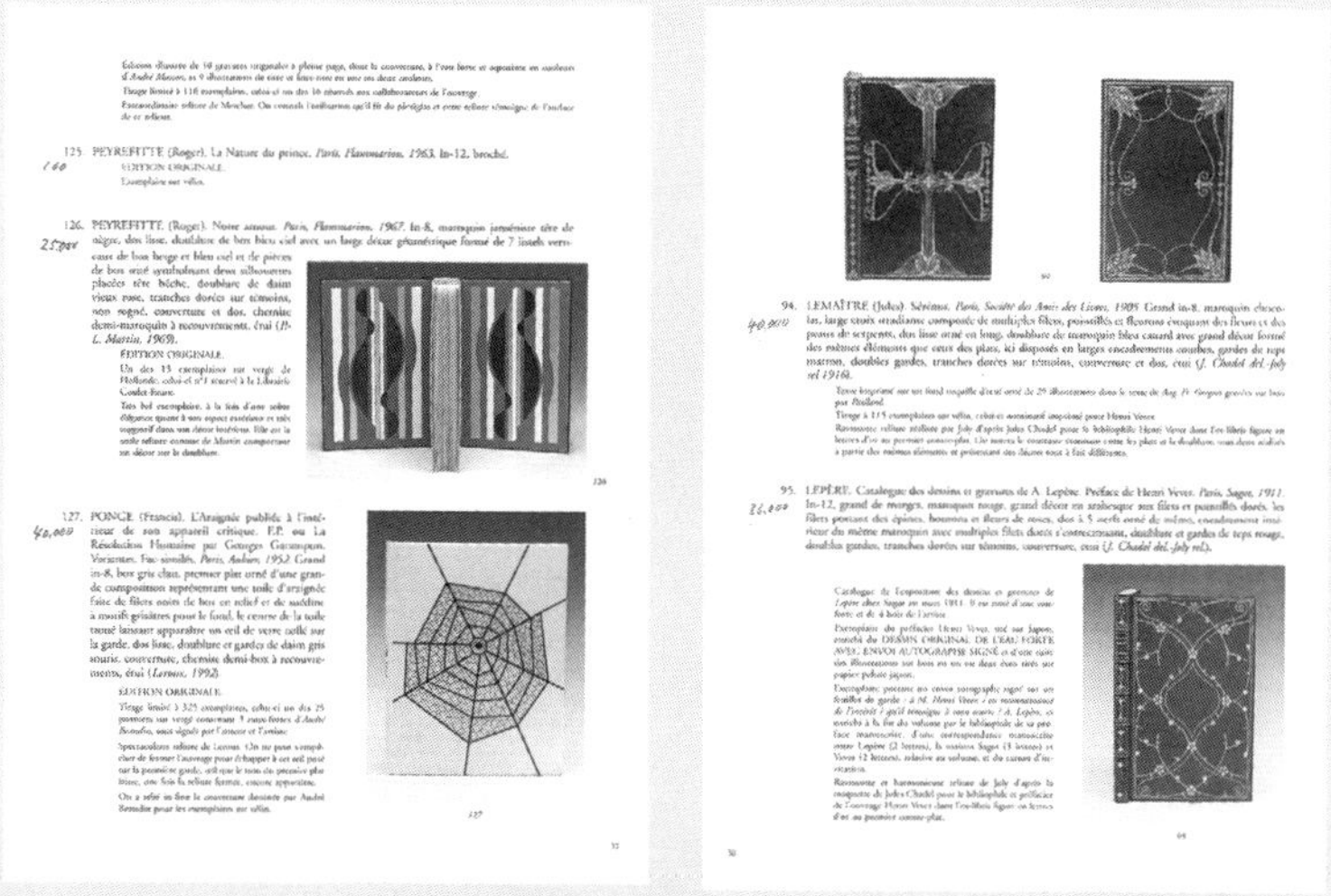

競売カタログの見本

れる古書籍や自筆稿の専門業者で、ある程度の数量の出品物が集まると、刊本の丁合照合《コラシオン》や自筆稿の真贋鑑定をはじめ、正確な書誌的・愛書家的情報を過不足なく記述し、個々のアイテムに見合う評価額を定める（ただしこれはあくまでも一応の目安としての額である）。こうしてできあがった目録は顧客や同業者などに配布されるが、近年ではその多くがインターネットでも閲覧可能になった。この後、出品物は一定の期間、鑑定人の店舗で現物を手にとって下見することができる。また競売の前日と当日午前中にも会場で展示されるが、大抵はガラスケースに収められての展示となる。鑑定人にもよるが、自筆稿類の場合は分量が多くなければ研究者に筆写を認める場合が少なくない。

競売への参加方法としては、大別して次の三つがある。第一は、会場での直接参加。第二は、競売吏・鑑定人への入札代行依頼。外国人や不慣れな参加者には、前もって入札値の上限を設定できるので無難な方法でもある。第三は、比較的に大きな競売での主に外国人向けサービスだが、電話による参加である。出品物は通常、目録記載順に売り立てられるが、個々の開始値は評価額にもとづきつつ競売吏の裁量で決められる。競りは値を上げていく方法が一般的だが、買い手がつかない場合には値を下げていくこともある（その場合でも、相応の額に達しないアイテムは「買い手なし」で競りからは外される）。あとは資本主義の原則にしたがい、最も高値をつけた者が落札ということになる。ちなみに落札価にたいしては、その二割前後に当たる税込み手数料が加算される。

ところで、競売に参加するのは古書業者や個人収集家ばかりではない。ことに貴重資料の売り立てでは、国公立の図書館・文書館もしばしば担当官を会場に送り込んでくる。これら公共機関には文化財保護の目的で定められた「先買権」なる特権があり、落札価決定後、優先的に（また当然のことながら無税で）アイテムを獲得することができるのである。近年の具体例を挙げると、二〇〇一年五月にドゥルオ＝モンテーニュでおこなわれた競売では、長らく私蔵されていたセリーヌ『夜の果てへの旅』の自筆完全稿（八七六枚）が出品され、大きな話題となった。激しい競りの末、一一〇〇万フラン、当時の邦貨にして約一億八〇〇〇万円でハンマーが落ちたが、ただちに国立図書館が先買権の行使を宣言した。同図書館としては、落札価がその予算を超過する場合に備えて、ある篤志家と事前に交渉、不足分の資金援助を取りつけたうえでの参加であったという。

同じ年の競売からもう一例――。サザビーズ初の競売はこの半年後におこなわれたが、そこでの目玉はジッドの大作『贋金つかい』の膨大な自筆稿群（各種のノートおよび下書き、自筆完全稿、いずれも自筆修正入りのタイプ稿・校正刷二種・初版本など）であった。落札価は二〇〇万フラン、約四〇〇〇万円で、これも国立図書館が先買権を行使したが、『夜の果てへの旅』との顕著な価格差は一概にジッド不人気の証とも言い切れない。競売に先立ち、『贋金つかい』にはもうひとつ別の完全稿が現存するという虚

Hôtel Drouot

9, rue Drouot, 75009 Paris
http://www.drouot.com/

偽の情報が大手紙『フィガロ』に掲載されたことも安値の一因ではなかったろうか。真偽のほどは定かでないが、背後には落札価を抑えようとする動きがあったとも噂されたのである。

このように独特の熱気のなか、色々な思惑がうずまく競売には、世情に敏感に反応する株相場と似通うところが多い。とはいえ、売買されるのはなにも眼の飛び出るような高価なものばかりではない。そこは一般人にも十分に手の届く品々が市場よりも安く入手できる健全な流通の場でもあるのだ。また、たとえ競売には参加しなくとも、美しい図版を多数収めた目録を眺め、その記述を読みながら、さまざまに思いを巡らすのは本好きには堪えられない楽しみであろう。

第2章　ラシーヌ悲劇の生成過程

永盛克也

1　ラシーヌの自筆草稿について

劇作家ジャン・ラシーヌ（一六三九―一六九九）の創作活動の実際を知る手がかりとなる資料は少ない。「作品は何度でも推敲すべし。磨いた上にまた磨き、時には加え、しばしば消すべし」とボワローの有名な詩句がいうように（『詩法』第一歌）[1]、悲劇の創作にあたっては当然ラシーヌもプロットの構築や場面の配置、詩句の彫琢に苦心し、何度もテクストに手を入れたことが想像される。われわれとしてはその創作の過程で何が変更され、何が付け加えられ、何が削られたのかという点に興味があるのだが、十七世紀の他の劇作家と同様、ラシーヌの場合も戯曲の草稿は残されていないため、構想から執筆にいたる過程や推敲の跡を実証的にたどることは困難である。戯曲の執筆に直接かかわる資料として唯一保存されているラシーヌの自筆草稿は悲劇『タウリケーのイフィジェニー』の第一幕のプランであるが[2]、結局この作品は執筆されないままに終わったものである。このプランについては後で検討することにしよう。

戯曲以外のテクストに関していえば、現存しているラシーヌの自筆草稿は何らかの理由で生前に出版されなかったもの（『ポール・ロワイヤル史概要』第二部の草稿など）[3]、あるいは最初から出版の対象とはならなかったものである。後者のうち修学時代にラシーヌが行ったと考えられるギリシア・ローマの古典作品の抜粋、注釈、翻訳の実際を伝える自筆稿は実に貴重な資料だといえる。十代の頃の勉学の成果であるこれらの資料が保存されていたという事実そのものが雄弁に語っているのは、ラシーヌがポール・ロワイヤルの「小さな学校」で受けた人文主義教育にいかに多くを負っていたかということ、しかも作家が終生その恩恵を忘れなかった、ということであろう。この特権的な教育が劇作家としての、さらには完成された「オネットム」としてのラシーヌの成功の素地を形成していることは疑いない。なお、一六七七年の国王修史官任命後にラシーヌによって書かれた草稿はかなりの量であったらしいが、後任者のヴァランクールに託された原稿は火事で焼失したといわれている。もしこれらの草稿が保存されていたならば、後世が作家ラシーヌを評価するに際して、歴史家、散文家としての比重がはるかに大きいものになっていたことだろう。

特筆すべきと思われるのはラシーヌ晩年の作品『聖歌』（一六九四）第一歌の自筆草稿である。[4]この草稿には詩節が線で消された箇所があり、ラシーヌ作品の中で出版以前の段階におけるテクストの変化をみることができる例外的な資料である。『聖歌』は『エステル』や『アタリー』と同様にマントノン夫人から制作を依頼されたものと考えられるが、この作品の推敲段階でラシーヌがボワローと交わした書簡が残っており、自らの意見と友人の助言をつき合わせながらテクストに手を入れていく過程をうかがうことができる。[5]半ば伝説になっているボワローとラシーヌの緊密な協力関係を裏付ける例であるといえよう。また、晩年に至っても詩人ラシーヌが示していたこの作品完成への強いこだわりは、当然のことながら劇作家としてのラシーヌの特徴でもあったと考えられる。「己自身のうちに批評家を擁し、これを己の仕事に緊密なかたちで協力させる作家は古典派である」というヴァレリーの言葉をここで思い浮かべてもよいだろう。[6]

書簡についていえば、不思議なことにラシーヌの主要な悲劇作品の創作時期（一六六六—一六七五）に書かれたものは一通も現存していない。これは実に残念としかいいようのない欠落である。[7]それ以外の時期については相当数の手紙が残されていることを考えると、[8]本人あるいは家族の者によってこの時期の手紙が意図的に破棄された可能性を否定することはできないだろう。作家の次男ルイは『ジャン・ラシーヌの生涯についての覚え書き』（一七四七）を出版する際、そこに未刊行の散文（『タウリケーのイフィジェニー』のプランもこの中に含まれている）なども加えて一巻とし、さらに別巻としてラシーヌの書簡を初めて公にした。[9]この『覚え書き』が敬虔なキリスト教徒としてのラシーヌ像を強調しようとしているのは事実であり、公刊された書簡についても原本と比較して表現がかなり改変されていることが指摘されている。[10] 一六六六年から一六七五年の時期の書簡が「不都合な事実」（たとえば女優との交際）を含んでいたために破棄されたという可能性も考えられるのである。[11] なお、一七五六年には『覚え書き』と同時に出版された資料の他、未刊行の散文草稿や修学時代の勉強ぶりを物語る直筆のノート類、注釈や翻訳が書き込まれた書物などに加え、これらの書簡の原本がルイ・ラシーヌによって王室図書館に寄贈されている。[12] 十八世紀において作家の草稿や作品に関する資料への関心が高まってきたことがこの背景にあるのかもしれない。これらの資料は「ジャン・ラシーヌ文書」として現在もフランス国立図書館に所蔵されている。[13]

2　ラシーヌ悲劇の「生成」研究——模倣とレトリックの観点から

ラシーヌ悲劇の「生成」についての研究は、これまで主として作家が典拠とした作品あるいはその一部を取り入れた作品——いわゆる「源泉《スルス》」sources——の研究であったといってよい。悲劇というジャンルがルネサンス以来古代の作品の「創造的模倣」の場として機能していたことを考えれば、模倣・翻訳・翻案・引用の対象となるテクストとラシーヌの作品との比較検証が批評家や研究者たちの関心を惹くことは当然である。古典古代のテクストの模倣や翻訳は剽窃とは全く異なる次元の文学的実践であり、独創性の欠如であるどころか、すぐれて創造的な行為である、という認識は広く共有されてきたといえる。そもそもラシーヌが作品に付した序文において古代のモデルを踏襲したことを強調し、典拠としたテクストからの逸脱に弁明を加える一方、自らの「独創性」を自賛することがまれなのは、創作とは過去の作品の「書きかえ」であるという認識があったからである。十九世紀後半に刊行された「フランス大作家叢書」版のラシーヌ全集[14]はこのような立場を反映したもので、テクスト本文に付された詳細な脚注には作家が典拠としたと考えられるギリシア・ラテンのテクストが原文で挙げられている。

一方、「創造的模倣」の問題を個々の具体的な例の分析にとどめることなく、作家がどのように古典文学の素養を獲得したのか、また、どのような文学的伝統の中で創作を行っていたのか、という問いと結びつけて、同時代の教育や文化という文脈の中に作家と作品を位置づけようとするアプローチも広義においてラシーヌ悲劇の「生成」研究である、といえるだろう。R・C・ナイトの『ラシーヌとギリシア』[15]はその代表的成果であって、同時代におけるギリシア文学の教育と受容を概観した上で、修学時代に涵養された古典作品に対するラシーヌの深い理解を残された注釈や翻訳を通して吟味し、後年の作品への影響を詳細に論じたものである。G・メイの『オウィディウスからラシーヌへ』[16]もラシーヌにおける古典作家の模倣を独創性と不可分の問題として位置づけた上で、ラテン文学もまたギリシア文学に劣らず作家ラシーヌの素地の形成に寄与していることをオウィディウスの影響を中心に論じたものである。R・W・トビンの『ラシーヌとセネカ』[17]もフランスにおけるルネサンス以降のセネカ悲劇の受容を素描した上で、ラシーヌ劇への影響を具体的に指摘している。

以上のようなテクストのレベルにおける影響関係だけではなく、作品の創作過程、特に発想の段階において同時代の政治的・社会的事件が作家に影響を与えたのではないかと考える立場、これらの時事問題への暗示的言及を作品のメッセージとしてとらえ、アレゴリカルな読解を行う立場もある。J・オルシバルの『『エステル』と『アタリー』の生成』[18]およびR・ジャザンスキの『ラシーヌの『エステル』をめぐって』[19]は歴史的資料の博捜に立脚しつつ、作品が生まれた時代の政治状況や作家を取り巻く社会環境を綿密に検討することにより、作品生成の直接的要因とはいえないまでも、そこに間接的な影響を与えたかもしれない要素を提示している。その限りにおいてこれらの研究は作品解釈の可能性を豊かにしているということができるだろう。

作品の草稿や創作メモ、書簡など、執筆過程を裏付ける資料がほとんどない状況においてラシーヌ悲劇の生成過程を論じるには、R・C・ナイトの研究が示唆するように、作家の文学的素養が培われた背景を視野に入れた上で、その作品が書かれることを可能にした条件、作家が創作にあたって前提としていた原則を検証し、創作過程をいわば理論的に再構成していくような総合的なアプローチが必要となる。その際に重要な手がかりを提供してくれるのは、同時代において言論に関するあらゆる技術の基盤となっていたレトリック（弁論術・修辞学）であり、その創作原理への応用としてのポエティック（詩学）である。M・フュマロリの業績に代表される二〇世紀後半のレトリック研究の復興および進展と軌を一にして、ラシーヌ悲劇と修辞学・詩学との関係が重要な問題として認識されるようになったといえるだろう。P・フランスの『ラシーヌのレトリック』[20]は作家が有していた修辞学の知識とその悲劇作品への応用を体系的に検証した初めての個別研究である。またH・T・バーンウェルの『コルネイユとラシーヌの悲劇』[21]は主題の構想、典拠の選択、プロットの構築、急転と認知、結末といった詩学および劇作法の基本的問題を二人の作家の理論と実践をつき合わせる形で詳細に論じたきわめて重要な研究である。

　レトリックが十七世紀の教育の中心的部分を占めていた事実は改めて強調するまでもないだろうが、G・ドゥクレール[22]はB・ミュンテアノ[23]などの研究をふまえた上で、ラシーヌが少年期を過ごしたポール・ロワイヤル修道院における人文主義教育の重要性を特に指摘している。ポール・ロワイヤルに付属した「小さな学校」においては例えば、ラテン語作文より羅文仏訳を、またラテン語ではなく母語による知識の習得を重視する方針がとられていた。そして要約や抜粋からなる教科書を用いるのではなく、ギリシア・ラテンの古典的作品が書物として与えられ、生徒自身がその抜粋を作ったり、注釈をしたり、一部を訳したりしながら、テクストを解釈することが習慣として行われていた。これらの特色ある教育を通して、ラシーヌは古代の作家の思想に直に触れ、より深い読み方を身につけると同時に、洗練されたフランス語の文体を獲得するに至ったと考えられる[24]。ポール・ロワイヤルが十七世紀において聖書やその他の古典的作品をフランス語に翻訳する活動の中心地であったことも作家ラシーヌの形成に影響を与えたのかもしれない。ポール・ロワイヤル内でも翻訳については二つの立場——直訳（字義訳）を重視するものと意訳（美文訳）を旨とするもの——があったが、一方はラシーヌに原典への忠実さを教え、他方は創造的模倣への道を示したのではないかと考えられる[25]。

3 悲劇の創作過程——詩学と劇作法の観点から

さて、悲劇の創作原理としての詩学は弁論術が文学作品の制作に適用されたものだと先に述べた。古典悲劇には暗黙の創作コードがあり、その創作過程にはいくつかの段階があるが、これらは弁論術の枠組みを援用して理解することができる——すなわち「発想」*inventio*、「配列」*dispositio*、「措辞(文体)」*elocutio*、「記憶」*memoria*、「実演」*actio* または「口演」*pronuntiatio* である。このうち、「発想」は主題の選択、「配列」は構想(プランの執筆)、「措辞」は台詞の執筆に相当するといえるだろう。ただし、弁論術とは異なり、演劇のテクストは作者の声を直接提示するものではなく、複数の登場人物の声を組み合わせた多声的なものであることを忘れてはならない。また、プロットの構築、事件やエピソードの配置を含意する「配列」について言えば、作品全体の構造に関わるマクロ的構成だけでなく、劇中に頻出する「長台詞」tirade のミクロ的構成を規定する場合がある点にも注意する必要がある。弁論術の目的である「説得」は作者—観客間のレベルだけでなく、登場人物間の対話のレベルにおいても機能するわけである。

「記憶」と「実演」は劇作家ではなく、役者にかかわる部分だといえる。もっとも、作品が完成してはいない段階で作者がその一部をサロンで朗読することはあったらしい。また、台本が完成した段階で劇団員を前に作者自身が朗読することもあったようで、その際に朗唱の名手であったラシーヌがいわば手本を示した可能性もある(ラシーヌが主役女優のラ・シャンメレに朗唱法を指導したという逸話が残っているが、それはこのような機会にであったのだろうか)。いずれにしても、この段階で作品は一旦作者の手から離れることになる。完成した上演用台本が劇団に手渡されると、急いで個々の俳優のパート毎に筆写されたらしい[26]。俳優たちは自分の台詞だけを覚え、朗唱することに専心していたようで、われわれが思い描くような通し稽古や演出の指示などはほとんどなかったと考えられる(しばしば指摘されるように、十七世紀演劇においては「ト書き」自体が少なく、俳優の入退場や舞台上の動きについての指示は台詞の中に書き込まれるのが常であった)。当時の上演は、複数の俳優が舞台上にいる場合でもそれぞれが観客の方を向き、交互に台詞を朗唱する形で行われたらしいが、比較的短期間で新作の上演を準備するためにはこのような「分業」方式が必要だったのかもしれない。なお、初演の前に劇団に渡された台本と初演後に出版されたテクストの間に異同があった場合も当然考えられるのであるが、台本自体が保存されていないためそれを確かめる手段はない。

「発想」から「配列」へと進む創作コードはもちろんラシーヌに固有のものではない。G・フォレスティエは『演劇生成論試論』[27]において詩学と劇作法とを総合する立場から、コルネイユに代表される十七世紀悲劇の創作手順について演繹的モデルを提示している。コルネイユは人物の性格造形よりも筋の構築を重視するアリストテレス詩学を彼なりに消化しようとしたのであるが、フォレスティエによれば、打開不可能に思えた閉塞状況が「急転」し解決する「崇高な」結末こそ創作の出発点であり、本筋と脇筋の絡み合いはすべて結末から逆算されたものである。[28]この観点からすると、「発想」の段階において選択される「主題」sujet とはそれが包含する「結末」dénouement と同義語であり、いわば最小限に凝縮された物語要素であるということができよう。

悲劇というジャンルが古代の作品の「模倣」と「書きかえ」の場であったことは先に述べた。より具体的にいえば、悲劇の主題は聖書、神話、歴史のいずれかに典拠をもつ必要があり、それゆえ劇作家は結末——悲劇に関する限り、それは多くの場合主要登場人物の死を意味する——を安易に変更することはできなかったのである。逆に、この結末さえ不変不動のものとして尊重すれば、そこに至るまでの事件の前後関係や因果関係を変更したり、本筋にエピソードを付け加えたりすることは劇作家の裁量に任される、というのがコルネイユの主張である。「結末に至る情況——あるいはその手段といってもよい——がわれわれの裁量権の範囲内にあることは確かである。歴史は多くの場合それらの情況を示さないか、ほとんど伝えることがないので、作品を十分に満たすためにはそれらを補う必要があるのである。」(『悲劇論』[29])G・フォレスティエはラシーヌも基本的にはコルネイユが定式化した方法で創作を行っていたと考える。そしてこの立場から、新版『ラシーヌ全集』第一巻の「序論」および各作品に付された解説において、ラシーヌ悲劇の創作過程——主題の選択、筋の構築、エピソードの挿入——を再構成した上で、モデルとなる古代の作品や借用されるテクストとの比較分析を通して、ラシーヌの劇作法の本質的部分を解明しようと試みている。[30]

ところで、一口に典拠といっても、「模倣」するモデルがそれ自体悲劇作品である場合もあれば、悲劇以外のジャンル（叙事詩、聖書、神話を題材にした物語、歴史書など）である場合もあり、「書きかえ」にもいくつかのレベルがある。様々な事件が盛り込まれた叙事詩を圧縮した形で劇にするコルネイユの『ル・シッド』（一六三七年の初演時には「悲喜劇」であったが、一六四八年の改訂の際に「悲劇」となった）のような例はラシーヌの時代にはもはや通用せず、むしろモデルとなる作品からどう主題を切り取るか、という点に作家の独自性が発揮されることになる。ラシーヌは彼の最初の悲劇『ラ・テバイード あるいは敵同士の兄弟』の主題の選択について初演（一六六四年）から十年後に書いた序文でこう述べている。

読者にはこの作品に対して、続く他の作品に対するよりもより寛容な態度をお願いすることをお許しいただきたい。これを書いた時私は非常に若かったのだ。私が当時作ったいくつかの韻文作品が偶然幾人かの知性ある人の目にとまった。彼らは私に悲劇を書くよう強く勧め、テーバイ物語の主題を提案したのである。この主題はかつてロトルーによって『アンチゴーヌ』という名で扱われた。しかし彼は二人の兄弟を第三幕の開始早々死なせてしまった。劇の残りはいわば別な悲劇の始まりであり、全く新しい関心事に入っていくのであった。彼は一つの作品の中に二つの異なる筋を集めたのであり、一方はエウリピデスの『フェニキアの女たち』の素材となり、他方はソポクレスの『アンチゴネー』の素材になっている。私の理解ではこの筋の二重性が彼の作品を損なってしまったのだ。もっともこの作品には素晴らしい箇所が多数ある。私はエウリピデスの『フェニキアの女たち』に基づいておおよそ自分のプランを作った。[31]

この序文を信じる限り、作品の主題は第三者によって提案されたものであり、主題の選択においてラシーヌが独自性を主張する余地はない。興味深いのはロトルーの悲劇『アンチゴーヌ』（一六三九）への言及である。十七世紀前半に活躍したフランス演劇のいわば第一世代に属する劇作家の作品を引き合いに出すことで、ラシーヌは「筋の統一」を実現した自作品の優位を示そうとしているようにみえる。いずれにせよ、ここでラシーヌが重視しているのは主題を的確に「切り取る」こと、それ自体で完結した筋を構築することであり、要するに「発想」よりも「配列」の重要性が説かれているといえる。ラシーヌ自身がここで「プラン」という語を用いているが、実際作家は執筆に先立って梗概のようなものを作る習慣があったと思われる。

4 『タウリケーのイフィジェニー』のプラン

そのことを物語る資料がはじめに言及したラシーヌの自筆草稿、『タウリケーのイフィジェニー』第一幕のプランである。すでに述べたように、このプランは一七四七年にラシーヌの息子ルイが『ジャン・ラシーヌの生涯についての覚え書き』と合わせる形で初めて出版したものである。この資料についてまずはルイによる興味深い記述を見てみよう。

『フェードル』の後、彼〔ラシーヌ〕はなお悲劇の腹案をいくつか練っていたのであるが、彼の残した書類の中には何の跡もない。例外は『タウリケーのイフィジェニー』という作品の第一幕のプランである。このプランは何ら興味深いものではないが、彼の手紙と合わせ〔て出版す〕ることにしよう。彼が悲劇の創作に取りかかるとき、いかにして散文で一つ一つの幕を配置していた [disposait] かを知らしめるためである。このようにしてすべての場面をつなぎ終えると、彼は「私の悲劇は完成した」と言って、残り〔の仕事〕は取るに足らぬものとみなしていたのであった。[32]

ルイはラシーヌの晩年に生まれた子であり、作家が死んだ時まだ六歳だった。それゆえ彼の『覚え書き』はほとんどが間接的な証言から構成されており、しかも偉大な父を美化するような逸話には事欠かない。その意味でラシーヌの伝記的研究の出発点とするには問題の多いテクストである。しかしこの証言に関する限り、自筆草稿が証拠として示されているわけであるから、ラシーヌの創作過程の一端を明かすものとして考慮に入れる価値があるだろう。ただし、ルイの記述の中でこのプランが作られた時期が『『フェードル』の後』とされている点は疑問である。多くの研究者が指摘するように、タウリケーではなくアウリスを舞台とした『イフィジェニー』(一六七四年八月初演)の構想と同時期かその直前に書かれたものと考えるのが妥当だろう。

さて、この証言によってラシーヌの創作の第一歩が「配列」(これに対応するフランス語の動詞が引用文中で用いられている disposer である)にあることを改めて確認することができるが、驚くべきは散文によるプランができた段階で作品が「完成」した、と考えるラシーヌの態度である。しかも、ここで作家が取るに足らぬものとみなしている「残り」の仕事とは、対話や独白、長台詞、語りなどからなるテクストに詩的装飾をほどこしながら、脚韻を踏んだアレクサンドランに仕上げていく作業(つまり「措辞(文体)」)のことであり、われわれが通常ラシーヌ作品の重要な部分と考えるものである。この逸話がラシーヌのたぐいまれな詩才——やすやすと韻文を作る才能——を誇張して伝える意図で語られたとは考えにくい。むしろここに読み取れるのは、プロットの構築を重視するアリストテレス詩学の立場——「詩人とは韻律をつくる者であるよりも、むしろ筋をつくる者でなければならない」(『詩学』第九章)——を実践する者こそ正統的な悲劇詩人である、という主張なのではないだろうか。

もっとも、執筆に先立ってプランを作る詩人・作家はラシーヌに限らなかったであろう。この点について同時代の証言をみてみることにしよう。『キリスト教詩および雑詩撰集』への序文の中の一節である。

詩を作ろうとする人には主題を準備すること、それについて明快で正確な観念をもつこと、韻文にしたいと思うことを散文ででもいいから、可能な限り高尚で詩的な風に書くこと、そして脚韻によってもたらされる考えに導かれるがままに漠然とした主題について書かないようにすることを勧める[33]。これはポール・ロワイヤルにおけるラシーヌの師の一人であったニコルが韻文作品を書く際の一般的な忠告として述べているものであるが[34]、ルイの伝える逸話ならびに残されたプランをみるかぎり、ラシーヌはこの方法を悲劇の創作にあたっても実践していたということになる。

ではその『タウリケーのイフィジェニー』のプランの第一幕第一場をみてみることにしよう。

イフィジェニーは囚われの身のギリシア女を伴って現れるが、彼女はイフィジェニーの悲しい様子に驚き、ディアーナ〔アルテミス〕の祭礼が生け贄として異国の者をささげることもなく行われることに心を痛めているためなのかと尋ねる。それがアガメムノンの娘にふさわしい考えだと思うのですか、とイフィジェニーは言う。おまえも知っているでしょう。私がこの残酷な儀式を執り行うようになって以来、どのような嫌悪とともに生け贄にされた哀れな者たちの支度を整えてきたかを。今日この日のために運命がギリシア人を一人も連れては来なかったことを私は喜んでいたのです。そして、この祭礼のために生け贄にする者がいないことを不吉な前兆だとみなすこの島にあまねく広がった悲しみをただ一人嬉しく思っていたのです。けれども昨夜夢をみてから私を離れることのない言いようのない悲しみに抗することができないのです。私はミュケナイの父の家にいて、父と母は血の海に溺れているのです。そして私自身は短刀を手にして弟のオレスト〔オレステス〕の喉を切ろうとしているのです。ああ、愛しいオレスト！／ですが、お嬢様、お二人はあまりにも遠く離れていらっしゃるのですから正夢になることを恐れるにはおよびますまい。／それを恐れているのではないのです。私がいかにも恐れているのは家族に大きな不幸がおきないかということなのです。王族という身分は大きな変転を被りやすいもの。ああ、もしおまえを失ってしまったとしたら、愛しい弟オレストよ、おまえに希望を託していたのに。何と言っても家族の他の者よりも一層おまえを愛する理由があるのだから。アウリスで父が私を余儀もなく生け贄にしようとしたことにおまえは何の罪もないのだから。おまえは十歳の子供で、私とともに育ち、そしてギリシア中でおまえだけを毎日恋しく思っているのです。／でもお嬢様、弟君があなた様の境遇をどうしてお知りになれましょう。皆から忌み嫌われた島においでになるのです。もしここに偶然ギリシア人が来ようものなら、生け贄にされてしまいます。どうしてギリシアをお諦めにならないのです。なぜ王子の愛にお応えにならないのです。／そう努めたところで何になりましょう。王子は父トアスから私を愛することを禁じられているし、私に話をするにも震えてばかり。彼らは私の生まれを知らないのですから〔……〕[35]」（図１）。

この散文によるプランはラシーヌの創作手順について何を教えてくれるだろうか。ルイはこのプランが「何ら興味深いものではない」と述べているが、われわれがまず注目したいのは、これが劇の筋の進行を記した単なる梗概というよりも、すでに登場人物間の具体的な対話が書き込まれたかなり詳しいテクストである、という点である。第一場は特に念入りに書かれており、主人公イフィジェニーの置かれた境遇と彼女の心情が詳しく語られる（エウリピデスの劇では

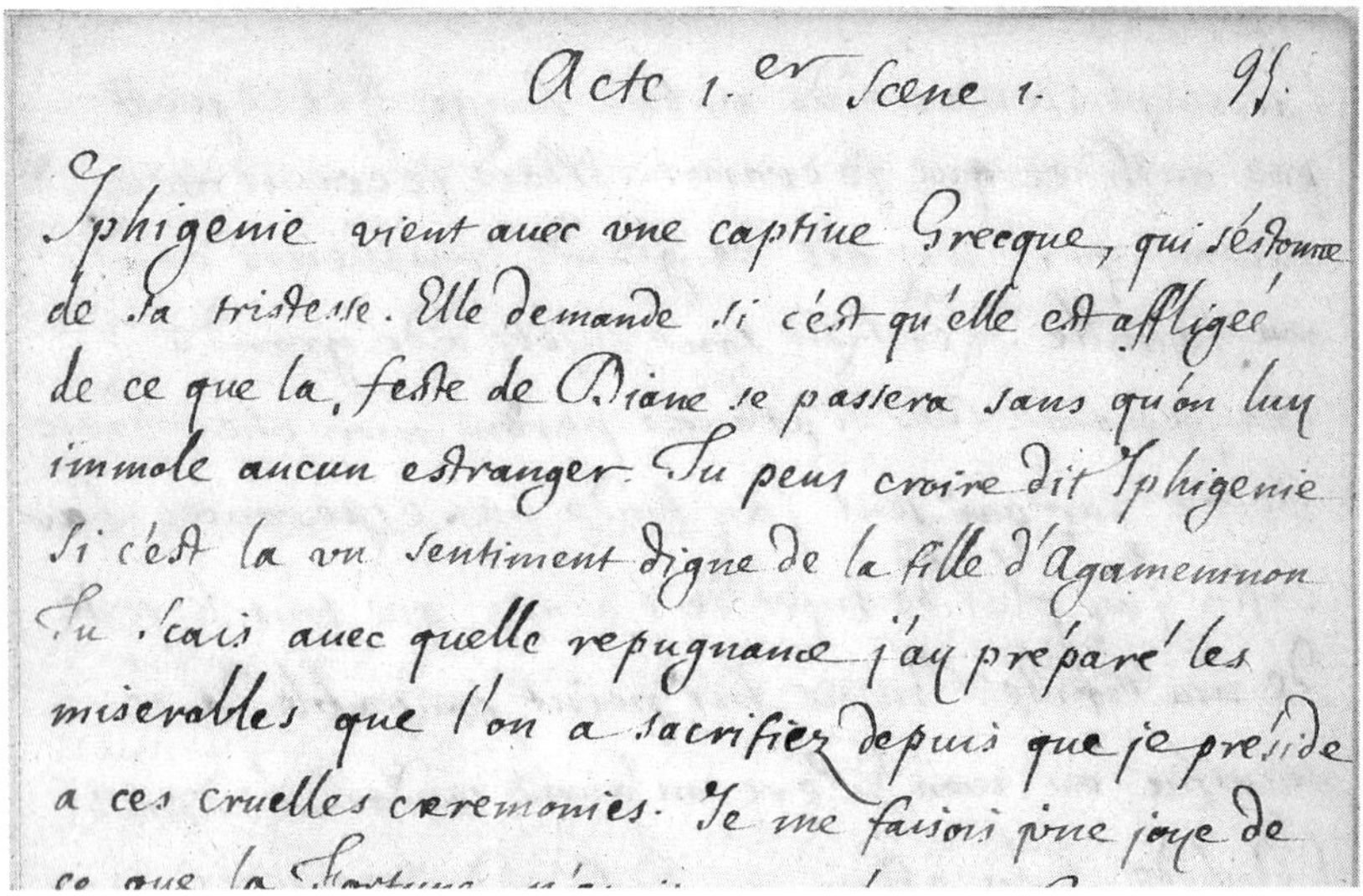
Acte 1.er Scene 1. 95.
Iphigenie vient auec une captiue Grecque, qui s'estonne
de sa tristesse. Elle demande si c'est qu'elle est affligée
de ce que la feste de Diane se passera sans qu'on luy
immole aucun estranger. Tu peux croire dit Iphigenie
si c'est la un sentiment digne de la fille d'Agamemnon
Tu sçais auec quelle repugnance j'ay preparé les
miserables que l'on a sacrifiez depuis que je preside
a ces cruelles ceremonies. Je me faisois une joye de

図１　ラシーヌ『タウリケーのイフィジェニー』第１幕の自筆プラン（冒頭部分）

イピゲネイアの独白によって語られる部分である)。劇の導入部を自然なものとするために「聞き役」confident(e) を設定するのは十七世紀演劇の常套手段であるが、その聞き役をイフィジェニーと同郷のギリシアの女としているのは古代の悲劇におけるコーラスの役割を部分的に担わせるためではないかと考えられる。イフィジェニーが前の晩に見たという夢(エウリピデスにも登場する)の話を契機に離れ離れになったままの弟オレストの名が発せられ、過去の事件が回想される(これもまた導入部における常套手段である)のであるが、姉が弟に呼び掛ける言葉はすでに劇的な台詞として書かれている。さらに注目すべきは、夢の叙述における「活写法」、オレストに対する「頓呼法」などの修辞的文彩や議論における「一般的論拠」(「王族という身分は大きな変転を被りやすいもの」)が既に盛り込まれている点、つまり「配列」の段階において「措辞(文体)」の作業が同時に進行している点である。人物や状況の設定など純粋に劇の筋や構造を作る要素と修辞的技法や詩的表現がプランにおいて混在しているわけであり、ラシーヌの戯曲の特徴である自然かつ優美な文体の原型が既にここにあるといえるだろう。つまりラシーヌはニコルが勧めていたように、散文のプランにおいても「可能な限り高尚で詩的な仕方で」書いているのである。[36]

ここまで弁論術および詩学の図式に準拠して悲劇の創作過程を検証してきた。すでにみたように、「発想」、「配列」、「措辞(文体)」の諸段階は必ずしも明確に区別できるものではないが、このような図式を念頭に置くことで悲劇というジャンルに特有の創作手順をある程度整理して理解することが可能になる、ということはできるだろう。

以上のことを前提とした上で、ラシーヌ悲劇の生成過程をさらにくわしく検討するには、創作活動の源泉にさかのぼり、古典作品への深い理解が創造的模倣へとつながる結節点をとらえることが必要となる。そこでは模倣や引用の対象となる作品がラシーヌという一個人における「テクストの記憶」として参照されると同時に、典拠となる作品の総体が伝統的、文化的記憶として読者に想定されているといえる。G・ドゥクレールは『フェードル』の一節について論じながら、次のように述べている。「ラシーヌがオウィディウスを模倣するとき、実際にはエウリピデスを模倣するオウィディウスを模倣しているのである。またラシーヌがセネカから借用するとき、エウリピデスとオウィディウス（彼自身すでに模倣者だが）を模倣するセネカに想を得ているのである。[37]」このようにラシーヌにおいてはしばしば作品の「典拠」は複数であり、しかもそれらは互いに共鳴し合っているといえるだろう。その意味で作品の「生成」の概念自体をより重層的なものとしてとらえ直す必要があるのかもしれない。以下、このような観点に立ち、『ブリタニキュス』中の一挿話が包含するテクストの参照関係について分析を試み、ラシーヌが読者の文学的記憶に訴えるテクストを織り上げていく過程をみることにする。

5　『ブリタニキュス』におけるテクストの記憶

ラシーヌが劇作に関して多くの点でコルネイユの方法を踏襲したことは確かであるが、『アンドロマック』の成功により悲劇作家として広く認知された後は、この偉大なる先達に挑戦しようとする強い気持を持ったとしても不思議はない。特に、ローマ史に題材をとる悲劇を書くことは劇作家としての地位を確立するうえで避けて通ることのできない道であったといえる。[38]そのような文脈において、『ブリタニキュス』（一六六九年初演、一六七〇年出版）がコルネイユによるローマ悲劇の傑作『シンナ』（一六四二年初演、一六四三年出版）を念頭において――そしてその『シンナ』をいわば非神話化する意図をもって――構想されたのは間違いないことと思われる。

劇の冒頭におけるアグリッピーヌ（小アグリッピナ）の台詞を見てみよう。『シンナ』の主要登場人物である皇帝オーギュスト（アウグストゥス）とネロン（ネロ）が意図的に対比されている箇所である。

確かにあの子〔の治世〕の始まりはオーギュスト帝が〔その治世を〕終えたところからだ。

だが恐れるがよい、未来が過去を滅ぼして、
あの子の終わりがオーギュスト帝の始まりのようになることを。（一幕一場、三三―三四）

コルネイユの文体を想起させる対句法と交錯配語法（「始まり」／「終わり」、「終わり」／「始まり」）によって強調される二人の皇帝の対比がこの劇の焦点を端的に示している点でまことに効果的な台詞である。言うまでもなく、ここでアグリッピーヌが自分の息子に対して表明している危惧の念は劇中において予弁法的効果をもっている。だがそれだけではない。圧政者として怖れられたオーギュストが寛容と宥和の道を選ぶことで有徳の君主として治世を終える道筋と、善政を期待させた青年皇帝ネロンが「怪物」の正体を露にし、ローマを暴政に巻き込んでいく運命とを簡潔な表現の中で交差させることで、作品世界はより大きな歴史的展望（「過去」と「未来」の相克）のもとにおかれることになる。

この二人の皇帝の対比はラシーヌの創意によるものではなく、すでにセネカの『寛容論』――教え子である皇帝ネロに宛て教育的意図をもって書かれた書――において見いだされるものである（一巻十一章）。コルネイユは『シンナ』の主題――皇帝暗殺計画の露見後にオーギュストが首謀者シンナ（キンナ）に示した寛容の精神――をセネカの書の一挿話（一、九）から採ったのであるが、この挿話はモンテーニュが『エセー』（一、二四）の中で翻訳して紹介しており、教養ある読者にはすでに知られていたものと思われる。コルネイユは『シンナ』の出版にあたってセネカの原文とモンテーニュの訳をともに掲げ、自らの典拠を明らかにしている。

一方、ラシーヌはおそらく修学時代と思われる時期に『寛容論』を読んでおり、彼の書き込みのある一六四九年版のセネカ作品集がフランス国立図書館に保存されている。[39] 書き込みのほとんどは内容の要約や格言的表現の抜粋であり、例えば一巻十三章の余白には「残酷な者は残酷であることをやめることができない」とフランス語で記されている。この論点は『ブリタニキュス』四幕三場でビュルス（ブッルス）がネロンを前にして展開する議論の中で利用されることになる。上述のアウグストゥスの寛容の例が語られる一巻九章の余白には「シンナ」の名が何度か書き込まれている。ここでラシー

ヌは単に皇帝暗殺計画の首謀者の名を書き留めたのではなく、この挿話を題材にしたコルネイユ悲劇の題名あるいはその登場人物の名を念頭に置いていたのではないかと思われる。

中でもラシーヌが特に関心を示している箇所がある。二巻一章において、ネロが盗賊の懲罰を指示する文書への署名をためらった際に言ったとされる言葉――「文字など知らなければよかったのに！」――が直接引用される一節である。ラシーヌはこのくだりの右余白に鉤型の線で印をつけ、ネロの言葉に下線を引き、さらに頁の上部にそのラテン語の文を抜き書きしているのである[40]（図2）。セネカによればこの言葉こそ彼に『寛容論』執筆を思い立たせたものだったという。

> 皇帝ネロ様、私が寛恕について著述するに至ったのは、とりわけあなたの一言に促されたからでした。〔……〕それは気高く、広量で、思いやりに満ちた言葉でした。〔……〕その言葉は、ご自

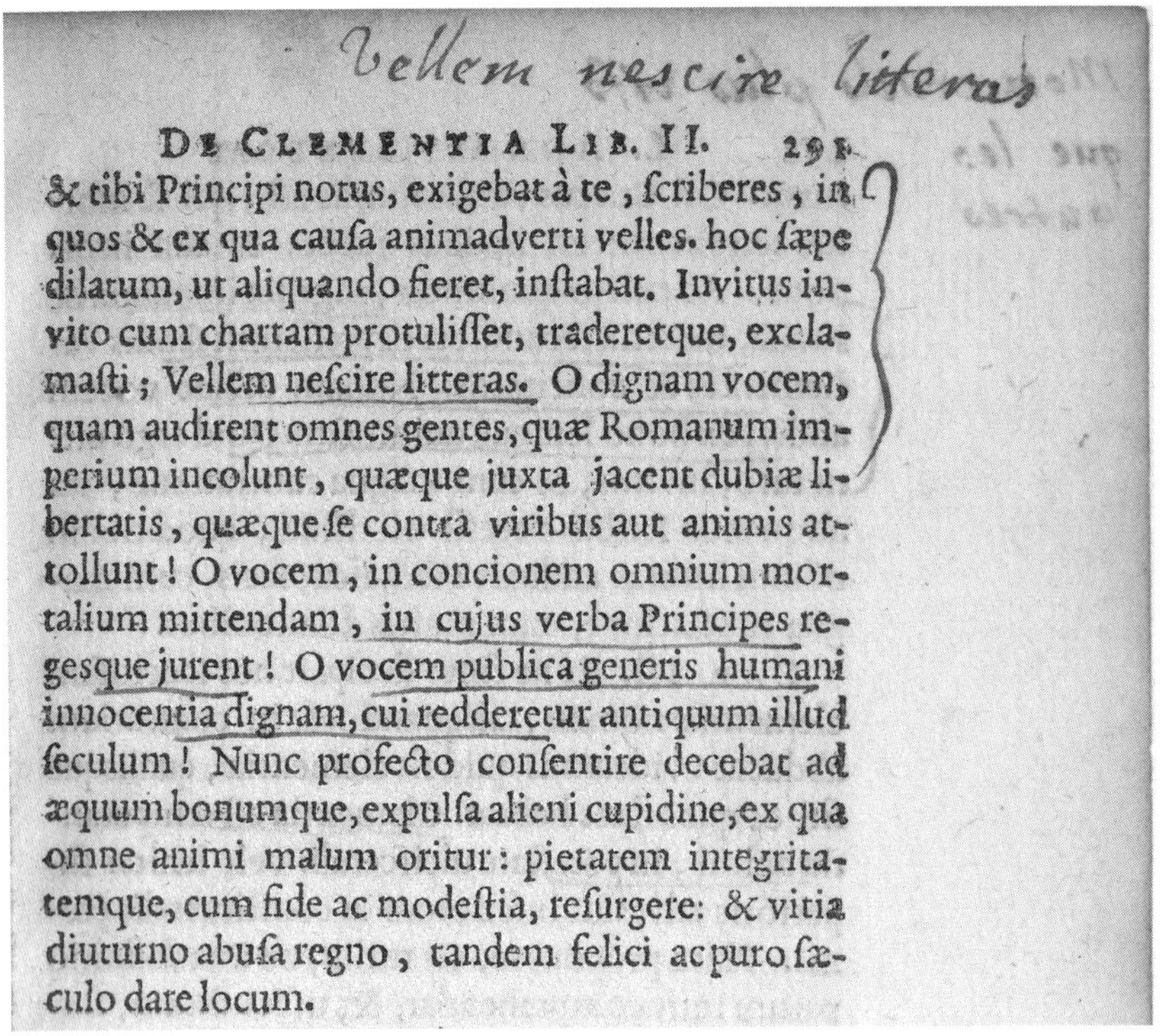
Vellem nescire litteras

DE CLEMENTIA LIB. II. 291

& tibi Principi notus, exigebat à te, ſcriberes, in quos & ex qua cauſa animadverti velles. hoc ſæpe dilatum, ut aliquando fieret, inſtabat. Invitus invito cum chartam protuliſſet, traderetque, exclamaſti; Vellem neſcire litteras. O dignam vocem, quam audirent omnes gentes, quæ Romanum imperium incolunt, quæque juxta jacent dubiæ libertatis, quæque ſe contra viribus aut animis attollunt! O vocem, in concionem omnium mortalium mittendam, in cujus verba Principes regesque jurent! O vocem publica generis humani innocentia dignam, cui redderetur antiquum illud ſeculum! Nunc profecto conſentire decebat ad æquum bonumque, expulſa alieni cupidine, ex qua omne animi malum oritur: pietatem integritatemque, cum fide ac modeſtia, reſurgere: & vitia diuturno abuſa regno, tandem felici ac puro ſæculo dare locum.

図2　セネカ『寛容論』へのラシーヌの書き込み

身の高い地位とは相容れないあなたの善良な心を人々の前に示したのです。[41]

セネカはここでネロが示したとされる良心を高らかに讃えることで、逆にこの若者の行動に縛りをかけようとしているのだと考えられる。そしてラシーヌはこのセネカの意図を十分に理解した上で、『ブリタニキュス』四幕三場でネロンに皇帝としての義務を果たすよう説得にあたるビュルスに同じ意図を付与しているのである。

『ブリタニキュス』の第四幕はいわば劇の勘所であって、ネロンの母アグリッピーヌ（二場）、傅育係のビュルス（三場）、ブリタニキュスを裏切りネロンと通じているナルシス（四場）がそれぞれの方法で若き皇帝に影響力を行使しようと試みるのだが、ビュルスはここでセネカの代わりにストア派の賢人の役割を演じることになる。実際、三場におけるビュルスの長台詞の主要な部分は『寛容論』からとられているのである。

内心次のように考え、思うことがどんな喜びであることか！
「今このとき、至るところで、私は祝福され、愛されている。
民衆が私の名を聞いて気をもむこともなく、
天が彼らの涙の中で私が名指しされるのを聞くこともない。
彼らの暗い敵意が私の顔を避けることもなく、
私が通れば至るところで心がはずむのがみえる」。
これが陛下の喜びでした。神々よ、何という変わりよう！
最も下劣な血でも陛下には大切なものに思われていたのです。
私は覚えております。ある日、公正を求める元老院が
ある罪人の死に同意するようあなたに迫りました。
陛下、あなたは彼らの厳格さに抗されました。

あまりにむごいとご自分の心を責められ、
帝国の統治につきまとう不幸を嘆かれながら、
陛下はこう言われたのです、「文字など知らなければよかったのに」。(一三五九―一三七二)

引用の前半部分はビュルスが眼前にいるネロンの「良心の声」を語らせる形になっている。「活喩法」は本来その場にいない者(死者、架空の人物も含む)に一人称で語らせる修辞技法であるが、ここでラシーヌはセネカが『寛容論』の冒頭に近い部分(ラシーヌはその余白に「王の力」、「君主の良心」と書き込んでいる)で用いている技法を劇中の台詞として取り込んでいるのである。セネカは皇帝としての義務についての省察をネロ自身(『寛容論』の想定された読者)の良心の声として提示することで、上述の箇所と同様、ネロの意識と行動に制限を加えることを狙っていると思われる。一方、この場面のビュルスにおいては徳の道が君主にもたらす喜びと幸福を感得させることに主眼がおかれているようにみえる(「喜び」という語が繰り返されているのは快楽の追求に傾く若いネロンの注意を惹くためであろうか)。いうまでもなく、ここで表明されているのは自らの良心と世界(「民衆」、「天」)との間の一致(コンセンサス)こそが行動の確かな指標であると同時に自己充足感の源泉である、とするストア主義の理想である。引用の後半部分では上述の挿話――ネロンが罪人の処罰をためらったという挿話――が語られている。興味深いことに、セネカの書においてネロに文書への署名を要求していたのが親衛隊長ブッルスであったの対し(ただしブッルスも義務上そうせざるを得なかったという点は明記されている)、ラシーヌにおいて処罰を迫るのは「公正な元老院」であり、ビュリュスは傍観者として聞いていたネロンの言葉――「文字など知らなければよかったのに」――を当の本人に思い出させる役回りに立場を変えているのである。

ラシーヌはあえて『寛容論』の著者を『ブリタニキュス』に登場させはしなかった。わずか二行のビュリュスの台詞でその不在を正当化しているのみである(「セネカの配慮があれば私の重荷も軽くなるに違いないのだが/ローマから遠く留めおかれ、彼がこの危険を知る由もない」三幕二場、八〇五―八〇六)。ネロンの学芸の師であったセネカと武芸の師であったビュリュスのうち、邪悪な裏切り者ナルシスと対置することでより鮮明なコントラストを形成するために清廉潔白の士ビュリュスを選んだ、というのがラシーヌの説明である（一六七五年の序文）。換言すれば、セネカとナルシスには何らかの共通点がある、ということであり、あえて言えばその共通点とは相手の心理状態をふまえながら巧妙に自分の論理へと引き込んでいく説得術のことではないだろうか。しかしながら、第四幕の決定的な場面においてはこの無骨ともいえるビュリュスの徳に雄弁の衣をまとわせて語らせる必要があり、そのためには哲学者セネカの声を借りなければならなかったのである。つまりラシーヌはここで二人の傅育係の特徴を一人の登場人物に集約させているのであるが、この操作を可能にしているのがテクストの巧妙な「転用」である。「帝王学」の書の一節が悲劇の一場面へと転用され、哲学者の言は軍人の口から語られることになる。ネロの言葉とされるラテン語の文はおそらく修学時代よりラシーヌの記憶にとどまっていたのであろうが、ここにおいて原文のコンテクストをふまえながらきわめて効果的に転用されているといえるだろう。

だが、ラシーヌのこのテクストに対する態度は単に「文学的記憶」として説明できるものではない。そこにはより意識的な、アイロニカルとさえいえる姿勢が見受けられるのである。そもそもセネカが『寛容論』を教え子であるネロに宛てて執筆したのはブリタンニクスが暗殺された年（五五年）あるいはその翌年のことであったと考えられる。セネカはおそらくこの暗殺の実情を知りながら、あえてネロの潔白を信じる態度を装い、この書を執筆したと思われる（実際には本書が未完のまま放棄された可能性もあり、セネカの教育的意図がネロに伝わったかどうかは定かではない。歴史はむしろ逆を証明しているといえよう）[42]。ラシーヌがこのような「歴史のアイロニー」を意識していたことは『ブリタニキュス』の結末が示す悲観的展望からも明らかではないだろうか。ローマ史を題材にした悲劇を構想するにあたって、ラシーヌは『シンナ』とその典拠である『寛容論』をふまえた上で、寛容の精神がまさに踏みにじられる事件、ネロが暴君への第一歩を踏み出すその瞬間を主題として選んだわけであり、寛容精神の勝利を描くコルネイユ悲劇への挑戦的態度は主題の選択においてすでに明らかだったといえる。

執筆過程を裏付ける資料がほとんど残されていないラシーヌ悲劇の生成過程をたどる試みとして、われわれはまずレトリックの枠組みに準拠した創作のプロセスを想定し、作家の具体的な作業手順を再構成しようとした。これは悲劇が十七世紀においてきわめてコード化されたジャンルであり、詩学という枠組みが理論的モデルを提供しているがゆえに可能となる方法である。ここで確認されたのは、プロットの構築を重視する姿勢――「発想」や「措辞（文体）」に対する「配列」の優位――であるが、この点でラシーヌはコルネイユの立場を踏襲しているにすぎないともいえる。両者の違いはむしろ「発想」（主題の選択）のレベルにおいて見受けられるといえよう。コルネイユがしばしば歴史上さほど有名でない人物を掘り出してきて主人公にしたのは、細部において潤色したり、物語の枠を壊さない範囲で改変を加えたりする自由を確保するためであった。これに対してラシーヌは主題の選択で意表を突いたり、無名の人物を主人公にしたりすることはしない。むしろラシーヌ劇の特色は観客あるいは読者の予備知識を最大限に利用する点にあるといえる。そしてここに「典拠」に対するラシーヌのきわめて鋭敏な感覚が表れているように思われる。

プロットの構築において直接モデルにする場合であれ、作品の一節を引用したり、あるいは別な文脈の中に置き換え、転用したりする場合であれ、ラシーヌは「模倣」の対象である古代のテクストを深く理解した上で、それにふさわしいフランス語表現を与え、可能な場合にはより豊かな劇的効果を加えて自分の作品中に取り込んでいる。原典を最大限に尊重しつつ自然で美しい母語にそれを移そうと努める翻訳者の姿勢と比してもよいだろう。おそらくはポール・ロワイヤルにおける教育によって培われたこのような文学的素養と洗練されたフランス語表現力こそが高いレベルにおける「創造的模倣」を可能にする条件であったと考えられる。修学時代の勉学の成果として保存されている翻訳や注釈の類が劇作家ラシーヌの仕事を理解する上で貴重な資料となるのは、そこに古代のテクストとの直接的対話がありのままに示されているからであり、人文主義者ラシーヌの素地をみることができるからである。一方、これら創作の前提条件に対し、作品の受容の条件となるのが悲劇の観客や読者に想定される予備知識である。明示的なものであれ、暗示的なものであれ、作品の典拠となるテクストの総体についての文化的記憶、あるいは文学的教養とでもいうべきものがそこでは要求されるのである。その意味で、「創造的模倣」としてのラシーヌ悲劇が成立し、理解されうるのはこの文学的伝統の中においてだけであるといえるかもしれない。

注

1　« Vingt fois sur le métier remettez votre ouvrage./Polissez-le sans cesse, et le repolissez./Ajoutez quelquefois, et souvent effacez. » (Boileau, *L'Art poétique* [1674], Chant I, dans *Œuvres complètes*, éd. Françoise Escal, Gallimard, « Bibliothèque de la Pléiade », 1966, p. 161. Orthographe modernisée.)

　ボワローが詩人に求めるのは適切な判断力と職人的な技術をそなえた上で日々作品完成の努力を怠らない姿勢である。作品の欠点は詩人の無知や怠慢から生じるのであり、その欠点を認めない詩人は傲慢だということになる。それゆえ作品の完成を目指す推敲とはまず不完全な部分、最善の選択とはいえない部分を削除する行為なのである。M・エドワーズはこのような創作態度を「消去の詩学」poétique de l'effacement とよんでいる（Michael Edwards, *Racine et Shakespeare*, PUF, 2004, p. 79 *sq.*）。

2　BnF, Manuscrits, Fonds français 12887, folios 94–97.

3　BnF, Manuscrits, Fonds français 12887, folios 125–155.

4　BnF, Manuscrits, Fonds français 12887, folios 101–102.

5　Racine, *Œuvres complètes*, t. II, prose, éd. Raymond Picard, Gallimard, « Bibliothèque de la Pléiade » [1952], 1966, p. 547–551.

6　« Classique est l'écrivain qui porte un critique en soi-même, et qui l'associe intimement à ses travaux. » (Paul Valéry, « Situation de Baudelaire » [1924], dans *Œuvres complètes*, éd. Jean Hytier, Gallimard, « Bibliothèque de la Pléiade », t. I, 1957, p. 604.)

7　ラシーヌの悲劇執筆の際の様子を伝える書簡がこの空白期間をはさんでわずかに残っている。

　『ラ・テバイッドあるいは敵同士の兄弟』を執筆していた若きラシーヌが友人ル・ヴァッスールに宛てた手紙（一六六三年）は作家の執筆と推敲の過程の一端をかいま見せる点で貴重である。この手紙でラシーヌは、「聞かせどころ」と考えていた最終幕におけるアンチゴーヌの「残酷なる野心」についてのスタンス形式のモノローグを結局省くことにした、と書いている。なぜならこの登場人物が「常套句〔レトリックにおける一般的論拠〕を長々と述べるにふさわしい」心理状態にはないはずだと指摘されたからだ、というのである。（Racine, *Œuvres complètes*, t. II, éd. Picard, p. 459–460.）ラシーヌにとっては無論自らの悲劇が初めて舞台にかかることの方が重要であり、多少の譲歩は仕方がないと考えたのであろう。

　この手紙からおそらく十三年ほどの後（一六七六年）、劇作家としての名声を不動のものにしたラシーヌが新たな作品──『フェードル』かと思われる──を書き上げようとしていた時期にイエズス会のブーウール師に宛てたと考えられる手紙が残っている。「私の悲劇の最初の四幕をお送りします。筆写を終え次第、第五幕もお送りします。神父様、どうかこれをお読みいただき、私が犯したかもしれない言葉の間違いをご指摘ください。あなたは言葉に関して私どもの最も優れた教師のお一人なのですから。他の性質の誤りがあれば、容赦なくご指摘いただくようお願いいたします。またラパン神父にもお時間をいただけるならばこの閲読のことをお伝え願えるでしょうか。」（*Ibid.*, p. 462）。ここには作品の完成まで細心の注意を払う完全主義者、そして深い見識を備えた相手には従順な態度を示す謙虚な作家の姿がみられる——作品の上演後に被った批判に対し、序文の中で傲岸な態度で反論するラシーヌとは対照的なイメージを書簡は伝えているわけである。

8　ピカール版全集第二巻に収録されている書簡のうち、空白期間前のものは四四通（うち二一通はル・ヴァッスール宛）、空白期間後のものは一三四通（うち三一通はボワロー宛、五五通は息子ジャン＝バティスト宛）を数える。

9　[Louis Racine], *Mémoires sur la vie de Jean Racine*, Lausanne et Genève, Chez Marc-Michel Bousquet & Compagnie, 1747, 2 vol. ; t. 1, contenant les *Mémoires* et des textes inédits de Racine ; t. 2, portant le faux-titre, *Recueil des lettres de Jean Racine*.

10　*Œuvres de J. Racine*, éd. Paul Mesnard, Hachette, « Les Grands Écrivains de la France » [1865–1873], 2e éd., 1885–1888, 8 vol. et 2 albums ; t. VI, p. 364 *sq*.

11　Jean Rohou, *Jean Racine*, Fayard, 1992, p. 211 ; Georges Forestier, *Jean Racine*, Gallimard, 2006, p. 417.

12　Éd. Mesnard, t. I, p. 372–374.

13　« Papiers de Jean Racine »（BnF, Manuscrits, Fonds français 12886–12891）. なお、ラシーヌの書き込みのある本は印刷文書部レゼルブに所蔵されている。

14　Éd. Mesnard, déjà citée.

15　Roy Clement Knight, *Racine et la Grèce* [Boivin, 1950], Nizet, 2e éd., 1974.

16　Georges May, *D'Ovide à Racine*, PUF ; New Haven, Yale UP, 1949.

17　Ronald W. Tobin, *Racine and Seneca*, Chapel Hill, The University of North Carolina Press, 1971.

18　Jean Orcibal, *La Genèse d'Esther et d'Athalie*, Vrin, 1950.

19　René Jasinski, *Autour de l'Esther racinienne*, Nizet, 1985.

20　Peter France, *Racine's Rhetoric*, Oxford, Clarendon Press, 1965. なお次の研究も参照のこと。Michael Hawcroft, *Word as Action. Racine, Rhetoric and Theatrical Language*, Oxford, Clarendon Press, 1992.

21　Harry Thomas Barnwell, *The Tragic Drama of Corneille and Racine. An Old Parallel Revisited*, Oxford, Clarendon Press, 1982.

22　Gilles Declercq, « La formation rhétorique de Jean Racine », dans *Jean Racine 1699–1999*, actes du colloque Île-de-France—La Ferté-Milon (1999), éds. Gilles Declercq et Michèle Rosellini, PUF, 2003, p. 257–290.

23　Basil Munteano, « La survie littéraire des rhéteurs anciens. Épisodes et repères » [1958], repris dans *Constantes dialectiques en littérature et en histoire. Problèmes, recherches, perspectives*, Didier, 1967, p. 173–185 ; *Racine écolier des Petites Écoles de Port-Royal*, ms, s. d., cité par G. Declercq, art. cit.

24　Gilles Declercq, art. cit., p. 266–267.

25　Basil Munteano, « Port-Royal et la stylistique de la traduction » [1956], repris dans *Constantes dialectiques en littérature et en histoire*, *op. cit.*, p. 251–272.

26　Michael Hawcroft, « Comment jouait-on le rôle d'Hippolyte dans la

Phèdre de Racine ? Témoignage d'un manuscrit inédit », *XVIIe siècle*, 231 (2006), p. 243–275.

27 *Essai de génétique théâtrale. Corneille à l'œuvre*, Klincksieck, 1996.

28 その意味で人物造形のレベルにおける英雄主義にせよ、状況設定における政治的葛藤にせよ、これまで「コルネイユ的」と考えられてきた要素はある意味で装飾的（表層的）機能しか果たさないものだとみなされる。なお、ここで記述されているモデルはグレマスのいう言述の「構造化」の手続きに想を得たものであり、フォレスティエが用いている génétique という語も深層から表層に至る語りのプログラムを指すものであって、通常了解されている「生成研究」とは異なるものである点に注意しなければならない。

29 Corneille, *Discours de la tragédie, et des moyens de la traiter, selon le vraisemblable et le nécessaire* [1660], éd. Georges Couton, *Œuvres complètes*, Gallimard, « Bibliothèque de la Pléiade », t. III, 1987, p. 159.

30 Racine, *Œuvres complètes*, t. I, théâtre-poésie, éd. Georges Forestier, Gallimard, « Bibliothèque de la Pléiade », 1999.

31 « Préface » [1675] de *La Thébaïde*, dans Racine, *Œuvres complètes*, t. I, éd. Forestier, p. 119.

32 Louis Racine, *Mémoires contenant quelques particularités sur la vie et les ouvrages de Jean Racine* [1747], repris dans Racine, *Œuvres complètes*, t. I, éd. Forestier, p. 1148.

33 [Pierre Nicole], « Préface » du *Recueil de poésies chrétiennes et diverses* [1671], repris dans *La Vraie Beauté et son fantôme et autres textes d'esthétique*, éd. Béatrice Guion, Champion, 1996, p. 143 ; le début de ce passage est cité par Jean Rohou, *Jean Racine*, *op. cit.*, p. 213 et par Georges Forestier, *Jean Racine*, *op. cit.*, p. 143.

34 ここでニコルは韻文作品の創作に際して方法論的アプローチを推奨しているようにみえる。しかし実際には、この『詩撰集』序文において修辞学や詩学の規則は必ずしも絶対視されていないことに注意しなくてはならない。「規則には常に何かしら暗く、生気のないところがあるので、これを乗り越えなければならない」とニコルは述べている。また「詩の美しさというものは感じると同時に理解しなければならない。そしてそれについて非常に鮮明で強烈な観念をもつことで、美に合致しないものはすべてためらいなく拒否させるようでなければならない」とした上で、そのような「感受性」と「趣味」を形成するにはすぐれた作品を読むことしか方法はないと結論しているのである。（Pierre Nicole, *op. cit.*, p. 144–145.）

35 Racine, « Plan du premier acte d'*Iphigénie en Tauride* », dans *Œuvres complètes*, t. I, éd. Forestier, p. 765–766.

36 この場面の最後で話題になっている王子はタウリケーの領主トアスの息子でイフィジェニーに好意をもっている、という設定であるが、これはラシーヌが創作した人物である。ここでラシーヌは十七世紀演劇の慣習に従い、本筋と脇筋をからめる形でエウリピデスにはない恋愛の要素を導入しているわけである。

37 Gilles Declercq, « Le lieu commun dans les tragédies de Racine : topique, poétique et mémoire à l'âge classique », *XVIIe siècle*, 150 (1986), p. 55.

38 この点については以下の拙論を参照のこと。永盛克也「ローマ史とラシーヌ的神話作用」（小田桐光隆編『ラシーヌ劇の神話力』、上智大学出版会、二〇〇一年、一九八－二一〇頁）。

39 *L. ANNAEI SENECAE PHILOSOPHI Opera Omnia* ; Ex ult : I. Lipsii

& I. F. Gronovii emendat. et *M. ANNAEI SENECAE RHETORIS quae exstant* ; Ex. And. Schotti recens. LVGD. BATAV. Apud Elzevirios. 1649. (T. 1 avec notes manuscrites marginales de Racine : BnF, RES-R-2003.) なお、『寛容論』へのラシーヌの書き込みは以下の全集版に収録されている。Éd. Mesnard, t. VI, p. 340–342 ; éd. Picard, t. II, p. 984–985.

40 « *Vellem nescire litteras* »（BnF, RES-R-2003, p. 291, mg.）なお、メナール版（t. VI, p. 341）およびピカール版（t. II, p. 985）では « *literas* » と誤って転写されている。

41 『寛恕について』、小川正廣訳『セネカ哲学全集1』所収、岩波書店、二〇〇六年、一五一頁。なお、原題 *De Clementia* の邦訳として本論文では『寛容論』を用いることにする。

42 『寛恕について』の小川正廣氏の解説（前掲書、四九九―五〇一頁）を参照。

参考文献

Éditions

Œuvres de J. Racine, éd. Paul Mesnard, Hachette, « Les Grands Écrivains de la France » [1865–1873], 2e éd., 1885–1888, 8 vol. et 2 albums.

Racine, *Œuvres complètes*, t. I, théâtre-poésie, éd. Georges Forestier, Gallimard, « Bibliothèque de la Pléiade », 1999.

Racine, *Œuvres complètes*, t. II, prose, éd. Raymond Picard, Gallimard, « Bibliothèque de la Pléiade » [1952], 1966.

Études

Roy Clement Knight, *Racine et la Grèce* [Boivin, 1950], Nizet, 2e éd., 1974.

Harry Thomas Barnwell, *The Tragic Drama of Corneille and Racine. An Old Parallel Revisited*, Oxford, Clarendon Press, 1982.

Gilles Declercq, « Le lieu commun dans les tragédies de Racine : topique, poétique et mémoire à l'âge classique », *XVIIe siècle*, 150 (1986), p. 43–60.

——, « La formation rhétorique de Jean Racine », dans *Jean Racine 1699–1999*, actes du colloque Île-de-France—La Ferté-Milon (1999), éds. Gilles Declercq et Michèle Rosellini, PUF, 2003, p. 257–290.

Georges Forestier, *Jean Racine*, Gallimard, 2006.

第3章　ルソーの『告白』における夜明けの光景と描写詩

井上櫻子

1　「啓蒙」の世紀に、詩は衰退したのか

「フランスで、十八世紀に活躍した詩人の名を五人挙げなさい。」このような問題が与えられたら、どのように答えるだろうか。十八世紀を代表する哲学者であると同時に、叙事詩『アンリアード』など数多くの韻文を残したヴォルテールの名を挙げるだろうか。それとも、ヴォルテール同様、やはり十八世紀前半に活躍した叙情詩人、ジャン＝バチスト・ルソーの名を挙げるだろうか。あるいは、恐怖政治のもと断頭台に散った悲劇の詩人、アンドレ・シェニエのことを思い浮かべるだろうか。しかし、十八世紀の詩人を五人挙げるとなると、答えに窮してしまうのではないか。

日本で編集されている『フランス文学史』をひもといてみよう。十八世紀に関する記述の中でまず強調されているのは、モンテスキュー、ヴォルテール、ディドロ、ジャン＝ジャック・ルソーといった啓蒙思想家の活躍である。啓蒙思想家の功績に関する詳細な解説に比べると、『フランス文学史』の中で展開される十八世紀の詩人たちについての記述は、きわめて限定的かつ皮相的なものに思われる。それでは、哲学的精神と詩的精神は、相容れぬものなのだろうか。また、啓蒙の世紀において、詩人たちの活躍は周縁的なものにすぎなかったのだろうか。

十八世紀の文学界の状況を把握する上で有力な手がかりは、まずは『メルキュール・ド・フランス』*Mercure de France*、『文学年報』*L'Année littéraire* や『文芸通信』*Correspondance littéraire* のような定期刊行物のうちに求められる。さらに、サロン

に出入りしていた人々の私的な書簡集も、当時の読者がどのようなことに関心をよせていたかを知る上で大変有益な情報源である。これらの資料に目を通すと、十八世紀にもやはり、詩は最も高貴な表現手段とみなされており、おびただしい数の韻文が制作されていたことが分かる。ただ、当時の作品の発表形態は、現代とはかなり事情が異なる。詩人たちは、その思索の結果を印刷媒体によって広く公にする前に、まずサロンでの朗唱や、草稿の回覧によってごく親しい人々にのみ明らかにしていた。詩を制作し、それを捧げることは、書簡を交わしたり、サロンで気の利いた会話を楽しんだりするのと同様、自らの感受性と社交性を示すすべの一つと考えられていたのである。したがって、十八世紀においても、詩作に対する人々の関心が決して薄れることはなかった。そして、十八世紀後半には、韻文とその批評を掲載することに特化した定期刊行物、『詩神年鑑』*Almanach des muses* さえ誕生した。とはいえ、この時代の詩人たちが手がけた作品の多くは、いわゆる「偶感」poésie fugitive すなわち、作家が自身の責任によって詩集にまとめ、出版しようという意図を持たずして制作したものだった。そのため、現代の読者からみると、十八世紀の詩人たちの活動は容易に捉えがたいように映るのである。[1]

その結果、十八世紀後半にロマン主義の萌芽を見いだそうとするとき、人々の関心は韻文よりもむしろ詩的な美しさを備える散文に向けられてきた。そのような「詩的な」散文の例として、最も頻繁に引き合いにされるのは、ルソー（一七一二―一七七八）の書簡体小説『新エロイーズ』や、自伝に織り込まれた自然描写である。スイスやフランスの自然を描き出すルソーの筆致には、韻文以上の律動性が見いだされると指摘されてきた。[2] さらに、ルソーは野辺を散歩するうちに目に映る事物を描き出しながら、そこに所懐の一端をも垣間見せる。そのため、ルソーの自然描写に叙情性が再生する兆しが見いだされるということも、多くの研究者によって繰り返し確認されてきた。ルソーこそ、同時代の読者を自然の美に目覚めさせた作家だというのは、フランス文学史上の定説とも言えよう。

2

『告白』第四巻における「幸福な一日」の描写

ルソーはその自伝の中で、春の野を逍遥するひとときは、現世の煩わしい思いから解放され、穏やかな気持ちで自足の境地に至る特権的時間だと幾度となく強調している。そのような例のひとつとして挙げられるのが、『告白』第四巻冒頭に挿入された、ある幸福な一日のエピソードである。ルソーは留守の間に、愛するヴァラン夫人が別の若い男と旅立ったことを知り、失意に沈んでいた。[3] ところがある日、散歩の道すがら、二人の大変魅力的な娘たちに出会う。二人が馬で川を渡るのを手伝ってやると、娘たちはそのお礼に、彼をトゥーヌへ招待する。二人に誘われるがまま、ルソーは遠足に出かける。トゥーヌに着くと、まず、娘たちは彼に昼食を供してもてなす。空腹が満たされると、三人は果樹園に繰り出し、サクランボ狩りをして大はしゃぎする。西の空が美しく染まる頃、三人はふたたび会うことだけを誓って別れる。ルソーは彼女たちに思いを寄せつつも、別れ際になって、二人の手に接吻するのがやっとだった。だが、娘たちとともに過ごしたこの一日の顛末を、あたかも理想郷での出来事のように物語っている。

この夢のような一日の物語は、晩春、あるいは初夏の大地の叙景詩によって幕を開ける。

> ある朝、朝焼けがあまりにも見事だったので、すぐに服を着ると、日の出を見ようと急いで野原へ出かけていった。私は、その喜びを心ゆくまで楽しんだ。聖ヨハネの日の一週間後であった。大地は草花に身を包み、この上なくすばらしい装いをしている。ナイチンゲールは、歌の季節が終わりに近づいたために、いっそう声高らかに歌おうとしているかのように思われた。ありとあらゆる鳥たちが声を合わせて、春に別れを告げ、よく晴れた夏の一日の始まりを歌っていた。それは、私のような年齢ではもはや目にすることの出来ぬような、また私が今居を構えている陰鬱な土地では人々が一度たりとも目にしたことのないような、よく晴れた一日で

あった。[4]

目覚めたばかりのジャン＝ジャックに、緑潤い、花咲き乱れる野はいっそう鮮やかに、いっそう魅惑的に映る。聖ヨハネの日の一週間後とあるから、季節は六月の末と考えられる。とはいえ、「ナイチンゲールは、歌の季節が終わりに近づいたために」という一節から、ここでルソーは、真夏の雄大な自然の姿よりも、過ぎ行く春の名残をとどめる野の風景を描こうとしていることが分かる。現代の読者は、この一節にはルソーの自然への愛が象徴的に現れていると認めたとしても、それ以上の意義を見いだそうとしないかもしれない。そしておそらく、同様の記述は『告白』の随所に見いだされると考えるだろう。しかし、十八世紀の読者ならば、朝の野のタブローを目にしたとたん、これから恋の物語が展開されるのだろうという予測がつけられたのではないだろうか。

ルソーの自伝における自然描写は、これまで作家の孤独を愛する性格と関連づけられることが多かった。しかし、そのような描写の数々をつまびらかに検討すると、ルソーはむしろフランスにおける田園詩の系譜をふまえながら、自然と語らう喜びを歌っているのではないかという仮説を立てたくなる。とりわけ、ルソーが『告白』を執筆していた一七六〇年代には、詩人たちが競うようにして素朴な田園生活の賛歌を公にしていた。先に示した初夏の朝の一節は、このような十八世紀後半の文脈におき直して再読する必要があるのではないか。実際、このスケッチのいくつかの要素が、そのような視点から再検討することをわれわれに迫っているように思われる。まず、季節は晩春から初夏と設定されていること、そして、楽しげに歌うナイチンゲールが描かれていることである。

3 『四季』の歌の系列

なぜ十八世紀後半のフランスで、自然の歌が数多く制作されたのか。その直接的要因は、あるイギリスの作品が大陸に紹介されたことに求められる。それは、田園生活の美徳を賛美したジェームズ・トムソンの『四季』（一七三〇）である。言うまでもなく、西洋における田園詩の伝統は古代にまでさかのぼるものだが、トムソンの作品に特徴的なのは、季節の変遷とともに変わりゆく自然の諸相を、きわめて具体的に描出している点である。この作品に、フランスの詩人たちは新たな創作のインスピレーションを得たようだ。最も高貴な表現手段である韻文が、卑近な田園生活の詳細を扱うのを許すべきかという問題をめぐっては、文学界で激しい論争が起こった。しかし、フランス詩学の革新を目指す若い世代の詩人たちは、積極的に新たな詩的創造の主題に取り組んでいった。このような自然の歌も、当初はごく親しい人々の間で鑑賞されるにとどまっていたが、一七五九年、ボンタン夫人による『四季』の仏訳が公刊されると、詩人たちはそれに触発されたかのように次々と自然の歌を出版したのである。こうして編まれた『四季』を主題とする作品群は、「描写詩」と呼ばれる十八世紀特有のジャンルを形成することとなる。[5]

このジャンルに分類される主要作品に目を通すと、「春」に関する歌の中に、先に確認した『告白』における自然のタブローときわめて近しい風景が描かれているのに気づく。「春」の歌はひとしく、万物が再生する野の風景を礼賛することを目的としている。やさしい光につつまれて、若葉萌えたつ野も山も輝いてみえる。大地はあでやかに咲く花々に彩られる。獣たちは活動を始め、鳥たちは美しい歌声を響かせる。こうして動物たちは伴侶を求めているのだ。このように、春の歌には必ず求愛の場面が描かれる。というのも、西洋の伝統では、「三月」Mars は、「軍神マルス」Mars と愛の神ウェヌスの婚礼の季節とされているからである。そしてとりわけ、色彩豊かな鳴き声で聴く者を魅了するナイチンゲールは、愛の象徴として春の歌に必ず描かれた。

まず、描写詩に分類される作品群のうちでも初期に制作されたものの一つ、フランソワ＝ジョアシャン・ド・ピエール・ド・ベルニスの『四季』（一七六四）を見てみよう[6]。確かにフランス語で編まれた最初の描写詩は、デノワイエの『自然のタブロー』（一七六〇）であると考えられる[7]。とはいえ、ベルニスの方が自然の事物により細やかなまなざしを注いでおり、その点において『四季』は、のちの描写詩の方向性を決定づけた重要な作品と言えよう。

はやくも花咲くいばらの木の下で、
ナイチンゲールは声高に歌っている。
ツバメは屋根の周りを飛び回る。
ウェヌスの鳥は、連れ添う相手を見つけ、
キジバトはうっとりとしながら
森の奥で恋の悩みを歌う[8]。

ベルニスは、ナイチンゲールが恋の象徴として古くからフランスの詩人たちに歌われていたのを強く意識しながら歌を詠んでいると考えられる。というのも、フランス・バロック期の代表的詩人テオフィル・ド・ヴィオーやサン＝タマンは、それぞれ「孤独」と題されるオードに、次のような一節をそっとしのばせているからである。

たいへん物静かな心の持ち主は
この心地よい場所にとどまりたがる。
ナイチンゲールが夜となく昼となく
哀れを誘う言葉を繰り返し口にする[9]。

この花咲くいばらを

春は愛しているが、
そのいばらの上で、悩ましげに歌うナイチンゲールは、
何と深い物思いに耽らせることか！[10]

十七世紀前半、数多くのフランスの詩人が制作した「孤独」と題される韻文は、スペインのバロック詩人ルイス・デ・ゴンゴラによる同名の詩の翻案である。これは、都会の喧噪を離れ、自然に囲まれながら静かに瞑想する喜びを歌っているため、「描写詩」の先駆とみなされる。確かにベルニスの示す「ナイチンゲールのいる風景」と、サン＝タマンのオードにおけるナイチンゲールのスケッチとの間に連続性を見いだすことは難しくはない。

とはいえ、ベルニスは決してバロック詩人の亜流に終わった訳ではない。彼が文学の伝統をふまえつつも、新たな田園の賛歌を生み出そうと心を労した跡は、先に示したわずか数詩句のうちにもはっきりと認められる。テオフィルやサン＝タマンが、恋のイメージを喚起するのに、わずかにナイチンゲールを描くにとどまっているのに対し、ベルニスは、ナイチンゲール、ツバメ、キジバトというように、恋に落ちる鳥のイメージを連ねる。描写の細部にこのような相違点が確認されるのは、バロック詩と描写詩が、一見したところ似通った主題を扱いながらも、最終的に目指すところが異なるためである。

バロックの美学は、万物は流転するという世界観に立脚している。詩人たちは、鏡や水面が生み出すイリュージョンの効果を駆使して、虚像と実像の間で読み手を戸惑わせたり、眩惑させたりすることをねらう。[11]かくして、この世の定めなさを詩的空間に写し取ろうとするのである。このようなバロック美学は、サン＝タマンの「孤独」における次の詩句に象徴的にあらわされている。「ときには、世界で最も澄んでいる／海は揺れ動く鏡のようだ／〔……〕／太陽はそこにはっきり姿を映し／その美しい顔をじっと眺める／そして、しばしの間思案する／これは私自身か、それともその虚像かと／はじめのうち、我々の目には／太陽が空から落ちてきたかに見える[12]」。そのため、緻密な筆致で自然を描くかに見えたとし

ても、それは、むしろ過剰な装飾によって、それを目にする者のうちに驚きとめまいを生じさせようとしてのことなのである。

これに対して、描写詩は、自然の事物の本質を解き明かそうという野心に貫かれている。このような自然へのまなざしの変化は、イギリスの自然の歌の導入という文学界の事情だけによるものではない。十八世紀における科学的思考、とりわけ博物学の発展の影響をも強く受けているのである。そのような全体知の変容を色濃く反映しているのが、ジャン＝フランソワ・ド・サン＝ランベールの『四季』（初版一七六九年）である。[13] 彼は、『四季』を制作するにあたり、この分野において先鞭をつけたベルニスの存在を常に強く意識し、先駆者の作品を超える自然の歌を世に送ろうとした。[14] そのため、サン＝ランベールは、一七四〇年代の末には既に『四季』の構想を練り始めていたにもかかわらず、[15] 出版にあたってはきわめて慎重な姿勢を示したのである。彼は二〇年以上の歳月を推敲に費やした。その間、まず試みたのは、動植物のタブローを博物学の知識によって充実させることであった。

サン＝ランベールの「春」を締めくくるのもやはり求愛する動物たちの描写と愛の礼賛の歌である。やはりここにも、恋するナイチンゲールの姿が描かれる。

恋する雄鳥の歌声に、ナイチンゲールはうっとりしながら
耳を傾け、感極まって、その欲望に身を委ねる。
雄鳥は、気を引くために歌っていたが、今度はその快楽を歌い上げる。
夜の闇の中、響きの良い歌声は
木々の作りなす丸天井に響きわたる。
みなその歌を聞き、みな恋に落ち、恋する生き物はみな
熱情の喜びの歌を耳にしたと思うのだ。[16]

サン＝ランベールは、ハト、スズメ、ハクチョウ、キジバトと伴侶を求める鳥たちの活動の様子を連綿と書き続ける。また、恋する鳥たちを詩歌に詠むに先立ち、馬や牛のような牧歌に歌われるにふさわしい動物と、オオカミやトラのような猛獣たちの求愛の場面を描いており、野獣の心をすら和らげる愛の奇跡を讃えるのである。

また、サン＝ランベールは、ただ自然の事物の描写を充実させるに飽き足らず、このような田園のスケッチのなかに、自然の中で生を営む人間のさまざまな情緒的経験を書き加えていった。描写詩の第一の目的は、素朴な田園生活の美徳を賛美することにあった。そのため、サン＝ランベールは、自然の中での暮らしから得られる快楽に光を当てるべく、外界の自然が人間の感受性に与える影響に注目しながら詩句を書き進めていったのである。『四季』に、感受性と快楽にかんするきわめて興味深い考察が含まれているのは、以上のような事情による。実際、サン＝ランベールには、人間論を深めてゆく上で、きわめて有力な後ろ盾が存在した。彼と交友関係にあった、ディドロやエルヴェシウスといった百科全書派の思想家たちである。

「春」の歌においても、サン＝ランベールは、動物たちの求愛の場面を描きながら、次第に若者と美しい娘との恋の物語へと主題を移行させる。「みなが欲望し、快楽に耽る。愛することが出来るのは人間だけ。／しばしば、心ならずも官能の虜となったとしても／愛することは人間の心になくてはならぬ喜び。[17]」動物の求愛行動は、種の保存を目的としたものであり、完全に肉体的欲望に支配される。鳥や獣がどれほど甘い喜びに耽っているように見えたとしても、彼らの「恋のひととき」ははかなく過ぎゆくものであるのに対して、人間が伴侶を求めるのは、ただ肉体的欲望に屈するためではなく、内面の欲求に従ってのことである。それゆえ、人間の「愛」は永遠である。このように動物性と人間性の差異を際立たせながら、「愛すること」は、精神性を備えた人間の特権だとサン＝ランベールは主張するのである。とはいえ、実際には、この詩句の後に続く場面で、詩人はむしろ悦楽に耽る若い恋人たちの姿を描いているのであるが。[18] 官能的な作品が人気を博した時代背景を反映してのことだろうか、あるいは、ディドロが『百科全書』に寄せた項目「快楽」« Jouissance » の影響だろうか。[19] それではなぜ、サン＝ランベールは矛盾を冒してまでも、人間の自然＝本性を称揚する詩句を織り込んだのか。その背景には、自身の『四季』の歌を、単なる風景画に終わらせるのではなく、人間性に関する思索に満ちた作品に仕上げようという作家の野心が潜んでいると思われる。そして、野で繰り広げられる動物たちの求愛の光景を描きつつ、人間の恋の歌へとつなげていく技法は、ジャン＝アントワーヌ・ルーシェの『十二の月の歌』*Les Mois*（一七七九）にも引き継がれてゆく。[20]

ルソーは娘たちとの幸福な一日の始まる瞬間を描くにあたり、このような「自然の歌」の流行を意識していたのではないか。サン＝ランベールの『四季』については、出版直後からさまざまな定期刊行物に書評が掲載された。ルソーは百科全書派の思想家と協力した時期もあったため、彼らとの訣別後もその執筆活動に強い関心を示していた。自分と同じように、田園生活を賛美するサン＝ランベールの作品にルソーが無関心であったとは考えがたい。さらにもう一つ、ルソーの自然描写と描写詩の発展の関連を検討するにあたって注目したい特徴がある。彼がこのエピソードを語るにあたり、援用している時間意識である。つまり、ルソーが物語の開始時刻を朝と設定し、二人の娘たちと出会ってからの出来事を、一日の日の出から日没までの間にまとめあげていることである。[21]

4　循環する時間意識と再生への願い

十八世紀には、科学的思考が著しく発展したため、時間は不可逆的に過ぎ行くものだという意識が普及しはじめた。このような「直線的な時間意識」は、現代では当たり前のように受け入れられているが、古代より人々が心のよりどころとしたのは、万物は老い、死滅したとしても、再び甦るという意識である。すなわち、「循環する時間意識」である。このような時間意識は、サン＝ランベールをはじめとして、描写詩を手がけた詩人たちの間で共有されていた。一般的には、科学的世界観が広まるにつれ、次第にこのような時間意識は忘れ去られていったとはいえ、文学の世界では、過ぎ去った時代を懐かしむかのようにロマン主義の時代まで支持され続けた。[22]『四季』を締めくくる歌である「冬」にも、必ず世界の再生への希望が高らかに歌われる。厳しい季節の後には春が訪れる、そのとき、万物は新しい生命を得ることだろう、と。そのような自然と調和して生きる喜びを描いた四季の歌に、自由な感情の動きを解放させる場を見いだしたのだろうか。また、四季のみならず、一日の自然の様相の変化も描写詩を手がける詩人たちが好んで扱った主題の一つだった。詩人は、沈んでは昇る太陽の表象にも時間は循環するもの、幸せなときは甦るものであってほしいとの願いをこめたのである。ところで、ルソーは半ば夢見心地で過ごした半日を振り返った後、次のように述べている。「別れるときはどれほど名残惜しく思ったことだろう！　また会うことを約束したときは、どれほど嬉しく思ったことだろう！　ともに過ごした十二時間は、数世紀の間親しく交際したのにも匹敵するように思えた。〔……〕私にとって、これほどすばらしい日の思い出は、私が人生で味わった他のどのような快楽よりも、私に強く感銘を与え、私を魅了し、そしてたびたび私の心に甦るのである。[23]」

幸せな時間が甦るようにとの強い願いが込められているからだろうか。四季のなかでも、春の野の風景は、とりわけ詩人たちが意をこらした題材だった。同様に、一日のさまざまな時間帯のうちで、最も頻繁に歌に詠まれ、また、最も魅惑的に描かれるのは、夜明けの光景である。『四季』初版を公刊するに先立ち、サン＝ランベールが詩集『四季と日々』（一七六四）に寄せた「朝」の一節を見てみよう。

　反射する光で
　太陽は空を照らし出し、
　少しずつ、世界じゅうに
　色彩と生命とを与えていった。
　眠りの国から快楽の国へと

移りゆくのをわが感覚は感じとっていた、
夢は私に描いてみせていた、
私が味わった幸せの記憶を。
その幸せが甦ろうとしているのを感じた。
そのような夢にかき立てられ
私は新しい生命を受けた。[24]

夜明けの光を浴び、眠りから覚めた「私」は、あたかも朝の到来とともに甦ったかのような感覚を覚える。ふと傍らを見やると、恋人がしどけないさまで横たわっている。朝露輝く春の野は、愛する人とともに眺めるからこそ、その美しさが際立つのである。この歌は、甘美な覚醒の瞬間が再び繰り返されるようにとの詩人の願いをもって締めくくられる。[25]

ルソーの心の中で、繰り返し甦る初夏の一日の記憶。もはや二度と戻ることの出来ない夢のような一日。その日の夜明けの瞬間もまた、彼が目にした光景の中でひときわ輝かしいものとして語られていたのを思い出すべきだろう。「私のような年齢ではもはや目にすることの出来ぬような、また私が今居を構えている陰鬱な土地では人々が一度たりとも目にしたことのないような、よく晴れた一日だった。」夜明けの光景は、娘たちと過ごした半日の記憶をとどめる象徴的場面と位置づけられているようである。そのことは、『告白』を読みすすめるうちに次第に明らかになってくる。一〇数年後、ルソーはふとトゥーヌで娘たちと「午餐」を楽しんだことを思い出す。このとき、彼は百科全書派の思想家たちと訣別し、パリ郊外に移り住んでいた。失意のうちにある作家の心に甘美な記憶を呼び覚ましたのは、晩春から初夏にかけての野の光景である。

一年のうちで一番美しい季節の六月に、涼しい木陰で、ナイチンゲールの歌や小川のせせらぎに合わせ、私はこうした瞑想にふけっていた。あらゆるものが力をあわせ、私の心を誘惑し、怠惰な生活へとひたらせるのだ。〔……〕トゥーヌの城館での昼食やうっとりするようなあの二人の娘との出会いを思い出した。[26]ナイチンゲールが楽しげに歌う六月の野。娘たちと出会った日に目にした光景といかに似ていることか。恋心をかき立てる鳥、ナイチンゲールの歌に誘われてか、ルソーはこの野辺の散歩で、ガレー嬢とグラフェンリード嬢のみならず、ズリエッタ、バジル夫人、ラルナージュ夫人と、かつて愛したあらゆる女性たちの姿を思い起こす。彼はこれに先立つ一節で、友に恵まれず、また豊かな才能を備えながらも十分に発揮出来ないわが身をかこっている。しかし、微笑みかけるような田園風景を前に、ようやく重苦しい思いから解放され、甘美な追憶に耽るのである。

5　むすびにかえて──ルソーの「独自性」とは？

ここまで、『告白』における夜明けの光景を、描写詩に現れる自然の表象との関連を踏まえながら再読する可能性を探ってきた。実は、『告白』以外の自伝においても、描写詩との連続性を認められるような幸福な時の叙述が見いだされる。もういちど、サン＝ランベールの「朝」の歌を思い出すことにしよう。詩人は、覚醒の瞬間における人間の意識に強い関心を抱いていたのだろうか。彼は、この問題についての思索をより徹底させた上で、『四季』に次のような情景をしのばせている。

かつて私は自分の人生が終焉へ近づいているように感じた
しばしば死をもたらし、きまって当てにならない技術が
私のすっかり弱った体を破壊しようとしていた。
春が再び訪れ、私を生の世界へと連れ戻してくれた。

私は生きかえる思いがし、ほどなくして難なく
床から起き上がると、そこから死は遠ざかっていった。
空を眺めやった、空の優しい力は
私の力と知性を奮い立たせてくれた。
太陽よ、あなたは私に思考力、感覚を取り戻させてくれた。
〔……〕
夜明けの光の中に溶けこんで
私は日の光が生まれる前に、その光を享受しようとする。
急いであたりを眺めやり、急いで身を委ねる、
感じとり、存在し、感嘆する喜びに。[27]

春の訪れとともに再生する自然と調和して生きる喜びが高らかに謳われた一節である。暗闇から輝く光の中へ、死の淵から生の横溢する春の野へ。そのコントラストが『四季』の歌では強調されているだけにいっそう、目覚めた瞬間、あるいは甦ったと感じる瞬間の喜びは際立つのである。「朝」の歌では、恋人と朝を迎える喜びを歌っていたのに対し、『四季』ではむしろ、外界から心地よい感覚を得、そして存在するという喜びに焦点が当てられている。そして、自分が存在しているという感覚に根ざす充足感、すなわち、「自己存在感」の概念は、『四季』に展開される感受性と快楽についての考察の基盤をなすものである。[28]「我が身の中から再び生まれ出づるのを感じるのだ、喜びと、希望と／そして幸せに存在しているというあの甘美な感情が[29]」。サン＝ランベールは、この概念の着想を百科全書派の思想家、とりわけディドロの感覚論的人間論から得ている。[30]感受性と快楽に関する哲学的思索を詩に盛り込むことで、彼は、思想家と同様、詩人もまた事物の本性を明らかにすることが出来ると示し、かくして詩の復権をはかったのではないかと考えられる。

サン＝ランベールの詩句は、もう一つのルソーの自伝、『孤独な散歩者の夢想』「第五の散歩」の一節を思い起こさせる。ここでルソーは、やはり外界の自然の中にとけ込みながら、「自己存在感」[31]を享受する喜びを物語っているのである。「もし魂が十分にしっかりとした基盤を見いだし、その上にすっかり落ち着いて、自分の存在のすべてをそこに集中させてしまうような状態があるとしたら、〔……〕そのような状態が続く限り、そのような状態にある人は、幸せな人と呼ぶことが出来るだろう。〔……〕その幸福とは、それだけで十分な、完全で満ち足りた幸福であり、魂のうちに満たさなくてはならないと感じるような隙間をまったく残さないものである。[32]」サン＝ピエール島での甘美な夢想を述懐した名高い一節だ。迫害を受けながらも、自然との語らいの中に魂の平安を見いだした孤高の思想家。その穏やかな内面を反映したかのような、静謐なスイスのビエンヌ湖畔の素描。「第五の散歩」は、孤独と自然を愛する作家の性格を最も反映したテクストとされてきた。そして、湖の波のたゆたいを描きながら、そこに内面の動きを重ね合わせてゆくルソーの筆致には、きわめて「詩的」な美しさが備わっているとされてきた。

「第五の散歩」は、なぜこのように「きわめてルソーらしい文章」として特権化されるようになったのか。その源は、ルソー信奉者たちによるこのテクストの受容のあり方に求められるように思われる。ルソーを敬愛する人々は、「第五の散歩」に語られる作者の心の平静に注目した。そして、反ルソー主義者に抗すべく、いわれなき迫害に苦しみつつも、ルソーがかくも穏やかな心を保ちうるのは、ひとえに善良な心の持ち主だからだと強調したのである。こうして、夢想の快楽を歌った一節のもとに、ひとつのルソー神話が築き上げられることとなった。のちの「第五の散歩」読解の方向性は、このようなルソー主義の影響をうけ、暗黙裡に規定されてしまったと言える。しかし、自然と調和することから得られる充足感を、同時代の詩人もやはりのびやかに歌い上げていた以上、「第五の散歩」もまた、当時の文脈を踏まえた上で再検討する必要があるだろう。

『告白』や『孤独な散歩者の夢想』に語られるような自然への愛は、その主題自体、決してルソー独自のものではない。とはいえ、このような事実は、決してルソーの「独自性」を否定するものではない。『告白』では、二人の娘たちへの淡い恋の記憶を語るにあたり、「一日」という時間の枠組みを意識的に設定し、特権的な一日の夜明けの描写に意を注いでいる。確かに、このような自然へのまなざしは、描写詩を手がけた詩人たちとルソーがひとしく共有しているものだ。しかしこのエピソードには、同時にルソー独自の社会性に対する考え方も織り込まれている。というのも、娘たちと過ごしたとの交流を描くにあたって、ルソーは三人が純粋な友愛の心で結ばれていることをほこらかに強調しているからだ。ルソーの読者にとって、このエピソードと『新エロイーズ』に示されるクララン共同体との間に連続性を見いだすのは困難ではない。また、『孤独な散歩者の夢想』では、「自己存在感」を享受するのは、「あらゆる官能的で、現世的な印象を自分から遠ざけることの出来る人」[33]のみであると主張している。このように作家は純然たる精神的快楽を追求する自己のあり方を強調しているのである。この点において、ディドロの唯物論的人間論の影響のもと、「自己存在感」は、外界から心地よい物理的感覚を受けることから生じるものだと考えるサン＝ランベールとは対照的である。

「私はこれまでに一つも前例がなく、またこれからもまねをする人のないような計画を企てている。[34]」このような挑発的な宣言によって幕を開ける『告白』では、孤独の中で自らの筆の力だけをたよりに戦おうとする作家の姿が随所で強調される。とりわけ作家の「独自性」を強調した『告白』の冒頭は、ロマン主義へとつながる新たな美学の誕生を告げるものとされてきた。しかし、ルソーの「独自性」は、主題の選択における斬新さに求められるべきものではない。むしろ、当時人気を博した主題を取り上げながら、それを独自の人間論に合わせて転調したり、リズムを変えたりして変奏してみせる、その技法のうちに見いだされるものなのである。ちょうど、作曲家がわずか十数小節の主題に着想を得ながら、色彩感にあふれた長大な変奏曲を紡ぎだしてゆくように。したがって、孤高の作家というルソー神話とはいったん距離を置き、彼の創作活動を、同時代の作家との関係性の中で捉え直す必要があるのではないか。そのとき、フランスにおける近代的な作家の誕生という命題にも、また新たな回答を示すことが可能になると考えられる。

注

1 十八世紀のフランス詩については、以下の二つの研究書が最も網羅的である。Sylvain Menant, *La Chute d'Icare. La crise de la poésie française 1700–1750*, Genève, Droz, 1981 ; Édouard Guitton, *Jacques Delille (1738–1813) et le poème de la nature en France 1750 à 1820*, Klincksieck, 1974.

2 Robert Osmont, « Les théories de Rousseau sur l'harmonie musicale et leurs relations avec son art d'écrivain », dans *Jean-Jacques Rousseau et son œuvre. Problèmes et recherches*, Klincksieck, 1964, p. 329–348 ; Yves Le Hir, « Jean-Jacques Rousseau : *La Nouvelle Héloïse*, IVe partie, lettre 17, fin » et « Jean-Jacques Rousseau : *Rêveries du promeneur solitaire* », dans *Styles*, Klincksieck, 1972, p. 54–61 et p. 62–71 ; Édouard Guitton, « À propos du projet ‹ descriptif ›, de Rousseau dans les *Rêveries* », dans *Le Préromantisme, hypothèque ou hypothèse* ?, actes du colloque établis et présentés par Paul Viallaneix, Klincksieck, 1975, p. 228–236.

3 Rousseau, *Les Confessions*, dans *Œuvres complètes*, Première Partie, Livre Quatrième, t. I, Gallimard, « la Bibliothèque de la Pléiade », édition publiée sous la direction de Bernard Gagnebin et Marcel Raymond, 1959, p. 132–134. 以下、ルソーの著作からの引用はこの版（5 vol., 1959–1995）を典拠とし、*O. C.* と記したうえ、巻号はローマ数字で記す。綴りは現代のものに直している。

4 Rousseau, *Les Confessions*, Première Partie, Livre Quatrième, *O. C.* I, p. 135.

5 Cf. Margaret Cameron, *L'Influence des* Saisons *de Thomson sur la poésie descriptive en France (1759–1810)*, Genève, Slatkine Reprints, 1975. 巻末に付された「描写詩」の作品一覧表は、このジャンルの誕生と発展の軌跡をたどる上で、きわめて有益である。

6 Bernis, *Les Quatre Saisons. Poème*, dans *Les Saisons et les jours*, 1764. 参照した版では、*Les Quatre Saisons* de M. de B. とイニシャルが示されているのみであるが、他の版（*Les Quatre Saisons ou les Géorgiques françaises*, Londres, 1764）との照合により、ベルニスのものであることは確実である。

7 Desnoyers, *Le Tableau de la nature*, Londres-Paris, Humblot, 1760.

8 Bernis, *op. cit.*, p. 11.

9 Théophile de Viau, « La Solitude », v. 21–24, dans *Œuvres poétiques*, édition de G. Saba, Bordas « Classiques Garnier », 1990, p. 53. クラシック・ガルニエの編者によると、このオードは、一六二〇年に発表されたもので、制作時期はそれよりも前――おそらくサン＝タマンが「孤独」を手がけるよりも前――にさかのぼるとのことである（p. 53 脚注を参照のこと）。

10 Saint-Amant, « La Solitude à Alcidon », v. 21–24, dans *Les Œuvres*, édition critique publiée par Jacques Bailbé, Librairie Didier « STFM », 1971, p. 35. この版の編者によると、サン＝タマンがパリにやってくるよりも前、一六一九年から一六二〇年の間に制作されたのではないかとされる（p. 32 の脚注を参照のこと）。

11 バロックの美学については、ジャン・ルーセの以下の著作に最も手際よくまとめられている。Jean Rousset, *La Littérature de l'âge baroque en France : Circé et le paon*, José Corti, 1963.

12 Saint-Amant, *op. cit.*, p. 45–46.

13 サン＝ランベールの生涯、交友関係については以下の著作を参照のこと。Roger Poirier, *Jean-François de Saint-Lambert (1716–1803)*, Sarre-

guemines, Éditions Pierron, 2001.

14 サン＝ランベールの若き日の庇護者グラフィニー夫人、ヴォルテールの愛人でもあり、またサン＝ランベールの愛人でもあったシャトレ侯爵夫人が、ベルニス以上の自然の歌を制作するようにとサン＝ランベールを励ましていたらしい。R. Poirier, *op. cit.*, p. 188.

15 Mme de Graffigny, *Correspondance de Mme de Graffigny*, édition préparée par E. Showalter, Oxford, The Voltaire Foundation, t. I, 1985, p. 7.

16 Saint-Lambert, *Les Saisons*, « Le Printemps », Amsterdam, 1769, p. 26–27.

17 *Ibid.*, p. 27.

18 *Ibid.*, p. 29.

19 Diderot, « Jouissance », dans l'*Encyclopédie*, t. IX, 1765, p. 889.

20 Jean-Antoine, Roucher, *Les Mois*, « Mai », Quillau, 1779 (2 vol.), t. I, p. 160–164.

21 このエピソードについては、J・スタロバンスキーが『告白』に描かれたさまざまな「象徴的な一日」にかんする考察の中で取り上げている。Jean Starobinski, « Jean-Jacques Rousseau : Jours uniques, plaisirs redoublés », dans *Thèmes et Figures du siècle des Lumières. Mélanges offerts à Roland Mortier*, Genève, Droz, 1980, p. 285–298.

22 「循環する時間意識」とフランス・ロマン主義の詩については、以下の論考を参照のこと。宇佐美斉『落日論』、筑摩書房、一九八九年。

23 Rousseau, *Les Confessions*, Première Partie, Quatrième Livre, O. C. I, p. 138.

24 Saint-Lambert, *Le Matin et le soir*, « Le Matin », dans *Les Saisons et les jours. Poèmes*, éd. citée, p. 116.

25 *Ibid.*, p. 120.

26 Rousseau, *Les Confessions*, Seconde Partie, Livre Neuvième, O. C. I, p. 426.

27 Saint-Lambert, *Les Saisons*, « Le Printemps », p. 19–20.

28 *Ibid.*, Notes sur « l'Été », p. 81 ; Notes sur « l'Automne », p. 123 ; Saint-Lambert, *Les Saisons*, « Discours préliminaire », 1771, p. vii–ix.

29 Saint-Lambert, *Les Saisons*, « Le Printemps », p. 7.

30 Diderot, « Délicieux », dans l'*Encyclopédie*, t. IV, 1754, p. 784.
「自己存在感」については、ダランベール、コンディヤック、エルヴェシウスなど、十八世紀の数多くの思想家がさまざまな考察を展開している。Cf. John Spink, « Les avatars du ‹ sentiment de l'existence › de Locke à Rousseau », dans *Dix-huitième Siècle*, n° 10, p. 269–298.
また、サン＝ランベールが『四季』を制作するにあたり、ディドロの人間論から受けた影響については、以下の拙論を参照のこと。« La tradition de la poésie pastorale et l'anthropologie dans *Les Saisons* de Saint-Lambert — à propos de la sensibilité et de la jouissance — », dans *Études de langue et littérature françaises*, n° 89, 2006, p. 30–44.

31 Rousseau, *Les Rêveries du promeneur solitaire*, « Cinquième Promenade », O. C. I, p. 1047.

32 *Ibid.*, p. 1046.

33 *Ibid.*, p. 1047.

34 Rousseau, *Les Confessions*, Première Partie, Livre Premier, O. C. I, p. 5.

参考文献

Margaret Cameron, *L'Influence des* Saisons *de Thomson sur la poésie descriptive en France (1759–1810)*, Genève, Slatkine Reprints, 1975.

Édouard Guitton, *Jacques Delille (1738–1813) et le poème de la nature en France 1750 à 1820*, Klincksieck, 1974.

Sylvain Menant, *La Chute d'Icare. La Crise de la poésie française 1700–1750*, Genève, Droz, 1981.

Séries parodiques au siècle des Lumières, textes réunis par Sylvain Menant et Dominique Quéro, Presses de l'Université Paris-Sorbonne, 2005.

研究ノート

作家の「独自性」とは
——アンシャン・レジーム期の文学と「系列的アプローチ」

井上櫻子

本論では、ルソーの『告白』に見られる夜明けの描写を考察の出発点として、十八世紀中葉に誕生した『四季』の歌の系列との関連性に注目した。そして、一つの文学作品は、作家の孤独な瞑想の中から生まれるのではなく、さまざまな作家や思想家たちが、互いの作品を意識することから生まれることを示した。実はこのような文学制作の形態は、「自然の歌」の系列に特有のものという訳ではない。むしろ、アンシャン・レジーム期の文学創造の一つの特徴なのである。

パリ＝ソルボンヌ（パリ第四）大学の教授陣は、国立科学研究センター（CNRS）に所属する研究スタッフの協力を得て、大学内に十七、十八世紀フランス文学研究センターを設置している。この研究センターに一九九四年、「十八世紀文学への系列的アプローチ」approche sérielle de la littérature du XVIIIe siècle研究班が組織された。責任者は、ヴォルテール研究、そして十八世紀前半の韻文研究で知られるシルヴァン・ムナン教授（当時、現在同大学名誉教授）である。この研究班の班員による調査と思索の成果の一端は、二〇〇五年に出版された『啓蒙の世紀におけるパロディーの系列』（シルヴァン・ムナン、ドミニク・ケロ編）において明らかにされている。

さて、「系列的アプローチ」approche sérielleという方法論、そして「系列」sérieとは、どのように定義されるものなのか。ムナン教授は、先に挙げた論集の序文で次のように述べている。「われわれが系列と呼ぶのは、小説とその続編、あるモデルとそれをもとにしていることが明示されている作品集のように、必ずしもこれはシリーズだと銘打たれているようなものではなく、読者が作品の総合的、本質的意義や影響力を理解するために、把握可能な、かつ把握すべき関係性をもとに築き上げられる総体のことである。このようなアプローチ（＝系列的アプローチ）を用いるにあたって、われわれは間テクスト性を重視することになるのだが、その間テクスト性を、私は『歴史的間テクスト性』と呼ぶことにする。すなわち、当時の人々に明白であるような間テクスト性のことである（そして、この作業はわれわれのような後世の人間にとって、しばしば困難なものである）。[1]」「系列的アプローチ」という方法論を定義するにあたり、ムナン教授はジュリア・クリステヴァやポスト構造主義者が提唱した「間テクスト性」という用語を用いる。しかしこの用語に、「歴史的」という修飾語を加えて、「系列的アプローチ」と一九六〇年代以降の文学理論家たちが支持した方法論との差異をも明示するのである。この二つの方法論は、確かにひとしく二つ以上の文学作品の間に関係性を見いだそうとするものだ。しかし、後者が現代の読者としての観点から――すなわち、作者の意図からはある程度自由に――、作品に接近することを許していたのに対し、「系列的アプローチ」は、作品の誕生をめぐる歴史的、文化的背景を緻密に調査した上で、当時の読者の観点を再構築することにより、作品間の関係性を浮き彫りにすることを目指している。

　ところで、「当時の人々にとって明白な間テクスト性」は、いかなる事情から生じたのか。十八世紀末に大量印刷の技術が開発されると、主にディド社がこの技術を活用し、おびただしい数の文学作品を短時間で幅広い読者層に供給するのに貢献した。現代の読者は、このような印刷革命の恩恵に浴しているのである。しかしそれ以前は、出版される作品の数も流通量もごく限られていた。したがって、読者層もまたきわめて限定されていたのである。さらに、出版をめぐる最新情報は定期刊行物や私的書簡をとおして即座に伝達されていたから、文学作品を世に送ろうとする者は、文学界のアクチュアリティーに決して無関心である訳にはゆかなかったのである。

　さて、「系列」をなす作品としてはどのような例が挙げられるだろうか。まず先に挙げた引用の中で、ムナン教授が言及している「小説とその続編」としては、マリヴォーの『マリアンヌの生涯』やヴォルテールの『カンディード』の例が挙げられる。これらの小説は当時の読者の間で大変話題になったため、多くの作家たちがその「続編」を手がけたのである。十八世紀のベストセラー、『新エロイーズ』もやはり一つの「系列」を形成した作品の一つと考えられる。この書簡体小説については、後世の作家に与えた影響が強調されることが多いが、ここで指摘しておくべきは、『新エロイーズ』自体、当時、人気を博したある作品をもとに着想された作品だということである。イギリスの詩人アレキサンダー・ポープの『エロイーズからアベラールへ』である。これは、中世の恋人たちの書簡をかなり自由に翻訳し、韻文にしたものだ。ここに描かれる官能的なエロイーズと、最期に罪を告白するジュリとの間に連続性を見いだすことは決して困難ではない。『新エロイーズ』が出版直後に大センセーションを巻き起こしたのは、ルソーが読者の「期待の地平」にきわめて意識的だったからではないかと考えられる。紙幅の都合上、十八世紀の小説をめぐる「系列」に的を絞って例示してみたが、アンシャン・レジーム期、とりわけ十八世紀には似たような現象が、戯曲、韻文、散文とジャンルを問わず確認される。また、トラピスト修道会の開祖、ランセの回心の物語のように、ジャンルをまたいで「系列」を形成したものもある。一つの主題をめぐって形成される「系列」に注目するとき、文学史の片隅で忘れ去れていた作家に光を当てると同時に、これまでにも多くの研究がなされてきた「大作家」の「独自性」も新たな視点から捉え直すことが可能となるだろう。

フランス文学研究においては、一九六〇年代以降、文学理論に依拠した批評の可能性が追究されてきたが、近年ではむしろ、文献学へ回帰しようとする動きが目立つようになってきた。とはいえ、研究者たちは、ただ伝統的な作品解釈の方法に立ち戻ろうとしている訳ではない。数十年来、文学をめぐって展開されたさまざまな理論の戦いを意識し、そこから有効と思われる方法論は積極的に取り入れた上で、新たな文献学の礎を築こうと模索している。かくして、個別研究に偏りがちであった文学研究への反省をもとに、フランス文学史に新たなる知見をもたらすことを目指しているのである。「歴史的間テクスト性」に注目する「系列的アプローチ」も、そのような流れの中に位置づけられるものと言えるだろう。

注

1 *Séries parodiques au siècle des Lumières*, textes réunis par Sylvain Menant et Dominique Quéro, Presses de l'Université Paris-Sorbonne, 2005, p. 7.

第Ⅱ部　変奏と転調

第4章　ジェラール・ド・ネルヴァル──変奏の美学

水野　尚

1　総合的生成研究に向けて

一つのテクストがある段階で動きを止める。「草稿」あるいは「手稿」と呼ばれる状態かもしれないし、初校の「ゲラ刷り」の状態かもしれない。あるいは、「最終稿」を経て、「初版」として出版された状態かもしれない。さらには、出版後に再び手を加えられた、「第二版」や「第三版」なのかもしれない。書き手によって最後に手が加えられた状態であれば、「決定稿」であるとも考えられる。その段階がどれかは、目の前にある活字の連なりからだけではわからない。しかし、一般的には、「決定稿」が私たち読者に提供されることが多い。作家の残した最後の状態であり、それ以前の段階は、最終地点に至るための過程と考えられるからである。「決定稿」という呼び方からも、そうした特権化の意識が明白にうかがわれる。

この特権化は、それ以前の段階の抑圧でもある。最終段階と異なる部分だけを異文（ヴァリアント）として取り出し、決定稿の注として断片化してしまう。そして、全ての前段階は、「目的論的」推論の材料としてのみ用いられる。あるいは、そのために役立つ部分だけが取り上げられ、それ以外は顧みられない。そこでは、決定稿だけが自律的存在として君臨する。

こうした自律性には、もう一つの側面がある。必ずしも必然的な結びつきとは言えないが、「作者の死」を可能にするということである。テクストが生成段階から独立し、一個の独立体として捉えられる。そして、自らの中に自己批評性を含み込む、主体不在のシステムとして作動する。自律したテクストはもはや外部性を認めず、作者という親を殺し、時代からも自らを切断することになる。そこでは、確かに、「開かれたテクスト」として無限の解釈の可能性が存在するのかもしれない。

しかし、どのようなテクストも、生みの親である書き手も、無限の可能性を授けうる読者も、時空間に限定された存在である。「生成研究」が問い直してきたのは、まさに、固定化した状態での一つのテクストの特権化から生じる既成概念ではなかったか。「創作メモ」「プラン」「シナリオ」様々な「下書き」等から始まり、「校正刷り」への書き込みや削除、さらには出版された書籍への訂正加筆等、あらゆる創作段階を視野に入れ、生成段階を動的に捉え返す。言うなれば、どのような過程を経て次の段階へ進んでいったのかを考慮することで、作家がたどった創作過程を、部分的にではあるが追体験する。

その疑似体験は、まず、テクスト外の文脈をテクストに回復させる。例えば、ある草稿の年代決定をする場合、作者の実人生や他の創作活動との関係を探り、また、彼を取り巻く時代の社会的・文化的・芸術的事象等、同時代の多様な知の網も考察の対象になる。一人の人間は必ず親から生まれ、社会という環境の中で生きる。一つのテクストも、同様に、作者の脳で胚胎し、時代の知の中に生み出される。

この歴史性が、今度は、テクストを規定する役割も果たす。テクストを自立的な個体と捉える視点からは、テクスト解釈は無限に開かれていると見なされることも可能だろう。それに対して、生成研究においては、具体的な物質性に基づき、読みの可能性を限定していくことになる。書き手は、創作段階において、様々な加筆訂正を行い、推敲を重ねただろう。原稿やゲラ刷りに書き残された痕跡は、作家が探った各種の可能性を具体的な形で私たちに提示してくれる。それらの比較検討を通して、私たちは、作家が、意図的にであれ無意識的にであれ、どのような効果を狙い、最終的にどのようなテクストを編み上げようとしたのかという問題に、物証を持ってアプローチすることができる。従って、総合的生成研究を全体的な視野から捉えれば、「作者の死」から再び作者を甦らせ、広い意味での歴史性をテクストに回復する試みであるといえる。[1]

以上のような視点に立った場合、総合的生成研究がジェラール・ド・ネルヴァル（一八〇八—一八五五）の研究に何をもたらすことができるのだろうか？　また逆に、ネルヴァルを対象とすることで、総合的生成研究にどのような貢献を果たすことができるのだろうか？　フランク・ポール・ボーマンは、ネルヴァルにおける生成研究に関して、次のように述べている。「ネルヴァルは、生成研究に対して、例外的ともいっていいほど豊かな材料を提供してくれる。出版される以前の原稿等が残っているからというのではない。一度出版されたテクストに再び手を加えたからである。そうした操作を体系的に行ったことは明らかであり、そのことを通して、偉大な作家であることがわかってくる。[2]」確かに、生成研究という限り、「メモ」や「プラン」「草稿」等、創作の初期段階からの検討が本来の姿であろう。作家の脳髄の中にまで入り込むことは不可能だが、物質的に残されている最初の段階にまで遡り、そこから始めることが、本来的な意味での生成研究のあり方だと考えるのが自然かもしれない。ネルヴァルにおいても様々な自筆原稿が残されており、そこから研究を進めることも可能である。しかし、ボーマンが言うように、ネルヴァルの最大の特色の一つが同一素材の再利用という点にあることも事実である。そこで、この小論の中では、そうしたネルヴァルに特徴的な問題を通して、単なる生成研究ではなく、総合的生成研究の一分野への入り口に達したいと考えている。

2　草稿の文献学的研究

これまで、生成研究という枠組みの中で、ネルヴァルのテクストが検討されたことはほとんどなかったと言っていい。確かに、草稿の存在は確認されており、草稿に基づいた研究が行われることもあった。しかし、それは、テクストの生成そのものを中心に論じるためではなく、テクスト校訂を目的とすることが多かった。

テクスト校訂の問題――レヴィ版『ネルヴァル全集』

ネルヴァルの生成研究がまだ緒についていない理由の一つとして、出版されたテクストの質の問題がずっとつきまとってきたことがある。何よりもテクストの校訂が正確に行われる必要があり、草稿はそのために用いられることが多かった。「オーレリア」や「散策と追憶」は、ネルヴァルの死後、最後の部分が出版されているので、テクストの確定にゆらぎがでるのはしかたがない。例えば、一八五五年二月十五日付け『ルヴュ・ド・パリ』*Revue de Paris* 誌に掲載された「オーレリア　夢と人生（第二部）」には、欠落していると考えられる部分があった。同じ年、このテクストを含む作品集『夢と生』が、テオフィル・ゴーチエとアルセーヌ・ウセーによって出版されたおり、二人の編者はその部分に、ネルヴァルの死後発見されたとされる十通の手紙を挿入する。[3] そして、「オーレリア」は、その形で後の時代まで流通することになる。しかし、それだけではなく、死の以前に出版されたテクストに関しても、ネルヴァルが同一素材に手を加えながら何度も利用したために、後の編者達は様々な段階のテクストをかなり恣意的につぎはぎし、彼らの目から見て最良のテクストを構成し、出版する傾向にあった。

こうした中でもっとも大きなつまずきの石となったのが、一八六七年から出版され始めた、ミッシェル・レヴィ版の『ネルヴァル全集』である。[4] 全六巻からなるこの全集は、それ以降に出版されるテクストのベースとなり、そこに含まれる問題点が二〇世紀後半まで踏襲されることになった。それは、単に字句の細かな誤りというだけではない。一八七七年に出版される第六巻『全詩集』に全ての詩を収録するという編集方針のため、第五巻に納められる『火の娘』から「幻想詩編」が取り除かれる。[5]また、同じ巻の『ボヘミアの小さな城』では、「叙情小詩」Odelettes、「神秘主義」Mysticisme、「叙情」Lyrisme といった総題の下に集められた韻文詩全てが省かれた。その上、テクストには「粋な放浪生活」が基本的に使われ、恣意的な切断がなされ、さらに、編者の文があたかもネルヴァルの言葉であるかのように挿入されたりする。[6]『東方紀行』では、パリからギリシアまでの旅程を語る部分が切除され、「パリからシテールへ」という題名の下で、「補遺」の後ろに置かれる。さらに、『ローレライ　ドイツの思い出』が加えられ、二巻からなる『東方紀行』は、オリエントの紀行文とはいえない代物となっている。それにもかかわらず、『ファウスト』の翻訳を納めた第一巻の冒頭に、ネルヴァルの親しい友人でもあり、当時名声を確立していたテオフィル・ゴーチエの序文「ジェラール・ド・ネルヴァル」が付され、[7]初めての全集ということも含め、ネルヴァルに関するもっとも信頼すべき版として流通しうる条件を揃えていた。そこで、後の編者たちは、ほとんどオリジナル版に戻らず、レヴィ版以降の版を参照するだけにとどまったため、レヴィ版に劣らず欠陥が多いものになってしまった。[8]

草稿研究小史――ジャン・ギヨーム神父の文献学的研究を中心に

こうした状況を劇的に変化させたのが、ジャン・ギヨーム神父の文献学的研究である。[9]一九六〇年代の前半からネルヴァル研究に着手した神父は、「幻想詩編」のテクストの確定から始め、「パンドラ」と「オーレリア」では、草稿を厳密に扱い、筆跡や使われたインクの色だけではなく、原稿の破れの形から原稿同士の前後関係を確定していくなどし、生成段階におけるテクストの姿を明らかにした。極論すれば、ネルヴァル研究において、ギヨーム神父の研究のみが、草稿の検討を中心に据えたものであると言っても過言ではない。そして、その優れた研究成果は、クロード・ピショワと共同で編集された「プレイヤッド版」の『ネルヴァル全集』（全三巻、一九八四―一九九三）に結実したともいえる。

その中でもとりわけ興味深いのは、赤インクで書かれた原稿群の検討である。そこには、一八五四年十月三一日に、アレクサンドル・デュマが編集する『銃士』*Le Mousquetaire* 紙上に掲載された「パンドラ」の基になる原稿が含まれているだけではなく、『幻想詩編』に収録されることになる「エル・デスディシャド（廃嫡者）」や「アルテミス」といったソネットの手書き原稿、さらには、アレクサンドル・デュマに宛てられた一八五三年十一月十四日付けの手紙、十一月二三日付けのジョルジュ・サンド宛ての手紙等、重要な原稿が数多く含まれている。そして、赤いインクから、それらの執筆時期が、十一月十四日から十一月二七日であることが、かなりの確実性を持って証明される。[10]ネルヴァルはその年の八月から、パッシーにあるブランシュ医師の精神病院に入退院を繰り返しており、赤インクの時期も入院中であったことがわかっている。こうした状態の中で、十一月十四日の手紙の中では、デュマから「狂気の三日」trois jours de folie と題する記事を書くように促されたが、自分としては「正気の三日」trois jours de raison を書くのだと、かなり正気を失った文章で書き綴っている。ギヨーム神父は、この三日間がウィーンで展開する「パンドラ」の三日間と対応すると考え、赤インクの原稿に従って、一八五四年版とはかなり異なった状態を示す、一八五三年版の「ラ・パンドラ」というテクストを再現することに成功した。実際、そこでは、『東方紀行』に納められた「ウィーンの恋」で中途半端に終わっている挿話の最後の部分が冒頭に採録され、そこから物語が連なっていく。ギヨーム神父以前の編者たちは、一八五四年に掲載された版と、それ以前の手稿の版を混同してしまったために、意味不明のテクストを作り上げ、それをネルヴァルの狂気に帰していたということが、そのことによって明らかになったのである。

それと同時に、「オーレリア」の原稿（リュシアン・グロー草稿）の執筆時期もある程度まで確定されることになった。一八四〇年のブリュッセルでの思い出から始まるその原稿は、一八四一年のネルヴァルの狂気の時期と関連づけられることが多かった。それに対して、ギヨーム神父は、「パンドラ」原稿の紙のサイズや質、原稿のちぎれ具合等を厳密に検討した上で、ブリュッセルで終わる「パンドラ」の末尾が「オーレリア」原稿の冒頭につながることを証明し、二つのテクストの連続性を明らかにした。[11]この考察によって、リュシアン・グロー草稿が、赤インクの時期（一八五三年十一月）に属する「ラ・パンドラ」に手を加えた「パンドラ」と同時期に執筆された可能性が高く、一八四一年に遡るものではないということが証明された。

さらに神父は、一八五五年一月一日付けの『ルヴュ・ド・パリ』*Revue de Paris* 誌に掲載された「オーレリア　夢と生」« Aurélia ou Le Rêve et la vie » が、ゲラ刷りの段階までは「夢と生」« Le Rêve et la vie » という題名であり、その際、女性の名前がオーレリー Aurélie であることを発見した。その名前は、「シルヴィ」に登場する女優と同じであり、最後の段階で、Aurélie が *Aurélia* へと変更されたことが明らかになることで、作品全体の意味の問い返しが行われることになった。[12]

ちなみに、「パンドラ」に関しては、最近、一八五四年に『銃士』*Le Mousquetaire* 紙に掲載された版の最初の部分の原稿が発見され、発見者であるジャック・クレマンスとミッシェル・ブリックスによる転写版が二〇〇五年に出版された。[13] この原稿の発見によって、題名が、赤インクの原稿の訂正の跡に基づいてギヨーム神父が推定した「パンドラ」ではなく、「ウィーンの恋　パンドラ」という風に、「ウィーンの恋」という言葉が再び戻ったことが明らかにされた。そのことによって、「パンドラ」と、一八五一年の『東方紀行』の中に収められる「ウィーンの恋」とのつながりを保つことが、ネルヴァルの最終的な意図であったことが示された。他方で、赤インクの原稿では七章構成であったものが、クレマン草稿では八章になっており、第三章は欠落している。従って、「パンドラ」のテクストに関しては、まだ不明な点が残されているというのが現状である。

ネルヴァルのテクストの厳密な校訂がいかになおざりにされていたかという点に関しては、「幻想詩編」がもっともよく示している。一八五四年の初版以来一九六六年のギヨーム神父の校訂版[14]まで、『火の娘』の最後に収められた「幻想詩編」のテクストを正確に採録している版は皆無という状況が続いていた。その一方で、この詩編のテクストに関しては、初版に戻るという作業だけで、正しい校訂版に達することができた。従って、「ミルト」「ホルス」「デルフィカ」等の原形と見なされうるソネットの記されたデュメニル・グラモンα草稿、「エル・デスディシャド」や「アルテミス」が記されたロンバール草稿やエリュアール草稿等の執筆年代は、不確定のままで残されていた。それらの草稿に関しては、ギヨーム神父だけではなく、ポール・ベニシューやクロード・ピショワの研究や発見などを通して、年代が確定された。[15]

デュメニル・グラモンα草稿は長く一八五三年に書かれたものと考えられてきた。しかし、草稿の最後にある、「ここに六編の詩がある。これを書き写させて、いろいろな人に届けてほしい。」というメッセージが宛てられた匿名のミュッフ Muffe という人物がテオフィル・ゴーチエであり、原稿に記された六名の女性との関係などから、一八四一年にブランシュ病院に入院中に書かれたのではないかと現在では推定されている。また、「幻想詩編」の解釈や草稿の年代決定に非常に重要な役割を果たす一八四一年付けのヴィクトール・ルーバンスに宛てられた二通の手紙が、クロード・ピショワによって一九九三年に公表された。[16] その中には、「オリーヴ山のキリスト」の二つのソネットと「アンテロス」が含まれており、デュメニル・グラモン草稿とともに、「幻想詩編」の元になるソネット群が一八四一年かそれ以前に書かれたことが確定された。

「エル・デスディシャド」と「時の踊り(アルテミス)」の書かれたロンバール草稿と、その二つのソネットに「エリトレア」も加えられたエリュアール草稿では、赤いインクが使われ、一八五三年十一月の赤インクの時期に書かれたものだと考えられる。しかし、「エリトレア」はデュメニル・グラモンα草稿の「アクアド夫人へ」と対応しており、後の二つの詩編に関しても、必ずしも一八五三年に執筆されたことを証明するわけではないことを示している。このように、草稿の執筆年代と、そこに記された詩が最初に生み出された時期が一致するわけではない。そのことは、執筆時期の決定の難しさを物語っているといっていいだろう。

草稿転写の問題

ここまで、草稿に関する研究を振り返ってきたが、最後にネルヴァル研究における大きな問題点を指摘しなければならない。「幻想詩編」「パンドラ」「オーレリア」に関しては、ジャン・ギヨーム神父、ジャン・リシェ、ミッシェル・ブリックス等によって、写真版が出版されてきた。[17] それは、転写による間違いを避けるための手段の一つだといえるが、他方、それまでの転写の不正確さを表しているともいえる。その例として、「シルヴィ」の一節の草稿をあげたい。第五章「村」において、「私」は森の中に迷い込み、そこで夜を過ごす。その一部に対応する草稿（図）が、フランス学士院に保存されている草稿番号D 741, f°51^{ter}である。まず、その原稿に従って、関係する部分を転写してみよう。

なんという夜だろう！　これほど美しい夜を見る
ことはめったにない。なぜかよくわからないのだ
が、時として、おぼろげな夢想に捉えられるとき、
愛しい二つの姿が、私の心の中で戦いを繰り広
げる〔……〕
不滅の美が〔……〕の中で胚胎する
〔……〕それが、私の頭を陶酔させた。——多分〔……〕そこで、私は休んだ。
私を捉える〔……〕
魂がそこで〔……〕だろう。

Ô nuit ! — J'en ai peu connu de plus belles : je ne sais pour
quoi, dans les rêveries vagues qui m'étaient venues par
moments, deux figures aimées se combattaient dans
mon esprit ; [...]
[.....................]
beautés immortelles conçues dans le sein de
[ ] ce qui m'avait porté à la tête
[ ] d'enivrement : - peut-être
[ ] où je m'étais reposé
[ ] me laisser prendre
l'âme doit s'y

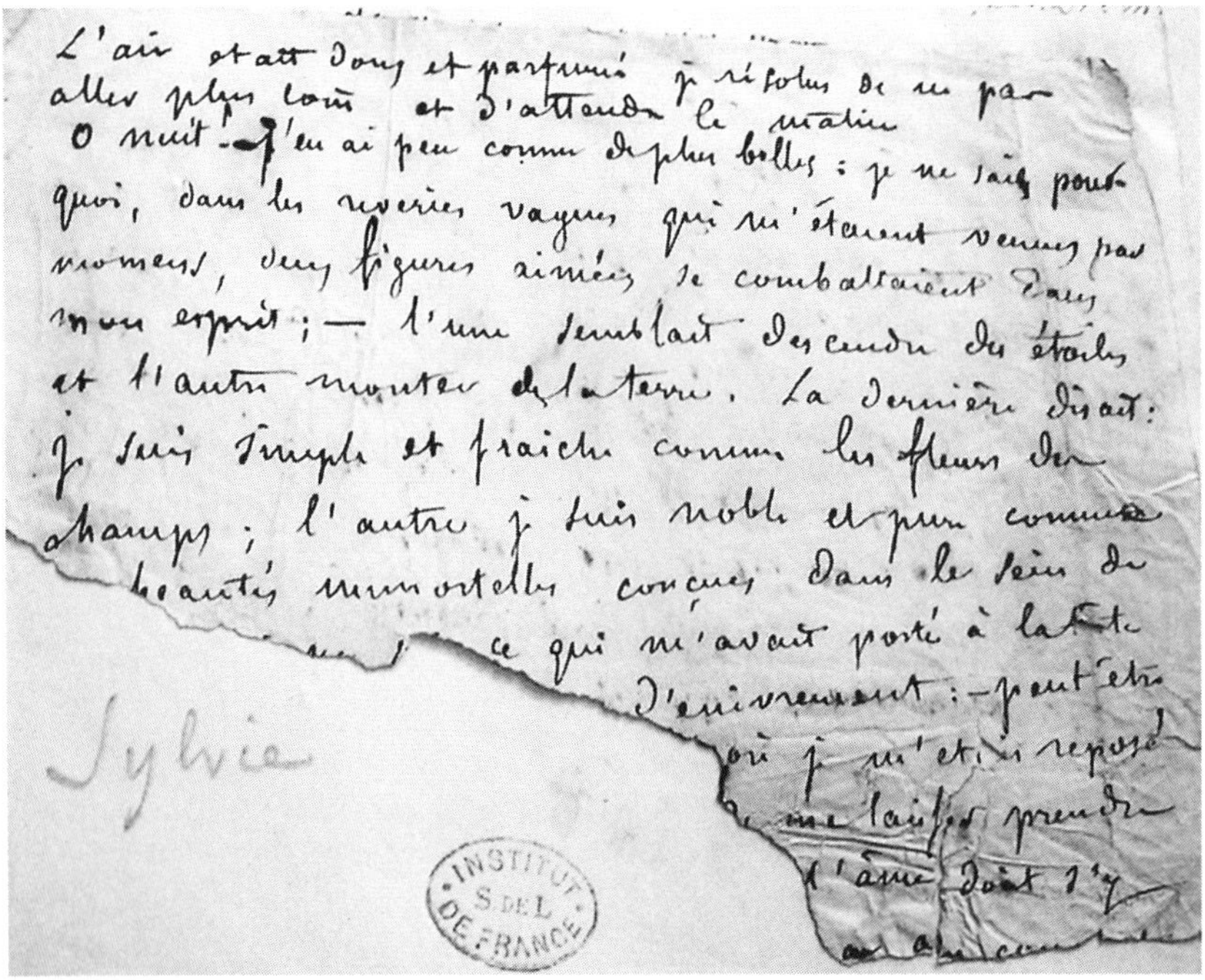
L'air était doux et parfumé je résolus de ne pas
aller plus loin et d'attendre le matin
O nuit — J'en ai peu connu de plus belles : je ne sais pour
quoi, dans les rêveries vagues qui m'étaient venues par
moments, deux figures aimées se combattaient dans
mon esprit ; — l'une semblait descendre des étoiles
et l'autre monter de la terre. La dernière disait :
je suis simple et fraiche comme les fleurs des
champs ; l'autre je suis noble et pure comme les
beautés immortelles conçues dans le sein de
ce qui m'avait porté à la tête
d'enivrement : — peut-être
où je m'étais reposé
me laisser prendre
l'âme doit s'y

Sylvie

図 Paris, Bibliothèque de l'Institut, Collection Spoelberch de Lovenjoul

この転写に関して、旧プレイヤッド版におけるジャン・リッシェは、下から六行目の最後に「神」という言葉を付け加え、「神の胸の中」« dans le sein de Dieu »と記している。[18] そして、この神という言葉に基づいて、多くの研究者たちがこの節に対する解釈を提出したのである。他方、新プレイヤッド版では、厳密な研究で知られるジャック・ボニが転写をしているにもかかわらず、最後から三行目の「そこで、私は休んだ。」« où je m'étais reposé »が欠落している。[19] ベルトラン・マルシャルのフォリオ版では、初めて行を保った上での転写が行われているが、しかし、例えば、「なんという夜だろう」« Ô nuit »で始まる行は、「美しい」« belles : »で終わり、「わからない」« je ne sais »以下は次の行に送られている。同様に次の行の最後は「おぼろげな」« vagues »、続く行の最後は「二つ」« deux »、その下の行は「私の〔心の〕中」« dans mon »で終わるというように、草稿に記された姿を必ずしも忠実に再現しているとはいえない。[20]

もちろんジャン・リッシェの例は論外である。しかし、ネルヴァル研究においては、まだ草稿が正確に転写される状態にまで至っていないと言わざるをえない。そのことが、ネルヴァルにおける生成研究の現状を端的に物語っているといえるだろう。

3 同一素材再利用とネルヴァルの美学

ここまで見てきたように、ネルヴァル研究において草稿を用いるのは、テクストの校訂や年代の決定といった問題に限定されてきた。しかも、原稿の転写さえまだ本格化しておらず、本来の意味での生成研究が中心的なテーマとして扱われることはなかったといえる。そこで、ここでは、ネルヴァルが同種のテクストを再使用したという事実を踏まえ、「決定稿」という既成概念を問い直すことで、総合的生成研究に何をもたらすことができるか探っていきたい。

「決定稿」神話

ネルヴァルに関して、かつて一つの紋切り型があった。想像力が欠如しており、原稿料を得るために、同一の素材を何度も使い回したと、しばしば語られた。[21] 確かに、様々な作品が、ある時はほとんど同じ形で、ある時はかなり手を加えられて、何度も出版された。[22] 例えば、晩年の自伝的作品の出発点となる「塩密売人」（一八五〇）は、『アルティスト』誌に掲載される「粋な放浪生活」、『幻視者たち』に収録される「ビュコワ神父の物語」、『火の娘』収録の「アンジェリック」や「シルヴィ」等で、素材として使い回される。また、『東方紀行』（一八五一）にしても、十年以上に渡って新聞や雑誌に掲載された記事を編集し直したというだけではなく、『東方生活情景』（一八四八）としてまとめられた後でも、『ラ・シルエット』誌に「カイロへ」« Al-Kahira »という総題の下で連載されたりもした。確かにそれが原稿料を稼ぐためだと見なされたとしてもしかたがないかもしれない。

ところで、そうした視点は、「決定稿」という既成概念に基づいていることに注意しなければならない。つまり、それぞれの段階を独立したものと見るのではなく、全ての段階は最終段階に達するための中間地点にすぎないと見なすのである。例えば、以下で扱うネルヴァルの民謡集にしても、一般的には、「ヴァロワ地方の民謡と伝説」« Chansons et légendes du Valois »と呼ばれ、紹介される民謡はヴァロワ地方と密接に関係していると考えられることが多い。しかし、それは「シルヴィ」の補遺のような形で『火の娘』（一八五四）に収録されたおりに与えられた題名であり、最初に発表された一八四二年には、「古いフランスのバラード」Les Vieilles Ballades françaises という題名であった。この二つのテクストは、冒頭の文を含め、ある程度手は加えられているが、同じテクストの変形と言ってもよく、一八四二年版は一八五四年版の異文（ヴァリアント）扱いされるのが普通である。つまり、五四年のテクスト全体が出版される一方、四二年のテクストからは、五四年のテクストと異なる部分だけが取り上げられ、注に組み込まれる。そうした場合、五四年の本文とその異文から四二年のテクストを再構成し、読書の楽しみを味わうことなど到底できないだろう。このように、決定稿が他の段階のテクストを抑圧してしまうことがしばしば起こりうるし、実際に起こってもいる。

ネルヴァルの美学

しかし、ネルヴァルは、「決定稿」が支配する専制的な状況に対して意図的に反抗した作家である。彼が何度も同じテクストを用いたのは、もちろん原稿料目当てというときもあったかもしれないが、それ以外に、同じ素材を用いても、それが置かれたコンテクストによって役割が変化する、と考えていたからである。コンテクストに合わせて少しずつテクストに手を加えるといったことをしていることからも、ネルヴァルの意識をうかがい知ることができる。

それを一言で言えば、変奏の美学。彼が意を払うのは主題そのものではなく、コンテクストに応じて主題をいかに変奏するかということだった。何度か手を加えられているテクストでも、一つの決定稿に向けて目的論的に収斂していくのではない。むしろ、一つ一つの段階が独自の価値を持つものとして読まれることを要求している。ネルヴァルは、一八三〇年に出版した『ロンサール等の詩選集』の序文において、十六世紀のプレイヤッド派の詩について、このように述べている。

> 確かに、全体としてはうまくできておらず、わざとらしくて、滑稽だったりする。しかし、細部に関しては、すばらしいところがいくつもある。文体が言葉本来のもので生き生きとしているため、古代ギリシアやローマではすっかり平凡なものになってしまっていた古びた内容も、引き立っている。そのために、私たちには、その内容が新しくて魅力的なものに感じられる。例えば、これまで使い古された考えに則って、ロンサールの短詩「愛しい人よ、見に行こう、薔薇が〔……〕」は作られている。しかし、その表現のゆえに、フランスの短詩の中で、もっとも新鮮で優雅なものの一つとなっている。[23]

確かに、時間の推移が全てを押し流してしまうテーマなど、何度語られてきたかしれない。その平凡なテーマを扱いながら、ロンサールのオード「愛しい人よ、見に行こう、薔薇が〔……〕」は、フランスの詩の中でも特別に有名な傑作として現在まで生き続けている。それは、思想の問題ではなく、表現の問題である。そして、表現は細部によって表される。逆に言えば、全体は同じように見えるものであっても、細部を変更し、全体との関係を変化させることで、古びたものに新しい魅力を付与することができる。ネルヴァルは詩人としての出発点に立ったときから[24]、このような考えを抱いていた。

変奏が彼の美学の根本であったことは、一八五二年の「粋な放浪生活」によっても確認される。この作品は、『ロンサール等の詩選集』の序文を含め、それまでに発表されたテクストが多く使われている上、発表後すぐに『ボヘミアの小さな城』へと解体されるため、まさに異文としてしか扱われてこなかった[25]。しかし、そのテクストの中央に置かれた「音楽」と題された章の中で、ネルヴァルは自分の美学を明確に表現しているのである。

イタリアの創作家は、ナポリやベニスの街角を流れる民謡をこっそり取り上げ、二重奏や三重奏、あるいはコーラスのモチーフにしたりする。また、オーケストラでもそれがはっきりと聞こえるようにしたり、補ったり、別のところで剽窃されたモチーフを続けたりする。そんな創作家が、発明家といえるのだろうか？　ましていわんや、詩人なのか。とにかく、そこにあるのは、組み合わせの美質だ。言い換えれば、様々な規則や、彼固有のスタイルとか趣味に応じてアレンジする資質。

こうした美学は、あまりにも突飛になってしまうかもしれないし、今受け入れられている言葉で、それが正しいと言うことは私にはできない。とりわけ、私は、これまで音楽の勉強には歯が立たなかったのだから[26]。

こうした変奏の美学は当時としては特異であり、ネルヴァル自身、その新しさを意識していたために、読者に受け入れられる言葉で主張することができないと考えているふしがある。実際、ロマン主義の時代は天才の独創という概念が評価の対象として定着した時代であり、変奏は剽窃と見なされかねない時代に入っていた。そうした中で、彼はあえて、一つのテーマを使い回し、様々な形で表現する美学を標榜する。しかも、そのテーマさえ、自分が作り出したものではなく、そのあたりに流通しているものを借用あるいは盗用してきたものだという。

一つの作品の魅力は、主題ではなく、アレンジにある。こうした美学は、二〇世紀の後半から二一世紀の現在であれば容易に受け入れられるかもしれないが、十九世紀のネルヴァルの時代にあっては、斬新あるいは特異であったはずである。

4 同一の異なったテクスト——民謡集のネルヴァル的変奏

上に引いた「粋な放浪生活」の引用で、ネルヴァルは、ナポリやヴェニスの街角に流れる「民衆の唄」air populaire を例に出しているが、彼自身もフランスの民謡を様々に変奏させることで、同じ素材から別々のテクストを作り上げた。

(一)「古いフランスのバラード」一八四二年[27]
(二)「塩密売人」一八五〇年[28]
(三)「粋な放浪生活」一八五二年[29]
(四)『火の娘』一八五四年(「アンジェリック」及び「シルヴィ　ヴァロワ地方の思い出(「ヴァロワ地方の民謡と伝説」付)」)[30]

これらのテクストは、最終段階に収斂するための前段階などではなく、一つ一つが独自の魅力を持ち、異なった意味を担っている。一八四二年版では、十七の民謡が歌詞の引用とともに紹介されている。つまり、そのテクストは、引用と紹介文の二つの部分から成り立ち、学術的な様相を纏っている。他方、「塩密売人」では、一八四二年の民謡集からは三つしか採用されず、新たに六つの民謡が引用される。そして、新しい歌は、話者がヴァロワ地方を散策するさいに耳にしたり、歌ったりするもので、語りの中に組み込まれている。「粋な放浪生活」になると、民謡集の部分と物語に組み込まれた部分が両方使われ、一八四二年版と一八五〇年版が組み合わされる。『火の娘』ではさらに複雑なアレンジが行われる。

「アンジェリック」は「塩密売人」の、「ヴァロワ地方の民謡と伝説」は「古いフランスのバラード」の焼き直しである。が、そこに「シルヴィ」が加えられる。その中では、民謡に新たな役割が与えられ、「音楽」の章で記された「組み合わせの美質」を際だたせていることを見て取ることができる。[31]

こうした全体像を踏まえた上で、ここでは紙数の関係で、出発点である「古いフランスのバラード」と終着点の『火の娘』について、全体的な視点から検討していこう。

「古いフランスのバラード」——新しいフランス詩を求めて

一八四二年七月十日付けの『シルフィッド』誌に掲載された「古いフランスのバラード」以前に、ネルヴァルが特別フランスの民謡に興味を持っていた痕跡はほとんど見られない。彼の興味はむしろドイツやオリエントだった。ドイツ文学に関しては、一八二七年の『ファウスト』翻訳以来、一八三〇年の『ドイツ詩選集』、一八三九年に上演された芝居「レオ・ブルカール」、一八四〇年の『ファウスト』第三版まで、興味の対象であり続けたことがはっきりしている。また、オリエントに関しては、一八四一年三月三一日付けのオーギュスト・カヴェ宛の手紙の中で、十五年前からオリエントの歴史と文学を研究してきたと述べている。[32] わずかに、一八四一年二月末に狂気の発作に襲われた詩人が、狂気の王シャルル六世と自分を重ねたかのように思われる、「シャルル六世の夢想」という詩（あるいは芝居の断章）の中に、「薫風が、つぶやきながら、私たちのもとに運んでくる、古い哀歌の微かな響き[33]」という詩句が見られるだけである。それにもかかわらずネルヴァルがなぜ、一八四一年の入院の後、民謡の収集を企て、出版したのだろうか。

一つには、フランスの歴史に対する興味があったのではないかと思われる。[34] カヴェ宛の手紙の中には、ゴート族あるいはヴィジゴート族、そしてアウストロ・ゴート族という二つの種族の歴史を研究するための援助費を申請する内容が記されているが、その内容は、一八四〇年に出版されたオーギュスタン・ティエリの『メロヴィング朝時代の物語』と対応していると考えられる。[35] また、一八四一年に出版されたミシュレの『フランス史』第五巻（中世）には、「シャルル六世の狂気」という章が含まれ、次のような記述が見られる。

これほど長い上演に幾度も立ち会うと、観客（シャルル六世）にはそれが一つの世界となり、もう一つの世界である現実を忘れさせてしまった。また、どちらの側に夢があるのか、何度も疑わせることにもなった。[36]

こうした記述は、狂気の発作に襲われたネルヴァルがシャルル六世に自己同一化する方向へと向かわせる役割を果たし、「シャルル六世の夢想」の執筆を促したのではないかと推測することができる。この時期、歴史家の仕事を通し、また、個人的な体験も重なり、フランスの過去に対する興味がネルヴァルの中にかなり強くわき上がってきていたのではないだろうか。

また、この時期の狂気が、後に「幻想詩編」を形成することになるソネットと密接に結びついていることにも注目しよう。一八四一年の末にヴィクトール・ルーバンスに宛てて書かれた手紙には、「オリーヴ山のキリスト」の二つのソネットと「アンテロス」の他に、「タラスコン」（デュメニル・グラモン α 草稿では「サンド夫人へ」と対応する詩）が転写されている。従って、これらのソネットは、一八四一年の狂気の体験の中で、あるいはその体験を経て、創作されたのではないかと考えられる。実際、ネルヴァル自身、ルーバンスに向けて、次のように記している。

健康を取り戻してみると、あのつかの間の啓示を失ってしまっていた。その啓示のおかげで、私は、不幸を共にした友人達のことを理解できたのだった。あらゆることにおいて私に襲いかかってきた多くの考えは、熱が引くと同時にどこかに消え去り、頭の中に芽生えたわずかな詩を運び去ってしまった。こう言ってよければ、あの時私が話した言葉は一日中ずっと韻文であり、とても美しいものだった。[37]

ここで言われている「韻文」vers が、デュメニル・グラモン α 草稿の六編のソネットを指している可能性は高い。もしそうではないにしても、一八四一年に、ネルヴァルが自身の狂気の体験をプラトン的な意味での「詩的狂気」に重ね合わせたのではないかということが、上の引用からうかがわれる。

一八四一年におけるソネット執筆は、「古いフランスのバラード」の執筆動機を探る上で重要な意味を持っている。その題名からも伺い知ることができるように、ここではヴァロワ地方に固有の民謡が対象とされているわけではない。確かに冒頭部分で、ブルターニュ地方やブルゴーニュ地方、ピカルディ地方、ガスコーニュ地方の古謡はすぐに思い浮かぶが、「本当のフランス語」la vraie langue française がずっと話されてきた地方の唄はあまり知られていないと言い、地方主義的な主張が全面に押し出されるのではないかと予想される。しかし実際には、そのすぐ後で、古典主義的な韻律法が問題視され、それを無視して作られた民謡が新しい詩のモデルとなりうることが示されているのである。

現代の優れた詩人たちが、先祖の素朴なインスピレーションを大切にし、他の国の詩人達がしたように、数多くの小さな傑作を取り上げてくれることを願いたい。そうした作品は、昔の人々の記憶や生命と共に、日々失われているのだ。[38]

近代の詩人に対して古い民謡にインスピレーションを探るように勧めるこの結論は、「フランスの古いバラード」という雑誌記事がフランス詩の改革に関する一つの提案であることを示している。そして、それは、一八三〇年の『ドイツ詩選集』の序文で引用したシュレーゲルの言葉に対応している。

（以下はシュレーゲルの訳であるが）、詩がフランスの地で再び花開くことがあるとすると、それは、イギリスや他の国の模倣によってではない。一般的に言えば、詩的精神への回帰、より個別化して言えば、古い時代のフランス文学に回帰することによって、可能になる。〔……〕それぞれの国の民衆が自分たちの詩の源泉、そして、民衆の伝統に戻るだけで十分だといえる。[39]

ネルヴァルはまさに、この引用の具体例を、フランスの民謡で示そうとしたのだといえる。先ほど言及した「本当のフランス語」という表現も、地方主義的な意味よりも、フランスの古い伝統、あるいは、「詩の起源」« la source de sa poésie » を指し示していると考えた方がいいだろう。狂気の時期に書かれたと推定されるネルヴァルのソネット群は、形式面では原則的に伝統的なフランス詩法に則っている。しかし、そうした中で、ネルヴァルは新たな詩の創造へ模索を始めた。その第一歩が、「フランスの古いバラード」だといえるのではないだろうか。

フランス詩の改革に関して、ネルヴァルはまず伝統的なフランス詩法を問題にする。十九世紀を代表するキシュラのフランス詩の概論によれば、韻文と散文の違いは、次の三点に由来する。（一）音節数の規則性　（二）脚韻の存在　（三）「母音衝突」**hiatus** の回避[40]。この中で、ネルヴァルの最も大きな攻撃対象は、脚韻、とりわけ母音の他に子音の一致も要求する「完全押韻」**rime riche** である[41]。彼は、「もしわたしがつばめだったら」という民謡を引用し、古典的な作詩法の規則に合致していなくても、美しい詩が存在しうることを最初に示す。

次の詩句ほど優美で詩的なものがあるだろうか。

　もし私がツバメだったら、
　飛んでいきたい、
　あなたの胸の上で、美しい人よ、
　安らぐことができたら。

Quoi de plus gracieux et de plus poétique pourtant :

Si j'étais hirondelle !
Que je puisse voler,

Sur votre sein, la belle,
J'irais me reposer ![42]

確かにこの唄の二行目と四行目の子音は一致していず、「奇妙な位置にある二、三の子音」があるといえる。しかし、それでも、この唄ほど優雅で、詩的なものはないというネルヴァルの一言は、古典的韻律法に対するアンチテーゼとして民謡を紹介するという意図を明らかに示している。そして、韻の代わりに、同じ母音を反復する「半諧音」assonance の使用が、フランス詩を豊かにする可能性を指摘する。

韻、つまり、フランス語の厳格な韻が、次のような歌詞と折り合うことなどできるだろうか。

オリーブの花、
あなたの愛した花、
なんという魅力的な美しさ！
魅力的で美しいあなたの瞳、
心から愛しているその瞳を、
いつか見られなくなるのだろうか？

La fleur de l'olivier
Que vous avez aimé,
Charmante beauté !
Et vos beaux yeux charmants,

Que mon cœur aime tant,
Les faudra-t-il quitter ?

よく考えればわかるように、音楽は、これらの巧みで大胆な技巧にすばらしい貢献をし、同一の母音がたっぷり配置された詩法の中に、詩の提示するあらゆる可能性を見いだすといえる。[43]

「オリーヴの花」のこの一節は、句を構成する音の数も一定ではなく、韻の踏み方も規則に従っていない。それにもかかわらずこの歌が美しいのは、ネルヴァルによれば、音楽性にあふれているからだということになる。そして、その音楽は、同種の母音が何度も反復することによって生み出される。こうした解説から見えてくるのは、ネルヴァルが、詩の中心に音楽を位置づけているということである。言い換えると、詩を詩たらしめるのは、韻律法に従って作られた詩句ではなく、歌詞の音楽性である。そして、その音楽は半諧音によって奏でられる。

母音衝突に関しても、ネルヴァルは容認する姿勢を示している。「もしわたしがつばめだったら」に関して、引用した歌詞の続きには、「私にはろくでなしの兄弟がいる。」« J'ai z'un coquin de frère... » という言葉が来る。この中では、« j'ai un ... » という母音衝突を認めるか、それを避けるために « z » 音を挟み込むかどちらかだが、この両者の解決策も、古典的な詩法では認められていない。しかし、ネルヴァルは、そうした部分にも美しさを認めている。

このように、ネルヴァルは、詩法の最も根本的な三つの要素に対して異議を唱え、形式的な側面から言えば、音楽と詩の密接な関係のみに重点を置いているのだといえる。

詩の技法を離れ、内容に関して見ていくと、「フランスの古いバラード集」が決してフランス的なものを強調しているわけではないことがわかってくる。フランスの民謡の魅力を語るために、聖書の香り、オリエント風の想像力、そして何よりも、ドイツのバラードとの類似が強調されているのである。実際、ネルヴァルが紹介する民衆的なバラードは、インド・ヨーロッパ語族系のバラードに属するものであると考えられ、超自然の世界との交感を感じさせる不思議で幻想的な雰囲気を漂わせているものが多い[44]。ただし、ネルヴァル自身がバラードというジャンルを強く意識していたわけではなく、紹介する民謡に関して、バラードだけでなく、ロマンス、祝婚歌、歌曲、シャンソン等、様々な用語を明確な区別なしに用いている。彼が強調するのは、むしろ、民衆起源ということであり、そこに詩の起源を見ている。

書く前に、人は歌った。詩はすべて、こうした素朴な泉からインスピレーションを受けている[45]。

この冒頭の一句は、民衆的なバラードを紹介するネルヴァルの意図が、詩の起源を思い出させることにあったことをはっきりと示している。こうした起源への回帰は、とりわけフランス詩にとって重要なことだと、彼は考えていたに違いない。例えば、バラードという言葉一つとってみても、フランスには文学的なバラードの伝統もあり、マロやシャルル・ドルレアンなどのバラードの方が流通していた。このことに関して興味深いのは、ドイツの詩においては、中世の伝統の中で貴族階級と民衆階級の融合が見られ、そうした流れが「ニーベルンゲンの歌」まで行き着くことになったという考えが、一八四一年に出版された『ドイツの民衆的バラードと歌謡集』の序文「ドイツにおける叙情詩に関する歴史的所見」に見られることである[46]。それに対してフランスでは、二つの階級が決して交わることがなく、それが文学的な詩の衰退につながっているとネルヴァルは考える。

真実の詩、言い換えると、理想への憂鬱な渇望が私たちフランス人に欠けているために、ドイツやイギリスの歌と比肩できる歌を作ったり、理解したりできないのだろうか。決してそんなことはない。しかし、フランスでは、文学が決して大衆のレベルまで降りてきたことはなかった。十七世紀や十八世紀の博学な詩人たちが民衆的なインスピレーションを理解することはなかっただろうし、農民達が詩人の短詩や書簡詩、規則に縛られ色彩に乏しいはかない詩を称賛することもなかったといえる。[47]

当時のフランス詩に色彩が乏しく、堅苦しいとすれば、それはフランスの民族にそうした資質が欠けているわけではなく、民衆文化との接点を持たなかったことに由来するとネルヴァルは主張する。そして、詩が生命力を獲得するには、起源の泉に戻らなければならない。民謡は、起源の泉を映し出すモデルである。そこにあるのは、この世を超えた世界への「メランコリックな渇望」« la soif mélancolique de l'idéal » であり、ネルヴァルは、その感情こそ、「本当の詩」« la vraie poésie » であると考える。

この民謡集の中で紹介されている歌の中でも、「ルノー王」や「ルイ王の娘」「死んだふりをする美女(ガルドの若い娘)」等は、ドイツのバラードを代表するビュルガーの「レノール」やゲーテの「榛の木の王」、ヴィーランドのバラードに劣らない美しさを持っていて、民衆の素朴なインスピレーションを感じさせると言われる。ここには、国家主義的な視点[48]も、地方主義的な視点もない。あるのは、詩の起源への回帰によって、古典主義的な詩法によって生命力を失った詩を復活させるという、ネルヴァル的な詩学に他ならない。[49]

「ヴァロワ地方の民謡と伝説」——地方色から個人的回想の証拠へ

「フランスの古いバラード集」は、一八五二年に「粋な放浪生活」の中に「(フランスの)古い伝説集」という題を付されて採録された後、一八五四年に出版された中編小説集『火の娘』の中で、「シルヴィ」の付録のような形で再び取り上げられる。ヴァロワという地方名が題名に付け加えられたのは、その時が初めてである。ネルヴァルは一八五〇年の「塩密売人」の時代から、民謡とイル・ド・フランス地方を結びつけ始め、「粋な放浪生活」においてもその方向は変わらなかった。しかし、一八五四年の新しい題名によって、民謡を地方主義的な相貌の下に置くことに力点を置いたのだといえる。

しかし、この小説集の中では、それ以上の役割を担っていることも見逃してはならない。というのも、「シルヴィ」の前に置かれた「アンジェリック」は、ネルヴァルがヴァロワ地方と民謡とを結びつけた「塩密売人」を手直ししたものであり、「ヴァロワ地方の民謡と伝説」の中には、「アンジェリック」への参照も存在している。そのことは、民謡集が、一個の雑誌記事という孤立した存在から中編小説集の一部へとコンテクストを変え、その中で以前とは違う意味を持つことを示している。

ここでは、一八四二年と一八五四年のテクストの違いを、削除、付加、変更という三つの点から確認しておこう。[50]まず、二つの民謡が削除された。そのうちの二つは、地方主義的な観点から行われたと考えられる。つまり、「ラ・ロッシェルの娘たち」と、「トゥーレーヌの州都トゥールで」という歌詞で始まる「勇敢な隊長」には、イル・ド・フランス地方とは関係のない地名が現れ、ヴァロワ地方の民謡集にはふさわしくないことが一目で見て取れる。従って、削除の操作は、地方主義的な視点を強化するためである。

付加された要素は、「ビロンが踊りたかったとき」と、「美しい娘が座っている　流れる小川のそばに」という二つの民謡、及び「魚の女王」という民話で、民謡集の結論の直前にまとめて置かれている。ビロンについては、歌の紹介部分で、「この地方で非常になつかしいと思われている」人物であるという説明がある。「美しい娘が」は、後に見ていくように、シルヴィの愛唱歌であると、「シルヴィ」の中で紹介されている。従って、それらも、地方主義的な視点からの付加である。そのことは、「魚の女王」に中の細部の地名によって、さらに確かなものとなる。この物語の舞台は最初からヴァロワ地方に置かれているが、さらに、ヴィレール＝コトレ、シャルポン、マルヌ川、オワズ川、エーヌ川等、ゆかりの深い地名が記され、物語がこの地に根ざしていることを示している。[51]

こうした地方主義的な視点は、変更においても貫かれている。ヴァロワ地方に関する題名についてはすでに言及したが、それに劣らぬ重要性を持つのが、冒頭の一節である。一八四二年には、「あらゆる民族は書く前に歌った。」という有名な言葉で始まり、詩の起源に歌があるという主張がなされていた。それが、次のような一節に変更される。

ヴァロワ地方の思い出のことを考える度に、小さい頃私を寝かしつけてくれた（bercer）歌や話が思い出され、うっとりしてしまう。伯父の家には美しく響く声が満ちあふれていた。パリまで私たちに付いてきた女中たちも、若い頃に覚えた陽気なバラードを、一日中歌っていた。ただ残念なことに、私はそのメロディーを忘れてしまった。[52]

この変更から、二つの点を読み取ることができる。一つは、既にこの作品集の前で民謡の幾つかにふれたという最後の言葉に見られるように、「ヴァロワ地方の民謡と伝説」が独立した存在ではないということである。実際、「アンジェリック」で引用された「ルイ王の娘」や「死んだふりをする娘」を参照するためのページ番号が記され[53]、「美しい娘が座っている 流れる小川のそばに」という歌詞をすでに引用したという言葉も見られる。このようにして、先行する二つの物語との関係がことさら強調されていることは、「ヴァロワ地方の民謡と伝説」が『火の娘』のコンテクストの中で読まれるべきものであることを端的に示している。

さらに重要な点は、この冒頭の一文が、作者の幼年時代に言及していることである。そのことによって、引用される歌が、地方主義的な意義を超え、個人的な思い出と結びつくことになる。詩の起源に言及した一八四二年のテクストは、学術的な視点に立った民謡の紹介という様相を帯びていた。それに対して、一八五四年のテクストは、ネルヴァルの幼年時代へのノスタルジーを秘めた紹介というニュアンスを与えられる。そして、それがますます先行する二つの物語とのつながりを密接にすることになる。

ここで言われる「私の伯父の家」は、「シルヴィ」の第六章で言及される、黄色の正面と緑のよろい戸を持った家と対応している。そこでは、すべてが昔と同じ状態に保たれてはいたが、しかし誰も住んではいず、生命の鼓動が欠如していた。それを踏まえた上で、伯父の家の昔の様子が、女性たちの楽しげな歌声によって暗示的に描き出されているのである。さらに、「ヴァロワ地方の民謡と伝説」で紹介される歌は、その時に耳にしたものだということになる。

そこで、ネルヴァルは、「小さい頃、私を寝かしつけたくれた（bercer）歌や物語」という表現を用いる。この中で使われている「寝かしつけてくれた」という動詞は、民謡に個人的な色合いを与える上で、大きな役割を果たしていることに注目しよう。「脱走兵Ⅰ」は、一八四二年にも一八五四年にも民謡集の中で取り上げられ、脱走兵を捉える憲兵隊をギリシア神話の復讐の女神ネメシスに例える紹介文にも変更がない。[54] そこに個人的な思いは感じられない。それに対して、「アンジェリック」の中で同じ民謡が用いられるときには、話者の思い出と結び付けられ、物語の展開の中に組み込まれる。[55] パスポートを持たずにサンリスの宿屋に降り立った「私」は、怪しい人間だと思われ、警官に尋問される。その返答の様子を具体的に描く目的で「脱走兵Ⅰ」を引用するのだが、その際、それをこの地方の歌と断った上で、さらに、「私は、その歌で寝かしつけてもらった。[56]」という説明を付け加える。この「寝かしつける」という動詞によって、民謡は一気に個人的な色彩を帯びるのである。また、サンリスで出会った少女の歌う「小川の中のあひるたち」は、「私を寝かしつけてくれた歌」« un air avec lequel j'ai été bercé » だと言われる。ここでもやはり bercer が使われている。また、ダンスを踊りながら娘たちが歌う「草地の中の三人の娘」に関しては、「また、思い出が一つある。」« encore un souvenir » という言葉の後に、歌詞が引用される。[57] さらに、民謡集の中でも紹介されていた「ルイ王の娘」と「死んだふりをした娘」[58] は、ヴァロワ地方の二つのタイプの父親像――娘を許さず塔に監禁する厳しい父と、軽率に家を離れて騎士についていった娘を暖かく迎える優しい父――を描くために引用されるのだが、それらもやはり「子どもの頃、歌うのを耳にした伝説」« les légendes que j'ai entendu chanter dans la jeunesse »[59] であると言われる。民謡集の冒頭の一節の変更は、民謡が個人的な思い出に属していることをことさらに強調することで、「アンジェリック」を補完する資料集的な役割を与えることに寄与しているといえる。

「シルヴィ」との関係はさらに密接である。「ヴァロワ地方の思い出」という副題を持つこの物語に対して、「ヴァロワ地方の民謡と伝説」が地方主義的な側面を強化することは言うまでもない。それ以上に重要なことは、「シルヴィ」の中で民謡が果たす物語論的な機能と関係することで、ネルヴァルという作家の自伝的物語の内容に[60]真実性を保証する可能性を持っていることである。夢の中で回想するアドリエンヌは、村の子どもたちの輪の中心で「ルイ王の娘」を歌う。また、シルヴィが最初に紹介されるときには、「美しい娘が座っていた／流れる小川のほとりに」が彼女の愛唱歌であると言われる。さらに、数年後にパリから戻りシルヴィに再会したさいに、主人公である「私」は、「死んだふりをした娘」を歌ってくれるように頼む。その時、シルヴィはもうそんな歌は歌わないと言い、オペラのアリアをフレーズに区切って歌うのだが、他方、その後、物思いに沈んでいる主人公の気を引くために、古い歌を歌うこともする。ここでは、素朴な民謡と音楽学校で教えられる歌曲の対立が二つの時代のシルヴィを特徴付け、古い時代の民謡が過去のシルヴィの印として機能している。こうした記述を通して、二人の女性と語り手の幼年時代とが、民謡という物理的な存在によって結びつけられることになる。

「シルヴィ」では、こうした歌の伝承の場面も描き込まれている。「私」とシルヴィはオティスに住む伯母の家で、古い時代の婚礼衣装を身に纏い、老婆の声に合わせて、古い時代の祝婚歌を一緒に歌う。

シルヴィのおばさんが思い出したのは、若い頃によく歌われた、掛け合いの歌だった。結婚式のとき、テーブルのあっちとこっちで歌い合った歌。その他にも、新郎新婦がダンスを終わり戻ってくるときに歌う素朴な祝婚歌が、思い出から甦ってきた。私たちはそうした歌を何度も歌った。リズムがとても単調で、昔よく使われた母音衝突や半諧音がちりばめられ、ちょうど伝道の書の賛歌のように、愛に満ち、花が咲き誇るような歌。

——シルヴィと私は、夏の美しいひと朝の間、花嫁花婿だった。[61]

リズミカルな詩節、母音衝突、半諧音、ソロモンの雅歌への言及は、民謡集で引用された「花嫁の歌」に関する半諧音や「聖書の香り」という記述に呼応している。[62] 従って、「シルヴィ」の後に「ヴァロワ地方の民謡と伝説」が置かれることで、疑似結婚式の場面での歌の具体例が示されていると考えることもできるだろう。しかしそれ以上に重要なことは、古い歌謡の伝承する場面が描かれ、しかもそこに「私」が参加していることである。民謡集の冒頭では、民謡が個人的な体験として蓄積されたものであるとされている。それが事実であれ、虚構であるにせよ、読者はその一節によって、三人で婚礼歌を歌う場面もネルヴァルの実際の体験に基づいた挿話であると見なす方向に導かれる。

より総合的な見地からすると、「ヴァロワ地方の民謡と伝説」は、自伝的物語「シルヴィ」、しかも「ヴァロワ地方の思い出」という副題を持った物語の、「事実を証明する書類」pièce justificative として機能すると言うことができる。一八四二年の版に対して、地方色的な要素を強化するだけではなく、フランス詩法に対する提言的な冒頭に手を加え、自伝的な色彩を持った一節に変更することで、一八五四年のテクストは以前の姿とは明らかに異なった様相を呈する。少なくとも、ネルヴァルが「シルヴィ」の付録としてこのテクストを付加した意図は、そこにあるはずである。

別の言い方をすれば、「フランスの古いバラード」と「ヴァロワ地方の民謡と伝説」は、決定稿と異文という関係に置かれがちであるが、それぞれの出版段階において検討した場合には、別のテクストとして機能しており、その二つのテクストそれぞれの存在意義を等閑に付することはできない。

ネルヴァルを対象とすることで、総合的生成研究にどのような貢献ができるのか？　あるいは、総合的生成研究という枠組みのなかでネルヴァルを研究することで、何を獲得することができるのか？　このような前提の中で、ネルヴァルが収集した民謡に関する二つのテクストを取り上げてきた。そして、「決定稿」という既成概念を取り払い、テクストに時代性を回復させるという試みを行ってきた。そうした中で見えてきたのは、当たり前と言えば当たり前の結論、つまり、一つのテクストはさまざまな意味でのコンテクストに位置づけられており、そのコンテクストがテクスト理解の上で重要な役割を果たすということである。それは、自立的な存在として一つのテクストを捉えるという観点への、問い返しであるといってもいいだろう。

こうした視点は、ネルヴァル研究においては、とりわけ有効である。先にも記したように、ネルヴァルは同じテクストに少しずつ手を加えて、何度も出版している。そのために、例えば、彼の創作活動の中でも最も重要なテクストである

「塩密売人」は、一八五〇年に『ナシオナル』紙に連載されて以来、一九八四年に校訂版が出されるまで、一度としてオリジナルな形で出版されたことがなかった。それは、「粋な放浪生活」に関しても同じことである。このテクストは、まさに、それまで出版された詩や批評やエッセー的な文章の寄せ集めである。そして、それがまた、別の形へと分解していく。つまり、決定稿主義から見れば、中間段階にすぎない。しかし、そうした視点を捨て、「粋な方法生活」をその段階で固定的に捉えて読み返してみれば、ネルヴァルの散文に関する詩法を理解する上で、「塩密売人」に劣らぬ重要性を持っていることが明らかになる。総合的生成研究という視点の導入によって、ネルヴァル研究は確実に豊かさを増すといえる。

生成という言葉は、胚胎してから誕生するまでの過程というイメージを含んでいる。そのために、今回試みたように、一つの段階のテクストを独立して捉えるという視点は、生成とは矛盾しているように受け取られるかもしれない。しかし、生成は決して決定論的な動きを促しているのではなく、むしろ一つの段階を尊重することも含んでいると考えることも可能である。総合的生成研究の一つの意義を、そうした点に見いだせるのではないだろうか。

注

1　生成研究の基本文献として以下の著作を参照した。吉田城『『失われた時を求めて』草稿研究』、平凡社、一九九三年。Almuth Grésillon, *Eléments de critique génétique*, PUF, 1994. Pierre-Marc de Biasi, *La génétique des textes*, Nathan, coll. « 128 », 2001.

2　Frank Paul Bowman, « *Les Filles du feu* : genèse et intertextualité », *Gérard de Nerval*, Actes du colloque de la Sorbonne du 15 novembre 1997, P. U. de Paris-Sorbonne, 1997, p. 20.

3　« Les amis de Gérard de Nerval ont été assez heureux pour retrouver dans ses papiers des fragments de ces lettres. L'éditeur les publie tels qu'ils lui ont été remis, sans prétendre à les coordonner, les lier entre eux, leur donner la suite et l'enchaînement dont le pauvre rêveur a emporté le secret avec lui », *Le Rêve et la Vie*, Victor Lecou, 1855, p. 108.

4　Gérard de Nerval, *Œuvres complètes* précédées d'une notice par Théophile Gautier, Lévy ; t. I. *Faust et Second Faust* de Goethe, Michel Lévy frères, 1867 ; t. II et t. III. *Voyage en Orient*, Michel Lévy, 1867 ; t. IV. *Les*

Illuminés. Les Faux Saulniers, Michel Lévy, 1868 ; t. V. *Le Rêve et la Vie. Les Filles du feu. La Bohème galante*, Michel Lévy, 1868 ; t. VI. *Poésies complètes*, Calmann Lévy, 1877.

5　芝居「コリッラ」が省かれていることは言うまでもないだろう。

6　« Je renvoie ici le lecteur aux *Filles du feu*, dans lesquelles j'ai cité quelques chants d'une province où j'ai été élevé et qu'on appelle spécialement « la France ». C'était, en effet, l'ancien domaine des empereurs et des rois, aujourd'hui découpé à mille possessions diverses », *Le Rêve et la Vie*, *op. cit.*, p. 313.

7　ゴーチエのこのテクストが、後世のネルヴァルの受容史の中でもっとも重要な文章の一つであることは間違いがない。Théophile Gautier, *L'Hirondelle et le corbeau. Écrits sur Gérard de Nerval*, Plein Chant, p. 163-196 に所収。

8　« Les éditeurs se copiant les uns les autres et ne se référant que rarement aux originaux, la plupart des recueils parus après les *Œuvres complètes* Lévy n'apparaissent pas moins déficitaires », M. Brix, *op. cit.*, p. 19.

9　ギヨーム神父の研究の全体像に関しては、以下の対談集を参照。*Nerval masques et visage. Entretiens de Jean Guillaume avec Jean-Louis Préat*, P. U. de Namur, coll. « ENR », t. IX. また、主要な論文は、Jean Guillaume, *Philologie et exégèses*, Peeters, 1998 に所収されている。

10　エドゥアール・ジョルジュ及びエマニュエル・ブランシュ博士宛の手紙を参照。

11　Jean Guillaume, *Aux origines de « Pandora » et d'« Aurélia »*, P. U. de Namur, coll. « ENR », t. V.

12　Jean Guillaume, *Gérard de Nerval. Aurélia, prolégomènes à un édition critique*, P. U. de Namur, 1972.

13　Michel Brix et Jacques Clémens, *Genèse de « Pandora ». Le manuscrit de l'édition de 1854*, P. U. de Namur, « ENR », t. XII, 2005.

14　Jean Guillaume, *« Les Chimères » de Nerval*, Édition critique, Bruxelles, Palais des Académies, 1966.

15　« Delfica et Myrtho », *L'écrivain et ses travaux*, José Corti, 1967, p. 144-164.

16　Gérard de Nerval, *Œuvres complètes*, sous la direction de Jean Guillaume et Claude Pichois, Gallimard, « Bibliothèque de la Pléiade », t. III, p. 1485-1490. この版については、以下、*Pl.* と略し、その後に巻数を付す。

17　Jean Guillaume, *Gérard de Nerval. Pandora*, édition critique, J. Duculot, 1968 ; Jean Richer, *Les Manuscrits d'Aurélia de Gérard de Nerval*, Les Belles Lettres, 1972.

18　Gérard de Nerval, *Œuvres*, sous la direction d'Albert Béguin et de Jean Richer, t. I, Gallimard, « Bibliothèque de la Pléiade », p. 1286.

19　*Pl.* III, p. 1222.

20　Nerval. *Les Filles du feu. Les Chimères*, édition de Bertrand Marchal, Gallimard, « folio classique », 2005, p. 326-327.

21　ニコラ・ポーパの次のような言葉は決して例外ではなかった。« Trop dilettante, il [Nerval] souffre dans sa stérilité », Nicolas Popa, « Etude critique sur *Les Filles du feu* », dans le tome II de son édition des *Filles du feu*, Champion, 1931, p. 2.

22　草稿まで含めたネルヴァルの著作については以下の書誌を参照。Michel Brix, *Manuel bibliographique des œuvres de Gérard de Nerval*, P. U. de

Namur, coll. « ENR », t. XI, 1977.

23 *Pl.* I, p. 299.

24 Bertrand Marchal, « Notes sur l'édition », dans Nerval, *Les Chimères. La Bohême galante. Petits Châteaux de Bohême*, Gallimard, « Poésie », 2005, p. 269.

25 その状況が変化したのは、一九九三年に出版されたプレイヤッド版『ネルヴァル全集』第三巻以降にすぎない。

26 *Pl.* III, p. 272.

27 « Les Vieilles Ballades françaises », *La Sylphide*, 10 juillet 1842. この版は、そのままの形でも、何度か出版されている。

28 ‹ Les Faux Sauniers ›, *Le National*, 8, 9, 17 et 23 novembre 1850.

29 ‹ La Bohême galante ›, *L'Artiste*, 1er et 15 octobre, 1er novembre, 1er décembre 1852.

30 *Les Filles du feu*, Giraud, 1854.

31 Paul Bénichou, *Nerval et la chanson folklorique*, José Corti, 1970 が、現在でも、ネルヴァルの民謡に関する最も総合的な研究である。その一八四頁に、ネルヴァルの紹介する民謡の一覧表が見られる。ただし、一八五二年の『粋な放浪生活』で初めて付け加えられた二つの歌 « Ah ! qu'y fait donc bon ! » と « Ton p'tit mollet rond » が欠けているので、« La belle était assise » の後に付け加える必要がある。その他、Julien Tiersot, *La chanson populaire et les écrivains romantiques*, Plon, 1931 を参照。

32 *Pl.* I, p. 1378.

33 *Pl.* I, p. 736.

34 *Pl.* I, p. 1378.

35 歴史とロマン主義の関係に関しては、Jacques Bony, *Lire le romantisme*, Dunod, 1992, p. 73–102 参照。

36 Michelet, *Histoire de France*, t. V, Laffont, « Bouquins », 1981, p. 608.

37 *Pl.* III, p. 1488.

38 *Pl.* I, p. 761.

39 *Pl.* I, p. 283–284.

40 L. Quicherat, *Petit traité de versification française*, 16e édition, Hachette, p. 4.

41 « La rime riche est une grâce, sans doute, mais elle ramène trop souvent les mêmes formules. Elle rend le récit poétique ennuyeux et lourd le plus souvent, et est un grand obstacle à la popularité des poèmes », *La Bohême galante*, *Pl.* III, p. 278.

42 *Pl.* I, p. 754.

43 *Pl.* I, p. 754.

44 Henri François Bauer, *Les « Ballades » de Victor Hugo*, Champion, 1936, p. 1–8.

45 *Pl.* I, p. 754. この一節がルソーの『言語起源論』を参照していることは明らかである。

46 Séb. Albin, *Ballades et chants populaires (anciens et modernes) de l'Allemagne*, Gosselin, « Bibliothèque d'Elite », p. xii-xv.

47 *Pl.* I, p. 761.

48 一般的には、民謡と国家主義的な思想の結びつきが見られることが多い。Anne-Marie Thiesse, *La Création des identités nationales. Europe XVIIIe siècle-XXe siècle*, Seuil, « Histoire-Point », 2001 (1ère édition en 1999).

49 フランス詩とシャンソンの関係については、Brigitte Buffard-Moret, *La chanson poétique du XIXe siècle. Origine, statut et formes*, P. U. de Rennes,

2006を参照。
50　一八五二年のテクストが一八五四年のテクストの下敷きになったわけではないことは、加筆訂正が必ずしも引き継がれ、「決定稿」へ向かっていくのではないことを示している。
51　三本の川の名前は一八五〇年にはマルヌ川、ムーズ川、モーゼル川だった。名前の変更は、「魚の女王」が「粋な放浪生活」や『滑稽物語集』（一八五二年）に収められたさいには、すでに行われていた。
52　*Pl.* III, p. 569.
53　厳密に言えば、それらのページ数も「付加」である。
54　*Pl.* I, p. 761 及び *Pl.* III, p. 575.
55　「アンジェリック」は「塩密売人」の焼き直しであると言え、ここで対象とする部分は一八五〇年の時点で執筆されていた。
56　*Pl.* III, p. 485.
57　*Pl.* III, p. 489.
58　この二つの民謡はネルヴァルがことのほか愛したものであり、何度も形を変えて様々なテクストの中で用いられている。字句等の細かな変化も含めた変奏に関しては、Hisashi Mizuno, « Le plaisir de la variation ou les modes d'utilisation des chansons populaires de Gérard de Nerval », (*Comment naît une œuvre littéraire*, à paraître chez Champion）を参照。
59　*Pl.* III, p. 493.
60　二〇世紀の伝記作家を含め、ネルヴァルの伝記は多かれ少なかれ、一人称で書かれた彼自身の物語に負っていることは否定できない。とりわけ初期の伝記では、「シルヴィ」の記述がそのままネルヴァルの人生として語られた。
61　*Pl.* III, p. 551–552.
62　*Pl.* III, p. 570.

参考文献

Paul Bénichou, *Nerval et la chanson folklorique*, José Corti, 1970.

ネルヴァルが取り上げた民謡に関する基本文献。ネルヴァル以前の民謡に関する出版状況や、ネルヴァルが及ぼした影響に関する記述も含め、現在でも、その価値は古びていない。

Michel Brix, *Manuel bibliographique des œuvres de Gérard de Nerval*, Presses universitaires de Namur, « Etudes nervaliennes er romantiques », t. XI, 1997.

草稿、ゲラ刷り、いわゆるプレオリジナル、オリジナル、後世の出版まで網羅した、ネルヴァルに関する総合的な書誌。同じ著者の *Nerval Journaliste (1826–1851)*, PU de Namur, 1986 とともに、ネルヴァルの書誌の基本文献をなす。

Nerval, masques et visage. Entretiens de Jean Guillaume avec Jean-Louis Préat, Presses universitaires de Namur, « Etudes nervaliennes et romantiques », t. IX, 1988.

ネルヴァルの草稿の文献学的な研究を主導したジャン・ギョーム神父が、自らの研究の全体像を語った対談集。今後の総合的生成研究の基礎となる文献であるとともに、ギョーム神父の肉声が聞こえるという意味でも貴重な資料といえる。

Jean Guillaume, *Philologie et exégèse*, Peeters, 1998.

ジャン・ギョーム神父の主要論文集。ネルヴァルの文献学的な研究の出発点となる論考だけではなく、アルセーヌ・ウセー夫人との関係や、『ファウスト』の一節から作品の解釈に踏み込むなど、解釈学的な試みも見られる。

Hisashi Mizuno, « Le plaisir de la variation ou les modes d'utilisation des chansons populaires chez Gérard de Nerval », in *Comment naît une œuvre littéraire ? — Brouillons, contextes culturels, évolutions thématiques*, à paraître chez Champion.

ネルヴァルが様々な形で再使用した「ルイ王の娘」と「死んだふりをした娘（ガルドの娘）」という二つの民謡を取り上げ、出版時のコンテクストや細かな字句の変更を含めて段階的に検討した論考。

コラム

ロヴァンジュール文庫

鎌田隆行

パリのコンティ河岸の芸術橋に面した一角に威容を誇り、その丸天井で知られるフランス学士院内の学士院図書館に収められているロヴァンジュール文庫は、稀代の草稿の蒐集家であったベルギーのロヴァンジュール子爵（一八三六―一九〇七）のコレクションをもとにしたものであり、十九世紀のフランス作家を中心とした草稿、書簡などの多数の貴重な資料を所蔵していることでつとに有名である。

フランドル系の名家の出身でありながらも社交界にはさほど関心を持たず、青年期から文芸や音楽などの諸芸術に親しんでいたロヴァンジュール子爵は、当時の高名な編集者であったミシェル・レヴィの知己を得てその文学的薫陶を受け、同時代の傑出した作家たちの作品、またその制作に関心を抱くようになり、バルザック、ゴーチエ、ジョルジュ・サンド、サント＝ブーヴらに関する原資料の精力的な蒐集と調査を進めていった。特にバルザックについては入手可能なあらゆる種類の資料を手に入れようと奔走している。また彼は蒐集家であると同時に、ミシェル・レヴィ書店による文学作品の編纂における重要な協力者であり、優れた文学研究者でもあった。バルザックとゴーチエに関してはその作品史について本格的な研究書を上梓しているほどである。なかでも『バルザックの小説の生成――『農民』』（一九〇二）では、バルザックの遺作『農民』の複雑な制作過程を詳細に跡付けており、この作品の研究史において大きな役割を果たした。《 genèse 》の語を「文学作品の生成」の意味で用いた初めての本格的な研究書として知られる同書は、ロジェ・ピエロが強調するように、まさに生成論の先駆けと言える。

子爵の没後、後世の文学研究の発展を願う遺志によって所蔵の書籍や資料はフランス学士院に寄贈され、これにより、一九一〇年、パリ北郊のシャンティイ城にロヴァンジュール図書館が設立された。司書に任命されたジョルジュ・ヴィケールは膨大な所蔵資料の悉皆調査を行って、整理と分類を進め、一九一四年、研究者を対象にこれらが公開されるに至った。

一九二一年、ヴィケールが亡くなると、同僚のマルセル・ブトロンが同職を引き継いだ。後にフランス学士院の倫理・政治学アカデミーの一員となるこの碩学はバルザックの多数の著作の編纂者としても有名であるが、モーリス・バルデーシュの証言によれば、司書時代には首都から四〇キロメートルほど離れたシャンティイの城館から原資料をこっそりとパリの学士院に運びこんで閲覧者の便宜を図ることもあったという。

一九八七年、ロヴァンジュール図書館の所蔵資料はそれまで八〇年近く収められていたシャンティイを離れ、ロヴァンジュール文庫として正式に学士院図書館に移管されて現在に至っている。

ロヴァンジュール文庫の所蔵資料は、草稿千四百帖、印刷物四万冊の他、書簡も数千通に及ぶ。中でも圧巻なのはバルザックに関する資料であり、代表作の『ゴリオ爺さん』、『谷間の百合』、『幻滅』など『人間喜劇』所収の作品を中心に五百帖にも及ぶ自筆草稿・校正刷りの他、版本、書簡、出版社との契約書等、多岐にわたる資料を所蔵している。バルザックの現存する作品生成資料のうち実に九割が同文庫に収められているのである。

他の代表的な資料としては、ゴーチエ（詩篇、「サロン」評）、ジョルジュ・サンド（『モープラ』、『わが生涯の歴史』）、サント＝ブーヴ（『ポール＝ロワイヤル史』）の草稿等があり、これらの作家についても多数の書簡を含む多様な資料が保存されている。またこの四人には及ばないものの、ユゴー、デュマ父子、メリメ、ボードレールなどに関する各種の資料も所蔵されている。

学士院図書館（同じ学士院内の一般利用者向けの「マザリーヌ図書館」とは異なる）は所定の手続きによって許可を得た

研究者ならば誰でも利用可能である。開館は平日の午後のみで、ロヴァンジュール文庫等の貴重図書の利用者は図書館の奥の司書カウンターに面したテーブルに着席し、閲覧を行うことになる。ロヴァンジュール文庫の所蔵文献の検索は、長らくヴィケールの作成した目録のみが頼りであったが、現在ではインターネット上の学士院図書館のウェブサイトで検索が可能になっている。

原則として原資料の実物を参照できることがこの図書館の特色である。筆者はバルザックに関する博士論文の準備のため数年間にわたってロヴァンジュール文庫の原資料を参照したが、実物で見る草稿は生々しく複雑なオブジェであり、改稿のプロセスの見られる作品本文はもとより、作家の指紋や紙片の切り貼りの跡までもが刻み込まれ、またメモ書きや落書きが雑然と並ぶ紙葉もあるなど、その迫力に圧倒される思いがしたものである。しかし実物の閲覧はドキュメントの劣化や破損のリスクを増大させるため、研究者の中にこれを問題視する声もある。よって現行の閲覧条件が今後も維持されていくかどうかは定かではない。

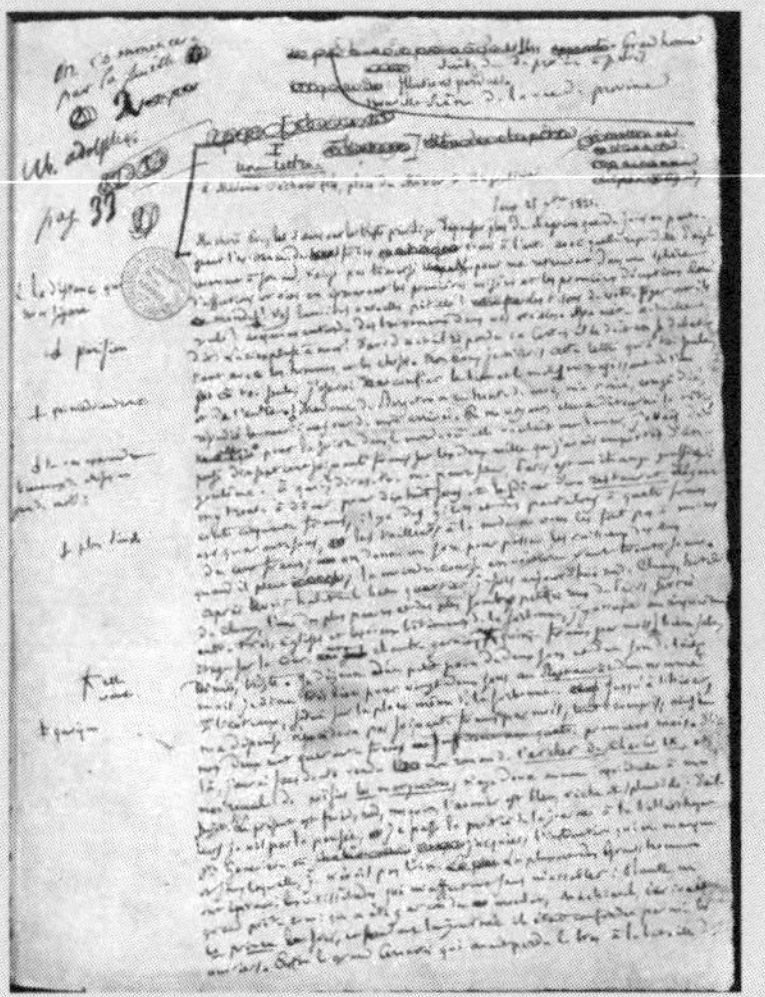

バルザック『幻滅』第二部草稿（ロヴァンジュール文庫蔵）

他方、所蔵資料の電子化が計画されており、バルザック『幻滅』第一部（一八三七）の作品制作資料を皮切りに、ロヴァンジュール子爵が後世に託した貴重な資料の電子的公開が今後、段階的に進められていくこととなっている。

Collection Spoelberch de Lovenjoul

Bibliothèque de l'Institut de France, 23, quai de Conti, 75270 Paris cedex 06
http://www.bibliotheque-institutdefrance.fr/index.html

第5章　フロベール『ボヴァリー夫人』の生成
——ラリヴィエール博士の人物像の解釈をめぐって

松澤和宏

昨日の夜、僕は小説を書き始めました。ぞっとするほどの文体上の困難の一端を垣間見る思いです。

一八五一年九月二〇日付のルイーズ・コレ宛の書簡のなかで、フロベールは一八五六年春まで続くことになる文体の苦悶の劇の開幕をこのように告げている。作家が終生手元に保存した『ボヴァリー夫人』の厖大な草稿は、現在次のように分類されて、ルアン市立図書館に保管されている。

①プラン・筋書き《セナリオ》は、小説の筋立てを素描したもので、総計四六葉、六一頁にのぼり、Ms. gg9 の分類番号が付されている。

②下書き《ブルイヨン》は、小説の一つ或いは幾つかの段落を単位として推敲されている。総計一八二三葉、裏頁にも書かれていることが多い。Ms. g223. 1–6 の分類番号が付されており、六巻にわたって製本されている。

③自筆清書原稿　Ms. g221 の分類番号の下に四八七葉が保管されている。

④印刷用清書原稿　雑誌『パリ評論』掲載のためにコピストによって清書された四八九葉で、Ms. g222 の分類番号が付されている。

1　「没個性」の美学とラリヴィエール博士

『ボヴァリー夫人』第三部八章で、ヒロインのエマが服毒自殺を図り、医師カニヴェが治療を誤ったときに、「神の出現」と見紛うばかりに村人の期待を一身に集めて颯爽と登場するラリヴィエール博士が、ギュスターヴ・フロベール（一八二一―一八八〇）の愛する父の面影を宿す存在であることは、多くの評家が指摘してきたところである。フロベールにとって亡父は愛惜し追慕してもなお余りある存在であったのであり、思想を作品に持ち込むことを厳しく慎まなければならないとする「没個性」impersonnalité の美学の原則に敢えて抵触してまでも、作家は真情の吐露を自らに禁じることができなかったのだという解釈は、近年のフロベール研究においても相変わらず継承されている。近代外科学の草分けグザヴィエ・ビシャ（一七七一―一八〇二）の後継者ピエール・ペルタンとギョーム・デュピュイトランの下で内勤研究医を経てルアン市立病院の外科部長となったフロベールの父クレオファス・フロベール（一七八四―一八四六）が、名医の誉れ高く、周囲の尊敬を集めていたことはここで縷述するまでもないであろう。ラリヴィエール博士もまた、フロベールの父同様に、「ビシャの流れを汲むあの偉大な外科学派に属」[1]する「哲学者的な臨床医」であり、また「勲章や称号やアカデミーを軽蔑し、貧しい者には慇懃で寛大で父親のように親身で、美徳を信じずに美徳を行なう」人物と紹介されている。伝記的な事実を小説に投影して読めば、こうした通説の生まれ維持されてきた必然は頷かれよう。

ところで、通説というものは、テクストを読む者にとっては、読解をあらかじめ方向付ける先入見として働く。およそ古典的と評される作品を読む際にこうした先入見を一切排除するなどということは不可能な話である。なぜなら、そもそも古典的という評価自体がすでに先入見なのであり、そうした評価のおかげで人は文学作品を手にとって読み始めるのであるから。しかし作品を読むことの醍醐味は、読む過程で生じたさりげない疑問や感慨を発条として、出発点で想定されていた先入見自体の吟味検討に至ることにあるだろう。いわゆる「解釈学的循環」と呼ばれる過程であるが、生成研究もそうした解釈学的圏域のなかでこそ、単なる実証的な文献調査を越えた文学的価値を獲得するのではないだろうか。[2] 草稿は、作品が掩蔽しているみずからの誕生にいたる過程の物質的痕跡を白日の下にさらす。ラリヴィエール博士の裡に作家の亡くなった父への敬愛の念を読み取ることで能事終われりとするには、その人物像の生成過程はあまりにも複雑で思いがけない相を秘めている。草稿とは新たな読解を待ち受けている未完の過去ではないだろうか。

以下においては、ラリヴィエール博士の人物像の生成過程を追尋しながら、人物像の問題化を跡付け、この問題化を小説全体の解釈との関連において考察してみたい。まずはラリヴィエール博士の人物描写を、ついで博士の具体的な挙措を草稿段階での改変に留意しながら検討していくことにする。

2　プラン・筋書きにおけるラリヴィエール博士の人物描写

まずは「プラン・筋書き」scénario 段階におけるラリヴィエール博士への言及を検討してみると、三二葉表頁では、博士は二次的な位置しか占めていないことが判明する。

病気〈カニヴェ医師とラリヴィエール医師〉　断末魔　〈盲人乞食〉死[3]

四一葉表頁は行間加筆部分を本文に組み入れている。以上の二箇所以外にはラリヴィエール博士への言及は見当たらない。

3　下書き初期段階における人物描写の造形

「下書き」brouillon 段階では、自筆決定稿を含め約十四稿が残されている。ここでは興味深い改変箇所に焦点を絞りながら、人物像の生成過程を追うことにする。下書きの執筆順は次の通りである。下書き稿A（二四五葉表頁）、下書き稿B（二〇四葉表頁）、下書き稿C（二一二葉裏頁）、下書き稿D（二〇八葉表頁）、下書き稿E（二一五葉表頁）、下書き稿F（二一六葉表頁→二一〇葉表頁、二一六葉表頁は数行しか書かれておらず、二一〇葉表頁に続く）、下書き稿G（二〇八葉表頁）、下書き稿H（二六三葉裏頁）、下書き稿I（二五九葉裏頁）、下書き稿J（二五〇葉裏頁）、下書き稿K（二三一葉表頁）、下書き稿L（二一七葉表頁）、下書き稿M（二一八葉表頁）、自筆決定稿N（四五九葉表頁）。

下書き稿A、B、C、D

まず、下書き稿Aでは「ラリヴィエール博士が朝に四人乗り四輪箱馬車で到着する」とある。霧の彼方にある作中人物を、書くことが攪拌し波立たせる。下書き稿B、Cの繰り返しを経て、ラリヴィエール博士は機が熟したかのように、下書き稿Dにおいて予知しえぬ輪郭を描きはじめる。

> それはラリヴィエール博士であった〈が入ってきた〉。神の出現もこれほどの効果をあげることはない。自信、信頼感を与える。オーラによる〈輝き〉、偉大な外科医の種族、彼は、卑小であるにもかかわらず、偉大に見える類の人間の一人であった。／人々のなかでは、貧しい者に媚を売る。

下書き稿前半には「神の出現」「信頼感を与える」「輝き」とあるように、聖者伝のような筆致さえ感じられる。ところが、後半ではあたかも太陽の黒点のように、この輝きのなかに黒い影があらわれる。聖者のイメージのうえに「卑小であるにもかかわらず、偉大に見える類の人間の一人であった」とか「貧しい者に媚を売る」というように、影が射してくる。聖者と媚を売る卑小な人物という相反する二つの相が、光と影の分かちがたく相添うように一人の人物のなかで共存している。この二面性を通してフロベール的認識の矢が一挙にラリヴィエール博士の存在の深いところに打ちこまれたと言えよう。こうした矛盾を孕んだ人物像の構想は、作家が敬愛していた亡父の面影をこの人物に刻んだという通説だけでは説明のつかないものである。

下書き稿E

次の下書き稿Eでは、人物描写はさらに肉付けされているが、その特徴を三点ほど指摘しておこう。

（一）まずフロベールはラリヴィエールを聖者に近づける方向でいくつか最終稿に引き継がれていく要素を書き記している。例えば、「彼の袖口は、いつもボタンをはずしたままであり、あたかも苦痛のなかに少しでも早く手を差し伸べようとしているかのようであった」が初めてここで書き記され、左側余白には重要な一節「なにも信じず、とりわけ美徳なるものを信じないが、鳥が歌うように、努力せずに美徳を実践する。権力に屈することなく、学者のアカデミーを軽蔑している」が書き加えられて、ラリヴィエール＝聖者という方向性を際立たせている。聖者の意志は道徳的な法におのずと合致するがゆえに、道徳的な法は聖者にとってもはや義務ではなくなり、美徳の実践は「鳥が歌うように」自然になされるのである。

（二）熱狂的で威圧的な側面が書き加えられる。「ヒロイズムを思想のエネルギーのなかに持ち込み」とか「書物を軽蔑する愛情の熱狂」、或いは「彼の視線の鋭さが周囲の者をぞっとさせなければ、彼は聖者の域に達していたであろう」というような威圧的で権威主義的な側面は慎ましい聖者というイメージには馴染まず、当時殷盛を誇った科学万能主義の影響をみることができよう。

（三）左側余白に「彼は自分の家にガラスのカップ〔……〕を持っていたので、ロスチャイルド家のような家の者のように見なされていた。」《 Comme il avait chez lui des tasses de en verre [...] il passait pr un (illisi.) un Rothschild 》という一節が書き加えられ、「ロスチャイルド」という意外な固有名詞が目を惹く。ここで思い起こされるのは、富豪であり博愛家としても当時知られていた銀行家、実業家のジェイムス・ド・ロスチャイルド男爵（一七九二―一八六八）である。ロスチャイルドの名前は下書き稿H「皆は彼を~~中ロスチャイルド家の者であるかのように~~見なしていた、彼の話に耳を傾け、彼を称賛して」《 ~~qui~~ Tous le regardaient ~~comme un [illisi.] & un Rothschild~~ l'écoutant, l'admirant 》で最終的に削除されることになるが、このタイプの裕福な銀行家である博愛家がラリヴィエール博士の着想源の一つであったことは、通説との乖離をあらためて鮮やかに示している。

下書き稿F

下書き稿Fでは、ビシャの名前が加筆され、また「外科用のメスよりも鋭い彼の眼光の〈ヴォルテール的な〉鋭敏さが人に怖れられなければ、彼は聖性に達して〈聖者とほとんど見なされて〉いたことであろう」という一文が読まれる。この「〈ヴォルテール的な〉鋭敏さ」《 la finesse ‹ voltairienne › 》を、医学への懐疑の表明と解する向きもあるが[4]、むしろ風刺や論争の能力に長けたヴォルテールの批判精神の苛烈さと解すべきだろう。この苛烈さがラリヴィエールをして聖者ではなく、「悪魔のように怖れられる」存在としているのである。

他方ではフロベールは聖者という面を相変わらず強調しようとして、左側余白には、「家庭もなくテーブル以外の贅沢品ももたず、」「名誉勲章や称号やアカデミー~~や称号~~を軽蔑し」「美徳を信じずに美徳を飾り気なく、~~自然に~~実行し、」と加筆されている。

最後に重要な書き換えを指摘しておきたい。「貧しい者に~~媚を売り~~〈父親のように優しく〉」《 ~~coquet~~ 〈paternel〉 avec les pauvres 》とあり、下書き稿D以来用いられていた《 coquet 》をここで《 paternel 》に書き換えている。最終稿まで残るこの《 paternel 》は、確かに媚を売るような卑俗性を表向きは消し去るものの、それを単純に否定しているわけではない。聖者のイメージと卑小さの両面に加えて、貧しい者に対して保護者然とした優越性を保持しているという面が混淆されて、それらを化合した表現として、この形容詞はラリヴィエールに複雑な陰翳を与え、作中人物としての奥行きをもたらしている。

4　下書き後半の段階における人物描写の彫琢

以上見てきたように、下書き前半の段階では、ラリヴィエール博士は道徳的な知者であるばかりではなく、周囲の者に怖れられる権威的で熱狂的な医者であり、さらには、実業家ロスチャイルドに比されるような裕福な博愛家であった。この三点は最終稿にいたるまで人物描写の彫琢を規定する、葛藤を孕んだ要素であると言える。以下では人物描写のいくつかの特徴的表現に着目して、下書き後半の段階における推敲過程を跡づけておきたい。

「臨床医にして哲学者」

「哲学者」philosophe は下書き稿Kで初めて用いられるが、「臨床医にして哲学者〈観察者〉」praticiens philosophes〈observateurs〉というように「観察者」にすぐに書き換えられ、下書き稿L、Mでは引き続き「観察者」が用いられている。ビシャの学派の特徴が事実の観察と実験を重視する実証精神にあったことを思えば、この言葉の選択は理解できる。しかしこの「観察者」は下書き稿Nにおいて再び「哲学者」に取って代わられ、そのまま最終稿にいたる。「観察者」から「哲学者」への書き換えには二つほど理由が考えられる。一つは、ビシャ学派の唱えた「生とは死に抵抗する諸機能の総体である」[5]とする有名な原理が、生と死の間に明確な境界線を引いてきた伝統的な死生観を問いに付すものであったために、死生観をめぐる哲学的にして医学的な議論を呼んだことである。このためにビシャ学派の医学者は哲学者的相貌をまとうことになったのである。他の理由は小説のテクストの内的生成に関わる。この「哲学者」はすでに小説のなかでは、一定の意味とニュアンスを帯びた言葉として機能している。シャルルによるイポリットの鰐足手術の失敗を知って駆けつけたカニヴェ医師は、自分たちは臨床医であると強調する。「われわれは、学者ではない。〔……〕我々は臨床医であり、治療する者なのだ。」[6] イポリットの鰐足手術に立ち会うには「敏感過ぎる」と言って尻込みする薬剤師オメを前にして、カニヴェは次のように自分は哲学者として生きていることを明言している。「私は泰然として哲人的に生きていて、あり合わせのものを平気で食べている。そういうわけで、私は敏感過ぎるなどと弱音を吐かないのだ。」[7] そしてオメ自身もまたエマの死後には、「哲学者であるにもかかわらず、オメ氏は死者を尊重した」[8]というように、自分自身を哲学者に見立てている。小説の結末近くでは、野心に駆られたオメは、「ジャーナリズムの狭苦しい限界」を越えて「哲学の方へ向かうことになった」[9]。

こうして「哲学」と「哲学者」はラリヴィエール博士を、一方では死と対峙するビシャの流れを汲む外科学派に結びつけるとともに、他方では啓蒙思想を含意しながら、カニヴェ医師や薬剤師オメとの類縁関係を樹立していく。ラリヴィエール博士には、一見すると対照的な作中人物であるカニヴェ医師や薬剤師オメの影が、「哲学」や「哲学者」を介して、色濃く揺曳することになる。

「狂信的なまでの愛」と「彼の精神の鋭敏さ」

最終稿では、ラリヴィエール博士は「狂信的なまでの愛をもって医術を慈しみ、熱狂と聡明さをもって医術を行った哲学者的な臨床医」« de praticiens philosophes qui, chérissant leur art d'un amour fanatique, l'exerçaient avec exaltation et sagacité ! »[10]の一人となっており、「狂信的」「熱狂」という表現が「進歩の信奉者」である薬剤師オメの科学万能主義を招き寄せてくる。

下書き稿Fには「医術への熱狂」が読まれ、下書き稿Gでは、博士が属する哲学者的臨床医たちは「ヒロイズムを科学のなかに持ち込み、それを狂信的なまでの愛によって称賛していた」« transportant l'héroïsme dans la science l'idolâtraient d'un amour fanatique »とある。下書き稿Kでは« presque »が行間に加筆されて「〈ほとんど〉狂信的なまでの愛」となり「狂信的なまでの」を緩和しているが、下書き稿Mではこの「ほとんど」が破棄されて最終稿に至る。この« presque »の削除もまた「狂信的な」科学万能主義への決定的な傾斜を示すものと解せよう。

　また下書き稿Gの左側余白には次のような一節が加筆されている。「しかし職業、習慣、虚栄心により彼の存在に根ざした最大の情熱は病院での職務であった。彼はそこでは暴君であった。」「虚栄心」と「暴君」despote は道徳的な聖者という人物像に疑問符を打ち、熱狂的な科学万能主義者の負の側面を露わにする。この点においてラリヴィエールは「自分の医術を聖職のように見なしている」[11]医師カニヴェと酷似してくる。

　ところで、下書き稿Mでは一見すると正反対の方向を示す改変が施されている。すなわち、一方ではすでにみたように、「ほとんど」が消去されて狂信性が際立ってくる。しかし他方ではラリヴィエールの精神の鋭敏さを形容していた「ヴォルテール的」が削除（« la finesse ~~voltairienne~~ de son esprit »）されている。二つの改変は、しかしながら軌を一にしている。下書き稿Fで初めて用いられた「ヴォルテール的な」は下書き稿Gを経て、下書き稿Hでは削除されるが、下書き稿J、Kでは再び復活し、下書き稿Mで決定的に消去されて最終稿にいたっている。「ヴォルテール的」の削除はラリヴィエールを「私の神、この私の神とは、ソクラテス、フランクリン、ヴォルテール、ベランジェの神だ」« Mon Dieu, à moi, c'est le Dieu de Socrate, de Franklin, de Voltaire et de Béranger ! »[12]と得意気に叫ぶヴォルテール主義者オメから引き離す意味効果を挙げている。「ほとんど」の削除がオメとラリヴィエールをともに科学万能主義者のカテゴリーに包摂する方向を示しているとすれば、「ヴォルテール的な」の削除は、オメとの共通点を露わにすることを回避したものと解されよう。牽引と反発の両極の間でフロベール的エクリチュールは、二人の類似を暗に示唆するにとどめているのである。

「博士の燕尾服のボタンをはずした袖の折り返しは、肉付きがよく、じつに美しく、そして苦痛のなかにできるだけ早く差し伸べようとしているかのように、決して手袋をしたことのない手を僅かに覆っているのだった」

ラリヴィエールの手は、「肉付きがよく」「実に美しい」と形容されているが、「潜在的に有益で寛容な[13]」という意味を孕んでいると解される。しかしこの手は二人の農民の手との差異においてこそその意味を際立たせている。農場で育ったエマの手は「しかしながら美しくはなかった。すこしも青白くはなかったようだし、指の骨のところが少しかさかさしていた。手は長すぎてふっくらとした柔らかさはなかった[14]」とある。また農事共進会で「五四年間同じ農場で働いたこと[15]」を称えられるカトリーヌ・ニケズ・エリザベット・ルルーの手は「長い手で節くれだっていた[16]」と描写されており、「苦労を重ねてきたことをみずから慎ましく証言しているかのよう[17]」であった。ラリヴィエールの美しい肉付きのよい手とエマや老農婦の手との相違は生活環境や所属階級の差異を暗黙裡に意味している。

さらに下書き稿Fには初めて「病床でのピアニストの手、ボタンを〈いつも〉はずした袖、苦痛のなかに〈すぐにでも〉手を差し伸べようとする〈かのように〉」« manches 〈toujours〉 déboutonnées 〈comme〉 prêtes plus ~~prêt~~ 〈promptes〉 à plonger dans les misères »が読まれる。ここで注目しておきたい点は行間に加筆された「かのように」comme が不協和な意味効果をあげていることである。袖のボタンがはずれているということから、ラリヴィエールが苦痛のなかにすぐにでも手を差し伸べようとしていると言えるのだろうか。この« comme »はボタンがはずれているという事実とその想定上の目的とを結びつけているのだが、両者を結びつける解釈はラリヴィエールを崇拝している弟子や周囲の者の解釈である。語り手の言説はラリヴィエールの人物描写のなかにこうした他者の解釈を組み込んでおり、その意味ではポリフォニックな言説となっている。

ところでラリヴィエールの博している名声に関する次のような下書き稿Hの一文には博士を尊敬する周囲の人間へのかなり冷ややかな視線が感じられる。「もしある人間の価値を、その人間を模倣する愚か者〈の数〉で判断するはかるならば、彼は疑いようもない異常なまでの価値をもっていた。」この一文は、おそらく博士の名声を露骨に冷笑する響きゆえに、下書き稿J以降では姿を消してしまうのだが、最終稿の余白にこうした反語の余韻を読み取ることは決して不可能ではない。事実「愚か者の数」で評判を得ている薬剤師との類似がここでも思い起こされるのである。閑散としたシャルルの診療所とは対照的に、農民の無知につけ込んだオメの薬局は繁盛を極める。「周辺の村ではオメ氏の評判はそれほどまでに高かった。彼の図々しさが田舎の村民をすっかり瞞着したのだった。村民たちはオメを医者のなかでももっとも偉大な医者のように見なしていた。[18]」この一節はその触手をラリヴィエールの人物描写にまで伸ばしてくる。下書き執筆過程で生まれ消滅した一文があたかも呼び醒まされたかのように、ラリヴィエールの名声への密かな懐疑が胚胎してしまうのである。

「貧しい者には父親のように親身で、美徳を信じずに行う」

下書き稿Hでは、フロベールはラリヴィエールの素顔を暴くかのような以下の一文を書いている。「彼は暴君であり、強情で、自分の権利に執着し、あらゆる家父長的な権威の敵であり、貧しい者にはほとんど媚を売るほどであった。」« il se montrait despote, entêté, jaloux de ses droits, ennemi de toute autorité paternelle et presque coquet avec les pauvres. » ここで« coquet »という言葉が再び登場していることに留意しておきたい。父性的な権威を体現し暴君的でさえある人物が、貧者に対しては媚びた博愛家を演じるという点にこそ、ラリヴィエール博士の人物像の曖昧性を解く鍵が潜んでいる。下書き稿Iでは« coquet »が削除されて« paternel »のみが残り、以後最終稿に至るまで保持されることになる。また同様にして下書き稿I以降は「あらゆる父性的権威の敵」という表現も削除されるが、これは彼が周囲から崇拝され、暴君のように怖れられる程の権威をもっていることとの矛盾が露わになることを避けたものであろう。

また「美徳を信じずに行う」という最終稿の表現は、下書き稿Fでは「美徳を信じずに行う、飾り気なく、~~ごく自然に~~」、ついで下書き稿Gでは「ごく自然に」が復活している。下書き稿Hは「ごく自然に」を再び消去して、以後最終稿に至る。「飾り気なく」や「ごく自然に」の削除は、美徳を行うことが簡素さや自然さなしにも可能であることを示唆していよう。実際に小説のなかには美徳を信じずに美徳を行っている人物が登場する。言うまでもなく名誉勲章を狙っている薬剤師オメである。彼は「コレラ流行の際には、限りない献身的奉仕によって認められた」のであり[19]、「社会問題、貧民階級の教化善導」等々の大問題に取り組んでいる。こうして「美徳を信じずに行う」という表現は、美徳を信じずに「献身的奉仕」に邁進しているオメとの奇怪な類似により不透明の度をいっそう増してくるだろう。

「偉大な才能と財産を持ち、四〇年にわたる勤勉で非難の余地のない生活を送ってきたという意識が賦与する例の温厚な威厳」

フロベールのエクリチュールは二つの方向で揺れ動いている。一方では、ラリヴィエールの財産と名声は、実業家ロスチャイルドのように、増大していく。他方では、聖者のような質素な暮らしが書き込まれている。下書き稿Gでは、ラリヴィエールの名声は彼の長所のおかげであり、彼の財産は名声に応じて増大する。しかし他方では、彼には「家族も子供も愛人もいないし、贅沢とは無縁」という一句が書かれ、推敲の対象となっている。フロベールは結局聖者を喚起するこの一節を削除して、「温厚な威厳」と「財産」を最終稿まで保持した。こうして最終稿におけるラリヴィエールの人物描写は、聖者のイメージとは微妙な乖離を示すに至っている。聖者であるには、功成り名遂げたラリヴィエールはあまりにも現世的な強者であり、揺るぎない自己確信には謙虚さがほとんど感じられない。ここでもラリヴィエールの自足した姿は薬剤師オメの、遙かに卑小とはいえ、自己満足を思い起こさせるものがないだろうか。第二部冒頭で読者の前に初めて姿を見せるオメの表情は「自己満足以外のなにものをも示してはいなかった」[20]とあった。さらにカニヴェ医師も「医学博士で五〇歳、良い位置を得て自分自身に自信をもっている」[21]と紹介されている。さらにラリヴィエールの「例の温厚な威厳」は農事共進会に登場して進歩を高唱する参事官リュウヴァンの「温厚な容貌」をアイロニカルに喚起する。「屋根付き四輪馬車から一人の紳士が降りてくるのが目撃された。その紳士は〔……〕とても温厚そうな容貌をしていた。[22]」小説のテクストは、ラリヴィエールを傑出した人物として特権化するようでいて、その実彼と薬剤師オメやカニヴェ医師、参事官とを類似の糸で結びつけながら織り上げられている。神の座を簒奪し科学と人類の進歩を楽観的に信奉する十九世紀的「人間」の自己確信に対する手厳しい認識が、小説の作中人物を精密な類似の網の目のなかに包摂しようとするエクリチュールの力学を支えている。

5　ラリヴィエールの登場

無力

『家の馬鹿息子』のなかでサルトルは、神の出現に比されたラリヴィエールの出現が実際には余りにも遅すぎたことを指摘している。確かに彼はエマを前にして「もう手の施しようがありません」と言ってシャルルを一瞬憐れむだけで、カニヴェとともに足早に去っていく。満を持した登場にしてはすでに時遅しであり、時宜を得ていないというのは正鵠を射た指摘であろう。

しかしながら、サルトルの指摘にはラリヴィエールの登場を小説全体との関連で捉える観点が残念ながら欠けている。まず第一に、こうした鳴り物入りの登場は注意深い読者には既視感を与えるものである。シャルルによるイポリットの鰐足手術の失敗のために呼ばれたカニヴェ医師はヌウシャテルの名士として、ヨンヴィルの住民たちの期待と敬意を一身に浴びながら登場する。ラリヴィエールの登場はカニヴェ医師のそれの反復としてある。第二に、ラリヴィエール自身小説中では目立たない形ではあるが、既に二回登場している。第一部の結末でシャルルがエマの健康を案じて「彼〔シャルル〕はエマをルアンに連れて行って旧師に見てもらった。それは神経の病だった。転地しなければならなかった」[23]。ここでは直接名指されてはいないが、旧師とは、二度目の登場の際に明らかになるように、ラリヴィエールなのである。小説全体が暗に物語っていることは、ラリヴィエールの勧めた転地療法がエマの神経の病の治癒には少しも有効ではなかったということであり、博士の医学的な無力の報告として『ボヴァリー夫人』を解釈する途がここに開かれてくる。二回目の登場はロドルフに裏切られてエマが病床に伏したときである。エマのために「シャルルはカニヴェ先生を呼んで見てもらった。さらにルアンから旧師のラリヴィエール博士を迎えた[24]」。この時もラリヴィエールの診療の有効性を証すものはなにもなく、カニヴェ医師との差異は明らかにはならなかった。小説のテクストはラリヴィエールの権威への無言の疑問符を投げかけている。

或る「卑劣さ」

さて鳴り物入りで登場したラリヴィエール博士は、病床のエマを前にしてどのような診療をしているだろうか。部屋の入り口から、エマの死人のような顔を見て博士は眉をひそめる。ついでカニヴェの話を聞く様子をしながら、人差し指で鼻の下を撫でながら、「結構、結構」と繰り返すだけなのである。この後ラリヴィエールはシャルルと目が合い、一滴の涙を流す。エマの病状を尋ねるシャルルに対して「さあ、君、しっかりしなさい。もう手の施しようがないのです。」と言ってラリヴィエール博士は「向こうをむいた」。

「お帰りになるのですか」
「また戻ってきます。」
彼は馭者になにか命令をするためでもあるかのように、カニヴェ医師とともに部屋を出た。カニヴェ医師もまたエマの臨終に立ち会う気など毛頭なかった[25]。

最後の一節は原文では « Il sortit comme pour donner un ordre au postillon, avec le sieur Canivet, qui ne se souciait pas non plus de voir Emma mourir entre ses mains. »となっている。サルトルの炯眼が見逃さなかったように、« non plus »はラリヴィエール博士がエマの臨終に立ち会う気など毛頭なかったことを暗黙裡に含意している。そこにはどこか冷淡さが、サルトルによれば或る「卑劣さ」mesquinerie[26]が感じられるのである。サルトルはポミエ・ルルー版から草稿を引用しているが、この問題の一文の最初の下書き(二二九葉裏頁)には、次の一節が読まれる。

「いいえ、また戻ってきます。~~なにか~~〈ちょっとしたことを〉私の御者に言うことがあります。二人は〈どちらも〉彼女の~~死~~〈臨終〉に立ち会う気など毛頭なかった。〈時間を費やしてしまい、~~次の~~問診に間に合わなかったことを悔やみながら。〉彼らが宿屋に向かって行くと、~~オメが彼の所に走り寄った~~。〈ラリヴィエール教授。時間を費やしてしまい、~~次の~~問診に間に合わなかったことを悔やみながら、ブイヨンを取ってから出発するために宿屋に戻っていくと、薬屋が〉

« non. je vais revenir » - ~~j'ai qq chose à~~ dire 〈deux mots à son〉 ~~à mon~~ postillon. ils ne souci~~ait~~/aient ~~peu~~ 〈ni l'un ni l'autre〉 de la voir ~~claquer~~ 〈mourir〉 entre ses 〈leurs mains regrettant d'avoir perdu son temps & manqué sa visite ~~qui le suivi~~〉 - & ils se dirigeaient ~~à~~ 〈vers〉 l'auberge quand Homais ~~courut à lui~~ 〈le professeur Lariv. Regrettant d'avoir perdu son temps & manqué sa visite s'en retournait à l'auberge pr prendre un bouillon & repartir quand le pharmacien 〉

ラリヴィエールとカニヴェの「二人はどちらも彼女の臨終に立ち会う気など毛頭なかった」と明記されている。左側余白の加筆部分には、「また戻って来ます」と言ったラリヴィエール博士は、「時間を費やしてしまい次の問診に間に合わなかったことを悔やみながら」宿屋で「ブイヨンをとってから出発」しようとしていたことが判明する。

続く下書き稿第二三四葉裏頁では、「ラリヴィエール博士は~~御者に話をするために~~〈なにか指図するという口実で〉部屋の外に出た。~~カニヴェは彼の後に続いた。~~彼と共に部屋を出た。~~ルアンに~~〈ルアンにすぐに〉戻るために、ここにいても無駄だと判断したので」と推敲されており、語り手は御者へ断末魔のエマや哀れなシャルルを放置することに躊躇いを覚えないラリヴィエールの内面に踏み込んだ言及をしている。ここで決定的と思われるのは、急いでルアンへ戻るならともかく、この直後にオメに誘われて昼食を共にするのだから、サルトル的解釈はここに有力な証拠を得ることになるだろう。

さらに下書き稿二二二葉表頁では「という口実で」sous prétexte de に抹消線がひかれて「あたかも御者になにか指図するかのように」comme pour に書き換えられ最終稿の状態に達している。その結果「あたかも〔……〕のように」はシャルルによる解釈に近く、ラリヴィエールの内心は不透明になる。語り手が口実を設けるラリヴィエールの内心を見透かしていた観点から、旧師を見つめているシャルルの観点に即した語りに書き改められている。

さてサルトルの注目した二箇所を検討してきたが、下書き稿二三〇葉裏頁には、「また戻ってきます」というラリヴィエールの科白の直後に、最終稿では消し去られているラリヴィエールとシャルルの会話が書かれている。シャルルは旧師に何か冷たい飲み物でも出してお礼を言おうとする。「お礼をどのように申し上げればよいのかわかりません。せめて馬車代ぐらいは」とシャルルが言うと、旧師は「とんでもない」と、「金の上に注ぐ太陽光線のように輝く」微笑を浮かべながら、「それにはおよばないよ」とシャルルの肩を叩き励ますように返答する。こうした会話は素朴で短いものではあるが、ラリヴィエールの暖かい人柄の一面が示されている。ところがフロベールはこの会話を下書き稿二二三葉表頁にて全面的に削除してしまい、すでに見たような問題含みの一節、すなわち御者になにか指図をするという口実を設けて部屋を出てしまう場面に直接繋げるのである。その結果「また戻ってきます」という科白を残してラリヴィエールは永久に去ってしまうことになる。心温まる会話を削除してしまった結果は明らかで、ラリヴィエールは口実を設けてこっそりと抜けだそうとしているのだというサルトルの疑念を生じさせずにはおかないのである。こうして権威の光背を身に帯びていたラリヴィエールの沈黙と挙措をどのように解釈し評価するのか、という問いが読者に手渡されるのである。読者は半信半疑を唯一のクレドとして読み進めるほかなくなってくる。

6　オメ家での昼食

さて退室したラリヴィエール博士とカニヴェ医師はオメに誘われて、昼食をともにすることになる。この昼食の設定は最初の下書き稿二四五葉表頁ですでに「オメ家での昼食、科学をめぐる会話」というように明記されていた。薬剤師オメの虚栄に満ちた饒舌が展開されるばかりではなく、断末魔の苦しみにあるエマと哀れなシャルルを放置する形で、昼食の場面が展開されることになる。下書き稿二二七葉裏頁には、「最初の肉の部分を黙って〈黙って〉たいらげた。というのも、皆空腹だったので、〈食欲旺盛〉〈空腹〉」とある。しかし下書き稿第七稿にあたる二二四葉表頁ではこうした箇所はすべて削除されてしまう。その結果最終稿ではラリヴィエールが旺盛な食欲で昼食を取っているとサルトルのようには断定できなくなる。しかしながら、最終稿には次の一節があった。

さっそく「金獅子」から鳩、肉屋からはありったけの骨付き肋肉、チュヴァッシュ家からはクリーム、レスチブードワからは卵を取り寄せた。[27]

したがって、総勢四人（オメ夫妻、ラリヴィエール、カニヴェ）でこれだけの昼食を取ったのであるから、旺盛な食欲があったと推定する余地は十分に残されている。いずれにしても、下書き稿に書かれてあるように、ラリヴィエールが次の問診の予定があったために足早に去ろうとしたならば、オメの誘いには乗らなかった筈である。

さて、量的には豪勢であるこの昼食の間、病人のエマが放置され、シャルルが一人病床で絶望に打ちひしがれているという構図は、イポリットの鰐足手術の場面を想起させるものがある。「そこで毛布のなかで怖くて冷や汗をかいて苦しんでいるイポリットをそっちのけにして、二人は会話を始めていた。その話のなかで薬剤師は外科医の冷静さを将軍のそれと比較した。この比較はカニヴェには嬉しかったので、彼は医術の要求することについて滔々とまくし立てた。[28]」ここでイポリットの容体を本当に心配しているのは、ルフランソワのおかみさんだけである。イポリットに同情してスープや食料を与える彼女の行為は、『純な心』でコルミッシュ爺さんをいたわるフェリシテを想起させよう。こうした類似した二つの場面の構造的反復により、神格化されたラリヴィエールと俗物のカテゴリーに分類されるカニヴェやオメとの間の差異が曖昧化してくるのである。

7
隣人愛と博愛主義の間

『ボヴァリー夫人』のなかで、他者に対して優越感を潜ませた温情を寄せる作中人物としては、ラリヴィエールを別にすれば、最初に指を折るのは薬剤師オメである。オメはイポリット、ジュスタン、盲人乞食といった弱者に対して父性的な保護者然とした博愛家として好んで振る舞っている。小説の筋書き《セナリオ》には「オメは Homo = 人間に由来する」« Homais vient de Homo = l'homme »（筋書き《セナリオ》 Ms. gg9, 四六葉表頁）とあり、オメの名前が「人間」に由来することが筋書き段階から構想されていたことが判明する。実際に小説のなかでもイポリットの足の手術の際には、「高邁な博愛的行為」[29]として手術を称賛し、ジュスタンに対しては、「お前はどんなに親切にしてもらっているのか分かっているのか、わしがおまえに父親のように親身に世話をしているのにおまえはどのように報いるのだ」[30]などと恩着せがましく父性愛を誇示している。実際にはオメはジュスタンの労働力を慈悲の名において意のままに搾取しているに過ぎない。オメはまた盲人乞食に対しても目を治してやるなどと言って父性的な厚意を示しているが、その約束が出鱈目であることに盲人乞食が気づくや否や、オメは自分の評判が傷つくことを怖れて、匿名の新聞記事で彼を犯罪者扱いしてその存在を抹殺しようとする。

オメの体現するこうした博愛主義の特徴はどこにあるのだろうか。一つは、具体的な個人への憐憫の情の欠落した論理であり、人類はつねに抽象の高みでのみ輝く観念でしかないという点である。もう一つは、全ての者は自分の唱えている人類愛を受け入れなければならず、人類愛を共有しない者は糾弾されるべき人類の敵と見なす教条的な性格である。この論理は、それを唱えるオメ自身を一切の疑いを免れた不可侵の絶対的存在にしてしまうという詐術を隠しもっている。実際に盲人乞食を追放することに成功すると、オメは「その時からもはや郡内で犬が一匹ひき殺されても、納屋が焼けても女性がぶたれても、オメは、つねに進歩への愛と司祭への憎悪に駆られて、それを公表しないではいなかった。〔……〕オメはすべての基盤を掘り崩した。彼は危険人物になった[31]」。ここでゆくりなく想起されるのが、ラリヴィエールの人物描写の下書きに読まれた、「悪魔のように」人々を怖れさせる「精神のヴォルテール的鋭敏さ」である。オメが「精神のヴォルテール的鋭敏さ」をもって教会をはじめ自分の意に染まぬものすべてを苛烈に批判し、村人から怖れられる存在になるという事態の裡に、思いがけぬ類似の発現が認められるだろう。

またエマが亡くなると間もなく薬屋は、その博愛主義にもかかわらず、自分の子供とベルトとの関わりを断ってしまう、「オメ氏は社会的な条件の相違を理由に、親密な付き合いを続けていく気がなくなったのである[32]」。こうした冷淡さは、すでに見たように、ラリヴィエールがエマとシャルルを残して足早に去っていく場面を喚起しないであろうか。

抽象的な「人類」という観念の信奉であり、それを隠れ蓑にした虚栄に満ちた自己愛でしかないオメの胡散臭い博愛主義の対極に、『ボヴァリー夫人』はシャルルの隣人愛を配置している。隣人愛はエマや娘のベルトといった具体的個人への愛情によって明らかに抽象的博愛主義とは画然と区別されることが明らかとなろう。第三部十章の終わりでは、エマの葬式の終わった日の真夜中、寝ないで亡きエマのことを思い続けるシャルルとエマの墓に跪いて泣いているジュスタンの姿が、安らかに眠るロドルフやレオンとの鮮やかな対照を浮き彫りにしている。『純な心』のフェリシテのように、『ボヴァリー夫人』において隣人愛を最もよく体現しているのはシャルルである。エマとベルトを真に愛していたシャルルは、妻の死後には、あたかも死者に話しかけるかのように家の中で「歩きながら大声をあげて泣いていた[33]」。そして「夏の夕方、シャルルは娘を連れて墓参りをしたものであった。二人が帰ってくるのは日がとっぷり暮れてからだった[34]」というさりげないが、印象的な一節が続く。小説結末では彼を裏切ったロドルフと偶然出会う。亡き妻の愛人であった男、自分に対して一貫して無関心なこの卑劣漢を前にしてシャルルは「私はあなたを恨みません」として赦す。ロドルフのように、愚かなお人好しと判断すべきなのだろうか。むしろ死者となったエマとの関係が、この世に生きる生者との関係をも根底から変えつつあるかのようにさえ感じられないであろうか[35]。シャルルの死が夏の陽光の燦々と降り注ぐ自然の中に拡散していくように描かれているのは、隣人愛から汎神論的愛への道程を示唆しているからではないだろうか。隣人愛を通してシャルルは、アナロジーの力によって、「宇宙に満たされた大いなる館に住むすべてのもの[36]」への愛を育んでいたように思われる。

以上の生成過程の検討によって、ラリヴィエール博士の人物像の曖昧性が、シャルル的隣人愛とオメ的博愛主義の間での微妙な振幅のなかに書き込まれていることが明らかになったと言えるだろう。『ボヴァリー夫人』の執筆中にフロベールは「近代の精神的麻痺状態は人間が自分自身に抱いている際限のない尊敬に由来している。いや尊敬と言ったけれどそうではなくて、崇拝であり、フェティシスムです」と書簡[37]のなかで述懐している。ラリヴィエール博士を包む沈黙と空白の辺暈には、近代的人間の自己確信に潜む倨傲に対するフロベールの懐疑的な存念と意趣が透明に泡立っている。

付記

本稿は二〇〇七年十一月にルアンで催された国際シンポジウム « *Madame Bovary, 150 ans après* » での研究発表の原稿の一部を日本語に訳し若干書き改めたものである。なお草稿のより詳細な読解は以下の拙論を参照していただければありがたい。« La représentation problématique de la figure du docteur Larivière », in *Flaubert-Mupassant*, 23, Association des amis de Flaubert et de Maupassant, 2009.

注

1　*Madame Bovary*, édition établie par Claudine Gothot-Mersch, Classiques Garnier, Bordas, 1990, p. 326.『ボヴァリー夫人』からの引用はこの校訂版に拠る。

2　テクストの生成過程の復元を目指す生成論的研究は、最終稿を出発点にした生成過程の分析的遡行にあくまでも媒介されており、「復元」を実際の生成過程そのものと混同してはならない、という点については拙著『生成論の探究』（名古屋大学出版会、二〇〇二年）四七九頁以下を参照していただければありがたい。

3　『ボヴァリー夫人』のプラン・筋書きは以下の生成批評版が刊行

されている。Yvan Leclerc, *Plans et scénarios de « Madame Bovary »*, CNRS Editions, 1995. プラン・筋書きは分類番号 Ms. gg9 の下に、またラリヴィエール博士の登場する場面の下書きは、分類番号 Ms. g 223–6 の下に保存されている。引用に際して分類番号は略する。草稿の引用にあたっては、削除線はフロベールの手によって削除された箇所を、〈…〉は加筆された箇所を、(illisi.) は判読不可能な箇所をそれぞれ示す。なおフロベール特有の書法や誤字、脱字もそのまま復元した。

4 Didier Philippot, *Vérité des choses, mensonge de l'Homme dans « Madame Bovary » de Flaubert*, Honoré Champion, 1997, p. 271.

5 Xavier Bichat, *Recherches physiologiques sur la vie et la mort et autres textes*, Flammarion, coll. « GF », 1994, p. 57. ビシャ学派に関しては以下の文献が参考になる。Michel Foucault, *La Naissance de la clinique, Une archéologie du regard médical*, Presses Universitaires de France, 1963 ; Norioki Sugaya, « Le vitalisme dans Madame Bovary », in *Madame Bovary et les savoirs*, édité par Pierre-Louis Rey et Gisèle Séginger, Presses Sorbonne nouvelle, 2009.

6 *Madame Bovary*, p. 187.

7 *Ibid.*, p. 188.

8 *Ibid.*, p. 335.

9 *Ibid.*, p. 351.

10 *Ibid.*, p. 178.

11 *Ibid.*, p. 188.

12 *Ibid.*, p. 79.

13 Claude Duchet, « Corps et société : le réseau des mains dans Madame Bovary », in *La Lecture sociocritique du texte romanesque*, Toronto, Samuel Stevens, 1975, p. 225.

14 Shigehiko Hasumi, « Sa main pourtant n'était pas belle » in *Flaubert, Tentations d'une écriture*, textes réunis par Shiguéhiko Hasumi et Yoko Kudo, Université de Tokyo, 2001, p. 16.

15 *Madame Bovary*, p. 154.

16 *Ibid.*, p. 154.

17 *Ibid.*, p. 155.

18 *Ibid.*, p. 130.

19 *Ibid.*, p. 351.

20 *Ibid.*, p. 76.

21 *Ibid.*, p. 188.

22 *Ibid.*, p. 144.

23 *Ibid.*, p. 69.

24 *Ibid.*, p. 215.

25 *Ibid.*, p. 327–328.

26 Jean-Paul Sartre, *L'Idiot de la famille*, Gallimard, 1971, p. 455.

27 *Madame Bovary*, p. 328.

28 *Ibid.*, p. 188.

29 *Ibid.*, p. 182.

30 *Ibid.*, p. 254.

31 *Ibid.*, p. 351.

32 *Ibid.*, p. 350.

33 *Ibid.*, p. 354.

34 *Ibid.*, p. 354.

35 シャルルの愛に関しては、拙論を参照していただければありがたい。 Kazuhiro Matsuzawa, « Une lecture philosophique et éthique de *Madame Bovary* - bonheur, envie, amour - », *Série Flaubert*, 6, Minard, 2009.

36 Lettre à Louise Colet du 24 août 1846.

37 Lettre à Louise Colet des 2–3 mars 1854.

参考文献

R. Debray-Genette, « Génétique et poétique : esquisse de méthode », *Littérature*, n° 28, 1977.

—— éd., *Flaubert à l'œuvre*, Flammarion, 1980.

Takatada Kinoshita, *Noms propres subjectivisés dans le style indirect libre de* L'Éducation sentimentale, Bibliothèque de la Faculté des Lettres, n° 26, Université d'Okayama, 2005.

Hisaki Sawasaki, « La Mémoire dans *Madame Bovary* de Gustave Flaubert - Étude des manuscrits », thèse présentée à l'Université Paris 8, 2002.

Hiroko Funakoshi-Teramoto, *Langage et métalangage dans l'oeuvre de Gustave Flaubert,* thèse présentée à l'Université Paris 8, 2005.

Kazuhiro Matsuzawa, *Introduction à l'étude critique et génétique des manuscrits de L'Éducation sentimentale de Gustave Flaubert - l'amour, l'argent, la parole*, France Tosho, diffusion Nizet, 1992.

Kazuhiro Matsuzawa, « Un essai de commentaire génétique de l'épisode des Bertaux dans *Madame Bovary* », *Équinoxe*, n° 14, Kyoto, Rinsen-shoten, 1997.

Mitsumasa Wada, *Roman et éducation. Etude génétique de Bouvard et Pécuchet,* thèse présentée à l'Université Paris 8, 1995.

Norioki Sugaya, *Les Sciences médicales dans Bouvard et Pécuchet,* thèse présentée à l'Université Paris 8, 1999.

Atsushi Yamazaki, « *Bouvard et Pécuchet* ou la pulvérisation de la philosophie », *Études de langue et littérature françaises*, n° 90, Hakusuisha, 2007.

Équinoxe, n° 14, Kyoto, Rinsen-shoten, 1997.

松澤和宏『生成論の探究』、名古屋大学出版会、二〇〇三年。

——『ボヴァリー夫人』を読む——恋愛・金銭・デモクラシー』、岩波書店、二〇〇四年。

Taro Nakajima, *Les Figures religieuses dans l'œuvre de Gustave Flaubert*, thèse présentée à l'Université Paris-Est Marne-la-Vallée, 2009.

第6章　ランボー『地獄の季節』生成の一面——一八七二年の詩における「教訓的な声」

中地義和

教訓的な声たちは追いやられ……（「青春　III　二〇歳」）

1　『地獄の季節』の言語

アルチュール・ランボー（一八五四―一八九一）による『地獄の季節』の最も重要な特徴のひとつが、その言語にあること、「話し言葉の様式化」[1]に求められることは、周知のところである。この言語は極端な動性を特徴とし、複数の声が交差するか、さもなければ単一の声がたえまなく転調する。作品を構成する九つの物語は、そこで作動している言語の質によって、二つのカテゴリーに大別できる。語りの時点で話者が抱いている想念や感情を表明する部分と、過去に属する内容を演劇的ないし音楽的形式に則って表象する部分とである。第一のカテゴリーには、「いやしい血」「地獄の夜」および比較的短い末尾四篇（「不可能」「稲妻」「朝」「訣別」）、それに無題のプロローグが属する。第二のカテゴリーの実例は、作品の中間に位置し、「錯乱」の総題でくくられた二つの物語「おろかな乙女」と「言葉の錬金術」である。

「錯乱」二部作の第一篇は、「地獄の道連れの懺悔」にその大半が割かれているが、ともに短く皮肉に満ちた導入（「地獄の道連れの懺悔を聞こう」）と結語（「おかしな夫婦だ！」）に挟まれる形になっている。一八七三年初版のこのパートには、主題「おろかな乙女」を挟んで、その上部に二部作の総題「錯乱I」が記され、下部には「地獄の夫」という第三のタイトルがポイントを落としたゴシック文字で添えられている。これは、「おろかな乙女」の懺悔のテーマを指すと解すべきだろう。

作品の展開のなかで、主人公＝話者にとって「おろかな乙女」は休息の局面に当たる。もうひとりの登場人物に話者の役割を一時的に譲り、二部作第二篇の冒頭で話者の役割を取り返すまで（「今度は私の番だ。数ある私の愚行のひとつに関する話」）、みずからは狂言回しさながらに舞台の袖で「おろかな乙女」の懺悔の様子を見守るからである。ところで、この第二の登場人物は、男性として紹介されながら（「地獄の道連れ」un compagnon d'enfer）、じつは女性として登場するため、性的曖昧さや、変装あるいは笑劇の効果をかもし出さずにはいない。読者は、最後まで確証がもてないながらも、「地獄の夫」と話者とは同一人物ではないかという推量をごく自然に抱懐する。つまり、ここでランボーは他者の鏡に映った自分を演出しているのではないか、と考える余地があるということだ。「おろかな乙女」は、ときに自伝的解釈の対象となり（「地獄の夫」と「おろかな乙女」をランボー／ヴェルレーヌの関係の転置とみる）、ときに寓意的解釈を施される（ランボーの内的葛藤のドラマ）が、いずれにしても、作者の自己対象化の試み、自分をよりよく捉えるための迂回的企てとみなされていることに変わりはない。「おろかな乙女」は、そのように名指されながら、既婚女性として身の上を語る。しかも、彼女の伴侶である「地獄の夫」と懺悔を差し向けている「神聖な夫」、すなわち神を、二人の巨人さながらに対等に扱う。彼女の「おろかさ」は何よりもその盲目的な情緒性に由来しているのだが、作品の話者は、そのような「乙女」を演出しながら、みずからも滑稽さを回避できない。彼女の懺悔のなかに登場する彼は、劇中劇の人物、あるいは物語のなかに嵌めこまれたもうひとつの物語の人物のように、彼女の体現する滑稽さの跳ね返りを浴びずにはいないからである。

第二篇は、第一篇とはまったく異質な、しかし同じく高度に様式化された表象形式を採用している。作者みずからの詩作の歩みを跡づける散文の記述のなかに前年（一八七二年）の韻文詩を挿入しながら、語りを歌で例証するような、あるいは語りを歌に昇華するような配置が行なわれている。「言葉の錬金術」は、詩ないし芸術がランボーの「地獄」の重要な構成要素のひとつであることを示すテクストであるが、ここでは二重の意味で詩人の自己批評が働いている。自作の何篇かを引きながらみずからの創作史を総括するだけでなく、引用される詩じたいが、ときに寓意的形式を採り、ときに民衆的ないし幼児的素朴さを装いながら、極度に内省的であるからだ。以下では、「言葉の錬金術」の中核部分を占める数篇の詩、なかでも七二年には「我慢の祭」の総題でまとめられていた四篇に注目したい。

『地獄の季節』中心部をなす「錯乱」二篇は、このようにともに表象的であり、なかでも第二篇は過去再現のナレーションを独特の形式で実践している。それに対し、作品の残り部分はすべて、物語内容と物語行為とが同時に生起する印象を与える性質の語り、バンヴェニストの二分法に従えば「ディスクール」[2]のカテゴリーに含めることのできる語りに支配されている。話者は、自分のことを語りながら、たえず自分に対する超脱を見せるために、二分裂の危険、いや統一的な自己意識が失われ、断片化する危険に瀕している。そのような語りを様式化するのが『地獄の季節』の主要なねらいのひとつだといえるだろう。しかし、そのつど話者は自分を捉え直し――嘆きのなかにくずれ落ちる場合は別にして――作品そのものが飽和状態に達する末尾にいたるまで、自分の身上をめぐる、踏み出すべき方向をめぐる自省的思考の危機的様相が変奏されるのである。こうした思考の反転や主体の断片化を最も頻繁に、最も劇的に演出してみせるのは「いやしい血」である。

だが、今までぼくの怠惰を導き守ってくれるほど、この舌を不実にしたのはだれだ〔二四七〕[3]。

異教徒の血が戻ってくる！〈霊〉は近い、なぜキリストは、ぼくの魂に高貴と力を授けて、助けてくれないのだ〔二四九〕。

――ああ！あまりに見放されているので、どんな聖像にも完徳への意欲を捧げよう。
わが自己犠牲よ、わがすばらしき慈愛よ！それでも現世なのだ！

フカキ淵ヨリ主ヨ、なんとばかなぼく！〔二四九〕

ある同定しがたい権威（超自我？）に向かって抗議するような言葉、返答を求めるわけではない問い、たえずパセティックなものと皮肉とが交じり合う自己憐憫は、話者の潜在的な声の間歇的浮上とみなすことができる。「おろかな乙女」のランボーは、他人の意識の鏡に映った自己の像を差し出すことに執着するこの声に、安定した登場の形式を付与する。また「言葉の錬金術」は、散文と自作韻文を交互に配置して、小さなオペラ台本の観を呈している。それに対し、プロローグや「いやしい血」をはじめとする残りの部分では、これらの声は一定の形式をまとうことがなく、話者の思考がたどる運動のままに、現れたかと思えばたちまち消え、また回帰するといった現れ方を繰り返す。しかしながら、どの声も語りの主体の二重化への、自省的な詩への基本的傾きを示している。

2　一八七二年の韻文詩における「教訓的な声」

一八七二年の韻文詩には、これと同じように、内なる声が話者に語りかける一連の作品がある。これらの詩は内向的で、話者が自身と交わす対話を一人称で演出するか、彼を叱責したり鼓舞したりする複数の声を次々と三人称で登場させる。これらの声はときに明瞭な演劇的形式をまとう。たとえば「渇きの喜劇」では、それを構成する五部のそれぞれが、芝居の一幕のように、ひとつの声に託されている。「先祖たち」の声、「友人たち」の声、「精神」の声……である。また逆に、「恥」におけるように、声の主が同定しがたい場合もある。しかしいずれも、話者のことを話題にし、あるいは彼に向かって語りかける他者の声である。同時にこれらの声は、話者の意識に取り込まれ、ほとんど彼自身の声に同化されているといえる。

「渇きの喜劇」では、声たちは話者の「渇き」を癒すためにさまざまな助言を向ける。しかし、先祖たちの勧める飲み物も、「精神」が提供する「伝説も形象も」、親しい詩人たちが「アプサント」の酔いを推奨しながら描いてみせる幻想的ヴィジョンも、何ひとつ話者の渇きを癒せるものはない。話者はこれらの弥縫策をことごとく斥け、「蛮地の河で」、あるいは明け方の〈自然〉の懐で「しっとりした菫に囲まれて」死ぬ願望を表明する。さもなければ、「穿っては苦しめる／口なき水蛇《ヒュドラ》」にいっそう内面を食い破られる事態を夢想する。第Ⅳ幕にいたると、もはや声ではなく一個の「夢想」が問題となる。この夢想は、何か助言を差し向けるのではなしに、「渇き」が鎮められるかもしれない処方箋としてみずからを差し出す。そこでは対話形式は消えて、叙情的モノローグが支配する。しかし、この夢想は話者みずからの行く末を対象とするので、モノローグは自分をめぐる自分との問答へと立ちもどらずにはいない。「ぼくの不幸が治まってくれたら、／仮にもいくばくかの財宝を手に入れたら／〈北国〉を選ぼうか／それとも葡萄の実る国か？……／――ああ、夢見るなんてだらしないぞ」〔二〇一〕。このように「渇きの喜劇」では、助言を寄せる継起的な声たちの語りから、自己との対話を経て叙情的モノローグにいたるまで、内なる演劇の多彩なパレットが繰り広げられる。

近親の声、他人の声は、現実には、同化された声、話者に根づいた声なので、これらの詩はどれも、試行錯誤しては袋小路に行き当たる話者の思考の演劇化とみなせる。一八七二年の詩のなかで、翌年の「言葉の錬金術」の構成の柱をなす二篇、「一番高い塔の歌」と「永遠」を例にとろう。前者では、十八歳を迎える年の春にすでに「人生を台なしにした」と感じるランボーは、自分に差し向けた説諭を演出する（「ぼくは自分に「よせ」と言った／人目を逃れろ／もっと高尚な喜びの／約束などなしに／何に拘泥してもならぬ／厳粛な隠遁だ」〔二一二〕）。また、聖母マリアの像に慰謝を求める気弱さを見せるのだが、そのとたんにその種の祈りの無効性をみずからに突きつける（「かくも哀れな魂の／ああ、数知れないやもめ暮らし／心に浮かぶ面影は／いつも聖母の御姿ばかり！／祈るというのか／聖処女マリアに」〔二一三〕）。これら二連はそれぞれ、自己説諭と、断言した内容を即座に疑問視する独特の超脱との例である。ともに『地獄の季節』の「ディスクール」の部分で読者が頻繁に出くわす特徴である。翌年、「言葉の錬金術」で自作の再利用を行なうランボーは、六連からなる「一番高い塔の歌」のうち、これら二連を削除する。それはおそらく、重苦しさを排して歌の調子を強め、前後の散文の記述とのコントラストを生み出すためであろう。事実、末尾で反復される冒頭の一連（「すべてに隷従した／無為な青春／心優しいために／ぼくはすべてを失った／ああ！　時よ来い／心が夢中になる時よ」〔二一二―二一三〕）も、わずか二行のリフレインに縮められて三度反復される（「やって来い、やって来い／ひとを夢中にさせる時よ」〔二六五―二六六〕）。それにもかかわらず、荒廃の感覚に染められた苦しげな自問は消えない（「そして不健康な渇きが／ぼくの血管を翳らせる」）。

「永遠」は、全篇が話者とその「見張り番の魂」との対話の形で書かれている。いやむしろ、話者がみずからの魂に差し向ける一連の助言――鼓舞と戒め――として展開する。「一番高い塔の歌」に見られる説明句（「ぼくは自分に「よせ」と言った」）の類は削られ、冒頭から内なる対話が交わされる（「あれが見つかったぞ。／何が？――永遠が。／太陽と／行ってしまった海さ」）。第二連冒頭の「見張り番の魂」は、この時期のランボーがしばしば用いる「我慢」[4]の語を連想させるとともに、「一番高い塔」が暗示していた、何か望ましいものが到来するのを注意深く待機するさまをも喚起する。「太陽と／行ってしまった海」（「言葉の錬金術」の版では「太陽に／溶けた海」）は、「我慢の祭」四部作の第一篇「五月の軍旗」中の「蒼空と海とがひとつに合わさる」〔二〇九〕や、「記憶」における逃げ去る「太陽＝男」を追いかける「川＝女」のイメージ〔二三五〕の変奏とも解せるが、余熱を残しながら遠ざかった「永遠」の形象化である。この余熱は、生きられた昂揚の名残であるとともに、その新たな回帰の待望でもある。奇妙にも、ランボーにとって「永遠」とは、時間の外にある何か――始まりも終わりもなしに存在しつづける様態――ではなしに、時間のなかで起こりうる、ある種の極度の充実である。時間のなかで生起して時間を突き抜ける何か、物理的時間としては一過的な何かである。到来し――たとえ内心からであろうとも――、遠ざかり、またも回帰する何かである。内なる火（「繻子のような熾火」）に託した熱烈な待機への呼びかけはそこから来る。その意味で「永遠」は、散文詩「精霊」と関係づけられるべきテクストである。[5]「精霊」のおもしろさは、潜勢するものとその現働化の戯れ、〈精霊〉なるものがもたらした莫大な恩恵とそれに関与する人々の記憶との相乗効果、〈精霊〉の遠ざかりとその回帰への揺るがぬ期待との同時的断定にある。「永遠」は〈精霊〉の属性のひとつであり、[6]「躍動（衝動）」

élan や「解放」dégagement の語も、両方のテクストで重要なアスペクトを担っている。[7]

「言葉の錬金術」では、「一番高い塔の歌」の引用に先立って次のような記述がある——「ぼくの性格は刺々しさを増した。種々のロマンスのなかで、世界に別れを告げた」（二六五）。さらに先、「永遠」の引用には次のような導入が付く——「幸福よ、理性よ、ついに空から黒々とした青を引き剥がし、ぼくは自然のままの光の黄金の火花となって生きた。喜びのあまり、滑稽でひどく惑乱した表現を使った」（二六七）。「言葉の錬金術」の現存する下書きによれば、「永遠」とそれに続く「喜びのあまり、ぼくは驚異のオペラになった」の一句のあと、「我慢の祭」四部作の第四篇「黄金時代」の引用が予定されていた（二八四）。ところが、印刷された版ではその引用が抹消されている。それでも、「言葉の錬金術」で語られる経験の頂点を画すのは、「永遠」ではなく「黄金時代」であることに変わりはない。ランボーは頂点にいたる動きをたどりながら、頂点そのものを削除したのである。「それら枝葉に分かれる／数限りない疑問／行き着く先は／酔いと狂気」（二一七）、あるいは「世間は邪悪／そんなことが驚きか／生きるのよ、火にくべなさい／何やらわからぬ不幸なんか」（二一八）というように、「天使じみた」「ごく内密な」声たち、「大勢の姉妹」のような声たちが、鬱屈する「ぼく」に次々と説教を浴びせ、自然との調和に満ちた生活へと誘う（「このやり方を思い出せ／こんなに楽しく、こんなに簡単／海と草木があるだけさ／それがお前の家族だよ」）。声たちは、「ぼく」に本来備わっているはずの「王族のような性質」を称えながら励まそうとして、彼らの歌う歌に加わるように仕向ける。「ぼく」は同意はするものの、「何やらわからぬ不幸」の感情は疼くような苦痛として身内に残り、歌の軽快さとのギャップは開くばかりである。しかも、同じ一八七二年にランボーが清書したもうひとつの草稿では、最終節で反復される冒頭節について、「ハテシナク繰リ返ス」indesinenter と、オペレッタ台本作者の演出指定のような文句が欄外にラテン語で記されているので（二一七）、いっそうその印象が強い。

「永遠」から「黄金時代」へと、声（声部）は数を増し、話者自身が内から立ちのぼる声たちの反響するオペラ的空間と化す。「驚異のオペラ」は、一個の存在感覚として、文字どおりに解されなければならない。先行二篇で自身との対話、自身へのつぶやきに終始していた内面世界が、ここではポリフォニックな世界になる。「驚異のオペラ」は、情愛に満ちたなじみ深い声たちの歌に揺すられる世界である反面、理性による統御の利かない世界、話者がその身に担いきれない世界でもある。それゆえに「言葉の錬金術」の結末近くではもっぱら危機的局面が語られ、「狂気の詭弁」や「脳髄に溜まった呪縛」〔二六八〕を祓う必要が強調される。

3　主題論的転置（韻文詩のモティーフの散文への取り込み）

このように、『地獄の季節』の「言葉の錬金術」でランボーが自分の創作の跡をたどり、ひいては幼時以来の自分の美的趣味や芸術的感覚の形成を振り返るとき、その中心部に骨組みを提供するのは「我慢の祭」四部作である。ただし、第一篇「五月の軍旗」だけは引用されず、これへの明示的言及もない。そもそも四部作のなかで、「五月の軍旗」は他の三篇と比べていくつかの理由で孤立している。まずは形態上、他では五音節詩句が採用されているのに、これだけは八音節詩句で書かれている。また、残り三篇では脚韻または半諧音が明瞭に残存するのに対し、ここでは音韻効果に無頓着とは言えないものの、音の配置ははるかに自由である。構文上、三連中の冒頭二連は二句で一文を形成するリズムで一貫し、その重々しい推論の語り口は軽快なシャンソン（ロマンス）の調子の三篇とは対照的である。内容はどうかといえば、話者は五月の心地よい風景に惹かれながら、太陽には毅然と敵対する（「日差しがぼくを傷つけるなら／苔の上でくたばろう」「劇的な夏がその運命の山車に／この身を結わえてくれるのを望む」〔二〇九〕）。それでいて〈自然〉の懐に抱かれて死ぬことには同意する、いやそれを切望しさえする（「〈自然〉よ、大方はお前の手にかかって／——ああ、これほど孤独でも無能でもなく！——死にたいのだ」[8]〔二〇九〕）。奇妙な自然宗教的ヴィジョンのなかで、太陽中心的な原理を憎みながら、〈自然〉そのものには与する態度が示される。「劇的な」死を遂げる願望と太陽への闘争心とを結び合わせる神話的想像力は、太陽の攻撃的な力と和解するくらいなら——それは「両親」や「世間」におもねることと等価と感じられている（「太陽にほほえむことは、両親にほほえむこと」〔二〇九〕)――たとえ不幸であれ、自由のなかにとどまりたいという意志の表明で詩を結ぶ(「ぼくは何にもほほえみたくない、/だからこの不幸が自由であらんことを」〔二一〇〕)。詩の基調はきわめて暗鬱である。「言葉の錬金術」では引用されないものの、この詩はじつは、「一番高い塔の歌」と「飢え」(「飢えの祭」の別ヴァージョン)の間に位置する散文の叙述のなかに溶かし込まれている。

ぼくは、荒野が、焼けた果樹園が、色褪せた店が、ぬるくなった飲み物が好きだった。悪臭の漂う路地を徘徊しては、眼を閉じて、火の神太陽にこの身を捧げた。

「将軍よ、廃墟となったお前の城砦に大砲が一挺残っていれば、乾いた土の塊を詰め込んで、おれたち目がけて撃ち込んでくれ。きらびやかな商店の陳列窓に! サロンにも! 街に埃を食らわせてやれ。樋嘴の怪物像を錆びつかせろ。閨房は灼熱のルビーの火薬で一杯にしてやれ……」〔二六六〕。

ここでも「五月の軍旗」と同じく太陽が支配している。ただし、もはや闘うべき敵としてではなく、自分を犠牲に供しながら、世界の、しかもすぐれて都会的でブルジョワ的な世界の、破壊を託すべき「火の神」としてである。[9] 引用符に入った第二節は、「モノローグのなかのモノローグ」[10]であり、話者はかつて太陽に差し向けた自分の願いを引用している。ギリシア神話のポイボスに由来する太陽神アポロンは、通常弓矢を携えているが、ここでは砲兵のように描かれている。[11] このように、太陽と火のイメージが、創作の歩みを振り返る「言葉の錬金術」の中心部を支配しているが、すでに「我慢の祭」がそのような構想に基づいて書かれていたのである。

太陽に関わる記述と並んで、一八七二年の詩の重要なモティーフのうち、「言葉の錬金術」に流れ込んでいるものがもうひとつある。退行願望、または原始的生命への同一化の夢である。「一番高い塔の歌」の引用の数行手前に、次のような記述が読まれる――「重苦しい熱に囚われ、ぼくは無為に過ごした。獣どもの至福がうらやましかった――冥府の無垢を表す毛虫や、純潔の眠りそのもののもぐらの至福が」〔二六五〕。また「飢え」の引用に先立っては、「おお! 旅籠の便所で酔っぱらった小蠅、ルリジシャに夢中だが一筋の光に溶かされる！」と言われる。原始的生命へのこのような強いまなざしは、それとの融合の願望とともに、ここに報告される経験の時点で話者＝詩人が生きつつあった状態に由来する。もちろん劇的なうねりを生み出すための粉飾の部分はあるだろうが、自作を新たな創作の素材にしている一点からしても虚構に還元されるものではない。「渇きの喜劇」「我慢の祭」「飢えの祭」といった逆説的で皮肉に満ちたタイトルはどれも、そうした状態を指す名前である。手の施しようのない渇きは一個の喜劇を演じさせずにはいない、飽くなき飢えは飢えみずからを養いつづける、など。しかもこれらの詩は例外なく、互いに類似した退行願望を含んでいる。種々の飲み物を提示する先祖に抗う「渇きの喜劇」の話者は、「蛮地の河で死にたい」あるいは「牛が水を飲む場所に行きたい」と言う。詩の末尾では、「野原で震える鳩たち／夜闇のなかも駆け回って目の利く狩猟鳥獣〔……〕このうえなくちっぽけな喋たち」が、押しなべて抱える渇きに思いをいたす。「言葉の錬金術」に引用された形が現存の唯一の版である無題の詩「狼は木陰で啼いていた〔……〕」では、餌に呑み込んだ獲物を吐き出す狼や、美味なサラダ菜や果物には見向きもせず菫ばかりを食らう蜘蛛の、衰弱した食欲への同一化が語られる（二六六―二六七）。「飢えの祭」では、複数形の「飢え」faimsが、牧草を食む羊や山羊の群れのように想像されている（「ぼくの飢えたち、回れ。食め、飢えたちよ、音の草原を」（二二四、二六六））。

詩人が感情移入により自己を投影するこれらの動物形象は、いずれもしかるべき動機づけをもつ。これらは、始原状態への回帰の欲求、個体化以前のある種の全体性に遡行する願望をはらむ。眠り、溶解、死……この願望がおのずと向かうのはそうした様態である。しかしこの死は真の終わりではない。それどころか、新たな再生の手段ないし条件として想定されている。「錬金術」の語の選択の秘密は、まさにこの点にある。その意味で、語をめぐる作業に力点をおく「言葉の錬金術」のタイトルは、読者を惑わせる。たしかに、ランボーはそこで、言葉との関わりの歴史と詩作の軌跡をたどり直している。とくに、幼少時から文学や芸術における民衆的なものに自分の感性が培われてきたことを語る冒頭部や、「単純な幻覚」と「語の幻覚」との区別を試みる中間部で、その傾向が顕著である。しかし、この回想が対象としているのは、本質的には主体の身体および精神の変容である。「言葉の錬金術」よりもはるかに「存在の錬金術」が問題となっている。

4　結び

「言葉の錬金術」に引かれる詩は、存在の変容に関わっている。ここでくわしく扱えない「涙」（引用される七篇中の第二）や「季節よ、城よ〔……〕」（七篇中の最後）を含めて、これらの詩はすべて、『地獄の季節』の生成が前年の詩作に負う部分を証言する。その寄与は三つの次元で確認できる。第一に、七二年の詩は翌年の『地獄の季節』中の「言葉の錬金術」に主題論的な素材（太陽、退行願望をめぐるモティーフ）を提供する。第二に、「我慢の祭」四部作は、「飢えの祭」「狼は葉蔭で啼いていた〔……〕」とともに、「驚異のオペラ」の頂点に向かって白熱する内省的な回顧を演出しながら、清算でも顕揚でもあるこの両義的テクストの骨組を形成している。第三に、七二年の韻文詩の話者のふるまい方（記憶に住まう近しい他者との対話、自分の魂との対話、説諭する多数の声たちとの対話）が、『地獄の季節』の話者＝主人公の自己分裂的な語りを先取りしている。

以上ではこれら三点を、逆の順序で足早に検討した。『地獄の季節』に関して、通常最も重要なアヴァン・テクストとみなされるのは、一部現存するこの作品の下書き[12]、それが書かれた紙葉の裏面に記された「ヨハネ福音書を書き換える三つの断章」、一八七三年五月のドラエー宛書簡、という三つの資料である。一八七二年の一連の詩は、それらに劣らず、いやいっそう本質的な意味で、『地獄の季節』の祖型をなすといえるのではないか。とくに重要なのはもちろん上記三点中の第三点（扱った順では第一点）である。七二年の春、『地獄の季節』執筆を始める約一年前に、ランボーはみずからの「地獄」をすでに意識していた。「渇きの喜劇」の別のヴァージョンには「渇きの地獄」というタイトルが付いている（一九六以下）。この時期の複数の詩のなかで、ランボーはいわば『地獄の季節』の素描を試みていたのである。

注――――

1　André Guyaux, *Duplicités de Rimbaud*, Slatkine, 1991, p. 20.

2　Émile Benveniste, *Problèmes de linguistique générale*, t. 1, Gallimard, coll. « Tel », 1966, p. 241 *sq*.

3　ランボーの引用は以下の版に準拠し、引用直後の漢数字はこの版の該当頁を示す。Rimbaud, *Œuvres complètes*, édition établie par André Guyaux avec la collaboration d'Aurélia Cervoni, Gallimard, « Bibliothèque de la Pléiade », 2009.

4　この記述については、シャルル・ペローの寓話「青ひげ」で、青ひげに死を宣告された妻が、姉のアンヌを塔の上に上らせて兄たちの救助の到来を見張らせる場面との関連の可能性を指摘できる（『ペロー童話集』、新倉朗子訳、岩波文庫、一八六―一八九頁）。次の版にもこの点への言及がある――Rimbaud, *Œuvres complètes I Poésies*, édition critique par Steve Murphy, Champion, 1999, p. 759-760.

5　筆者の知るかぎり、両者の類似を最初に指摘したのはロジェ・ミュニエである（Roger Munier, *L'Ardente Patience d'Arthur Rimbaud*, Corti, 1993, p. 96）.

6　「彼は愛であり〔……〕永遠である」〔三一六〕。

7　「われわれの諸能力の躍動」「彼の肉体！　夢見られた解放、新たな暴力と掛け合わされた恩寵の破砕だ」（「精霊」〔三一五〕）。また「永遠」第三連は、「人々の賛同からも／共通の衝動からも／ほら、お前は身を振りほどき／気の向くままに飛んでいく」〔二一五〕である。「躍動」と「衝動」はともに « élan(s) » の語、「解放」dégagement と「振りほどく」(se) dégager は品詞の異なる同一の語である。

8　この箇所については「渇きの喜劇」末尾との関連を考えるべきだろう――「だが、導くものとてないあの雲が溶けるところでとろけるのは／――おお！　涼気に恵まれて！／暁が森にちりばめる／あの湿った菫のなかで息絶えるのはどうだ」〔二〇一〕。

9　一八七二年の詩のうちの十二篇を詳細に分析したベルナール・メイエールは、「言葉の錬金術」の散文部分が韻文詩の内容を取り込んでいる別の例を指摘している。「永遠」第二連「見張り番の魂よ、／そっと告白しよう／あれほど空しい夜と／火と燃える昼を」は、「言葉の錬金術」では「ぼくの永遠の魂よ、／お前の誓いを守れ／孤独な夜と／火と燃える昼にもめげず」のように、大きな変更を被る。話者からその「魂」への親密な誘いかけであった記述が自己説諭に変わり、「見張り番の」魂を特徴づけていた熱烈な待機の意志は消え、表題への目くばせを示すだけの無意味な形容詞「永遠の」が取って代わる。試練（「空しい夜」）の果てに到来した昂揚（「火と燃える昼」）という構図から、「言葉の錬金術」の版では「夜」も「昼」もともに「永遠」の回帰を促すために忍従すべき試練と化している。その代わりに、七二年の昂揚の側面は、「言葉の錬金術」で「永遠」が引用される直前の記述「幸福よ、理性よ、ついに空から黒々とした青を引き剥がし、ぼくは自然のままの光の黄金の火花となって生きた」に取り込まれている、というのがメイエールの解釈である（Bernard Meyer, *Sur les « Derniers vers ». Douze lectures de Rimbaud*, L'Harmattan, 1996, p. 154）。

10　Rimbaud, *Une saison en enfer*, édition critique par Pierre Brunel, Corti, 1987, p. 284.

11　Rimbaud, *Œuvres*, édition par Suzanne Bernard et André Guyaux, coll. « Classiques Garnier », 2000, p. 513, note 17.

12　⑴「いやしい血」の第四、第八セクションの原形、⑵「地獄の夜」の原形の一部（下書きでは「偽りの改宗」と題されている）、(3)「言葉の錬金術」の原形の末尾三分の二である。(1)と(2)の裏面には「ヨハネ福音書を書き換える三つの断章」が記され、(3)の紙葉はその両面とも「言葉の錬金術」の下書きで占められている（*Rimbaud et Lautréamont*, Catalogue de vente, Étude Tajan, le mardi 17 novembre 1998, Paris - Drouot Montaigne, p. 46–59）。

参考文献

1.『地獄の季節』に関して

印刷用決定稿は今日まで発見されていない。下書きの一部は残存。「いやしい血」全八節中の第四節と第八節の原形／「地獄の夜」前半部の原形（原題「偽りの改宗」）／「言葉の錬金術」後半部の原形である (Ms. aut. : BNF, n. a. f. 26499 ; fac-sim. dans le catalogue de vente de la collection Guérin, 17 novembre 1998)。

Arthur Rimbaud, *Une saison en enfer*, Bruxelles, Alliance typographique (M. -J. Poot et compagnie), 1873（初版）; Slatkine Reprints, 1979.

Margaret Davies, Une saison en enfer *d'Arthur Rimbaud, analyse du texte*, Minard, 1975 ; 2009.

Jean-Luc Steinmetz, « Sur les proses "évangéliques" », in *Champ d'écoute*, Neuchâtel, La Baconnière ; repris dans *Parade sauvage, Hommage à Steve Murphy*, 2008, p. 527–542.

Une saison en enfer, édition critique par Pierre Brunel, José Corti, 1987.

Yoshikazu Nakaji, *Combat spitituel et immense dérision ? Essai d'analyse textuelle d'* Une saison en enfer, José Corti, 1987.

Danielle Bandelier, *Se dire et se taire. L'écriture d'* Une saison en enfer *d'Arthur Rimbaud*, Neuchâtel, La Baconnière, 1988.

André Guyaux, *Duplicités de Rimbaud*, Slatkine-Champion, 1991.

Dix Études sur Une saison en enfer, recueillies par André Guyaux, Neuchâtel, La Baconnière, 1994.

Michel Murat, « *Une saison en enfer* : la logique des ensembles (et quelques détails) », *Parade sauvage, Hommage à Steve Murphy*, 2008,

p. 543–557.

Yoshikazu Nakaji, « *Une Saison en enfer.* Une vie fictionnelle pour demain », *Rimbaud, l'invisible et l'inouï. Poésies/Une Saison en enfer (1869–1873)*, Ouvrage coordonné par Arnaud Bernadet, CNED/PUF, 2009, p. 120–140.

Lectures des Poésies *et d'* Une saison en enfer *de Rimbaud*, sous la direction de Steve Murphy, Presses Universitaires de Rennes, 2009.

Rimbaud. Des Poésies *à la* Saison, études réunies par André Guyaux, Classiques Garnier, 2009.

2. その他の作品、またはランボーの作品全体を対象とするもの

Henri de Bouillane de Lacoste, *Rimbaud et le problème des* Illuminations, Mercure de France, 1949.

Pierre Brunel, *Rimbaud. Projets et réalisations*, Champ Vallon, 1983.

André Guyaux, *Poétique du fragment.* Essai sur les *Illuminations* de Rimbaud, Neuchâtel, La Baconnière, 1985.

Arthur Rimbaud, *L'Œuvre intégrale manuscrite*, édition établie et commentée par Claude Jeancolas, Textuel, 1996.

Arthur Rimbaud, *Œuvres complètes*, Champion, édition critique de Steve Murphy, 3 des 4 tomes parus (t. I : *Poésies*, 1999 ; t. II : *Œuvres diverses et lettres 1864/1865–1870*, 2007 ; t. IV : *Fac-similés*, 2002).

Steve Murphy, « Les *Illuminations* manuscrites », *Histoire littéraire*, 1, 2000, p. 5–31.

Michel Murat, *L'Art de Rimbaud*, José Corti, 2002.

第7章　カミュ『幸福な死』から『異邦人』へ

三野博司

1　カミュにおける生成研究

アルベール・カミュ（一九一三―一九六〇）の草稿の多くは、作家の死後長いあいだ未亡人フランシーヌの管轄下にあった。彼女の死後は、娘のカトリーヌ・カミュ氏が管理しており、二〇〇〇年四月、パリのＩＭＥＣから草稿のコピーがエクサン＝プロヴァンスのメジャーヌ図書館に移管された。このアルベール・カミュ資料センター[1]が、現在もっともまとまってカミュ関係の資料を保管している場所であるが、閲覧には制限があり、前もってカトリーヌ・カミュ氏の許可を必要とする。許可申請書には閲覧を希望する資料の整理番号を明示しなければならないが、二〇〇六年および二〇〇八年に刊行された新しいプレイヤッド版のカミュ全集において、草稿の整理番号を紹介している編者もある。

カミュにおける生成研究について、主要なものを簡潔に紹介することにしよう。まず『異邦人』までの初期作品については、ジャクリーヌ・レヴィ＝ヴァランシの国家博士論文『アルベール・カミュの小説の生成』がある。タイプ原稿で二巻、八四七頁におよぶ大部なものである。筆者は一九八一年以来このタイプ原稿のコピーを所有していたが、しかし一般には長らく閲覧が困難であった。レヴィ＝ヴァランシは早くから公刊を望んでいたが、生前には果たせず、友人のアニェス・スピケルの手によって、『アルベール・カミュあるいは小説家の誕生』[2]と題してガリマール社から刊行されたのは、没後の二〇〇六年のことである。スピケルは編集にあたって「三分の一を割愛せざるを得なかった」と筆者に語った。この書物において、レヴィ＝ヴァランシはまず冒頭で、「カミュは苦労することなく演劇人、エッセイスト、ジャーナリストになったが、小説家には簡単になることができなかった」と述べる。そして一九三〇年、十七歳のときの結核の発病以来、作家になるという願望を抱いたカミュが『異邦人』に着手するまでを、未発表資料を駆使して克明にあとづけている。

『異邦人』の生成研究についてはあとで詳述するが、アンドレ・アブーの論文について特に触れておきたい。『異邦人』の生成と校訂版』は、一九七〇年にナンテール大学に提出された第三期博士論文であるが、その後、加筆されて一九八三年にソルボンヌ大学に国家博士論文として提出された。その内容に関しては、パンゴーが『カミュの『異邦人』[3]において一部を紹介しており、またレヴィ＝ヴァランシも彼女の博士論文の中で言及している。それは、この二人がアブーの論文の審査委員であったからであり、一般には論文の全貌は長いあいだ明らかではなかった。二〇〇六年プレイヤッド版における『異邦人』の「解題」[4]を執筆したとき、アブーはようやくかつての自分の仕事を活かすことができた。ただし、当然のこととはいえ、頁数の制限によって、「博士論文の全体を盛り込むことはできなかった」とアブーは筆者に語った。

『ペスト』についてはマリー＝テレーズ・ブロンドーの研究がある。彼女は一九八〇年代から国家博士論文を準備し、その研究の一部は『ロマン　二〇―五〇』第二号（一九八六）に収められた論文「『ペスト』校訂版のためのノート」[5]および『カイエ・ド・マラガール』第十三号（一九九九）の「『ペスト』の生成」[6]に発表されている。しかし、彼女が筆者に語ったところによると、一九九〇年頃、当時使用していたパソコンが故障してデータが失われて、論文完成を断念した。彼女は、『ペスト』の資料をそのヴァリアントまで含めてすべて手で書き写して保管しており、またカミュが『ペスト』執筆準備のために読んだ医学文献をすべて調査した。新プレイヤッド版カミュ全集において『ペスト』の編集を担当した彼女は、四〇頁におよぶ「解題」[7]を執筆した。とはいえ、ガリマール社の方針により、ブロンドーはかつての研究を充分なかたちで活かすことはできず、多くはまだ埋もれたままである。なお『ペスト』関連の資料は、他の資料とは異なり、パリの国立図書館に保管されている。これは、カミュ未亡人であったフランシーヌの死後、子どものカトリーヌとジャンが寄贈したものである。

2 『幸福な死』と『異邦人』の生成

二つの小説

「きょう、ママが死んだ」と「長いあいだ、私は早く寝るのだった」――それぞれよく知られた冒頭の句を持つ二つの小説、カミュの『異邦人』とプルーストの『失われた時を求めて』は、作品の主題も規模もまったく異なる作品だが、その生成過程においては、作家の生前には完成されることなく遺作となった先行作品が存在するという共通点をもつ。パンゴーは、『幸福な死』の完成を断念したあとのカミュにとっては「自分の声」を見出すことが課題であったと指摘し、『幸福な死』と『異邦人』の間には、『ジャン・サントゥイユ』と『失われた時を求めて』を分かつ溝と同じものがある」[8]と述べている。

プレイヤッド版の旧版における「『異邦人』解題」[9]でキヨが、また新版における「『幸福な死』解題」[10]でアブーが、ともに『幸福な死』は『異邦人』の「原型」ではないと明言しているとしても、流産に終わった『幸福な死』の執筆過程が『異邦人』の誕生に貢献したことは確かである。サロッキは、「筋立て、技法、意図の明らかな相違にもかかわらず、『幸福な死』の中に『異邦人』の予示を見ることはできるだろう。そして生物学的意味を取り除けば、その原型を見ることもできるだろう」[11]とも述べている。両作品において、主人公の名前が酷似していることは瞭然としても(メルソーとムルソー)、そのほかにも、二次的な登場人物たちの名前が同一あるいは類似していたり(エマニュエル、セレスト、ペレーズ)、室内描写が借用されたり(サラマノの部屋)、また主人公が犯す殺人(ザグルーとアラブ人)とその結果としての彼の死(病死と刑死)という二部から成り立つ物語構造も同一である。

『幸福な死』の生成過程

『幸福な死』の計画が立てられた時期について、アブーは一九三六年から「構想、執筆され」[12]、そのあと一九三七年夏に現在私たちが知るような形に構成されたとしている。またカステックスは、カミュが一九三七年夏アンブランに滞在した折りに「計画が明確になった」[13]と述べており、実際『手帖』には、この夏に『幸福な死』に関する覚書が大量に記されている。ロットマンが伝えるフレマンヴィルの証言によれば、カミュはリュサンジュの近くを散策したとき、彼に主人公のパトリス・メルソーについて語り、この小説に『演技者』という題をつけたいと思っていたという[14]。また、トッドはアンブランで書かれた一九三七年八月十七日付マルグリット・ドブレンヌ宛の手紙を紹介しているが、そこにおいてカミュは「ぼくは自分の小説のことを考えはじめた」と述べて、その体験を「創作した人物たちの姿があまりにも強烈に見えるので、いっとき自分が現実の世界から抜け出すほどだ」[15]と形容している。

一九三七年秋、アルジェに戻ったカミュは『幸福な死』の執筆に没頭する。そして翌一九三八年一月、彼は進行中の小説についてブランシュ・バランに語り、『幸福な死』のテーマを説明した[16]。さらに、一九三八年二月十日付のフランシーヌ・フォール宛書簡の中で、カミュは「ぼくは休みなく働き、先だって完成した小説を書いたのです」[17]と報告しているが、彼はこの時期に『幸福な死』をひとまずは完成したと考えていたらしい。だが、それを読んだウルゴンおよびグルニエの評価は否定的なものだった。一九三八年四月に作成されたと思われる「第一稿」をタイプしたクリスチヤーヌ・ガランドーが、ウルゴンの否定的な評価に落胆したカミュの姿を記憶している[18]。また、同年六月末、ジャン・グルニエはカミュから送られた草稿を読んで、きわめて否定的な評価を下し、カミュは六月十八日付グルニエ宛の手紙で、この苦い審判を受け入れた[19]。

一九三八年六月にカミュは『手帖』に「小説を書き直すこと」と記しているが[20]、これが『幸福な死』を指すという点では、研究者の意見は一致している。だが、実際に彼は小説を書き直したのだろうか。カミュがこの小説を放棄した日付を確定することは困難であるが、カミュの断念には内的な理由と外的な理由があったと思われる。外的な理由としては、ひとつの文学上の出来事が決定的な役割を果たしたということはありうる。それは、『幸福な死』と表題も主題も似通った小説、ジャン・メリアンの『若き死』が一九三八年七月に刊行されたことである。[21]そして、『幸福な死』執筆放棄の内的な理由としては、この小説の構成が拡散して収拾困難になったと同時に、他方で『異邦人』の構想が次第に固まり始めたことがあるだろう。

『幸福な死』から『異邦人』へと執筆作業を続けていたころ、カミュは同時にエッセイ『結婚』や戯曲『カリギュラ』にも取り組んでいた。一九三九年七月二五日付のクリスチヤーヌ・ガランドー宛書簡において、彼は「不条理に関する小説とエッセイとともに、カリギュラは〔……〕」と述べている。パンゴーは、これはどの小説を指しているのか、『幸福な死』なのか『異邦人』なのか不明であるとしていたが、[22]おそらくこれはすでに『異邦人』であると考えられる。アブーは、『幸福な死』は一九三八年末に最終的に放棄されたと述べ、また出版断念の時期を一九三九年二月としている。[23]

『異邦人』の生成過程

『異邦人』の誕生はどこまでさかのぼれるのだろうか。一九三七年四月『手帖』に現れた「物語——自分を正当化しようと望まない男」[24]の断章に『異邦人』の主要なテーマの一つを見出したのはキヨであるが、[25]パンゴーやロットマンもこれに同意している。[26]同年五月（六月？）には、同じく『手帖』に宗教的慰めを拒否する死刑囚が描かれ、[27]八月には次の断章が見られる。「モードのカタログを読んでいた男はとつぜん、自分がどれほど自分の生活（モードのカタログに描かれているような生活）に対して無縁であった（étranger）かに気づく。[28]」カミュ自身が、「異邦人」étrangerという語が最初に現れるこの一節が「出発点」であるとキヨに語った。[29]この言葉を受けて、カステックスは、この時期『幸福な死』の懐胎に『異邦人』の主題がひそかにすべりこんだと述べて、[30]サロッキもそれに同意を示している。[31]このとき、カミュはアンブランにいて、『手帖』に多くの小説の断章やプランを記している。それらはすでに述べたように『幸福な死』の計画であったと見なされているが、そこに『異邦人』の萌芽がすでに現れている。

一九三八年になると、『手帖』には『異邦人』に関わるいくつかのノートが現れる。まず五月には、カミュは兄リュシアンと一緒にマランゴのホスピスを訪問し、リュシアンの義母であるマリー・ビュルグの葬儀に参列したが、その体験を語る断章が見られる。[32] 八月にはレイモンの物語が現れ、また同じ時期（日付は入っていないが）マランゴでの葬儀が今回は物語の素描として再び取り上げられて、「老女」は語り手の母親となっている。[33] さらに一九三八年十二月の日付のある断章の直前に、『異邦人』の冒頭部分が決定稿と変わらぬ形で記されている。「きょう、ママが死んだ。もしかするときのうなのか、でもわからない。養老院から電報が来た。[34]」この時期に、カミュは『異邦人』における一人称の語り手、複合過去の使用、そして特に第一部で顕著な日記体を発見したのだろう。しかしながら、この「母と息子、母親の死」の挿話群とは別に、カミュにとって最も重要であった「死を宣告された男」の挿話群が存在し、これらはまだ二つの異なった物語を形成しており、両者をつなぐ構想は生まれていなかったと考えられる。『手帖』には、一九三八年のおそらくは十二月、死を宣告された男の物語の断章が現れる。[35] この未完成の文章のあとで、作者は大文字で「完」と記している。物語の最終場面を早くもカミュは構想していたことになるが、しかし処刑直前の主人公を描くこの場面は用いられることはなかった。

一九三九年に入ると、四月の『手帖』には「トルバと喧嘩[36]」の表題の下に、のちにレイモンに付与される断章が記されている。また同年七月二五日、クリスチヤーヌ・ガランドー宛の手紙には、「ママのところで小説を書き始めるつもりだ。長い時間かかるだろう[37]」と記されており、カミュはようやく『異邦人』の第一章を書き始めたと思われる。また一九四一年六月二日付のパスカル・ピア宛の手紙において、カミュは「第一章は、パリで執筆した他の部分よりも一年前に書き上げた[38]」と書いており、第一章が一九三九年にはほぼ完成していたことが確証される。ある日のこと（ブニスティは一九四一年十二月としている）、オランのカフェで、ガリエロが母親の埋葬のあと愛人と映画を見に行ったとカミュに語り、それを聞いた彼は「これで『異邦人』の二番目の翼ができた」と、同席していたブニスティに打ち明けたという。[39] ロットマンの考えでは、第一の翼とは、ピエール・ガランドーの友人がブイスヴィルの浜辺でアラブ人と喧嘩をした事件であり、これが

第一部末の発砲場面に素材を提供した。これについて、トッドはさらに情報を補足して、一九三九年八月に起きたらしい浜辺での喧嘩騒ぎを耳にしたカミュが、そこからヒントを得たのだとしている。[40] ただしアブーは、この事件の報告は「蛇足」であると言う。この種の喧嘩沙汰は当時アルジェリア全土で数知れず起こっていたからである。[41]

一九四〇年二月、『手帖』には、「登場人物たち」[42] と題された断章で「老人と犬」についての記述もある。そして同年三月十四日、カミュはアルジェで乗船し、十六日にパリに着く。それから一か月、彼は『異邦人』の執筆に全力を投入して、五月一日付フランシーヌ・フォール宛の手紙に次のように書いた。「ぼくは小説を完成したところで、興奮しすぎて眠れない。おそらく執筆は終わっていない。書き直したり、加筆修正すべきところがあるだろう。[43]」

草稿にほどこされた訂正を見ると、『異邦人』はひとたび完成したあと何度か加筆がなされている。最初は一九四〇年夏の初めである。七月十八日、フランシーヌ・フォールに宛ててカミュはこう書いている。「ついに、夜と午後に集中して、一つの小説を書き終え、戯曲に第四幕を書き足し、エッセイを四分の三書いた。[44]」また、クレルモン＝フェランの住所の印が記されたパリ＝ソワールの便箋には「検事の弁論——憤慨した人々」とプランが書き込まれており、[45] この夏のあいだ『異邦人』は加筆され続けたと考えられる。

一九四一年初め、オランに戻ったあと、カミュは再び『異邦人』に手を付け、あらたに細部の描写、とりわけ殺人の場面を膨らませた。このとき、草稿の下に記された「一九四〇年五月」の最初の日付が抹消されて、「一九四一年二月」に変更された。これはエクサン＝プロヴァンスにあるメジャーヌ図書館所蔵の草稿コピーによって確認することができる。この草稿では主人公の名前はまだメルソーであるが、一九四一年以降にムルソーになった。またこの草稿に現れていない場面、司祭とのやりとりはこの時期以降に書かれたに違いない。

3　退屈な日曜日――メルソー、ムルソー、ロカンタン

メルソーとムルソーの週末

いくつかの類似にもかかわらず、『異邦人』が『幸福な死』から直接借りているテクストは限定されており、第一部第二章において主人公が無為に過ごす日曜日の描写のみであり、引き写された時期も特定することができる。

一九四〇年三月十六日パリに着いたあと五月初めまで、カミュは『異邦人』の執筆に専念する。すでにパンゴーも指摘していたが[46]、トッドは、三月二三日、カミュがパリからフランシーヌ・フォールに宛てた手紙を長文にわたって紹介し、『幸福な死』の第二章における二つの断章、エマニュエルとメルソーがトラックを追いかける場面と、メルソーが窓辺で日曜日を過ごす場面を送るよう求めたことを明らかにしている[47]。カミュは『幸福な死』の第二章から二つの場面を『異邦人』に引き写し、あとで詳しく検討するように、「日曜日」の場面は、このとき三人称から一人称へ、単純過去から複合過去へと移され、さらにいくつかの変更と加筆が行われた。

『シーシュポスの神話』の「不条理な壁」と題された章に次の一節がある。「起床、電車、会社や工場での四時間、食事、電車、四時間の仕事、食事、睡眠、同じリズムで流れてゆく月火水木金土、こういう道を、たいていのときはすらすらとたどっている[48]。」ところが、ある日「なぜ」という問いが頭をもたげ、意識が目覚め、不条理の感情が生まれると述べて、ここからカミュは不条理の論証を展開することになる。しかし、不条理よりもむしろ、この月から土まで並べられた曜日に注目しよう。ここには休日である日曜日は含まれていないが、それを加えると、労働の週日と休暇の週末のリズムが生まれることになる。しかし、こうした一週間のリズムは、カミュの作品のなかでつねに保持されているわけではない。

たとえば、『ペスト』の中で、金儲けにいそしむオラン市民は楽しみを「土曜の晩と日曜のためにとっておく[49]」。そして

「日曜日の朝は、海水浴がミサの手強い競争相手[50]」であった。ところがペストの蔓延によって海水浴が禁止されてしまい、パヌルー神父の一回目の説教の時には、「日曜日、大勢の人々が教会の身廊を埋めつくす[51]」ことになる。ペストとの戦いには当然のことながら週日も週末もない。リウーやタルーはひたすら働き続けるし、市役所職員のグランもまた休日返上で保健隊の仕事を引き受けるのである。また『追放と王国』に収載された「押し黙る人々」のイヴァールにとっては、二〇歳のころ「海は彼に浜辺における幸福な週末を約束していた[52]」が、しかし今では彼は海を見ることを避けている。結婚してからは生活費をかせぐために、「土曜日には樽工場で超過勤務、日曜日には他人の家で大工仕事[53]」に従事するようになり、週末の休みがなくなってしまったのである。

こうして休日を奪われてしまったオラン市民やイヴァールと異なり、月曜日から土曜日までの毎日八時間の労働と日曜日の休日、こうした生活のリズムをいちばん忠実にたどるのはメルソーとムルソーである。『シーシュポスの神話』に見られる一週間の労働への言及は、アルジェ大学卒業後に勤め人として働くことを余儀なくされたカミュ自身の生活体験に基づいているが、またそれは、ほぼ同時期に執筆された二つの小説『幸福な死』と『異邦人』の主人公の生活にも反映している。

『幸福な死』第一部において、メルソーが会社に勤めている間は、日曜日しか休日がなかった。彼がザグルーと長い会話を行うのは、日曜日の午後である。そして、その翌日、月曜日の朝、彼は会社へは行かずに、ザグルーを殺害することになる。同様に、『異邦人』第一部において、ムルソーにとっては仕事の週日と休暇の週末が生活のリズムを形成している。彼が恋人マリーと会うのは週末ごとであり、日曜日の朝、マリーに起こされたムルソーは、そのあとアルジェの浜辺へ行き、アラブ人に向けて発砲する。『幸福な死』と『異邦人』の第一部においては、勤め人である主人公は基本的に日曜日ごとに事件に遭遇し、そのあげく、それぞれが殺人を犯すことになり、これが彼らの生活を異なったやりかたで転変させることになる。ところが、この一週間のリズムによって規定された生活の中で、逆に主人公が無為に日曜日を過ごすことにより強い印象を残す場面が第一部第二章に挿入されており、これはすでに述べたように、『幸福な死』と『異邦人』においてほぼ同一のテクストである。

メルソーとムルソーの土曜日

『幸福な死』は、第一部第一章でザグルーの殺人といういかにもロマネスクな挿話が語られたあと、第二章からは、物語が時間的に過去へと遡及し、ザグルーに出会うまでのメルソーの日常生活の描写が展開される。第二章は、新プレイヤッド版では、一一〇八頁から一一一六頁までの九頁を占め、九段落に分けられる。そして土曜日に第一段落から第七段落までと第八段落冒頭の七頁が、日曜日に残りの二頁が充てられている[54]（表）。

第二段落の四行目の終わりから「この時、パトリス・メルソーが事務所から出てきた」と始まり、それまで無焦点だった語りは、ここからメルソーに焦点化されることになる。この第二段落の途中で、メルソーは友人のエマニュエルと出会い、二人はトラックに飛び乗る。土曜日の昼休みに起こったこのエピソードは、『異邦人』では第一部第三章の月曜日の夕方へと移行されており、主人公の友人の名前エマニュエルも同一である。

第三段落の冒頭で、メルソーとエマニュエルの二人はベルクールに着いて、トラックから降りる。そのあと「彼らは行きつけのレストランに入った」。レストランの常連客たちのやりとりが一頁にわたって記述されるが、これは『異邦人』では四行に縮減されて第三章へと移行される。第六段落は、「彼は母が使っていた部屋で暮らしていた」と始まり、物語はメルソーの母の回想へと展開する。相変わらずこれは土曜日の昼のことであるが、『異邦人』では、母の回想は縮められて、第二章後半の翌日曜日に移されている。

第六段落の途中で「ある日、彼女が死んだ」と報告され、三人称の語り手は、メルソーの母の死、埋葬について語る。これはわずか十三行にすぎないが、『異邦人』では、第一部第一章において、母の死とそれに続く埋葬の場面は拡大増幅されて、冒頭の「きょう、ママが死んだ」から始まって詳細かつ印象的に描かれる。第八段落で、メルソーは午後の仕事を終えて帰宅し、夕食まで眠る。このあとメルソーの日曜日が続くが、それについてはあとで詳述しよう。

表　『幸福な死』と『異邦人』の第1部第2章

	頁	『幸福な死』	頁	『異邦人』
土曜日	1108 1109 1110	(1)　港は夏の喧噪と太陽にあふれかえっていた。 (2)　〔……〕この時、パトリス・メルソーが事務所から出てきた。	151	(1)　〔……〕きょうは土曜日だ。〔……〕しかし一方で、ママがきょうではなくきのう埋葬されたのはぼくのせいではないし、また他方で、どのみち土曜と日曜は自分のものなのだ。
		(3)　〔……〕彼らは行きつけのレストランに入った。	152	(2)　〔……〕ぼくは水の中でマリー・カルドナと再会した。
	1111	(4)　メルソーは立ち上がった。		(3)　〔……〕彼女はぼくの部屋にやってきた。
	1112	(5)　メルソーはほほえみ、レストランをあとにした。 (6)　彼は母が使っていた部屋で暮らしていた。		
	1113	〔……〕ある日、彼女が死んだ。		
	1114	(7)　彼は目がさめた。 (8)　彼が自分の部屋にもどると〔……〕。		
日曜日	1114	昼食の時間少し前に彼は目覚すと、洗面をすませて、食事をするために下へ降りた。	152	(4)　目が覚めると、マリーは出かけたあとだった。おばさんの家に行かなければならないのだと言っていた。きょうは日曜日だと考えて、うんざりした。日曜は好きじゃない。〔……〕それは好きじゃない。
				(5)　昼食後、少したいくつして、家のなかをあちこち歩いた。ママがいたときは手頃な広さだった。
		午後は美しかった。しかし、舗道はぬるっとして、道行く人はまばらで、急ぎ足だった。		(6)　ぼくの部屋はこの界隈の大通りに面している。午後は美しかった。しかし、舗道はぬるっとして、道行く人はまばらで、急ぎ足だった。〔……〕彼らは町の中心にある映画館に行くのだと考えた。
	1115	彼らが去ってしまうと、しだいに人通りがなくなった。あちこちで見せ物が始まったのだ。	153	(7)　彼らが去ってしまうと、しだいに人通りがなくなった。あちこちで見せ物が始まったのだ。ぼくは思った。〔……〕ほんとうに日曜日だった。
		メルソーは椅子の向きを変えて、煙草屋がやっているような形に置いて、続けて二本煙草を吸った。		(8)　ぼくは椅子の向きを変えて、煙草屋がやっているような形に置いた。そのほうが具合がいいと気づいたのだ。〔……〕夏の雷雨がやってくるのだと思った。
		五時になると、市街電車が騒音を立てて到着した。		(9)　五時になると、市街電車が騒音をたてて到着した。
		それから日射しがまた少し傾いた。		(10)　日射しがまた少し傾いた。〔……〕ぼくは彼らが冒険映画を見てきたのだと考えた。〔……〕
		通りはいまでは光に照らされていた。		
	1116	(9)　「また日曜日が終わった」とメルソーは言った。	154	(11)　そのとき突然通りのランプに灯がともった。〔……〕人々と光が変化する舗道をこんなふうに眺めて目が疲れるように感じた。〔……〕ともかく日曜日が終わったのだ。ママは今では埋葬されて、ぼくは勤めにもどるだろう。結局、何も変わりはしなかったのだとぼくは考えた。

他方で、『異邦人』においては第一部第二章は、新プレイヤッド版で一五一頁から一五四頁までの全四頁であり、十二段落に分かれ、土曜日に一頁半、日曜日に二頁半が充てられている。[55]『幸福な死』と比べると、九頁が四頁になり、特に土曜日が四頁から一頁半に減少しているのが目を引く。ところで、『異邦人』では、第二章は、第一章の母親の埋葬の場面と直接つながっており、その翌日のことである。第一段落において、ムルソーは、目覚めると「きょうは土曜日だ」と気づいて、二日前休暇を願い出たとき職場の主人が不機嫌だったわけを理解する。主人は、木曜日の午後と金曜日の仕事を休んだムルソーが土曜、日曜と合わせて四日間仕事を休むと予想したのだ。ムルソーはこう考える。「しかし一方で、ママがきょうではなくきのう埋葬されたのはぼくのせいではなかったし、また、他方で、どのみち土曜と日曜は自分のものなのだ。」すでに見たようにメルソーは土曜日も会社で仕事をしたが、ムルソーは会社へは行かず、土曜と日曜が自分のものだと考える。第二段落において、彼は行く先を思案したあと、海水浴へ行き、そこでマリーと出会うことになる。第三段落では、彼は土曜日の夜、マリーと喜劇映画を見るが、そのあと彼女はムルソーの部屋に来て泊まる。「彼女はぼくの部屋にやって来た。」第四段落は、翌日の日曜日となり、ムルソーが目覚めるとマリーはもはや出て行ったあとだ。こうして彼はひとりで休日を過ごすことになる。

この第一部第二章のメルソーとムルソーの土曜日を比較するとき、四つのことが指摘できる。

(1)第一章とのつながり。『幸福な死』では第二章は、ザグルーの死が語られる第一章からカットバックによって、過去にさかのぼることになる。他方で、『異邦人』では第二章は、第一章の母の埋葬の翌日に置かれており、物語の展開において直接につながる。

(2)『幸福な死』における母親の死と埋葬のエピソードは五年前のことであり、回想の対象となっている。他方で『異邦人』では、このエピソードは大幅に加筆されて小説の冒頭である第一章に移される。そして、母の死と埋葬はムルソーにとっては直前の出来事であり、彼はまだその余波のただ中にいるのである。

（3）『幸福な死』におけるメルソーとエマニュエルとの交際は『異邦人』の第三章へ、またセレストのレストランでの仲間たちのやりとりも大幅に縮減されてやはり第三章へと移行される。メルソーにとって、この土曜日はいつもと変わらない仲間たちとのつきあいがなされるが、ムルソーは、職場にもレストランにも行かず、この土曜日は特別な一日となる。そのため日常生活の描写は、『異邦人』では週明けの月曜日である第三章へと移される。

（4）その代わり『異邦人』で新たに付け加わったのは、マリーとの再会である。土曜日も働くメルソーと異なって、ムルソーは海水浴へ行き、そこでマリーと出会う。母の死の直後に生じたこの邂逅はのちに裁判で思わぬ重大な意味を持つことになり、メルソーの土曜日とムルソーの土曜日はその性格を大きく変えてしまう。『幸福な死』のメルソーの土曜日は、ただ単に主人公の日常生活を描写するものにすぎない。他方で『異邦人』では、この土曜日がムルソーの運命を決定するのである。

メルソーとムルソーの日曜日

『幸福な死』、『異邦人』のそれぞれ第一部第二章の後半は、土曜日の翌日である日曜日の描写になる。すでに述べたように、『幸福な死』のテクストから『異邦人』に流用された断章のなかで、もっともまとまって長いのは、この日曜日の記述である。『幸福な死』では第八段落の四行目から日曜日が始まり、最後に第九段落が一行だけ付け加えられている。『異邦人』では日曜日の描写は、第四段落から第十二段落におよぶ。

この二つのテクストを比較してみると、大きな違いは二つある。一つは三人称から一人称への移行、および単純過去から複合過去への移行であり、これは一年前にほぼ書き上げられていた第一章の文体に合わせたものである。もう一つは、『異邦人』の第四、五節において、とりわけ日曜日および母に関する加筆が多いことであるが、それを検討することにしよう。

（1）日曜日への言及（三か所）。一日の終わりにムルソーは「また日曜日が終わった」、そしてムルソーは「ともかく日曜日が終わった」と感想を抱く。ただし、ムルソーは、第四段落で、「きょうは日曜日だと考えて、うんざりした。日曜は好きじゃない」と、いきなり日曜への嫌悪を語っている。勤め人であるムルソーにとって快適な休日であるはずの日曜日がなぜうんざりさせるのか、彼はその理由を明示しない。さらに、彼は第七段落でも「ほんとうに日曜日だった」と述べて、ここでも休日が強調され、確認される。このように、ムルソーはメルソー以上に今日が日曜日であることに意識的である。

（2）母親に関する記述（二か所）。第五段落の途中から「ママがいたときは手頃な広さだった」と始まる数行は、『幸福な死』の第六段落にあったものであり、土曜日から日曜日に移行されている。しかし、ムルソーはここで母が生きていた頃の回想に耽るわけではなく、この想起はながくは続かない。そして最後に、第十一段落の最後で再び、母親が回想される。すでに見たようにメルソーの休日は「また日曜日が終わった」と確認して終わるが、ムルソーの場合はそのあとこう述懐する。「ともかく日曜日が終わったのだ。ママは今では埋葬されて、ぼくは勤めにもどるだろう。結局、何も変わりはしなかったのだとぼくは考えた。」第一部第二章の土曜日と日曜日の記述を通じて、ここではじめて母親の埋葬に言及される。「ママは今では埋葬されて」は、日曜日を直前の金曜日の葬儀につなげるものである。しかし、そのあとに「何も変わりはなかった」と続けることによって、ムルソーはそれがいつもの退屈な日曜日の一つであることを確認する。彼は、意図的にいつも通りの日曜日を過ごすことによって、母の死という出来事の特異性を摩滅させて、それを彼の日常性の中に埋没させようとしていると言える。「日曜はきらいだ」というムルソーが、そのきらいな日曜日をいつものようにやり過ごすこと、それは母の死を無化しようとする試みなのである。すでに見たように、ムルソーの土曜日は第一章において描写された葬儀の翌日である。その土曜日に彼はマリーと出会い、日曜日の朝マリーが去ると、彼はまったく自由な一日を手に入れる。とはいえ、彼はそこで母のことを思い出すことはほとんどなく、無為な日曜日を過ごすのだ。こうして、母の死という事実に対して面と向き合うことができず、彼は喪の仕事を行うことに成功しない。

(3)『異邦人』において、日曜日と母に関すること以外に、加筆された事柄はさらにある。それは、ムルソーが何を感じ、何を考えているのかである。第四段落で、ムルソーは「きょうは日曜日だと考えて、うんざりした。日曜は好きじゃない」と、まず日曜日への嫌悪を表明する。続いて、セレストのレストランへ行くとみんなが質問してくるだろうが、「それは好きじゃない」と考える。以下、彼のこうした反応を拾い集めると、第六段落では、若者たちの姿を見ながら、彼らは「町の中心にある映画館へ行くのだ」と考える。第七段落では、「あちこちで見せ物が始まった」と思う。第八段落では、椅子の向きを変えるほうが「具合がいい」と考え、そのあとで「夏の雷雨がやってくる」と思う。第十段落では、通りに戻ってきた若者たちを見て、彼らが「冒険映画を見てきたのだ」と考える。第十一段落では、目の疲れを「感じる」。以上は、いずれもメルソーには見られなかったものである。元来、ムルソーは自分が何を感じているのか、何を考えているのかを語らない一人称の語り手であるとされてきた。たしかに母親の通夜や葬儀のときのムルソー、マリーとの交際におけるムルソー、予審や法廷の場面でのムルソーについてはそうである。しかし、この日曜日をメルソーと比較する限りでは、彼はずっと自分の内面を語っている。読者はメルソーの内面に入り込むことはできないし、彼の人物像は平板で個性を持たない。それに比べるとムルソーははるかに明確な一個の性格を有しているように思われる。

メルソーとムルソーの日曜日の場面は、ともに第一部第二章に置かれている。しかし、その位置が物語の展開において持つ意味合いはまったく異なっている。『幸福な死』では冒頭に置かれたザグルー殺害のあと、物語はカットバックするために、ザグルー殺害と日曜日が時系列においてつながらない。この日曜日は、メルソーにとって、他の日曜日となんら変わらない休日の一つにすぎない。他方で、『異邦人』では母親の埋葬のすぐあとに日曜日が来る。母親の葬儀の翌日が月曜日であれば、ムルソーは仕事の忙しさの中に悲しみをまぎらすこともあったかもしれない。ところが、葬儀は金曜日、そのあと土、日と二日間の休日をムルソーは持ってしまった。土曜日は、マリーと出会って、喜劇映画を見て、夜をともにする。日曜日の朝、マリーが帰ると、ムルソーはまる一日という時間を自分のものにする。彼には、母親の死を悲しみ、母を偲び、母の思い出にふけり……そういった時間がたっぷりあるはずなのだ。しかし、彼はほとんど母のことを考えることはなく、いつもと変わらぬ日曜日であることが強調される。彼は、無為の休日、彼の嫌いな日曜日を過ごすだけである。

『ペスト』の中で、タルーは彼の「手帖」に次のように記している。「問題――時間をむだにしないためにはどうすべきか。答え――時間の長さを残りなく味わうこと。[56]」その方法として、タルーはいくつかの例をあげているが、そこに次のものがある。「自分の部屋のバルコニーで日曜の午後を過ごすこと。[57]」メルソーもムルソーも時間の長さを残りなく味わったのである。ただ、メルソーの場合は、また一日過ぎた日曜日は、彼の平凡な日常の一コマにすぎない。他方でムルソーの場合は、いつもと変わらない日曜日であることを自己確認するが、その身振りの中に母の死を無化しようとする意図が見えるのである。

ロカンタンとムルソーの日曜日

最後に、ロカンタンとムルソーの日曜日の比較をしておこう。サルトルの『嘔吐』が刊行されたのは一九三八年五月である。カミュは一九三八年と一九三九年、『アルジェ・レピュブリカン』に「サロン・ド・レクチュール」と題した一連の書評を発表しており、一九三八年十月二〇日、『嘔吐』を取り上げた。彼はそこで、サルトルの小説を俎上に載せて、哲学と小説、および不条理と希望に関する議論を展開しているが、こうした論点はのちに『シーシュポスの神話』において再び展開されるものである。この書評において、カミュは主人公の日常生活の描写よりは小説の構造に関心を寄せており、その日曜日についてはまったく触れていない。ロカンタンの日曜日が、ムルソーの日曜日を書くときのカミュに何らかの影響を与えたのかどうかはわからないが、しかし、そこに共通の風土というものが感じられることは確かである。

『嘔吐』におけるロカンタンの日曜日はプレイヤッド版で十九頁（ムルソーの十倍）にもおよぶ長いものであり、そこにブーヴィルの住民たちの休日が描写されている。ロカンタンもムルソーと同じく、一日の始めに、今日が日曜であることを意識する。だが、「日曜はきらいだ」というムルソーとは異なって、彼の場合はなにかしら浮き立つようなものが感じられる。「今朝、きょうが日曜であることを忘れていた。家をでて、いつものように街を歩いた。〔……〕ぼくはちょっとの間、柵にもたれかかっていたが、ふいに、日曜であることに気づいた。〔……〕ぼくは小声で言った。『日曜なんだ』」[58]

このあと、日曜という語がロカンタンの日記の中で二二回繰り返される。ムルソーはバルコニーから道行く人々を眺めるだけだが、ロカンタンは街をさすらって、街に繰り出した人々の中に立ち混じり、彼らと休日の楽しみを共有しようとする。ブーヴィルの繁華街をさすらう群衆の中に身を投じ、夕刻には海岸の防波堤の人々のあいだで海を眺めるのだが、しかしそれは自分の孤独を確認するだけに終わる。「結局、きょうは彼らの日曜であって、ぼくの日曜ではないのだ。」[59]ロカンタンの試みは成功しない。最後に彼は、「空虚な日曜日の終わりに家に戻る」[60]と書き記す。彼はブーヴィルの市民と同じく日曜日を享受しようとするが、結局はそれは彼らの休日であることに気づく。ムルソーははじめから日曜日はきらいだと言って、行楽に出かける人々をバルコニーから眺めるだけで、その中に立ち混じろうとはしない。しかし、どちらにとっても、一日は無為のうちに空虚に過ぎていく。彼らはともに休日を過ごす友人や家族を持たない孤独な独身者なのである。

だが、ロカンタンとムルソーを隔てる決定的な相違というものが存在する。一つは、三年前からブーヴィルに住むロカンタンは、今でもこの町の異邦人だということ。彼にはほとんど友人がいないし、彼は町の住民を侮蔑し、嫌悪している。彼は日曜日に群衆の中に混じるが、そこに話し相手がいるわけではない。他方で、ムルソーは、自分が生まれ育った町に今も住んでいる。バルコニーから道行く人々を眺めて、そこに一定の距離を保って交わろうとはしないが、しかし、彼と人々との間にはゆるやかな交流というものが存在する。道行く人々は彼がよく知っている隣人たちであり、彼はこの地区の人々のうわさ話にも通じているし、競技場から帰ってきた選手たちとも声を交わす。また彼が見知っている娘たちは合図を送ってきたりするのである。

もう一つの相違は、年金生活者のロカンタンにとっては、いわば毎日が日曜であるのに対して、ムルソーはそうではないという点である。ロカンタンは、こう日記に書いている。「多くの人々はめいめいの家庭に帰った。〔……〕そして彼らはもう月曜のことを考えている。しかしぼくにとっては月曜もなければ日曜もない。」[61] 他方でムルソーは、日曜日の終わりに、「ママは今では埋葬されてしまったのだ、ぼくは勤めに戻るだろう」と語る。彼は、ロカンタンが語るところの彼ら、すなわち「もう月曜のことを考えている」人々の仲間である。定職のないロカンタンには、毎日が日曜日である。労働しなくても生きていける選良としてのロカンタンと、生活するために月曜から働かなくてはならないムルソーとの違いは歴然としている。

とはいえ、メルソーと比べるとき、ムルソーの日曜日は、いくらかロカンタンの日曜日に近いといえる。まず日曜日という語の頻度を見ると、メルソーの場合は二頁で一回だけ、ムルソーは二頁半で四回、ロカンタンは十九頁で二四回である。一頁あたりの頻度は、メルソーが〇・五回、ムルソーが一・八回、ロカンタンが一・八回であり、この点でムルソーとロカンタンが同数になる。メルソー以上に、ムルソーとロカンタンは日曜日に対して意識的である。

無為の日曜日を過ごしたムルソーは、翌週の日曜には、レイモンと彼の情婦とのいさかいに巻き込まれて警察で証言し、さらに次の週の日曜日には浜辺でアラブ人に発砲することになる。他方でロカンタンの日記において日曜日の記述は二回しかない。初めは今分析したブーヴィルの町をさすらう休日であり、次はパリにおいてアニーと決別した次の日の日曜日である。ブーヴィルであれパリであり、日曜はロカンタンにとって自分の孤独を意識する日なのだ。ムルソーとロカンタン、彼らにとって、日曜日は決して祝福すべき日ではなかった。

注

1 Centre de documentation Albert Camus, http://www.citedulivre-aix.com/

2 Jacqueline Lévi-Valensi, *Albert Camus ou la naissance d'un romancier*, (Édition établie par Agnès Spiquel), Gallimard, 2006.

3 Bernard Pingaud, « *L'Étranger* » *d'Albert Camus*, Gallimard, 1992, p. 60.

4 André Abbou, « Notice de *L'Étranger* », in Albert Camus, *Œuvres complètes*, t. I, Gallimard, « Bibliothèque de la Pléiade », 2006, p. 1243–1261.

5 Marie-Thérèse Blondeau, « Notes pour une édition critique de *La Peste* », *Roman 20–50*, N° 2 , décembre 1986, p. 69–90.

6 Marie–Thérèse Blondeau, « Genèse de *La Peste* », *Cahiers de Malagar*, XIII, Automne 1999, p. 9–36.

7 Marie-Thérèse Blondeau, « Notice de *La Peste* », in Albert Camus, *Œuvres complètes*, t. II, Gallimard, « Bibliothèque de la Pléiade », 2006, p. 1133–1169.

8 Bernard Pingaud, *op. cit.*, p. 60.

9 Roger Quilliot, « Présentation de *L'Étranger* », in Albert Camus, *Théâtre Récits Nouvelles*, Gallimard, « Bibliothèque de la Pléiade », 1962, p. 1914.

10 André Abbou, « Notice de *La Mort heureuse* », in Albert Camus, *Œuvres complètes*, t. I, Gallimard, « Bibliothèque de la Pléiade », 2006, p. 1444.

11 Jean Sarocchi, « Genèse de *La Mort heureuse* », in Albert Camus, *La Mort heureuse*, Gallimard, « Cahiers Albert Camus », t. I, 1971, p. 18.

12 André Abbou, *op. cit.*, p. 1445.

13 Pierre-Georges Castex, *Albert Camus et « L'Étranger »*, José Corti, 1965, p. 14.

14 Herbert R. Lottman, *Albert Camus*, Doubleday, 1979, p. 142.

15 Olivier Todd, *Albert Camus Une vie*, Gallimard, 1996, p. 157.

16 Herbert R. Lottman, *op. cit.*, p. 171.

17 Olivier Todd, *op. cit.*, p. 167.

18 Herbert R. Lottman, *op. cit.*, p. 171.

19 Albert Camus et Jean Grenier, *Correspondance 1932–1960*, Gallimard, 1981, p. 29.

20 Albert Camus, *Carnets*, in *Œuvres complètes*, t. II, Gallimard, « Bibliothèque de la Pléiade », 2006, p. 853.

21 André Abbou, *op. cit.*, p. 1454.

22 Bernard Pingaud, *op. cit.*, p. 50.

23 André Abbou, « Notice de *L'Étranger* », in Albert Camus, *Œuvres omplètes*, t. I, Gallimard, « Bibliothèque de la Pléiade », 2006, p. 1244.

24 Albert Camus, *op. cit.*, p. 814.

25 Roger Quilliot, *op. cit.*, p. 1914.

26 Bernard Pingaud, *op. cit.*, p. 63 ; Herbert R. Lottman, *op. cit.*, p. 149.

27 Albert Camus, *op. cit.*, p. 816.

28 *Ibid.*, p. 824.

29 Roger Quilliot, *op. cit.*, p. 1915.

30 Pierre-Georges Castex, *op. cit.*, p. 16.

31 Jean Sarocchi, *op. cit.*, p. 15.

32 Albert Camus, *op. cit.*, p. 852.

33 *Ibid.*, p. 860.

34 *Ibid.*, p. 863.

35 *Ibid.*, p. 871–872.
36 *Ibid.*, p. 877.
37 Olivier Todd, *op. cit.*, p. 221.
38 *Ibid.*, p. 280.
39 Hervert R. Lottman, *op. cit.*, p. 207.
40 Olivier Todd, *op. cit.*, p. 231.
41 André Abbou, *op. cit.*, p. 1252.
42 Albert Camus, *op. cit.*, p. 905.
43 Oliver Todd, *op. cit.*, p. 246.
44 Bernard Pingaud, *op. cit.*, p. 71.
45 André Abbou, *op. cit.*, p. 1245.
46 Bernard Pingaud, *op. cit.*, p. 69.
47 Olivier Todd, *op. cit.*, p. 238.
48 Albert Camus, *Le Mythe de Sisyphe*, in *Œuvres complètes*, t. I, Gallimard, « Bibliothèque de la Pléiade », 2006, p. 227–228.
49 Albert Camus, *La Peste*, in *Œuvres complètes*, t. II, Gallimard, « Bibliothèque de la Pléiade », 2006, p. 36.
50 *Ibid.*, p. 97.
51 *Ibid.*, p. 98.
52 Albert Camus, *Les Muets*, in *Œuvres complètes*, t. IV, Gallimard, « Bibliothèque de la Pléiade », 2008, p. 35.
53 *Ibid.*
54 Albert Camus, *La Mort heureuse*, in *Œuvres complètes*, t. I, Gallimard, « Bibliothèque de la Pléiade », 2006, p. 1108–1116.
55 Albert Camus, *L'Étranger*, in *Œuvres complètes*, t. I, Gallimard, « Bibliothèque de la Pléiade », 2006, p. 151–154.
56 Albert Camus, *La Peste*, *op. cit.*, p. 51.
57 *Ibid.*
58 Jean-Paul Sartre, *La Nausée*, in *Œuvres romanesques*, Gallimard, « Bibliothèque de la Pléiade », 1981, p. 51–52.
59 *Ibid.*, p. 65.
60 *Ibid.*, p. 67.
61 *Ibid.*, p. 65.

コラム

現代出版資料研究所（IMEC）

桑田光平

パリ・サン＝ラザール駅からシェルブール行きの電車に乗っておよそ二時間、第二次世界大戦で焦土となった中世の城下町カンで下車し、予約しておいたワゴンタクシーに乗り込んで十五分ほど走れば、郊外に広がる一面の畑の中に、十二世紀の修道院を改築した現代出版資料研究所（IMEC）が姿をあらわす。

一九八八年にパリに創設されたIMECは、主にフランス語で書いた二〇世紀の作家の文書資料（草稿や私信など）と映像・音声資料を保管する研究機関である（特定の出版社や雑誌の資料も保管されている）。所蔵されている作家は存命の者も含めておよそ二〇〇人であり、マンディアルグ、ロブ＝グリエ、デュラス、ギベール、ラディゲ、ジュネ、セリーヌ、ベケット、ドゥギー、ギュヨタ、ベン・ジェルーンといった著名な作家に加え、バルト、ガタリ、フーコー、レヴィナス、デリダ、ファノン、アルチュセールといった思想家の資料も揃っている。

一九九六年以降、文化の地方分権を推進する国とバス＝ノルマンディ地方の出資を受けたIMECは、大量の資料を保管するための新たな場所として、カン郊外のアルデンヌ修道院の修復に乗り出した。修復は二〇〇四年に完了し、すぐにすべての資料がアルデンヌへと移されることになったが、パリのIMECはその後も事務局として残され（ただし、二〇〇六年にパリ九区から四区へ移設）、現在も利用に関する問い合わせや、所蔵資料の目録の閲覧を受け付けている。

パリとは異なり、アルデンヌのIMECの周囲には商店はおろか、少し歩かなければ民家すらなく、カン市街地までの交通も不便なため（朝夕に一度ずつワゴンタクシーの送迎がある）、ほとんどの研究者は数日から数週間、敷地内

IMECを収容する修道院（芦川智一氏撮影）

にある食堂つきの宿泊施設に滞在することになる。人里離れた修道院で、研究者は朝から夕方までひたすら資料の調査に当たるのだ。草稿は当然のことながら書庫に収められているため、閲覧のたびに申請する必要があるのだが、刊行されている著作に関しては各国の翻訳も含めてすべて開架となっており、例えばバルトの場合であれば、フランス語の全集と邦訳はもちろんのこと、日本の雑誌のバルト特集号まで揃っている。

調査に疲れたら、書庫の見学ツアーを申し込んだり、敷地内のホールで開かれている企画展を見たり、時おり開かれる作家の講演会に顔を出したりすることもできる。だが、IMECでの最も楽しいひと時は、調査が終わった後の夕食の時間である。研究者はひとつのテーブルを囲むことになっており、そこにはしばしば職員もやってくる。ワインの栓が開けられ、食事が始まれば、すぐに「何を研究しているのですか」というお決まりの質問が飛び交う。食事は伝統的なフランス料理が多く、美味しいので、ワインも進み、口数も増えていく。同じ作家を研究している者同士であれば、情報交換し、お互いの研究について語り合うこともあるし、全く違う作家を研究している者から有益な情報を聞けることもある。IMECの文学部門のディレクターで、長年ジュネの作品の校訂に携わったアルベール・ディシーがフーコーやデリダ、バルトの思い出を語ってくれたこともあったし、パリの若い演劇研究者から平田オリザのことを尋ねられたこともあった。

Institut Mémoires de l'Édition Contemporaine (IMEC)

L'abbaye d'Ardenne
14280 Saint-Germain-la-Blanche-Herbe
http://www.imec-archives.com/

だが、歓談がどれだけ楽しくとも、日を跨ぐことはまずない。皆、分かっているのだ、明日に備えなくてはならないことを。こんな遠くまで来て、決して時間を無駄にはできないということを。こうして、ＩＭＥＣを訪れる研究者は皆、誰に言われるでもなく、自然と修道士のように規則正しい生活を送るのである。

＊バルトの異父弟であるミシェル・サルゼドは二〇一〇年六月、ＩＭＥＣに預けていたバルトの全草稿をパリの国立図書館（ＢＮＦ）へ寄贈することを決定した。

第8章　レーモン・クノーの自伝的エクリチュール、あるいは消去の技法

久保昭博

1　文学と抹消

荒唐無稽な筋の展開と話し言葉や俗語に満ちあふれた文体によって知られるレーモン・クノー（一九〇三―一九七六）の小説は、実のところ緻密な計算に基づいた構造、哲学的思弁、あるいは神秘主義的象徴体系などに基づいている。[1] クロード・シモネが、『解読されたクノー』によってそのことを体系的に明らかにして以来、滑稽さの仮面に隠れた「真面目な」作家の素顔を引き出し、そこから作品の思想的・文学的射程を再検討することが、研究のひとつの軸となった。[2] だがシモネや彼に続く研究者の立場を裏返せば、クノー自身がそれらの構成要素を、作品成立の過程において、人目に触れぬよう隠蔽、さらには消去しているということになる。

「だったら、そのエピソードは抹消しなけりゃならないね」とエティエンヌは親切に言った。
「文学抹消するんだ」とサテュルナンが付け加えた。[3]

『はまむぎ』の末尾近くに見られ、ここに「文学抹消する」と訳した造語« littératurer »は、クノーの小説の原理を象徴的に言い表している。エティエンヌの言葉に誘発されたかのようにサテュルナンの口を突いてでたこの言葉は、破格であるがゆえに「文学」littérature の語を解体し、この中に含まれる「抹消」rature の語を浮かび上がらせているのである。[4]

クノーの作品の屋台骨となりながらも、この種の抹消、すなわち自己検閲を受ける対象に、自伝的要素がある。多くの二〇世紀の作家と同様、自我の問題はクノーにとって主要な関心事のひとつであり、『オディール』のように明らかに自伝的な作品から、『人生の日曜日』のように一見純粋な想像力の産物のような作品にいたるまで、幅広く見られる主題である。しかし狭義の自伝を残さず、後述するようにその文学的価値に対して懐疑的であったクノーにとって、この主題は、作品を生み出すひとつの「素材」であり、自伝的要素は、常に他の要素と混合され、ときには緊張状態に置かれることでのみ作品のなかに場所を得ることができる。それゆえクノーの作品における自伝の問題系を理解するためには、フィリップ・ルジュンヌが定義した一定のジャンルを指す「自伝」という語よりも、ひとつの問題系を抽出するため、「自伝的エクリチュール」という用語を使用することが適切であろう。[5] この視点から、本稿では、クノーの最も自伝的な小説である『最後の日々』（一九三六）、『オディール』（一九三七）、そして『柏と犬』（一九三七）の三部作を取り上げ、それらに通底する自伝的エクリチュールの軌跡とその射程を明らかにすることを目的とする。

2　自伝と叙情

ジョルジュ・リブモン＝デセーニュとの対談で、クノーは『オディール』について次のように述べている。

〔シュルレアリスムに対して〕私はまず、激しい反発、激した憎悪を抱き、『オディール』という小説を書いてようやくそうした感情を整理し始めました、とはいえこの小説ではそれだけが問題となっているわけではないのですが。これはモデル小説ではありません、私は原則としてそれに反対です、しかしほぼそれに近いものであることは告白せねばなりません、いずれにせよこれはシュルレアリスム的雰囲気に対する全面的な拒否をあらわしています。[6]

「モデル小説」roman à cléをここでは自伝的小説と読み替えてかまわない。自作に対する歯切れの悪い評価の中に、「原則」に反してまでも自伝的小説を書かねばならなかったという、クノーが抱え込んでいた葛藤がよくあらわれている告白である。事実、一九三〇年にアンドレ・ブルトンと決別するまで運動に関わったシュルレアリスムとの対決は、本稿で焦点を当てるクノーの自伝的エクリチュールにとって重要な課題であった。

とはいえそれは、単なる個人的な感情の整理や過去の清算といった水準にとどまるものではない。クノーにとってシュルレアリスムとの離別は、シュルレアリスム的な詩と同義であった文学そのものの喪失を意味したのである。「その時、私は途方に暮れた人間でした、というのも私は全面的な否定を前にしていたからです。もはや文学もなく、シュルレアリスムという反文学もありませんでした。ではその時の私に何ができたでしょうか。当然、何もできませんでした」[7]と、クノーは当時を回顧している。この文学的不能状態を乗り越えるため、彼は、一方でそれまでの詩的エクリチュールを一度捨てて小説に向かい、他方ではシュルレアリスムの詩法——とりわけ、自らもかつて実践した自動記述——を念頭に置きながら当時の文学の状況を批判したのである。ここで興味深いのは、このシュルレアリスム批判と自伝の問題系とが出会うことである。以下、本稿で検討する自伝的小説群の背景となるこの問題について素描しよう。

一九三八年、クノーは、ロラン・ド・ルネヴィルの『詩的経験』のなかに、「詩に関して最も厭うべき先入観」を看取し、これに反駁するため二つの論考をたてつづけに発表した。そのひとつ「『ジャン・コストについて』」と詩的経験」において、彼は次のように指摘している。「ただ彼〔ルネヴィル〕にとっては、詩が一八七〇年と一九〇〇年の間におけるフランス叙情詩のいくつかの側面に還元されているのだ。詩人はランボーとマラルメの最大公約数となっているのだ。[8]〔強調原文〕」この叙情はさらにもう一度、シュルレアリストたちによって、「隠喩」あるいは「無分別なイメージ」に「還元」されることになる。[9]

詩に対するこのような操作は、シュルレアリスムにその頂点を見いだすひとつの文学史に由来するとクノーは説く。「詩の歴史（もちろんフランスの）、これを人は素朴な心に従って、科学の進歩のように線状の把握をする。つまりロマン派から出発し、途中にボードレール、ランボー、ロートレアモンを経てポール・エリュアールに辿り着くのだ。[10]」クノーはしかし、このような歴史観を受け入れない。それゆえ彼は、近代の詩人に限っても、ロラン・ド・ルネヴィルがペギーやジャコブ、クローデルといった詩人を無視していると批判し、また他方で、時代錯誤的な態度をあえてとりつつ、叙情詩以外の詩の諸ジャンル、すなわち叙事詩、風刺詩、さらには教訓詩などの存在を喚起するのである。

この叙情詩批判は、単に形式の問題にとどまらない。一九四〇年に書かれた論考「文学の誕生と未来」（ただし戦争のために当時は出版されなかった）において、クノーは、叙情詩批判に別の次元を与えている。ここに現れるのが自伝の問題である。彼は、「文学」という語の価値が、社会的に低下している現状を指摘した後で、そのような現在の「文学」に残されているのは以下三つの型のエクリチュールのみであると述べる。

a　自伝（回想録、日記、小説、エッセー、コント、短編、詩、文学批評とさまざまな形式を取る）
b　想像的事象の散文による語り（小説、コント、短編）
c　「韻文」による非=語り（現在理解されているような、つまり「イメージ」に還元された詩[11]）（強調原文）

言うまでもなく、叙情詩はcに属する。しかしながらこの分類を立てた直後、クノーはそのいびつさを自ら指摘する。すなわちbとcとにそれぞれ割り当てられている小説と詩が、aにおいて一緒になっていることにも示されているように、ここでは主題、語り、そして形式という異なる基準が恣意的に組み合わされているのである。

そこで彼はこの分類を整理する。とはいえこの整理は、論理的整合性を与える方向に向かうのではなく、よりクノー自身の立場に引きつけられる。こうしてcの詩が、今では「叙情に還元され、さらにそれは純粋な主観性に還元されている」という理由を以て、aの下位区分とされるのだ。この操作が含意しているところは、言うまでもなく、「詩」の概念の還元主義に対する批判である。この再編成の結果、残るのはあらゆるかたちを取り得る「自伝」と、散文による虚構の物語の二種類のみということになる。すなわちクノーは、「自伝」の領域を極端に拡大し、その範疇のなかに主体が自己表明するあらゆるテクストを入れているのである。

もちろん、このような自伝のとらえ方は拡大解釈に過ぎており、ひとつのジャンルの定義としては不正確である。だが、この非常に漠とした自伝の概念によって、クノーの非難する自伝的エクリチュールの性質をかえって明確に理解することができるだろう。すなわち、この観点からすれば、自伝的小説も叙情詩も、程度や視点、あるいは形式の違いこそあれ、自己表出を目的としたエクリチュールであるということになる。このように理解された自伝的エクリチュールによるテクストを、クノーは、「心理学者用に手入れされた素材の一種[12]」と呼んでその芸術としての価値を認めることはない。この自伝＝叙情詩批判は、クノー自身の創作においても適用される。すなわち、「自己表出的エクリチュール」を回避しつつ自伝的エクリチュールを確立することが、クノーの自伝的小説におけるひとつの賭け金となるのである。

3 技法と構成──『最後の日々』

シュルレアリスムを経験した後に小説を書き始めたクノーにとって、「小説の危機[13]」は自明の事実であり、伝統的なリアリズム小説に回帰することは論外であった。他方、アンドレ・ブルトンがシュルレアリスム的詩法として提示した、「下書きにして決定稿[14]」を好む傾向を批判し、完成され、それ自体でひとつの世界となっている作品（クノーは傑作を「タマネギ」に比している。読者は一枚一枚薄皮を剥ぐように辛抱強くそれを味わうのだ）を追求していたクノーは、技法に意識的な英米系の小説家、とりわけジョイスのうちに、新しい小説の可能性を見いだしていた。反リアリズム、前節で確認した叙情性の批判と詩の回復の試み、技法の要請──これらの要素が結びついて、古典主義の詩作を規定していた規則を（反時代的に）称揚し、それを小説の技法のモデルとすることでジャンルの総合を図るというクノー独自の小説論が生まれた。それが、「詩は修辞家たちと規則の作り手たちによって祝福された土地であった一方、小説は、それが存在して以来、あらゆる法則を逃れてきた[15]」という一文にはじまり、詩から形式や規則の価値が失われたのであれば、こんどはそれを小説に持ち込もうと提案する「小説の技法」（一九三七）である。

自伝的小説三部作の第一作となる『最後の日々』は、『はまむぎ』とそれに続く『ピエールの面』とならんで、この構想のもとに書かれ、極度に意識的な構成を持つ小説である。「小説の技法」でクノーが説明しているところによれば、この小説は当初七×七＝四九の章からなるよう計画されていたが、「足場を抜いてリズムをシンコペーションで結んだ[16]」ことによって完成稿では三八章になった。この種のいわば表や図式を使って物語世界を俯瞰するような視点で作られた構成は、自伝的要素に関わる登場人物の関係にも及んでいる。

この小説の主人公は、ヴァンサン・トゥクデンヌという名の大学生である。ソルボンヌ大学に入学するためパリにやってきたル・アーヴル出身の彼が、とりわけ作者の姿と重なり合うのは、たとえば物語内でトゥクデンヌが書く「石膏の像」や「アンフィオン」といった詩を、後のクノーの詩集『運命の瞬間』や『レ・ジオー』に見いだすときだ[17]。クノーは、自らの青年期の詩作を物語の主人公に割り当てることによって、これを歴史的かつ虚構的な文脈の中に位置づけ、意味づけているのである。こうした符合、あるいは、Queneau と Tuquedenne の音の類似[18]、さらに後の読者であれば『日記』のなかに見いだすことのできる様々なディテールから、「内気で、個人主義＝アナキスト、そして無神論者[19]」と描写されるトゥクデンヌを、作者クノーの「分身」と考える読みが成立する。

とはいえこの「主人公」は、通常の自伝的作品とは異なり、小説内で特権的に焦点をあてられる人物ではない。各章は登場人物のひとりに焦点をあてて記述されるが、トゥクデンヌが中心となる章は十一を数えるのみであり、三分の一にも満たない。つまり彼は、登場人物たちが織りなす関係図の中にひとつの要素として組み込まれているにすぎないのである。

再び「小説の技法」に従えば、この小説では四人の主要人物（二人の若者と二人の老人）が二つのグループにわかれ、その後ろに副次的な人物たちが控えるという構図をとる。「二人の登場人物あるいは二つのグループは、はっきりと区別されているが独立しており、ある同一の現実、同一の傾向、同一の型を表明しうる。そこから〔……〕『最後の日々』の第二三章と第二五章のように、反響あるいは鏡状をなす章がでてくる」[20]とクノーは述べる。

二人の登場人物が「反響」によって「同一の現実」を示すとはどのようなことだろうか。引用で述べられている第二三章と第二五章を比べてみよう。以下、それぞれの章の冒頭である。まずは第二三章から。

ヴァンサンはサン・ミシェル大通りをポール・ロワイヤル駅まで上った。暑い日で、彼は哲学史の単位を認められたところであった。Uが通った。とても暑かった。ヴァンサンは道を横切りブラッスリ・ド・オプセルヴァトワールのテラスに座った。[21]

続いて第二五章。この章の中心人物は隠退した地理教師、ジェローム・トリュである。

トリュはサン・ミシェル通りをポール・ロワイヤル駅まで上った。暑い日で、彼はブラバンとビリヤードを、この季節最後のビリヤードをしたところであった。九一番が通った。本当に暑かった。トリュは道を横切りブラッスリ・ド・オプセルヴァトワールのテラスに座った。[22]

青年と老人の行動が、ほぼ同じ表現で記述されている。この後ふたりは、カフェでビールを三杯飲みながらそれぞれの友人たちのことを思い、帰宅して食事をし、一方は家族とヴァカンスのためナントへ（トゥクデンヌ）、他方は死につつある弟を見舞うためイギリスに（トリュ）旅立つ。両者が交差することは、この章でも、小説全体を通じてもなく、彼らの人生はあくまでも平行線をたどる。こうしてクノーが別のところで述べていた、登場人物や行為に「韻を踏ませる」ことが実現されているのである。

このような「反響」の関係が導入され、作品の構造があからさまに告げ知らされることで、言うまでもなく「作者の分身」であるトゥクデンヌの地位は相対化され、作品の自伝としての「本当らしさ」が減少する。空想の産物のなかに自伝的要素を置き直すのみならず、技巧的な形式を用いてこれを内容から自律させ、両者を対立させることによって作品を二重に「自伝」から引き離すこと、それが『最後の日々』の「小説の技法」であった。

4 記憶と語り——『オディール』

『最後の日々』に続く『オディール』は、一人称の語りという形式をとることによって「小説の技法」の作品群とは一線を画し、自伝的な語りに近づく。[23] 自伝的エクリチュールをめぐる「隠すこと」と「表すこと」の葛藤がもっともあらわれるのも、この語りを通じてである。

『オディール』の語りは、主人公ロラン・トラヴィの記憶を辿る回想のそれである。しかしながら語り手でもあるトラヴィは、しばしば自らの記憶について言及し、その弱さを告白する。物語の冒頭から、語り手=主人公は、自分が幼年期も青春期も覚えていないが、しかし生まれる前のイメージならあると述べるのである。

何か大災厄で記憶がまったくそこなわれたかのように、子供の頃を覚えていないとはいえ、誕生に先立つ時期の一連のイメージは僕にも残っている。あとになって、二一歳で、足を泥につっこんで、水たまりのなかで、頭上には雲が終局に向かって敗走していくなかで誕生したなんて、そんな生まれ方はないと人々は僕に言った。が、まったくそうやって僕は生まれたのだ。僕のそれ以前の二〇年というものは残骸に過ぎず、僕の記憶は不幸のためにそこなわれていた。[24]

「足を泥につっこんで」、云々というのは、物語の冒頭でモロッコにいた主人公の状態を示している。つまり彼は、自分がこの物語の始まりとともに「生まれた」のであり、それ以前の生は、いわば到達し得ない外傷体験のようなものとしてしか存在し得ないと主張しているのである。記憶の弱さは、それが破壊されていることに由来しているのだ。

物語の世界へ入り、新たな生を開始することは、「プロローグ」に頻出する水のイメージによっても示されている。ミシェル・ディエが指摘しているように、水がクノーにとって時間と浄化とをあらわす隠喩であるとすれば、語り手は物語のなかで一登場人物として「生まれる」ために、雨に濡れ、川の浅瀬で足を洗うことで通過儀礼を行ったのだと言うことができよう。[25] モロッコでの体験がより詳細に語られているこの小説の初稿では、主人公の一風変わった誕生について、「私が生まれたと言うときは、ある形をとることだ」と説明されており、[26] また自分の書くものが回想録ではなく「芸術作品」であることも強調されている。[27] 自らの虚構的な誕生を強調し、水の象徴作用を用いることで、語り手は自伝的なエクリチュールからなんとかして逃れようとしているようだ。再び初稿を引こう。

仮に回想録を書くのであったら、僕は本当の誕生、つまり胎盤と血と鉗子で誕生するところから始めるだろう〔……〕。だが僕の語っているのはそれじゃない——今それを語ってしまったのには違いないが。その証拠は、僕が、極東の方の彼方で、路上の水たまりとともにはじまるということだ〔……〕。[28]

水たまりとともにはじまった物語は、やはり水とともに終わる。この物語は、ギリシャからフランスに帰還するため、主人公が船でマルセイユに向かう場面で閉じられるのである。『オディール』は、水の象徴によって始めと終わりを縁取られた物語なのだ。これにより、ここで語られた時代が、語り手の人生の他の時代から切り取られ、ひとつのまとまり、ひとつの物語として浮かび上がることになる。事実、トラヴィが語りの現在からかつての友人たちについて語るとき、強調するのは、その不連続性である。ここに、記憶の弱さについての第二のモチーフを認めることができるだろう。語られた内容と語りの間には、大きな隔たりがあるのだ。

人目をひくものは僕の気持ちをそそらなかった。だから今、僕の記憶のなかに、かろうじてあるのは、ぼんやりした面影と亡霊のような名前ばかりである。あれから十年たった。こうやって書いていることは死者を喚び起こしているのだ。なぜなら僕のまわりでは何一つ生きていないようだったし、僕もこれではいけないと気に病むこともなかったからだ。[29]

引用の最後に示唆されているように、記憶と語りの間のずれを生じさせているのは、記憶のなかの人々の無気力でありまた無関心である。それによって彼らは、はじめから「死んで」おり、記憶に呼び起こすことが難しい存在となる。この状態はトラヴィを取り囲む人々だけでなく、彼自身についてもあてはまる。かつての友人たちが「自動人形」や「マリオネット」にしか思えないと述べた後で、彼は次のように述べる。

この自動人形やマリオネットという言葉は、今では僕の人生から消えてしまった人々を見下そうとするものではない。当時の僕自身についてだって、縁日のがらくたか、当時何だか分からずにいた現実の、出来のよくないスローモーションの見世物といった印象しか持っていないのだから。[30]

自分自身と友人について「マリオネット」や「縁日のがらくた」と述べることで、語り手は、語り手としての「僕」と主人公としての「僕」、あるいは語りの時間と物語の時間の間に質的な距離を生じさせているのである。不活発な生の状態が記憶の「穴」となる一方、能動的に世界に入ってゆくことは記憶の構築となる。アングラレス（アンドレ・ブルトンがモデル）のグループの政治的傾向に対し、次第に違和感を覚えるようになっていた主人公は、「決定的な集会」に向かうため住み処としていた安ホテルを出て『ラントランジジャン』紙を買い、道を渡るために待つ。その瞬間、彼の記憶が形を成すことが語られる。

ここまでのことは、このあとに続くことと同様に紛れもなくはっきりとしている。なぜならそれらのことが起こったとき、僕はすでに記憶を定着させる力を得ていたからだ。僕はすでに世界〔世間〕と関わっており、自分を無にすることからは抜け出して普通の人間と同じように人々を見分けていたからだ[31]。

「記憶を定着させる力」は、何に由来するのだろうか。それが世界と関わり無為から離れることであるのは引用文に言われているとおりであるが、ここでは、微細な徴候ながら、「普通の人間と同じように」とあることに注目したい。この場面の直後、トラヴィが付き合っていた「ならず者」の集団の一員テッソンが弟のオスカーに殺されたことを知らされ、そのためにテッソンの恋人であったオディールが面倒に巻き込まれることを心配した主人公は、アングラレスの会合には行かずにオディールを探すことを選択するのであり、ここから彼女に対する愛情が次第に明確になってくる。オディールへの愛情を認めること、それは、トラヴィにとって、子供じみた傲慢さを捨てて「普通の」人生を認めることに他ならない。事実、トラヴィは、物語の最後で「自分を縛っていたものを断ち切り、幻想を追い払った今、僕はもう病いの支配を恐れず、『普通』であることを恐れなかった」と述べ、オディールの愛を受けいれることになるだろう[32]。それゆえこのエピソードは、アングラレスのグループ（死者たち）とオディール（「普通の」生）との間で「通過」、あるいはむしろ通過のはじまりが生ずることを示唆しているのである。

『オディール』の語りは、主人公であり語り手のトラヴィが「世界と関わる（＝世間に交わる）」ことなくしては不可能であった。なぜならこれを契機として主人公は無為な状態から抜け出すのであり、また自らの記憶を語りとして構築することができるようになるからである。そして一方から他方への移行が、ここで示唆されているように、オディールを軸として行われるのであれば、彼女は主人公の記憶と語りにとって重要な役割を果たすことになる。オディールが、トラヴィと出会った当初から彼の記憶を取り戻させる触媒としてあらわれていることを示す次の一節を見てみよう。

　また別の時、僕は自分の生まれた家を彼女〔オディール〕に見せた。パリの町を歩いていくうちに、僕は記憶を取り戻していった。忘れたいと思っていることを僕はもう一度認め直すはめになった〔……〕[33]。

オディールは世界（世間）への入り口とともに、過去の記憶を語ることが可能となる現在の生への入り口を象徴している。る。こうして語り手は、「生」の側に身を置きつつ「死者たち」を語るという構図を取るのだ。

言うまでもなく語りと物語内容との間のこの距離は、クノーによって意図的につくられたものである。キャロル・サンダースは、『オディール』の語りについて、それが一人称の形式をとるにもかかわらず、「最も非人称的な調子[34]」を感じさせると指摘しているが、その両義性は、この語りの距離感によって作り出される文体上の効果によるだろう。既に指摘したように、『オディール』はクノーの葛藤が現れた作品である。シュルレアリスムに対する「激した憎悪」を表明するために一人称の語りを選択しつつも、物語の外側に身を置こうとする葛藤の結果を、この語りに認めることができるのではないだろうか。

ところで、この女登場人物の象徴性が、語りのレベルのみならず、「作品」、あるいはエクリチュールのレベルにおいても見られることを最後に確認しておこう。物語の末尾、ギリシャからマルセイユへと戻る船上で、主人公は、オディールに対する愛とともに、ひとつの「意味」を持ち帰ることを理解する。

> 僕はある一つの意味の約束を携えていた——島で始めた作品。僕はフランスへ帰っていく、〔……〕僕が失っていたと思っていたものを取り返すために——一人の女性の愛。[35]

ダッシュ（原文ではコロン）を用いて直訳したのは、二つの文の構造の同一性を示し、オディールに対する愛が、「島で始めた作品」と並び置かれていることを強調するためである。『オディール』のなかでは、この「作品」がどのようなものであるかは示されず、ひとつの約束として提示されるのみであるが、作者の伝記的事実を知る読者は、この「作品」が『はまむぎ』を指すことを思わざるを得ない。事実、『はまむぎ』の成立過程をめぐっては、クノーが自ら作り出した神話がある。一九三二年の七月から十一月にかけてギリシャを旅し、彼の地でデカルトの『方法序説』を現代フランス語に「翻訳」する作業をしている最中に、「小説に沈み込んで」この作品ができた、というものだ。[36]実際に翻訳をした本は別のものであることが後に明かされるとはいえ、彼の処女作がギリシャで芽生えたことには変わりがない[37]。物語の主人公トラヴィにとっての記憶の構築と語り、作者クノーにとっての「作品」。オディールという女登場人物には、テクストの内と外とで二重の象徴性が付与されていると言えよう。そしてその象徴性のゆえに、クノーは、リブモン＝デセーニュとの対談で、『オディール』が単なる「モデル小説」ではないと述べていたのである。それゆえ、『オディール』の物語は、ひとつの寓意として読むことができるであろう。この作品には、クノーにとってシュルレアリスムとの決別とともに、シュルレアリスムの後に可能な文学の問いがはらまれているのである[38]。

5

叙情主体の回復――『柏と犬』

自伝的小説三部作を締めくくる『柏と犬』を、クノーは次のように始めている。

私が生まれたのはル・アーヴル
一九〇三年二月二一日[39]。

これ以上ないほどシンプルかつ直截な自伝的エクリチュールが、十二音節と六音節の詩句によって表現されている。『オディール』までの小説に見られた、自己を語ることについてのためらいはもはやないように思われ、「私」は、はじめから物語世界のなかに位置づけられる。語りという観点からすれば、これは、自伝ジャンルの条件、すなわち語り手と主人公と作者が同一であることを満たしている[40]。

とはいえ、『柏と犬』が厳密な意味での自伝に分類されることはない。それは、「オートフィクション」など自伝のステイタスの問題を惹起する多くのテクストがそうであるように、虚構と現実との境界線を無視するからではなく、むしろ詩句の形式が、自伝ジャンルの規範に対する違反となるからである。フィリップ・ルジュンヌが指摘するように、自伝ジャンルが成立するためには、自己についての語りが真摯な証言であるという印象を与えねばならないが、詩句は、その人工性、さらに言えば「わざとらしさ」によって、それを妨げるのである。[41] 近代の詩的テクストは、客観的真実の審級にはかかわらず、虚構と現実の区別という問い自体が二次的なものとなるのだ。それゆえ、『柏と犬』のジャンル的認識の大枠を決定するのは、まずなによりもその形式、より正確には韻文という形式に課せられた歴史的条件による。このテクストの形式がひらく「期待の地平」は、自伝のそれでも自伝的小説のそれでもなく、詩、より正確に言えば近代的な叙情詩のそれとなるのである。

また、「韻文小説」というジャンルの指標についても考慮に入れなければならない。ミシェル・デコーダンが指摘するように、レオ・ラルギエの『ジャック』、リュック・デュルタンの『リーズ』など、二〇世紀初頭にこのジャンルを標榜する作品は既に存在していた。[42] とはいえこれらはあくまで例外的であり、クノーがこの指標を、ジャンルの混交、あるいは伝統的なジャンル区分の拒否を表明するために選びとったことは想像に難くない。事実ここには、「叙情詩に還元された詩」に対するクノーの抵抗を見てとることができよう。クノーは、形式によってひらかれる「期待の地平」を、表紙に書き込まれたジャンルの指標によってあらかじめ裏切るという戦略をとっているのである。また、明らかに自伝的な語りを「小説」と名指すことで、自伝的エクリチュールの隠蔽がなされていることも指摘しておこう。

このように、自伝と小説、詩（叙情詩）とが混交され、それらが三すくみの構図を取ることによって、『柏と犬』はジャンルの区分が不可能な作品となっている。だが本稿で辿ってきたクノーのエクリチュールの軌跡のなかにこの作品を置き直してみると、これまで水面下にあった詩の問題がここで表だって現れてきたことによって、彼の自伝的エクリチュールが新たな局面を迎えたと言えるだろう。

自伝的エクリチュールの変容は、三部に分けられたテクストの展開に沿っても見られる。それはまた、この作品の主題である精神分析の進展（より正確には分析についてのエクリチュールの展開）と並行している。先の引用に続く第一部冒頭の詩節全体を引用しよう。

私が生まれたのはル・アーヴル
一九〇三年二月二一日。
母は小間物屋、父は小間物屋
二人は跳びあがって喜んだ。
不可解なことに私は不正義を知った
そしてある朝渡されたのだ
ケチで馬鹿な女、乳母のところに、
女は乳房を差し出した。
信じがたかったのはこの乳の入った革袋から
ごちそうを引き出せたこと
唇を一種の梨、女性の器官に
押し付けながら。[43]

十二音節と六音節の韻律の交替からなる詩句、交差韻という伝統的な形式、単純過去を用いた語り、いわゆる内面世界の直接的な提示ではない自我に対する回顧的な視点、そして全体を貫く諧謔精神。これらの要素が、この作品とクノーが批判する近代的叙情詩の言語とを区別している。第一部の詩編を通してみると、形式こそさまざまであり、伝統的な韻律に則っていないものもあるとはいえ、それ以外の点では同一の構造をとっている。つまり、誕生、家族旅行、学校生活といった個人的な出来事のみならず、タイタニック号沈没や第一次世界大戦など、二〇世紀初頭の社会的な出来事が、上の引用で見られるように、ひとつひとつ詩編という単位で語られ、それらが全体的には時間軸に沿いながらコラージュのように配置されてゆくのである。そしてその語りの合間を縫うように、精神分析的な「注釈」（「見捨てられ、欺かれ、子供よ、いかなる鏡のなかに／歪められたものではないおまえの像を見ることができようか〔……〕」[44]等）が入り込むことによって、幼少時代についての精神分析的かつ自伝的な「語りの枠組み」が出来上がっているのである。

『柏と犬』執筆当時にクノーが受けていた精神分析の経験そのものが主題となる第二部もまた、非常に「散文的」な語りから始まる。

私は寝椅子の上に身を横たえた
そして自分の人生を語り始めた、
私の人生だと信じていたものを。[45]

しかし精神分析によって表面化する夢や幻想が主題となる第二部では、語りの枠組みは第一部に比べて脆弱であることが、間もなく露呈する。その代わりに浸透してくるのが、語りを排してイメージを提示する叙情的な言語である。それとともに、「私」のステイタスも自伝的物語の主体と叙情主体の間を揺れ動く。例えば語り手の「夢」は、次のように提示される。

夢がたくさんありすぎてどれを選んだらよいかわからない、
私の夢は何年も続く、
私の夢は増やされた
作らねばならない話、聞かねばならない意見によって。
アスファルト張りの夜の子供をおまえに与える
翼は青白く光り影は、あれら真実の反射

砕かれ光り輝く石炭によって、
照らされ、ひとつひとつの粒のなかに
明日戻る現実の蝶を映す。[46]（強調原文）

夢を導入する語りの後に、叙情的、さらにはシュルレアリスム的と言っても良い言語によるイメージが提示される。とはいえ、ここでマラルメの詩句が部分的に引用されているように、叙情的な表現のなかにもパロディが組み込まれていることは見逃してはならない。

この引用に見られるように、第二部では叙情性がそれ自体として現れ出ることがあるとはいえ、それらは、やはり語り手である「私」の夢や幻想として位置づけられ、意味を与えられている。その認識の枠組みを作り出すのが、自己分析を行い、それを物語る主体としての「私」である。この「私」は、夢や幻想を語るのみならず、「文学的狂人」であるピエール・ルーの著作に言及し、その太陽の象徴体系についての理論を参照し（『神の科学』。太陽それは悪魔だ[47]）、あるいは、古代の神話的モチーフ（メドゥーサ）や個人的神話（「柏」chêne と「犬」chien のなかに見いだされたクノーの名前の語源[48]）を引き合いに出す。そのような探求を通じて、「私」は、幼少期の「不幸」を象徴的・神話的に意味付けようとするのである。

私は見た、我が人生の源泉を！
燃え盛る太陽の輪を
そして私はゴルゴンを見た
メドゥーサの高貴な頭と
この顔、ああ、知っているぞ
この恐ろしい顔を知っているぞ

〔……〕
そこに私は我が幼少期を認める、
またそしていつまでも我が幼少期
汚染された源泉、汚れた輪、
切られた頭、意地の悪い女、
舌を出すメドゥーサよ、
やはりお前が私を去勢したのだったか。[49]

自己の恐ろしい「源泉」に立ち会った「私」は、恐れおののく様子を見せながらも、「原光景」に対しては観察者の立場を取り続けている。この詩句がいまだ語りの印象を与えるのは、象徴や「個人的神話」を示す場面、情景に対するこの距離感に由来する。「私」は、幻想の側に身を置くのではなく、それを対象として把握しようとしているのだ。

この距離は、第三部において消失する。「村祭り」と題された第三部は、第一部、第二部とは非常に異なったテクストである。形式ひとつをとってみても、伝統的な韻律がまったく見られなくなること、直接話法で引用された他者の言葉とテクストの最後以外に句読点が見られないこと、この部だけタイトルがついていること、一人称が消え、すべて三人称の発話になること、とこれだけの違いがある。しかし最も重要な違いは、このテクストと作者の生とを関係づける客観的な指標がひとつもなく、さらに語りそのものが消えていることである。つまり自伝的エクリチュールが消去されているのだ。

また、テクストの時間という観点からも「村祭り」はその前の二部とは異なっている。第一部と第二部が、それぞれクノーの幼少期、語りの現在に対応していることは既に述べた。だが逆にこの部は、作者の生との関連がないばかりか、いかなる歴史的時間とも関連づけることができないのである。この事実は何を意味しているのだろうか。『最後の日々』と『オディール』を含めた自伝的小説三部作で想定されている年代と、作者の人生の時期とを照合させてみると、「村祭り」の位置が一層明確になるであろう。

一九〇三年—一九一六年　『柏と犬』第一部（誕生から十三歳まで）
一九二一年—一九二四年　『最後の日々』（ソルボンヌ大学時代）
一九二七年—一九二九年　『オディール』（シュルレアリスム時代の後半）
一九三二年—一九三六年（執筆時点）　『柏と犬』第二部（精神分析、文学的狂人研究）

『柏と犬』第一部と第二部とのあいだに、『最後の日々』と『オディール』が位置し、これによって誕生から執筆当時までのクノーのほぼ全生涯が「小説」として書かれたことになることが、この一覧から理解されるだろう。とすれば、『柏と犬』は、その第二部までをもって、クノーが自伝の問題系に集中的に取り組んでいた時期の区切り、ひとつの総括とみなすことができるのではないだろうか。

「村祭り」が自伝的小説三部作とは別の世界に位置するということは、例えばこのテクストが後に『柏と犬』から切り離され、詩集『牧歌』に収められるという出版上のエピソードをとってみても理解される。これは、クノーが「村祭り」を独立したものと考えていただけではなく、より「詩的」と見なしていたことも意味しているだろう。

しかしながら『柏と犬』が通常の詩集とは異なることは先に確認したとおりであり、「村祭り」はこの作品の文脈のなかで、つまり精神分析的な自伝小説の一構成要素として読まれなければならないことは言うまでもない。ここで再び浮上するのが、このテクストにおける「私」のステイタスの問いである。

「村祭り」を意味づける文脈は、『柏と犬』の初版に付けられた、以下のような「梗概」によって示されている。「第一部では、X氏が幼少期のいくつかの特徴を語り、ここでは細部を知らせることはない神経症の発達を垣間みさせる／第二部では、特に厄介な症状から自由になるため、X氏が行った精神分析療法についての物語をする／第三部では、快癒直前のX氏がふるさと市の祭りに立ち会い、民衆の歓喜をともにする。」[50]「ふるさと市」という空間設定による『ピエールの面』との間テクスト性、固有名の消去、つまりX氏とすることによる虚構化の意味はひとまずおき、ここでは「村祭り」が精神分析的な物語という作品全体の文脈のなかに位置づけられ、「祭り」が「X氏」の「快癒」と結びつき、そのために彼が「立ち会う」ものであるとされていることに注目したい。問題となっているのは、あくまでX氏、すなわち「私」の心理とその病理である。

以上の枠組みを確認した上で、「村祭り」の冒頭を見てみよう。

> 大きかった大きかったのであの人たちの喜びの心の喜びは
> 山々の上で踊っていた太陽がそしてうち震えていた大地が
> 収穫をもたらす大地が[51]

当時クノーが関心を寄せていた口語文体を用いた独特のリズムによる新鮮かつ陽気な文体である。[52] だがここで注意すべきは、第一部、第二部それぞれの冒頭には見られた、「私」を物語の対象とする枠組みの設定、すなわち、「私は〜した」という一人称の発話が消えていることである。その意味で、祭りを描写する「私」の「声」は、第一部、第二部の物語的なそれとは大きく異なっているのである。

「村祭り」では、この後においても語りの枠組みが提示されることはない。一方祝祭的な詩的言語は、祭りの進行とともに、いわばたがが外れたかのように激しさを増す。

> それは山小屋から降りて来た山男の老人
> 抜け目ない鷲とオオカミがその小屋を守っている
> 「ほらおいわしがオドルぞそんで山もいっしょにな！」
> ううきしるぞ骨がイテっ軋むぞ肘が

おーいおーい鳴いてやがる爺さん笑いながら
で岩岩《がんがん》とやるよ奥方がで岩岩《がんがん》とやるよ連れ合いが
〔……〕[53]

「山男」の紹介、彼の言葉の引用を行っているのが語り手の「私」であることを認めるにせよ、そのあとに続く言葉が彼のものであることは自明でない。むしろ、祝祭によって高揚した言葉の奔流を前に、「私」の主観性が溶解し、居並ぶ人々の言葉に混じって語り手の声が聞こえてくるという多声的な状況を感じさせる。ミハイル・バフチンは、ドストエフスキーの小説を論じつつ、カーニバルにおいて人は純粋な観察者となることはできず、それに参加し、それを「生きる」こと、そしてそこでは人々が「無遠慮な接触」の原理に従うことを強調していた。[54] このバフチンのカーニバル観は、クノーのテクストを見事に説明しているように思われる。つまり、「村祭り」に加わる語り手も、「民衆」と交わりこれと一体化し、その声は彼のものであると同時に他者のものとなるのである。

おそらく、このような「カーニバル的生」[55]のなかに、クノーは新たな詩的発話主体の可能性を見いだしたのであろう。この叙情主体は、彼が批判してやまなかった自伝的＝叙情的な「唯一の自我」に還元されるものではなく、言葉に関して自他の区別がなくなるような主体である。そのような言葉の状態を詩としてつくりだすことが、「X氏」が神経症から癒えるためには必要であったのだとすれば、『柏と犬』は、クノーにとって、詩的自我の再構築、すなわちシュルレアリスムを離脱した際に抑圧した詩へ再接近する過程を描く書物であったのではないだろうか。

6　生成研究について

本稿では、文学ジャンルという形式的な分析を通じて、クノーにおける作品の生成という問題への接近を試みた。しかしクノーの作品に関心を持ち、研究を志す人のために、狭義の生成研究の観点から、クノーの草稿や前テクストをめぐる状況を簡単に報告しておく。

本稿でも参照したプレイヤッド版（全三巻）は、草稿、ノート、タイプ原稿、あるいは初出雑誌や初版など、前テクスト研究の成果が取り入れられた校訂版であり、それらは異本として各作品の注に反映されているだけでなく、場合によってはその全体あるいは一部が採録されている。編者たちの注釈も概して的確であり、このプレイヤッド版を読み込むことが研究の第一歩となろう。クノーの草稿類についての体系的な研究が存在しない現状では、これが生成研究の最良の入門書ともなっている。

しかしながらクノーが残した草稿や資料は数多く、そのすべてがプレイヤッド版に反映されているわけではない。それらについてのより詳しい調査、研究は、以下のふたつの機関で行うことができる。

ひとつはベルギーのヴェルヴィエ市立図書館に付属する「レーモン・クノー資料センター」Centre de Documentation Raymond Queneau（CDRQ）。クノーの友人であったアンドレ・ブラヴィエによって創立されたこの資料センターは、現在、シュザンヌ・バゴリー氏によって管理されている。リエージュに近い小都市にあるこの小さな一室には、草稿類の他、出版されたクノーの著作、研究書、博士論文、さらにはクノーの描いた絵画も保管されており、現在も多くの研究者が訪れ、バゴリー氏の親切かつ的確な助言を受けながら調査を行っている。

もうひとつは、ディジョンのブルゴーニュ大学図書館内にある、「クノーコレクション」Le Fonds Queneau。これは、かつてリモージュ大学図書館内に存在していた「レーモン・クノー研究出版国際資料センター」Centre International de

Documentation de Recherche et d'Édition Raymond Queneau（CIDRE）の所蔵コレクションが近年同大学図書館に移管され、それを核として築かれた資料センターである。「百個の箱に分けられた約三万枚の紙片」は、CIDREで作成された分類に従って整理されており、図書館内で閲覧できるようである（筆者はまだ訪れる機会を得ていない）。またこのセンターについて特筆すべき点は、同センターが所蔵する草稿類をデジタル化し、インターネット上で閲覧ないしダウンロード可能にする計画を現在進行させていることである。[56] これらの資料は権利上の問題のため、すべてが閲覧可能になるわけではないようであるが、現在、権利の所在の確認とインターネット上で公開するための交渉が進められているとのことであり、とりわけヨーロッパ外に住む研究者にとっては、コンテンツの充実が待たれるところである。[57]

なお、これら二カ所の資料センターに所蔵されている草稿類は、すべてコピーであり、オリジナルは、個人ならびに図書館の所有になる一部（書簡など）を除けば、クノーの息子、ジャン＝マリー・クノーによって所有されていることを付記しておく。そのため、ヴェルヴィエとディジョンのふたつのセンターにある資料は一部重複するが、それぞれの目録を比較する作業は現時点では行われていない。

注

1 クノーの作品については以下のプレイヤッド版を参照する。*Œuvres complètes, I*, Gallimard, « Bibliothèque de la Pléiade », 1989.（以下 *OCI* と略記）*Romans, I, Œuvres completes, II*, Gallimard, « Bibliothèque de la Pléiade », 2002.（以下 *OCII* と略記）

2 Claude Simonnet, *Queneau déchiffré*, Slatkine, 1981 (1962).

3 *OCII*, p. 246.

4 「文学」のなかに「抹消」の語を見いだしたのはクノーが始めてではない。フランシス・ピカビアは、アンドレ・ブルトンらによって刊行され、クノー自身も購読していた雑誌『文学』*Littérature* 誌第七号（一九二二）の表紙に、誘うような女としかつめ顔した中年男とが向き合う図を添えて、雑誌のタイトルを Lits et ratures（ベッドと抹消）に分解していた。

5 Philippe Lejeune, *Le Pacte autobiographique*, nouvelle édition augmentée, Seuil, « Points, Essais », 1996 (1975).

6 « Conversation avec Georges Ribemont-Dessaignes », in *Bâtons, chiffres et lettres*, Gallimard, « Folio, Essais », 1965, p. 37.（以下 *BCL* と略記）

7 Cité par Cl. Simonnet, *op. cit.*, p. 21.

8 « « De Jean Coste » et l'Expérience poétique », in *Le Voyage en Grèce*,

Gallimard, 1973, p. 110.（以下 *LVG* と略記）

9 « Lyrisme et poésie », *LVG*, p. 121.

10 *Ibid.*, p. 113.

11 « Naissance et avenir de la Littérature », in *LVG*, p. 204–205.

12 *Ibid.*, p. 205.

13 Cf. Michel Raimond, *La Crise du roman*, José Corti, 1966.

14 André Breton, *Manifeste du surréalisme*, in *Œuvres complètes*, I, Gallimard, « Bibliothèque de la Pléiade », 1988, p. 331.

15 « Technique du roman », in *OCII*, p. 1237.

16 *Ibid.*, p. 1240.

17 *OCII*, p. 378, 392 ; *OCI*, p. 78, 41. ただし小説内では「アンフィオン」というタイトルは付けられていない。

18 主人公の名に関して、クノーはより自らの名に近い Quenot、Otquen、Eauquen、Auquène、Auquesne も考えていた。プレイヤッド版シュザンヌ・メイエ＝バゴリーの注による。*OCII*, p. 1517.

19 *OCII*, p. 353.

20 *OCII*, p. 1240.

21 *OCII*, p. 448.

22 *OCII*, p. 456.

23 この小説は、クノーの小説の中で唯一の一人称小説であり（『柏と犬』を除く）、また章立てのないテクストである。なお構成は、目立たなくなったとはいえ完全に失われたわけではない。『オディール』が〈モロッコ／パリ／ギリシャ〉の三つの場所からなる構成を取り、それぞれが主人公の精神的発展の段階と対応していることについては以下を参照。Claude Debon, « *Odile* de Raymond Queneau : de la polémique à la poétique », *Doukiplèdonktan ?*, P. S. N., 1998, p. 73–80.

24 *OCII*, p. 517.（邦訳、レーモン・クノー『オディール』、宮川明子訳、月曜社、二〇〇三年、二頁。これ以降の引用も含め訳は適宜変更している。）

25 Michel Dyé, « Le Symbolique du personnage de Roland Travy ou les modalités d'une quête initiatique », in *Le Personnage dans l'œuvre de Raymond Queneau*, P. S. N., 2000, p. 293–294.

26 *OCII*, p. 1305.

27 *OCII*, p. 1309.

28 *Ibid.*

29 *OCII*, p. 522.（邦訳一一頁）

30 *OCII*, p. 542–543.（邦訳四八頁）

31 *OCII*, p. 565.（邦訳九一頁）

32 *OCII*, p. 614.（邦訳一八一頁）

33 *OCII*, p. 532.（邦訳二九頁）

34 Carol Sanders, « Autour d'*Odile* », *Temps mêlés. Documents Queneau*, n° 150 + 17/19, 1983, p. 97–101.

35 *OCII*, p. 614.（邦訳一八〇頁）

36 « Conversation avec Georges Ribemont-Dessaignes », *BCL*, p. 41.

37 « Errata », *LVG*, p. 220.

38 さらにもうひとつの象徴をこの女登場人物に見ることができるかもしれない。オディールの名には、クノーが西洋の小説の起源と見なしていたホメロスの二つの作品が、圧縮されているのである（Odile＝*Odyssée*（オデュッセイア）＋*Iliade*（イリアス））。彼女の名が小説の題名となっていることは、偶然ではない。

39 *OCI*, p. 5.

40 Voir Gérard Genette, *Fiction et diction*, Seuil, « Poétique », 1991, p. 78-88.

41 Philippe Lejeune, *L'Autobiographie en France*, Armand Colin, 2e édition, 1998, p. 21-22.

42 Michel Décaudin, « Pourquoi des chaînes, nom d'un chien ? », *Europe*, nº 650-651, 1983, p. 22.

43 *OCI*, p. 5 « Je naquis au Havre un vingt et un février/en mil neuf cent et trois./Ma mère était mercière et mon père mercier : ils trépignaient de joie./Inexplicablement je connus l'injustice/et fus mis un matin/chez une femme avide et bête, une nourrice/qui me tendit son sein./De cette outre de lait j'ai de la peine à croire/que j'en tirais festin/en pressant de ma lèvre une sorte de poire/organe féminin. »

44 *OCI*, p. 12.

45 *OCI*, p. 21.

46 *OCI*, p. 23. マラルメの詩句は、「詩の賜物」« Don du poème » からのものである。その正確な引用は「エドムの一夜にできた子をあなたに届ける」« Je t'apporte l'enfant d'une nuit d'Idumée » となる。クノーは Idumée を bitumée（アスファルトで舗装された）に変えている。

47 *OCI*, p. 24.『神の科学』はルーの著作である。これについてクノーは「太陽の象徴体系」と題された論考を一九三〇年に書き、ルーの理論を精神分析、人類学、神話学によって説明しようとしている。*Temps mêlés. Documents Queneau*, nº 150+10, 1980.

48 クノーは自らの名に含まれる quen のなかに、ピカルディあるいはノルマンディ方言に根を持ち、「柏」chêne を意味する quesne あるいは quenne、また「犬」chien を意味する quenet あるいは quenot を見いだしていた。

49 *OCI*, p. 26.

50 *OCI*, p. 1118.

51 *OCI*, p. 33. « Elle était si grande si grande la joie de leur cœur de joie/qu'au-dessus des montagnes il dansait le soleil et qu'elle palpitait la terre/qui porte les moissons »

52 言語学者ジョゼフ・ヴァンドリエスを参照しつつ、クノーは、フランス語の口語表現では形式的な主語が動詞に先行し、それを実詞があとで受けるという構造を持つことを述べている。彼はこのような表現を取り入れた口語文体のなかに、フランス語の可能性を見いだそうとしていた。« Connaissez-vous le chinook ? », *BCL*, p. 34-36.

53 *OCI*, p. 35. « C'est le vieux montagnard qui descend de sa cabane/que gardent vigilants les aigles et les loups/« Si donc bien que je vas danser et la montagne avecque mi ! »/Hou que ça crisse les os Aïe que ça grince les coudes/Oï oï qu'il bêle le vieux rigolant/et roc et roc que fait sa dame et roc et roc que fait sa compagne/(.....) »

54 ミハイル・バフチン『ドストエフスキーの詩学』、望月哲男、鈴木淳一訳、ちくま学芸文庫、一九九五年、二四八―二四九頁。

55 同上、二四八頁。

56 http://www.queneau.fr/

57 Le Fonds Queneau に所蔵されている草稿類の現状と同資料センターの活動については、ブルゴーニュ大学図書館司書のロドルフ・ルロワ氏に詳細な説明をいただいた。ここに記して感謝する。

参考文献

Raymond Queneau, *Œuvres complètes, I*, Gallimard, « Bibliothèque de la Pléiade », 1989.

—— *Romans, I, Œuvres complètes, II*, Gallimard, « Bibliothèque de la Pléiade », 2002.

—— *Romans, II, Œuvres complètes, III*, Gallimard, « Bibliothèque de la Pléiade », 2006.

Shuichiro Shiotsuka, *Recherches de Raymond Queneau sur les fous littéraires, « L'Encyclopédie des sciences inexactes »*, Eurédit, 2003.

Claude Debon, « Notes sur la genèse de *Gueule de pierre* », *Doukiplèdonktan ? Études sur Raymond Queneau*, Presses de la Sorbonne Nouvelle, 1994, p. 67–71.

Daniel Delbreil, « Les Prémices d'*Un rude hiver* », *Temps mêlés*, n° 150+41–44 (nouvelle série commencée après 150 numéros), 1990, p. 46–58.

—— « Des *Temps mêlés* à *Saint Glinglin* », *AVB*, nouvelle série, n° 6–7, mars 1996, p. 15–46.

—— « La Genèse de *Pierrot mon ami* », *Lectures de Raymond Queneau*, n° 2 (*Pierrot mon ami*), Université de Limoges, TRAMES, 1989, p. 15–28.

Emmanuël Souchier, « Contribution à l'histoire d'un texte : *Exercices de style* ou 99 histoires pour une Histoire », *Queneau aujourd'hui*, Clancier-Guénaud, 1985, p. 179–203.

第Ⅲ部　時代の中での創造

第9章　ルソーにおけるリズム論と夢想の詩学

増田　真

ジャン＝ジャック・ルソー（一七一二―一七七八）は生前から名文家として名高かったが、その特質は文章レベルでの均整や韻律だけによるものではなく、政治思想家としての雄弁さにとどまるものでもないことはよく知られている。分野に関わりなく、ルソーの作品には大胆な逆説、印象的な余談、生き生きとした回想など、多様な要素が散りばめられ、重層的な魅力をかもし出している。しかしそのような技法の形成過程や構成要素は複雑であり、ルソーが読書を通じて習得した教養や同時代の作品から受けた影響だけではない。すでにいくつかの研究によって浮き彫りにされているように、音楽家としてのルソーの経験も彼の技法と深く関連しており[1]、しかもルソーの音楽論自体も彼の思想と無関係ではない。この小論においては、ルソーにおける思想と音楽論と作家としての技法あるいは美学という三者の関係を、彼の思想の変遷を考慮に入れつつ論じたい。この問題を扱うに当たって、ルソーの音楽論において有名な要素である声やメロディーの問題を踏まえながら、あまり論じられることのないリズムに焦点を当て、ルソーのリズム論の特徴を明らかにしたい。

1　ルソーにおける音楽論と創作技法

記号と記憶

ルソーの作品において、音楽論が創作技法と深く関連している例としては、抑揚に富んでいたとされる原初的な言語の特徴を文体に生かそうとしたことがまず挙げられる。[2] この二つの領域の関連の例としてはさらに、「記憶の記号」というテーマがよく知られている。このテーマが見られるのは特に自伝作品であり、中でも『告白』第六巻におけるツルニチニチソウの場面がその典型的な例である。

私たちが初めてレ・シャルメットに泊まりに行った日、ママンは輿に乗っていて、私は徒歩で従っていた。道は上り坂で、彼女はやや体重があったので担ぎ手たちが疲れすぎてしまうのを心配して、途中で降りて残りを徒歩で行くことを望んだ。歩きながら垣根の中に何か青いものを見つけて、私にこう言った。「ツルニチニチソウがまだ咲いているわ。」私はまだツルニチニチソウを見たことがなく、よく見るためにかがむこともせず、目の高さから地面の植物を見分けるにはあまりにも近眼だった。その花は通りすがりにちらりと見ただけで、再びツルニチニチソウを見ることもなく、あるいはそれに注意することもなく三〇年近くが経った。一七六四年、友人のデュ・ペルー氏とともにクレシエにいたとき、私たちは小さな山を登っていて、彼はその頂上に、いみじくも見晴らし亭と呼んでいるきれいなあずまやをもっている。その頃私は植物採集を少し始めたところだった。登りながら茂みの中を見て、私は喜びの声を上げた。「あ、ツルニチニチソウだ！」そしてそれは本当にツルニチニチソウだった。デュ・ペルーは私の感激に気づいたが、その理由は知らなかった。いつの日か、これを読んだらわかってくれることを願っている。[3]

ここでは、青紫色の小さな花が三〇年近く前の散歩を想起させるきっかけとなっているが、「記憶の記号」という用語は使用されていない。この理論が最も明瞭に展開されているのは、『音楽辞典』の「音楽」« Musique » という項目である。

私は同じ図版に有名な「牛追い歌」を加えておいた。この歌はスイス人たちにとても愛されていたので、彼らの軍隊でそれを演奏することは死刑をもって禁止されていた。というのは、その歌を聴く者は、涙にくれたり、脱走したり死んだりしてしまうのである。それほどその歌は故国に帰りたいという熱烈な望みを彼らのうちでかき立てていたのである。そのような驚くべき効果をもたらしうる力強い抑揚をこの歌の中に探しても無駄であろう。その効果は、外国人においてはまったく生ずることがなく、習慣や思い出、無数の状況のみによるものであり、その状況はこの歌によって聴く者たちに思い起こされる、彼らの故国やかつての楽しみ、若い頃、そして彼らの生活ぶりすべてを思い出させ、彼らのうちで、それらすべてを失った苦い苦しみをかき立てるのである。そうすると音楽は音楽としてではなく、記憶の記号 (signe mémoratif) として作用するのである。この歌は、相変わらず同じであるが、今日ではスイス人たちに対してかつてもたらしていたのと同じ効果をもはやもたらさない。というのは、彼らは元来の素朴さへの愛好を失ってしまったので、それを思い起こされてももはやそれを懐かしむことはないからである。人間の心に対する音の偉大な効果は、その物理的作用にその原因を求めるべきではないということは、それほど真実なのである。[4]

ここでは、過去の記憶を呼び起こすきっかけとして作用するのは花ではなく音楽であるが、感覚的経験によって想起《レミニサンス》のメカニズムが引き起こされる点は共通している。しかも、呼び覚まされるのは花や音楽そのものの記憶ばかりではなく、それに結びついたほかの行為や状況、さらにはある国民の風俗習慣にまで広がり、記号はそのような広範な喚起力によって感情に対する強い影響力をもつことになる。

このように音楽を記号と見なす音楽観は、一方では和声を音楽の原理とするラモーに対する批判と結びついており、『言語起源論』後半でも同様の主張が展開されている。そこでは、音楽による快楽は単に美しい音による感覚的な快感ではなく、音楽が意味をもった言語として理解されてはじめて感得されるものであることが強調されている。

> 人間は感覚によって変化を被り、そのことを疑う人はいない。しかし、変化を区別しないため、その原因を混同してしまうのである。われわれは、感覚に影響力を与えすぎると同時に過小評価するのである。しばしば、感覚が単に感覚としてではなく記号あるいはイメージとしてわれわれに印象を与えること、そしてその精神的効果には精神的な原因があるということを見落とすのである。絵画によってわれわれのうちで喚起される感情は色彩によるものではないのと同様に、われわれの魂に対する音楽の影響力は音によるものではない。[5]

これは『言語起源論』第十三章「メロディーについて」の冒頭であるが、音楽は模倣によってはじめて芸術となりうることが主張され、続く第十四章と第十五章ではその模倣の手段はハーモニーではなくメロディーであるとされる。上掲の引用の中でも感覚が記号として作用するとされているが、第十五章においては、「メロディーの音《おん》は単に音としてではなく、われわれの感覚や感情の記号としてわれわれに作用を及ぼ[6]」し、音楽が人に作用を及ぼすには言語として理解されなければならないと述べられている。[7] このような音楽観において論理の軸になっているのは、上掲の『音楽辞典』と『言語起源論』からの引用に見られる「物理的・身体的効果」effets physiques と「精神的効果」effets moraux の対立である。前者が音による聴覚への影響という身体的なレベルの問題であるのに対して、後者は感覚経験によって引き起こされる感情などを意味している。ルソーによれば、音楽による芸術的快楽は感覚という身体レベルの問題ではなく、音楽が精神に語りかける記号あるいは言語となってはじめて生ずるものである。言うまでもなく、音楽を記号や言語と見なす芸術観はルソー独自のものではなく、十七世紀から十八世紀にかけてのフランスの芸術論に広く見られるが[8]、必ずしも記憶の問題や身体と精神の二元論と結びついているわけではない。それに対して、ルソーにおいては後述するように、この音楽観が彼の人間論と密接に結びついている。

このような「記憶の記号」の例はルソーの自伝作品だけではなくほかの作品にも見られ、『新エロイーズ』第四巻第十七書簡のメユリでの散歩の場面がやはり有名である。そこでは、岩に刻まれたジュリのイニシャルなどによって、サン＝プルーが森の中で孤独に耐えつつ彼女を思い続けていたことが想起され、過去のものとして消去されるべき恋愛感情によって二人の主人公が危機にさらされることになる。[9]『新エロイーズ』の文脈では、記憶の記号はサン＝プルーの「治療」という作品後半の中心的なテーマと密接に関連し、「ヴォルマールの方法」[10]と形容される教育法の一部でもある。

また、フランス文学史の上では、ルソーにおける「記憶の記号」のテーマはシャトーブリアンの『墓の彼方からの回想』におけるツグミのさえずりをきっかけとした想起[11]や、ネルヴァルの「シルヴィ」において小さな新聞記事によってサンリスの祭りが想起される場面[12]などを通して、プルーストにいたる想起の詩学の源流となったと言えるが、そのようなテーマ系も、ルソーにおける音楽論と人間論の結びつきが淵源となっていることはあまり知られていない。

音楽論と人間論

上述の「精神的作用」は音楽論における「自然」の概念と深く関連している。よく知られているように、ルソーの音楽論では歌やメロディーが自然なもの、ハーモニーが人為的なものとされ、この対立は『言語起源論』や『音楽辞典』で繰り返し論じられ、ルソーの音楽論全体の根幹となっている。ラモーが物体の反響から生ずる和声を自然なものとし、音楽の基盤とするのに対して、ルソーが人間の声と歌を音楽の起源と原理としていることから、ルソーの音楽論における自然と人為の対立は、人間の本性＝自然（nature humaine）と物理的自然（nature physique）の対立であることはあらためて指摘するまでもない。

しかし、ルソーの音楽論における「自然」の問題には、もう一つの対立が含まれている。百科全書派など当時の多くの論者も音楽を人間の本性＝自然の表象ととらえたが、それはルソーとは別の意味においてである。この問題は、言語と音楽は同質のものであるかどうか、音楽は人間のどのような性質の表現であるか、といった議論と関連しており、その一端は『音楽辞典』の項目「歌」«Chant»によく表れている。[13]

> 歌は人間にとって自然なものとは思われない。アメリカの野生人は言葉を話すから歌うとはいえ、真の野生人は決して歌わなかった。唖者は歌わない。彼らは一定しない声やはっきりしないうなり声を出すだけである。ペレール氏にいくら才能があっても、彼らから音楽的な歌を引き出しうるかどうか疑問である。子どもたちは泣いたり叫んだりするがまったく歌わない。子どもたちにおいて、自然の最初の表現は旋律や響きが豊かであることはまったくなく、彼らはわれわれを手本にして、話すことをおぼえるのと同様に歌うのをおぼえるのである。旋律があって音程を感知できる歌は、話された声または情念をもった声の抑揚の平穏で人為的な模倣にすぎない。[14]

『言語起源論』では歌やメロディーが自然のものであることが強調されているだけに、この文章は読者にとっては意外なものに思われるにちがいない。この文章の意図を理解するには、その周辺のいくつかの文章を参照することが必要となる。『音楽辞典』はルソーがディドロの求めに応じて『百科全書』のために書いた項目をもとにしているが、それは単に『百科全書』の項目を再録したのではなく、多くの項目が加筆されているほか、新たに書き下ろされた項目も少なくない。[15]『百科全書』では、同じ項目「歌」はあるものの、上掲の引用文は見られず、ルソーによる短い記述（二段落）の後に、カユザックによる長い記述がある。

> 歌は、自然によって与えられた、感情の最初の二つの表現のうちの一つである。「身振り」を見よ。まさに声のさまざまな音によって、人間たちはそのさまざまな感覚を、最初は表したにちがいない。彼らが

内面において感じていた苦痛、喜び、快楽の感情や、彼らを駆り立てていた欲望や欲求を外に表すために、自然は彼らに声の音を与えたのである。語の形成は、この原初的な言語に続いた。一方〔歌〕は本能の産物であり、他方〔語〕は精神の働きの結果であった。そのように、子どもたちは彼らの心のさまざまな状態を、激しい音や柔らかい音、快活な音や悲しい音によって表すのである。この言語のようなものは、すべての国のものであるが、自然のものなので、すべての人間によって理解されるものでもある。[16]

カユザックの文章でも用語は類似しているが、よく読めば、ルソーとは正反対の立場であることがわかる。カユザックは、歌を身振りとともに自然で原初的な表現法ととらえており、表現されるものも、苦痛のような身体的感覚と喜びのようなより精神的な感情が区別されていない。歌は言語に先立つ普遍的な表現方法であるとされ、子供も歌うと述べられている。そのような論点は同じカユザックによる項目「歌う」« Chanter »にも見られ、そこでは唖者でも音を発して歌うこと、言葉と歌は別々の表現手段であると主張されている。

唖者は音を出す、それ故歌を歌う。それは、歌が言葉とは異なる表現であることの証拠である。唖者が出しうる音は苦痛や快楽の感覚を表現することができる。そのことから、歌には、言葉の分節とは区別された、独自の表現があることは自明である。[17]

それに対して、次に挙げる『音楽辞典』の項目「歌謡」« Chanson »に見られるように、ルソーは言語と歌の同質性を主張する。

歌の使用は言葉の使用の自然な結果であるように思われ、そして実際、同様に一般的である。というのは、人が言葉を話すところではどこでも、人は歌うのである。[18]

ルソーによれば、歌が言語に先立つのではなく、人間は言語を使用するようになってはじめて歌うことができるようになるのであり、カユザックが歌を身体的で前社会的なものとしているのに対して、ルソーは歌を言語と同様、社会的で文化的な表現手段ととらえている。このように見れば、『音楽辞典』の項目「歌」は単に『百科全書』用に書いた自分の項目に加筆しているのではなく、『百科全書』におけるカユザックの項目に対する反論として書かれた可能性が高いことが理解される。

この反論の意味は、同時代の音楽論、特に百科全書派の音楽論を参照することによって理解できるように思われる。たとえば、カユザックは『百科全書』の項目「歌」において、歌を動物の鳴き声と同一視している。

> 動物たちの声の抑揚はさまざまな音調や音程などからなる本当の歌であり、それは、動物たちの器官に自然によって与えられた魅力の多少に応じて旋律が豊かであったり貧しかったりする。[19]

同様に、ディドロの『ラモーの甥』でも、動物的な叫びが旋律の手本とされているほか、[20] モルレの『音楽における表現と諸芸術における模倣について』[21]やド・ブロスの『諸言語の機械的形成と語源の物理的原理に関する論考』[22]の例を挙げることができる。

百科全書派のこのような音楽観は用語や概念については特に目新しいものではない。音楽および芸術一般を情念の記号とする考えはこの時代によく見られたものであり、その典型的な例はデュ・ボスの『詩と絵画に関する批評的な考察』である。

> 〔音楽の〕これらの音はすべて、われわれを感動させるのに驚くべき力をもっている。というのは、それは自然によって制定された情念の記号であり、自然からその力強さを得たのである。それに対して、分節された語は情念の恣意的な記号にすぎない。[23]

言うまでもなく、デュ・ボスは百科全書派以前の世代に属し、唯物論者でもないが、百科全書派の音楽観はこの時代の用語や概念を踏襲しつつそれを自分たちの人間論に合わせたものである。その百科全書派にほぼ共通する音楽観を要約すれば、歌は言語に先立つ原初的な表現手段で、動物的、肉体的な情念や欲求の表現であり、その意味では国民や民族の違いにかかわらず普遍的なものである。このような立場は百科全書派の言語論の延長であり、反デカルト主義的傾向の強いものであることは言うまでもない。デカルトは『方法叙説』第五部において、分節言語と情念を表す「自然の動き」mouvements naturels を峻別し、前者を人間独自のもので理性が存在する証拠とし、後者を動物や機械が模倣できるものとしたが[24]、百科全書派の言語論・音楽論はこの区別に対するアンチテーゼでもある。彼らは「自然の記号」signes naturels を分節言語の起源と見なし、両者の連続性を主張したのである[25]。

それに対して、ルソーは『言語起源論』や『音楽辞典』において、人間の言語と動物の叫びの違いを強調し、人間についても音声言語と身振りや叫びによる「自然の記号」を峻別した。ルソーにとって、歌は言語とともに、社会的存在としての人間に独自のものであり、人間の身体的側面ではなく、精神性を起源とする。その意味ではルソーの言語論・音楽論は二元論的図式にもとづいているが、それは身体と理性の対立ではなく、身体と感情の二項対立によるものであり、その点でデカルトの二元論とは異なる[26]。

ルソーの音楽論はラモーの和声論との対立関係においてとらえられることが多いが、実際には上述のように百科全書派の言語論・音楽論に対する反論も含まれている。言語と音楽の精神性と社会性を強調する議論は『エミール』にも見られるが[27]、ルソーの著作の中でも初期の段階では見られず、一七五〇年代末から一七六〇年前後の、主要著作が書かれた時期には明確になる。細かく見ると、ラモー批判は比較的早い段階（たとえば一七五〇年代前半の『フランス音楽についての手紙』など）から見られ、百科全書派批判の方が後から加わったようである。たとえば、「旋律の起原」と呼ばれている未刊の断片では音楽の起源は和声ではなく旋律であることが主張され、ラモーに対する反論が見られるが、言語の起源は人間がほかの動物の叫びを模倣したことであるとされ、この両者の連続性を認めているように読める[28]。その意味では、この「旋律の起源」は一七五五年の『人間不平等起源論』から一七六〇年前後の『言語起源論』への中間段階を示す草稿の中でも、早い時期のものと見ることができる。

ルソーはもちろん、自分の言語論・音楽論の形成と変遷の過程を明らかにしていないが、『百科全書』の項目（一七四九年に執筆）から『音楽辞典』（一七六五）までのいくつかの音楽関係の作品や草稿の比較によって、この過程をある程度まで推測することができ、そこにはいくつかの傾向を見て取ることができる。政治思想と音楽は、はじめは別々の領域だったものの、ルソーが自分の音楽論と政治思想を次第に合致させていったこと、その結びつきにもいくつか段階が見られること、などである（明確に段階を分けて、年代を充てるのは困難であるが、おそらく、ラモー批判、和声に対する原理的批判、普遍的な原初的言語という観念の批判、そして人間論レベルでの百科全書派批判、という順序であるように思われる）。

本章の冒頭で取り上げた「記憶の記号」としての音楽という考えも、音楽が「精神的作用」によって芸術的快楽をもたらすという思想と不可分であり、それはラモーの和声論批判であるとともに、音楽を人間の身体性・動物性の表現と見なす百科全書派批判と不可分である。その意味では、想起の詩学は、音楽論と政治思想（特に人間論）を合致させるためのルソーの思索によってはじめて可能となったと言える。

2　ルソーの音楽論におけるリズムの位置

しかし、ルソーの作品において、音楽論と創作技法との関連は、上述の想起の詩学に尽きるものではない。ルソーの散文のリズミカルな性格はすでに指摘されており、詩的韻律との関係で論じられているが[29]、音楽論におけるリズムの問題はあまり論じられてこなかったようである。それはメロディーとハーモニーの対立、フランス音楽とイタリア音楽の比較など、有名な論争と結びついてはいないという事情によるところもあるだろうし、ルソー自身の著作の中でもそれほど取り上げられておらず、あまり目立たない問題であるという理由にもよるかもしれない。いずれにせよ、ルソーの音楽論におけるリズムの位置を考えることによって、音楽論と創作技法との間の関係を考察するためのもう一つの視点が得られるように思われる。

メロディーとリズム

ルソーの『音楽辞典』の「リズム」という項目では冒頭で、「同じ全体の部分がそれぞれの間で持っている関係」という「最も広い定義」が提示された後、音楽におけるリズムが定義される。それによれば、リズムは「拍《はく》の速さあるいは遅さ、長さまたは短さから生ずるテンポの違い[30]」と定義されている。それに続いて、クィンティリアヌスによるリズムの分類が紹介され、韻律など、歌や言語におけるリズムのさまざまな現れ方が羅列され、音楽におけるリズムについては拍子(mesure)という用語が使われるとされる。そして項目の大部分は古代ギリシャ語における韻律の問題に充てられ、古代ギリシャ語では音節の長短が近代フランス語より明確であったこと、歌のリズムは詩の韻律に従っていたこと、詩の内容や表現される情念によってリズムが変化しえたこと、などが論じられている。そして最後の段落において、リズムが音楽の重要な要素であることが主張される。

リズムは音楽、特に模倣的な音楽の本質的な部分である。リズムなしではメロディーは何ものでもないが、太鼓による効果でわかるように、リズムはそれだけで何かである。しかし拍子や律動によって得られる印象は何に由来するのだろうか。あるときは均一であるときは変化をもったその繰り返しがわれわれの心に印象を与え、情念の感覚をもたらしうるのはどのような原理からだろうか。〔……〕ここで言えるのはただ、メロディーの性格は言語の抑揚に由来するのと同様に、リズムの性格は韻律の性格に由来する、ということだけである。そうするとリズムは言葉のイメージとして作用する。それにつけ加えれば、ある情念は本性上リズミカルな性格をもっており、絶対的で言語とは独立した音楽的な性格をもっているのと同様である。[31]

この引用によれば、リズムはそれだけでも音楽となりうるが、リズムなしには音楽はありえず、その意味ではリズムはメロディーよりも重要なものである。ルソーの音楽論におけるメロディーの位置を知っている読者にとっては、意外な主張だろう。しかし、そのような考えが表明されているのはこの引用だけではなく、同じ『音楽辞典』の「メロディー」という項目にも見られる。

リズムの観念は必然的にメロディーの観念の一部である。歌は拍子があってはじめて歌となる。音《おん》の同じ連続でも、違うふうに拍子をつける仕方があるほど、違う性格、違うメロディーをもちうる。そして音符の長さを変えるだけでその同じ連続を見違えるほど変質させうるのである。そのようにメロディーはそれ自体では何ものでもない。メロディーを決めるのは拍子であり、拍なしでは歌はない。それ故、メロディーとハーモニーにおいて拍子を無視して、両者を比較してはならない。というのは拍子は前者に本質的であるが後者にはそうではない。[32]

ここでも先ほどと同じようにリズムによってはじめてメロディーがありうることが強調されているばかりか、リズムに比してメロディーの重要性が相対化されており、メロディーが音楽の源泉と原理であることを強調する数多くの文章とはかなり異なる論調が感じられる。そして重要なのは、リズムがメロディーと不可分のもので、その一部とされていること、それに対してハーモニーとリズムの間にはそのような関係はない、という主張である。

もう一つ、ここで注意しておくべきことは、このようなリズム論は必ずしもルソーの著作に常に見られるわけではない、ということである。特に前掲の二つの引用については、『百科全書』と『音楽辞典』を比較してみると、この項目はともに『百科全書』の段階から存在するが、引用部分はそこにはなく、『音楽辞典』に再録されるに当たって加筆された文章であることがわかる。もっとも、リズムの重要性は『百科全書』の時点からすでに見られる。たとえば、『音楽辞典』の項目「拍」《Temps》には拍が歌の魂であり、その魅力の源泉であること、それだけでも音楽となりうることが述べられており、それは『百科全書』の同じ項目からほぼ踏襲されている。[33] ただ、メロディーとハーモニーの対立とは関連づけられていない。

音楽と「自然」

他方、ブフォン論争の渦中で執筆された『フランス音楽についての手紙』には次のような記述が見られる。

いかなる音楽も、次の三つのものによってしか構成されえない。メロディーまたは歌、ハーモニーまたは伴奏、テンポまたは拍子である。[34]

ただ、これはルソー独自の考えではなく、古代以来受け継がれてきた音楽の要素の三分法を踏襲したにすぎない。実際、同じような三分法は前掲のデュ・ボスにも見られる。

ギリシャ人たちはわれわれと同じように音楽において四つのものを認めていた。主題の音程の進行または歌、ハーモニーまたはさまざまなパートの調和、拍子とテンポである。〔……〕〔……〕しかしわれわれが拍子とテンポを表すときに絶対的な意味でテンポと言うように、ギリシャ人たちも時々リズムと韻律を表す際に単にリズムと言っていた。まさにリズムをそのような意味で使って、アリストテレスはその『詩学』において、音楽は歌、ハーモニー、リズムをもってその模倣を行うと言ったのである。それは絵画が線と色をもってその模倣を行うのと同じである。[35]

つまり、一七五三年の段階では、ルソーはまだ伝統的な三分法を用いており、リズムとメロディーを一体のものとしてとらえる立場は明確にされていない。もう一つ、別の例を見てみよう。ルソー最晩年の著作である「グリュック氏によるイタリアのアルセストについての断想」ではイギリスの音楽家バーニーへの手紙という形でグリュックのオペラが論じられているが、ルソーの音楽論のいくつかの重要なテーマがあらためて展開されている。その中で、ルソーはメロディー、ハーモニー、リズムという三つの要素を認めつつ、音楽に模倣芸術としての作用を与えるのはメロディーとリズムだけであると主張している。

まさにメロディーの抑揚によって、リズムの律動によって、音楽は情念によって声に与えられる調子を模倣し、心に入り込み、感情によって心を動かすことができる。それに対して、ハーモニーだけでは何も模倣しないので、感覚的な快楽しか与えられない。[36]

ここでは、リズムとメロディーの一体性が明言されているわけではないが、この二つの要素が音楽的模倣に貢献するのに対して、ハーモニーは模倣しないとされ、リズムが「メロディー＝自然＝模倣／ハーモニー＝人為＝無駄な装飾」というルソーの音楽論の基本的な二項対立図式に組み込まれていることがわかる。

『言語起源論』前半で展開されている言語論でも同様の論理が見られ、たとえば、第四章で原初的言語の性質が想像されるくだりでは、長短の韻律は母音や抑揚とともに自然な要素とされている。

自然の声（voix）〔＝母音〕は分節されないので、〔原初的言語の〕語には分節が少ないだろう。いくつかの子音が間に入ることによって母音衝突が解消され、母音がなめらかで発音されやすくなるにはそれで十分だろう。それに対して音《おん》は非常に多彩で、抑揚の多様さによって同じ声〔＝母音〕が何倍にもなるだろう。長短やリズムによってさらに組み合わせが増えるだろう。つまり、自然なものである声〔＝母音〕、音《おん》、抑揚、韻律によって、人為のものである分節の働く余地があまりなくなるので、話すというよりは歌うことになるだろう。[37]

ここではメロディー対ハーモニーの図式への言及はないが、言うまでもなく、声＝母音や抑揚はルソーの言語論・音楽論においてはメロディーと同じ起源をもつものとされている。実際、『言語起源論』の第十二章では、リズムが抑揚とともに原初の音楽的な言語の主要な要素とされている。

そのように、律動と音《おん》は音節とともに生まれ、情念はすべての器官に語らせ、それによって声はそのすべての輝きで飾られる。そのように、韻文、歌、話し言葉には共通の起源がある。先ほど言及した泉の周りでは、最初の弁舌は最初の歌であった。リズムの周期的で拍子をもった繰り返し、抑揚の音楽的な上げ下げは言語とともに詩と音楽を生んだ。というよりも、これらすべては、その幸いなる風土と幸いなる時代にとって、言語そのものにすぎなかった。[38]

このように、ルソーの音楽論におけるリズムは、伝統的な三要素の一つから、自然対人為の二項対立の中で人間の精神性と社会性を象徴する「自然」の側へと位置づけられることになり、その意味でメロディーや声とともに言語と音楽の本来的な要素とされるようになる。

それはルソーによる言語と音楽の歴史像にもよく表れている。よく知られているように、『言語起源論』後半では言語と音楽の衰退が論じられているが、その過程で失われていくのは言語の抑揚や音楽の旋律だけではなく、そのリズミカルな性格でもある。第十九章では、北方諸民族の子音の多い言語の流入によって言語から韻律が消失してしまったさまが述べられている。

分節〔の発音〕が困難で音が強調されたことも、メロディーから拍子やリズムの感覚が追い払われることに拍車をかけた。発音が最も困難なものは常に、ある音から別の音への移行であったため、最善の方法は、一つ一つの音でできるだけ話を止めて、その音をできるだけ誇張し、響かせること以外になかった。やがて歌は甘美さも拍子も優美さもなくだらだらとしていて叫ぶような音がゆっくり退屈に続くだけのものになってしまった。[39]

音楽の変遷に対するこのような見方はルソーと同時代の音楽にも適用され、演奏中に拍子を打つ習慣自体が言語と音楽からリズムが失われたことの証拠であるとされている。

拍子が常に均一であるせいで現代においてはかくも不快でよけいなこの音は、古代においてはそうではなかった。古代においては、詩脚とリズムが頻繁に変化することによって、よりむずかしい調和が要求され、音それ自体にもっと調和していてもっと魅力的な多様性を与えていた。ただ、メロディーが活気を失い、その抑揚と力強さを失うようになってはじめて、そのように拍子を打つ習慣が広まったと言えよう。さかのぼればさかのぼるほど、そのような拍子を打つ人の例はまれになり、非常に古い時代の音楽においてはまったく見られない。[40]

これは『音楽辞典』の「拍子をとる」« Battre la mesure » という項目の一節であるが、指揮者が棒で床をたたいて拍子を取っていた当時の演奏習慣にもとづいている。ルソーによれば、その習慣はパリのオペラに独特のもので、フランス音楽はそれなしではリズムが感じられにくいからである。この項目は『百科全書』にもすでに収録されていたが、引用部分はやはり『音楽辞典』に再録されるに当たって加筆されたものである。『百科全書』の時点では、フランス音楽よりもイタリア音楽の方がリズムが鮮明であること、[41]古代においても手足などを打って拍子をとる方法があったことなどが記されているが、音楽の変遷と衰退に関する歴史的記述は『音楽辞典』の段階で加えられたものである。そのように見れば、『言語起源論』や『音楽辞典』の記述では音楽におけるリズムの重要性がより強調されているばかりでなく、歴史観を含めた政治思想と音楽論の関連性をより緊密にしていったルソーの思想的営為の跡がリズムについても確かめられる。

3　リズムと夢想

音楽論の伝統とルソーのリズム論

このようなルソーのリズム論は、もちろん同時代の音楽論や芸術論から多くの要素を取り入れつつも、独自の要素もあるようである。

当時の音楽論ではリズムの問題がそれ自体として論じられることはあまりなかったようである。ブフォン論争に見られるような、フランス音楽とイタリア音楽の比較や、和声の問題のように華々しい論争の対象となることはなく、音楽関係の文献でもあまり取り上げられていない[42]。ルソーの『音楽辞典』に先行する唯一の類書と言われるブロッサールの『音楽辞典[43]』では「リズム」という項目はなく、「拍子」« Mesure »や「テンポ」« Mouvement »といった関連項目にも、簡単な定義や演奏上の実践的な説明などは記載されているが、リズムに関する理論的な考察は見られない。

多くの例に見られる傾向として、リズムが論じられている場合でも、詩的な韻律の問題として扱われている点が挙げられる[44]。たとえば先述のブロッサールの『音楽辞典』では「韻律的音楽」という項目があるが、それは「韻文を朗唱したり正しく発声したりするときに聞こえる響きのよい律動[45]」と説明されている。デュ・ボスの『詩と絵画に関する批評的考察』でも、第三部が音楽に充てられているが、それは詩、朗唱、演技を含めた広い意味での音楽であり、その第二章は「リズムをもった音楽」と題されているが、主としてクィンティリアヌスにもとづいて詩と歌の両方が論じられている[46]。

ルソーもそのような伝統と無縁ではなく、むしろ詩的な意味でのリズムをかなり重視しているように見える。『百科全書』の項目「音楽」には、以下のような文章がある。

今日では音楽はより単純に、メロディーとハーモニーに分けられる。というのは、リズムは、特定の分野とするには、われわれにとってはあまりにも限定された研究対象だからである。[47]

この文章を読むと、ルソーがリズムを音楽の一分野として認めていないように思えるが、むしろリズムが軽視されている現状を嘆いたものである。『音楽辞典』では同じ項目に同様の文章が見られるが、以下のように加筆されている。

今日では音楽はより単純に、メロディーとハーモニーに分けられる。というのは、〔音楽的な〕韻律学（la rythmique）はわれわれにとってもはや何ものでもなく、〔詩的〕韻律学（la métrique）はほんのわずかなものにすぎない。それは歌におけるわれわれの詩句がほとんど音楽だけからその拍子を得ており、それ自体でもっているわずかな拍子を失うからである。[48]

ここでは音楽におけるリズムと詩における韻律が平行して論じられ、言語が独自の韻律を失い、単調になったことが音楽におけるリズムの軽視の原因とされており、『百科全書』の文章と比べて、音楽的なリズムと詩的韻律の関係がむしろ強調されている。言語と音楽が起源においては同一のものであり、音楽が意味をもった言語であることを求めるルソーとしては、自然な論理と言えるかもしれない。

情念の表象としてのリズム

ルソーがそのようにリズムを重視するのは、それが感情や情念の表現に適しているという考えからでもある。たとえば『言語起源論』第十二章では、ルソーが言語の理想状態と見なす古代ギリシャ語においては、リズムは音とともに感情を表す要素として機能していたとされている。

それ故、分節〔＝子音〕と声〔＝母音〕しかない言語はその豊かさの半分しかない。その言語はたしかに観念を表すが、感情やイメージを表すには、さらにリズムや音《おん》つまりメロディーが必要である。それがギリシャ語にあったものであり、われわれの言語に欠けているものである。[49]

音楽が感情や情念を表すという考え方は当時の音楽論においてはよく見られるものであり、それ自体としては独自性はない。たとえばバトゥーは『同一の原理に還元された諸芸術』の中で、「詩の対象は主として行為の模倣であるのに対して、音楽と舞踊の主たる対象は感情または情念の模倣であるべきだ[50]」と述べているし、マブリの『オペラについての手紙』でも、音楽は「いかなる言語にも先立ち、彼らの悲しみと喜びの記号となるよう、自然が自ら人間たちに与えた音を模倣する[51]」と書かれている。さらに、前出のモルレの『音楽における表現について』では、リズムと感情の関係が論じられている[52]。

そのように、ルソーは同時代の音楽論の基本的な主張を踏襲しているだけのように見えるが、表象の手段と対象の関係をより詳細に区別している。先ほどの引用では、音と分節だけでは観念は表せるが感情は表せないとされていたし、『言語起源論』第一章では、視覚言語よりも音声言語の方が感情を伝え、相手の気持ちに訴えるのに適していると論じている。

しかし心を感動させ、情念を燃え上がらせる必要があるときは、まったく別問題である。繰り返し耳を打つ弁舌による連続的な印象は、もの自体が目の前にあって一度ですべてが見えることよりもはるかに感動を与えてくれる。なじみ深い苦痛の状況を想定すれば､苦しんでいる人を見ても泣くほど感動することはむずかしい。しかしその人が感じていることをすべて言う時間を与えてみれば、人はすぐに泣き出すだろう。そのようにしてはじめて悲劇はその効果をもたらすのだ。[53]

この章では前半で絵図や身振りなどの視覚的な手段によって瞬間的に強い印象を与えることができることが強調されてい

るため、それがルソーの言語論であると思われがちであるが、その部分は実際には譲歩節のような役割しかもっていない。この章の後半では逆に音声言語の説得力が強調され、しかも「繰り返し耳を打つ弁舌による連続的な印象」という表現にあるように、その説得力の源泉はリズムと不可分である。そして、この対立の基底にあるのは身体的欲求と精神的欲求（または情念）の二項対立であり、それは人間の身体的・動物的側面と精神的・道徳的側面に対応している。つまり、ルソーによる音声言語の優位性はリズムと不可分であり、それはまた、精神性の発露である声を自然＝起源とし、分節＝子音やハーモニーを人為とする論理と一体である。このように、ルソーのリズム論は同時代の音楽論の踏襲にすぎないように見えながら、彼独自の人間論と不可分である。

反復と夢想

さらに、ルソーのリズム論において注目するべきことは、彼がリズムの魅力の原因が反復にあることを指摘した点であり、それは今まで挙げたいくつかの文章で触れられている。たとえば、先ほどの『言語起源論』第一章の一節では、「繰り返し耳を打つ弁舌による連続的な印象」L'impression successive des discours, qui frappe à coups redoublés と表現され[54]、『音楽辞典』の項目「リズム」では「ある時は均一であるときは変化をもったその繰り返し」ces retours tantôt égaux tantôt variés と形容されている。さらに、先ほど引用した『言語起源論』第十二章の一節でも、反復が言語と音楽の主要な起源の一つとされている（「リズムの周期的で拍子をもった繰り返し les retours périodiques et mesurés du rythme、抑揚の音楽的な上げ下げは言語とともに詩と音楽を生んだ」）。このように、ルソーは単に詩的韻律との関連でリズムをとらえるのではなく、反復という、音節の長短とは別の原理にもとづいてとらえている。

ルソーが文体の韻律を非常に重視していたことはよく知られているが、そこには詩的な韻律だけでなく、このようなリズム論も反映されていると考えるのは無理ではないだろう。ルソー自身は音楽論と文体の関係を明確に表明しているわけではないが、思想的著作であれ、小説や自伝作品であれ、彼は常に読者に効果的に印象を与える方法を意識して利用していた。特に夢想に関連したくだりでは、リズミカルな音の反復がきっかけとされている箇所もある。たとえば『新エロイーズ』第四部第十七書簡では、二人の主人公はメユリで過去の恋愛感情が呼び覚まされて激しい動揺を経験した後、船でレマン湖対岸のクラランに戻るが、サン＝プルーは船上でオールの音によって夢想へ誘われる。それは「均一でリズミカルな音」le bruit égal et mesuré と形容され、音楽的な反復という性質が浮き彫りにされている。

気づかないうちに月が昇り、湖水は静まり、ジュリは出発することを提案しました。船に乗るために私は彼女に手をさしのべ、彼女の隣に座ってもはや彼女の手を離そうとは思いませんでした。私たちは深く沈黙したままでした。私はオールの均一でリズミカルな音によって夢想に誘われました。シギの鳴き声はやや快活なものですが、それを聞いて私は楽しくならずに悲しくなりました。少しずつ、私は自分にのしかかる憂鬱さが増していくのが感じられました。[55]

『孤独な散歩者の夢想』の中の有名な「第五の散歩」においても、夢想のきっかけとなるのはさざ波による規則的に反復する音である。

夕べが近づくと私は島の頂から降りて、好んで湖の岸辺、砂浜の上の人目につかない場所に座りに行くのだった。そこでは、波の音と湖水のざわめきによって感覚がとらえられ、心からほかのいかなる動揺も追い払われ、心は甘美な夢想に沈み、しばしば気づかないうちに夜になってしまうのだった。寄せては返す湖水、連続的だけれども時々強まるその音が私の耳と目にたえず印象を与え、夢想によって私のうちに消されていた内なる心の動きを埋め合わせて、考える必要もないまま、私の存在を快く感じさせてくれるのに十分だった。ときおり、湖面によって思い起こされた、この世のものごとの移ろいやすさについての、はかなく短い考えが浮かぶのだった。しかしやがてそのわずかな印象は、私を揺らしていた切れ目のない動きの中に消え去り、その

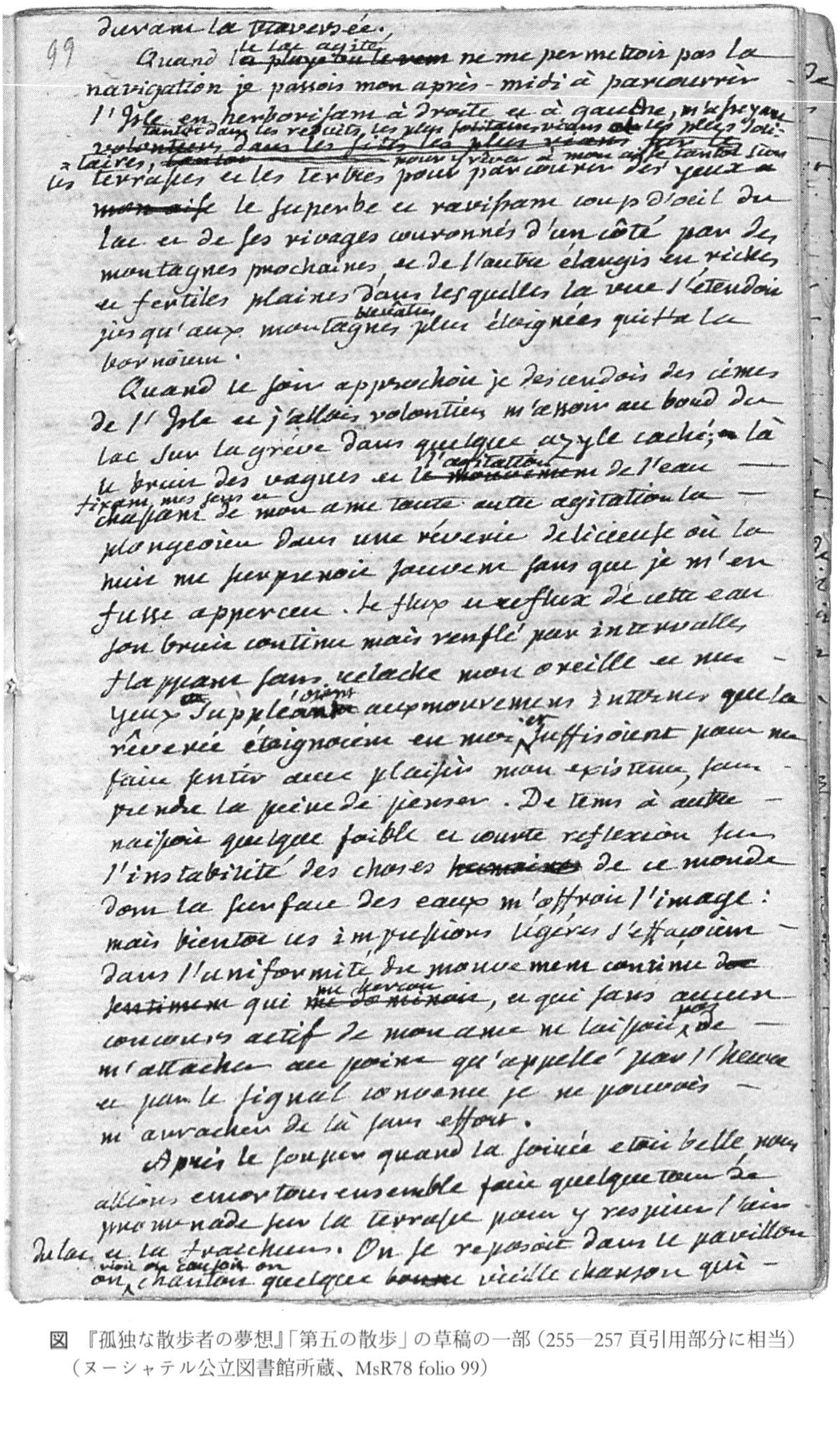

図　『孤独な散歩者の夢想』「第五の散歩」の草稿の一部（255―257 頁引用部分に相当）
（ヌーシャテル公立図書館所蔵、MsR78 folio 99）

動きは私の心が自分から何もしなくても私を引きつけずにはいなかった。[56]

このくだりでは夢想のきっかけが規則的な音であるだけでなく、文章自体も緩やかに続く文節の組み合わせによって、穏やかな反復のリズムを作り出していることはよく知られている。『孤独な散歩者の夢想』では、ルソーが味わった幸福な時間を再び体験することが書く行為の重要な動機と目的であることが冒頭で表明されているが、特にこの「第五の散歩」では純粋な自己存在感による幸福をよみがえらせることを主眼としている。そしてこの一節のリズミカルな文体は、単に自然界の音の表現でもなく、単に過去の幸福の叙述でもなく、書く行為の主体を夢想に導くための手段でもある。

リズミカルに反復する形を使った文章としては、『告白』第六巻の冒頭部分も有名であり、当時ヴァラン夫人が住んでいた住居の名称から、「レ・シャルメットの牧歌」と形容されている。そこでは特定の事件や行為が述べられているわけではなく、ヴァラン夫人との生活が語られているだけであり、それは平凡な日常の情景の繰り返しである。そしてその単調な生活の中の幸福を語る方法それ自体もこの述懐の対象になっており、それはまさに、反復をもって平穏さを語る、という手法である。

ここに私の人生の短い幸福が始まる。ここに、私が生きたと言う権利を私に与えてくれる、平穏だけれども短い瞬間がやってくる。〔……〕どうすれば、かくも感動的で単純な話を好きなだけ引き延ばすことができるだろうか。常に同じことを繰り返して言い、しかも、私がたえずそれを繰り返しながら退屈しなかったのと同じように、読者を退屈させないためにはどのようにすればいいのだろうか。それが事実や行為や言葉からなるのだったら、私は何らかの仕方でそれを叙述して表すことができるだろう。しかし、言われもせず、行われもせず、考えられもせず、その感情それ自体以外に自分の幸福の対象を何も言えないまま、ただ味わわれ、感じられたことを、どのように言うことができるだろうか。私は日の出とともに起きて幸福だった。散歩をして幸福だった。ママンに会って幸福だった。彼女のもとを離れて幸福だった。林や丘をめぐり、谷をさまよい、読書をし、何もせずにいて、庭仕事をして、果実を摘み、家事を手伝い、幸福はいたるところで私についてきた。幸福は特定できる何かにあるのではなく、すべて私のうちにあり、一瞬も私から離れることはなかった。[57]

叙述の方法についての自問の後、日常のありふれた行動が半過去形で並べられ、それに「幸福だった」というやはり半過去形の節がリフレーンのように続いている。短い文章の連続や類似の要素の反復によって、逆に時間の持続が語られ、それが語り手と読者をともに夢想の世界へと連れて行く。さらに、この一節が本章冒頭で引用したツルニチニチソウの逸話の直前に置かれていることも偶然ではあるまい。この逸話はこの時期の最も印象深いできごととして語られており、両者は全体と部分の関係にある。「人生で最も幸福」とされる時期を語るにあたり、その一方の側面には反復による夢想の誘発という手法が見られ、他方では「記憶の記号」による想起が語られており、この部分で記憶や夢想に関連する手法が意識的に使われていると言える。

ルソーの文体や創作技法にはほかにもさまざまな要素があり、すべてが音楽論と関連しているわけではない。また、リズム論はルソーの音楽理論において、メロディーとハーモニーのように理論的対立項をなしているわけでもなく、声やメロディーや「記憶の記号」といった問題に比べれば、人間論などルソーの思想のほかの側面とのつながりも弱い。さらに、ルソーのリズム論は詩学の伝統や同時代の音楽論から受け継いだ要素が多く、リズムの重要性は初期の『百科全書』の項目にもすでに見られる傾向である。しかしその一方で、『言語起源論』や『音楽辞典』では、リズムとメロディーの一体性や反復による魅力がより明確に主張されているようである。そしてそのような特徴は、リズムがルソーの音楽論を貫く二項対立図式（メロディー＝精神＝自然／ハーモニー＝物質＝人為、など）の枠内に組み込まれてはじめて可能になったことであることは示したとおりである。このように見れば、想起の詩学が「精神的効果」の理論と不可分であるように、夢想の詩学はルソーの音楽論およびその基盤となっている人間論と深く結びついている。

注——

1　たとえば、Robert Osmont, « Les théories de Rousseau sur l'harmonie musicale et leurs relations avec son art d'écrivain », dans Comité national pour la commémoration de Rousseau, *Rousseau et son œuvre — Problèmes et recherches* —, Klincksieck, 1964, p. 329–347（簡潔さなど、ルソーの文体のいくつかの特徴がルソーの音楽論との関連で論じられている）。Matsumi Sekine, « Le style musical de J.-J. Rousseau », *Etudes de langue et littérature françaises*, n° 4, 1964, p. 37–50（文体と音楽論の関係も論じられているが、感覚経験の記述の仕方が論じられている）。より最近のもので、ルソーの言語論・音楽論と文体の関係を論じた研究としては、André Wyss, *Jean-Jacques Rousseau. L'accent de l'écriture*, Neuchâtel, La Baconnière, 1988 が挙げられる。

2　この点については特にアンドレ・ヴィスの前掲書で扱われている。

3　*Les Confessions*, l. VI, *Œuvres complètes*, Gallimard, « Bibliothèque de la Pléiade », t. I, p. 226. 文中のクレシエはスイス、ヌーシャテル近くの町。ルソーの作品からの引用はすべてこの版により、それを O. C. と略記し、巻号をローマ数字によって表す。なお、ルソーからの引用については著者名を省略して作品名のみを明記する。

4　*Dictionnaire de musique*, art. « Musique », O. C. V, p. 924. なお、「記憶の記号」については、次の文献ですでに論じられている。Georges Poulet, *Etudes sur le temps humain* 1, Ed. du Rocher, 1976 (1952), p. 229–231 ; Jean Starobinski, *Jean-Jacques Rousseau. La transparence et l'obstacle*, 2e éd., Gallimard, « Tel », 1971, p. 196 *sq*.

5　*Essai sur l'origine des langues*, ch. XIII, O. C. V, p. 412.

6　*Ibid*, ch. XV, O. C. V, p. 417.

7　*Ibid*., p. 418.

8　この点についてはたとえば Georges Snyders, *Le Goût musical en France au XVIIIe siècle*, ch. I, PUF, 1968, p. 17 *sq*. などで論じられている。

9　*Julie ou la Nouvelle Héloïse*, IVe partie, l. 17, O. C. II, p. 517 *sq*.

10　Etienne Gilson, « La méthode de M. de Wolmar », dans *id*., *Les Idées et les lettres*, Vrin, 1955, p. 273 *sq*.

11　Chateaubriand, *Mémoires d'outre-tombe*, l. II, ch. 9, éd. J.-C. Berchet, Bordas, « Classiques Garnier », t. I, 1989, p. 203.

12　Nerval, *Les Filles du feu*, « Sylvie », *Œuvres complètes*, éd. J. Guillaume et C. Pichois, Gallimard, « Bibliothèque de la Pléiade », t. III, 1993, p. 540.

13　この問題は、次の拙論ですでに論じた。Makoto Masuda, « Nation et universalité dans la théorie musicale de Rousseau », dans *Jean-Jacques Rousseau, politique et nation*, éd. Robert Thiéry, Champion, 2001, p. 371–385.

14　*Dictionnaire de musique*, art. « Chant », O. C. V, p. 695. 引用文中の「ペレール氏」はこの時代におけるろうあ者教育の先駆者の一人。

15　『音楽辞典』はプレイヤッド版ルソー全集の第五巻に収録されているが、『百科全書』の項目は収録されていない。二つのテクストの異同について、プレイヤッド版全集では第五巻末尾の注で、「伴奏」« Accompagnement »という一項目だけを例にして対照されている。クロード・ドーファンによる『音楽辞典』の校訂版では、二つのテクストが掲載されている。Claude Dauphin éd., *Le Dictionnaire de musique de Jean-Jacques Rousseau : une édition critique*, Peter Lang, 2008.

16 *Encyclopédie*, art. « Chant », t. III, 1753, p. 141a. カユザック（Louis de Cahusac, 1706–1759）は劇作家、批評家。劇作品のほか、バレーやオペラの台本を書き、ラモーによって音楽がつけられたものもある。『古代と近代のダンス、あるいは歴史的舞踊論』*La Danse ancienne et moderne ou Traité historique de la danse*（1754）というバレー論も残している（Desjonquères 社による近代版あり）。

17 *Encyclopédie*, art. « Chanter » (Cahusac), t. III, 1753, p. 144b.

18 *Dictionnaire de musique*, art. « Chanson », *O. C.* V, p. 690.

19 *Encyclopédie*, art. « Chant » (Cahusac), t. III, 1753, p. 141b–142a.

20 Diderot, *Le Neveu de Rameau*, dans *Œuvres. II. Contes*, éd. L. Versini, Laffont, « Bouquins », 1994, p. 679–680.

21 Morellet, *De l'expression en musique et de l'imitation dans les arts* (1759), dans *Mélanges de littérature et de philosophie du XVIIIe siècle*, 1818, t. I, p. 386.

22 De Brosses, *Traité de la formation mécanique des langues et des principes physiques de l'étymologie*, 1765, t. I, p. 277.

23 Du Bos, *Réflexions critiques sur la poésie et sur la peinture*, Première partie, Section XLV, 7e éd., 1770 (1ère éd., 1719), p. 467 ; Slatkine Reprints, 1982, p. 124.

24 Descartes, *Discours de la méthode*, Cinquième partie, *Œuvres philosophiques*, éd. F. Alquié, « Classiques Garnier », t. I, 1988, p. 630–631.

25 『百科全書』の項目「記号」では、記号は「偶然的記号」signes accidentels、「自然の記号」signes naturels、「制度的記号」signes d'institution に区別され、「自然の記号」は「喜び、恐怖、苦痛等の感情のために自然が定めた記号」と定義されている（*Encyclopédie*, art. « Signe », t. XV, 1765, p. 188a）。コンディヤックの『人間認識起源論』では、叫びは情念や知覚の「自然の記号」とされ、身振りとともに言語の起源とされている（Condillac, *Essai sur l'origine des connaissances humaines*, Seconde partie, Section première, Chapitre premier, §2, éd. Ch. Porset, Galilée, 1973, p. 194–195）。「自然の記号」という用語が使われない場合でも、間投詞や擬音語が感情の自然な表現とされ、原初的な言語とされることは多い。たとえば、『百科全書』の項目「間投詞」（« Interjection », t. VIII, 1765, p. 828b）や項目「言語」（« Langue », t. IX, 1765, p. 257b, 260b, 261b）にそのような例が見られる。なお、十八世紀の音楽論における「自然の記号」の問題は、特に Belinda Cannone, *Philosophies de la musique. 1752–1789*, Aux Amateurs de livres, 1999, p. 42 *sq.* で論じられている。

26 この点におけるルソーと百科全書派の対立は Belinda Cannone, *ibid.*, p. 56 でも指摘されているが、人間論レベルの対立には触れられていない。

27 *Emile*, l. II, *O. C.* IV, p. 404–405 ; l. IV, p. 546–547.

28 « De l'origine de la mélodie », *O. C.* V, p. 331.

29 たとえば、Pierre-Maurice Masson, « Contribution à l'étude de la prose métrique dans *la Nouvelle Héloïse* », *Annales de la Société Jean-Jacques Rousseau*, t. V, 1909, p. 259–271 ; Robert Osmont, « Contribution à l'étude psychologique des *Rêveries du promeneur solitaire*. La vie du souvenir. — Le rythme lyrique », *Annales de la Société Jean-Jacques Rousseau*, t. XXIII, 1934, p. 7–135 ; Pierre

Moreau, « Remarques sur le style du sixième livre des *Confessions* », *Revue universitaire*, vol. 66, 1957, mars-avril, p. 80–85, mai-juin p. 139–145.

30 *Dictionnaire de musique*, art. « Rhythme », O. C. V, p. 1023.

31 *Ibid.*, p. 1026.

32 *Ibid.*, art. « Mélodie », O. C. V, p. 884.

33 *Ibid.*, art. « Temps », O. C. V, p. 1112–1113 ; *Encyclopédie*, art. « Temps », t. XVI, 1765, p. 121a.

34 *Lettre sur la musique française*, O. C. V, p. 292.

35 Du Bos, *op. cit.*, Troisième partie, Section II, éd. citée, p. 296–297. なお、バトゥーは、アリストテレスの挙げている四つの要素を踏襲して、音楽は拍子（mesure）、テンポ（mouvement）、メロディー、ハーモニーによって規定されていると述べている。Batteux, *Les Beaux-arts réduits à un même principe*, éd. critique par Jean-Rémy Mantion, Aux Amateurs de livres, 1989, p. 245. ルソーは「バーニー氏への手紙」のようにリズムと拍子を区別している場合もある（O. C. V, p. 449）が、前掲の引用のように両者をまとめて広い意味で「リズム」と形容していることも多いようである。

36 *Lettre à M. Burney, loc. cit.*

37 *Essai sur l'origine des langues*, ch. IV, O. C. V, p. 383. なお、母音（voyelle）と声（voix）を同一視し、分節（articulation）すなわち子音（consonne）によって区切られるとするのは、当時の言語論やフランス語論で広く流布した用語法のようである。

38 *Ibid.*, ch. XII, O. C. V, p. 410.

39 *Ibid.*, ch. XIX, O. C. V, p. 426.

40 *Dictionnaire de musique*, art. « Battre la mesure », O. C. V, p. 665.

41 *Ibid.*, p. 663 :「イタリアでは拍子は音楽の魂である。イタリア音楽をかくも魅力的にする抑揚を与えるのは、正しく感じられた拍子である。」

42 そのような事情から、十八世紀の音楽論に関する研究文献でも、リズムはあまり取り上げられていないようである。たとえば、G. Snyders, *op. cit.* や B. Cannone, *op. cit.* でも、リズムについてはあまり触れられていない。数少ない例外として、Béatrice Didier, « Le rythme musical dans l'*Encyclopédie* », *Recherches sur Diderot et l'Encyclopédie*, nº 5, 1988, p. 72–90 が挙げられる。この論文では『百科全書』ばかりでなくルソーを含めた十八世紀の多くの作家が取り上げられており、多くの示唆を得た。

43 Sébastien de Brossard, *Dictionnaire de musique*, Amsterdam, 1708, Minkoff Reprints, 1992.

44 この点はディディエ氏の前掲論文でも指摘されている（p. 74 *sq.*）。リズムが体系的に研究されるようになったのは十九世紀初めからとされている（Marc Vignal (dir.), *Dictionnaire de la musique*, Larousse, 2001, art. « Rythme », p. 740）。

45 Brossard, *op. cit.*, p. 76 : « Musique métrique. C'est cette cadence harmonieuse qu'on entend quand on déclame ou qu'on prononce bien les vers. » また、「拍子のある音楽」Musique mesurée は「あるテンポに従うべき音符の長さが不均等である音楽」と説明され、Musica piana（教会で歌われる、音符の長さが均等な曲）の逆であるとされている。さらに、Mesure という用語を見ると、Battuta への参照指示があり、そこでは、手を上下させる動きによって音の長さを示すことと説明される。

46 Du Bos, *op. cit.*, Troisième partie, Section II, « De la Musique rythmique », éd. citée, p. 296 *sq*.

47 *Encyclopédie*, art. « Musique » (Rousseau), t. X, 1765, p. 898b.（この項目が含まれている第十巻の出版は『音楽辞典』よりわずか二年前であるが、ルソーは自分の担当項目を一七四九年頃に一括して執筆して提出したはずである。）

48 *Dictionnaire de musique*, art. « Musique », *O. C.* V, p. 917.

49 *Essai sur l'origine des langues*, ch. XII, *O. C.* V, p. 411.

50 Batteux, *op. cit.*, p. 232.

51 Mably, *Lettres à Madame la marquise de P. sur l'opéra*, P., 1741, Boston, AMS Reprints, 1978, p. 74-75.

52 Morellet, *op. cit.*, p. 388.「穏やかだがアンダンテなテンポと精神の平穏の間には関係があり、闊達なテンポと陽気さの間には関係がある。そして逆の理由により、歌の緩慢さと悲しみの間に関係がある」（傍点部分は原文ではイタリック）。

53 *Essai sur l'origine des langues*, ch. I, *O. C.* V, p. 377-378.

54 ディディエ氏の前掲論文（p. 84）で指摘されているように、『音楽辞典』の項目「節《ふし》（アリア）」« Air » でも繰り返しの効果が強調され、引用文に類似した文章が見られるが、この部分も『百科全書』の項目にはない。「まさに正しく聞き取られたその反復によって、まさにその繰り返し ces coups redoublés によって、最初は感動しなかった表現が、ようやく人を揺り動かし、揺さぶり、夢中にする。」*Dictionnaire de musique*, art. « Air », *O. C.* V, p. 640.

55 *Julie ou la Nouvelle Héloïse*, IVe partie, l. 17, *O. C.* II, p. 520.

56 *Les Rêveries du promeneur solitaire*, « Cinquième promenade », *O. C.* I, p. 1045.

57 *Les Confessions*, l. VI, *O. C.* I, p. 225-226.

参考文献

Jean-Jacques Rousseau, *Essai sur l'origine des langues. Fac-similé du manuscrit de Neuchâtel*, Introduction de Jean Starobinski, Champion, 1997.

Peter D. Jimack, *La Genèse et la rédaction de l'* Émile *de J. -J. Rousseau. Etude sur l'histoire de l'ouvrage jusqu'à sa parution. Studies on Voltaire and the Eighteenth Century*, vol. XIII, 1960.

Pierre-Maurice Masson, *La « Profession de foi du vicaire savoyard » de Jean-Jacques Rousseau. Edition critique d'après les Manuscrits de Genève, Neuchâtel et Paris avec une introduction et un commentaire historiques*, Fribourg-Paris, 1914.

Hermine de Saussure, *Rousseau et les manuscrits des* Confessions, P. Boccard, 1958.

Yannick Séité, *Du Livre au lire*, La Nouvelle Héloïse *roman des Lumières*, Champion, 2002.

研究ノート

十八世紀の草稿——地下文書と手書きの完成品

増田 真

十九世紀以降の文学に関する草稿研究は特定の作品の生成過程の研究であることが多いが、十八世紀以前については、それとは異なる要素が含まれることが多い。そもそも、印刷された作品／手書きの草稿（avant-texte）という対立は自明のものではなく、「手書きの本」というものがまだ存在した時代については、完成された作品なのに手書きのまま残されているものや、印刷できずに草稿の状態で伝わったものなどもある。

地下文書

印刷できずに草稿のまま残されたものの典型的な例として「地下文書」manuscrits clandestins と総称される一群の文書がある。言論・出版に対する統制がまだ厳しかった時代、反キリスト教思想など、異端とされた思想の表現・伝達の手段としては手書きの原稿を個人的に手渡すしかなく、その一部が匿名で印刷されたり、草稿のまま残されたりしている。十八世紀について「草稿研究」という場合、作品の生成研究よりも、この分野を指すことの方が多いだろう。有名な例としては『三詐欺師論』*Traité des trois imposteurs* が挙げられる。これは作者不詳で、『スピノザの精髄』*L'Esprit de Spinosa* という題名がついていることもある。制作年代もわからないが、筆写されて流布し、多数のヴァージョンが知られている。別の重要な例はジャン・メリエの『遺言書』*Testament* である。メリエはシャンパーニュ地方の司祭だったが、ひそかに反キリスト教文書を書き残していた。それは彼の死後に発見され、処分されたはずだったが、写本が流通し、ヴォルテールもその内容を和らげて、『軍人哲学者』*Le Militaire philosophe* という題名をつけて一部を紹介した。このような地下文書は啓蒙思想の形成と流布を考える上で重要な分野であり、近年盛んに研究されている。海外では多くの近代版や校訂版が出版されているほか[1]、専門研究誌『地下書簡』*La lettre clandestine* も刊行されている。日本国内でも赤木昭三氏の『フランス近代の反宗教思想』（岩波書店）や三井、石川両氏によるメリエの『遺言書』の翻訳があり、ほかの主要な地下文書も野沢協氏のチームによって

『啓蒙の地下文書』（ともに法政大学出版局）という題で紹介されつつある。

手書きの完成品

逆に、完成体でも印刷されなかったものの一例として『文芸通信』*Correspondance littéraire* が挙げられる。これはディドロの友人だったグリムとマイスターの編集による定期刊行物で、ヨーロッパの王侯貴族向けのものだった。この時代の代表的な定期刊行物で、ディドロの作品が掲載されたことも多く、重要なものであるが、部数はごくわずか（数部〜十数部）で、実態は手書きだった。（現在図書館などで見られるのは十九世紀になってからあらためて印刷されたものである。）[2]

また、文学作品の発表形態としては、印刷物として刊行される前にサロンなどの場で朗読されることも多かった。そのため、創作年代と出版年代が一致しないこともあり、匿名出版なのに同時代人の証言などから作者が明らかになっているケースも珍しくなかった。

さらに、作家が自ら自作を筆写して贈呈することもあったようである。その例としては、ルソーの『新エロイーズ』について、片思いの相手ドゥドト夫人のために筆写した「ウドト写本」Copie Houdetot（個人蔵）や、庇護者であった大貴族リュクサンブール元帥の夫人に贈呈するために自分で筆写した「リュクサンブール写本」Copie Luxembourg（国民議会図書館所蔵）が知られている。[3]

主要作家の草稿とその研究

十九世紀以降の作家の場合と異なり、十八世紀の作家についてては作品の草稿が残されていないことが多く、それは当時の執筆、出版の慣行によるところが大きい。経済的に余裕のある作家は秘書や職業的な「写本家」copiste に清書させることが普通で、ヴォルテール、ディドロもそうだった。また、清書された決定稿は出版社、印刷業者に預けられ、印刷用の記号などが記入され、最終的には処分されたため、残っていないことが多い。

しかし、この時代の主要な作家のうち、草稿の一部が保存されている場合もある。

モンテスキューについては、主要作品以外の草稿（メモ、旅行記など）も以前から出版されているが、未整理の草稿類も居館だったラ・ブレード城 Château de La Brède にまだ残されている。その目録がすでに出版されている[4]ほか、その草稿にもとづく新しい全集版が数年前から刊行されている。[5]

ヴォルテールの場合、多くの草稿類がジュネーヴのヴォルテール博物館（かつて本人が住んでいたレ・デリスの屋敷）に残されており、その目録の出版が準備されている。また、ヴォルテールの死に際してその蔵書がロシアのエカテリーナ二世に買い取られたため、草稿の一部もサンクト＝ペテルスブルクに残されている。より具体的な例では、『カンディード』第十九章、第二二章の草稿がパリのアルスナル図書館にあり、それは秘書によって写され、さらにヴォルテール自身が自筆で訂正などを書き込んだものである。

ルソーは、この時代の作家としては草稿類がかなり残っている場合と言えるだろう。作品によってかなり事情が異なり、初期の『学問芸術論』と『人間不平等起源論』については断片的な草稿が残っているだけで、『社会契約論』は最終稿がなく、『エミール』は印刷用最終稿がジュネーヴの図書館に残されている。ルソーの作品の中で、最も草稿類が豊富に残っているのは『新エロイーズ』で、五つの段階が知られている。[6]『言語起源論』についてはルソーの自筆原稿（完成原稿）がヌーシャテル図書館にあり、『告白』は完成原稿としては「パリ草稿」（国民議会図書館）とジュネーヴ草稿（ジュネーヴ大学図書館）の二種類のほかに「ヌーシャテル草稿」（第一巻から第四巻までの初稿のみ）が存在する。絶筆となった『孤独な散歩者の夢想』はやや変わったケースで、原稿のほか、ルソーが散歩の途中で考えを書き取るのに使ったトランプがヌーシャテル図書館に残されている。

ルソーの草稿として有名なものとして『社会契約論』第一稿（「ジュネーヴ草稿」）や『エミール』の「ファーブル草稿」Manuscrit Fabre があり、いずれもその作品の完成形態の草稿ではなく、未完成のまま放棄されたもので、完成形態とは構成などを含めて、かなり大きな違いが見られる。（どちらも、プレイヤッド版全集に収録されている。）

ルソーの草稿類は大部分、すでに整理、研究が行われ、現在読まれているテクストはそれにもとづいている。プレイヤッド版全集などには、各作品について草稿の状況が記載されているほか、ファクシミリ版が出版されている草稿もある。[7]

他方、比較的最近発見された草稿としては、「旋律の起源」[8]が挙げられる。これは一九七四年に、二人の研究者によって別々に、しかしほぼ同時に発表されたものである。[9]プレイヤッド版にして十数ページの短い断片であり、題名もルソー自身がつけたものではなく編者によるものだが、『言語起源論』の生成過程を知る上で貴重なものである。

以前から知られていた草稿について、新たな解釈が提起される場合もある。たとえばジュネーヴとヌーシャテルに保存されている戦争に関する断章は別々のものと思われていたが、それらのうちの一部が一連のものとして読めることが最近になって明らかにされた。[10]

ディドロは、この時代の作家の中でも、草稿に関しては最も厄介なケースかも知れない。それは、作品の大半は死後出版であるという事情にもよる現象である。一七四九年、『盲人書簡』の出版を理由に逮捕投獄されてから晩年の『セネカ論』まで、ディドロは『百科全書』以外は作品を出版しなかった。その間の作品は、『文芸通信』にだけ掲載されたり、草稿のまま残されたり、一般読者の目に触れることはなく、今日ディドロの主要作品とされているものの多くは、同時代では存在さえ知られていないことが多い。そのような事情もあり、ヴァージョンによってテクストがかなり異なる作品が多い、というのも特徴である。草稿、蔵書のかなりの部分はディドロの死後、やはりエカテリーナ二世の所有になった（援助、保護と引き替えに、エカテリーナが買い上げ、ディドロの生前は「無期限貸与」という形を取っていた）事情から、今でも多くの資料がサンクト・ペテルスブルクに存在し、以前は「レニングラード草稿」などと形容されていた。そのほか、ディドロの友人ネジョンが保管していた草稿（ネジョン原稿群）、ディドロの娘アンジェリク・ド・ヴァンドゥルが所有していた資料があり、フランス国立図書館に保管されている。[11]

サドの一部の作品（『美徳の不幸』など）の草稿はフランス国立図書館に所蔵されており、それについてはプレイヤッド版作品集の注記で解説されている。『ソドムの百二十日』の草稿が、サドがバスティーユからシャラントンの病院に移送された際に城内に残され、その後発見されたことはよく知られているが、今は公開されていない。最近、『恋の罪』など、サドの草稿の一部がファクシミリ版で公開された。[12]

注

1　たとえば、ヴォルテール財団 Voltaire Foundation から「自由思想と地下文学」Libre pensée et littérature clandestine というシリーズが出版されている。

2　目下、国際十八世紀研究所 Centre International d'étude du dix-huitième siècle による新版が刊行されつつある。

3　Nathalie Ferrand, « J. -J. Rousseau, du copiste à l'écrivain. Les manuscrits de *la Nouvelle Héloïse* conservés à la Bibliothèque de l'Assemblée nationale », dans *Ecrire aux XVIIe et XVIIIe siècles. Genèse de textes littéraires et philosophiques*, dir. Jean-Louis Lebrave et Almuth Grésillon, CNRS Editions, 2000, p. 191–212.

4　Louis Desgraves, *Inventaire des documents manuscrits des fonds Montesquieu de la Bibliothèque municipale de Bordeaux*, Droz, 1998 ; Catherine Volpilhac-Auger, *L'Atelier de Montesquieu : manuscrits inédits de La Brède*, Oxford, Voltaire Foundation, 2001.

5　Jean Ehrard et Catherine Volpilhac-Auger (dir), *Œuvres complètes de Montesquieu*, Voltaire Foundation, 1998–.

6　Nathalie Ferrand, *op. cit*, p. 198 *sq*.

7　Jean-Jacques Rousseau, *Essai sur l'origine des langues. Fac-similé du manuscrit de Neuchâtel.* Introduction de Jean Starobinski, Champion, 1997, p. 152.

8　« L'origine de la mélodie », dans *Œuvres complètes* V, Gallimard, « Bibliothèque de la Pléiade », 1995, p. 329–343 ; « manuscript autographe de la bibliothèque de la ville de Neuchâtel, Ms. R. 60 ».

9　Marie-Élisabeth Duchez, « *Principe de la mélodie* et *Origine des langues*. Un brouillon inédit de Jean-Jacques Rousseau sur l'origne de la mélodie », *Revue de musicologie*, t. XL, 1974, n°s 1–2, p. 33–88 ; Robert Wokler, 'Rameau, Rousseau and the *Essai sur l'origine des langues*', *Studies on Voltaire and the Eighteenth Century*, vol. CXVII, 1974, p. 179–238.

10　Rousseau, *Principes du droit de la guerre. Ecrits sur la paix perpétuelle.* Sous la direction de Blaise Bachofen et Céline Spector. Edition nouvelle et présentation de l'établissement des textes par Bruno Bernardi et Gabriella Silvestrini, Vrin, 2008.

11　ディドロの原稿類については、中川久定『ディドロ』、講談社、「人類の知的遺産」、一九八五年、三三九頁以下に簡潔に紹介されており、この記事もそれに依っている。

12　Michel Delon, *Les Vies de Sade*, t. 2, Editions Textuel, 2007.

第10章　プルーストと写真芸術

小黒昌文

一八三九年八月十九日、フランス科学アカデミーと芸術アカデミーの合同会議の場において、「ダゲレオタイプ」daguerréotype と名づけられた写真術に関する詳細が初めて公のものとされた。発明の事実が明らかにされた同年一月の報告から七ヶ月、写真はついに、その未来に向けて決定的な一歩を踏み出したのである。

写真の歴史は、今日ようやく一七〇年を数えたばかりでしかない。しかし、「記憶をもった鏡」とも呼ばれたこの新たな視覚形式は、誕生以来、目の眩むような速度で成長を遂げ、技術的な進歩とともに様々な役割を獲得することによって社会生活に浸透していった。そして、「機械の眼」という新たな表現技法が生み出す未知なる視覚体験は、既存の造形芸術はもちろんのこと、科学や医学、文学、歴史学といった多様な領域と接点を持ちながら、時代の感性に少なからぬ影響を及ぼしてゆく。

なかでも重要だと思われるのは、写真の誕生と発展が、伝統的な美的規範や写実主義的な価値観に対する揺さぶりとなって、人間の視覚がとらえる「現実」をめぐる根本的な問い直しをうながす契機となったことであろう。だからこそ、写真について考えること――技術的な変遷や撮影スタイルの変化、あるいは写真をめぐって紡がれる様々な言説や、社会的な流行について考察すること――は、十九世紀から今日にいたる流れのなかで、ひろく「ものの見かた」を特徴づける文化的・社会的な感性の本質を問うことにも通じるのである。

本稿では、肉眼とは一線を画したこの「もう一つの眼」がマルセル・プルースト（一八七一―一九二二）の創作にどのような痕跡を残したのか検証したいと思う。ただしここで直接に分析対象とするのは作家の残した草稿群ではない。

二〇〇八年から開始された草稿帳（「カイエ」）の出版に象徴されるように、[1] プルースト研究においては草稿研究がきわめて豊かな成果をもたらし続けている。いっぽう近年では、そうした流れと平行するようにして、作家と時代との関わりを改めて問い、同時代の文化的・社会的な事象との関係を検証することで、作品の成立背景を明らかにしようとする試みも積極的におこなわれてきた。[2]

写真を主題とするにあたって着目したいのは、いわばそうした広義での作品生成の一側面であり、世紀転換期の重要なトポスとしての写真が作家とのあいだに切り結んだ関係である。とりわけ、写真の誕生以来つねに問われ続けてきた、その芸術性をめぐる問題について、作家がどのような意識を持ち、それがいかなる形で小説作品に反映されているのか、以下に考察を試みたい。

1 写真をめぐる日常

みずから積極的にカメラを手にすることこそなかったものの、プルーストは写真に対して関心をもちつづけ、ときには執着ともよべるような思いすら抱いていた。書簡や友人知己の回想・証言などをひもとけば、たしかに写真が、早くから作家の日常に入り込んでいたことがわかる。[3] そして、彼の生きた時代に目を向ければ、それが彼に限られたことなどではなく、同時代の人々が多かれ少なかれ共有する環境であったことも理解されるだろう。

ダゲレオタイプの発明から四〇年が経過しようとしていた一八七〇年代末、写真術は、機械自体の性能や写真家の技術の加速度的な向上を背景として、「最初の円熟期」を迎えつつあったといわれている。

その後次々に実現されてゆく写真映像の数々――天体写真やエックス線写真、動体の連続写真など――が、機械的な直接性と精密な記録性を発揮して新たな視覚世界を切り開き、十九世紀末から二〇世紀初頭にかけて、多くの驚嘆と戸惑いを生んだことは改めて強調するまでもない。

そして、それは同時に、写真の所有がさらなる大衆化を進めていた時期でもあった。肖像写真をめぐる流行を原動力としながら十九世紀後半を通じて展開されてきた写真の購入・贈与・交換は、作品の流通経路の確立やコストダウンの実現によって、いっそう積極的な動きを見せている。くわえて、一八八〇年代末にはフィルム充填式の「コダック・カメラ」が発表され、たんに写真を所有する、あるいは被写体としてカメラの前に立つだけでなく、みずから写真を撮影するという行為自体が身近なものとなっていったのである。[4]

一八七一年に生をうけたプルーストにとって、写真は社会生活の一部をなしており、物心のついたころにはすでに写真術の成果を直接・間接に享受できる環境に身をおいていたということができる。

たとえば、プルースト自身、少年時代から死にいたるまで何度となくカメラの前に立っており、ポール・ナダール（一八五六―一九三九）による肖像写真はもちろんのこと、[5]兵役を務めた時期に軍服を着て撮影した立ち姿や、友人たちと一緒に撮ったスナップ写真、さらには（本人の意志とは無関係ではあるが）マン・レイ（一八九〇―一九七六）が撮影したデス・マスクにいたるまで、多岐にわたる写真が今日に残されている（図1）。世紀末を代表する審美家であり、作家にとって「美の教師」でもあったロベール・ド・モンテスキウ（一八五五―一九二一）がみせたような、自分の肖像に対する過剰なまでの入れ込みや自己演出などは認められないものの、作家が映りこんだ写真からは撮影への抵抗は感じられず、その日常に写真が自然なかたちで存在していたことが十分に理解される。

またプルーストは、若い時期から友人・知人との写真交換に熱を上げており、肖像写真をはじめとした多くの写真を所有していた。女中セレスト・アルバレによれば、寝室の整理箪笥には母親や知りあいの婦人たちの写真がおさめられていたという。[6]そこには、一八九六年に他界した母方の大叔父ルイ・ヴェイユから遺品として譲り受けた女優たちの写真も含まれていたはずであるし、十九世紀の後半を通して人気を博した「名刺判写真」carte de visite や、旅行の土産としても一世を風靡した「観光写真」も混ざっていただろう。[7]

ときには、好意を持った女性たちにポートレートを譲ってくれるよう何度となく懇願し、どうにかして手に入れるための策略をめぐらすことさえあった[8]。また、折りに触れてそうした写真の数々を眺めること（あるいはそれを友人に見せること）に大きな歓びを覚えていたという証言も残っている[9]。

プルーストが蒐集全般に対する批判的な姿勢を隠すことがなかったことを思えば、写真は唯一の例外だったと言えるのかも知れない。作家は蒐集行為自体の意義を疑問視し、そこに閉鎖的、自己満足的な性格を嗅ぎつけていた。じっさい、自宅に骨董や芸術作品を配置することで独自の私的空間を創り上げるような趣向も持ち合わせてはおらず、十九世紀のブルジョワ蒐集家たちに見られた過去への執着や、空虚に対する恐怖、蒐集品が想起させる歴史的文脈へのこだわりとも無縁であった。そのなかで彼の手元には、ただ写真だけが「膨大なコレクション」を形成していたのである[10]。

しかし、プルーストにおける写真の「蒐集」は、写真の芸術性を動機としていたわけではない。作家の関心を動かしていたのは、写真そのものの美的価値ではなく、被写体に向けられた（所有の）欲望であり、稀代の観察者としての好奇心であった。

そもそも写真の授受――他者の肖像写真を所有し、自分の肖像写真を（しばしば献辞とともに）他者に与えること――は、たんなる友人関係をこえた「特権」のやりとりを意味しており、恋人同士や、思いを寄せる相手との関係にあっては、ほとんど性的な結びつきや欲望を帯びた「身振り」としても機能していた[11]。特定の人物の写真に対する作家のつよい思い入れが、こうした認識と無縁であったとは考えにくい。

いっぽう、手にした写真の数々は、「麻酔薬のせいで弱まった記憶」ながらに相手の姿を思い浮かべるさいの補助的な役割を担ってもいた[12]。それは誰にも邪魔されることのない人物観察の時間を約束したであろうし、結果として、小説の登場人物を造形する際の素材となったとしても驚くことはない。

所有や観察をめぐるこうした欲望は、やがて、『ゲルマントのほう』の一場面に取り込まれることになるだろう。ゲルマント公爵夫人の写真にたいする主人公の熱意が描かれたその一節では、本人と面と向かった状況や、曖昧な記憶をたぐり寄せるだけでは不可能な、詳細な観察を可能にする写真の力が、夫人に対する所有欲の高まりとともに称揚される。主人公にとって、夫人の写真を目にする経験は、彼女との直接の「出会い」とおなじ価値を帯びていただけでなく、彼女の容姿を思うがままに見つめることのできる「引き延ばされた出会い」として、たんなる「出会い」以上の意味をもつようにさえ思えたのである[13]。このエピソードを描いた草稿のひとつでは、夫人の写真が、絶えず動的で変化に富み、断片的にしか受け止めることのできなかった身体のイメージの「恒久性、固定性、全体性、同一性」と形容され、彼女を見つめるための「貴重な資料」と位置づけられている。これは「芸術」としての写真からの距離を示唆する一節としても興味深い[14]。

ロジェ・グルニエは、ブラッサイのプルースト論に寄せた文章のなかで、作家の生と作品における写真の重要性を強調する姿勢を支

図1 ヌイイ、ビノー大通りのテニスコートにて。椅子の上に立つジャンヌ・プーケと、ラケットを手にひざまずくプルースト（フランス国立図書館蔵）

持しながら、「写真の誕生以来続いている論争においてプルーストの立場はきわめて明確で、写真は立派にひとつの芸術、いや芸術以上のものであった」と書いている。[15]「蒐集」の例を引くまでもなく、作家が写真にたいして関心を抱き続けたことはまちがいない。だが、その関わり方をみるかぎり、グルニエのいう「論争」――写真は芸術であるか否かという問題――においてプルーストが「明確な」態度表明を示していると結論づけるのはいささか早計のように思われる。

たしかに作家は、小説のいくつもの局面で写真を重要なプロットに仕立てあげている。すでに触れた、ゲルマント公爵夫人の写真への想いはもちろん、ヴァントゥイユ嬢が亡父の写真につばを吐きかける冒涜の場面や、[16]サン＝ルーが撮影した主人公の祖母の肖像をめぐる誤解と苦しみに関するくだり[17]などがすぐに思い出されるだろう。そして、そのいずれにも、愛の対象をめぐる欲望や死、あるいは罪の意識といった、作家固有の重要な主題が織り込まれている。また、追求するべき小説美学の本質が説き明かされるにあたって、写真用語――「現像する／引き延ばす」développer、「ネガ」cliché、「暗室」chambre obscure、「スナップ写真」instantané など――が一度ならず用いられていることも、無視できない側面ではある。[18]写真的な記憶に対する作家の評価は決して高くなく、無意志的記憶とは明確に区別されているものの、[19]記憶に関する考察に写真への言及が組み込まれていること自体が、両者の不可分な関係に作家が無関心ではなかったことを示してもいる。

また、画家エルスチールが教会建築を詳細に観察する際の補助として写真を利用していたことを想起すれば、[20]写真の最大の特徴でもある記録性や、細部にいたる再現能力の高さの有効性を認めていたことも理解される。あるいは、写真を見ながら未訪のヴェネツィアに思いを馳せる主人公の様子や、[21]祖母が様々な土地のモニュメントや美しい風景（を主題とした絵画）の写真を幼い主人公にあてがうことの意味を考えれば、未知なる情景に触れる機会を与えてくれる媒体としての機能や、芸術作品の「所有」や「鑑賞」を可能にする複製としての在り方にも、作家が意識的であったことがわかる。

ただし、こうした一連の言及や書き込みもまた、写真自体の芸術性への関心を裏付けるものではないことを確認する必要がある。プルースト特有の芸術観の形成に写真が果たした役割を論じることはできるだろう。しかし、写真術から受けた影響や関心の大きさが、その芸術性への評価を意味するとは限らず、作家の場合、むしろその点が自明でなかったところに特色があるように思われるのだ。

2　写真の芸術性

そのプルーストが『失われた時を求めて』の執筆以前に、直接的という意味では一度だけ、写真の芸術性の問題に言及した一節がある。ジョン・ラスキン著『ヴェネツィアの石』のフランス語訳が出版されたことをうけて一九〇六年五月に発表した書評記事でのことである。[22] 作家はラスキンの思想とヴェネツィアの魅力を語りながら、図版として収録された写真に言及した唯一の箇所で次のように書いている。

編集者なりラスキンの相続人なりが、巨匠の見事な版画の複製を許可しなかったとしても、アリナリ氏の撮影した、生き生きとしてかつ芸術的でもある素晴らしい写真が、私たちをわずかでも慰めてくれる。アリナリ氏の写真図版を見れば、かつてラ・シズランヌ氏によって出された問いに対して、写真はたしかにひとつの芸術であると答えることができるのだ。[23]

ラスキンの手になる版画に代わって掲載されたという経緯はあるものの、プルーストはフランス語版『ヴェネツィアの石』の写真図版を高く評価し、写真そのものの芸術性を認めるような発言を書き添えている。

まず目をひくのは、ラスキンの美学をフランスに紹介したことでも知られる美術批評家ロベール・ド・ラ・シズランヌ（一八六六―一九三二）への言及である。ラスキンに関する批評家の著述に出会って以来、作家がその活動に関心を寄せてきた人物であり、件の訳書にも二〇ページあまりの序文を寄せている。そしてプルーストの書評記事から遡ること約九年、一八九七年十二月一日付の『両世界評論』には「写真は芸術か？」と題された記事を発表し、写真という表現技法の芸術性について論じている。[24] ラ・シズランヌによって提示されたこの「問い」は、写真の誕生以来、伝統的な絵画芸術との距離を中心として、くり返し議論されてきたものであり、[25] プルーストが念頭においていたはずのこの論考は、件の論争が世紀転換期にあっても同時代性を欠いていないことを端的に示している。

批評家の「問い」に対するプルーストの簡潔な「答え」は、それを字義通りに受け取れば、作家の写真観を整理するうえで決定的な指標となってもおかしくない。しかし、はたして作家がそれを自らの美学的な問題に引きつけて語っているか、あるいは少なくともラ・シズランヌの論旨を念頭においたうえで発言しているかという点には一考の余地がある。この点について、「問い」を発する契機となった写真運動と、それに対する批評家の考えを概観しながら検証してみよう。[26]

問題の論考でラ・シズランヌが取り上げたのは、当時のフランス写真界で大きな流れを生みつつあった「ピクトリアリズム」pictorialisme と呼ばれる動向であった。[27]「絵画主義」とも訳されるこの運動は、写真をひとつの独立した芸術として認知させることを主眼として、絵画的な表現技法を重要な参照点とした制作をおこなった芸術写真運動である。その誕生の背景には、写真に記録や資料としての機能のみを求める考え方や、極度に大衆化した在り方への反発、あるいは写真の芸術性に向けられた批判への対抗心の存在が指摘されている。運動は一八九二年にイギリスで結成された「リンクト・リング」The Linked Ring Brotherhood というグループを核として、ロンドンからパリ、そしてニュー・ヨークへと国際的に展開し、世紀末から第一次世界大戦前夜にかけて重要な潮流を形成した。[28] フランスではとくに、「現実の単なる反映」からは遠く離れて、写真家の「美意識や内的イメージ」を定着した「ピクトリアル＝絵のような」世界の追求というかたちをとるに至ったといわれる。[29]

この動向が開花しようとしていた時期にあって、ラ・シズランヌはそれを積極的に支持する論陣をはった。絵画主義に先立つ「自然主義」的な理論やその実践——自然をあるがままに撮影し、人間の視覚がとらえる風景の忠実な再現をめざす傾向[30]——との差異に目を配りながら、フランスを代表する絵画主義的写真家であったロベール・ドマシー（一八五九—一九三九）やコンスタン・ピュヨー（一八五七—一九三三）（いずれもフランスにおけるピクトリアリズムを支えたパリ写真協会

Photo-Club de Paris（一八九四年結成）の中心人物）などの成果を積極的に評価することで、芸術表現としての写真がもつ新たな可能性を謳いあげたのである。

しかし、プルーストがそれを取り上げた文脈との関わりで注意しなければならないのは、ラ・シズランヌが評価する絵画主義的写真と、『ヴェネツィアの石』仏訳所収の写真とのあいだには、いっさい類似点が見出せないという事実である。絵画主義的な作品は、印象派やバルビゾン派の絵画、あるいは象徴主義との影響関係を指摘されるほどに多様なあらわれ方をするいっぽう、複数の作品に共通する性質も指摘されている。飯沢耕太郎氏によれば[31]、被写体がどのようなものであれ、その多くが被膜に包まれているかのような幻想的な光景を作りだしており、実在感が柔らかく溶け出してしまったかのような印象を与える。数多く作成された女性の肖像写真についていえば、被写体は憂いや孤独を感じさせる存在として映り込み、ある種の官能と無縁ではないものの、そこに感じられるのは生身の肉体である以上に写真家自身の「内的な幻想のなかに紡ぎ出されたイメージ」である（図2、3）。また、繊細に霞がかったような風景は、いま・ここの現実とは切り離された異界を思わせ、哀愁や郷愁にも通じている。そして都市空間を被写体にしても、近代化の現実が問題となるのではなく、鮮明さの対極にあるソフト・フォーカスやコンテ画を思わせる独特な質感によって、見る者は過去へと誘われるかのような感覚を覚えるだろう（図4）。

いっぽう『ヴェネツィアの石』に含まれた二三枚の写真図版をみると、そのすべてがヴェネツィアの町並みや建築の細部、あるいはフレスコ画のような芸術作品などを撮影したものであり、いずれも被写体の克明な再現に力点を置いた「記録写真」ないしは「資料」としての性格がつよいことに気づかされる（図5）。写真を制作したのは、プルーストも言及した「アリナリ氏」であり、これはフィレンツェの著名な写真館フラテッリ・アリナリ Fratelli Alinari を運営していたアリナリ家の人間をさすと考えてまちがいない[32]。この写真館は、美術館に収蔵された様々な芸術作品や歴史的建造物、イタリアの都市建築の撮影からキャリアをスタートし、観光写真などを扱いながら、記録・保存・複製を主眼とした精度の高い写真を専門としていったことでも知られる。

今日の視点から見れば「芸術的」とも思える極めて美しい仕上がりの写真であったとしても、芸術的な表現の可能性を追求する絵画主義的な成果とのあいだにある根本的な相違を認める必要がある。ピクトリアリズムが写真の資料的な性格への反動という側面を持っていたことはすでに触れた。また、この運動にくみする写真家たちが、歴史的・芸術的な価値を判断基準として被写体を選ぶことも稀であった。ラ・シズランヌ自身が論の冒頭で指摘しているように[33]、彼らは「森や平原や砂浜をぬけて」積極的に戸外を散策し、旧来の価値観から見れば「無」でしかないような「『景勝』の空隙」を前に立ち止まって、「モニュメントなどない場所で、日の射さない時間にさえ」活動することを特色としていたのである。

この一点に限っても、アリナリの写真の芸術性を評価するにあたって批評家の論考をひくことには矛盾を認めざるを得ない。作家がアリナリの写真図版を気に入った可能性は否定できないものの、写真の芸術性を引き合いにだしたのは、

図2　ロベール・ドマシー「プリマヴェーラ」（フランス写真協会蔵、1896年）

図3　コンスタン・ピュヨー「女性　日没」（フランス写真協会蔵、年代不詳）

それをめぐる問いと正面から向き合った結果ではなく、むしろ『ヴェネツィアの石』仏訳に序文を寄せたラ・シズランヌへの目配せを織り込むことが目的だったようにも思えるのだ（事実、それをつなぎとして序文への短い言及がなされている）。そこには、まず著者自身に触れ、ついで訳者に言及し、書物の主題を取り上げて、さらには序文への目配せをおこなうという、型にはまった書評の流れが浮かび上がるようにも思えるのである。

そもそもラスキンが写真の芸術性を否定していたことを思い起こせば[34]、訳書とはいえラスキンの著作を問題にしながら敢えてそれを肯定することには、妙な皮肉すら読み取られかねない。また、プルーストの他の言説に、絵画主義的な動向や写真家に対するはっきりとした興味の痕跡を見つけることができないのも、奇妙といえば奇妙である[35]。

ただし、ラ・シズランヌの論考は、写真をめぐる当時の典型的な思潮を反映した見解を含んでいて興味深く、後述するように、プルースト自身もそうした問題系自体には無関心ではあり得なかった。ここでは、論の特質を二点だけ概観しておきたい。

第一に、写真の美的価値について語るさい、「機械の眼」独自の表現をとらえて評価するのではなく、絵画芸術を価値判断の指標としている点[36]。

図4　ロベール・ドマシー「パリ、アレクサンドル三世橋　1900年万国博覧会」（フランス写真協会蔵、1900年）

批評家はあくまで絵画との類似を重要視し、写真が一個の芸術であることを示すにあたっては、デッサンやエッチング、木炭画、コンテ画などとの比較にくわえて、コローやミレー、ルソー、ターナーといった画家の作品との近親性によって説明を試みている。また、写真の撮影・現像・焼き付けの工程に関しても、「複製技術」としての性格を強調するのではなく、そこに写真家の介入する余地を指摘することで、一枚一枚の写真が絵画作品と同等の唯一無二性を獲得しうると主張するのである。[37]

第二に、絵画に傾斜した

図5　アリナリ「リアルト橋」（ジョン・ラスキン『ヴェネツィアの石』、ローランス社、1906年）

そのような姿勢が、写真の技術的な革新との距離の取り方にもあらわれている点。たとえば批評家は、肉眼とは異質な「機械の眼」による視覚体験の例として「クロノフォトグラフィ」chronophotographieとよばれる動体の連続撮影技術に言及している。[38] 一枚のネガに連続した複数のイメージを定着できるこの技術によって、人間の動作や鳥の飛翔、馬の疾駆する姿などの、肉眼では捕らえられない運動の軌跡が「あらたな現実」として明らかになったことは、たしかに大きな衝撃だった。しかしラ・シズランヌは次のように書く。

「カメラの対物レンズの眼は真実を感知することができるが、感知できないもう一つの真実がある。そして芸術はまさにその真実をこそ必要としているのだ。[39]」これまで信じられてきた視覚の「真実」とは何だったのかという問題に対して、批評家は写真の芸術性を伝統的な芸術観のなかで肯定しながら、「機械の眼」本来の特性から目を背けて、十九世紀的なリアリズムの地平に留まることを選択しているようにも見える。そして「科学」と「芸術」を別物と割り切り、写真的な真実を「虚偽」と呼ぶことをためらわないその姿勢は、写真術の新たな成果に戸惑った当時の人々に共通した姿勢でもあった。[40]

では、写真について思考するうえで避けることのできなかったこれらの問題を、プルーストはどのように受け止めていたのだろうか。次節では、『失われた時を求めて』に溶かし込まれた写真観のいくつかを例にとりながら考えてみよう。

3　「機械の眼」が突きつける「現実」

祖母の写真観

たとえば、主人公の祖母にとって、写真は芸術の側にたつものではない。祖母の美的趣向について語った『スワン家のほうへ』の一節にあるように、[41] 祖母は「快適さ」や「虚栄心の満足」と絶えず距離をとり、「実用性」を切り捨ててでも「知的な利益」をもたらす「美しいもの」を求めようとする。その彼女にとって、写真術はあくまで「機械による表現方法」mode mécanique de représentation でしかなかったのである。作家は次のように書いている。

かなうことなら祖母は、もっとも美しいモニュメントや風景の写真を、私の部屋に飾らせたかったであろう。しかし、いざそうした写真を買う段になると、写っている事物が美的な価値をもっていたにもかかわらず、写真という、この機械による表現方法のうちに、通俗性や実用性がたちまち場所を占めるように思えるのだった。祖母はどうにかやり繰りをして、その商業的な俗悪さをすべて排除できなくとも、せめてそれを減らそうと努め、さらにはその大部分を芸術性に置きかえて、そこに芸術の「厚み」のようなものを導き入れようとした。[42]

芸術家の身体が生み落とす「芸術作品」とは異なり、機械によって実現される写真のイメージには、被写体のもつ「美的な価値」以外のものが容易に介入してしまう——このように考える祖母は、求める対象を直接うつした写真に満足することができず、むしろその対象を描いた絵画作品を複製した写真をさがすことによって、写真に「一段高い芸術の度合い」をあたえようとすることになる。[43]

写真のなかに「通俗性」や「実用性」を嗅ぎつける姿勢は、「機械の眼」に反発を覚えた当時の人々によっても共有されていた。祖母の視点が示すのは、写真が日常的に幅広く流通しはじめた状況に対するひとつの反応であり、内的な思索や葛藤とは縁のない（と考えられていた）機械的な複製技術への抵抗である。ただし、阿部宏慈氏が指摘しているように、[44] これをそのまま作家自身の見解と受け止めるべきではないだろう。じっさい作家は、「厚み」という語を敢えてギュメにいれることで、祖母の芸術観とのあいだに一定の距離をとっている。この一節から確認できるのは、忠実だが平板な現実の「複製」reproduction と、固有の美的体験に基づいた人間の手による「作品」production とを区別するもの（作家が「厚み」

épaisseurという語で表現したもの）が存在するという考え方や、写真に「商業的な俗悪さ」を認めることで芸術とのあいだに線をひこうとする美的価値観があることを、作家がたしかに知っていたという点だろう。

芸術的独創と写真

いっぽうでプルーストは、画家エルスチールが実現するビジョンの独創性を論じた『花咲く乙女たちのかげに』の一節で、写真の芸術性をめぐる問題を一歩踏み込んだかたちで取り上げている。そこでは、科学と芸術との二項対立の構図を出発点としながら、芸術作品としての絵画に対する写真の位置づけの問題へと議論が広げられることになる。

はたして科学と同様、芸術の領域にも「進歩」や「発見」は存在するだろうか。画家の美学を象徴する画「カルクチュイ港」を例としてその特質を論じるなかで、作家はこう問いを立てる。そして、画家の革新性を踏まえたうえで、本来なら科学だけのものであるはずのこれらの概念も、「芸術がいくつかの法則を明らかにする限りにおいて」は認めるべきであり、「ひとたびその法則が工業によって大衆化されると、以前の芸術は過去にさかのぼってその独創性をいくらか失うものである」と指摘する。[45] しかし、作家の意図は、科学と芸術との共通項を提示することにあるわけではなく、むしろ科学との対比をとおして画家の作品の芸術的特質を鮮明に浮かび上がらせることにあった。

興味深いのは、ここでいう「工業」industrieの例として、ほかならぬ写真が念頭におかれている点である。そしてプルーストは、「芸術」の本質を体現するエルスチールの「絵画」と、非芸術としての「工業」の成果である「写真」とを対置させたうえで、画家の芸術的独創と、写真に対するその優位を説くことになる。

エルスチールのデビュー以来、私たちは風景や街の「見事な」写真と呼ばれるものを知った。この場合、好事家たちがこの「見事な」という呼び方で何を指し示そうとしているのかを明らかにしたいと思えば、普通はそれが、既知の事物について明かされる独特なイメージに対して用いられていることがわかるだろう。それは、私たちが普段見慣れているようなものとは異なった、特異ではあるが真実のイメージであって、そのために二重にはっとさせられるイメージなのだ。なぜならば、それは私たちを驚かせ、習慣の外に出させると同時に、ひとつの印象を想起させて私たちを自分自身のうちに立ち返らせるからだ。[46]

『見事な』写真」がとらえたイメージは、既知の視点や習慣の枠からはみ出すことによって驚きを生むものの、それ自体は疑うことのできない「真実」として立ち現れ、過去に獲得しながらも意識されずにいた「印象」の記憶を呼び起こす。それは、知識や先入観を排したさきにうまれる画家の眼差しと、その眼差しを通して実現される絵画作品が生む経験でもあり、エルスチール美学の精髄でもあった。「好事家」とよばれる人々は、それと同様の経験を「写真」を通して味わっている。だが、そのことを指摘する作家の本意は、写真にもまた、絵画に匹敵する芸術的・視覚的効果を生む力があることを強調するところにあったわけではない。ここでの問題は、あくまで絵画と写真のどちらが先にそうしたイメージを実現したかという点であり、それに対する作家の答えは明解である。写真に先行する絵画の力を指摘するために「遠近法」を例にとりながら作家は次のように書いている。

たとえば、そうした「素晴らしい」写真のひとつは、遠近法の法則のひとつをあきらかにするだろう。〔……〕ところで、事物を私たちが知っているままの存在として示すのではなく、私たちの最初のものの見方を作っている視覚の錯覚にしたがって描こうとすることで、エルスチールは遠近法のそうした法則のいくつかを明るみに出した。それは当時としてはいっそう際立っていたが、それというのも、それらを最初に明らかにしたのが芸術だったからなのだ。[47]（傍点は引用者）

写真として視覚化される遠近法があることを認めながらも、作家が指摘するのは写真術の独創ではなく、発見の驚きがすでに画家によってもたらされていたという事実である。その法則は「芸術」によって発見されたからこそ大きな衝撃をもたらしたのであって、写真はそれを取り入れて「通俗化」を進めたに過ぎない。そして、絵画を追随する写真には、好事家をして「素晴らしい」と言わしめる力があるいっぽう、芸術表現において絵画に先んじることはない。ここにいたる一連の対比のなかには、「絵画主義」への直接の言及こそないものの、写真が絵画とのあいだに結んだ錯綜した関係や、絵画を指標とすることで自らの「芸術的な」表現を模索してきた事実への意識を読むことができる。

作家が指摘した絵画と写真との差異のむこうには、「プルーストが写真に設定した限界」が透かし見えるかも知れない。[48]また、ピクトリアリズム以後の写真史の流れ――絵画主義からの乖離と反抗をひとつの動機とし、写真独自の表現可能性を追求したモダニズム的な展開――に照らして考えるならば、そうした可能性を見極められなかった作家の見解はそのまま、彼自身の写真観の「限界」を示していると受け止められてもおかしくはない。

祖母の「幻影」に注がれた視線

しかし、写真という表現技法だけがもつ特異な表象の力について、作家が無自覚だったわけではない。『ゲルマントのほう』には、写真独自のヴィジョンに対する作家の高い意識とともに、絵画とは異なるその特性を核としながら編みあげられた文章が残されている。痛ましいほどに年老いた祖母の姿をめぐるその一節は、最愛のひとの病いと死の物語を構成する挿話のひとつであると同時に、愛する存在に注がれた、性質のまったく異なった二つの視線をめぐる思索でもあった。

主人公は、友人サン＝ルーの駐屯するドンシエールに滞在したおり、パリに残る祖母と電話をする機会を得る。だが、心待ちにしていたその時間がもたらしたのは、思い描いていた安堵とはかけ離れた不安と哀しみであった。電話口に響いた祖母の声は、自分が知っているはずの声とは似ても似つかない、今にも壊れそうな「繊細で脆い」声だったのである。幾重にも重ねられた苦悩の影と、否定しがたい心身の衰えを感じさせ、あたかも冥府から響いてくるかのようなその声は、死後の世界から彷徨いでてくる亡霊の姿をまとって立ち現れたのだった。主人公は、祖母と直接会うことによってこの忌々しい「幻影」を振り払おうとする。だが、パリの自宅で彼が目にしたのは「幻影」そのままの祖母の姿だった。作家はそのときの衝撃について次のように描きはじめる。

> ああ！　それはあの幻影だった。祖母のいる客間に入っていって、私の帰宅を知らされていなかった彼女が読書をしているのを眼にしたときに私が認めたのは、まさにあの幻影そのままの姿だったのだ。私はそこに居合わせた、あるいはむしろ、彼女がそのことを知らなかったのだから、私はまだそこにはいなかったのだ〔……〕。私について言えば〔……〕、そこにいたのは旅行用の帽子とコートをまとった証人か観察者であり、家の者ではない異邦人《よそもの》、ふたたび眼にすることのない場所の写真を撮りにやってきた写真家でしかなかった。祖母の姿をみとめたその瞬間に、私の目のなかで機械的に作り上げられたもの、それはまさに一枚の写真だったのだ。普段私たちは、愛しくおもう人たちを、生きて動く仕組みのなか、つまり絶え間ない私たちの愛情の、つきることのない動きのなかでしか見ていない。その人たちの顔がしめすイメージが私たちのもとにやってくる前に、愛情はそのイメージを自分の渦のなかに取り込んでしまい、私たちが以前から作り上げている彼らについての観念に移しかえ、しっかりと貼り付けて一致させるのだ。[49]（傍点は引用者）

不意を突くようにして経験した「自分自身の不在」がもたらしたのは、主観や感情をいっさい排した非人称的な視線であった。作家はそれを、「証人」や「観察者」の距離をおいた眼差しに喩え、故郷を離れた「異邦人」の視線になぞらえ、さらには人間の眼に対置されるべき「機械の眼」を操る「写真家」のそれに重ね合わせる。抗いがたく年老いてゆき、死の瞬間へと接近し続けていたはずの祖母の姿を、絶えざる愛情が介入する前の瞬間において切り取ること。「つきることのない動き」のなかから、肉眼では捉えることのできない像を瞬時に切り取ること。ジークフリート・クラカウアーの言葉を借りれば[50]、それは「愛する人間としての主人公が、非人格的な異邦人に縮小」した瞬間であり、そのとき主人公の心には、日常的な視覚体験がもたらす像とはまったく異なった光景が焼き付けられる。そして、作家はそれを「一枚の写真」とよぶのである。[51]

プルーストはさらに、老いた祖母をとらえた視線の働きを「純粋に物質的な対物レンズ」や「写真の乾板」に喩えながら次のような分析をつづける。

知性と思いやりに満ちた愛情が、決して見てはならないものを私たちの視線から隠すためにタイミングよく駆けつけようとするにもかかわらず、偶然の残忍な狡知がそれを邪魔するときもまた同様だった。愛情よりも視線がさきにやって来て、真っ先にその場に到着すると、自分たちで勝手に、フィルムのような働きを機械的に果たして、もうずいぶん以前から存在しない愛しい人、しかし愛情が私たちの目にその死を明らかにせずにきた人のかわりに、新たな存在を明らかにする。そしてそれは、愛情が日に百度も、愛しく思えるが偽りの似姿で覆っていた存在だったのだ。〔……〕突然、我が家のサロンは、ひとつの新しい世界、時の世界の一部となり〔……〕、私はそこで初めて、それもすぐに消え去ってしまったのでたった一瞬だけ認めたのだった。ソファのうえでランプに照らされ、赤らんで沈鬱な、品のないその病人が、夢想に耽りながら、いくぶん取り乱した視線を一冊の本のうえに彷徨わせている姿を。それは、私の知らない、ひとりの打ちひしがれた老女だった。[52]

愛情のフィルターから逃れた視線が、「機械的に、フィルムのように」機能することによって一枚の「写真」が焼きつけられる。この視覚体験は、死に向かって容赦なく刻まれていく「時の世界」に対する意識をうむいっぽう、電話による聴覚的な体験がもたらした「幻影」こそが、本来直視すべき「現実」であることを知らしめる。それは、祖母の依頼に応じてサン＝ルーが撮影したものとは別個のものでありながら、やはり祖母を撮した一枚の「肖像写真」というべきものであった。「一瞬だけ」しか認めることができなかったものの、それこそが否定しがたい「現実」であった。主人公はのちに、そうした祖母の姿を、深い苦しみとともに、バルベックで撮影された写真のなかに見出すことになる。[53]

愛する存在をひとつのイメージに固定することの困難は、ジルベルトとの関係のなかですでに語られていた。[54] 愛していない人間の像であれば容易に定着できるにもかかわらず、思いを寄せる相手について同じことを試みようとしても、様々な想像や感情に揺さぶられて鮮明なイメージを獲得することができない。「愛されているモデルは動きまわる。だから失敗した写真しか手に入れることができないのだ。」作家はこのように書き、視覚の不十分さを写真とのアナロジーによって強調したのだった。

だがプルーストは、祖母の「写真」によってはじめて明らかにされる現実離れしたイメージについて、それを「虚偽」として、あるいは不十分な「非現実」として切り捨ててはいない。むしろ作家は、主観的な視線が愛する対象に与え続けていたかつての像のほうをこそ「偽りの似姿」と形容し、対物レンズの「非人称的な眼」が、不断の動きと変化のなかから非情に切り取った像を「新たな存在」とよんで、苦痛を感じながらもそれを受け入れている。

我々が知覚する世界や人々の像は、「写真や心理学」がしめすような「不動の観念」とはかけ離れており、実際には揺らぎや誤解、「絶えざる過ち」に満ちているのであって、プルーストにとっては、それこそがまさに「生」というべきものであった。[55] しかし、作家は同時に、主観を排したカメラの眼がそうした「過ち」を削ぎ落とすことで否応なく突きつける光景もまた「真実」であることを認めている。肉眼がとらえる光景に知覚の本来のありようを見出すいっぽう、その人間的な知覚にはつねに主観という名の「偽り」が介入しているとする姿勢に矛盾はない。偶然が導いた視覚体験の衝撃と写真的なビジョンを重ね合わせて語ることで、作家はそのことを示しているようにも思える。

写真を「人間の眼」に近づけるのではなく、「機械の眼」の特質を積極的に認めることが、二〇世紀初頭の写真芸術にとって次なる重要な一歩となるはずだった。祖母をめぐる二つの視線の差異を論じた作家の思考が、きたるべき写真の可能性を明確に意識していたと言い切ることはできないだろう。しかしプルーストは、写真の登場によって従来の現実認識のありかたが揺らいだことを直観し、おそらくは経験的にも知っており、そこに新たな世界の見かたを創出する可能性を秘めた、容易には否定しがたい力を感じ取っていたはずだ。

写真が示した瞬間の映像は、ときとして人間の視覚の理解力・再現力を超えるために、十九世紀後半を通じて、視覚という身体的感覚の真実からはみ出した「虚偽の」映像として受け止められる傾向にあった。しかし、高階秀爾氏が写真術の発達と絵画表現との関係について指摘するように[56]、写真へのそうした抵抗のさきに待ちかまえていたのは既存の写実主義的・現実主義的美学の破綻であり、「十九世紀の末、ちょうど印象主義が主観的レアリスムに徹底しようとしたあまり遂にレアリスムの破産をもたらしたまさにその時期に、写真は逆に客観的レアリスムに徹するあまり、同じようにレアリスムを解体」する結果となった。

プルーストにとって芸術家の使命とは、新たな光学器械のように、既知のヴィジョンとは異なったものの見かたを示すことのうちにある。作家は、ひとつの「現実」の解体を単なる「破綻」と受け止めるのではなく、そのさきにあらわれる新たな眼差しを感じ取ろうとした。印象主義に対する関心はその好例である。写真に関するかぎり、作家はその「芸術」としての可能性を測り尽くすことができなかったと言えるかも知れない。しかし、「機械の眼」の特質を絡めとった思考と、写真術をめぐる作家特有のイメージの連鎖は、芸術性に対する評価の枠をはみ出したところで、視覚の本質にせまる希有な一節として実を結んでいる。愛する存在に対して注がれた眼差しの背景には、写真の存在が突きつけた、ものの見かたをめぐる問いが深く根を張っているのである。

注

1　Marcel Proust, *Cahier 54 [Cahiers 1 à 75 de la Bibliothèque nationale de France]*, Bibliothèque nationale de France/Brepols, 2008, 2 vol. 二〇一〇年にはシリーズ二冊目となるカイエ71が刊行された。

2　二〇〇九年四月一八、一九日の二日間にわたって、日仏共同研究プログラムCHORUSの活動の一環として、作品生成の文化的コンテクストを主題としたコロック « Proust en son temps : contextes culturels d'une genèse romanesque » が開催された（於日仏会館）。

3　プルーストと写真との関係をあつかった論考のうち、一冊のまとまった書物としては、Brassaï, *Proust sous l'emprise de la photographie*, Gallimard, 1997がある。作家の生と作品における写真の重要性を強調するあまり、時として論の運びに強引さがみられるものの、ブラッサイは写真をめぐるプルーストの言説をひろく取り上げている。また、阿部宏慈氏の『プルースト　距離の詩学』（平凡社、一九九三年）に収められた写真論（第二章「プルーストと写真」）は、近代的な発明としての写真が織りなす主題系がプルーストのうちに占める比重をめぐって、作家における「近代」の「考古学的」位置づけまでをも視野に入れながら多角的に論じている。

4　「あなたはシャッターを押すだけ、あとは私どもがいたします」You press the button — We do the restというキャッチフレーズとともに、「コダック」は撮影者を暗室作業から解放した。その結果として、写真人口が急速に増加し、アマチュア写真家層が拡大した。『失われた時を求めて』のなかで、主人公の友人サン＝ルーが、ほかならぬ「コダック」で写真を撮影していたことを想起すれば（Marcel Proust, *À la recherche du temps perdu*, t. II, Gallimard, « Bibliothèque de la Pléiade », 1988, p. 141［以下 *RTP* と略し、巻数とページ数を併記する］）、作家がそのような時代状況に通じていたことが理解されるだろう。

5　一八五〇年代から一八七〇年代にかけて、上流社会の人々をターゲットとした写真館の商業的な攻勢が繰り広げられる。そうした例に漏れず、プルーストの家族もまた、当時を代表するナダールの写真館で撮影をしている（cf. *Le Monde de Proust vu par Paul Nadar*, Editions CNMHS, 1991）。

6　Céleste Albaret, *Monsieur Proust*, Robert Laffont, 1973, p. 213.

7　『失われた時を求めて』には、フランソワーズと連れだって外出した幼い主人公が、露店で女優ラ・ベルマの肖像写真を買う挿話（フランソワーズも、ピウス九世とラスパイユの肖像写真を購入）がある（*RTP*, I, 478）。本文中この写真は、ギュメをつけて « carte-album » とよばれているが、これは名刺判（六×十センチメートル）よりも少し大きいサイズ（十×十五センチメートル）の写真で、一八六〇年代中頃に登場したものである。裕福な家庭が背景にあるとはいえ、写真が、一使用人と幼い子どもにも簡単に購入できるものであったことがわかる。

　また、スワンがイタリア旅行をした際に、主人公への土産として、「傑作を撮った写真」を持って帰ってくるくだりがある（*RTP*, I, 18）。これは一八五〇年代以降、石版画に代わって写真がシェアを広げてゆき、イタリアやギリシャをはじめとした地中海近郊の都市で、記念建造物や芸術作品の複製、あるいは風景を扱った写真が盛んになっていたことと無縁ではない（ローマやフィレンツェはもちろん、写真家にとって最大の激戦区となったのはヴェネツィアであり、一八七〇年頃には、サン＝マルコ広場に実に二五以上の写真館が軒を並べていたといわれる。［クエンティン・バジャック『写真の歴史』伊藤俊治監修、遠藤ゆかり訳、創元社、二〇〇三年、一二四―一二五頁］）。写真の土産は、芸術に通じたスワンゆえの選択であると同時に、観光写真が旅行の土産物として大衆化しつつあった時代状況を物語っている。そして、こうした何気ない一節にこそ、作者自身にとっての、写真をめぐる日常が映しだされているように思われる。

8　プルーストは、思いを寄せたジャンヌ・プーケの写真を手に入れるためだけに、ジャンヌの周辺の人間にまで敢えてつきあいを広げたことを、後年彼女の娘に宛てた書簡のなかで告白している（*Correspondance de Marcel Proust*［以下 *Corr.* と略す］, éd. Philip Kolb, Plon, t. X, p. 40）。

9　リュシアン・ドーデは、プルーストのもとを訪れた自分のために作家が「有名人や女優、作家や芸術家の写真」や、「ロール・エーマン夫人の写真を納めた写真帳」を用意しておいて、それらを眺める喜びを分かち合おうとしたという逸話を残している。Lucien Daudet, *Autour des soixante lettres de Marcel Proust*, Gallimard, 1928, p. 15.

10 André Maurois, *A la recherche de Marcel Proust*, Hachette, 1970.

11 たとえば女優や娼婦の写真が入手しやすかったのは、こうしたコードの存在による。『失われた時を求めて』において、愛人ラシェルから送られる献辞付きの写真をめぐるサン＝ルーの感情の揺れにも、写真に込められた意味合いが透けて見えるし（*RTP*, II, 460. ラシェルが元娼婦で女優であることを想起）、主人公がアドルフ叔父から譲り受けた女優や娼婦の写真は、叔父の「老いたる放蕩児としての生活」を象徴していた（*RTP*, II, 561）。あるいは、アルベルチーヌとエステルとのあいだにあったかも知れない写真の授受が、アルベルチーヌをめぐる同性愛の疑念をかき立てる挿話を想起することもできる（*RTP*, III, 845）。

12 *Corr.*, t. X, p. 40.

13 *RTP*, II, 379.

14 *RTP*, II, 1145. 作家はここで、「写真」を言い換えるにあたって、きわめて自然に（「芸術」ではなく）「科学」という語を用いている。

15 Roger Grenier, « Préface », dans Brassaï, *Proust sous l'emprise de la photographie*, Gallimard, 1997, p. 11.

16 *RTP*, I, 160–162.

17 *RTP*, II, 144–145 ; III, 172–176.

18 たとえば、十全に生きられた真の生こそが文学であると語った『見出された時』の一節を想起（*RTP*, IV, 474）。作家はそこで、芸術家の生であれ我々の生であれ、その過去には「無数の陰画」innombrables clichés が溢れており、それらは知性が「現像」しなかったために無用のものとなっていると語る。

19 *RTP*, IV, 444. かつて訪れたヴェネツィアの光景を思い起こそうとする主人公は、自分の記憶のなかから「スナップ写真」を取り出すのだが、そのようにして蘇る彼の記憶は「写真の展覧会のように退屈」なものにしか思えない。

20 *RTP*, II, 196–197.

21 *RTP*, I, 385–386.

22 Marcel Proust, « John Ruskin : *Les Pierres de Venise*. Trad. par Mme Mathilde P. Crémieux. Préface de M. Robert de La Sizeranne », *Essais et articles*（以下 *EA* と略す）, Gallimard, « Bibliothèque de la Pléiade », 1971, p. 520–523. 初出は一九〇六年五月五日付の『芸術骨董時評』*Chronique des arts et de la curiosité* 誌。

23 *EA*, p. 522.

24 Robert de la Sizeranne, « La photographie est-elle un art ? », *Revue des deux mondes*, 1er décembre 1897, p. 564–597. 同論考は一八九九年にアシェット社から豊富な図版とともに単著として刊行された。四〇ページに満たない記事でありながら一冊の書物にまとめられたのは、「ピクトリアリズム」とよばれた芸術写真運動にとっての「宣言書」的な性格をもっていたためだろう。また、一九〇四年には自身の論文集『現代の美学的諸問題』*Les Questions esthétiques contemporaines* にも収録された（Hachette, 1904, p. 147–212）。以下、引用に際しては、一九〇四年のテクストに拠ることとする。

25 写真は発明当初から、忠実な再現機能が高く評価されるいっぽう、その再現力の高さゆえに、想像力や芸術的創造性の介入する余地がないとの批判に曝され、芸術的な価値を否定される傾向にあった。頻繁に取り上げられる例ではあるが、ボードレールは一八五九年のサロン評のなかで写真について論じ、高度な記録性については認めながらも、「写真術は科学と芸術の召使いという真の役割に戻らねばならない」とのべて新たな表現技法を批判している（Charles Baudelaire, « Salon de 1859. II. Le public moderne et la photographie », *Œuvres complètes*, t. II, Gallimard, « Bibliothèque de la Pléiade », 1976, p. 619）。写真を独立した芸術として認めさせようとする動きがあるいっぽう、こうした主張は二〇世紀の初頭まで根強く展開されることになる。

26　プルーストとラ・シズランヌの写真論との関わりについては、次の論考で取り上げられている。Jun Suganuma, « L'art, est-il une photographie ? Question naguère posée par Proust », *Cahiers d'études françaises*, Université Keio, n° 5, 2000, p. 47-60.

27　ピクトリアリズムについては、例えば次の文献を参照のこと。Michel Poivert, *Le Pictorialisme en France*, Hoëbeke/Bibliothèque Nationale, 1992 ; Philip Prodger éd., *Impressionist camera. Pictorial Photography in Europe, 1888-1918*, Merrell Publishers, 2006 ; 藤村里美、東京都写真美術館監修『写真の歴史入門　第二部「創造」モダンエイジの開幕』、新潮社、二〇〇五年［特に第一章「創造　絵画との出会いと別離」］。

28　藤村里美氏によれば、「ピクトリアリズム」は多様を極めた表現であり、特定の時期やグループに還元してしまうと、その本質を見誤ることになる。国ごとに見られる差異に加え、技術的な変化や、台頭するアマチュア層や科学者・技術者なども取り込んだ複雑な活動環境があることを念頭に置かねばならない（藤村里美、前掲書、一一頁）。

29　飯沢耕太郎「ノスタルジアの詩学――ピクトリアリズムの世界」、『写真の印象派　R. ドマシー、C. ピュヨー展』、ゴロー・インターナショナル・プレス、一九八八年、一〇―一一頁。

30　一八六〇年代のイギリスでは、歴史的、神話的、寓意的情景を作り上げるために、衣装や照明、構図の点で過剰なまでの演出をし、モンタージュ加工やネガへの修正を積極的におこなっていた。写真における「自然主義」は、「芸術写真」とも呼ばれたこの傾向に反発し、目に映るままをなぞる、より自然な光景の撮影へと傾斜したものである。

31　飯沢耕太郎、前掲論文、一一―一二頁。

32　『ヴェネツィアの石』仏訳のキャプションには« M. M. Alinari »としか記載されていない。なお、件の写真館は、労働者階級の家庭に次男として生まれたレオポルド・アリナリ（一八三二―一八六五）が一八五二年にフィレンツェで開いた写真スタジオを始まりとし、二年後の一八五四年には兄弟のロムアルド（一八三〇―一八九〇）、ジュゼッペ（一八三六―一八九〇）と共同で運営をはじめることで、「フラテッリ・アリナリ」としての活動を本格化した。アリナリはその後、イタリア最大の写真出版社にまで成長する。今日そのアーカイヴには四〇〇万枚にのぼる写真が収蔵されており、ウェブでもその一端を見ることができる。http://www.alinari.com/

33　La Sizeranne, *op. cit.*, p. 149.

34　ラスキンは、一八四五年十月、父に宛てた手紙の中で、細部にまでいたる忠実な記録性を持った写真を「崇高な発明」とたたえているものの（Francis Haskell, *La Norme et le caprice*, Flammarion, 1993, p. 162）、二五年後に刊行された『芸術講義』においては、その記録性や複製技術としての価値は認めるいっぽう、その質においては「いかなる芸術にも優ることはない」と語っている。

35　菅沼氏は、作家が一八九七年の段階で記事を読んだだろうとするいっぽう、多くの場合「写真」それ自体ではなく、被写体に興味を惹かれるプルーストは、絵画主義を論じた内容には関心がなかったのではないかと推測している。Jun Suganuma, *op. cit.*, p. 52.

36　ピクトリアリズム運動を牽引したひとりであるルネ・ル・ベーグ（一八五七―一九一四）は、「写真における真実」と題された記事のなかで次のように書いている。「我々は写真機の助けを借りて美しいイメージをつくりだそうと努めている。それは画家や素描家の美学にいうところの美しさであるが、というのも我々には、それが別々の美学の問題であるようには思えないからだ。我々は特に素描家の作品を目標とする。なぜならそれは、我々の作品と同じように単色（モノクローム）だからである。」(Michel Poivert, *op. cit.*, p. 15 [René le Bègue, « Sur la vérité en photographie », *Photo-Revue*, 6 mars 1904.])

37　La Sizeranne, *op. cit.*, p. 164–182 [Ch. II « La triple intervention de l'artiste »].

38　*Ibid.*, p. 197–203 [Ch. IV « Une prétention excessive de la photographie »]. 名前は挙げていないものの、明らかに批評家は、動体記録の研究を進めた生理学者エティエンヌ＝ジュール・マレー（一八三〇―一九〇四）を念頭においている。マレーについては、例えば次の文献を参照のこと。松浦寿輝『表象と倒錯　エティエンヌ＝ジュール・マレー』、筑摩書房、二〇〇一年；François Dagognet, *Etienne-Jules Marey. La passion de la trace*, Hazan, 1987.

39　La Sizeranne, *op. cit.*, p. 201.

40　ラ・シズランヌは、写真によって切り取られた馬や人間、鳥の不動のイメージについて次のように書いている。「この科学的かつ写真的な真実以上の虚偽が、画布や台座のうえに現れたことはない。人々は驚き、憤慨し、長々と議論した。そしてとうとう、非常に単純な考えに思い至った。すなわち、科学はひとつの現実であり、芸術はまた別の現実である。そして、精神にとっての真実があるのならば、それとはまったく似つかない真実が肉眼にとっては存在し、それこそが唯一、芸術において重要なのである。」(*Ibid.*, p. 199.) ジェリコーの『エプソンの競馬』（ルーヴル美術館）に描かれた、疾駆する馬の姿についての議論も想起のこと。

41　*RTP*, I, 39–40.

42　*Ibid.*

43　対象を表象する段階で写真家を退けて偉大な芸術家を持ち出したとしても、芸術家による解釈を複製する段階でふたたび写真家が顔を出すことを知っていた祖母は、版画に助けを求めるのであった（*RTP*, I, 40）。

44　阿部宏慈、前掲書、一八八頁。

45　*RTP*, II, 194.

46　*Ibid.*

47　*Ibid.* なお、写真が「通俗化した」画家の発見のもうひとつの例として、水面に映る影と実物とのあいだにあるはずの境界線が揺らぐ効果を生む「影の作用」jeux des ombres が挙げられている（RTP, II, 195）。

48　阿部宏慈、前掲書、一三二―一三三頁。阿部氏が書くように、法則発見の後先という問題はあるものの、写真には少なくとも画家の発見を再現できるだけの力があることを認めていると考えれば、作家は写真を根本から否定しているわけではないと言える。

49 *RTP*, II, 438–439.

50 ジークフリート・クラカウアー『歴史 永遠のユダヤ人の鏡像』、平井正訳、せりか書房、一九七七年、一一五—一一八頁。

カルロ・ギンズブルグが指摘しているように、クラカウアーにとってプルーストのこの一節は、映画と歴史叙述の分析を展開するうえでの重要な参照点となっている。クラカウアーは、祖母をめぐる一節で「写真の中立的客観性」と「写真家の情緒的超越性」があわせて論じられている点に着目し、主人公が身をおいた「異邦人」としての状態（「脱領域のほぼ完全な真空状態」）あるいは「自己無化の状態」）に、歴史家が求めるべき理想を見いだしている。そして、偉大な歴史家たちが亡命者であったことの必然を強調したうえで、歴史家は、「故郷喪失」の状態にあるマージナルな存在であってはじめて、よりひろい認識へと開かれるのだと論じている（クラカウアーの次の著作も参照のこと。Siegfried Kracauer, *Theory of Film. The Redemption of Physical Reality*, Prinston University Press, 1997 [1960] [とくに p. 14–17]）。

クラカウアーをめぐるギンズブルグの指摘については、『糸と痕跡』（上村忠男訳、みすず書房、二〇〇八年）所収の論考「細部、大写し、ミクロ分析—ジークフリート・クラカウアーのある本に寄せて」（一三九—一六三頁）を参照。ギンズブルグは、写真と歴史主義をめぐる前期クラカウアーと後期クラカウアーの連続性・非連続性を考察するポイントとして、プルーストの文章との（恐らくはベンヤミンを介した）出会いを取り上げている。

なお、ギンズブルグとクラカウアーにおけるプルーストへの関心と直接の言及については、本科研共同研究者でもある永盛克也氏にご教示いただいた。記してお礼申し上げる。

51 ギンズブルグも触れているように、肉眼では見落とされたものが、驚くべき瞬間性のうちに切り取られて突きつけられる経験を取り上げた一節には、ベンヤミンが「写真小史」で示した「視覚における無意識なもの」（と写真との関わり）の含むところを明らかにしていると言えるかも知れない（ギンズブルグ、前掲書、一四七—一四八頁）。

52 *RTP*, II, 439–440.

53 ドンシエールから帰宅した主人公が束の間「異邦人《よそもの》」étranger の状態に身をおいたとするならば、彼の眼にうつった祖母もまた、彼にとっては、会ったことのない「異邦人＝見知らぬ女性」étrangère であったということができる。のちに主人公は、死別した祖母の苦痛に思いをめぐらせながら、「自分にしか読めない言語」で書かれていたはずの表情をたたえた祖母に二度と会うことができない事実を噛みしめる。そのとき主人公がサン＝ルーの撮った写真に見出したのは、まさに「ひとりの見知らぬ女性だった」« c'était une étrangère » のである（*RTP*, III, 172）。

54 *RTP*, I, 481.

55 *RTP*, IV, 464.

56 高階秀爾『世紀末芸術』、ちくま学芸文庫、二〇〇八年、八七—九〇頁。

参考文献

Mieke Bal, « Instantanés », *Proust contemporain* [édité par Sophie Bertho], *CRIN*, nº 28, Rodopi, 1994, p. 117–130.

Brassaï, *Marcel Proust sous l'emprise de la photographie*, Gallimard, 1997.

Jean-François Chevrier, *Proust et la photographie. La résurrection de Venise*, L'Arachnéen, 2009.

Roxanne Hammey, « Proust and Negative Plates : Photography and the photographic process in *À la recherche du temps perdu* », *Romanic Review*, vol. 78, nº 3, mai 1983, p. 342–352.

Marie Miguet, « Fonction romanesque de quelques photographies dans la *Recherche* », *Bulletin Marcel Proust*, nº 36, 1986, p. 505–516.

阿部宏慈『プルースト　距離の詩学』、平凡社、一九九三年。

酒井三喜「プルーストと写真——スナップショット」、『白百合女子大学研究紀要』二三号、一九八七年、二七—五五頁。

コラム

近代テクスト草稿研究所（ITEM）とは

吉川一義

十九世紀後半から二〇世紀前半に活躍したフランスの大作家の草稿やタイプ原稿などが遺族やコレクターの手を離れ、パリの国立図書館手稿部などに収蔵され、閲覧できるようになったのは、おおむね二〇世紀後半である。これらの草稿類は、「創作の秘密」とされた文学作品の成立過程を具体的に明らかにする貴重な資料で、一部の先駆的研究者がいくつかの資料を調査し、その成果を専門誌に発表していた。ところが草稿の多くは、ノートや紙片に乱雑に書きつけられ、大幅に加筆訂正された資料もあり、すべてを解読、整理して作品の執筆過程を明らかにするには、大ぜいの研究者が協力して作業するほかないことが判明した。

そこで典型的なプルーストの草稿ノートを解読するため、一九七〇年にパリの高等師範学校（ENS）にプルースト研究センター（CEP）が設けられ、それがドイツの詩人ハイネの草稿研究グループと合体し、国立科学研究センター（CNRS）所属の近代草稿分析センター（CAM）として発足したのが一九七四年である。その後、ジョイス、フロベール、ゾラなどの研究班が合流し、一九八二年に近代テクスト草稿研究所（ITEM）が設立された。

べつのコラムで紹介されるフランス国立図書館手稿部やドゥーセ文庫やIMECなどが、所蔵する作家の原稿類を整理して研究者の閲覧に供する図書館の役割を果たしているのにたいして、ITEMはあくまで研究機関である。パリ五区のユルム通り（高等師範学校）とロモン通りに研究室を構え、草稿のマイクロフィルム資料などを揃えたうえで、専任の研究者（CNRS所属）を中心に、フランス内外の専門家、図書館司書らと作家べつの研究班を組織し、草稿の解読と作品生成過程の解明にとりくんでいる。本書の寄稿者にも、フロベール班、ヴァレリー班、プルースト班にメンバーとして参画している者がいるが、国境や研究機関の枠をこえた共同研究チームを組織し(ほかにゾラ班、サルトル班、ジョイス班、ツェラン班など)、草稿出版などで実績を挙げている。

草稿のデジタル化など、最新のテクノロジーを駆使して伝統的文献学を刷新しようとしているのもITEMの特徴である。筆者の知りうる範囲でも、たとえばOPTIMAと称するプロジェクトでは、国立研究機構(ANR)の予算措置をえて、フロベール、プルースト、ヴァレリー、ブローデルの一部草稿をデジタル画像化し、インターネット経由でアクセスできる草稿デジタル図書館の試行をしている。また「カイエ・プルースト」計画では、ITEM、フランス国立図書館手稿部、京都大学文学研究科フランス語学フランス文学研究室を拠点として、作家の草稿帳七五冊のデジタル化を実現し、その転写校訂版出版を側面から支援している。

Institut des Textes et Manuscrits Modernes (ITEM)

École noramale supérieure, 45, rue d'Ulm, 75005 Paris
http://www.item.ens.fr/

第11章　サルトル作品における生成研究の可能性──『自由への道』を中心に

澤田　直

二〇世紀フランスの重要な作家・思想家ジャン゠ポール・サルトル（一九〇五―一九八〇）に関する文献は、プルーストには及ばぬとはいえ膨大な量があり、研究書や論文は文字通り汗牛充棟の観がある。生成研究はそのなかで比較的立ち後れており、研究点数から言っても盛んとは言い難い分野であるが、それにはいくつかの理由が考えられる。

第一の理由は、テクストに対する作家のきわめて淡泊な関係である。サルトルは一度仕上がった作品に執拗に加筆修正するタイプではなかった。小説家としてのサルトルはけっして速筆でなかった（いや、むしろ、苦労しながら書くほうで、『嘔吐』や『言葉』は何度となく書き直されている）が、ひとたび刊行された後は、新たに手を入れることをほとんどしなかった。『嘔吐』を除けば、校正刷りでの直しも多いほうではなく、その点でもあまり見るべきものがないと言える（むしろ、サルトルは校正で誤植を見つけることが少なく、後の校訂者が自筆原稿に照らして、その間違いをしばしば指摘しているほどである）。のみならず、自筆稿を大切に保管することもなかった。彼にとって草稿はあくまでも印刷のための必要な一段階、ないしは手段にすぎず、一度出版されれば、それを手元にとどめる意義を認めなかった。むしろ、それが手を離れることを望んでいたふしがあり、自筆稿を自ら蒐集家に売却したり、知人たちに友情の徴《しるし》として惜しげもなく与えたりした。そして、もらった方はしばしばそれを売って現金化した。かくして、長い間、自筆原稿の多くはその行方すらわからない状態であった。一九七九年に競売にかけられた『嘔吐』の自筆原稿がフランス国立図書館に購入されて以来、少なからぬ草稿が図書館に入ったとはいえ、いまでも個人所蔵のものが少なくないのである。

第二の理由は、サルトルが活躍した分野の多様性による。サルトルの著作は、小説、戯曲などの創作、高度に専門的な哲学書、評伝や時評などの文芸評論、政治や社会問題に関する時事的エッセイなど多岐にわたるが、それらの執筆態度はけっして一様ではなかった。サルトル著作の両輪とも言える小説と哲学に話を限っても、両者ではまったく異なるエクリチュールを用いただけでなく、その執筆のスタンスも大いに異なった。小説の場合、サルトルはたいていマス目のあるルーズリーフを用いて、訂正や変更をする場合は新たな用紙に書き足していった。このような作業のため、原稿は完成されるまでナンバリングを振られることはなく、ワープロ的な表現を用いれば「上書き」をするように構築されていった。いっぽう、哲学的著作の場合は、文体にこだわることなく、着想があるかぎり一気呵成に書いていくのがサルトルの流儀であり、こちらの場合はときには綴じられたノートを用いる場合もあった。つまり、ここでは執筆は概ねリニアーに、時間軸に沿って進められたと推定され、これは多くの証言からも、残っている草稿からも窺える（前期の主著『存在と無』に関しては自筆草稿もタイプ原稿も見つかっていない）。多忙なサルトルが薬物を使用して執筆した『弁証法的理性批判』の場合は、ほとんど書きなぐりと言える部分も散見され、校正すらきちんとした形跡は見られない[1]。だが、いずれの場合でも、サルトルは周到にプランを立てたあとに、それぞれの部分のエスキースを何度も作りあげるといった仕方はほとんど取らないのであり、その意味でも、前＝テクストと決定稿の比較はプルーストやフロベールなどの場合とは異なり、資料の観点から言っても貧弱と言わざるを得ない。このような事情のため、哲学の領域ではテクストの変遷よりは、未公刊の著作の内容が既刊で表明された思想内容とどのような関係にあるのかという点に関心が集中したのである。

　第三の理由は、諸般の事情によりフランス国立図書館に入ったサルトルの草稿に関してすら内容のわかる目録が長らく存在しなかったためである。もちろん、草稿に関する情報はさまざまな形で報告されていた。まずはボーヴォワールやサルトルに近しい人びとの証言があったし、サルトル自身がインタビューなどで触れることもあった。また、一九八〇年に発足した国際サルトル学会 Groupe d’Études Sartriennes が一九八七年以来、毎年刊行している『サルトル年報』*L’Année sartrienne*（二〇〇〇年までの名称は *Bulletin d’information du Groupe d’Études Sartriennes*）は世界中で発表されたサルトル関連の著作や研究論文の書誌とともにサルトルの草稿に関する情報も掲載してきた。その他に、ミシェル・コンタが主任研究員を務めていた近代テクスト草稿研究所（ＩＴＥＭ）のサルトル班の研究成果や、死後出版の単行本に附された草稿に関する簡単な情報などもあった。しかし、草稿の全体像を見通すことを可能にするような目録はどこにもなく、研究者はそれぞれ手探りで、またお互いに情報交換をしながら取り組む以外にはなかったのである。

このような事情は、二〇〇八年冬に遂に解消された。ジル・フィリップとジャン・ブルゴが中心となったサルトル班が総合カタログをＩＴＥＭのホームページ上で公開したからである。この快挙によって、サルトル作品の生成研究はより活発になるであろうと思われる。[2] サルトル班について一言触れておけば、ミシェル・コンタが長く主導してきたチームは、プルースト班のような公開セミナーは行っていないが、定期的に作業部会を開いている。二〇〇四年に筆者が参加していたころは、三ヶ月に一度ぐらいのペースで集まり、校訂作業中の未完シナリオ「ジョゼフ・ル・ボン」« Joseph Le Bon » が提起する問題点を討議していた。

1　草稿資料の現状

ところで、我が国ではサルトルの草稿研究はおろか、遺稿を基にした死後出版についての全般的な紹介すら十分にされているとは言い難い状況であるから、まずはサルトルのコーパス全体の見取り図を簡単に描き、その後、代表的な研究を紹介することにしたい。[3] ここでは便宜的に、誰にでもアクセス可能な死後出版などの刊行物、続いて図書館などに収蔵された草稿の順に説明しよう。

サルトルの仕事＝著作を整理する作業は、生前からミシェル・コンタとミシェル・リバルカの両ミシェルによって始められた。その最初の結実が大部の『サルトル著作解題』*Les Ecrits de Sartre*（一九七〇）である。これは一九六九年までに発表されたサルトルの全テクスト（インタビューも含む）に梗概を附して網羅すべく企画された綿密な書誌であり、その後もこれを越える類書は編まれていない。[4]「付録」« Appendices »として、単行本に収められなかった作品がいくつか収録されている点でも画期的なものであった。それに続くのが一九七〇年代初めにやはり両ミシェルを監修者として企画され、サルトルの死後一九八一年に刊行されたプレイヤッド版『小説集』*Œuvres romanesques* である。処女小説『嘔吐』、短編集『壁』、長編小説『自由への道』の他、補遺として『壁』からはずされた短編「デペイズマン」« Dépaysement »や単行本化されなかった『自由への道』の断章が収められている。だが、何よりも、自筆原稿に基づいて『嘔吐』につけられた詳細なヴァリアント、ガリマール社からの要請で削除された部分、新発見された構想ノート（後に触れる『デュピュイ手帖』*Le Carnet* « *Dupuis* »）などの資料によって、研究者にとって不可欠かつ不可避な武器庫となっている。このプレイヤッド版は存命であったサルトルの全面的な協力を得て進められ、著者の承諾を得た上で多くの校訂が施されている点にも特徴がある。

ここまでが、少なくともサルトルの意志が少しは関わったものであるのに対して、この後はサルトルの意図が絡まないものである。とはいえ、サルトルはいったん自らの手を離れたテクストを公共空間に属すものと考えていたし、自分の死後の草稿のなりゆきは後世に託し、明確な遺志は示さなかった。[5]

「死せるサルトルは生前よりも多産」と評されるほど、死後多くの遺稿が公刊された。まず『奇妙な戦争――戦中日記』*Carnets de la drôle de guerre*（一九八三年、増補版一九九五年）、ボーヴォワール宛の手紙を中心とした二巻本の書簡集『女たちへの手紙』*Lettres au Castor et à quelques autres*（一九八四）といった伝記的な資料が公刊され、若きサルトルの思想形成や生活の実相が明らかになった。哲学の分野では、『倫理学ノート』*Cahiers pour une morale*（一九八三）、未完に終わった『弁証法的理性批判』第二巻（一九八五）、『真理と実存』*Vérité et existence*（一九八九）など、以前からその存在の知られていたノートの類が公刊された。これらはサルトルの養女であり、著作権相続人であるアルレット・エルカイムが編者となって刊行されたものである。創作のほうでは、ジョン・ヒューストン監督のために一九五八年に書かれたシナリオ『フロイト』*Le scénario Freud*（一九八四）、デビュー前の中短編小説やエッセイを集めた『初期作品集』*Écrits de jeunesse*（一九九〇）、中年期の『嘔吐』としてその存在を知られていたイタリアをめぐる独特な紀行文『アルブマルル女王もしくは最後の旅行者』*La*

Reine Albemarle ou le dernier touriste（一九九一）などが公刊され、これによってサルトル研究のステージは一変し、それまでには見られなかった包括的な研究が現れた。その後も、サルトル生誕百年にあたる二〇〇五年にプレイヤッド版『全戯曲集』*Théâtre complet*（ミシェル・コンタ監修）、二〇〇七年にジェラール・フィリップとミシェル・モルガン主演映画『狂熱の孤独』（一九五三、イヴ・アレグレ監督）の原案となった未発表シナリオ『チフス』*Typhus* の出版と続いている。以上のようなガリマール社による単行本化のほかにも、『現代』*Les Temps modernes* 誌、『サルトル研究』*Études Sartriennes* などの雑誌にも多くの重要な未刊資料が掲載されてきた。

一方、草稿そのものに関して言えば、総合カタログが作成・公開されたとはいえ、それぞれの作品に関しても、また、全体像に関してもいまだ不明な点が少なくない。それはひとつには、すでに述べたように個人所蔵のものが少なくないため、全容を見通すことが難しいということがある。これまで知られていない、あるいは失われたと思われていた原稿が今後現れる可能性もあろう。じっさい、一九六二年にサルトルの自宅がプラスチック爆弾によって破壊されたときに多くの草稿が失われたと信じられてきたが、それらの一部は後に出てきたし、思いがけない発見もこれまで何度もあったからである。ここでは、図書館に所蔵されている主要な草稿、今後の生成研究に何らかの成果をもたらす可能性を含んだものだけを簡単に列挙することにしたい。

フランス国立図書館サルトル文献コレクション Fonds Sartre のなかで最も重要なのは、『嘔吐』の浄書原稿と自伝『言葉』の草稿であるが、この二つについては後ほど触れる。その他には、生前には出版されることのなかった『戦中日記』や、第一戯曲『バリオナ』[6] *Bariona* などもある。ただ、これらはすでに公刊されており、余白等への書き込みも少ないので、目新しい発見は期待できそうにない。

それに対して、今後の研究を俟つのは、哲学では『弁証法的理性批判』第一巻である。一七〇〇葉におよぶ最終稿とかなりの量の前＝テクストがあり、最終稿のなかには刊行本未収録の部分もあるからである。この膨大な草稿を、テキサス大学ハリー・ランソン・センター所蔵の構想プランを含む草稿や、個人蔵だがその一部が公刊されている前＝テクスト[7]などをも参照しつつ検討すれば、豊かな成果を生むことはまちがいない。その他には、『倫理学ノート』も、刊行本との異同がかなりあるようなので興味深いが、残念ながら収蔵されているのはタイプ原稿のみで、自筆原稿のほうは個人蔵の状態なので、今の段階ではできることは限られてしまうだろう。[8]

文学系では、分量的にも重要な前＝テクストが見つかっている『文学とは何か』や戯曲『神と悪魔』、刊行本との異同が想定される『アルブマルル女王もしくは最後の旅行者』などが挙げられる。しかし、なんと言っても注目すべきは、晩年のフロベール論『家の馬鹿息子』の草稿である。これは、ミシェル・ヴィアン、ボーヴォワール、アルレット・エルカイム旧蔵の様々な束からなり、六〇〇〇葉に及ぶ前＝テクスト群は量的にも圧倒的なものであり、いまだその整理もできていない状況である。[9] そもそも『家の馬鹿息子』そのものがほとんど研究の対象となっていないと言っても過言ではないのである。[10]

フランス国立図書館以外では、イェール大学バイネッキ貴重書・手稿図書館に『自由への道』の草稿、ティントレット論の草稿などがあるほか、伝記作家ジョン・ゲラシがサルトルに対して行ったインタビュー資料もある。[11] また、テキサス大学オースチン校のハリー・ランソン・センターも、革命期を描いた映画のシナリオ「ジョゼフ・ル・ボン」などいくつかの重要な草稿を収蔵している。

サルトルの草稿の特徴をここでいくつか挙げておこう。サルトルの自筆草稿は大まかに作品原稿、カイエ、カルネの三つに分けることができる。作品の自筆原稿は、例外を除けばマス目のあるルーズリーフにほとんど余白を取らずに小さな文字で書かれている。単語単位で訂正するときは、該当箇所を塗りつぶして行間に修正を書き入れることもあるが、多くの場合は、変更箇所の前で行間に横線を引き、その下が削除部分であることを菱形や斜線を引いて示し、別の紙にすっかり同じ文章を書き写して訂正する。これは小説だけでなく、他の原稿の場合も同じであるが、エッセイなどの原稿は訂正なしで書かれていることが比較的多い。小説の場合はこの手の書き直しが多いため、「残り切れ」chutes と呼ばれる放棄された原稿が多数生まれる。つまり、一葉がすっかりすべて消去されるのである。サルトルはこれをゴミとして捨てることが多かったようだが、それが第三者によって回収されて保管される場合も少なくなく、このような「残り切れ」が多数残っている。カイエは、特に哲学系のテクスト執筆のためのメモないしは下書きであり、『倫理学ノート』や『真理と実存』(個人蔵で詳細は不明)などがそれにあたり、大判のノートが用いられている。一方、カルネは備忘録、アイデア帳、旅行時のメモなどで、多くの場合は小型のモレスキン装幀の手帖である。現存するカルネは、『ミディ手帖』*Carnet Midy*、『デュピュイ手帖』『奇妙な戦争手帖』(全十五冊のうち現存が確認されているのは六冊)などであり、これらはすべて全体ないしは一部が刊行されている。[12] いくつかのテクストにはタイピストや友人によるタイプ原稿があり、それにサルトルの自筆の書き込みがある場合もある。一方、校正刷りの類はほとんど残っていない。すでに述べたようにサルトルは校正時に加筆修正をさほど行わなかったが、具体的な校正状況がわからないのはまことに残念である。ただ、今後それらが発見される可能性がないとは言えない。

つづいて、これらの資料を駆使して行われてきた主な研究を概観しておこう。

2　代表的な生成研究

これまでの生成研究の中心は文学作品、とくに処女小説『嘔吐』と自伝『言葉』の二つである。どちらの場合も中心となって研究をおこなったのは長年サルトルの草稿に取り組んできたミシェル・コンタ。特にこの二つが選ばれたのは、文学作品の主著であるということと同時に、資料が豊富にあったためである。

『言葉』の生成の経緯はきわめて複雑であり、要約するのが憚られるほどだが、大枠だけを示せば以下のようになる。単行本として上梓されたのは一九六四年だが、その構想は一九五〇年代に遡り、一九五三年ごろのインタビューで、「私の物語を通して、自分の世代の物語を書き留めてみたい[13]」とサルトルは述べている。その時点では、政治の季節にふさわしい『自己批判』というタイトルで構想されており、批判的スタンスがその基本的トーンだった。一九五四年ごろ執筆のカイエによれば、十代までの少年時代が中心となっている『言葉』とは異なり、青年期以降が戦前一九三〇―一九三九、戦中一九三九―一九四四、戦後一九四五―一九五四年の三時期に分けられて構想されていた[14]。その後、一九五〇年代半ばに幼年期のことを中心に集中的に書き進められ、タイトルは『土地なしのジャン』*Jean sans terre* へと変更された。これはイギリス国王ジョン失地王を指す表現でもあるが、サルトルが自らの根無し草的土壌を意識して選んだものだった。この時点で作品の力点は人格が形成された背景と幼少時へとシフトしたと言えよう。執筆はかなり進んだが、『弁証法的理性批判』などを完成させるためにいったん放棄され、一九六〇年代に入って大幅に手直しされることになって仕上げられた。

国立図書館に所蔵されている『言葉』関係の草稿は千枚に達するが、大まかに四つに分けられる。『土地なしのジャン』(一九五五年のタイプ草稿、四四葉)、ミシェル・ヴィアン旧蔵草稿(自筆草稿四五三葉とヴィアンによるタイプ原稿六九葉)、ジャック＝ロラン・ボスト旧蔵草稿(四一七葉、これは旧ミシェル・ヴィアン草稿と同じ段階のもので、その「残り切れ」)、その他(出所の異なるいくつかのカードや草稿など合計で約一二〇葉)。この他にもかなりの草稿があると推測されるが、それらは蒐集家の手にあったり、散逸したりしており、国立図書館に収蔵されているのは『言葉』関係のおよそ三分の二にあたると見られる。

これらの膨大な資料と、ＩＴＥＭサルトル班が所有する『土地なしのジャン』の自筆草稿のコピー(四四葉)やボーヴォワール旧蔵自筆草稿のコピー(四八〇葉)を用いて多角的に問題を検討したのが、ミシェル・コンタ編『サルトルはなぜ、そしていかにして『言葉』を書いたか』*Pourquoi et comment Sartre a écrit « Les mots » : genèse d'une autobiographie* (一九九七)である。サルトル関連の生成研究補遺としていくつかの「前＝テクスト」のトランスクリプションと写真複写も収めるこの本は、サルトル関連の生成研究の嚆矢であるのみならず、大部のものとしては今のところ唯一の研究書である。『自伝契約』に再録されることになるフィリップ・ルジュンヌの論考「サルトルの『言葉』における物語順序」をはじめ、どの論考もそれぞれ説得的な重要な論文である。

一方、『嘔吐』に関する研究はまとまったモノグラフィーという形ではなく、プレイヤッド版の資料編といくつかの論文という形でコンタによって発表されている。一九三八年に出版されたサルトルの処女小説『嘔吐』が当初デューラーの版画に想を得た『メランコリア』*Melancholia* というタイトルであったことはよく知られている。そもそもは「偶然性に関する弁駁書」« Factum sur la contingence » というタイトルで書きはじめられた作品は、ボーヴォワールの証言によれば一九三一年ごろに構想され、二度の全面的な改稿（一九三三—一九三四年、一九三五—一九三六年）を経て、一九三六年初めに脱稿。同年春ニザンによってガリマール社に推薦されたものの拒まれ、秋に再度シャルル・デュランとピエール・ボストを介して持ち込まれて、翌年の四月にようやく受けいれられた。ところが、このときに出版社は大幅な削除を条件としたため、サルトルはしぶしぶロカンタンの過去、プランタニア・ホテルやブーヴィル市の情景、暴行シーン、アニーとの再会場面など五〇葉ほどを削除改変した。さらにはタイトルをめぐり数度のやりとりがあり、けっきょくガリマール社長がタイトルを『嘔吐』と決定し、翌年春に出版の運びとなったのである。かくして、私たちの知るサルトルの代表作は、じつは作家自身の意図を離れ、様々な要因による改変を受けたテクストだと言える。

国立図書館には『嘔吐』の自筆原稿、およびそれに基づいたタイプ原稿（三一九葉）が残されている。自筆原稿は二三×一八センチメートル、マス目のあるルーズリーフで五一三葉、元来は三つのファイルに別れていたものが、一九八〇年に一冊にまとめられ、見事な装幀を施された。テクストは、ガリマール社の要請による削除以前の段階であり、この自筆草稿に基づいて、プレイヤッド版の注には詳細な異同が記載されたことはすでに述べたとおりである（『嘔吐』はサルトルが最も推敲を重ねたテクストである）。しかし、削除を受けた部分を復元した決定版を作ることをサルトルは望まず、初版を決定稿と見なした。[15] 出版社による削除の経緯とその理由に関しては、コンタが「『メランコリア』から『嘔吐』へ」« De *Melancholia* à *La Nausée*. La normalisation NRF de la Contingence » という論考で具体的な変更箇所を検討しながら主な理由を追っているが、[16] サルトル自身はけっきょくのところこの削除によって作品が冗長さを免れ、引き締まったものになったと評価していたという。[17] これもサルトルの創作態度を知る上でも興味深いエピソードである。いまひとつ、『嘔吐』の生成研究に欠かせない資料として、一九三二年頃に用いられていたと推定される『デュピュイ手帖』[18]がある。これは黒いモレスキン装幀の手帖で、生徒の評価をはじめとする雑多な内容を含むが、まとまった記述として、前半には哲学に関するノート[19]、後半には小説の構想メモが記されており、『嘔吐』の内的生成・外的生成の一斑がこれによって明らかになった。「冒険」が最初は主導的なテーマであったこと、またロビンソン・クルーソー、ジュール・ヴェルヌ、モーリス・ルブランなどが意識されていたことがわかるこのメモの部分はプレイヤッド版に収録されている。[20]

その他に、近年の研究としては後に触れる『自由への道』に関するイザベル・グレールの論考や、ジル・フィリップによる『家の馬鹿息子』に関する論文などがある。

以上が、サルトルをめぐる草稿・生成研究状況のごく簡略なサーベイである。私自身はこれまで狭義での草稿研究をほとんど行ってこなかった。むしろ、死後刊行テクストを通して、サルトルの倫理思想の変遷の意味を跡づけ、そこから新たな読解を試みることが中心であった。今回は現在新訳に取り組んでいる『自由への道』をめぐって若干の考察を展開することにしたい。

3　『自由への道』をめぐって

『自由への道』*Les chemins de la liberté*（一、二巻は一九四五年、三巻は一九四九年刊）は、戦後のサルトルが発表した唯一の小説である。全四巻の予定だったが、最終巻は一部雑誌に発表されたものの、未完に終わり単行本化されなかった。第一巻『分別ざかり』は一九三八年六月中旬、戦争の予兆を感じさせるパリを舞台に、マチウ・ドゥラリュ（三三歳）を中心に展開する。発端は七年前からつきあっているマルセルの妊娠である。堕胎を決めるがその費用が手元になく、自由と独立を信条とする彼が日頃ブルジョワとして軽蔑する兄や金回りのよい友人ダニエルのところに金策に行かねばならない。だが、それも功を奏さず、かつての教え子ボリスの情婦で歌手のローラから金を盗むことになる。その間、マチウはボリスの姉のイヴィック[21]に仄かな恋情を抱くが相手にされず、自分が確実に中年に差し掛かっていることを意識する。一方、マルセルは密かにダニエルと会っており、マチウと別れた後、男色者であるダニエルと（そのことを知らずに）結婚し、子どもを産むことにする。マチウは自らがそれまで信じてきた自由が内容空虚なものであり、風雲急を告げる歴史の転換点では何の役にも立たないことに次第に気づいてゆく。

第二巻『猶予』は第二次大戦勃発前夜、一九三八年九月の一週間の出来事がコラージュ手法で描かれる。マチウをはじめとする主要人物九人の他に、新たに十八人の副次的人物、ヒトラー、チェンバレン、ダラディエをはじめとする歴史上の人物約三〇人、エキストラ的人物五〇人、総勢百人以上が、ヨーロッパの様々な都市で、激変する歴史に翻弄される姿が万華鏡のように映し出される。ここではもはや通常の意味での主人公はおらず、マチウも特権的な位置を占めずに、ほとんど〈その他大勢〉に近い扱いを受ける。各人が迫り来る戦争を前にいかに自分を生きるのか、そのさまが同時多発的に展開するのだ。そこに見られるのは同時代性へのこだわり、世代の問題でもある。出自も傾向も階級も異なる人びとが戦争によって否応なく同時代を生きることになるのだ。ミュンヘン会議によって、戦争は回避されたように見えるが、それはたんに先延ばしにされただけにすぎない。

第三巻『魂の死』の第一部は、一九四〇年六月、フランスの敗北を背景とする。ニューヨークに亡命したかつてのスペイン市民戦争の勇士であり画家のパブロ、ドイツ軍のパリ入城に際して南仏に逃れようとするマチウの兄ジャックとその妻オデット、結婚したイヴィック、戦場で負傷し入院中のボリスなどが次々と描かれるが、誰もがかつての生彩を欠いている。ロレーヌ地方の村で敗戦を迎えたマチウの部隊の兵士たちは自暴自棄におちいっている。同じ状況にありながら、戦友たちのように酒や女や宗教に逃げることができず、冷め切っているインテリのマチウは孤独感を募らせる。昨晩までの一体感が敗戦によって失われてしまったのだ。だが、その村にドイツ軍に対して最後の徹底抗戦をしようとする一団の兵士たちがやって来て、行きがかりでマチウもそれに参加することになる。ドイツ軍への無意味な抵抗という試みで結ばれる幸福感に満たされるマチウが死を覚悟して敵に向かって撃ち続ける場面で第一部は閉じられる。第二部は、捕虜収容所を舞台としているが、マチウは登場しない。代わって第一巻でマチウに入党を勧めた共産党員のブリュネが中心となる。彼は収容所内で反独抵抗運動を組織しようとするが、そこに謎の人物シュネデールが現れ、共産党批判を展開する。つまり、ここで主題はさらに先鋭な形で、個人と集団、歴史認識の問題へと傾斜していくのである。

以上が、第三巻までの概要であるが、この小説は、現在日本のサルトル研究では語られることが極めて少ない[22]。一九五〇年代初めに人文書院が「サルトル全集」の第一巻として刊行した事実が端的に示しているように、当時はサルトルの代表作のひとつと見なされていた。それはこの「主題小説」roman à thèseがアンガジュマンの問題と直結していたためである。そして同じ理由で近年は敬遠されてきたのだと言えよう。だが、この長編小説の内容はきわめて豊かであり、今や草稿資料を駆使した別の視点からの読解が可能である。第一巻『分別ざかり』に関しては、これまでのところ、自筆原稿もタイプ原稿もまったく見つかっていない状態[23]なので、草稿に即した研究は無理だが、執筆の状況に関しては『戦中日記』や『書簡集』の公刊によって多くの補足情報がある。第二巻『猶予』に関しては、プレイヤッド版の校訂時に監修者が存在を知らず参照されなかった自筆最終稿（八一三葉）がイェール大学バイネッキ貴重書・手稿図書館に収蔵されている。第三巻『魂の死』に関しては、フランス国立図書館にミシェル・ヴィアン旧蔵の自筆最終原稿（五四四葉）、イェール大学バイネッキ貴重書・手稿図書館にジョージ・バウアー旧蔵の前＝テクスト（自筆草稿三六〇葉、サルトルによる修正のあるタイプ原稿十葉）がある。未完に終わった第四巻の断片も、イェール大学バイネッキ貴重書・手稿図書館にバウアー旧蔵の「青いカイエ」および自筆草稿（三三四葉）が収蔵されているだけでなく、他の草稿の存在も確認されている。ちなみに、これらのバウアー旧蔵の資料に関しては、バウアーも編集に参与したプレイヤッド版に収録されているが、その他は未公刊の状態である。

これらの資料を用いて、イザベル・グレールは『自由への道』の生成を綿密に跡づける博士論文を提出[24]。モデル問題の解明や、義姉オデットへのマチウの恋愛感情のうちにサルトルの母親への愛情を読み取るなど刺激的な読解も提示している。しかし、この小説には他にもさまざまな角度から研究の余地がまだまだあると思われる。

4　『自由への道』への新たなアプローチ

ここで『自由への道』へのアプローチのいくつかの糸口を指摘することにしてみよう。

第一は、この小説を自伝という視点から包括的に再検討することである。『自由への道』は、マチウ・ドゥラリュを主人公とした大河小説であると形容されることも多いし、第二巻以降の真の主人公は歴史そのものだなどとも言われる。確かにこれは前期サルトルの中心テーマである自由の問題を扱った主題小説であり、歴史という巨大な歯車と、そこに否応なく巻き込まれた人間の姿を描いた作品ではある。だが、少し冷めた目で読めば「大河的」という形容はあまり相応しくなく、むしろ自伝的要素が様々な意味で色濃い作品ではあるまいか。サルトルが基本的に私小説しか書かない作家だと言ったら奇妙に響くかもしれないが、『嘔吐』のロカンタンが自分だったとサルトルが言った以上に、マチウはサルトルの分身である。それはマチウが一九〇五年生まれの独身、パリの高校哲学教授という設定であり、第一巻の物語が作家自身の行動半径でもあるモンパルナス界隈を中心に展開するということのためだけではない。多くのエピソードが作者の実体験から取られているだけでなく、登場人物のほとんどにモデルがいることはこれまでもよく知られていた。だが、そのような事実以上に興味深いのは、たとえば、物語の時間と現実の時間の同時性である。より正確に言うと、その構想時と物語の時間がほぼ一致するのだ。第一巻の執筆は一九三九年の前半に始まったが、その構想は『嘔吐』出版直後すなわち一九三八年に遡る[25]。そして、それぞれの巻の時間設定は作品構想の時間とほぼ同時だと資料的に跡づけられる[26]。その意味でも、『自由への道』は『嘔吐』の続編として執筆されたと言えそうである。『嘔吐』の日付が、作家自身の構想執筆の時間とほぼ呼応することは夙に指摘されているが、同じ要素がここでも見てとれる。そして、日記形式をとった第一小説が時系列に沿った一人称の小説であったように、第二長編小説も当初から時系列に沿った一人称の独白が複数組み合わされるという形で作られているのである。

第一巻では日付は明記されていないが、第一章のマチウの独り言、「二九日までやっていくのに五百フラン残っている。日に三〇フラン、いやそれ以下だ。どうしたらいいのか?」から逆算すれば、六月十三、十四日頃と推定される四八時間ほどが物語の時間である。第二巻は、各章が日付になっているので明確で、一九三八年九月二三日朝から三〇日までの出来事。そして、第三巻第一部は一九四〇年六月十五日から十八日まで。第二部ははっきりとしないが、「よく晴れた夏の一日」とされており一九四〇年八月と推定される。したがって、この小説は第三巻までだけでもプレイヤッド版にして千五〇頁を越える大部であるにもかかわらず、奇妙なことに、具体的に扱っているのは、じつにわずか十六日間ほどでしかなく、それが一九三八年から一九四〇年の三年間に亘っており、さらに不思議なことは、季節がつねに夏なのである。果たしてこのような不均衡な時間配分を持った長編小説が他にも多数あるのか不勉強にして詳らかにしないが、きわめて特異であるように思われる（第二巻の九月を夏とするのはフランスの季節感からすると語弊があるかもしれないが、マチウはまだヴァカンスから戻ってきていないという設定であり、南仏で過ごしている）。ここには時間の経過も、めぐる季節も感じられない。その理由は十分検討に値しよう。サルトル自身は、授業がない時期なので夏を選んだと述べている[27]が、それだけではあるまい。

時制から見ると第三巻第一部までは単純過去と半過去が中心だが、三節からなり、各節にまったく改行が施されていない第三巻第二部は一貫して現在形で書かれている。これに関しては多くの論者が注目しているが、しかし、訳の作業を行っていて感じることは、第三巻第一部までの過去形が、視点の観点からすれば、かならずしも「過去」ではないという点である。行為の記述を除けば、自由間接話法的な色彩が強いフレーズがきわめて多く、それを過去で訳すことは原文に見られる意識の流れ的な側面を捉え損なうことになる。じっさい、この小説は全体が現在形で書かれていてもおかしくはなかったとも思われるのだ。

日記の体裁をとった『嘔吐』に関しては、それが一種の「現象学的記述」であるという指摘がしばしばなされたが、『自由への道』にも同様のことが言えそうである。じっさい、この小説にはフラッシュバック的なくだりはまったくなく、時間はあくまでリニアーに流れていく（同時に複数の場所で展開することもないわけではないが、時間がオーバーラップしたり、錯綜したりすることはほとんどない）。記述は上空飛行的な超越の視点ではなく、必ず登場人物の誰かの視点からなされている。この上空飛行的な神の視点の拒否、中立的な語り手の拒否は、サルトルのモーリヤック批判[28]の実践と言えるのだが、その結果として語りは必然的に一人称性を帯びる。ここでは問いを立てるのみに留まるが、『書簡集』や『戦中日記』などの資料を参照しながら、サルトルが現実のどのような部分から、作品を構想し、構成していったかを地道に辿る作業によって、現実から小説への経緯が見えてくるはずである。じっさい、放棄された第四巻の一部はもともと日記形式で綴られており、これは内容的にも『戦中日記』と重なりあっていると見られるからであり、一人称が出発点にあるように思われるからである[29]。

第二は、コラージュ的技法を含む小説のテクニックである。第二巻『猶予』はフレーズの途中で、動作主体がまったく別の場所にいる異なる登場人物にシフトするという手法をとっており、読者に大きな努力を強いる文章となっている。ドス・パソスに着想を得たと言われるこのような文体が具体的にどのような形で形成されていったのかを、草稿を参照することによってより具体的に明らかにすることができるのではないだろうか。翻訳をしていて感じるのは、二〇頁ほどの間隔を置いて現れる登場人物の台詞や行動がほとんどパズルのようにぴたりと重なることである。ここには後にウイリアム・バロウズが多用するカット・アップにも似た手法があるのではないか。じっさい、『猶予』では積極的なコラージュ手法が用いられており、ミュンヘン会議をはじめとする国際情勢に関するくだりは、ポール・ニザンの『九月のクロニク』をほぼそっくりそのまま用いている部分が少なくない[30]。そして、そのなかのヒトラーやダラディエの発言がもともと忠実な引用なのである。ランボーの引用やボードレールやパスカルのパロディ[31]、『戦中日記』に記述された兵士たちの言動も含め、サルトルがこれらの雑多な言葉や文章をいかにまとめたかを詳細に追う作業は小説家サルトルを研究するにあたって重要であろう。

ところで、この小説の記述は必ず登場人物の誰かの視線を通して行われるわけだが、第二巻ではそれが時にめまぐるしく替わる。一方、多くのシーケンスが二人の登場人物の対立関係で構成される第一巻では、読者は比較的安心して、登場人物の視線に入っていくことができる。中心となるのは、マチウであるが、その他にもダニエル、ボリスも視点となる(表)。視点であるということは、別の観点から言えば、その人物が内面性をもち、その内面性を読者が追うということであり、視点をもたないということは、外部からもっぱら描かれ、内面性を追うことができないということである。全編を通して外部からはほとんど描かれないのはマチウ(第七章でのみ、ダニエルの視点から描かれる)である。そして、この視点の保持者は、ボリス、ダニエルと男性が主である。唯一の例外はマルセル(だが、後に見るようにそれは男性的性格がつねに強調される女性である)で、第五章の自室での独白場面と、第十四章のダニエルとの電話での場面で視点となっている(ただし、どちらも対面の場面でないことは示唆的であろう)。ここから見てとれるのは、一人称的な視点が三人称へと変換されたくだりを積み重ねることで第一巻が構築されているということだ。見る者と見られる者の相剋的関係という『存在と無』で展開された「眼差し」の理論を想い出すまでもなく、ここでは視点と主体の問題が解きがたく絡まり合っている。

ところで、この男性優位の視点は、第二巻で大きな変化を被ることになる。副次的な女性登場人物、ゼゼット、モード、イレーヌの三人が重要な視点となり、他者を裁く(判断する)からである。さらに「九月二三日」の章のマチウとオデットの場面は、もっぱらオデットを視点として進むのだ。第三巻『魂の死』になると、さらに興味深い変化が見られる。というのも、ローラとボリス、オデットとジャックの場合、関係は完全に逆転し、女性の視点が優位に立ち、男たちはしばしば恐怖や不安にかられた姿を彼女らによって顕わにされるからである(主要登場人物で唯一視点の担い手とならない女性はイヴィックで、彼女は最後まで内面性を見せることはなく、外から描かれる)。そこに、戦争を媒介として、男女の関係が逆転していく過程を見ることもできるだろうが、それ以上に、この問題は次のジェンダー的視点からの読解とつなげながら考察されるべき重要な問題だと思われる。

表　サルトル『自由への道』第1巻「分別ざかり」構成

	主要登場人物	副次的人物	日時	場所	頁数
章	ゴチックは視点となる人物		1938年6月14日（？）	パリ	
I	**マチウ**／マルセル	堕胎婆さん	22時25分〜深夜1時	モンパルナス、マルセルの部屋	**393-413** Ⅰ, 11-51
II	**ボリス**／ローラ		0時〜午前2時	モンマルトルのレストラン、ローラのホテル	**413-430** Ⅰ, 52-86
III	**マチウ**／サラ／ブリュネ	ワイミュラー	15日9時〜10時半	サラのアパルトマン（モンパルナス）、リュクサンブール公園	**430-446** Ⅰ, 87-118
IV	**マチウ／イヴィック**		10時40分〜11時半	カルチエ・ラタン、タクシー	**446-462** Ⅰ, 119-151
V	**マルセル**		午ごろ	マルセルの部屋	**462-467** Ⅰ, 152-161
VI	**マチウ／イヴィック**		11時半〜正午	フォブール・サン＝トノレ街（右岸）	**467-479** Ⅰ, 162-184
VII	**ダニエル、ダニエル**／マチウ	管理人	10時ごろ〜正午	ダニエルの部屋／シャラントン	**479-497** Ⅰ, 185-220
VIII	**マチウ**／オデット、**マチウ**／ジャック、**マチウ**／マルセル（電話）、**マチウ**／ボリス／ブリュネ		12時半〜15時ごろ	ジャックの家／カフェ／マチウの部屋	**498-529** Ⅰ, 221-284
IX	**ダニエル、ボリス**／ダニエル、**ダニエル**	オカマたち	18時〜20時半	右岸、カルチエ・ラタン	**529-559** Ⅰ, 285-340
X	**ダニエル**／マルセル	デュッフェ夫人	22時〜23時半	マルセルの部屋	**559-573** Ⅱ, 13-42
XI	マチウ／イヴィック／ボリス／ローラ	クラブの客	23時〜翌日未明	ナイトクラブ「スマトラ」	**573-614** Ⅱ, 43-129
XII	**マチウ／イヴィック、ボリス、マチウ／ローラ**		16日9時〜12時	モンパルナス、ローラの部屋、カフェ	**614-635** Ⅱ, 130-173
XIII	**ボリス／イヴィック**		午ごろ	カフェ、モンパルナス、カルチエ・ラタン	**635-645** Ⅱ, 174-196
XIV	**マチウ**／ダニエル、**マルセル**／ダニエル（電話）		13時半	バー／マルセルの部屋	**645-659** Ⅱ, 197-226
XV	**マチウ／イヴィック／サラ**	金貸し	17時〜20時45分	融資協会／マチウの部屋／カルチエ・ラタン	**659-683** Ⅱ, 227-277
XVI	**マチウ、ダニエル**／ラルフ		20時45分〜23時	モンパルナス／ラルフの家／ローラのホテル／ダニエルの部屋	**683-696** Ⅱ, 278-304
XVII	**マチウ**／マルセル		23時	マルセルの部屋	**696-706** Ⅱ, 305-325
XVIII	**マチウ／イヴィック、マチウ**／**ローラ、マチウ／ダニエル**		深夜〜翌日午前2時	マチウの部屋	**706-729** Ⅱ, 325-379

頁数はプレイヤッド版／岩波文庫版の順

第三は、ジェンダー的な視点からの読解である。これまでもサルトル作品における女性嫌いについての指摘はあるが、この小説の影の主題が同性愛であることは明白である。それはダニエルが男色者であり、そのアヴァンチュールにかなりの紙幅が割かれているからだけではない。ローラを情婦とするボリスにしても、マチウにしてもしばしば女性への嫌悪と男性と一緒にいるときの快適さについて語るからだけでもない。小説空間からアクターとしての女性が次第に後退していくという構造をこの作品がもっているからである。望まれなかった妊娠からはじまったこの小説は、既に述べた男女の力関係の逆転などを含みつつ、第三巻一部終盤からほとんど男だけのホモソーシャルな世界へと突入し、そして第二部では女性はわずか一度、輸送列車の捕虜たちが柵の向こうに見る場面で現れるにすぎなくなり（ムーリュが女たちに声をかけるが彼女らは答えない）、現存する第四巻の断片ではついに女性はまったく現れなくなる。[32] じっさい、この作品は、男の領域と女の領域が截然と分かれ、両者が理解しあえないことを大きな主題としているように思われる。男は男らしさを求められ（その典型はブリュネとダニエル）、女性たち（ブルジョワ女性の典型オデット、労働者階級の典型ゼゼット）は女らしさを求められる。そして、おそらく唯一の例外がここでもマルセルである。マルセルの場合、小説の冒頭で男性的性格が執拗とも言えるほど強調される。そして、その男性らしいマルセルが妊娠し、不意に女性性に目覚め、最終的には男らしさを夢見ながらも自らの女性性に悩む男色者ダニエルと結婚することになるという『分別ざかり』のプロットにもこの問題は端的に現れている。[33]

一般にサルトルといえば、「人間主義」humanisme が取りざたされるわけだがこの小説で問題とされる homme の大部分は「人間」ではなく「男」と読むべきものと思われる。人類愛がホモセクシュアルに通じる例はすでに『嘔吐』の独学者にも見られたが、『自由への道』でも「友情」amitié とは女性を排した「兄弟愛」fraternité である。マチウはブリュネのうちに「友」を求めるが、ブリュネこそが男らしい男だと思うがゆえに、彼の友情を期待するのである。[34] ここに『弁証法的理性批判』まで続く「友愛の共同体」という問題系を読み込むことは不可能ではないだろう。第三巻第二部ではすでに述べたように女性は不在となり、男たちはもっぱら欲望の対象としての女を話題にするが、同時に彼女たちに会うことは避けたがっているような発言をする。この問題が一方で戦争と、もう一方で作者サルトル自身の性向とどのように関わるのかを検討することはサルトルにおける共同体論にこれまでとは異なる光を投げかけることになろう。

以上三点は問題提起の域を出るものではないが、この小説がいまなお豊かな鉱床であることはかいま見えるのではなかろうか。

5　生きることと書くこと

生成研究がいわゆる決定稿を相対化する意味をもつのだとすれば、この問題はサルトルにおいては何よりも彼が残した膨大な未完作品の意味について考えることに帰着しよう。『自由への道』の放棄に関して言えば、ジャック・ルカルムが、どれも説得的である七つの理由を挙げているが[35]、なかでも最初の理由、すなわちサルトルが自ら体験しなかったレジスタンスを書きあぐねたという指摘は重要である。つまり、これも観点を少しずらせば、この中断は作品が自伝的であることと無縁ではないのである。

ところで、『自由への道』第四巻のみならず、『存在と無』で予告されたモラル論、『弁証法的理性批判』第二巻、『家の馬鹿息子』第四巻など、サルトルが放棄した作品は数多い。これらはなぜ放棄されたのか。これはまた別途考えられるべき問題であろう。ここで性急に回答を出すわけにはいかないが、ひとつ言えることは、作品放棄がサルトルの執拗に追求した「書くことと生きること」の問題と関わっているのではないかということである。生きることと書くこととの乖離、この問題は『嘔吐』以来陰に陽に主題となっているものであるが、ごく単純に言えば、書くことには事実上の事後性があるにもかかわらず存在論的には優位があるというパラドクスである。

サルトルには彼自身が『戦中日記』や『言葉』で述べているような素朴な「伝記幻想」とでも呼べるようなものがある。

つまり、人生はあたかも伝記のようなものであり、あらゆる経験が物語であるかのように展開し、それが後に語られるというものである。しかし、同時に経験というものは語られることによって必ず変容を被る。したがって、最も「真正な」authentique経験はまさにいま経験しているものであり、それを現在形で記述したもの（もちろん、じっさいにはそんなことはありえないのだが）ということになろう。その意味で『自由への道』第三巻『魂の中の死』第二部が全編現在形で書かれていることは示唆的であるが、この生きることと書くこととの間の乖離は、歴史と歴史記述の問題その他の形で変奏されながら、持続的にサルトルの関心事であり続けるのだ。

いずれにせよ、最初にも述べたように、サルトルにとっては活字になったものこそが重要であり、そこにいたるまでの草稿はけっきょくのところ手段にすぎないと考える傾向があった。それを端的に示している『言葉』の一節がある。

勲功は消え去るが、物語は残る。「文芸」においては、贈与者が自分自身の贈り物に変身することが、すなわち純粋なオブジェになることが分かったのだ。私が人間になったのは偶然にすぎなかったが、鷹揚さによって私は本となるだろう。私は自分のおしゃべりや意識をブロンズの活字のなかに流し込み、生活の物音は消しがたい刻印に、肉体は文体に、時間の緩慢な螺旋は永遠にとって替わられ、聖霊は私を言葉の沈殿物と見なし、人類にとっての脅迫観念となり、ようやく「他なる者」に、自分自身とは別のものに、他人とは違う者に、あらゆるものと異なる者になるのだ。私はまず長持ちする身体を自分に与え、それを消費者たちに与えよう。書く喜びのためにではなく、言葉のうちに栄光の身体を作り上げるために書くのだ。自分の墓の高みから眺めると、誕生したことは必要悪にすぎないように私には思えた。変身を準備するために仮初めに肉体に宿ったのだ。再生するためには、書く必要があったし、書くためには脳髄や目や腕が必要だった。ひとたび仕事が終われば、これらの器官は自然消滅することだろう。一九五五年頃、幼虫ははじけ、二五匹のフォリオ版の蝶たちがそこから飛び出し、ページの翼を羽ばたかせ、国立図書館の書架に向かって飛び立ってゆく。これらの蝶が他ならぬ私なのだ。二五巻、一万八千ページのテクスト、三〇〇の版画、そのなかには著者の肖像もある。私の骨は皮と厚紙で、羊皮紙上の私の肉は、糊と黴の臭いがし、六〇キロの紙の重さのうちに私はくつろいで悠然と構える。[36]

生きることから書くことへ、そして書くという行為を通して、その「反射＝反省」réflexion を通して現実に働きかけること、それこそがサルトルにとっての文学的営為の根幹にあった。そのような錯綜したエクリチュールの過程を明らかにすること、それはサルトル研究において未だに十分になされているようには思われない。今後サルトルの生成研究がますます意味をもつようになると思う所以である。

注

1 そしてまた、当時飛ぶ鳥を落とす勢いであったサルトルの原稿をガリマール社は丁寧な校正も行わずに出したために、初版では章立てすら整合性を欠いたものになった。

2 Catalogue génétique général des manuscrits de Jean-Paul Sartre, http://www.item.ens.fr/index.php?id=377200

3 筆者もこれまで不完全な形ながらその紹介をしてきた。以下を参照いただければ幸いである。澤田直『〈呼びかけ〉の経験——サルトルのモラル論』、人文書院、二〇〇二年。

4 その後も書誌としては Michel Contat et Michel Rybalka, *Sartre : bibliographie 1980–1992*, CNRS Éditions, 1993 などいくつかあるが、それらには詳細な内容紹介はない。

5 コンタの「未発表の原稿について、遺産相続者たちにどのような指示を与えますか」という問いにサルトルは次のように答えている。「まだ遺書は書いていないが、こう書くだろう。出版社と、私が作品の管理人として選んだ人びとにまかせてほしいと。〔……〕じつを言えば、あまり気にかけてはいないのだ。そんなに未刊があるわけでもないし」« Entretiens sur moi-même », *Situations X*, Gallimard, 1976, p. 209.

6 捕虜収容所でのクリスマス劇として書かれた『バリオナ』は、初め少部数の私家版としてのみ印刷され、その後、「サルトル著作解題」*Les Écrits de Sartre* 補遺に収録、最終的にプレイヤッド版『全戯曲集』でも補遺として収められている。

7 « Esquisses pour la *Critique de la Raison dialectique* » par Vincent de Coorebyter, in *Études Sartriennes*, nº 10, p. 9–23.

8 このノートはマイクロフィルムの形で見ることができる。

9 その他に、一九五〇年代半ばの最初期の草稿があるが、こちらは個人所蔵のため、内容は知られていない。

10 Gilles Philippe, « Le protocole prérédactionnel dans les manuscrits de *L'Idiot de la famille* », *Recherches et travaux*, Grenoble, n° 71, 2007.

11 これは最近公刊された。John Gerassi, *Talking with Sartre : Conversations and Debates*, Yale University Press, 2009.

12 『アルブマルル女王』に関しても手帖は存在するが個人蔵である。

13 *Libération*, le 4 novembre 1953, cité par Michel Contat et Michel Rybalka, *Les Écrits de Sartre*, Gallimard, 1970, p. 269.

14 Cf. « Note additionnelle », in Michel Contat (sous la direction de), *Pourquoi et comment Sartre a écrit « Les mots » : genèse d'une autobiographie*, Presses Universitaires de France, 1997, p. X.

15 とはいえ、このプレイヤッド版では、監修者の示唆を受け、現実の暦に照合した日付の訂正その他、多くの改訂を含んでいる。

16 Michel Contat, *Pour Sartre*, PUF, 2008, p. 63–101.

17 Voir *ibid.*, p. 57.

18 ル・アーヴル時代の教え子アンドレ・デュピュイ氏が長年所持したものであるため、この名称で呼ばれる。

19 Vincent de Coorebyter, *Études Sartriennes*, n° 7, p. 13–21.

20 Jean-Paul Sartre, *Œuvres romanesques*, Gallimard, « Bibliothèque de la Pléiade », 1981, p. 1678–1680. 以下ORと略記し、p. は省略。

21 従来、邦訳ではイヴィッチと表記されてきたが、サルトル自身の証言により、新訳ではイヴィックという表記とした。

22 昔のものでは、加藤周一「『自由への道』と小説の運命」、井上光晴「『奇妙な友情』論」（ともに竹内芳郎・鈴木道彦編『サルトルの全体像』、ぺりかん社所収）などがある。

23 サルトルは一九四五年、カフェ・フロールで会ったスイス人の蒐集家に自ら自筆原稿を売ったと言う。Cf. OR, 1938.

24 Les Chemins de la liberté (L'Âge de raison, Le Sursis, La Mort dans l'âme, La Dernière chance) *de Jean-Paul Sartre. Étude génétique*, thèse présentée à l'Université de Grenoble III, 2001.

25 サルトルは一九三八年七月付けと推定されるボーヴォワール宛の手紙で、自由を主題とする小説を思いついたことを述べている。Cf. Jean-Paul Sartre, *Lettres au Castor*, Gallimard, 1983, tome 1, p. 210.

26 この点についてはcf. Isabelle Grell, ***Les Chemins de la liberté** de Sartre, genèse et écriture (1938–1952)*, Peter Lang, 2005.

27 プレイヤッド版編者による。cf. OR, 1942.

28 Cf. « M. François Mauriac et la liberté », *Situations I*, Gallimard, 1947.

29 Cf. Contat, *op. cit.*, p. 110–111.

30 Cf. OR, 786 ; 1035 ; 1124, etc.

31 Cf. OR, 2081 ; 984 ; 1095.

32 残された構想メモには、イレーヌの名前や、オデットとの再会、サラの自殺などが記されている。ただし、それらは執筆されなかった。Cf. OR, 2140–2144.

33 第二巻ではチェコの小さな村でやはり妊娠中のアンナが登場する。こちらは望まれていた妊娠だが、戦時下という望ましくない情勢のために父親のミランはこの妊娠を後悔する。

34 OR, 521, 522.

35 Jacques Lecarme, « L'inachèvement des *Chemins de la liberté*, ou l'adieu au roman des armes », *Études Sartriennes*, n° 7, 1998 ; Marc Bertrand, « A propos de l'inachèvement des *Chemins de la liberté* », *Études Sartriennes*, n° 6, 1995.

36 Jean-Paul Sartre, *Les Mots*, Gallimard, 1964, p. 161.

付記

入稿後、『自由への道』の新訳は海老坂武氏との共訳で岩波文庫から刊行され、第四巻(「猶予」後半)までが出版されている。本稿には第三巻に付された解説と重なる部分があることをお断りする。

また、二〇一〇年にはプレイヤッド版の第三巻目として『「言葉」とその他の自伝作品』*Les Mots et autres écrits autobiographiques* が刊行されたが、本稿脱稿以後のため、その内容は反映することができなかった。『言葉』、『アルブマルル女王』の重要な草稿が収録されており、新資料が数多く含まれている。

参考文献

Jean-Paul Sartre, *Œuvres romanesques*, sous la direction de Michel Contat et Michel Rybalka, Gallimard, « Bibliothèque de la Pléiade », 1981.

Jean-Paul Sartre, *Les Mots et autres écrits autobiographiques,* sous la direction de Jean-François Louette, Gallimard, « Bibliothèque de la Pléiade », 2010.

Michel Contat et Michel Rybalka, *Les Écrits de Sartre*, Gallimard, 1971.

Michel Contat (sous la direction de), *Pourquoi et comment Sartre a écrit « Les mots » : genèse d'une autobiographie*, PUF, 1997.

Mauricette Berne (sous la direction de), *Sartre*, Bibliothèque nationale de France, Gallimard, 2005.

Isabelle Grell, Les Chemins de la liberté *de Sartre, genèse et écriture (1938–1952)*, Peter Lang, 2005.

第Ⅳ部　草稿が語るもの

第12章　パスカルの『パンセ』——「中断された作品」の生成論

塩川徹也

1　『パンセ』という書物は存在するか

文学作品はどのように生成し誕生するのか、その機微を解明することを目指す論集で、ブレーズ・パスカル（一六二三―一六六二）の著作とりわけ『パンセ』を取り上げることは、場違いのそしりを受けるかも知れない。『パンセ』は文学作品なのだろうか。いや、それ以前に作品、生成や誕生を云々することができるオプス（opus）なのだろうか。『パンセ』初版の本文第一頁には、表題の上に口絵（図）が掲げられているが、その中央には完成した教会堂、左側には建設中の建物、右側には建材が散乱している様が描かれ、上部には、「仕事は中断されたままにとどまっている」《pendent opera interrupta》という題辞が書き込まれた飾り帯が見える。[1]『パンセ』は、パスカルが構想を立て、仕事に取りかかったが、未完成のまま放置した著作の

pendent opera interrupta.

PENSÉES
DE
M. PASCAL
SUR LA RELIGION,
ET SUR QUELQUES
AUTRES SUJETS.

図　ポール・ロワイヤル版『パンセ』本文第1頁

がで き る だ ろ う か。

残骸なのである。本としての体裁を整えるために、どうにかこうにか寄せ集められた材料について生成を問題にすること

がで き るだろうか。

それにもかかわらず、『パンセ』はこれまで生成批評の特権的な事例として注目を集めてきた。生成批評の国際雑誌である『ゲネシス』は、一九九三年、哲学者エマニュエル・マルティノーが刊行した『パンセ』の新版をめぐってミシェル・コンタが催した討論会の議論を掲載しているが、そこで『パンセ』は、「生成研究をもっとも悩ませる作品」[2]と形容されている。じっさい、初版——それは「ポール・ロワイヤル版」と言慣わされている——以来、『パンセ』の編者あるいは校訂者たちは、乗り越えることのできない困難や矛盾に直面してきたが、それはまた新たな版の編纂への情熱を生み出し、今日にいたるまで、さまざまな工夫を凝らした刊本が出版され続けてきた。その困難は本文校訂のあらゆる問題に関わる。具体的に列挙すれば、自筆原稿の解読、それぞれの断章あるいはパンセの輪郭の決定、つまり一つの文章のまとまりの単位を定めるための基準、文集としての『パンセ』に収録すべきテクストと除外すべきテクストの選別、収録する文章の分類と配置——それは文集にいかなる構造を与えるのか、著者の「意図」[3]を知ることができるとして、それにかなった構造を与えるのか、それとも編者の『パンセ』観にかなう構造を与えるのかという問題と表裏一体である——、さらには書名の決定までが問題になる。パスカルが残した原稿にはいかなる題名も与えられていなかったのだから。歴代の研究者は、これらの問題に取り組み、しばしば重要な成果を挙げたが、決定的な解決に至ることはなかった。

話を原稿の検討と解読にかぎるとして、最初の編者たちは原本を、それが残された状態を可能なかぎり尊重しながら、筆耕に筆写させて複数の写本を作った。そのうち二冊が「第一写本」と「第二写本」の名で今に伝えられている。だからと言って、校訂において原本を参照する必要がなくなったわけではない。じっさい最初に世に出た『パンセ』(ポール・ロワイヤル版)は、原稿の読みに必ずしも忠実に従っていない。哲学者のヴィクトル・クーザンは、一八四二年に発表した『アカデミー・フランセーズへの報告書』でこの事実を指摘し、『パンセ』の新版編纂の必要性を声高に訴えた。彼の願いは早くも二年後に叶えられた。プロスペル・フォジェールという学者が、はじめてパスカルの自筆稿本に直接依拠した新版を

刊行したのである。[4] しかしこの版は決定版とはならなかった。それからも他のさまざまな試みが陸続と世に問われた。とりわけレオン・ブランシュヴィックは、「フランス大作家叢書」の一環として『パンセ』を刊行したが、そこで自筆稿本を最大限に活用し、さらにはその写真復刻版を製作出版して、フランスのみならず世界の研究者を裨益した。[5]

自筆原稿の研究は二〇世紀になっても、ルイ・ラフュマやザカリー・トゥルヌールのような在野の学者が仕事を続け、テクストの読みに多数の改善をもたらした。日本では、前田陽一が、ヴァリアントの読みと解釈に飛躍的な進展をもたらす業績を挙げた。「二つの無限」(S230; B72)[6] と呼びならわされてきた有名な断章を、自筆稿本のファクシミレ版で詳細に検討した結果、[7] この断章に含まれている追加・訂正——その大半は余白と行間に書き込まれている——が、「一つの体系をなしていること、言い換えれば、最初の執筆からある時間置いた後で、全部一緒に記されたこと」[8] に、前田は気がついたのである。彼はこうして、「第一稿」と「決定稿」を分離し、それまでは一つの塊とみなされてきた断章のうちに段階の異なるヴァージョンがあることを明らかにした。これは他の断章の解読にも適用可能な方法であり、ジャン・メナールによって「複読法」と命名され、[9] 『パンセ』のテクストの校訂に新たな可能性を開くことになった。最後にベルギーのポル・エルンストは、原稿が記されている紙に関して文字通り考古学的な探究を行い、切り取られた紙片を組み合わせて何枚かの元の全紙を復元し、また紙の透かし模様を特定することを通じて使用された紙のタイプを分類するなどの注目すべき成果を挙げた。彼の仕事は、『パスカルの『パンセ』——地質学と地層学』という印象的な題名で一九九六年に出版された。[10]

これらの研究によって、『パンセ』の原稿の読みと解釈は大きな進展を遂げた。だからといって、『パンセ』の決定版を完成するのに十分な要素が揃ったとはとても言えない。その第一の理由は、フランス国立図書館に所蔵され、『『パンセ』の原本』と題されている自筆原稿集[11] が、諸々の理由で『パンセ』校訂のための底本となりえないからである。まずそれは、大型版のアルバムであり、そこにさまざまの大きさと形体のパスカルの原稿が貼りつけられている。それらが、何らかの論理的順序にしたがって貼りつけられた形跡はない。このアルバムが製作されたのは、初版刊行からかなり経過した、一六八〇年と一七一一年のあいだのことだといわれる。それが、パスカルが残した原稿の状態、いわんや彼が構想していた著作の構成を反映しているとは考えられない。それはまたポール・ロワイヤル版のテクストの配列にも構成にも従っていない。要するに、そこには著作のあるべき構成を考えるための手がかりが見当たらないのである。

しかしさらに重大なことがある。このアルバムに収録された原稿類は、タイトルの文言を信じるとすれば、『パンセ』の原本である。しかしこれは問題含みのタイトルであり、誤解を招きかねない。パスカルが準備していた著作のタイトルは知られていないが、とにかく『パンセ』と題する書物を用意していたわけではないのは確かである。『死後、書類の中から見出された宗教及び他の若干の主題に関するパスカル氏のパンセ』という初版の題名を見れば、そのことは明らかである。彼が残した断章は、少なくとも著者の意図においては、『パンセ』という書物のために書かれたものではない。他方、その多くの部分は「宗教に関する」著作のために記されたことが知られているが、ポール・ロワイヤル版の序文によれば、そこで著者は、「キリスト教がこの世でもっとも確実だとされている事柄と同等の確実さと明証性を備えている」ことを示すことを目指していたという。つまりパスカルは、キリスト教護教論のジャンルに属する著作——パスカル研究の伝統では、『キリスト教の弁明』*Apologie de la religion chrétienne* という呼称が一般的に使用されている——の執筆を意図していたのだ。それでは、その目的のためにパスカルが取ったノートはいかなるものであり、それは原本のなかでいかなる位置を占めているのか。しかしそれこそパスカルの護教論に関する最大の難問の一つである。そうだとすれば、『『パンセ』の原本』をただちに『キリスト教の弁明』の準備ノートと同一視するのは、論点先取の誤謬を犯すことになる。もっともすでに見たように、このアルバムは、『キリスト教の弁明』ではなく、『パンセ』の「原本」と命名されている。つまり未完成の著作の準備ノートの原本ではなく、一六七〇年に初めて日の目を見た書物、それ以来何十種類もの版本が刊行された書物の原本だというのである。それなら、これはポール・ロワイヤル版をはじめとする『パンセ』の諸版の原稿を収録したアルバム、要するに『パンセ』の刊本を作るための底本なのだろうか。しかしポール・ロワイヤル版について言えば、それはアルバムに含まれる多くの断章を除外したばかりでなく、逆に、アルバムに含まれず、近代版では他のカテゴリーに分類されるテクストを相当数収録している。父親エチエンヌ・パスカルの死去に際して書かれた手紙、あるいは『病の善用を神に求める祈り』はその代表例である。こうして、いかなる基準でアルバムを構成する原稿が集められたのかという問題は手つかずのまま残されている。もっともフォジェール版以降の近代版は、原則としてアルバムに含まれるすべての断章を収録している。しかしその上で近代版も、アルバムに含まれない他の断章をテクストとして付け加える。いまや明らかであろう。『パンセ』の原本と称する原稿集に含まれる文章が、『パンセ』という書物のために準備されたものだと考えるのは錯覚である。『パンセ』の輪郭をあらかじめ定めることはできない。それはアプリオリに与えられたテクストではなく、編者・校訂者たちの問題意識にしたがって構成されるテクストなのである。

自筆原稿集が、『パンセ』の底本として十全の役割を果たせないとしたら、二種類の写本はどうであろうか。両者とも大まかに言えば、原本に含まれる断章の大多数を収録している。その構成、すなわち断章の分類と配列については、両写本のあいだにはかなりの相違があるが、注目すべき共通点もある。「第一写本」はおそらくポール・ロワイヤル版の校訂に利用されたと考えられている。とはいえ写本は、二〇世紀の中ごろまで、原稿の解読の助けとして、また原稿が失われた断章の典拠として利用される以外は、編者・校訂者たちの関心を引くことはなかった。状況が変わったのは、写本がどうやら、パスカルが亡くなったときに残されていた原稿の状態、とりわけ彼が準備していた著作の原稿の状態をかなり忠実に反映しているらしいことが発見されてからである。パスカルは自分でノート類を整理し、それを約六〇綴りのファイルに仕分けしていた。ファイルの形態と大きさはさまざまであるが、その中には、切り取った紙片を取り集めて、端に穴をあけて糸を通し、両端に結び目を作ってまとめた「束」状のファイルが相当数あった。さらにこれらの書類のうちには、それぞれ表題を付され、「目次」に従って配列された二七束のファイルが存在する。「目次」は両写本に残されているが、原本には見当たらない。しかしこれがパスカルの手になることは、いまや専門家のあいだではほぼ定説になっている[13]。つまりここには、形成途上の著作のたんなるプラン以上のもの、いわば護教論のシナリオがあることが発見されたのである。こうして両写本は、二〇世紀半ば以降、科学的で客観的なテクスト校訂を標榜する版本にとって底本の役割を果たすことになった。例を上げれば、第一写本に依拠するラフュマ版、ル・ゲルン版、第二写本に基づくセリエ版がある[14]。

ところがこれらの版の編者たちにとっても、著作の輪郭はこれだけでは定まらない。じっさい彼らは、自らが底本として選んだ写本に含まれる断章以外のテクスト、ほかの典拠――もう一つの写本、原本、ポール・ロワイヤル版、パスカルの原稿を伝える古い稿本、さらには二〇世紀半ばに発見された欄外の書き込み[15]――に由来するテクストも収録する。それは、これらの編者にとって『パンセ』が最終的にはパスカルの遺稿集であり、断簡零墨を集めようとするからである。そして両写本には筆写されていない原稿はかなりの数に上る。パスカルの姉ジルベルト・ペリエとその家族の判断で、私的な性格を帯びた文章やプロヴァンシアル論争に関わる文章があらかじめ取り除かれたのかもしれないし、そもそも写本の作成の方針が、護教論関連のテクスト及びパスカルがそれと一緒に整理したファイルの転写に限られていたのかもしれない。いずれにせよ、写本に含まれないテクストのうち、かなりの部分はプロヴァンシアル論争に関わり、イエズス会の道徳と政治を論じている[16]。さらにその他にも、「自己愛と人間的な〈わたし〉の本性」(S743 ; B100) の探求をはじめとするモラリスト的考察、あるいは有名な「イエスの秘儀」(S749, 751 ; B553, 791) に代表される霊的瞑想、また、信者としての心情を吐露した断章類がある。「わたしは貧困を愛する。なぜならそれこそ、あの方（＝イエス）の愛されたことだから。わたしは財産を愛する。なぜならそれは世の惨めな人々を助ける手立てを与えてくれるのだから」の言葉で始まる断章 (S759 ; B550) は、心情告白としてのパンセの典型であろう。より微妙なケースもあるが、その中でも『メモリアル』の取り扱いはきわめて厄介である。この有名なテクストがはじめて『パンセ』のうちに収められたのは、おそらくザカリー・トゥルヌールが一九三八年に刊行した『パンセ』においてである[17]。この処置は、『メモリアル』が『パンセ』の原稿集に綴じこまれているという理由による。この方針は以後の編者に受け継がれた。それも、ラフュマ、セリエ、ル・ゲルンのように写本と原本の構成を重視する編者ばかりでなく、ピエール・カプラン[18]やエマニュエル・マルティノー[19]のように他の編集方法を採用する編者も同様であった。しかしジャン・メナールは、『メモリアル』の二つのヴァージョンが原稿集に綴じこまれたのは、すでにアルバムができあがった後のことだという事実を指摘して、その意味で『パンセ』に所属するとはいえないと主張する[20]。じっさい刊行中のメナール版『パスカル全集』は、パスカルと神の出会いの証言であるこの文書を『パンセ』とは別扱いにして、「各種の作品」の中に組み込んでいる。ここからも『パンセ』が開かれたコーパスであり、その構築が編集と校訂の方針およびそれを導く問題意識に依存していることが分かる。

2 未定稿の編集と出版

それでは『パンセ』の編纂を志す場合、どのような編集校訂の方針がありうるのだろうか。ポール・ロワイヤル版『パンセ』には、パスカルの甥エチエンヌ・ペリエの執筆した序文が添えられているが、そこではこの問題について、全体的な見通しが提示され、後代の編者たちが選択することになるすべての方針があらかじめ検討されているような印象を与える。パスカルの近親と友人たちは、彼がキリスト教護教論を準備していたことを知っていたので、「彼が亡くなると、この題材について彼が記したすべての文書を収集するために多大の努力[21]」を費やした。周囲の人々は、彼の天才に幻惑され、また彼が構想中の著作について生前行った講演を聞いて、偉大な作品の受胎と発生の場に立ち会っているという確信を抱いていた。ところが見出された文書類は、解読困難な字体で記されており、原稿に順序があるとは思われなかった。そこで「彼らが最初にしたことは、文書をあるがままに、見出されたままの混乱した状態で筆写させる[22]」ことであった。しかし筆写された断章群は、やはり雑然としていて脈絡がないので、近親たちにはこれがよもや出版できるとは思えなかった。それにもかかわらず、テクストを印刷に付することにしたのは、友人・知己の要望と期待にこたえるためであった、とエチエンヌは記しているが、ここには母ジルベルトの心情が反映していると考えて差し支えないだろう。序文は引き続き、編者たちが編集方針の決定に当たって直面した問題を説明する。彼らは、本をいかに編纂するかについて、三種類の「やり方」の可能性を考えていた。そのうち、「心に浮かんだ最初のやり方、そしてたしかにもっとも容易なやり方は、テクストをそれが見出されたのと同じ状態ですぐさま印刷させることであった[23]」。しかしそれでは、「順序も脈絡もない、渾然とした」テクストの寄せ集めを生み出すだけで、読者に拒絶反応を起こさせるだけだとして、この選択肢はすぐさま退けられた。注目に値するのは、護教論のシナリオが二〇世紀半ばに発見されて以来、この「やり方」を採用する版が出現し、しかも支配的になったことである。第二のやり方は、残された断片を手がかりとして、パスカルの「意図」の再構成に努め、「彼が書こうとしていた書物のいわば代替品を作りだす[24]」ことである。しかしこのやり方が抱える困難は目に見えている。「ある著者、とりわけ亡くなった著者の考えと意図のうちに入りこむのはほとんど不可能[25]」だからである。したがってこれまでいかなる編者も『パンセ』をパスカルに代わって書きなおそうとはしなかったし、これからもないだろう。とはいえ、著作の構成、すなわち断章の配列について言えば、これまでたびたび、パスカルの護教論の意図に沿っていると研究者の考える配列が、両大戦間であれば、ジャック・シュヴァリエによって、最近では、フランシス・カプランあるいはエマニュエル・マルティノーによって提案された。さらに興味深いのは、ラフュマとセリエのケースである。この二人は、一方では写本に依拠した批評校訂版を編集しながら、それと並行して、彼らが「パスカル的順序」と考える配列に従った版を刊行している[26]。まるで『パンセ』の編者たちは、パスカルになり代わって著作を完成させる夢を捨てきれないかのようである。第三番目の「やり方」、ポール・ロワイヤル版が最終的に採用した方針は、いわば前二者の折衷案である。それは、「この多数のパンセの中からもっとも明快でもっとも完成していると思われるパンセだけを取り出して、晦渋で不完全の程度がはなはだしいパンセ[27]」は割愛するという方法である。そして選ばれた断章については、できる限り字面に変更を加えることは差し控え、「同じ主題に関する断章」は同じ表題のもとにまとめて、すべてのテクストを三〇ばかりの章に振り分けた。したがってこれはアンソロジーつまり選集であり、その構成の指導原理はテクストの内容ないしはテーマである。これは、フォジェールによる最初の近代版以前に刊行されたすべての版のやり方であり、フォジェール以後も、断章の配列については、アヴェ版やブランシュヴィック版のようなすぐれた版が踏襲したやり方である。フォジェール版がもたらした決定的な変化、それは彼以降の編者が、残されたテクストのすべてを収録することを目指すようになったことである。フォジェール版の表題——『大部分が未完であった自筆原稿にしたがって初めて刊行されたパスカルのパンセと断章及び手紙』――はそのことを明らかに示している。フォジェールとその後継者たちが自らに課した要請は、原本への忠実さとコーパスの網羅性であった。これ以降、『パンセ』編纂の試みを主導するのは、選集編纂ではなく、厳密な批評校訂を伴った全集編纂の理念である。

このような編集方針の転換に大きな役割を果たしたのはヴィクトル・クーザンである。じっさい彼は、『アカデミーへの報告』のなかで、編者たちがパスカルの原稿に払うべき絶対的な尊敬、そしてそのすべてを忠実に翻刻する必要性を、次のような表現で強調していた。「もしもプラトンの自筆原稿がさる公立図書館に所蔵されていることがあまねく知られているとして、それにもかかわらず、編纂者たちがそれに依拠して、慣用となったテクストを真のテクストに基づいて改めることをせず、互いにこれまでのテクストを引き写し続け、議論の対象となるある文章、一方では賞賛の的となり、他方では非難の的となる文章が本当にプラトンのものであるかどうかを問うことをしなかったとしたら、人はなんと言うだろう。ところがこれこそパスカルの『パンセ』に生じていることなのだ。[28]」注目したいのは、折衷主義の哲学を奉ずるクーザンの書法では、比較の対象になっているのが、異教の哲学者プラトンだということである。こうして敬虔なキリスト教徒であったパスカルは、世俗の天才、さらには人文主義的教養とフランス文明を代表する文化英雄に変貌する。時あたかも、近代的な文学概念が徐々に成立するのと並行して、ポール・ベニシューのいわゆる「作家の戴冠」が成就し[29]、文学者としての作家が一国の文化の中でしかるべきステータスを獲得する時期であった。そうだとすれば、パスカル全集が、コルネイユ、モリエール、ラシーヌ、ラ・ロシュフーコー、ラ・ブリュイエール、セヴィニエ夫人といった十七世紀の古典作家の全集と並んで、有名な「フランス大作家叢書」シリーズに仲間入りしたのは、不思議ではない[30]。こうして『パンセ』は文学に併合され、その作者はフランス文学とその歴史の中に選り抜きの場所を占めることになる。

3　テクスト生成論の前提と限界

この駆け足の概観からどのような結論を引き出すべきなのだろうか。これまで出版された多数の『パンセ』の刊本は、大枠では、ポール・ロワイヤル版の編者たちの問題意識を共有し、彼らが検討した三つの選択肢のいずれかを、必要な変更はくわえながら採用している。ところでこの問題意識はその中に、必ずしも矛盾するわけではないが、方向の異なる複数の目標を抱えている。第一の目標は、護教論の次元に属する。言うまでもなく、パスカルは無神論者や自由思想家の議論を反駁して、彼らをキリスト教信仰のとば口に導くことを目指していた。この観点に立てば、編纂者の務めはパスカルの企図の道程を可能なかぎり復元し、場合によっては、作者に代わってそれを完成に導くことである。第二の目標は聖者伝、すなわち卓越した聖者としてのパスカルの顕揚の次元に属する。すでに見たように、近親・友人たちが彼の死後に見出したのは、構想中の著作の「下書き状態の素描」に過ぎず、それが刊行に値するかどうか、彼らにも自信が持てず、ためらいが長く続いた。それにもかかわらず彼らが刊行を決心したのは、読者の反応に対する信頼があったからである。きっと読者は、「下書き状態の素描と完成した作品を識別し、見本がどれほど不完全であっても、それによって作品を公平に判断してくれる」[31]に違いないと彼らが考えたからである。つまり『パンセ』という書物は、未完で不在の著作の見本、もしも完成していれば、作者パスカルの天才と人間パスカルの聖性を明らかにしたに違いない傑作の「見本」なのだ。ピエール・フォルスが最近の論文で指摘しているように、ここには「不完全な書物と完全な人生、断片的な書法と聖者伝のあいだに、ある本質的な関係が想定されている」[32]のである。そして言うまでもないことだが、この聖者伝は同時に信仰書であり、信徒がそこに霊的な糧を見出し、教化の道を歩むことが期待される書物である。第三の目標は、前者の変種であるが、いわば世俗化した聖者伝である。これは、ヴィクトル・クーザンが『アカデミーへの報告』で鼓吹し、大方の近代版におい て指導原理として機能している目標であるが、すでに見たように、パスカルの著作の文学と文学研究への帰属という事態と相関している。こうして文献学、そしてその現代版ともいうべきテクストの生成論が、『パンセ』の編纂において支配的な役割を果たすことになり、原本テクストへの忠実さとその完全な復元を編者に要請する。逆説的なことに、中断された作品の編纂は、全集編纂が抱える問題と同じ問題を突き付けられるにいたる。とはいえ、どれほど完全なものであろうとも、中断された作品の刊本が、未完の書物との関係で、それを予告する「見本」のステータスを超えることはできるのだろうか。

以上の目標は孤立してあるいは他の目標と結びついて、書物としての『パンセ』の統合原理として機能するが、それらの方向あるいは次元が異なるということは、『パンセ』が、ジャンルの点でも目的の点でも、自己同一性と固有性を確立し得ないことの証左である。このような状況で果たして、『パンセ』の編纂にテクスト生成論——それは、一方では文献学という学問の要請、他方では人文学とりわけ文学への信仰を前提としているように思われる——の手法を適用することは正当なのだろうか。もちろん研究者は、『パンセ』の理想的な刊本を実現するために、生成論に応援を求め続けるだろう。この文章の筆者も、研究者のはしくれとして、その成果の恩恵をこうむり、喜んでそれを受け入れるだろう。しかしパスカルなら、そこに一種の気晴らしと偶像崇拝を見たかもしれないという疑念を払拭することはできないのである。

注——

1 口絵の説明は、一六七〇年の第二版——実際に公刊されたものとしては最初の版——を復刻した、次の刊本による。*Pensées de M. Pascal sur la religion et sur quelques autres sujets*, L'Édition de Port-Royal (1670) et ses compléments (1678 – 1776) présentée par G. Couton et J. Jehasse, Centre interuniversitaire d'éditions et de rééditions, Universités de la région Rhône-Alpes, 1971, p. 115. しかし筆者が所持している一六七八年刊行の「新版」の口絵では、建設中の教会と残骸の配置は逆転している。なお、題辞の出典は、ウェルギリウス『アエネーイス』第四歌八八行。原歌では、« opera » は、城壁や櫓の工事を意味している。

2 « Pascal : Pensées ou Discours ? Autour d'une nouvelle édition procurée par Emmanuel Martineau », débat organisé par Michel Contat, *Genesis*, n° 3, 1993, p. 135.

3 この語は、ポール・ロワイヤル版序文の表題をはじめとして、多くの個所に登場する。表題によれば、序文の目的は、「これらのパンセがどのように執筆され、また収集されたか、その印刷が遅れた理由は何か、この著作におけるパスカルの意図は何であったか、彼は晩年をどのように過ごしたか」を示すことにあった。

Pensées de M. Pascal sur la religion et sur quelques autres sujets, *op. cit.*, p. 37. この序文は、次の全集版にも収録されている。Pascal, *Œuvres complètes*, édition présentée et annotée par Michel Le Guern, coll. « Bibliothèque de la Pléiade », t. II, Gallimard, 2000, p. 901.（以下、OCLGと略記）

4 Prosper Faugère, *Pensées, Fragments et Lettres de Blaise Pascal, publiés pour la première fois conformément aux manuscrits originaux en grande partie inédits*, Andrieux, 1844.

5 *Original des Pensées de Pascal*, facsimilé par L. Brunschvicg, Hachette, 1905. 複製版が廣田昌義氏（京都大学名誉教授）の尽力で再刊された。『パスカル『パンセ』草稿ファクシミレ版〈付 和文解説 広田昌義〉』、臨川書店、一九八六年。

6 Sはセリエ版（Mercure de France, 1976 ; Bordas-Classiques Garnier, 1991 ; Le Livre de Poche classique, 2000 ; La Pochothèque, 2004）、Bはブランシュヴィック版（Hachette, 1897）を指す。アラビア数字は、それぞれの版の断章番号。

7 Yoïchi Maeda, « Le premier jet du fragment pascalien sur les deux infinis », in *Études de langue et littérature françaises*, n° 4, Tokyo, 1964, p. 1-19.

8 Jean Mesnard, *Les Pensées de Pascal*, 2e édition, revue et corrigée, SEDES, 1993, p. 384-385.

9 *Ibid.*

10 Pol Ernst, *Les Pensées de Pascal. Géologie et stratigraphie*, chez Universitas, Paris et Voltaire Foundation, Oxford, 1996.

11 *L'Original des Pensées*, Bibliothèque Nationale, fonds français, n° 9202 (Réserve).

12 OCLG, t. II, p. 902.

13 この点については、近年重大な疑義が提出された。フィリップ・セリエは、パスカルが「目次」を作成したとの説に立脚して、彼の編集した『パンセ』（一九七六）において、「目次」を断章一としてテクストの中に組み込んだが、その後、考えを改めて、それがパスカルの手になることを否定するにいたった。彼によれば、問題の断章は、「目次」ではなく、ファイルの表題を列挙したリストであり、ポール・ロワイヤル版の編集者たちが、備忘のために書きとめたものだという。ただし彼も、ファイルを作成し、それにタイトルをつけたのがパスカル自身であることは認めている。Cf. Ph. Sellier, « L'Ouverture de l'*Apologie* », in *Port-Royal et la littérature I Pascal*, H. Champion, 1999, p. 51-52 ; *id.* « Indications d'ordre et dossiers pascaliens », *Revue des sciences philosophiques et théologiques*, t. 93, n° 1, 2009, p. 145-154.

14 Édition Lafuma : *Pensées sur la religion et sur quelques autres sujets*, éd. du Luxembourg, 1951, 3 vol. ; coll. « Livre de Vie », Seuil, 1962 ; *Œuvres complètes*, coll. « L'Intégrale », Seuil, 1963.
Édition Le Guern : *Pensées*, coll. « Folio », Gallimard, 1977, 2 vol. (1999, 1 vol.) ; OCLG, t. II.
Édition Sellier : *Pensées. Nouvelle édition établie pour la première fois d'après la Copie de référence de Gilberte Périer*, Mercure de France, 1976 ; *Pensées*, coll. « Classiques Garnier », Bordas, 1991 ; Le Livre de Poche classique, 2000 (présentation et notes par G. Ferreyrolles) ; *Les Provinciales, Pensées et opuscules divers*, La Pochothèque, 2004.

15 ポール・ジャンセンがジャンセニスムに関する論争文書の欄外に記されたパスカル自筆の書き込みを一九五二年に発見し、それは一九六三年以降のラフュマ版に収録された（Pascal, *Œuvres complètes*,

coll. « L'Intégrale », Seuil, section IV : « Fragments non enregistrés par la Copie, VII. Pensées inédites, n° I »)。セリエ版では断章八一三、ル・ゲルン版では断章七五四として収録されている。さらに、ジャン・メナールは、マザリーヌ図書館に所蔵されている手稿本（manuscrit 2466 de la collection Joly de Fleury）の中に発見した十四篇の自筆断片を、一九六二年に公表した（*Blaise Pascal. Textes inédits*, Desclée de Brouwer）。セリエ版断章七七二―七八〇、七八三―七八五、ル・ゲルン版断章七七〇―七八一。

16 『プロヴァンシアル（田舎の友への手紙）』は、一六五六年から翌年にかけて、パスカルが匿名で発表した十八通の論争書簡。異端の嫌疑をかけられ、弾圧されていたポール・ロワイヤル（同名の女子修道院と男性の隠遁者集団の総称）を支援するために書かれた。アウグスティヌス伝来の厳格な恩寵論を擁護すると同時に、ポール・ロワイヤルに敵対していたイエズス会の自由主義的な倫理神学を厳しく批判して、世論に大きな反響を巻き起こした。論争文学の傑作として、フランス文学史においても重要な位置を占めている。

17 *Pensées, édition critique établie, annotée et précédée d'une introduction par Zacharie Tourneur*, éditions de Cluny, 1938, 2 vol., t. II, p. 8–10 (fr. 296).

18 Pierre Kaplan, *Les Pensées de Pascal*, Cerf, 1982.

19 Emmanuel Martineau, *Discours sur la religion et sur quelques autres sujets*, Fayard et Colin, 1992.

20 Jean Mesnard, *Les Pensées de Pascal*, 2e édition, SEDES, p. 18, note 1.

21 *OCLG*, t. II, p. 908.

22 *Ibid.*

23 *Ibid.*

24 *Ibid.*, p. 909.

25 *Ibid.*

26 *Pensées.* Avant-propos et notes de Louis Lafuma, Delmas, 1947, 2 vol. ; *Pensées*, édition établie d'après l' « ordre » pascalien par Philippe Sellier, Pocket, 2003.

27 *OCLG*, t. II, p. 909.

28 Victor Cousin, *Des Pensées de Pascal*, Ladgrange, 1847, p. 9.

29 Cf. Paul Bénichou, *Le Sacre de l'écrivain 1750–1830*, José Corti, 1985.

30 *Œuvres de Blaise Pascal*, édition Brunschvicg-Boutroux-Gazier, Hachette, coll. « Les Grands Écrivains de la France », 1904–1914, 14 vol.

31 *OCLG*, t. II, p. 908.

32 Pierre Force, « Écriture fragmentaire et hagiographie : le rôle des textes liminaires dans la réception des *Pensées* de Pascal », in *Littératures*, 55/2007, p. 25.

研究ノート

バルザックの作品生成と研究の現状

鎌田隆行

オノレ・ド・バルザック（一七九九―一八五〇）の作品の生成論的研究は、一九六〇年代までの伝統的な草稿研究の後、長らく停滞し、一九九〇年代になってようやく本格的な展開を開始した。『人間喜劇』についてのリュシアン・デーレンバックの一九八〇年前後の一連の論考や国際バルザック研究会（GIRB）によるスリジー＝ラ＝サルのシンポジウム『バルザック、小説の創造』（一九八〇年）を契機にバルザックの現代的な再評価が行われるようになり、これに呼応する形でこの作家の特異な作品生成の問題に対する意識が徐々に高まっていったと言える。

さて、特異な作品生成、と書いたが、バルザックの作品制作方法および生成資料は実際、他の作家のケースと大きく異なっており、概要は次の通りである。

まず、本格的な執筆に先立つプランや筋書きの作成は体系的には行われていない。『思考、主題、断片』と題された創作ノート（一八三〇―一八四七年頃に使用）に日頃の思索や諸作品の構想が書きとめられているが、計画されていた作品群の題名のリスト等が見られて興味深い反面、各断片の書かれた年代の特定や実際の執筆行為との関連づけは容易ではなく、また、メモ書きの該当作品が特定できる場合も実際に執筆された内容とあまり対応していない場合も多い（例えば『ゴリオ爺さん』の短い構想メモには主人公ラスティニャックが一切登場していない）。草稿のタイトルページに作品内容の断片的なメモが記されている場合もあるが、これについても同様である。

実際、バルザックが作品を本格的に練り上げていくのは草稿及び校正刷りを用いた執筆時である。まず本文の半分程度を執筆し終えた時点で草稿（実質的な初稿）を入稿し、以後、校正刷りの修正、残りの部分の執筆および断続的入稿をほぼ並行して進めて行く。バルザックにとって草稿は単なる素稿にとどまらず、再読によって大きな修正を加えることもある。また、校正刷りでの複数回の修正が予定されているため、物語内容の一貫性よりも、執筆しながら得た新たな着想によって筋立てや登場人物像を強化することを優先させている（草稿の内部で小説内容が明らかに矛盾している場合も少なくない)。一方、校正は数十ページごとに断片的に行い、作品によっても異なるが五〜十校を経てテクストの冒頭部から順に校了していく。多くの場合、膨大な加筆がほどこされ、物語が次第に厚みを増していく。また、数ページにわたる断片を前後に移動させるなどの大胆なテクストの再構成が行われることも珍しくない。校正刷りを駆使したこのような執筆のテクニックは、バルザックが本格的な作家活動を始める以前に出版・印刷業に携わり、印刷技術を熟知していたことに裏打ちされている。

バルザックの制作のもう一つの大きな特徴は、雑誌・新聞での初出や単行本の初版の刊行以降も、再版のたびごとにテクストを修正し続けたことである。後に『人間喜劇』として結実することになる巨編を目指して作品の手直しを重ね、題名や帰属カテゴリー(「情景」など)の変更もしばしば行い、独自の手法である再登場人物網を強化しながら、相互に関連づけられた作品群の構築を行っていった。そして、一八四二年から刊行が始まった『人間喜劇』フュルヌ版の作者所蔵本にも多くの修正の手が加えられている。自身の死によって実現しなかったが、バルザックは『人間喜劇』の再版を刊行して全体を刷新しようと試みていたのであり、この『フュルヌ修正版』が現在、『人間喜劇』の一般的な底本となっている。

これらの草稿、校正刷り、校正本について、現存するもののうち約九割はフランス学士院図書館ロヴァンジュール文庫(本書コラム「ロヴァンジュール文庫」参照)に所蔵されているほか、フランス国立図書館やメゾン・ド・バルザックなどにも一部が保存されている。各作品の生成資料に関する基本情報は『人間喜劇』のプレイヤッド新版(一九七六―一九八一)の注解で確認することができる。

さてバルザックの作品生成研究が目指すのは、上記のように多様で複雑な生成運動の総体的な解明である。ステファンヌ・ヴァッションの提唱する「マクロジェネティック」は関連の版本を総合的に検証することで、『人間喜劇』の所収作品群の統合化の過程を明らかにするものであり、その主著『オノレ・ド・バルザックの仕事と日々』(一九九二)はバルザック生成論の必携書となっている。またGIRBのシンポジウム『バルザック、永遠の生成』(一九九九)においてもマクロジェネティック中心の研究報告が行われた(諸事情から報告書の刊行が遅れている)。

他方、マクロジェネティックの成果を参照しながら個別の作品の生成過程をより仔細に分析する研究も近年ようやく本格化しつつある。『ジェネジス』第十一号（一九九七）や、バルザック研究会（GEB）のシンポジウム『バルザック生成論』（二〇〇一）の研究報告を収録した『バルザック年報』（二〇〇二）では、個別作品の生成資料の多角的な分析や、バルザック生成論の歴史や方法論についての論考を読むことができる。また、日本人研究者による最近の著作として、鎌田隆行『バルザックにおける執筆戦略——『パリにおける田舎の偉人』の生成論的研究の試み』（二〇〇六）は『幻滅』第二部の生成過程の分析とともに原資料の転写版を提示している。一方、奥田恭士『バルザック——語りの技法とその進化』（二〇〇九）では、既出の短篇などの断片を再利用して新たな中篇作品を作成するバルザックのテクニックが詳述されている。

いずれにしても、『人間喜劇』とその周辺のテクストだけでも百編を超えるバルザックの作品制作の全体像の解明には個人研究だけでは不十分であり、本格的かつ継続的な共同研究の推進が今後の進展の鍵を握ることになろう。

第13章　フロベール『ブヴァールとペキュシェ』における教育と自然

和田光昌

1　ある個人的信念

一八八〇年一月末、フロベールは、遺作『ブヴァールとペキュシェ』執筆中に、次のような感想をモーパッサンにもらしている。

今は、最後の章の準備をしている。「教育」の章だ。〔……〕証明したいのは、教育というものが、どんなものであれ、たいした意味をもたず、すべて、あるいはほとんどすべては、もとからの性質で決まるということだ。[1]

偶然の出会いから、突如として知の飢餓感にさいなまれるようになった老筆耕二人が、退職後田舎に居を構え、百科全般に渡る学問研究に次々と没頭するものの、ことごとく失敗に終わるというこの小説において、教育は二つの意味で「最後の章」にあたる。一つは、農業、科学から始まって、歴史、文学、政治、恋愛、哲学、宗教と、ありとあらゆる十九世紀の知を渉猟するかたちで展開される物語のなかで、教育に捧げられた第十章は、彼らの最後の研究領域になるという意味において。この後、すべてが失敗に終わったという深い失望感から、ブヴァールとペキュシェは、もはや書物を研究して実践するのではなく、ただ書き写すだけの物理的作業に専念することになる。もう一つは、作者の死により、教育の章は、ほぼ完成された原稿の存在する最後の章になったという意味において。この手紙を書いた三ヵ月後、五月八日にフロベールは脳出血のためこの世を去り、『ブヴァールとペキュシェ』は未完のまま残されることになる。

教育は、フロベールにとって、生涯関心を持ち続けたテーマであった。しかしそれは、最大のアイロニーを込めてのことである。フロベールにおいて「教育」は否定的意味でしか用いられない。[2] 教育が虚しいものであることを証明したいとする、死の三ヶ月前に発せられたこのことばは、人類の愚かさを徹底的に暴きたて「復讐」をはかろうとしていたと言われる作者の、ある種の遺書としての意味さえ持つのかもしれない。「生きる」ことと「書くこと」は相容れないという認識を自らの文学的出発点とした「筆男」[3]、書くことを労働に変えたとされるクロワッセの隠者にいかにもふさわしい感想だろうか。

たしかに、作者のことば通り、小説第十章には、「教育の無力」が登場人物の口から語られる箇所がある。ヴィクトールとヴィクトリーヌという孤児を引き取ったブヴァールとペキュシェは、「読み書き」から始まり、骨相学による適性診断を経て、地理、天文学、歴史、図工、実物教育、道徳などを教えようとするが、はかばかしい成果は得られず、ヴィクトールが動物を虐待――猫を鍋に入れて火にかけた――したことから罰の与え方を検討するが良い知恵もないまま、結局、「宗教を試す」しかなくなり教理問答に通わせるが、少女は信心深さを装うために嘘をつき、少年はブルジョアの息子に危害を加える。その後も音楽教育、文学教育を施すものの効果は得られない。少年の自慰が問題となり、体力を発散させるため遠出に連れ出すようになったのをきっかけに、ブヴァールとペキュシェは、児童教育から民衆を教導する社会教育へ活動の中心を徐々に移動させていくのだが、そんなある日、少女は出入り商人を相手に処女を喪失し、少年は窃盗を働いたことが明らかになる。児童教育の試みが完全に失敗したことを示す事実を前にして彼らは落胆し、「それまでのすべての苦労、どれほど心を配り、苦しみながら教えたかを一つ一つ数え上げ」、嘆息する。

ペキュシェは応えた。「悲しいかな、もとから道徳観念の欠けた性質のものもいるのだよ。そして、教育は、そんなものたちにたいして、何もできやしない。」
「ほんとうにそうだ。教育なんて、結構なものさね。」[4]

このことばは、「ここでギュスターヴ・フロベールの原稿は終わっている」という注記とともに原稿が中断するわずか一ページ前、すなわち、「教育」の章全体の結論とみなされてもおかしくない位置に読まれるもので、個人的信念が物語のなかに移しかえられた表現とみても一定の根拠を持つと考えられる。

しかし、『ブヴァールとペキュシェ』は、作者自身の言によれば、「千五百冊以上の」[5]専門書を読破し、レジュメのために読書ノートを取り、ときには、さらにそのレジュメのレジュメさえ作成するといった、念入りな「実証的」準備を経て執筆されたものである。フランス十九世紀の知を作家がどのように吸収し、物語化していったかについてはすでにさまざまな研究がなされている。[6] 第十章執筆にあたっても、「教育　道徳　骨相学　行政（改革）」とフロベール自らタイトルをつけてまとめられた読書ノートが、六四枚残されている。[7] その最初のフォリオには、読んだ書物のリストがあり、最後に「四三冊」と（数字に下線を引いて）記している。このリストでは、何巻にも及ぶ書物も、一ページにも満たない新聞記事も同じ「一冊」として数えられているが、新聞記事を除き書物だけ数え直しても、巻数でいえば、むしろ数は増える。このような作業量の実際を、残された草稿資料で目の当たりにすると、教育の無力にかんする作家の個人的信条が、そのままのかたちで作品中に反映されていると単純に考えるのはやや難しくなる。たとえそうだとしても、そこには、作家が渉猟した知による何らかの肉付けが施されているはずである。以下、個人的信念が小説のなかに移しかえられる作業の実際について、作家が小説準備のために参照した文献から得られた教育学の知が、どのように配列され、物語化されるかを、読書ノート、プラン、下書きなどの前テクストをもとにして検討することにしたい。小説のなかで、自らの個人的信念と教育学的知は、いかにして折り合いがつけられているのだろうか。

このことについて考えることは、たんなる知の物語化の一事例研究に留まるものではなく、未完部分も含めた『ブヴァール』という小説全体の枠組みそのものの考察に導かれることでもある。なぜなら、教育の章は、ほぼ完成しているものの、作者の死によって未完のまま残された章であり、プランによれば、ブヴァールとペキュシェの催す公開講演で終わる予定であったからである。この講演こそ、公序良俗に反したかどで憲兵の手入れを受け、養育中の子供も取り上げられて社会的に失墜し、「実生活へのあらゆる執着をなくした」老筆耕二人が、最後に残された希望、すなわち、それまで読破した書物、あるいは廃紙工場から量り売りで買い取った紙の塊のなかから拾い出した新聞雑誌記事を「やみくもに」書き写す、いわゆる「コピー」の作業に「最後の、永遠の悦び」[8]を見出すという、小説の結論部分の導入となるはずのものだった。この「コピー」以降の部分は、作者自身により「第二巻」[9]と呼ばれている。すなわち、教育を扱った小説第十章は、こう言ってよければ、「第一巻」の最終章であり、「第一巻」と「第二巻」のつなぎ目となるべき章であった。両者は、研究と筆写、知ることと書き写すこと、社会への働きかけと閉じこもり、知の幻滅と身体の悦び、二人と一人[10]など、様々な対照によって隔てられている。はたして、教育にかんする作者個人の信念の直截な表明は、そのままで、この書物の根幹をなす転回点として機能しうるのだろうか。

2　第十章の書き出しにおける「自然」

われわれが生成論の立場から検討するのは、第十章の書き出しの部分である。なぜなら、モーパッサン宛の書簡でも、第十章の末尾の部分でも、教育がそれにたいして無力とされた「(もとからの)性質」とは、フランス語原文では《nature[s]》であり、同じ語が、「自然」という意味で、章の冒頭で策定されるブヴァールとペキュシェの教育方針の中心となっているからである。

彼らは教育に関する著作を何冊も入手した。そして彼らの方針は固まった。あらゆる形而上学的概念を追放すること、そして、実験的方法により、自然の発達に従うことが必要だった。二人の生徒たちは学んだことを忘れなければならないのだから、急ぐことはなかった。

「彼らの方針」は、一、形而上学的概念の追放、二、実験的方法の採用、三、自然に従うことの三要素からなっているが、ここで注目したいのは、二と三にかかわる、最後の「実験的方法により、自然の発達に従う」という一文である。まず、「自然の発達に従う」という後半部分の言い回しに注目しよう。「自然」といえば、「万物をつくる者の手を離れるときすべてはよいが、人間の手にかかるとすべては堕落する」という一文ではじまる、ルソーの『エミール』が想起される。フロベールの蔵書には『ルソー全集』が備わっており、[11] 読書ノート[12] も存在している。小説第十章の執筆にあたって、『エミール』を読み返していることが次の書簡からわかる。

第十章のプランを猛烈に練り上げているところ。最後の章が、驚異的規模で発展している。教育というのは、どうもちっぽけな主題ではないね!!!〔……〕

フェヌロンの『女子教育論』にはいい印象を持っていたけれど、意見撤回。うんざりするほどのブルジョワ野郎だ！ ――ルソーの『エミール』を最初から読み直している。愚かなことで一杯。でも、その時代としては、どんなに圧倒的で、独創的だったことだろう！ ――大いに役立っている。[13]

イヴァン・ルクレールも述べているように、[14]『エミール』は、『ブヴァール』の教育の章を読み解く鍵になる書物である。「自然の発達に従う」という表現そのものは、読書ノートにも、『エミール』そのものにも見られないが、同書第一編には次のような箇所がある。

自然を観察し、自然の指し示す道をたどるがいい。[15]

また第二編には、次のような記述も見られる。

自然のかわりとなってふるまう前に、長い間、自然のなすままにしておくがよい。さもなければ自然の行為を邪魔することになってしまう。[16]

このように、『エミール』が自然の発達を重視するという二人の方針のもととなっていると考えるのに十分な根拠はあると思われる。しかし、それは、必ずしもフロベールがルソーに忠実であるという意味ではない。

ルソーは、「自然」を教師の上位に置き、教育は、すくなくとも幼年期においては、自然そのものが教育する手助けに留めるのが最上の方法であるとする、いわゆる「消極教育」を主張している。[17]

「消極教育」は、子供を理性に導く最良の方法なのであり、たんなる放任とは異なる。

したがって、最初の教育は、純粋に消極的なものであるべきである。それは、美徳や真実を教えるのではなく、こころを悪徳から、精神を誤謬から守る教育である。もし、教師がなにもせず、子供になにもさせないことができるなら、すなわち、もし、生徒を健康で丈夫なまま、右手と左手の区別もつかないままで十二歳まで育てることができるなら、最初の授業をはじめるとただちに、彼の悟性の目は、理性にたいして開かれることだろう〔……〕。[18]

傍点部、「なにもさせない」は、「何も放任しない」とも訳すことができ、つまり、すべてを管理するということでもある。教えられる準備のできていない子供に何かを教えるのは有害であり、教師の役割は、自然という「より上位の教師のもとで」、子供の理性がそなわる状態になるまで、悪徳や誤謬にそまらないよう細心の注意を払うことだとされる。

ところが、『ブヴァール』のプランでは、子供の本来的性質について、性悪説と性善説が対比され、亜流のルソー主義ともいえる後者は「放任」と同一視されているのである。六種類ある最後のプランでは、次のように述べられている。

教育

一つの反対の見方によって導かれる。一、原罪により子どもは堕落している。それゆえ懲罰の必要がある。

二、子どもは本質的によい。それゆえ放任すべし。[19]

それ以前のプランでも大同小異である。

原典を故意にねじまげた理解あるいは誇張は、『ブヴァールとペキュシェ』においてしばしばみられるが、ここでの歪曲にはどのような意味があるのだろうか。この疑問に答えるには、そもそも、『エミール』が「大いに役立」つとフロベールが言うのはなぜなのかを考える必要がある。

それは、端的に言って、ルソーの教育思想を、単純な性善説あるいは放任主義と誤解する方が、児童教育の破局を、作者の個人的信条の表現として、より効果的に描き出すことができるからではないだろうか。

ヴィクトールが猫を鍋に入れて火にかけるという動物虐待に及んだ時、二人は「長々と話し合い」、養育を止め子供を返してしまおうか、しばらく逡巡するが、それでも継続することに決め、「矯正する方法を研究」する。そのとき、自由間接話法と目される部分に次の一文が見られる。

父親の血がはっきりあらわれてきた。[20]

ヴィクトールは、徒刑囚の子である。「ある日、手を血まみれにして帰宅[21]」し数日後に憲兵に連行されていった父親と同じ残虐さをヴィクトールも持っていることは、すでに骨相学診断[22]によって予見されていたが、それが発現したことになる。結末では、彼は窃盗を働き、ヴィクトリーヌは、せむしの出入り商人を相手に処女を失う。ヴィクトリーヌもまた娼婦の母親と同じ「堕落」の一歩を踏み出したのかと思わせる。彼らは「悪党」なのであり、こうして、「ブヴァールとペキュシェは、〔施した教育の〕代償として極度に汚らしい忘恩行為を受ける[23]」という結末を迎える。

このように考えると、最終稿において児童教育の挿話は、性悪説と性善説の両者のたえまない対立によって進められていくとするプランとは異なり、はじめは漠とした性善説から出発したものの、ヴィクトールの動物虐待をきっかけに部分的に性悪説に転向したが、親の「血」の発現を妨げることはできなかったという結論で終わることになる。対立ではなく移行、あるいは読みかえが問題となっているのであり、性善説は、最終的には「父の血」がすべてであることをより効果的に「演出」する手段にすぎない。言いかえれば、児童教育は、同じ「自然」ということばが、ルソー的な、文明批判のための概念装置としての哲学的意味から、作家の個人的信条にもとづく、「血は争えない」という意味での、主観的かつルサンチマンの込められた意味へと読みかえられる過程を描いているとみなすことができる。

3 奇妙な一文

それでは、この「自然」の読みかえにおいて、教育学的知の果たした役割とは何だろうか。おびただしい数の教育書からノートがとられ、下書きの段階で書きかえが、しばしば二桁におよぶ回数まで繰り返されるとき、いかなる知が導入され、どのようにして語りに組み込まれていくのだろうか。注目したいのは、「実験的方法」という表現である。この表現は、第十章冒頭の教育方針の策定の箇所で、「実験的方法により、自然の発達に従う」と、「自然」と同一の文に組み込まれている。この一見何気ない一文は、しかし、相反する二つの教育思想を合体させた、まったく奇妙な一文である。

「実験的方法」ということばには、ゾラの『実験小説論』の連想から、ポジティヴィスムの響きが感じられる。この有名な文学論は、最初一八七九年九月から十月に雑誌に掲載されたが、その初回分を送ったモーパッサンにたいして、フロベールは次のように述べている。

写実主義とか、自然主義とか、実験的などという話はやめてほしい。もうさんざん聞かされたよ。なんというからっぽで愚かな言葉だろう。[24]

クロード・ベルナールの『実験医学序説』を文学にまで拡大解釈するゾラのいう意味での「実験的」という語の用法に、フロベールが通じていたことは明らかである。

ところが、「実験的」という語が想起させるポジティヴィスム的教育と、「自然」という語がすくなくとも出発点において連想させるルソー主義的教育とは、多くの点で、水と油のように混じり合うところがない。

たとえば、「人をつくるか市民をつくるかを選択しなければならない、というのも両方を同時につくることはできないからだ」[25]とし、家庭教育と公教育の鋭い対立を指摘し、自然人をつくる家庭教育を選択するルソーにたいし、下書きにしばしば引用されている、オーギュスト・コントの定義では、教育とは他人のため、社会のために生きることを学ばせることに他ならない。

個性に対して社会性を優先させる習慣によって他者のために生きることを学ぶこと。[26]

「自然」を「習慣」とみなすことこそ、ルソーが『エミール』の冒頭で拒否している態度である。[27]また、「自然の秩序のなかで、人間は皆平等である」[28]とするルソーにたいし、ポジティヴィストたちは、人間の本性＝自然の複数性を認めていた。すなわち、人間の生まれながらの能力の不平等を肯定していたのである。シャルル・ロバンによれば、人の能力の不平等性は、ガル、ブルセ、コント、ラルマンらによって証明されたことで、「顔や背丈に違いがあるように、一人一人の子どもには、知的、道徳的その他の能力の不平等性が必ずある」[29]という。

このような両者が副詞句と主文の関係で結び合わせているのが、「実験的方法により、自然の発達に従う」という一文である。「自然」をルソー的意味にとるなら、ポジティヴィスト的方法にのっとって、「自然人」を教育するなどというのは不可能な試みであることは明白であり、この文は荒唐無稽で意味をなさなくなってしまう。

もちろん、すでに触れたように、「自然」という語そのものは、ルソーのいう意味でのみ用いられているわけではない。しかしながら、「父の血」という意味で、この「自然の発達に従う」の「自然」を解釈することもまた困難である。なぜなら、ポジティヴィストたちは、自然の「不平等性」を認めながらも、社会にとって有害な性質までも矯正し社会に役立つ存在にすることを目標としていたからである。先ほどのコントの引用によれば、「自然」は、「従う」べきものではなく、むしろ、社会に従わせるべきもののはずである。ブヴァールとペキュシェの骨相学の挿話にみられる「精神矯正院」の夢は、まさにそのようなものとして構想されている。

したがって、小説中にみられる「自然」の意味の揺れを考慮に入れたとしても、この文の奇妙さは変わらない。いったい、どのようにしてつくられたのだろうか。それを知ることは、この奇妙さの性質を理解するのに役立つはずである。下書きを参照すると、この文は、はじめから一つの文としてまとめられていたわけではないことが確認される。「自然に従う」という表現が下書きにはじめて現れるのは第六稿においてである。

［折衷主義］を採用しようと、［彼らは決めた］決心した。［彼らの心にしっかり決めていた重要な点、それは、］形而上学的な［あるいは宗教的な］〈あらゆる概念〉をアプリオリに［斥けること］、〔……〕〈理性と心によってのみ教育すること〉、［そして、実験的］〈科学的〉［方法を採用すること］、［〈彼らの〉］〈自然の〉［〈漸進的な〉］［彼らの］発達に従い、それに合わせることだった。[30]（［　］は削除部分、〈　〉は加筆部分を表す。）

加筆と削除が複雑に加えられて分かりづらいが、要点をまとめると、まず、「実験的方法を採用する」という箇所に明らかなように、「実験的方法」は「採用する」という動詞を伴って、「自然の発達に従う」とは別個のものとして扱われている。ただしここでは、「実験的」という形容詞は削除され、かわりに「科学的」と修正されているが、後の稿では、「実験的」は復活する。このように切り離されているのであれば、たとえその内容が矛盾するものであっても、「折衷主義」を採用することを「決心した」のであれば、とりあえず納得はいく。

第二に注目されるのは、「自然の発達に従う」という表現の生成過程である。はじめ「彼らの発達に従う」とあったものが、「彼らの自然の漸進的発達に従う」となり、それがさらに「彼らの」が抜けて、たんに「自然の発達に従う」となったのである。これは一言でいえば、所有形容詞を定冠詞で置きかえる作業であり、抽象名詞としての「自然」を主題化する試みといってよい。問題はもはや、たまたま引き取った子どもの性質ではなく、人間の性質＝自然そのもの、普遍的な成長過程そのものなのである。この方向性は、第七稿[31]で、「自然」が « la Nature » と大文字の自然になることによって、いっそう強められる。

その第七稿において、「実験的方法」と「自然に従う」は合体する。

> ‹ Leur système fut bientôt [résolu] trouvé › — il fallait [exclure] ‹ bannir › a priori les idées métaphysiques — [et selon] [‹ d'après ›] [la méthode expérimentale] ‹ et en écoutant que l'expérience › suivre le développement de la Nature [pour s'y conformer].

この文は、前半の形而上学の排除までは同じだが、そこから先は、削除されたテクストと加筆されたテクストと二通りに読むことができる。削除前は、

> 〈彼らの教育方針はやがて見つかった〔固まった〕〉。——形而上学的概念を〈追放〉〔排除〕しなければならない。——そして実験的方法により、〔それに合わせるために〕自然の発達に従うこと。[32]

と読むことができるが、これが削除後の加筆では、

〈彼らの教育方針はやがて見つかった［固まった］〉。――形而上学的概念を〈追放〉［排除］しなければならない。――そして、経験だけに耳を傾けながら、［それに合わせるために］自然の発達に従うこと。[33]

となる。最初は「実験的方法により」とあったのが、「経験だけに耳を傾けながら」と書き直されているのである。第六稿では別々に扱われていた、「実験的方法」と「自然に従うこと」という表現が結合されたことにより、「実験的方法」とルソー主義的「自然」との齟齬がますます強調され、おそらくフロベールはそのことを意識して、「実験的方法」méthode expérimentale を「経験」expérience に書き直したのではないか。[34]「経験」なら、「自然に従う」という表現との収まりもずっとよくなる。

ところが、この置きかえは定着しなかった。第八稿では、たしかに、第七稿での解決策が取り入れられ、「経験だけに耳を傾けながら、自然の発達に従う」という表現がみられる。しかし、第九稿になると、「実験的方法」が前と同じかたちで復活する。

Il fallait bannir [la] ‹ toute › ‹ idée › métaphysique ‹ ou religieuse › ‹ et d'après la méthode expérimentale › [observer] ‹ suivre › le développement de la nature.

形而上学〈的な、あるいは宗教的な〉〈あらゆる〉〈概念〉を排除すること、〈そして、実験的方法により、〉自然の発達［を観察すること］に従うことが必要だった。

以後、「実験的方法」という表現が削除されることはなく、「実験的方法により自然の発達に従う」という一文は定着した。

このことは、何を意味しているのだろうか。「実験的方法」の採用と「自然の発達に従う」という二つの「原則」の齟齬に気づき、いったんは回避しておきながら、そこにまた戻っていくこと。それは、両者の矛盾を積極的に選択したということにほかならない。理解不能な一文は、このようにしてつくられた。ブヴァールとペキュシェの児童教育の失敗は、この一文がつくられた時点で、文体的に――ほとんど文法的に――決定づけられたといえる。フロベールに「文法美」があると言ったのはプルースト[35]だが、これは、いわば「文法的エピステモロジー批判」とでも呼ぶことのできる射程に属するものである。対立する理論を担い合う二人が会話することで、学問の欠陥が明らかになっていくという語りのレベルでのエピステモロジー批判も、もちろんこの小説にはよくみられる。しかし、ここにあるのは、会話以前、語り以前に、文の構造に内在し、文そのものの成立と知の成立とを分けることができない次元、知と言葉が未分化な次元において展開される批判なのである。まず知があってそれを文学が批判するのではない。知がことばで語り始められようとする瞬間に袋小路に陥らざるをえないようなやり方で表象するのが、『ブヴァールとペキュシェ』という小説である。こどもの「本性＝自然」にかんする知を、このように「文法」的に表象することで行なわれる批判は、もはやたんなる個人的信条の発露とは別物である。読書ノートから導入された教育学的知は、下書きにおける書きかえ作業によって言語に内在化され、批判的契機を自らのうちに含みこむようになった。その結果、知の批判は文の批評と区別できなくなる。こうして、個人的信条はエクリチュールの問題に移しかえられたのである。

4　自然と神の摂理

文の生成と密着したかたちで展開される知の批判は、『ブヴァールとペキュシェ』の他の箇所にも見られる。[36]しかし、残された最後の章の冒頭で、「こどもの本性」＝「自然」にかんする知が、発話と同時に意味を剥奪され、中和化されることには、特別な意味を認めることができる。なぜなら、「自然」は、ブヴァールとペキュシェの探求の最初の主題でもあったからである。引退後、シャヴィニョルに居を構えて最初にとりかかるのは農業であり、第二章の主題になっている。家庭菜園を試みるものの、「自然」は彼らの言うことを聞いてはくれない。

しかし、苗床には虫がわいた。——枯葉を保温堆肥にしたのに、ペンキを塗った囲い、白く塗られたガラスの釣り鐘のなかには、発育不良の植物しか育たなかった。挿し穂はつかなかった。接ぎ木ははがれた。取り木の枝の樹液は枯れ、木は根のところがうどん粉病にかかった。苗は無惨だった。風が、インゲンの手を容赦なく打ちのめした。下肥の与えすぎでイチゴが、摘芽不足でトマトが台無しになった。

ブロッコリーも、ナスも、カブもうまくいかなった——桶のなかで栽培しようとしたクレソンも。雪が解けると、アーティチョークはすべて駄目になっていた。[37]

唯一望みをたくしたキャベツは、「お化けキャベツを手にして満足する」[38]しかなく、「園芸の極み」であるメロン栽培を試みても、「ペポカボチャの味のするおぞましい雑種」しかできない。

しかし、真の破局が訪れるのは、農場が天災に見舞われるときである。珍しく豊作に恵まれた小麦を、「クラップ＝メイヤー式」で発酵させようと、小さな山に積み重ねておいたのに、火事ですべて焼けてしまう。[39]蒙った損害を補うために手がけた果樹栽培も、ようやく「多少の収穫が期待できる」ようになったとたん、「突如として、雷が鳴り、雨が降り——土砂降りとなる」。「風が吹き付けるたびに、果樹檣に正面から当たった。添え木は一本、また一本となぎ倒され——紡錘のように刈り込まれた果樹は大揺れに揺れて、梨の実がぶつかり合うのだった。[40]」とうとう、「果樹檣の支えと横木が、格子枠もろとも、花壇に崩れ落ちた[41]」。二人で嵐の後の庭の惨状を見て回った後、ペキュシェは提案する。

「農場の方も、何か起こっていないか見た方がよくはないか？」

「ふん、悲しみの種をさらに増やすためにかい！」

「そうかもしれないよ？　わしたちはお天道様にちっとも優遇されていないのだから。」

——そして、彼らは、神の摂理と自然を嘆いた。[42]

ところで、この「神の摂理」という表現は、教育の破局の場面でも用いられている。ヴィクトリーヌの「堕落」からヴィクトールの「窃盗」へと、農業と同じように、破局が矢継ぎ早にブヴァールとペキュシェに襲いかかる場面である。

ある朝早く、ブヴァールが、暖炉に火をくべようと木屑を取りに製パン室に行くと、おぞましい光景を目にして思わず立ちすくむ。

その場で、彼は唖然として立ちつくした。

ぼろぼろになった長持ちの裏にある藁布団の上で、ロミッシュとヴィクトリーヌはいっしょに寝ているのだった。

男は片腕を腰に回し、もう片方は、猿のようにひょろ長く、少女の膝を押さえていた。瞼を半ば閉じ、快楽の痙攣で顔を引きつらせたままで。少女は、仰向けになって、ほほ笑んでいた。寝間着の隙間からあらわになった幼い乳房には、せむし男の愛撫で所々赤い斑点ができていた。ブロンドの髪が床に垂れ、薄明の青白い光が二人を照らしていた。

最初、ブヴァールは胸に深々と一撃をくらったような気がした。羞恥の念で一歩足を踏み出すことも、身体を動かすこともできなかった。胸をかきむしられるような想念に悩まされた。

「まだ子供なのに！　堕落してしまった！　堕落だ！」

ペキュシェを起こして「一言ですべてを伝え」、例によって二人は嘆きあうのだった。

そして彼らは、長い間、向かい合ったままでいた。ブヴァールはフロックコートも着ないで腕を組み、ペキュシェはベッドの端に、裸足で、ナイトキャップをかぶったままで。

仕事は終わっているのだから、ロミッシュは、その日のうちに出ていかなければならない。口もきかずに、横柄に支払いをすませた。

しかし、彼らは、神の摂理に恵まれていなかった。

マルセルは、忍び足で彼らをヴィクトールの部屋に連れて行った。——そして、箪笥の底に二十フランの金貨が隠してあるのを見せた。少年にくずしてくれと頼まれたのだった。

どこから手に入れたのだろう？　窃盗に決まっている！　測量であちこち歩き回っているときに盗んだのだ。[43]

自然と教育で同じ「神の摂理」ということばが、連続してふりかかる自然からの「しっぺ返し」を形容するために用いられていることがわかる。これは、おそらく偶然ではない。人間を、動物やモノと比較することで同列におくのは、フロベールにしばしばみられる手法だが、ここでも、「作物」と「ひと」が、同じ「つくる」作業として平行関係におかれていると考えることができる。真理のディスクールの確定よりも、対象そのものへの直接的な働きかけが求められる農業と教育だからこそ、破局は、学説の矛盾ではなく、人力を超えたところで「自然」が自由に力を振るうことでもたらされねばならなかったのではないか。ブヴァールとペキュシェの知の探求は、いわば、その始まりと終わりで、自然と対峙する人間の「つくる」行為の失敗という枠で囲い込まれている。エピステモロジー批判の外部に、自然に対峙する人間の無力という主題が横たわっているのだ。

すでに、子供の「もとからの性質＝自然」についての個人的信念が、いかにしてことばの表象そのものの問題として物語化されたかを確認したわれわれにとって、この枠組みをたんなるペシミスムの反映とだけ受け止めることはできない。むしろ、『ブヴァールとペキュシェ』という小説における「言葉と物」のあり方について考える出発点とすべきである。

たとえば、教育の失敗の後、「コピー」という、単純な書き写しの作業が、なぜ、彼らの唯一の希望として想定されているかについても、一つの仮説をたてることができる。それは、端的にいって、「コピー」が、自然と対峙することなく「つくる」ことを可能にする作業だからなのではないか。徹底的に反自然的な作物、「モニュメント」として、濫読した書物の断片、量り売りで廃紙工場から買い取った古紙がそのまま書き写され、ことばが、肉体的に一体化した二人による単性生殖であるかのように、ただ増殖していく「コピー」、そのような「書くこと」のユートピアをわれわれは想像することができる。

5 教育のわざと書くことのユートピア

フロベールは、ヴィクトール・ド・ラプラドの『リベラル教育』から、「教育のわざは、神の摂理に値する」という一文を読書ノートに書きとめている[44]。もとになっているのは、次の個所である。

もし、人間の役割が神の摂理と似ているところがどこかあるとすれば、それは父であること〔「父性」paternitéの行使〕、教育のわざにおいてである[45]。

「父性の行使」、父であることと教育は同一視され、「ひとをつくること」は神の摂理と同じ役割を果たす。ラプラド的な意味において、ブヴァールとペキュシェは、徹頭徹尾、神になりそこねた教育者である。そうであれば、彼らの失敗を、教育イコール神の摂理であるとする、ある種の父権中心主義の批判としてとらえなおすこともできるのではないか。もしここで、「父性」という意味のフランス語 « paternité » を、「つくり主・作者」という意味の « auteur » にも拡張させて考えることが許されるなら、その射程はさらに広がる。なぜなら、「コピー」で無化されるのは、「書かれたもの」のあらゆる個別的・質的差異であり、その中には作者の概念ももちろん含まれると考えられるからである。「すべてのもの、良いものと悪いもの、美しいものと醜いもの、とるにたらないものと特徴的なものの平等[46]」によって完成される「モニュメント」

は、意味や価値判断だけでなく、作者からも、いっさいの「所有権」からも解き放たれたことばたちのユートピアなのである。

フロベールは、プランのなかで、社会主義、ユートピア思想について「人類の自己崇拝」autolâtrie de l'humanité という語を用いている[47]。教育とは、父であることであり、すなわち神となることであるとする教育観も、ある種の「人類の自己崇拝」なのではないか[48]。『ブヴァールとペキュシェ』における教育の失敗を、教育という「人類の自己崇拝」の批判と考えることもできそうである。ただし、その批判は、「コピー」という、反自然的行為としてのエクリチュールが、同じように絶対化されて――もう一つ別のユートピアとして――対置されることによってしか可能でなかった。

注

1 Gustave Flaubert, *Correspondance*, t. 5, Gallimard, « Bibliothèque de la Pléiade », 2007, p. 791.

2 そのことが端的にうかがえるのは『感情教育』の結末である。もし、主人公フレデリックにとって、コレージュ時代に親友と売春宿に出向き、恥ずかしさのあまりすごすごと逃げ帰った体験が「いちばんよかったとき」というならば、小説の中心を構成するはずの、アルヌー夫人との出会いやそれ以降のあらゆる展開、フレデリックの「大恋愛」の意味とは何だったのだろうか。

3 Jean Bruneau, *Les débuts littéraires de Gustave Flaubert 1831–1845*, Armand Colin, 1962 の結論でもある。

4 フロベール『ブヴァールとペキュシェ』からの引用は、Stéphanie Dord-Crouslé による二〇〇八年の GF Flammarion 版（*BP2008* と略）により、筑摩書房版『フローベール全集』（第五巻、新庄義章訳）（『筑摩』と略）のページ数を付記する。ただし訳は拙訳による（以下、同様）。*BP2008*, p. 393、『筑摩』、二九一頁。

5 *Correspondance*, t. 5, p. 796.

6 Stéphanie Dord-Crouslé, Bouvard et Pécuchet *de Flaubert, une « encyclopédie critique en farce »*, Belin, 2000 ; Norioki Sugaya, *Flaubert épistémologue. Autour du dossier médical de* Bouvard et Pécuchet, Rodopi, 2010；荒原由紀子「地質学と起源の夢想」（金森修『エピステモロジーの現在』慶應義塾大学出版会、二〇〇八年、所収）；Atsushi Yamazaki, « *Bouvard et Pécuchet* ou la pulvérisation de la philosophie », *Études de langue et littérature françaises*, N° 90, 2007 など。

7 ルーアン市立図書館の草稿分類番号 g226(2) の、フォリオ一六七から二〇八まで。フォリオの枚数は四二枚だが、フロベールはしばしば裏にもノートしているので、それを数えると計六四枚になる。

8 ルーアン市立図書館、草稿分類番号 gg10、フォリオ五。

9 『ブヴァール』の「第二巻」については、残されたプランや書簡にあたっても、その構成を一意的に確定できない。現在、残された資料をすべて転写し電子化するプロジェクトが、ステファニー・ドール＝クルレを中心にして進められている。「第一巻」についても、イヴァン・ルクレールによって、ルーアン大学の「フロベール・センター」のサイト(http://flaubert.univ-rouen.fr/index.php)に、『ボヴァリー夫人』と同じように、すべての下書きを分類し電子化して掲載する計画がある。

10 個々の学問研究において、ブヴァールとペキュシェはしばしば相対立する二つの学説をそれぞれ代表し、二人のやり取りがそのまま学説上・理論上の対立となるかたちで語りが展開されることが多かったのにたいし、「コピー」の段階になると、「情熱を共有することにより、身体的に似かよって、同じ男」、「二つの部分を持った、同じ、一人の存在」になる、とされる(gg10、フォリオ二)。

11 前述のルーアン大学の「フロベール・センター」のサイトで確認できる。

12 フォリオ一七五、表と裏、および一七六の表。

13 姪カロリーヌ宛、一八八〇年一月二三—二四日、Correspondance, t. 5, p. 792。

14 Yvan Leclerc, *La spirale et le monument*, SEDES, 1988, p. 125.

15 Jean-Jacques Rousseau, *Œuvres complètes*, t. 4, Gallimard, « Bibliothèque de la Pléiade », 1969, p. 259 ;『エミール』、今野一雄訳、岩波文庫、上、四二頁。ただし拙訳による。

16 *Ibid.*, p. 343.『エミール』、一六二頁。

17 ルソーによれば、消極教育は、「時間を浪費すること」を「教育全体の最も偉大かつ重要で、最も有益な規則」とし、「美徳も真実も教えず、こころを悪徳から、精神を誤謬から守ること」(*Ibid.*, p. 323)である。

18 傍点は引用者による。*Ibid.*, p. 323.『エミール』、一三一—一三二頁。

19 gg10, フォリオ十八。

20 *BP2008*, p. 376.『筑摩』、二七七頁。

21 *BP2008*, p. 355.『筑摩』、二六〇頁。

22 ヴィクトールには、「破壊」、「殺人」、「貪欲」、「窃盗」の「こぶ」があると診断されていた。*BP2008*, p. 361.『筑摩』、二六四頁。

23 gg10、フォリオ三六。

24 モーパッサン宛、一八七九年十月二一日、Correspondance t. 5, p. 727 et 1404。

25 『全集』、前出、二四八頁、および『エミール』、二六—二七頁。

26 書き出しの第三稿、フォリオ一〇九六、g225[(9)]。

27 『全集』、前出、二四七—二四八頁、および『エミール』、二五—二六頁を参照。

28 『全集』、前出、二五一頁、および『エミール』、三一頁。

29 Eugène Bourdet, *Principes d'éducation positive*, nouvelle édition entièrement refondue avec le Préface du professeur Ch. Robin, 1877, p. XIV.

30 フォリオ一一三二裏、g225[(9)]の上半分。

31 同じ一一三二裏の下半分。

32 傍点は引用者による。

33 傍点は引用者による。

34 « expérience »なら、「実験」という意味にとるのは文脈上いかにも困難であり、「経験」という意味にしかならないはずである。

35 Marcel Proust, « À propos du style de Flaubert », *Contre Sainte-Beuve*,

Gallimard, « Bibliothèque de la Pléiade », 1971, p. 587.

36 たとえば、第三章冒頭の一文。「化学を知るために、彼らはルニョーの『講義』を入手した――そして、「単体も化合物であるかもしれない」ということをまず学んだ。」という書き出しの科学論的分析については、次を参照。Mitsumasa Wada, « L'Épisode de chimie dans *Bouvard et Pécuchet* de Flaubert », *Études de langue et littérature françaises*, N° 70, 1997.

37 *BP2008*, p. 77-78.『筑摩』、二九頁。

38 *BP2008*, p. 78.『筑摩』、二九頁。

39 *BP2008*, p. 83-85.『筑摩』、三三―三五頁。

40 *BP2008*, p. 89.『筑摩』、三七―三八頁。

41 同右。

42 *BP2008*, p. 90.『筑摩』、三八頁。傍点は引用者による。

43 *BP2008*, p. 391-392.『筑摩』、二九〇頁。傍点は引用者による。

44 フォリオ一七一。

45 Victor de Laprade, *L'Éducation libérale. l'hygiène, la morale, les études*, Didier, 1873, p. 79.

46 フォリオ六七、*BP2008*, p. 401.『筑摩』、三七四頁。

47 gg10、フォリオ十六。

48 フォリオ十六には「人類の自己崇拝」という表現が二度みられるが、両方とも「進歩理念」と並べて書かれている。ブヴァールとペキュシェの講演のすくなくとも半分、ブヴァールの分は進歩理念の開陳といえ、その意味からも、教育と「人類の自己崇拝」は接続しているとも考えられる。

研究ノート

フロベールの草稿研究の現状

松澤和宏

　インターネットの普及した今日、フロベールの草稿研究は、新たな表情をまとってわたしたちの前に立ち現れている。手書きの草稿が消滅に向かうかのように見える時代に、草稿研究は電子テクストという媒体のおかげで、一部の専門家や愛好家に限られた閉鎖的な場から、多様な読解に開かれた場に変容しつつある。しかしながら先人の孜孜たる営為によって、作家の草稿が保存整理され研究されてきた歴史を忘れてはならないだろう。その意味では、まず以下の先行研究を押さえておく必要がある。ルルーによる『ボヴァリー夫人』の草稿の一部刊行（一九三六）、これに基づいて草稿を取捨選択して最終稿と混淆した新たな本文を提示したポミエとルルーによるユニークな『ボヴァリー夫人』新版（一九四九）、デュリー夫人によるカルネの刊行（一九五〇）、チェントによるプラン・筋書き、異同などを収めた『ブヴァールとペキュシェ』の校訂版（一九六四）、ゴト＝メルシュの『『ボヴァリー夫人』の生成』（一九六六）は、その後の生成研究の基礎をなす代表的な業績と言えよう。

　フロベールの生成研究がフランスで本格化するのは、一九七〇年代のドゥブレ＝ジュネットによる理論的考察[1]と『ヘロディアス』における描写の生成の分析による。テクストの内在批評である詩学、なかんずくナラトロジーをエクリチュールの詩学に換骨奪胎し、最終稿のテクストではなく草稿を研究対象とした生成批評の理論と方法が素描されたことは、フロベールの草稿研究の気運を高めることになった。とりわけ批評理論の盛んであった当時のフランスにおいて、フロベールの「没個性」の詩学を「作者の死」のテーゼと結びつけ、最終稿への目的論的従属に抗して、草稿を自律した対象として見なそうとするエクリチュールの詩学という視座は、従来の文献学的な実証研究とテルケル派のエクリチュール論の間に架け橋を架ける試みであった。その成果の一端は、『仕事中のフロベール』[2]に結実している。

　ビアジによる詳細な注を付した『作業手帳』（一九八八）[3]は、デュリー夫人の仕事を継承し発展させた校訂版である。初期著作を収めたプレイヤッド版第一巻が二〇〇一年に刊行され、久しきにわたって流布してきた『スマール』*Smarh*という題名が草稿に即して*Smar*に訂正されたように、最新の成果が随所に窺える。また待望久しかった『書簡集』の最終巻である第五巻がルクレールの手によって二〇〇七年に遂に上梓された。

　詩学、ナラトロジーの角度からの生成研究としては、フロベール的メタ言語の特性を分析した寺本（船越）弘子の博士論文[4]や詩学と幻覚の主題に取り組んだ橋本知子の博士論文[5]がある。

　『ボヴァリー夫人』の草稿に関しては、ルクレールによる『ボヴァリー夫人』のプラン・筋書きの生成批評版が挙げられる[6]。読解の試みとしては、松澤和宏はベルトーの挿話のなかでシャルルとエマの結婚に至る過程でルオー爺さんの果たす役割に着目し[7]、エマのボヴァリスムと民主主義的羨望、オメによる最終的勝利への疑念と盲人乞食追放の挿話などを読み解き[8]、エマの時間意識を手がかりにしてシャルルの再解釈を試みている[9]。沢崎久木の博士論文は、作中人物の回想とその場面を書くフロベールの創作行為との隠れた連関を草稿そのものに即して照射している[10]。

　『サランボー』はプレイヤッド版の刊行に先立って、セジャンジェールによる草稿を含んだ校訂版（二〇〇二）がフラマリオンから刊行されている。小説の冒頭部の生成論的分析が、ヴィルマール『生成批評、理論と実践』[11]に収録されている。

　『感情教育』の草稿研究では、ウィリアムスの『感情教育』の筋書きの生成批評版が一九九二年に刊行されている[12]。小倉孝誠は社会主義者の言説を分析し、松澤和宏は恋愛の物語と金銭の物語との表裏一体となった生成過程を読み解いている[13]。ル・カルヴェーズの『感情教育』における描写の研究[14]、フロベールの自由間接話法における固有名詞や単純過去の用法を論じて新たな地平を拓いた木之下忠敬[15]、『聖アントワーヌの誘惑』の生成研究としては、金容銀による『一八四九年の初稿　生成と構造』[16]、三つの「本文」を同時代の知との関連を視野に入れながら比較検討したセジャンジェールの研究[17]などがある。

　『三つの物語』はボナコルソのグループによって生成批評版が順次刊行されてきたが、複雑な略号のために利用しにくく、校訂上の問題点も指摘されている。『ヘロディアス』の草稿を読み解いた試みとしては、ラスチエによる解釈的意味論の有効性をいかんなく発揮した論考[18]やヴィルマールの研究書[19]がある。『聖ジュリアン伝』の透明で簡潔な文体が様々な意味が明滅する下書きの短縮省略の結果であることを実証したビアジによる精緻な読解は今なお印象深い。[20] 黒川美和は、『純なこころ』におけるコルミッシュ爺さんの人物像にフランス革命が影を落としていることを草稿の分析を通して明らかにしている。[21]

フロベールの未完の大作については、チェントとカミニッティによる『ブヴァールとペキュシェ』の第二巻（一九八一）（これは最近イタリアで新たに増補改訂版とも言うべきものがカミニッティの手によって一九九二年に刊行されている）が公刊され、ルクレールの刺激的な読解が『螺旋と記念碑』[22]（一九八八）で示されている。エルシュベール＝ピエロによる『紋切り型辞典』（一九九七）、ドール＝クルレの『ブヴァールとペキュシェ』の校訂版（一九九九）も刊行されている。パリ第八大学に提出されたいくつかの博士論文が草稿の探索と分析を試みている。教育の章に関しては和田光昌[23]、文学の章はドール＝クルレ[24]によって、また医学に関しては菅谷憲興[25]によって読書ノートを中心に調査されている。また、山崎敦は哲学の章に関する生成研究の成果を[26]、荒原由紀子は地質学などの自然科学と文学との関係を究明している。[27]

——電子テクストの特性を生かした生成批評版として特筆されるべき二つの試みを挙げておこう。ルアン大学のフロベール・センターのサイト Atelier Bovary (http://flaubert.univ-rouen.fr/bovary/atelier/) では、ジラールとルクレールの尽力によって、『ボヴァリー夫人』のルアン市立図書館に保存されている全草稿の判読転写した生成批評版が公開されている。草稿の執筆順を示した動態的な分類が提示され、草稿のなかで使用された単語の索引も可能となっている。ウィリアムスのサイト (http://www.hull.ac.uk/hitm/) では、一八四八年を描いた『感情教育』第三部第一章の草稿とその判読転写が公開されている。

現在進行中の電子テクストの生成批評版の計画としては、『ブヴァールとペキュシェ』の第一部がルクレールを中心にしたグループによって、第二部がドール＝クルレを中心にしたグループによって、解読転写が開始されたところである。近代テクスト草稿研究所（ＩＴＥＭ）でも、『感情教育』と『三つの物語』について同様の計画がある。インターネット上で公開されている専門誌としては、ルアン大学のフロベール・センターの主宰する『フロベール誌』*Revue Flaubert* (http://www.univ-rouen.fr/flaubert/revue)、近代テクスト草稿研究所フロベール班の主宰する『フロベール生成批評誌』*Flaubert, revue critique et génétique* (http://flaubert.revues.org/) がある。

このようにして、プレイヤッド版の刊行と連動しながらフロベールの草稿研究は着実な進捗を示し、研究の内容と方向は多岐にわたっている。全体の傾向を敢えて言えば、草稿の読解において十九世紀の文脈が重視される傾向にあることであろう。それは裏を返せば、一九七〇年代の「フロベールの現代性」を特権化した前衛的な批評的言説自体の歴史性が密かに問われつつあるということではないだろうか。いずれにしても、近代への徹底した不信から一つの信を鍛え上げようとしたフロベールの「文体の苦悶」が、言葉と精神のもっとも奥深い部分に関わる限り、その生々しい現場である草稿は、興味の尽きることのない研究対象であると同時に、それを判読し解釈するわれわれ自身を映し出す批評的な鏡でもあり続けるだろう。

注

1 « Génétique et poétique : esquisse de méthode », *Littérature*, n° 28, décembre 1977.

2 R. Debray-Genette éd., *Flaubert à l'œuvre*, Flammarion, 1980.

3 P. M. de Biasi, *Carnets de travail*, Balland, 1988.

4 *Langage et métalangage dans l'œuvre de Gustave Flaubert*, thèse présentée à l'université Paris 8, 2005.

5 *Hallucination chez Flaubert : poétique et perception*, thèse présentée à l'université Paris 8, 2007.

6 *Plans et scénarios de Madame Bovary*, CNRS/Zulma, 1995.

7 « Un essai de commentaire génétique de l'épisode des Bertaux dans *Madame Bovary* », *Équinoxe*, n° 14, Kyoto, Rinsen-shoten, 1997.

8 « *Madame Bovary* et Tocqueville », in *Madame Bovary et les savoirs*, Sorbonne nouvelle, 2009.

9 « Une lecture philosophique et ethique de *Madame Bovary* : bonheur, envie, amour », *Série Flaubert*, n° 6, Minard, 2009.

10 *La Mémoire dans Madame Bovary de Gustave Flaubert — Étude des manuscrits*, université Paris 8, 2002.

11 Philippe Willemart : *Critique génétique : pratiques et théorie*, Harmattan, 2007.

12 « Le Discours socialiste dans l'avant-texte de *L'Éducation sentimentale* », *Gustave Flaubert*, n° 4, Lettres Modernes, 1994.

13 *Introduction à l'étude critique et génétique des manuscrits de « L'Éducation sentimentale » de Gustave Flaubert — l'amour, l'argent, la parole*, France Tosho, diffusion Nizet, 1992.

14 E. Le Calvez, *La Production du descriptif. Exogenèse et endogenèse de* L'Éducation sentimentale, Amsterdam, Rodopi, 2002.

15 *Noms propres subjectivisés dans le style indirect libre de "L'Éducation sentimentale"*, Bibliothèque de la Faculté des Lettres, n° 26, Université d'Okayama, 2005.

16 Kim Yong-Eu, La tentation de Saint Antoine, *version de 1849*, *Genèse et Structure*, 1990, Kangweon University Press, Chuncheon, Korean, 1990.

17 *Naissance et métamorphoses d'un écrivain. Flaubert et « la tentation de Saint Antoine »*, Honoré Champion, 1997.

18 F. Rastier, « Thématique et génétique : l'exemple d'*Hérodias* », *Poétique*, n° 90, 1992.

19 Ph. Willemart, *Dans la chambre noire de l'écriture*, Tronto, Editions Paratextes, 1996.

20 P. M. de Biasi, « L'élaboration du problématique dans la légende de *Saint Julien l'Hospitalier* » in *Flaubert à l'œuvre*, Flammarion, 1980.

21 « La progression de l'épisode du père Colmiche dans *Un cœur simple* » in *Balzac, Flaubert. La genèse de l'œuvre et la question de l'interprétation*, éd. Kazuhiro Matsuzawa, Graduate School of Letters, Nagoya University, 2009.

22 Y. Leclerc, *La spirale et le Monument. Essai sur* Bouvard et Pécuchet *de Flaubert*, SEDES, 1988.

23 *Roman et éducation. Étude génétique de* Bouvard et Pécuchet, université Paris 8, 1995.

24 *« Bouvard et Pécuchet » et la littérature*, université Paris 8. 1998.

25 *Les sciences médicales dans « Bouvard et Pécuchet »*, université Paris 8, 1999.

26 « *Bouvard et Pécuchet* ou la pulvérisation de la philosophie », *Études de langue et littérature françaises*, n° 90, Société japonaise de Langue et Littérature Françaises, 2007.

27 « Des mots et des fossiles. La géologie dans *Bouvard et Pécuchet* » in *Balzac, Flaubert. La genèse de l'œuvre et la question de l'interprétation*, Graduate School of Letters, Nagoya University, 2009.

研究ノート

ゾラに関する生成研究の現状

吉田典子

エミール・ゾラ（一八四〇―一九〇二）の小説の草稿類は、総称して「準備資料」les dossiers préparatoires と呼ばれる。その膨大な資料の大部分は、小説家の不慮の死後、一九〇四年にアレクサンドリーヌ・ゾラ夫人によって、『ルーゴン＝マッカール叢書』（約一万枚）と『四福音書』（三一五八枚）関連のものはフランス国立図書館に、『三都市叢書』（四二三三枚）関連のものはエクス＝アン＝プロヴァンスのメジャーヌ図書館に寄贈された。[1]カッコ内に挙げた数字は、フォリオの枚数であるが、ゾラは通常、二〇×十五・五センチメートルの大きさの用紙を使い、表裏ともに書き込んでいる。草稿類としては、これに加えて印刷所に入稿するための最終的な「手稿」があり、校正刷りが残っているものもある。

ゾラはある時点から、自身の草稿類を後世に遺す意図を持っていたと思われる。彼は「準備資料」を丁寧に整理して保管しており、しばしば友人やジャーナリストにその話をしていたからである。『ルーゴン＝マッカール叢書』よりも以前に書かれた小説の草稿類は現存せず、また第一巻『ルーゴン家の幸運』と第二巻『獲物の分け前』については、枚数も比較的少なくあまり整理されていないのに対し、第三巻『パリの胃袋』以降は、テーマにもよるが、巻を追うごとに準備資料は増大する。たとえば、『居酒屋』二一六枚、『ナナ』三四四枚、『ボヌール・デ・ダム百貨店』六二八枚、『ジェルミナル』九五三枚、『大地』九〇六枚、『壊滅』一二四四枚、といった具合である。しかもゾラは、それらをいくつかのセクションに分類整理していた。

セクションの名称は、ほぼすべての小説に共通しており、「エボーシュ」Ebauche（小説の大まかな筋立ての構想）、「登場人物」Personnages（小説中のすべての登場人物にかんして、ほぼ一人一枚のカードを作成）、「プラン」Plans（章立てとその内容を示したもので、第一プランと、より詳細な第二プランの二種類がある）に分けられている。そこにはさらに、実地調査や聞き取り調査のノート、読書ノート、新聞記事の切り抜き、情報提供者の手紙、ゾラ自身の手になる地図や建物のデッサンなど、各種の「調査資料」が加わる。

これらの草稿類は、長い間未発表のままであった。アンリ・ミトランは、プレイヤッド版『ルーゴン＝マッカール叢書』（一九六〇―一九六七）において、またコレット・ベッケールはブキャン社版の同叢書（一九九〇―一九九三）において、草稿の抜粋を提示しているが、それらは部分的なものにとどまっていた。

しかし現在では、ゾラの草稿類はかなりの部分が出版されつつある。一九八四年にはじめてベッケールが、『ジェルミナル』に関する準備草稿の全体を出版した。[2] 一方、ミトランは『取材手帳』という総題で、ゾラが小説の取材に際して取ったノートの大部分を公表し、一九世紀後半のフランスの社会風俗を精査した貴重な「民族誌学者」としてのゾラの姿を明らかにした。[3] さらに二〇〇三年からは、ベッケールらによって、『ルーゴン＝マッカール叢書』全体の草稿のファクシミレ版が、活字に起こしたテクストとともに、シャンピオン社から刊行されつつあり、二〇〇九年の段階で、叢書第十二巻目の『生きる喜び』までが出版されている。[4] また、電子版では『夢』に関する全資料が、二〇〇三年三月からフランス国立図書館の電子図書館サイト（GALLICA）上で、すでに公開されている。[5] ここには準備資料類や手書き入稿原稿のファクシミレ版だけではなく、雑誌掲載時のプレオリジナル版や初版本、『夢』をめぐるパラテクストやインターテクスト、さらには同時代や後世の受容として、挿絵本やカリカチュア、各国語への翻訳や映画・オペラへの翻案などが、多くの視覚資料とともに、すべての人々に向けて提示されている。

ゾラに関する生成研究は、前述のミトランやベッケールによる研究に始まり、現在では近代テクスト草稿研究所（ITEM）の「エキップ・ゾラ」（代表アラン・パジェス）を中心に、小説草稿のみならず、書簡を含めた草稿全体、さらには図像や映像資料の調査・研究が活発に行われており、その成果は前述の『夢』電子版をはじめ、いくつかの刊行物となっている。[6]

ゾラは「実験小説論」をはじめとするその理論的な言説においては、豊富な資料と事物の正確な観察にもとづき、論理と方法を持って、真実を目指すことを強調していた。実際、資料の収集、筋書きの粗描、登場人物の研究、章立て、といったゾラ自身による草稿の分類は、自らの方法の論理性と厳密性を強調する手段であった。しかし近年の草稿研究は、実際のゾラの創作現場は、それほど冷静で「科学的」なものではなく、そこには作家自身の想像力や欲望が大いに作動していることを明らかにしつつある。

ゾラ特有の創作手法をひとつ挙げるとすれば、「エボーシュ」の存在がある。「私」を主語とするこの独話において、ゾラはこれから執筆する作品の方針を規定した上で、試行錯誤しつつ登場人物を自在に動かし小説の筋立てを構築していくのだが、« Je veux » や « Ce roman doit être » といった意志や指令の表現を数多く含み、語りの方法に関する自問自答を繰り返しつつ進展する文体はゾラ特有のものである。また実際の執筆現場が、必ずしも「私」の意志をそのまま反映するものではなかったことは、ゾラの次の言葉が証言している。「私は、できるかぎり冷静に仕事をしようとしているが、自分がしていることを明晰に見ることはあきらめている。なぜなら書き進めば書き進むほど、生成途上の作品はまったくわれわれの意志を逃れていくからだ。」（一八八四年五月二十日、ユイスマンスへの手紙）

ゾラの草稿研究は、現実観察と想像力、ミメーシスとフィクション、意識と無意識がどのように絡み合い、物語を生成するのかを探求する場である。

注

1 『パスカル博士』の一部分のみ、スイスのボドメール図書館に収蔵。

2 Émile Zola, *La Fabrique de Germinal. Dossier préparatoire de l'œuvre*. Texte établi, présenté, annoté par Colette Becker, SEDES, 1984.

3 Émile Zola, *Carnets d'enquête. Une ethnographie inédite de la France*, présentation d'Henri Mitterand, « Terre humaine », Plon, 1986.

4 Colette Becker éd., avec la collaboration de Véronique Lavielle, *Émile Zola, La Fabrique des Rougon-Macquart. Édition des dossiers préparatoires*, Honoré Champion. v. I, 2003 [des *Notes préparatoires* au *Ventre de Paris*] ; v. II, 2005 [de *La Conquête de Plassans* à *L'Assommoir*] ; v. III, 2006 [d'*Une Page d'amour* à *Pot-Bouille*] ; v. IV, 2009 [d'*Au Bonheur des Dames* à *La Joie de vivre*].

5 http://gallica.bnf.fr/zola/

6 生成研究を集めた重要な論文集としては、Jean-Pierre Leduc-Adine éd., *Zola. Genèse de l'œuvre*, CNRS éditions, coll. « Textes et Manuscrits », 2002 などがある。また Philippe Hamon éd., *Le signe et le consigne. Essai sur la genèse de l'œuvre en régime naturaliste, Zola*, Editions Droz, Genève, 2009 は、個別の生成過程を問題にするのではなく、ゾラの全草稿を素材に、彼の創作の作法を、*Inventio, Dispositio, Elocutio, Memoria, Actio* という旧修辞学の分類にしたがって考察した興味深い共同研究である。

第14章　ジッド『狭き門』の成り立ち——構想・執筆から雑誌初出、主要刊本まで

吉井亮雄

1　ジッド研究の現状と学術版の作成

アンドレ・ジッド（一八六九―一九五一）にかんして、フランス本国をはじめ欧米諸国でおこなわれた研究の流れを概観すれば、大別して二つの時期をその重要な転換期として指摘することができよう。第一は、作家の死を契機とした本格的な作品研究の開始であり、この点では一般読者の場合も含め、ジッドにたいする熱が実存主義の流入・席巻に次いで一九五〇年代半ば以降急速に下火になった我が国の事情とは大いに趣を異にする。第二は、一九六八年発足の「ジッド友の会」を基盤とする組織的な実証研究の開始であり、爾来、同種の活動はすべてこの流れのなかに位置づけられるといっても過言ではない。

周知のように、文学の領域にとどまらず宗教・倫理・思想・政治について、そして同性愛にかんしてまで、自身が抱えるさまざまな苦悩に端を発した問題提起を続け、しかもしばしば前言訂正をためらうことのなかったジッドの姿勢は、熱烈な賛同者を獲得すると同時に、それに数倍する多くの論敵を生むこととなった。そのような事情を反映して、彼の存命中に発表された研究は、いくつかの例外を除けばおおむね、なんらかの規定方針にもとづいてなされた断罪あるいは支持・共感の域を出るものではなかった。しかしながら、つねにスキャンダラスな存在でありつづけたこの大作家の没後は次第に、党派性を排し純粋に美的な見地に立つ研究の必要性が説かれはじめ（ジッド自身も一九一八年四月の『日記』に「美

的観点が私の作品を正しく語るための唯一の観点だ」と書き、さらに半年後には「しかもこれこそが他のどんな観点をも排除することのない唯一の観点である」と追記している)[1]、その結果、主として小説技法の考察を中心にすえた論文・著作がフランスおよびイギリス、アメリカ、ドイツであいついで発表される。

一九五〇年代から一九六〇年代にかけて特に盛んであったこの研究方向じたいは、現在もなお主要な潮流のひとつとして豊かな成果を生みつづけているが、分析の作業が進むにつれて同時に、ジッドにあっては「生」と「作品」(あえて「テクスト」とは呼ぶまい)が不可分の関係にあるにもかかわらず、その豊饒で多岐にわたる創作活動にたいする実証的解明が大きく立ち後れていることが痛感されはじめる。言うまでもなく、研究者たちが抱いたこの認識は、おりしも隆盛をきわめていた構造主義が排撃した伝統的実証主義への郷愁によるものでない。とりわけ斯界の第一人者として、ジッドにまつわる神話の解体と、彼の新たな全体像の構築を期したクロード・マルタンは、定期的に現状報告を発表し、作品の正確な理解と「作家的自我」の十全な把握のためにはなによりも、自筆稿や各種刊本の校合による信頼に足る学術版の作成、書簡集をはじめとする一次資料の公刊が急務であると説くとともに、情報の収集と研究の国際化を図るため、ジッド生誕百年を前にした一九六八年、上述の「ジッド友の会」を、次いで「ジッド研究センター」(リヨン第二大学)を設立したのである。これ以後、マルタンの示した指針にしたがい、各往復書簡集の準備・刊行が順調に続くかたわら、将来の「総合書簡集」出版に向けて、ジッドが文通者と交わした書簡の網羅的目録の作成も進んでいる(現在までに確認された書簡の総数は約二万八千通、その記述量はプレイヤッド版の本文組版に換算して二万二千頁を超える)。いっぽう学術版については、現時点ではその名に値するものは未だ多くは刊行されていないが、『パリュード』など自筆稿類の閲覧が困難な状況にあるものを除き、主要作品については緩やかな取り決めながら分担が決まり、それぞれ準備が進行中である。また、その作業成果の一部は最近出版されたプレイヤッド新版『小説・物語、詩作品と劇作品』二巻本(二〇〇九)に解題・付注のかたちで盛り込まれている[2]。

これまでに公刊された学術版にふれておこう——。この領域で先鞭をつけたのはやはりクロード・マルタンであった。

彼は、盲目の少女ジェルトリュードを引きとり養育する牧師の愛と欺瞞を描いた物語『田園交響楽』(一九一九)を対象として、自筆稿や各種刊本、関連の未刊書簡を渉猟し、詳細な解題を付した校本を作成、これに充実した補遺と網羅性の高い書誌を併せて一九七〇年に公刊した。[3] 同書はその厳密・精緻な文献実証によって学術版作成のためのモデルともなった完成度の高い業績だが、とりわけ貴重な寄与は、伝記的事象との有機的連関のなかでジッドに特有の作品創造の秘密を照らし出したことであろう。一例をあげれば、『田園交響楽』の主題にジッドが当時熱愛した青年マルク・アレグレとの同性愛関係が色濃く投影されていることはすでに指摘されていたが、マルタンは先行研究をふまえつつ、作家自身の日記と牧師の日記における日付の奇妙な一致、またそのために行われた明らかに意図的な操作に注意をうながす。ジッドはいよいよ印刷公表も間近という最終段階になって、しかも時間的な整合性が崩れるのを承知のうえで、マルクとの愛の軌跡においてとりわけ記念すべきある日付を、牧師の日記中の重要な日付(その日、ジェルトリュードの眼が手術可能だと知った牧師は歓喜と漠たる不安のうちに彼女を強く抱きしめ、やがて二人の唇は重なりあう)として物語のなかに滑り込ませていたのである。[4] ジッドにとって、読者がこの事実に気づくか否かはおそらく配慮の外であったろう。また仮に気づいたにせよ、読者が立ちあうのは伝記的事実の一義的な再現・転移などではない。ここに見るべきは、虚構作品のなかに禁じられた己のファンタズムをない交ぜに散りばめざるをえない、枷《かせ》にも似たエクリチュールの特質なのである。

じっさい近現代のフランスにおいて、ジッドほど実人生と創作とが分かちがたく結びついた作家はいないのではあるまいか。なるほど、ただ単に自伝的要素を素材として利用したというだけならば、程度の差こそあれ、あらゆる作家について言えることだろう。だが利用の多寡が問題なのではない。ジッドが文学史上固有の地位を主張しうるのは、ある戦略を早くから選択し、以後ゆらぐことなくそれを実践しつづけたからだ。すなわち、自己を禁忌とする逆説的なナルシシズムを育み、これに縛られ導かれて、ついには禁忌と執着とが混淆し、現実と虚構とが分別しがたい自伝空間を生きる、そして行為と書物とが捻れあい織りなす「生」の総体そのものをひとつの「作品」として提示する、という戦略である。マルタンの『田園交響楽』校訂版はこの特異な企図の一端を鮮やかに例示してみせたのである。

この版は、マルタンの主著『ジッドの成年期』(一九七七)とともに、ジッド研究者たちに大きな刺激をあたえ、『ペルセポネ』(一九七七)、『ナルシス論』(一九七八)という二つの校訂版を生む契機となった。しかしながら学術版作成の機運が盛りあがるのは一九九〇年代になってのことで、それ以降現在までに『贋金つかい』断片稿(一九九〇)、『放蕩息子の帰宅』(一九九二)、『カンダウレス王』(二〇〇〇)、『ユリアン の旅』(二〇〇一)、『オイディプス』(二〇〇七)などが公刊されている。[5] ここでは個々の版(率直に言って出来不出来はある)にふれる余裕はないが、いずれも伝統的な方法により作成されているのが特徴である。具体的には、作品成立の前史や構想・執筆過程にかんする解題、草稿類や各種刊本の記述、主題・内容の分析、同時代受容の紹介、関連書誌などを多面的な補助資料としつつ、作品テクストの構成は各ページ上部に「底本」を掲げ、その下部に異文を年代順に提示するという方法である。何をもって「底本」とするかはいわば目的論的な選択であり、当然ながらそこには校訂者の好みや価値判断が少なからず反映せざるをえない。そのため、草稿じたいのダイナミズムを軽視し、優劣の基準によってテクストを固定化するものとして、生成研究の専門家からは評判がよくないが、作品成立の全体的な流れが視覚的に捉えやすいこと、底本と異文とを照合すればいつでも元の刊本各版を忠実に再現できることなど、「読みやすさ」においてはやはり捨てがたい方法である。また上記のジッド作品群にかんしては残された草稿が相対的に少量であるという物理的事情も、この方法が採られたことに影響していよう。

もちろんジッドが生成研究に不向きな対象ということではない。それどころか生成研究はまさにこの作家にこそ有効な方法であるとさえ思われる。じっさい、ジッドが作品そのものにもまして「作品の歴史、作品懐胎の歴史」に強く関心を寄せる作家であったことは、たとえば『贋金つかい』(一九二六)の重層的な構造を思いおこせば容易に了解されよう。同名の小説を準備中の作中人物エドゥアールは創作のための考察を日記に綴っている。[6] ジッド自身も数年にわたる小説執筆の経緯を『贋金つかいの日記』として別途公表する。さらにそれらを包摂するように、日々の『日記』も読者に供される。かくして同心円的に虚構と現実とが交錯するなか、『贋金つかい』は相応の歪みを孕みながらも合わせ鏡のように照らし照らされるのである。このいわゆる「中心紋」の構造は、処女作『アンドレ・ワルテルの手記』や『パリュード』など多くのジッド作品に共通する特徴だが、『贋金つかい』と同様、いずれの場合においても反復・自己照射は「書くこと」「書く人」をめぐってなされるのである。

ジッドにかんする本格的な生成研究の嚆矢となったのは、カーン大学教授（現・名誉教授）アラン・グーレがパスカル・メルシエの協力をえて二〇〇一年に発表した『法王庁の抜け穴』（一九一四）の生成批評版である。[7] 作品は十九世紀末に流布した教皇誘拐事件の噂に題材を採ったものだが、その構想・執筆は幾多の中断をはさみ二〇年以上にも及んだため、プランや下書きをはじめとする各段階の草稿、自筆修正入り校正刷など、大量の先駆稿が残されていた。当初グーレは伝統的な校訂版を想定していたが、この複雑多岐にわたる生成経緯を記録するには単なる活字化だけでは十分でないとの判断から、線状転写にくわえ、すべての草稿類をスキャナーで読み込み（写真版よりも画質は若干粗いが、重ね書きや紙の漉かしはかなり鮮明に再現できる、という話をグーレ氏自身から聞いたことがある）、解題・関連資料・書誌などとともに一枚のCDロムに収めたのである。活字転写の小ブロックごとに対応する草稿の画像が即座に呼び出せるこのデジタル版は少なくともフランスでは初めての試みであったが、その何よりも大きな利点は、現物の草稿ならではの独特な魅力、紙や筆記具に支えられた文字の微妙なざわめきを一般読者にもかなり正確なかたちで伝えられる点であろう。

グーレを指導教授に仰いだルクセンブルク人トーマス・ライゼンが同じく二〇〇一年、学位請求論文としてカーン大学に提出した『背徳者』生成批評版も同種の試み。[8] パリ大学附属ジャック・ドゥーセ文庫現蔵の初稿と個人蔵の修正稿を画像でとりこんだこの版（ただし『背徳者』再版に付された序文の草稿については活字転写のみ）は、その後ライゼンが文学研究から離れたため今のところ目処は立っていないが、貴重な寄与であるだけに一日も早い公刊が望まれる。

プレイヤッド新版『小説・物語、詩作品と劇作品』と並び、『新フランス評論』創刊百年を機に最近公刊されたマルティーヌ・サガエールとペーター・シュニーダーの共著書『アンドレ・ジッド――生《なま》のエクリチュール』にも言及しておこう。[9] 同書じたいは、『日記』『かくあれかし』と『ソヴィエト旅行記』『同・修正』という対照的な二つの作品群をサンプルとしたジッド生成研究への手引きと呼びうる内容である。だがそれにもまして注目すべきは、本体をなすのが、両作品群の草稿や媒体《シュポール》の画像だけではなく、音楽や動画の抜粋（娘カトリーヌの証言など）を豊富に収録したＤＶＤ版であることだ。研究面で有意義なだけではなく、見たり聴いたりと大いに楽しめる好企画である。

以上のようにジッド学においても遅ればせながら生成研究の試みが始まっている。二〇〇一年には、長いあいだ個人蔵だった大作『贋金つかい』の膨大な資料体（各種のノートおよび下書き、自筆完全稿、いずれも自筆修正入りのタイプ稿・校正刷二種・初版本など）がフランス国立図書館の所蔵するところとなり、現在、共同研究のための予備調査が進められているが、このこともまた新たな盛り上がりの呼び水となるであろう[10]。

さて、筆者自身は生成研究の実際には疎いが、かつて上述の『放蕩息子の帰宅』校訂版を作成したこともあって、同作につづき執筆された重要作品『狭き門』の成立経緯を追う作業を数年前から続けている。いかんせん計画は思うようには捗らず、まさに蝸牛の歩みではあるものの、できるかぎり早い時期での成果公表を目指している。以下はその途中報告というところだが、無味かつ粗雑な記述は、筆者の力量不足にくわえ、いまだ調査・探索のいたらぬ点が少なくないためと予め承知されたい。

2　『狭き門』の着想と執筆過程

『狭き門』は長い懐胎期間をもつ作品である。ジッドの書簡や『日記』、回想録『一粒の麦もし死なずば』は、断片的な証言ではあるものの、彼の逡巡や意気消沈、また執筆への打ち込みぶりを伝えている。まず着想の発端となったのは一八八四年五月のアンナ・シャクルトンの死であった。初めはジッドの母ジュリエットの家庭教師としてロンドー家に入ったが、やがて彼女の親友となったこのスコットランド生まれの女性は、ジッド家に文芸や音楽・絵画など芸術一般にたいする嗜好をもたらし、作家の幼少年期に多大な影響を及ぼした。それだけに彼女が療養院でだれひとり親しい者には看取られずこの世を去ったことはジッドにとって悔恨をともなう大きな衝撃であり、ただちに彼は「神以外のものがことごとく見捨て去った」[11]この愛すべき女性へのオマージュを書こうと決心したのである。その死を題材にした物語の題名は初めは『良き死の試み』(一八九一)とされていたが、三年後には『マドモワゼル・クレールの死』に変わり、次いで『狭き道』をへて最終的には『狭き門』に落ち着く。アンナの思い出は母ジュリエットや二人の叔母クレール・デマレ、リュシル・ロンドーのそれと混ざり合い、ひとつの「理想的な姿」を形づくることになる。[12]しかし作品の計画はなかなか実行に移されず、その構想も年月の経過とともに次第に変化してゆく。

ジッドが『狭き門』を『背徳者』(一九〇二)と一対をなす作品と考えていたことは周知の通りである。いっぽうは徹底した自我解放の結果としての倫理的な破滅、他方は神への過度の献身がまねく現世の悲劇。すでに『背徳者』を世に問うた以上、一刻も早く『狭き門』を完成させ、片方に傾いた天秤の反対側の皿に平衡錘を置かねばならない。だが『背徳者』の不成功がそれを妨げ、知的沈滞の支配する期間が永く続いた。とはいえジッドの救済となるのはやはり作品の執筆以外にはない。と言うのも彼において「問題」は、日々の生活のなかに埋没した個にたいしてではなく、まさに芸術的創作をとおしてのみ実現可能な「自我」にたいして課されるのだから。その意味において「作品」はひとつの誕生・救済であり、社会的な制約からの解放、内的生活への積極的な参入なのである。

かくして『狭き門』は、肉体的要素の介在しない霊的恋愛という、処女作『アンドレ・ワルテルの手記』が描いた主題をふたたび採りあげながら、一九〇五年から数年をかけて形づくられてゆく。同年六月、ジッドはゆるやかな執筆の進展を喜びをこめて『日記』に書きとめている——「毎日『狭き門』を数行ずつ書き進めることができた。こういった仕事の規則正しさは今の私にとってはどんなに美しい霊感よりも好ましい」[13]。この文章の直後に『若きウェルテルの悩み』と『新生』を繙いた旨が記されているのもおそらく偶然ではあるまい。かたや死にいたる愛の物語、かたや聖性へと導く愛の歌。恋愛と死、そして聖性、これらは密かにゲーテやダンテと共鳴しあうジッド的物語の要諦なのである。七月十日の『日記』にはジャック・コポーに原稿の一部を読み聞かせたことが記される——

昨日『狭き門』のこれまでに書いたところを彼に読んで聞かせた。そしてひどく不愉快になった。〔……〕私はもう少しで全部火のなかに投げ込むところだった。コポーは実に的確な助言をしてくれて、彼に読んでやったもののなかに、もっと良くなるものだけをちゃんと見抜いてくれた。数年前だったら、すでに完璧なもの（あるいはほとんど完璧なもの）と思いこんでいたこれらのページを読んで、それがまだ形の整わないものと分かれば、すっかり意気阻喪してしまったことだろう。非凡な忍耐がなくては何も創造することはできないのだ。[14]

この「忍耐」あるいは「粘り強さ」は、爾来ジッドが創作にかんして念じてやまぬモットーとなる。三週間後の同月末日の記述――

ふたたび仕事がかなり規則正しくやれるようになる。とはいえ信じられないほどの緩慢な歩み。翌日にはふたたびめちゃめちゃにしてしまうだろう一連の文章のために数時間を費やす。とりわけ、彼がジュヌヴィエーヴ〔アリサ〕の部屋で跪いた彼女の姿を認める場面にはひどく苦しんだ。だが今では何も言わないでおく、留保するという境地に到達できたことに我ながら感心している。〔……〕私は忍耐を自分の第一の特質と考えようと努める。とにかくこれは自分に向かって激励しなければならないものだ。私は「忍耐」と書いた。むしろ「粘り強さ」と言わねばなるまい。しかし、それは柔軟性のある粘り強さでなければならない。[15]

執筆の緩慢さは、八月八日の記述が示唆するように、自信と、その裏返しとしての不安とがない交ぜの状態であるうちは変わることはない――「私の仕事はほとんど進まない。自分は傑作を書いているのだということをもっと確信しないかぎり、これ以上は進まないだろう[16]」。かくしてジッドがなんとか「小説の書き出しの四〇ページ」を書き上げたのは夏も終わりの九月二日のことであった。

年が変わっても執筆のペースは緩慢なままである。一九〇六年の三月一日、ジッドは「ようやくふたたび仕事と向かい合う」。「もはや何も私を仕事から引き離すことはできない」――むろん事実の確認というよりは、そうありたいと欲する願望の表明であるが、同月五日には再度コポーに、これまでに書いた原稿のすべてを読み聞かせる。だが「かなり調子よくはじめられた朗読も、そのうち倦怠の泥沼のなかに嵌り込んでしまった。なんとも芳しくない印象。〔……〕まだまだこれから大変な仕事だ！ すべてを新しくやり直さなければならない」[17]。新たな進展の兆しなのだろうか、この数日後の考察――「頭のなかで小説がゆっくりと作り直されてゆく。感情をうまく表現するということはもはや問題ではなく、諸々の性格に〈形を与える〉ために細かな事実を集めることが大事なのだ」[18]。まさにその目的のため、己の内面生活に情報の源と芸術的素材を求めることをためらわず、三月二九日、ジッドは妻マドレーヌに宛てた昔の手紙を取り出して読んでいる。残念ながら「小説の糧になりそうなものをそこに探したが無駄だった。だが私の精神のあらゆる欠点をはっきり認めることができた。どの欠点も私を苛立たせるものばかり」[19]。次いで四月十八日には『狭き門』を書くのに必要な紙（後述するようにイタリア・ポレッリ社製の澱入上質紙）を見つけ、原稿のコピーを始める。まずは三ページ。さらに五月三日、マドレーヌに最初の数ページを読んで聞せる。「たしかに庭の描写はいい。だがそのあとは？」[20]この後続部分も同じ出来栄えというわけにはいかなったようだ。というのも十五日の記述には次のような一節が認められるから

図1 少女時代のマドレーヌ

である――「昼食後、小説の仕事。この固まりを少し前に転がすのに大変な苦労をする。そんなに重たいというのではないが、手がかりがつかめないのだ[21]」。

『狭き門』をめぐる「大変な苦労」は一九〇六年の後半も続いた、ジッドはそれなりに執筆を続けた、というのがある時期までの通説であった。しかし事実は大きく異なる。フランシス・ジャムやポール・クローデルとの一年以上におよぶ信仰論議をへて、やがてジッドは回心拒否の決意を固めるにいたるが、これと同時に逆説的な現象ではあるが、彼のうちにはきわめて深刻な精神的危機が生じていたのである。それはまさに同年五月を境としてのことで、以来翌一九〇七年の初めまでは、執筆活動はおろか、読書さえもほとんどできない惨憺たる状態が続くのである。このような危機を救ったという点で『放蕩息子の帰宅』（同年六月雑誌初出）のもつ意味は一般に考えられているよりもはるかに大きい。年明け早々のベルリン旅行中に突如発想をえて、帰国後間をおかず実質的にはわずか二週間という短期日で書き上げられたこのジッド版福音書寓話は、けっして過ぎ去った苦悩にかんする幸福な証言などではない。いまだ心のなかに燻りつづける苦悩の芸術的表現なのであり、これによって「書く人」たるジッドは救済への期待をふたたび回復することができたのである。そのような見地に立てば、『狭き門』の本格的な執筆が『放蕩息子』の出来直後に始まるのもしごく当然な成り行きと了解されよう。

かくして一九〇七年六月二二日の『日記』には記念すべき一節が書きつけられる――「この惨めな作品をまったく新規に書き直すのはこれで四度目。これまで苦しみに苦しんだ作品である。現今の偉大な即興作家たちならそれを無力あるいは偏執と呼ぶことだろう。私も今日はもう少しで彼らの意見に与するところだった。だが一日も終わるころ、全力を注いだおかげで、この形定かならぬ固まりを動かせたような気がする[22]」。そして十一月からは、ピエール・ド・ラニュックス（少年期のピアノ教師マルク・ド・ラニュックスの孫）を私設秘書に雇い、彼に執筆の進展にあわせ順次『狭き門』の写しを四部作らせる。このタイプ稿を使ってジッドは「現在せっせと作品の推敲をしている。第一章にまた二週間を費やした。だが今ではその出来栄えに満足している[23]」。さらに同月十九日の『日記』にはアンドレ・リュイテルスやアンリ・ゲオン、ジャン・シュランベルジェらを前にしておこなった朗読会の模様が次のように語られている――

読みはじめは上手くいかなかった。というのは、最初の二章はまだ所々ちゃんとした形になっていなかったからだ。結局、かなり精彩を欠く朗読だった……この作品が私にとって実に書きにくいのは、それがかなり聞きづらい（私は特にゲオンのことを思い浮かべている）のと同じ原因によっていた。つまり、この作品と、我々が今日考え、感じ、欲しているものとのあいだには時代的な錯誤があるのだ。だがそんなことはかまわない。私は書かずにいられないのだ。そして、こうしたいくぶん骨身を削るような試練によって、私は結局のところ意気消沈するというよりは、むしろ揺るぎない自信をもつことになるのだ。[24]

いよいよ作品は完成へと近づく。一九〇八年の六月、ブルターニュ旅行から帰ったジッドは「パスカルにいっそう沈潜していた」こと、『狭き門』の重要な対話を二つ下書きした」ことを書き記す。そして十月十五日にはついに『狭き門』が一応の完成を見、ジッドは翌日、長く伸びた口髭を剃り落とした。作品の原稿はなお若干の手直しを施され、二つの修正入りタイプ稿が暮れから年明けにかけ、まずは『新

図2　『狭き門』脱稿直後のジッド（テオ・ヴァン・リセルベルグ画）

フランス評論』の再創刊号を飾るべくベルギー・ブリュージュのサント＝カトリーヌ印刷所へ、ついで単行書出版のためにメルキュール・ド・フランス社へとそれぞれ送られていくのである。

3　自筆稿・タイプ稿・校正刷

今日までに現存が確認された『狭き門』の自筆稿は二種類ある。いっぽうはジャック・ドゥーセ文庫の所蔵、他方はフランス国立図書館の所蔵である。登場人物名や語りの人称の不統一から見て、両コーパスとも執筆時期の異なる紙片群の「混成」であるのは明らかだが、それだけに各部分ごとの執筆時期を確定するのは容易なことではない。現時点では即断はつつしみ、以下に両草稿の物理的側面の紹介を優先し、執筆時期については確証のあるものについてのみ若干のコメントを付すにとどめよう[25]。

まずドゥーセ文庫蔵の草稿について概要を述べると、これは作品第一章の冒頭に相当する草稿（一部は第五章冒頭部の草稿）と、いくつかの具体的な場面にかんするプランであり、ドゥーセ文庫（おそらくは初代の主任司書マリー・ドルモワ）によって六つのドシエに分類されている。縦三三×横二一・五センチメートル前後を中心とする大判紙片二八葉の全面を黒色インクで書かれたテクストが覆う（一葉のみ紫色インク使用、さらに全体にわたって黒色鉛筆・青色鉛筆での書き込みが若干数認められる）。量的にはごく部分的な草稿であるが、同一箇所の数度におよぶ書き直しをはじめ、それ自体の削除や加筆は豊富で、加筆はときに欄外にまで及ぶ。表に示すように、後のジェロームの一人称体ではなく彼を主人公とする三人称体の語りによる紙片群も含む。またヒロインの名は作品執筆の進展につれて Geneviève → Gertrude → Alyssa → Alissa と変化していったが、このコーパスでは前二者が並存している。これら諸点から判断するかぎり、全体としては本格的執筆の初期から中期にかけての草稿と推測される。じっさいジッド自身は紙片群を「最初の計画《プルミエ・プロジェ》」と記した紙挟みにまとめて

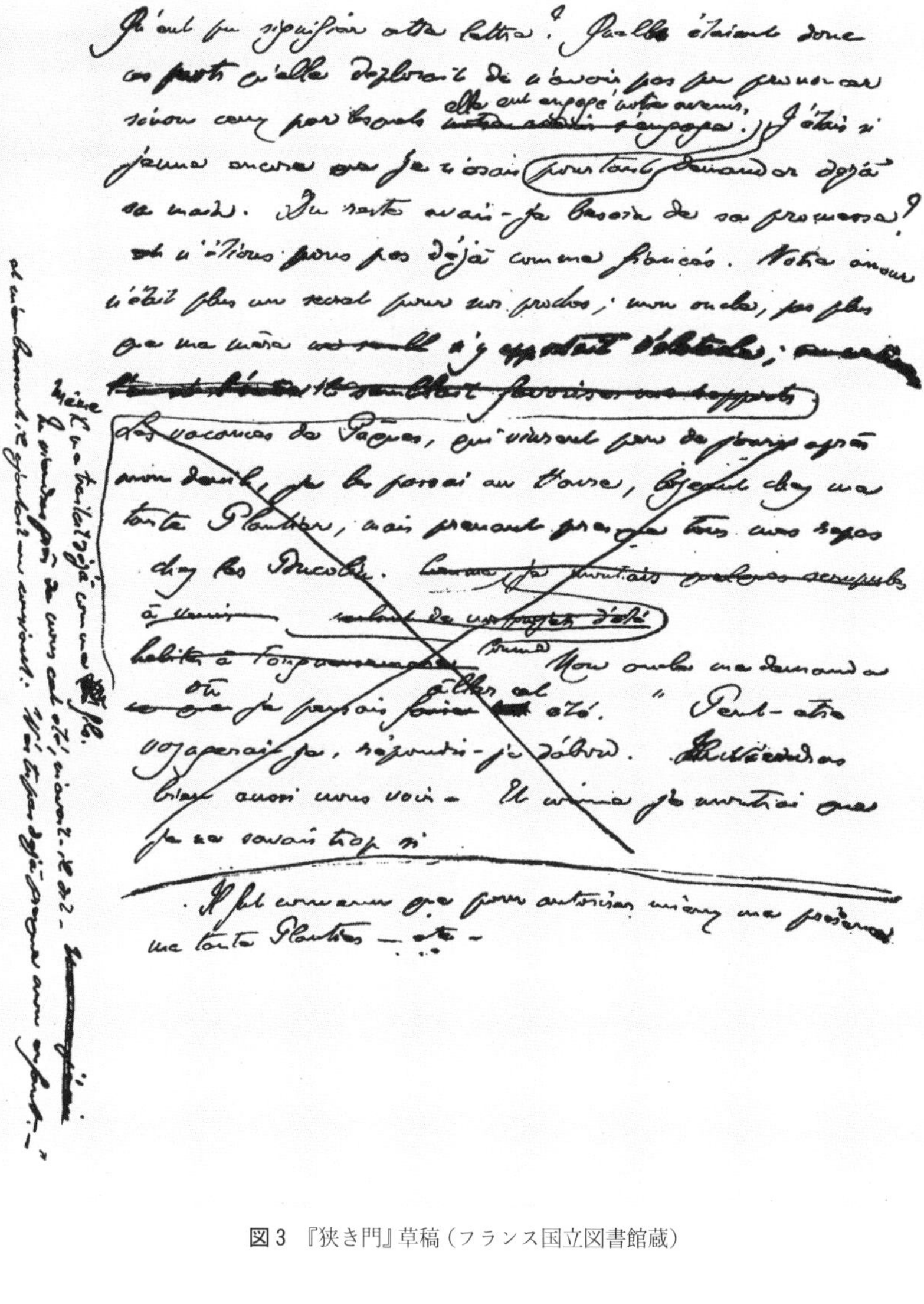

図3 『狭き門』草稿（フランス国立図書館蔵）

いた。なお用紙の大半は、ジッド愛用のイタリア・ポレッリ社製漉入紙で、同社名ないし牡鹿の絵が漉かし模様として入る（二葉のみが、やはり彼が好んで使ったファブリアーノ社製漉入紙）。またドシエFの七枚の記載テクストは一続きの文章であり、一枚目上端には鉛筆で「四部タイプを作成すべし」という書き込みがある。[26] 先述のように、ジッドが『狭き門』のタイプ稿を作らせはじめたのは一九〇七年十一月のことであるから、この部分については同時期よりも後の執筆である可能性が高い（表1）。

いっぽうフランス国立図書館が現蔵するのは、多様な判形の紙片一二三葉からなり、ドゥーセ草稿のほぼ三倍の記述量を収めるが、こちらもやはり部分稿である。カバーする範囲は冒頭部から第四章までで、小説全体の五分の二ほどである。蔵書管理上の配慮から紙片にはすべて通し番号が打たれ、同一の装丁に収められているが、じっさいには大小四冊のカイエと三五葉の大判紙片とからなり、用紙の形状や筆記具、記述の様態・内容はそれぞれ一様ではない。第一のカイエは、縦三四×横二二センチメートル大の罫線入りノート用紙をそのままか、あるいは周囲を数センチメートル切り取った状態で束ねたもので、黒色インクをもちい一定のリズムで書かれ、削除や加筆はほとんどない。これにたいし第二、第三、第四のカイエはいずれもA5判大の学生用ノートで、ジッドが同種のノートを使用するさいの習慣にしたがい、基本的には見開きの右ページに書かれるが、しばしば左ページ（紙片単位で言えば各々の裏面《ヴェルソ》）も使われている。さらにはノートを上下逆転して書き進められる場合もある。記述には黒色鉛筆と黒色インクが使われ、一連の文章の途中で筆記具が変わることも少なくない。鉛筆書きの箇所の多くは「走り書き」に近く、また表面はやや擦れて読みにくくはあるが、判読不能というほどではない（じっさい鉛筆書きの場合、鉛筆の粒子が紙に食い込んでおり、明かりの当て方しだいで慣れた読み手の目には文字が光の筋になって現れることが多い）。またいずれのカイエにも縦半分に折り畳んだ形跡が残り、『日記』のカイエなどと同じくジッドが散歩など外出のさいに携行したことが窺われる。以上計四冊のカイエにつづき装丁内では最後に配置されている二八・五×二三・五センチメートル大の紙片群の記載テクストは、一貫して黒色インクで整然と書かれ、ほとんど修正の跡がない。いわゆる「清書稿」である。にもかかわらず、時期的にはこれが草稿のなかで最も古いものなのである。

その理由はまず、他の草稿が完成稿の当該箇所と近似的に相応するのにたいし、この部分だけは冒頭部から第四章までの内容を一応の対象としつつも、かなりの異同を見せる縮小版であること。また語りのスタイルは基本的には一人称体だが、主人公が特定の親友に自分の過去を語るかたちをとること(『背徳者』の伝聞一人称体がただちに想起されよう)。さらにこの主人公名が唯一ダニエルであるばかりか、恋人ジュヌヴィエーヴの妹がマルグリットと呼ばれていること(ただしジュリエットも半分ほどの頻度で登場)である。いっぽう第四のカイエにかんしては、そこに一九〇七年六月二六日のルイ・ルアール宛私信の下書き断片が含まれることから、[27] 執筆の時期はこの前後であるのが確実である。いずれにせよ所蔵機関によるカイエ類の配列はあくまでビブリオテコノミーにもとづく措置にすぎず、必ずしも実際の執筆順を反映したものではない。草稿執筆の時期・順序を探るさいの重要な留意点である。備忘として区分ごとの指標を一覧にしておこう(表2)。

以上二種類の自筆稿のほかに、作家の遺産相続人カトリーヌ・ジッド女史の個人蔵として、ジッドが『狭き門』の構想のためにとっていた一連のメモがある。カードや小型ノートの紙片二六葉で、小説の概念などがごく手短に記されている。字体から見るかぎり多くは上記二草稿に少なくとも数年は先行する貴重な資料である。

タイプ稿に話を移そう——。すでに触れたようにジッドは一九〇七年

表1　ドゥーセ文庫蔵の自筆稿

	ドシエ A	ドシエ B	ドシエ C	ドシエ D	ドシエ E	ドシエ F
ヒロイン名	Geneviève	Geneviève	—	—	Gertrude	Gertrude
語り	1・3人称	1人称	3人称	1人称	3人称	1人称

表2　パリ国立図書館蔵の自筆稿

	カイエ 1	カイエ 2	カイエ 3	カイエ 4	紙片 89-123
アリサ	Geneviève	Geneviève	Geneviève (Gertrude)	**Gertrude** (Geneviève)	Geneviève
ジェローム	Jérôme	Jérôme	Jérôme	Jérôme	**Daniel**
ジュリエット	Juliette	Juliette	Juliette	Juliette	**Marguerite** (Juliette)
語り	3人称	1人称	1人称	1人称	1人称
対応箇所	第1章冒頭部	第3章末尾〜第4章前半	第2章後半〜第3章終盤	第1章後半〜第2章前半	前半4章にゆるやかに対応

の十一月以降、執筆の進行にあわせ順次自筆稿をもとに四部のタイプ稿（カーボン複写）を作らせ、さらにこれをもちいて推敲を重ねた。フランス国立図書館に現蔵されているのがそのうちの一部である。[28] ただしこれは雑誌初出用および単行初版用の二組のタイプ稿とは別の揃いであり、自筆修正部分にはそれぞれ微細な異同があったことが、現存する初校テクストとの比較照合から明らかである。用紙は縦二六・五×横二〇・二センチメートルの薄手の上質紙（U. S. Linen社製）、計一五四葉。このうち最後の三葉を除き、すべてにジッドの手で通し番号が打たれている。黒色の鉛筆ないしインクをもちいた修正の多くは細かな文体上の変更で、物語の流れに影響を及ぼすようなものは実質的に皆無といってよい。全体を見わたして特に目につくのは、ヒロイン名の変更であろう。冒頭から三分の二をこえるあたりまで、タイプで打たれたのはGertrudeであり、これがAlyssaに置換されているのである（第四章冒頭には三度ほどタイプ打ちのGenevièveが現れ、これがGertrude、ついでAlyssaへと段階的に変更される）。そのいっぽう、第七章半ば以降はすでにAlissaという最終的な選択がタイプで打たれる。だがこれで終わりではない。第八章に続く日記は「ジェルトリュードの日記」Journal de Gertrudeと題され、さらに物語の幕を閉じるジェロームとジュリエットの再会において、亡きヒロインの名はタイプ打ちのAlyssaが手書きでAlissaに直されているのである。このような一貫性の欠如から見ても、タイプ稿が小説全体の自筆稿をもとに一時《いちどき》に作られたのではなく、作家の証言どおり執筆の進行につれて順次付加され、推敲・修正されていったものであることが分かる。

物語の内容にかんして付言しておこう。このコーパスでとりわけ注目に値するのは、印刷テクストでは削除された重要な一節を含むことである。『狭き門』第八章は「しかしながら私はふたたびアリサに会うことになった……」と、静謐な書き出しのもとに始まるが、本タイプ稿や校正刷の段階まではこれに先行して、アリサとの別離後「きわめて愚かしい遊蕩にふけった」ジェロームの精神的混沌を回想する三つの段落が存在していたのである。それによって物語の結末が公刊テクストとは微妙に異なる色彩を帯びていたことは否めない。

つづいて校正刷――。タイプ稿をもとに組版された校正刷については、『アンドレ・ジッド＝ジャン・シュランベルジェ往復書簡集』をはじめ、いくつかの既刊資料によって、『新フランス評論』誌初出掲載テクスト（プレオリジナル）は再校まで、またメルキュール・ド・フランス社の初版についても少なくとも再校まで、それぞれに複数の校正刷がとられたことが判明している。だが、これらの校正刷のうち現存が確認されていたのは、つい最近までドゥーセ文庫所蔵の初版初校だけであった。メルキュール・ド・フランス社向けタイプ稿の最終状態を写す組版という意味では貴重な資料であるが、そのものじたいは実際の印刷に使用された揃いではなく、鉛筆書きの二つの欄外メモを除けば、自筆の修正はいっさい施されていない。[29]

それにたいしプレオリジナル校正刷（個人蔵）の現存がはじめて公になったのはつい数年前のことである。この「初版二七三頁のうち一九六頁分に相当する自筆修正入り棒組《プラカール》」については、その組版や全体の構成にのみ触れておこう。保存されていた校正刷は、縦三二・五×横十七・三センチメートル大の紙片、計六九枚からなる。版面は中央部の縦二一×横八・五センチメートルを占め、一枚につき四五行の割合で活字が組まれている。一枚目の右下に植字された« rev. franç. »という備忘によるまでもなく、任意の箇所の組版を『新フランス評論』*La Nouvelle Revue Française* 誌掲載テクストの対応部分と並べてみれば、これが雑誌初出用の棒組初校であったことは一目にして瞭然である。だが全体の構成からいえばコーパスは大きく三つに分かれ（順に三三枚、十九枚、十七枚）、それぞれ版面右下に1から始まる通し番号が打たれている。いま仮にこれらを「区分A、B、C」と呼ぶならば、区分Aは『新フランス評論』初回掲載分を、また区分B・Cはおのおの第二回掲載分の前後半を収める（ただし最後の五ページ分はおそらく紛失により欠落）。区分Aの冒頭にはジッドの筆で「この校正刷を再校とともに〔当方に〕戻されたし」と、ブリュージュのサント＝カトリーヌ印刷所への要望が記され、いっぽう区分Bの冒頭にはフラマン語で「新たな校正刷〔を〕今日〔中に〕」nieuwe proeven/vandaag と、植字工に向けた再校組版の指示が印刷所によって書き込まれている。また区分Cの一枚目は、区分Bの末尾二四行を再録するかたちで実際の公刊テクストと同じ箇所から始まり、しかもこの時点ですでに「一七五」というページ番号が右肩に付されている。以上を考え合わせれば、三つの区分が組版作業の工程でおのおの別個に取り扱われたことは疑いを容れない。ちなみに組版テクストじたいは、先に言及したドゥーセ文庫現蔵の初版初校とのあいだに微細な異同を見せ、雑誌用と初版用とでは印刷所に渡ったタイプ稿の最終状態が完全に同一だったわけではないことを窺わせる。

ちなみに先ほどふれた三段落の削除については、すでに半世紀前のものだが、文学ジャーナリストのピエール・マザルスによる興味ぶかい報告がある。すなわちマザルスは、『新フランス評論』創刊から数えてちょうど五〇年が、またジッド没後からは丸八年が経過した一九五九年二月二一日の『ル・フィガロ・リテレール』紙上で、雑誌創刊時の事情に触れたのち、シュランベルジェが保存していたという校正刷により削除箇所の全文を活字化し、また例証をかねて冒頭の数行は写真複製しているのである[30]（ただしマザルスはこの校正刷を「再校」と記すが、あきらかに「棒組初校」の誤り）。ところでジッドは、頻繁なパリ不在や時間的制約のため、『新フランス評論』を共同創刊したシュランベルジェやマルセル・ドルーアン、アンドレ・リュイテルスらにしばしば校正作業を委ねたが、シュランベルジェには最終段階になって「数カ所の削除、とくに第八章冒頭部の削除」の転写を請うていた[31]。じじつ、校正刷の写真版に認められる削除・修正は疑いの余地なくシュランベルジェの筆跡によるもので、ジッドの要請にぴたりと符号する。この第三回雑誌掲載分初校のその後の行方は残念ながら不詳であるが、現存初校に相当部分が欠けていることから見ても、もともとは同一のコーパスを構成していたものである可能性が高い。

4　主要刊本の概略

『狭き門』はジッド作品のなかでも最も多くの版が公刊されたもののひとつで、作家存命中の版はプレオリジナルを含めて二〇点、没後も現在にいたるまで少なくとも十数点が世に出ている。以下では、新たな異文を提示する重要な刊本を中心に、ごく簡略に出版の経緯や版の特徴を記そう。

『狭き門』がフランス文学史上に確固たる地位を占めるのは、もちろんまずは作品としての完成度の高さによるが、その出版をめぐる事情もまた軽視することはできまい。ジッドを中心に志を同じくする作家たちが共同で編集にたずさわり、少なくとも両次大戦間のフランス文学を主導した月刊誌『新フランス評論』の創刊（三号にわたり連載）を飾ったことも与って『狭き門』は記念碑的な作品としての栄誉を獲得したのである。ただしこの雑誌初出テクストの出来栄えにかんしてジッドは必ずしも満足していたわけではない。上述のように共同創刊者たちに校正を任せざるをえず、その結果、章番号の欠落など細部においては著者の意図・希望に沿わぬこともあったのである。

雑誌掲載と並行してジッドはこの新作の単行出版を、『ユリアンの旅・パリュード』第二版（一八九六）以降、自作の大半を刊行してきたメルキュール・ド・フランスに委ね、十六折小型の豪華紙初版と十二折普及版との二種類の版本を準備する。先行した『新フランス評論』の校正作業の成果を利用しながら、まず初版の校正がすすめられ、ついでさらにその新たな手直しが普及版の校正に転写されるというかたちをとった。印刷部数などにかんし途中若干の逡巡は見られたものの、ジッドにとっては満を持しての出版であったと言えよう。けっきょくアルシュ紙使用三〇〇部限定と決まった初版は一九〇九年の六月十二日に印刷完了、普及版もその八日後には刷り上がる。初版はネルヴァル訳『ファウスト』第二版（一八三五）を模した有名な青色の表紙を、いっぽう普及版はメルキュールの読者にはお馴染みの黄色の表紙を纏ってまもなく出来した。テクストの精度にかんしては、初版は一九二〇年版での改訂のさい底本に使用されるなど一定の基準を満たしたと言えようが、普及版のほうには数行にわたる組版ミスがあり、このためもあってか重版はされず、ほどなくまったく新規に活字が組み直された。以後この普及版はたびたび組版が変わるが、いずれについてもジッド自身がテクストの校閲をおこなった形跡はない。

『狭き門』はジッドの作品としては珍しくよく捌けた（それまではほとんどの場合、売れた部数に応じて返金される自費出版というのが実状であった）。『新フランス評論』をつうじて急速に知名度を増したジッドは、第一次世界大戦前後『イザベル』（一九一一）や『法王庁の抜け穴』（一九一四）、『田園交響楽』（一九一九）など意欲的に新作を発表する。『狭き門』も初版はすでに完売して数年がたち、新版を望む愛書家たちの声も高まっていた。一九二〇年にクレス社「書物の巨匠たち」叢書からポール・ボーディエの挿絵が入った限定版が出たのはそういった事情による。同じ叢書にはすでに三年前『背徳者』が入っていたが、このたびの出版にあたってはジッドは久方ぶりに作品を見直し、初版のテクスト（あるいは第一普及版のそれ）にたいして「いくつかの小さな修正」を施している。同版以後は、一九二五年のアンリ・シラル社版、一九二七年および一九三〇年のメルキュール・ド・フランス新版（前者は『背徳者』との二冊組作品集）と続くが、そのいずれのテクストも初版・第一普及版、ないしはこのクレス版にもとづく再版である。

新フランス評論は一九三二年に『アンドレ・ジッド全集』の予約出版を開始したが、『狭き門』は、翌年十月十八日刷了の第五巻に収められた。当時の『日記』は、ジッドがルイ・マルタン゠ショーフィエやアンドレ・マルローらの協力のもとに、タイプ稿や校正刷で収録作品を見直したという記述を数度にわたって残している。にもかかわらず、この『全集』についてはしばしば不備が指摘されるのである。その理由は、第二次世界大戦勃発によって一九三九年刊の第十五巻で中断し、計画が未完に終わったためばかりではない。まず、配本開始当初から収録漏れが少なくなかったことが挙げられよう。たとえば、ジッドから最初の二巻を贈られたポール・デジャルダン（スリジー国際文化センターの前身にあたるポンティニー旬日懇話会の創立者）は早々と、「全集」と銘打つことを許さぬ要素を具体的に列挙し、穏やかながらも核心にふれる批判を作者に書き送っている。[32] さらに重要なのは、各テクストが必ずしも質的に信頼性の高いものとは思われない点である。『狭き門』についても事情は同様で、いくつかの明らかな誤植をはじめ、提示されたテクストは精密な作業の結果と呼ぶには躊躇いが残る。ただし、このように信頼性に欠ける点があるとはいえ、作家自身が確かに校閲したと実証しうる最後の版という位置はやはり軽視されるべきではあるまい。[33]

これに続き一九三四年のファイヤール社版、一九三七年のエディシオン・デュ・ノール版（ベルギー）、一九三八年のギルド・デュ・リーブル版（スイス）、一九四三年のヌーヴェル・ルヴュ・ベルジック版、一九四五年のアザン社版、一九四六年のワプレール社版などの各版が、それぞれに意匠をこらした印刷・造本で『狭き門』を読者に供したが、提示されたテクストには大きな異同はなく、おおむね上記「全集版」に依拠したもので、ジッド自身が直接関与した可能性は小さい。付言すれば、四八年刊行の二冊組挿絵入選集『物語、小説、ソチ』の第二巻にも『狭き門』が収められているが、この選集については確実な根拠からジッドはまったく校閲をおこなっていないことが判明している。またジッド没後の各版については、半世紀にわたり主要な参照対象であったプレイヤッド旧版「作品集」(一九五八)、これに代わる先述の新版がともに「全集版」を基本的には底本としていること、メルキュール・ド・フランスの一九五九年版がシュランベルジェが保存していた『新フランス評論』初出掲載テクストの棒組初校にもとづき、第八章冒頭の削除された一節を補遺として掲載していること、この二点を指摘するにとどめよう。

注

1　André Gide, *Journal 1887-1925*, éd. Éric Marty, Gallimard, « Bibliothèque de la Pléiade », 1996, p. 1064, 1072.

2　Voir André Gide, *Romans et récits. Œuvres lyriques et dramatiques*, 2 vol., Gallimard, « Bibliothèque de la Pléiade », 2009.

3　Voir André Gide, *La Symphonie pastorale*, édition établie et présentée par Claude Martin, Lettres Modernes Minard, 1970.

4　Voir *ibid.*, p. LXXXV-LXXXVII.

5　Voir *Proserpine. Perséphone*, éd. Patrick Pollard, Lyon, Centre d'Études Gidiennes, 1977 ; *Le Traité du Narcisse*, éd. Réjean Robidoux, Ottawa, Éd. de l'Université d'Ottawa, 1978 ; *Un Fragment des Faux-Monnayeurs*, éd. critique du manuscrit de Londres, N. David Keypour, Lyon, Centre d'Études Gidiennes, 1990 ; *Le Retour de l'Enfant prodigue*, éd. Akio Yoshii, Fukuoka, Presses Universitaires du Kyushu, 1992 ; *Le Roi Candaule*, éd. Patrick Pollard, Lyon, Centre d'Études Gidiennes, 2000 ; *Le Voyage d'Urien*, éd. Jean-Michel Wittmann, Lyon, Centre d'Études Gidiennes, 2001 ; *Œdipe* suivi de Brouillons et textes inédits, éd. Clara Debard, Honoré Champion, 2007.

6　『贋金つかい』のなかでジッドはエドゥアールに次のように代弁させている——「作品の歴史、作品懐胎の歴史というものが残されていたら、まさにそれは作品そのものよりも情熱をかき立てられる、興味ぶかいものだろう」(André Gide, *Les Faux-Monnayeurs*, in *Romans et récits. Œuvres lyriques et dramatiques*, *op. cit.*, t. II, p. 315)。

7　Voir l'*Édition génétique des « Caves du Vatican » d'André Gide*, conçue et présentée par Alain Goulet et réalisée par Pascal Mercier, CD-Rom Mac/PC, Gallimard, 2001.

8　Voir *L'Immoraliste*, édition génétique et critique de Thomas Reisen, thèse dirigée par Alain Goulet et soutenue à l'Université de Caen, novembre 2001, inédite.

9　Voir Martine Sagaert, Peter Schnyder, *André Gide. L'écriture vive*, Pessac,

Presses Universitaires de Bordeaux, « Horizons génétiques », 2009.

10 ちなみにこの膨大な資料体については、パリでの競売のさいにマイケル・ティルビーが作成したパンフレットが大まかな内容を紹介している。Voir *André Gide : « Les Faux-Monnayeurs »*. Lot 757 de la vente de la bibliothèque littéraire Charles Hayoit. [Catalogue supplémentaire de la vente publique du 30 novembre 2001 (première session), rédigé par Michael Tilby.] Sotheby's France S. A., 2001.

11 André Gide, *Si le grain ne meurt*, in *Souvenirs et voyages*, éd. Pierre Masson, Gallimard, « Bibliothèque de la Pléiade », 2001, p. 229. この表現に続けて『一粒の麦もし死なずば』は「『狭き門』の巻末の数ページに聞こえるあの響きはまさに〔臨終のさいの彼女の孤独な〕呼びかけの反響」であると記している。

12 Voir Jean Delay, *La Jeunesse d'André Gide*, Gallimard, t. I, 1956, p. 514.

13 André Gide, *Journal 1887–1925*, *op. cit.*, p. 466.

14 *Ibid.*, p. 467–468.

15 *Ibid.*, p. 471.

16 *Ibid.*, p. 472.

17 *Ibid.*, p. 509–510.

18 *Ibid.*, p. 511.

19 *Ibid.*, p. 515.

20 *Ibid.*, p. 525.

21 *Ibid.*, p. 535.

22 *Ibid.*, p. 574.

23 *Ibid.*, p. 581.

24 *Idem.*

25 この二つの草稿については、削除や繰り返しなどの箇所について若干の「化粧」を施した転写テクストがすでにピエール・マッソンによって公表されている。Voir Pierre Masson, « Les brouillons de *La Porte étroite* », *Bulletin des Amis d'André Gide*, n° 148, 2005, p. 471–510, et n° 149, 2006, p. 53–92.

26 この部分のテクストはフランス国立図書館現蔵タイプ稿（後述）のそれとほぼ正確に一致する。

27 この下書き断片に日付はないが、実際に同日付けで発信された書簡の存在が最近になって確認されている。Voir le catalogue de la vente de la *Bibliothèque littéraire Charles Hayoit*, Sotheby's France S. A., 2001, vol. IV, n° 735.

28 整理番号は N. a. f. 25174, ff. 124–278 で、上記の自筆稿に続いて同じ装丁に収められている。ちなみにタイプ活字はパイカ型標準字体で、タイプライターはアメリカ・オリヴァー社製であったことがジッドのピエール・ド・ラニュックス宛未刊書簡によって分かっている。

29 Épreuves mises en page de *La Porte étroite* (277 p., ach. d'impr. 20 février 1909), Bibliothèque littéraire Jacques Doucet, B-VI-58.

30 Voir Pierre Mazars, « *La Nouvelle Revue Française* naissait il y a cinquante ans... », *Le Figaro littéraire*, 21 février 1959, p. 6.

31 ジッドの一九〇九年三月六日付シュランベルジェ宛書簡を参照。これに対しシュランベルジェは三日後、「校正刷の修正はすべて厳密に転写しますので、ご心配なく。貴兄の修正はすばらしい。テクストの贅肉をみごとに削ぎ落としています」と返している。Voir André Gide—Jean Schlumberger, *Correspondance 1901–1950*, éd. Pascal

Mercier et Peter Fawcett, Gallimard, 1993, p. 171–172, 176.

32　デジャルダンの一九三三年一月二一日付ジッド宛書簡（ドゥーセ文庫、γ477-16、未刊）による。

33　じじつクロード・マルタンは『田園交響楽』（初版以降現在までに三〇近い版が存在）の校訂版を作成するにあたり、まさに同じ理由によって、この「全集版」を底本に掲げていた（voir *op. cit.*, p. CLI–CLII）。また最近公刊のプレイヤッド新版『小説・物語、詩作品と劇作品』も同様の方針を採り、『狭き門』をはじめ一九二八年以前に出版された「小説・物語」の大半が全集版テクストを底本としている。

第15章　プルースト草稿研究の基礎と実践

和田章男

1　プルースト草稿研究の基礎

マルセル・プルーストの草稿研究が盛んになった理由はいくつかある。まずは膨大な草稿資料が保存され、しかも一九七〇年代初めからフランス国立図書館において公開されるようになったことである。一部焼却されたとの証言もあるが、メモ帳、草稿帳、タイプ原稿、校正刷りに至るまで、作品創作過程のほぼ全容を知ることができるに十分な資料が存在している。さらには創作期間が一九〇八年末から一九二二年の没年まで十四年間の長きにわたっていたため、テクストの生成と変容が実にダイナミックであったことが多くの研究者を惹きつけることとなった。実のところ、作家自身かくも長きにわたる創作になろうとは予期していなかった。一九〇四年に父アドリアン・プルースト、そして一九〇六年には最愛の母を亡くしたプルーストは、持病の喘息のために長く生きられるとは思っていなかったのだ。「光あるうちに歩め」というヨハネの言葉を念頭に置きつつ、とりあえず創作というよりも自らの文学観を表明すべく『サント＝ブーヴに反論する』という仮題を付けた文学批評を書き始めたのであった。物語部分と評論部分とから構成される独自な形式を持つ同作は、物語部分が拡張することにより、一九〇九年夏頃において既に小説へと変貌していた。その頃から出版社を探し始め、同年秋にはタイプ原稿も作成している。つまり執筆を開始してからわずか一年で完成されるはずのものだった。当初は当然のごとく一巻本の予定であったのだ。しかしながらまだ無名であったプルーストの風変わりな小説を刊行してくれる出版社はなかった。一九一三年十一月グラッセ社から第一巻『スワン家の方へ』を自費出版した際には、三巻本となる予定であった。だが、第一次世界大戦の勃発が出版を中断させる。実人生におけるアゴスチネリとのドラマがアルベルチーヌというヒロインを生むことになり、「ソドムとゴモラ」のテーマが大きく膨張するとともに、戦争の挿話が同テーマとからみつつ大団円を用意する。『ソドムとゴモラ』以降は死後出版となるが、『失われた時を求めて』という総題を持つことになったプルーストの小説は七編十一巻本へと大きく成長する結果となったのである。

草稿資料

プルーストの姪にあたるスュジー・マント＝プルーストが相続した作家の自筆原稿は、一九六二年フランス国立図書館が購入し、所蔵することになる。十年近い歳月をかけて修復および整理が行われた草稿は一九七一年から公開されるようになる。その後、国立科学研究センター（ＣＮＲＳ）内の近代テクスト草稿研究所（ＩＴＥＭ）にプルースト研究班が組織され、「生成研究」という名称のもとに同作家の草稿研究が本格的に始められた。以降同研究所にはフロベール、ゾラ、ヴァレリー、サルトル、ジョイスの研究班が作られ、現在に至るまで活発に活動している。

『失われた時を求めて』に関連する草稿資料は、メモ帳（「カルネ」）四冊、草稿帳（「カイエ」）九五冊（うち下書き帳七五冊、清書原稿二〇冊）、タイプ原稿、校正刷り、自筆断片から成る。それ以外に処女作『楽しみと日々』、未完小説『ジャン・サントゥイユ』、ラスキンの『アミアンの聖書』および『胡麻と百合』の翻訳、パスティッシュ、評論等の自筆原稿、さらにはリセ時代の作文まで保存されている。大部分の草稿資料がフランス国立図書館に所蔵され公開されていることは研究者にとって便利であるが、いくつかの資料は散逸している。一冊のカルネがカルナヴァーレ美術館、いくつかの自筆断片はウルバナ大学、『スワン家の方へ』グラッセ社校正刷りがボドメル図書館、『花咲く乙女たちのかげに』の清書原稿およびタイプ原稿は行方不明となっている。

プルーストはタイプ原稿や校正刷りの段階においても多くの加筆訂正を行っているため、それらは生成研究の資料価値として自筆稿に劣らない重要性を持っている。しかしながら、中心となるのはやはり九五冊の草稿帳（「カイエ」）である。このうち七五冊の下書き帳（Cahier de brouillon）は1〜75までアラビア数字によって整理され、二〇冊の清書原稿（Cahier de mise au net）はⅠ〜XXまでローマ数字が付けられている。ただしこの分類は必ずしも正確ではなく、七五冊のカイエの中にも清書原稿が含まれている。ところで「カイエ」（帳面）の使用は画期的なことだった。二〇歳代の後半のおよそ五年間執筆していた未完の小説『ジャン・サントゥイユ』の創作にはルーズリーフが使われていた。ルーズリーフの使用は創作においてはおよそ一般的かつ伝統的なものである。『失われた時を求めて』の前身である『サント＝ブーヴに反論する』もまた初めはルーズリーフに書かれていたが、ほどなく「カイエ」を使用し始める。ジャン＝イヴ・タディエは、亡き母の思い出を偲ぶために、学生の頃使用していた帳面を用いたといういささか感傷的な解釈をしているが[1]、「カイエ」の使用はむしろ作家独自の創作法と関わっていると考えられる。彼は最初右ページのみに執筆し、左ページは後からの加筆訂正のために空けておく。未完の『ジャン・サントゥイユ』は統一的な構造を欠き、断章のみで留まったために頓挫してしまったと言われるが、『失われた時を求めて』へと成長していく創作もまた断片ごとの創作によって始まっている。しかしカイエの左ページにおいて改変していく際には、他のエピソードとの関連、また物語の筋や構成を考慮しつつ推敲を行っているのだ。このように「カイエ」の使用は作品を統一的に構造化してゆく上で極めて有効な手段となったのである。

生成研究の方法

作品の成立過程を可能な限り正確に跡付けるために、生成研究においては以下の三つの作業が基本となる。

- 解読と転写
- 執筆順の確定
- 年代設定

プルーストの自筆を「解読」することが最初の作業であることは言うまでもない。下書き帳は作家自身のためであるため、容易に読むことができず、まさしく「解読」作業となる。しかも紙面の余白部分を埋め尽くすことも稀ではなく、極細のペン先によって微細な文字を書くため、解読作業はさらに困難なものとなる。次に転写の作業を行うことになるが、①「変換型転写」transcription linéaire と②「再現型転写」transcription diplomatique の二種類の転写方法がある。①の転写法は特殊な記号によって加筆や削除を示しつつ、作家の意図を推定して組み替えたものである。②の転写法はパソコンの発達により可能となったもので、できる限り草稿のありのままの姿を再現したものである。現在では②の方法が主流となっているが、論文などで部分的に引用する場合にはやはり①の転写法を使用するのが一般的である。

次に執筆順を確定する必要がある。カイエ番号はフランス国立図書館によって付けられたものであり、それはおよそ決定稿の物語順に番号を施したのであって、執筆順とは無関係である。プルーストは物語の筋に従って執筆せず、断片ごとに創作を行う。また当初から物語の筋が定まっていたわけではない。生成研究においてはしたがって、草稿を執筆順に並べ替えることが必須の作業となるが、同時に複数のカイエを使用することもあるため、エピソードないしは断片ごとの執筆順をも慎重に定めなければならない。その際、人名、地名、作品名などの固有名は有効な指標となる。それらの変化によって執筆順を推量することが可能となるのだ。また、作家自身のための覚書や多様な記号あるいは図もまた基本的な情報として考慮すべきものである。最終的にはテクスト同士、特に加筆部分や削除部分を綿密に比較検討することによって順序を確定することになる。その場合、決定稿との遠近が判断の根拠となるケースも少なくない。

草稿の年代設定はいかにして行うべきか。まずは伝記的事実との関連は十分に考慮すべきであろう。アルベルチーヌの場合のように実人生とほとんど並行的に創作された場合にはとりわけ作家の人生の調査が必要となる。また第一次世界大戦のような歴史的・社会的事象との関連が重要であることも言うまでもない。その他、展覧会の開催、演奏会や演劇の上演、読書体験なども重要な指標を与えてくれる。その場合膨大な書簡の調査は必要不可欠となる。注目すべきことは清書原稿およびタイプ原稿の作成である。上でも述べたように、プルーストは一九〇九年の秋に小説冒頭部分の清書原稿およびタイプ原稿を作成している。さらには一九一一年から一九一二年にかけても第一巻の出版に向けて同種の原稿を作っている。下書き段階の創作が純然たる孤独な仕事であるのに対して、清書原稿やタイプ原稿の作成には専門のコピストやタイピストが関わり、共同作業となる。創作にいわば社会性が導入されることによって、書簡などで仕事のやりとりがなされるようになり、年代設定の重要な手がかりとなる。とりわけタイプ原稿の作成は興味深い。伝統的に作家たちは出版に先立って友人たちを相手に朗読会を開き、批評や感想を受ける。しかるに小説家がタイプライターを使い始めると、カーボン紙によって一度に複数部数を作成することができる。プルーストは小説の第一巻第一部「コンブレー」前半のタイプ原稿を三部作り、一部を手元に置きながら、残る二部を評論家、友人、あるいは出版社に送り、批評を求めている。このようなことから一九〇九年秋という節目となる時期を定めることが可能となるとともに、この最重要のタイプ原稿にはさらに三つの時期にわたる加筆訂正が施されることとなり、タイプ原稿における推敲と草稿帳における執筆を比較することによって、より精密に草稿の年代設定を行うことが可能となった。

生成研究のテーマ――プルースト草稿研究小史

『失われた時を求めて』についてどのような生成研究が行われてきたか簡単に素描しておこう。各巻、各部、各挿話の生成過程を跡付ける研究がまずは中心であった。その後、旅、ソドムとゴモラ、絵画などテーマの成立過程、さらに作中人物の創造、変貌を扱う研究が増えた。このような作品の様々な側面の成立・変化の過程を調査することが生成研究の主なる仕事であるが、やはり刊本の問題とも関わりがあることも事実である。当初計画していた『サント＝ブーヴに反論する』とはどのような作品であったのか。またどのような形で刊行すべきか。一九五四年に刊行されたベルナール・ド・ファロワ版では、物語と批評を合わせて刊本を編集した。[2] 他方、ピエール・クララックによるプレイヤッド版は文芸批評のみを収録している。[3] 読みやすくするために恣意的な変更を行ったという重大な欠陥はあるものの、物語と批評を合体させたファロワ版の方がプルーストの意図に沿ったものであったことは今では明らかである。しかしながらこれらの編者が考えていたよりも、『サント＝ブーヴに反論する』という構想のもとでの創作期間は長く、一九一〇年春頃までは続いている。したがってファロワ版よりもっと多くの物語が含まれるべきである。だがそうなると『失われた時を求めて』の決定版とかなり近い作品となる。ファロワ版は初期の草稿の物語を収録しているが故に、読者にとって新鮮な魅力があると言えよう。結局のところ『サント＝ブーヴに反論する』と『失われた時を求めて』の相違は作品の構成にある。前者はあくまで評論部分が最終部を成し、「母との会話」という形式のもとにプルースト自身の芸術・文学観を表明することがその本質であった。他方、後者においては「仮装舞踏会」« Bal de Têtes » というタイトルを持つ場面が大団円となる。そこではほとんどすべての作中人物が再登場し、まるで老人に仮装したかのような老いた姿で現れることによって時間の破壊作用が表現される。それとともに芸術・文学による救済が志向されることにより幕を閉じる。

『消え去ったアルベルチーヌ』のタイプ原稿が発見されたことは学界に物議を醸すことになった。問題のタイプ原稿において、作家は死の一週間前から改変し始め、ヴェネツィア滞在など重要なエピソードまで削除してしまっている。雑誌掲載のための縮約であったとする説と小説後半部の大幅な組み換えを意図していたとの説に分れ、多くの議論がなされた。にわかに信じがたかったとはいうものの、今では組み換え説の方が説得的な証拠を有しているように思われる。実際この説に基づいてリーヴル・ド・ポッシュ版は編集された。もっとも全面的な書き換えや組み換えを行わないまま作者が死去してしまったため、中途半端な版にならざるを得ない。プルーストの場合も「決定稿」という言い方を用いることは問題であり、せいぜい「最終稿」と呼ぶしかない。このように生成研究は刊行の問題とも密接に関わらずにはおかない。

2 プルースト草稿研究の実践1——ジルベルト登場場面の生成過程[4]

語り手の初恋の相手となる少女ジルベルトが初めて登場する場面は『スワン家の方へ』第一部「コンブレー」に含まれて

いる。[5] 語り手の家族が復活祭の休暇を過す田舎町コンブレーには「ゲルマントの方」と「メゼグリーズの方」と呼ばれる二つの散歩コースがある。前者は川岸に沿った散歩道で、その方向には語り手の夢想をはぐくむことになる中世来の大貴族ゲルマント家の館が存在する。他方、後者の散歩道では平野の眺めが美しく、スワン家の庭園に沿っているため、「スワン家の方」とも呼ばれる。ある日、「メゼグリーズの方」を散歩していた語り手の家族は、スワン家の人々は留守中であると思い、庭園に入る。そこで思いがけずスワン家の娘ジルベルトと出会うことになる。この出会いの場面が散歩のくだりの最重要の場面の一つであることは言うまでもない。その生成過程はプルーストの小説創作の興味深い特徴の一端を示している。

第一段階——カイエ4

スワン嬢との出会いの場面の最初の下書きは、一九〇九年前半に書かれた初期草稿の一冊カイエ4に含まれている。スワン家の庭園はまだ「メゼグリーズの方」ではなく、「ヴィルボンの方」あるいは「ガルマントの方」、つまり後の「ゲルマントの方」に位置している。[6] 庭の戸口に「バラ色の縁なし帽」を被って姿を現す少女の容貌に関する描写はほとんどないにもかかわらず、その表情の意味するところは即座に明らかにされる。

彼女もまた私を見ていた。その顔の背後には、未知の新しい幸福がすべてであるように思われた。それはこれまで知っていた幸福とはまるで異なっているので、もし愛らしいまなざしが、「お望みなら、これはあなたのものよ」と語っているように思えなければ、そのような幸福が存在し、自分のものとはならないと知ったらほとんど悲しい気持ちにさせるような類のものだった。[7]

この下書きにおいては、背景が描かれることもない。少女の登場に先立つくだりにおいて、庭園の戸口に花咲くリラが描かれているものの、彼女の出現と関係づけられているわけではない。彼女は未知の幸福を約束する恋の使者として語り手の前に現れるのだ。

第二段階——カイエ12第一断片

一九〇九年の夏から秋にかけて執筆されたカイエ12は、断片を物語の流れの中に位置づけるための、いわばモンタージュ用カイエである。この草稿帳には「コンブレー」の一連の物語が収録されている。「二つの方」の対照性が明瞭に表れ、スワン家の庭園は「メゼグリーズの方」に位置づけられる。スワン嬢とゲルマント夫人はそれぞれ「メゼグリーズの方」と「ゲルマントの方」を体現する女性となる。スワンの娘はこの段階で、バラ園の中にまさしく「花咲く乙女」として現れる。その背景となる庭園には数々の花が咲いている。

スワンの娘はツルニチニチソウ、キキョウ、勿忘草（myosotis）などの花々を摘んだばかりだった。彼女自身、格別に青い眼を持っていた。その眼は特に美しくも、大きくもなかったが、やわらかく不透明な青色の、ワスレナグサ（ne-m'oubliez-pas）の二つの花のようだった。二つの小さな勿忘草の花はまぶたからいささか飛び出し、〈私に〉触れ、その動きに気づかれないうちにすばやく元へもどるように見えた。[8]

勿忘草の花が青いことから、スワン嬢の「青い」眼の比喩となる。そして「忘れないで」という勿忘草の名前が彼女のまなざしの意味を表すことになる。注目すべきことは、ここにおいて「換喩的技法」métonymie が認められることである。類似関係による比喩が「隠喩」métaphore であるとするなら、隣接関係に基づく比喩が「換喩」である。勿忘草は純然たる比喩として現れるのではなく、庭に咲き、スワン嬢が摘む花である。少女と花は同じ場において隣接関係にあると言えよう。プルーストにおける換喩の重要性を指摘したのはジェラール・ジュネットであるが、[9]作家はこの手法によって人物や建物を背景と密接な関係に置くことにより、調和のとれた一様な場景を創造している。スワン嬢の登場場面には常に換喩的表現が見られる。

第三段階――カイエ12第二断片

カイエ12には同じ場面に関するもう一つの下書きが見出される。スワン庭園はこの段階で、「ポルタイユ」（教会建築の正面門）、廻廊、彫像などの摸造品が飾られ、さながら中世ゴシック建築の相貌を表すようになる。

スワン庭園の生垣に戻ると、私の知らない紋章が掲げられたこのポルタイユに驚嘆した。それは聖書と中世の神秘的な世界そのものだった。ルグランダン氏の言葉によって、それは私にとって名状しがたい偉大さと美しさに満ちたものとなっていたが、それらすべてにどのような意味があるのか、これらの数多くの彫像が何を語っているのか、スワン嬢はどんな想像を絶するような町に連れて行ってもらう約束だったのか、私には理解することができなかった。彼女は「最も驚異的な大聖堂」を見るためにアミアンに行くことになっていた。[10]

上で検討した第二段階の下書きにおいても「ゴシック式のポルタイユ」という記述が見られるが、細部の装飾にしかすぎない。ところが第三段階の下書きに至って、スワン庭園は中世ゴシック世界を体現するものとなり、話者はスワン嬢と一緒に北フランスの大聖堂めぐりをすることを夢想するようになる――「冬になると時おり、海辺か北部のどこか遠くの町へ行きたいという気持ちに駆り立てられる。そこでは朝には気持ちよく目覚め、女友達が喜んで大聖堂を見に連れて行ってくれるのだ」[11]。プルーストが中世キリスト教文化に興味を持ったのはイギリスの美術史家ジョン・ラスキンの影響によるる。この段階でラスキン的テーマがスワン庭園に導入されたことになる。スワン嬢はゴシック芸術に関して造詣が深く、語り手の想像の中で、大聖堂と固く結びつく。そして庭園はいわば鉱物的世界となる。背景の変貌は必然的にスワン嬢の容貌の描写にも変化をもたらす。

私は黒髪のもとに青い眼を夢想した。それは特別な青色だった。それらの眼が何かの宝石のような奇妙な紫色、滲んだインクのような色にまで達することができるとは想像もしなかっただろう。光り輝く神殿の入口を示すような彼女の石造の顔にまるで宝石の象嵌を施したようだった。[12]

少女の眼はここにおいても青色であるが、もはや植物のイメージではなく、彼女を取り巻く光景と同じく、鉱物的イメージとして描かれる。スワン嬢の容姿もまたゴシック聖堂の一部と化しているのだ。また、第一、第二段階においてスワン嬢に言及されるのは登場の場面においてのことであったが、第三段階に至って初めて、彼女に対する夢想が実際の登場に先立つようになる。さらに、語り手と少女とのまなざしの交換において完璧なコミュニケーションは成立しなくなる。彼女のまなざしは「策略」ruseと「欺瞞」duplicitéに満ちたものとなる。ジャン・ルーセの表現を借りれば「二重の」登場[13]とも呼ぶことができる新たな人物導入法と、まなざしの意味の隠微はプルーストの小説創造の新たな進展を示唆している。

もう一つ注目すべきことは、この段階において初めて「ジルベルト」という名が現れることだ。これ以前の草稿においてはどこにもこの名は見られないことから、これはまったくの初出であり、この時に考案されたことは間違いない。「ジルベルト」という名はフランスにおいて決してありふれた名前ではない。プルーストの時代でもむしろ珍しい名と言ってよい。この名の導入が、スワン庭園に中世的風景が再現されたのと同時であることに注意しよう。少女は中世のカテドラルのイメージと一体化していることは既に確認した。「ジルベルト」Gilberteという名と中世的背景との間に関係はないであろうか。「ベルト」berteという語尾は中世的な響きを持っているのではないだろうか。プルーストがしばしば喚起する中世の歴史上の人物の名前には、「ダゴベール」Dagobert、「シルドベール」Childebert、「フルベール」Fulbert、「ジルベール」Gilbertなど「ベール」bertという語尾を持つ名前が多い。「ジルベルト」は「ジルベール」という男性名の女性形なのだ。このことに関して、「コンブレー」のタイプ原稿に興味深い加筆が見られる。語り手の母はスワンにその娘のことを話すよう求めるのだが、彼女の名前を思い出せない——

ママははっきりと思い出せなかったので、あえてその名前を口にすることができなかった。私たちはそれが「ベルト」berteという語尾だということは知っていたが、「フィリベルト」Philibertheではなかった。[14]

作家が「ベルト」という語尾にこだわっていることは明らかだ。しかも「フィリベルト」という極めて中世的な名を例として挙げている。「ジルベルト」という名の創造とスワン庭園における中世的風景の再現が同時に行われていることは、この名の選択が決して偶然ではないことを示している。名の創造においてもまた換喩的手法が認められるのだ。

第四段階——カイエ14

一九一〇年初頭頃に執筆されたカイエ14においては小説の新たな進展が認められる。このカイエにはスワン庭園およびジルベルトの登場場面に関して二つの下書きが含まれている。この段階で庭園は新たな変化を被り、最終稿に近いものとなる。スワン庭園には「ポルタイユ」や彫像が設置されてはいるものの、もはや中世への夢想を駆り立てるものとして機能していない。このような変化は、ジルベルトと親しい作家ベルゴットが導入されたことによって引き起こされたと考えられる。これ以降、ラスキン的テーマを引き受けるのはベルゴットとなる。カイエ14には同作家へのあこがれと中世大聖堂のイメージに重ねられた少女についての草稿が見られるのだ。[15] カイエ14のスワン庭園に関する二つの断片にはあまり多くの差異が見られず、ほぼ連続して執筆されたと思われる。庭園にはもはや鉱物のイメージではなく、水のイメージが濃厚となる。

私たちはまだ高みにまで達していなかった。片隅を眺めると、池から流れる川が運河となって、上方の池までつながっていた。〔……〕下方には葦の間に魚釣りに最適な一隅があった。[16]

最終稿と同様に、釣りの「浮き」が「まるで魚がくいついたように」垂直に引っ張られ、語り手にスワン嬢に会えるかもしれないという大きな希望を与える。二つ目の断片では「食いつく」« "mordu" »という言葉に引用符が付けられて強調されている。この動詞が性的欲望を含意していることは明らかだろう。この予示的な「浮き」によってスワン嬢との出会いは、三重の段階を踏むようになったとも言えよう。この二つの断片執筆の過程において、ツルニチニチソウ、勿忘草、キンレンカなどと並んで、睡蓮、葦、グラジオラス、バイカモなどの水生植物が増えていく。スワン嬢の容貌を鉱物的イメージを用いて描くことはもはやない。というより彼女の容貌は描写されていない。しかしながら、削除されているものの、彼女のまなざしが「陰険さ」sournoisie を持っているという記述は無視できない。スワン嬢はもはや幸福を約束する少女ではない。今や不透明で謎めいた存在となる。

第五段階——カイエ68

さらに、同挿話に関する下書きがカイエ68に含まれている。カイエ14と同じように、ここにおいても水のイメージが支配的である。話者は釣竿が川べりの草の上に置かれていて、「浮き」が水の上に浮かんでいるのを、スワン嬢が近くにいる徴として眺め、胸の高鳴りを覚える。余白の幾つかの加筆は、少女の容貌の描写よりも、「白衣を着た婦人」dame en blanc、つまりスワン夫人によって発せられる「ジルベルト」という名の表現に集中していることを示している。その名はそれが通過した空気を選別し、「緑色に塗られた水撒きホース」あるいは「じょうろのしずくが描く円弧」のように、彼女の神秘的な生活で湿らせ、匂やかにするのであった。プルーストはこのような水に関わる比喩を用いてジルベルトの名の発現を表現しているが、余白の加筆には通常の換喩表現とは逆の手法が見られる。

生垣に沿った小道には〈ツゲの木が植えられ、緑色に塗られた水撒きホースが、生垣の中程の高さにまで、多色の扇のようなしずくを垂直に広げていた〉[17]。

はじめ純然たる比喩として使われた「緑色に塗られた水撒きホース」がこの加筆においては現実のものとして登場している。「池」の存在、少女の出現を予告する「コルクの浮き」、ジルベルトという「鋭く清涼な」名前、さらには名の視覚化とも言える「緑色に塗られた水撒きホース」、これらはすべて水のイメージによって場面を統一していこうとする作家の芸術的配慮を明らかにしている。他方、話者と少女との意思の不通はほとんど誇張される。ジルベルトは突如として微笑むのをやめ、「無愛想で、不可解かつ陰険な様子で」立ち去っていく。さらに語り手の無理解は完全なる誤解へまで推し進められる——「彼女の手が同時に卑猥な仕草を表していただけに、私には最も傲慢な〈陰険な〉侮蔑としか解釈できなかった。公衆の面前でそれは下品さと傲慢さの徴としか思えなかった[18]」また、語り手はスワン嬢の「青い」眼に魅せられるのだが、現実に彼女の眼は「黒い」とされており、彼は最初の出会いにおいてことごとく「誤解」する。

　ジルベルトのまなざしが一九一〇年初頭に書かれたカイエ14において解読不能なものとなったことは重要な意味を持っている。それ以降、作家は話者の無理解を誇張するにまで至る。さて、一九一一年初め頃に執筆されたカイエ57は最終巻『見出された時』のための草稿帳であるが、もともと小説冒頭「コンブレー」のタイプ原稿（一九〇九年秋作成）に含まれていた幾つかの挿話が再録され、作品結論部を構成する重要な挿話として再編される。同カイエには年月を経てすっかり変った状況に置かれているジルベルトが登場する。母親が夫スワンの死後、フォルシュヴィル伯爵と再婚したことにより、フォルシュヴィル嬢と名乗り、さらには彼女自身が「モンタルジ〔後のサン＝ルー〕の退屈な妻」となっている。語り手は「コンブレーのラ・フラプリエール〔後のタンソンヴィル〕の柵の前で、敵意に満ちた態度で私たちを見ていた[19]」ジルベルトの第一印象を思い出す。『見出された時』の清書原稿の一つカイエXVには、サン＝ルーと結婚した後に語り手と再会したジルベルトが、最初の出会いの思い出を語りながら、その折の彼女の気持ちを遡及的に告白する有名な挿話が収録されている。

　私よく覚えているわ。私が望んでいることをあなたに理解してもらうのにわずか一分しか時間がなかったものだから、あなたの家族や私の家族に見られる危険を冒してまでも、あまりに露骨に表してしまったものだから、今ではとても恥ずかしく思っているのよ。[20]

このように小説の終り近くになって、つまり最初の出会いからおそらく数十年の後にはじめて、語り手はジルベルトの当時の真実の気持ちを知ることになる。カイエ14において、ジルベルトのまなざしを不可解なものとした段階で、作家はその真の意味の解明を小説末尾に置こうという意図を持っていたと推測できる。すなわち一九一〇年の初め頃、プルーストの小説は真実の発見をめざす習得・発展の小説に変化したのだ。これは文芸批評を最終部に置くという構成の『サント＝ブーヴに反論する』から、時間の真実の啓示をテーマとする『失われた時を求めて』への移行期と一致している。

3　プルースト草稿研究の実践2――ジルベルトとサンザシ

語り手とスワン嬢の出会いの場面における、少女とバラ色のサンザシとの結びつきは、プルーストの詩的散文創造における見事な創意の一つである。最終稿において、スワン夫人によって発せられた「ジルベルト」という名が語り手の耳に聞えてくるとき、バラ色のサンザシの下に彼女の神秘的で未知の生活の本髄が拡げられたように思われる。[21] それはまた彼女の頬に見られるバラ色のそばかすとも呼応しているのだ。[22] 他方、語り手がマリーの月に時々コンブレーの教会で出会う音楽家の娘ヴァントゥイユ嬢は、彼の想像の中で祭壇に飾られている白いサンザシと結び付けられる。

またそのとき花の上に、ブロンドの小さな斑点を見つけたが、ちょうどフランジパンの味がそのこげた部分に潜んでいたり、ヴァントゥイユ嬢の頬の味がそばかすの下に隠れていると想像するように、この小さなブロンドの斑点の下に花の香りが潜んでいるのではないかと私は想像した。[23]
これに先立つ場面では、サンザシの開花の動きが、「白い少女」[24] une jeune fille blanche の媚を含んだ仕草に喩えられていることにも注意しておこう。[25]〈ヴァントゥイユ嬢＝白いサンザシ〉、〈ジルベルト＝バラ色のサンザシ〉という図式が成立することによって、サンザシが欲望とセクシュアリティーの徴のもとに置かれるとともに、「白色」と「バラ色」というプルースト独自のテーマ構造の中にも導入される。

プルーストはいつどのようにしてこのような構造を創造したのであろうか。徐々に特権的な位置を占めていくサンザシの生成過程は、既にレーモンド・ドゥブレ＝ジュネット[26]やベルナール・ブラン[27]によって詳細に分析されている。ブランによれば、「バラ色」と「白色」がそれぞれ「神秘性」と「官能性」を象徴するものとして確定するのはカイエ14においてである。物語上、語り手はコンブレーの教会で白いサンザシに惹かれたあと、メゼグリーズの方への散歩途上に、バラ色のサンザシを発見し、スワン嬢との出会いへと進行する。しかしながら、草稿において執筆の順は逆で、教会での白いサンザシの挿話は、散歩中のバラ色のサンザシの挿話より後に書かれている。小説にサンザシのモチーフを導入する上で、プルーストはそれにふさわしい場所の決定に腐心している。初期の草稿ではサンザシは三つの場所で見られる。つまりラ・フラプリエール〔後のタンソンヴィル〕の裏の道、教会、そして話者の部屋である。カイエ12とカイエ29においてはラ・フラプリエールの道端が中心となっており、他の二つの場所は暗示される程度に留まっている。しかし、サンザシの花はコンブレーの近所に住むグーピル夫人と結び付けられていた。[28] 語り手は病気の時、彼女がサンザシを彼の部屋に届けてくれるのだった。カイエ12の最初の下書きには、「サンザシの匂にむんむんする」道の描写に数多くの教会の比喩が使われている。

私たちが歩いていた道は~~サンザシ~~の生垣に縁取られていた。〈マリーの月の終わり頃〉その生垣はまるで小さな礼拝堂が連なっているようだった。~~ぎざぎざした葉の~~　~~葉が花飾りのように囲み~~　~~彫刻された葉に囲まれた~~

~~花綱模様に透かし彫りを施された~~　透かし彫りを施された囲いに蔽われ、このマリーの月の終わりにふさわしく、花綱模様、花輪簿様、バラ色と白色のサンザシの仮祭壇の下に隠れていた。[29]

散歩中で見かけるサンザシの花は無意識的記憶のように「マリーの月」の祭壇、あるいは頬にそばかすのあるグーピル夫人の衣装を喚起する。カイエ29においてもまた、コンブレーの教会でのサンザシとの出会いはわずかながら暗示されているに留まり、いかなる発展も見られない。ところが、多くの美学的考察が含まれているこの草稿において、サンザシの「バラ色」と「白色」の対照が明瞭に記されるとともに、「バラ色」の価値付けがなされていることは注目に値する——「このように白色のサンザシ、単純なサンザシ、色彩のないサンザシ、ピアノのためのサンザシに恋していたとき、ある日道の曲がり角で、複雑なサンザシ、色つきのサンザシ、オーケストラのためのサンザシ、つまりバラ色のサンザシによる驚異的な喜びが突然私を襲った」[30]この後、プルーストはカイエ14においてはじめて教会のサンザシの挿話を執筆する。

枝は白い花で蔽われていた。〔……〕その装飾はありふれた祭りではなく、宗教的な祝祭、聖母の祝祭の装飾を思わせるものだった。花びらは〈少しばかり苺の花に似ていたが〉~~星の形をして、~~ステンドグラスの花弁模様のように〈神秘的に〉、放射状に広がって星形をなし、細やかに錯綜した雄蕊が花びらに軽やかさを付け加えた様は、内陣仕切りの幾千もの石の蒼穹のようで、カトリック的であった。[31]

教会の中のサンザシは、教会建築の比喩で表現されている。ここにおいてもまた、包含関係に基づく換喩的技法に支えられている。〈教会＝サンザシ〉という関係が遡及的に確立されることにより、後の散歩の途上で見かけるサンザシに対して用いられた教会建築の隠喩が物語論理に基づいたものとなる。ジルベルトの名を表象するために使われた「緑色に塗られた水撒きホース」の場合と同様に、プルーストの創造行為においては、純然たる隠喩が先立ち、後から換喩的関係が確立されることが少なくない。

　また、祭壇を飾っているのは、「白い花」、つまり白いサンザシである。この下書きを書いているときに、プルーストは次のような覚書を記している——「この花の美学についてのくだり。それからバラ色の花の驚き。しかしある画家を好むとき、ある夕方、いっそう大きな喜びはバラ色のサンザシによって与えられる[32]」。この草稿帳に先立つカイエ29において「バラ色」と「白色」の対照について記述が既に見られたが、それはあくまで美学的考察でしかなかった。しかるにカイエ14の段階で、作家はバラ色のサンザシの発見を物語の展開の中に位置づけようとする。ただし、それはまだ散歩の場面ではなく、教会においてであったと思われる——「それに続く日々、私はマリーの月のお祭りで、私の大切なサンザシと再び出会った[33]」。一九一〇年初頭の草稿帳において、最初の出会いと、啓示をもたらす二度目の出会いを引き離そうという意図が見受けられることは、発展・習得をテーマとする小説に変化したことを証している。さらに同カイエには次のような覚書が含まれている。

　　私たちは出会った。天気のいいとき、マリーの月のお祭りからの帰りに。少女の物語[34]。

この覚書がヴァントン嬢、つまり後のヴァントゥイユ嬢との出会いを示唆していることは間違いない。確かにこの段階でサンザシはまだグーピル夫人と結び付けられているが、サンザシをめぐるこの場面に、グーピル夫人よりはるかに重要な役割を持つことになるヴァントン嬢を登場させようとしていることは注目すべきであろう。実際、この後に書かれるカイエ68では、サンザシはもはやグーピル夫人ではなく、ヴァントン嬢と関係づけられる。そこでは「輝くような白さ」« d'une blancheur éclatante »が強調されている。

　さらに興味深いことは、カイエ68における「マリーの月」の祝祭の場面で、サンザシの描写には教会の比喩のみでなく、音楽に関わる喩えが見られることだ。

　　しかし、私がこの間歇的な匂いを吸い込み、嗅いだり、数え切れないほどのこれらの花を眺めても無駄だった。

それらは若々しい喜びをもって、音楽の音程のように不規則かつ驚くような間隔を置いて、左右に投げ出され、沈黙のまま際限なく、それらの素敵なモチーフを汲みつくすことができないほどの豊穣さで私の前で繰り返すのだが、その意味を説明してはくれなかった。それはちょうど、百回続けて演奏しても、その度ごとに新鮮でありながら不可解なその魅力の中味も秘密も解明できないあれらの旋律のようだった。[35]

天才音楽家ヴァントトン／ヴァントゥイユの娘の登場が音楽の比喩をもたらすことになる。バラ色のサンザシの啓示を先延ばしにしながらも、ここに付加された芸術のテーマは最終的にはメゼグリーズの方の散歩の場面に置かれることになる。上で見たように、カイエ14にはスワン庭園をめぐる挿話の下書きが二つ含まれている。一つ目の断片は「マリーの月」の挿話のすぐ後に書かれていることから、作家がこの二つのくだりを関連づけようとしていたと推測できる。この下書きでは、ジルベルトの名前が発せられた折に言及されるが、第二断片においては少女との出会いの直前にサンザシの場面を導入し、バラ色のサンザシを発見する設定となる。[36] この段階でジルベルトはヴァントトン／ヴァントゥイユ嬢と同じく頬に「そばかす」を持つようになる。「そばかす」がサンザシとの類推を喚起するものであることは疑いないであろう。さらに注目すべきことは、教会のサンザシに使った教会建築の比喩を、音楽の比喩とともに、再び散歩の場面に戻したということだ。また、ジルベルトの名についての新しい下書きがカイエ14の左ページに書かれるが、「バラ色のサンザシのもとで」少女の名前が聞かれる。彼女が「バラ色のそばかす」を持つようになるのはタイプ原稿においてのことで、バラ色のサンザシと関連づける意図は明白だ。[37] かくしてこの挿話は、〈ヴァントトン嬢＝白色のサンザシ〉と完全な対をなすようになる。

教会の祭壇に飾られたサンザシの描写には教会建築の比喩も芸術のテーマももはや見られない。マリーの月の祝祭で支配的なテーマは、聖なる空間における官能の誘惑となる。他方、緊密に関係づけられたジルベルトとバラ色のサンザシの二重の顕現は、主人公に芸術と恋愛の両方の啓示をもたらす。作家がサンザシを教会に置いたとき、教会建築の比喩は換喩的支えを得たと上に述べた。散歩の場面に再び聖なるイメージを戻したことにより、教会建築の比喩はいっそうプルーストらしい独創性を獲得したと言える。換喩的イメージは、眼の前に広がる空間的隣接性ではなく、記憶の中の隣接性に基づくようになる。このように、サンザシをコンブレーの物語に導入する上でのテクストの数々の変貌は、節目ごとに新たな発見をもたらしたのだ。

ジルベルトとの出会いの場面ははじめそれ自体で完結していた。少女のまなざしの意味は即座に理解された。創作が進むにつれて、その眼は不透明で謎めいたものとなり、しまいには語り手が正反対に解釈するほどにまで、意思疎通の不可能性は誇張されるに至る。スワンの娘が発したサインの意味の啓示は物語の最終部近くまで遅延させる。このことはプルーストの小説構造が大きく変化したことを意味している。それはまさしく文芸批評をめざす『サント＝ブーヴに反論する』から習得・発展の物語『失われた時を求めて』へのドラマティックな転換を示しているのだ。また、ジルベルトの容貌の描写においてはプルースト特有の換喩的技法を確認した。背景の変化は彼女の顔やまなざしの変化を引き起こし、植物イメージから鉱物イメージへ、そして最終的には水のイメージへと変容してゆく。換喩的技法は「ジルベルト」という名の創造においても確かめられた。それは実際中世的背景の中から生まれたものである。二人の少女とサンザシの花とのテーマ的連関、および「マリーの月」の祝祭と散歩との構造的連関は数段階におよぶ推敲の結果として生まれた。換喩がプルーストの詩的散文の大きな特徴であるにしても、創作過程においては、類推に基づく暗喩が隣接関係に基づく換喩より先立っていることをもう一度繰り返しておこう。プルーストの作風は詩的であると同時にロマネスクなのだ。各場面、各挿話がお互いに呼応し合う壮大な物語宇宙は数々の試行錯誤を経て生成してきたのである。

4　生成研究の展望

生成研究はこれまで作家ごとに独立して行われてきた。したがってその方法も理念も異なっている。具体的には転写における記号の使い方などに明らかな相違が見られる。作家ごとに創作の仕方が異なるのだから、生成研究の方法も違ってきても当然であるとも言えよう。しかしながら統一的な理念や方法を共有することによって、成立過程の比較研究が行われれば、いっそう実り豊かな成果が期待できるだろう。さらに、生成研究を草稿の調査のみに基づく学問とするなら、草稿を残していない作家を対象にすることができない。生成研究の地平を拡大することも必要となる。たとえば他者のテクスト、あるいは自己のテクストの再利用などもまた生成研究の対象となる。悲劇、喜劇、また書簡体小説や日記体小説などのような文学ジャンルの成立もまた生成研究が扱うことができるだろう。

最後に、「草稿を開くこと」が課題となる。それは二重の意味で「開く」ことを意味する。現在、プルーストの草稿帳七五冊のファクシミリと「再現型転写」Transcription diplomatique による批評校訂版が、詳細な注、解説を付して刊行中である。[38]二〇〇八年にカイエ54、二〇一〇年にカイエ71の校訂版が刊行された。[39]これまで専門家だけが草稿を読んできた。一九八七—八九年に刊行された『失われた時を求めて』のプレイヤッド版には多くの草稿が印刷され、一般読者にも草稿の世界が開かれるようになった。刊行が開始されたばかりの全草稿帳の批評校訂版は、ありのままの草稿を一般読者にも読めるようにする画期的な出来事となろう。また、草稿を年代設定することにより、文学創造を歴史的・文化的コンテクストの中により正確に位置づけることが可能となる。プルーストの草稿の中には多くの実名が含まれている。これらの実名に基づきながら、同時代の文化・社会・芸術現象と関連付けることが容易となるのだ。

注

1　タディエのこのコメントは口頭によるものであるが、著書の中に次のような記述が見られる――「ラスキンの翻訳を始めてから彼はもはや学習ノートしか用いなくなった。それは子供時代への感動的な回帰である。」(Jean-Yves Tadié, *Proust, La cathédrale du temps*, Gallimard, 2000, p. 110.)

2　Marcel Proust, *Contre Sainte-Beuve* suivi de *Nouveaux mélanges*, éd. Bernard de Fallois, Gallimard, 1954.

3　Marcel Proust, *Contre Sainte-Beuve* précédé de *Pastiches et mélanges* et suivi de *Essais et articles*, éd. Pierre Clarac et Yves Sandre, Gallimard, « Bibliothèque de la Pléiade », 1971.

4　この論は次の拙論（仏語）に基づく―― « La création romanesque de Proust : étude génétique de la première apparition de Gilberte », *Études de langue et littérature françaises*, n° 54, 1989, p. 126-140.

5　Marcel Proust, *À la recherche du temps perdu*（以下*RTP*と略す）, t. I, Gallimard, « Bibliothèque de la Pléiade », 1987-1989, p. 138-140.

6　「二つの方」の生成過程については、クローディーヌ・ケマールの論考を参照のこと――Claudine Quémar, « Sur deux versions anciennes des "côtés" de Combray », in *Études proustiennes II*, Gallimard, 1975.

7　Cahier 4, f° 31 r°. 草稿の引用に関しては日本語に訳した上で、加筆部分は〈　〉で囲み、削除部分は取り消し線によって示す。

8　Cahier 12, f° 21 r°.

9　Gérard Genette, « Métonymie chez Proust », in *Figure III*, Seuil, 1972, p. 41-63.

10　Cahier 12, f° 101 r°.

11　Cahier 12, f° 102 r°.

12　Cahier 12, f° 105 r°.

13　Jean Rousset, « Les premières rencontres », in *Recherche de Proust*, Seuil, « Collection Points », 1980, p. 43.

14　一九〇九年秋に作成された「コンブレー」のタイプ原稿には、三層の加筆訂正が見られる。作家自身が区別できるように、赤インク、黒インク、青鉛筆により書かれている。当該の加筆は初期の加筆訂正である。このタイプ原稿の作成およびその加筆訂正については拙論 « La dactylographie problématique de "Combray" », in *Equinoxe*, n° 2, 1988, p. 155-179 を参照のこと。

15　この下書きはまさしくスワン庭園に関する第一断片と隣接する左ページに執筆されている。

16　Cahier 14, f° 58 r°.

17　Cahier 68, f° 14 r°.

18　この下書きは「Proust 21 (n. a. f. 16703)」と呼ばれる草稿断片集に収められている。

19　Cahier 57, f° 66 r°.

20　Cahier XV, f° 72 r°. 告白のくだりはすべて余白の加筆である。

21　*RTP*, p. 140.

22　*RTP*, t. I, p. 139.

23　*RTP*, t. I, p. 112. 日本語訳は鈴木道彦訳『失われた時を求めて』（集英社、一九九六年）を参考にした。

24　鈴木道彦訳では「色白の少女」と訳されているが、「白色」と「バラ色」の象徴性を表すために、あえて「白い少女」と直訳した。

25　*RTP*, t. I, p. 111.

26　Raymonde Debray-Genette, « Thème, figure, épisode : genèse des aubépines », in *Recherche de Proust*, Seuil, « Collection Points », 1980, p. 105–141.

27　Bernard Brun, « Brouillons des aubépines », in *Études proustiennes V*, Gallimard, 1984, p. 215–304.

28　一九〇九年秋に作成された「コンブレー」のタイプ原稿には、最古層に属する加筆に以下のような文が含まれている。括弧が付けられているものの、グーピル夫人とサンザシの関係を示す最初の下書きと思われる——「(グーピル夫人は〝とても着飾った〟若い女性だった。たいていは白い服を着ており、〈とても〉信心深く、とても陽気で、とても優しかった。小さなそばかすがあったが、やわらかくすべらかな肌をしていた。私は彼女を心から賞賛していたので、マリーの月のお祭りに彼女が見られない夕方などは(聖母の祭壇に最も美しいサンザシを届けたのは彼女だった)、他の事に気をとられていなかったら、泣きたいほどだった」(f° 101 v°)。カイエ12の段階で彼女は話者の部屋にサンザシを届ける。「着飾った」habillé という形容詞は後にサンザシに対して用いられるのだが(Cahier 12, f° 96 v°)、当初はグーピル夫人を形容するものだったことも興味深い。

29　Cahier 12, f° 99 v°.

30　Cahier 29, f° 71 v°.

31　Cahier 14, f°s 37 v°–38 v°.

32　Cahier 14, f° 42 r°.

33　Cahier 14, f° 41 r°.

34　Cahier 14, f° 42 r°.

35　Cahier 68, f° 4 r°. *RTP*, I, p. 870 を参照のこと。

36　Cahier 68, f° 20 r°.「突然、父〈叔父〉が私に言った、だってお前はサンザシが好きなんだね、ご覧、スワン家にはバラ色のきれいなサンザシがあると思うよ。」

37　f° 213 r° :「散歩から戻ってきた様子のブロンドの少女が私たちを見ていた。顔にはそばかすがあったが、それはバラ色だった。」

38　*Cahiers 1 à 75 de la Bibliothèque nationale de France*, comité éditorial : Nathalie Mauriac Dyer (directeur), Bernard Brun, Antoine Compagnon, Pierre-Louis Rey, Kazuyoshi Yoshikawa, Bibliothèque nationale de France, Brepols, depuis 2008.

39　Cahier 54, édité par Nathalie Mauriac Dyer, Francine Goujon et Chizu Nakano, Bibliothèque nationale de France, Brepols, 2008. Cahier 71, édité par Francine Goujon, Shuji Kurokawa, Nathalie Mauriac Dyer et Pierre-Edmond Robert, Bibliothèque nationale de France, Brepols, 2010.

参考文献

Douglas Alden, *Marcel Proust's Grasset Proofs : Commentary and Variants*, Chapel Hill, 1978.

Maurice Bardèches, *Marcel Proust romancier*, 2 vol., Les sept couleurs, 1971.

Henri Bonnet, *Marcel Proust de 1907 à 1914*, Nizet, 1971.

Bernard Brun, « Le dormeur éveillé. Genèse d'un roman de la mémoire », *Études proustiennes IV* [*Cahier Marcel Proust* 11], Gallimard, 1982, p. 241–316.

——, *Du* Contre Sainte-Beuve *au* Temps retrouvé. *Genèse du roman proustien*, thèse de doctorat, Université de Paris IV-Sorbonne, 1987.

Florence Callu, « Le Fonds Proust de la Bibliothèque nationale », dans *À la recherche du temps perdue*, tome I, Gallimard, « Bibliothèque de la Pléiade », 1987, p. CXLV–CLXIX.

Albert Feuillerat, *Comment Marcel Proust a composé son roman*, Slatkine Reprints, 1972 [1934].

Nathalie Mauriac Dyer, *Proust inachevé. Le dossier « Albertine disparue »*, Honoré Champion, 2005.

Jean Milly, *Proust dans le texte et l'avant-texte*, Flammarion, 1985.

Anthony R. Pugh, *The Growth of* À la recherche du temps perdu : *a chronological examination of Proust's manuscripts from 1909 to 1914*, 2 vol., University of Toronto Press, 2004.

Claudine Quémar, « Sur deux versions anciennes des "côtés de Combray" », *Études proustiennes II* [*Cahier Marcel Proust* 6], Gallimard, 1973, p. 277–342.

Akio Wada, *Index général des cahiers de brouillon de Marcel Proust*, 2009.［平成十八・十九・二〇年度科学研究費による研究成果報告書］

Jo Yoshida, *Proust contre Ruskin. Genèse de deux voyages dans la* Recherche *d'après les brouillons inédits,* thèse de doctorat, Université de Paris IV-Sorbonne, 1978.

Kazuyoshi Yoshikawa, « Marcel Proust en 1908. Comment a-t-il commencé à écrire *À la recherche du temps perdu* ? », *Études de langue et littérature françaises*, n° 22, 1973, p. 135–152.

——, *Études sur la genèse de* La Prisonnière *d'après des brouillons inédits*, thèse de doctorat, Université de Paris IV-Sorbonne, 1976.

吉田城『「失われた時を求めて」草稿研究』、平凡社、一九九三年。

Bulletin d'informations proustiennes, Presses de l'École normale supérieure, 1975 (n° 1) –2009 (n° 39).

Cahier 54 [transcription, notes et index par Francine Goujon, Nathalie Mauriac Dyer et Chizu Nakano ; introduction, diagramme et analyse par Nathalie Mauriac Dyer], 2 vol., Brepols Publishers, coll. « Marcel Proust. Cahiers 1 à 75 de la Bibliothèque nationale de France », 2008.

Cahier 71 [transcription par Shuji Kurokawa et Pierre Edmond Robert ; introduction, notes et index par Francine Goujon et Nathalie Mauriac Dyer ; diagramme et analyse par Nathalie Mauriac Dyer], 2 vol., Brepols Publishers, coll. « Marcel Proust. Cahier 1 à 75 de la Bibliothèque nationale de France », 2010.

コラム

フランス国立図書館手稿部での日々

吉川一義

フランス国立図書館手稿部は、フランス王家に伝わる写本から、近年の遺族からの寄贈や、優先権を用いた競売での購入による蒐集品に至るまで、古今東西の膨大な手稿コレクションをほこる。本書の対象であるフランス近現代文学にかぎっても、パスカル、ディドロ、ユゴー、フロベール、ヴァレリー、アポリネール、サルトルなど、有力作家の原稿が収められ、世界中から研究者が調査におとずれる。

そのなかの白眉は、作家の創作メモ帳、草稿帳、清書ノート、タイプ原稿、校正刷などを網羅したプルースト関連資料であろう。私からすると国立図書館手稿部は、プルースト小説の生成過程を調べるため、一九七三年秋から三年半にわたり通いつめた思い出の部屋である。パリ二区、リシュリュー通り五八番地の国立図書館は、十八世紀から十九世紀後半にかけて少しずつ増築された歴史的建造物で、中庭に面した二階をしめる手稿部には、参考図書の書棚が壁面をおおう広大な閲覧室がある。

プルーストなどの貴重資料を調べるには、中央に設置された特別閲覧テーブルに席をとり、横の番台に控える司書の監視のもとに仕事をすすめる。私が通ったのはコンピュータ導入以前のことで、閲覧票に請求番号を書いて出しておくと、箱に収められた資料が席に届けられる。机のうえに何冊もの資料を積みあげ、それを残らず調べていると、あるとき、プルーストが清書の手間をはぶくため、草稿帳のページを切り取って清書ノートに貼りつけた例があることに気づいた。それがほんとうに元の原稿帳から切り離したものかを確かめるため、双方の切り口を合わせてみたり、用紙を持ちあげて透かし文字が同一かを確認したりした。

当時、プルーストの草稿を解読していたのはコレージュ・ド・フランス助手の故ケマール女史や、『プルースト友の会会報』編集長の故ボネ氏など、ほんのひと握りの研究者だった。削除線の下に隠れた文字を解読するため、ケマールさんに照明付拡大鏡を貸してもらったり、ボネさんと昼食に近くの中華レストランに通ったりして、じつに親密な指導を受けることができた。ときにノートの上方に鉛筆でページ番号が記入されていたが、それは研究者バルデーシュの筆跡だと、プルースト関連資料を最初に整理したカリュ夫人から教えられたこともある。同じテーブルには、サルトルの『嘔吐』に出てくる「独学者」よろしく、くる日もくる日もアナイス・ニンの資料を読んでいる老紳士がいた。その紳士と調査の合間にとりとめもない話をしていると、じつに呑気で、目の前には好きなことができる無限の時間が広がっているような気がした。

一九九四年に新しくフランス国立図書館が創設され、旧国立図書館の大多数の部門がセーヌ河畔のトルビヤック地区に移転したあとも、手稿部は元のリシュリュー通りに残った。しかしオリジナル保護のため、特別の許可がある場合はべつにして、原稿はマイクロフィルムで閲覧することになった。またフランス国立図書館では、図書や雑誌のデジタル配信サービス（GALLICA）と同じように、作家の草稿のデジタル画像をサイト上に公開し、どこからでも検索可能にするプロジェクトがはじまった。試験的に作成されたプルースト草稿帳の画像をみると、オリジナルを調査する必要がなくなるほどの出来ばえである。おまけに現在では、大多数の作家はコンピュータ入力で作品を執筆していて、手書き原稿などは過去の遺物になりつつある。手稿部閲覧室で体験した至福の時間も、いまや私自身にも夢まぼろしとしか感じられない。

Bibliothèque nationale de France/Département des Manuscrits

58, rue de Richelieu, 75002 Paris
http://www.bnf.fr/

第16章　コラージュの残骸の美とハーモニー
――カイエ34における花咲く乙女たちの物語の素描

加藤靖恵

十九世紀後半に誕生する新しい絵画のありかたの特徴の一つは「エスキス（素描）」の位置づけの変化にあるとアンドレ・マルローは書いている。それは「完成に至る前の作品の『状態』の一つ」ではなく、タブローから独立した存在価値をもつようになる。ダ・ヴィンチ以降の絵画の歴史が、「現実あるいは空想のスペクタクル」を奥行とともにキャンパスの平面に現前することを追求したのに対し、写真とは違った独自の存在意義を絵画に見出した近代画家は、鑑賞者にイリュージョンを与えることには無関心であり、「スペクタクルを単なる絵画とするもの、斑点、色彩、動き」を直接キャンパスに呈示する。[1]

文学作品の草稿も同様ではないだろうか。作家の試行錯誤の痕跡は、時に物語に断絶や矛盾、理解できない反復を与え、読解はしばしば困難を究める。しかしそこにあるのは、完成されたフィクションのイリュージョンではなく、生のエクリチュールであり、最終稿の読者の知らない別の物語、テクストの誕生の物語が展開されるのだ。

プルーストが『失われた時を求めて』の準備段階で用いたノートについては、小説の最後で、主人公が女中のフランソワーズの手助けを受けながら執筆する場面で言及される。

虫が食った木材のように蝕まれた私の草稿ノートを指しながらフランソワーズは言うだろう。「全く虫食いだらけですね、ご覧なさい、残念なことです。このページの切れ端なんてもうレースのようにぼろぼろではないですか」、そして仕立て屋のように吟味しながら言うのだった。「もう私にはどうすることもできません。これはもうだめですね。もったいないことです。ここにあるのはあなたの最も美しいお考えかもしれないのに。衣虫ほど目利きの毛皮商人はいないとコンブレで言いますからね。虫は最上質の布につくものなのです。」[2]

タイプで清書され、校正刷ができた後も、あちらこちら切り取られてぼろぼろになったノートですらプルーストは破棄せずに、後世の読者に残した。それは最終稿には用いられなかった最も美しい挿話や比喩、また今日の『失われた時を求めて』の謎を解くヒントが一杯の貴重な鉱脈でもあるのだ。

ところで今日「ノート」と日本語で言うと、文房具店で売られている廉価で薄っぺらな物を想像しがちである。フランスの文房具店で売られている紙は日本のものより厚みがあるが、今から百年も前のプルーストの生きた時代ではなおさら「ノート」の体裁も価値も異なっていた。彼は数種類のノートを使用しているが、いずれも凝った表紙と背表紙のあるしっかりした綴製の重厚なものである。本論でとりあげるノート、通称「カイエ34」の表紙も今では色あせているものの、多色の美しい文様の紙が用いられ、角と背表紙には緑色の布で補強された装丁である（図1）。よってここでは彼の草稿ノートに関してはフランス語の「カイエ」という名称を使用する。

現在フランス国立図書館には『失われた時を求めて』草稿の七五冊のカイエが残されているが、その使用の仕方は実に特徴的である。それぞれが必ずしもある程度まとまった内容にあてられているわけではなく、また一定の時期に継続的に使われたわけでもない。小説の様々な箇所のための断片がそのときの思いつきのままに書かれており、時には余白や空白のままだったページに数年を経て加筆された断片も混在する。最初のページから順に書いていくかと思えば、カイエを逆さまにして最後のページからさらに書き続けることも稀ではなく、内容からするとメモ帳とでも呼んだ方がよいものが多い。『失われた時を求めて』の前に手がけた三人称の未完の作品、今日我々が『ジャン・サントゥイユ』と呼んでいるテクストの大半はルーズリーフが用いられているが、その方が作家の仕事のやり方には合っていたのではと思わせるほどである。しかも、分厚いカイエのページを惜しげもなく切り取ったり、時には手で破り取って、他のカイエやタイプ原稿、校正刷に貼付けることもたびたびだった。先に引いたフランソワーズの言葉は決して比喩ではなく、文字通りプルーストの小説ははさみと糊を使った切り貼り作業、コラージュの産物なのだ。

1 「カイエ34」について[3]

フランス国立図書館により34の番号が振られたカイエは、二部構成となっており、それぞれは基本的には一貫した筋にそっている上、ページ番号もつけられており、タイプ原稿に直接用いられた痕跡があるところから、「草稿」というより「清書原稿」と位置づけるべき資料かもしれない。しかし、エクリチュールはこの段階でも激しい逡巡を見せており、ページ番号も次々と書き換えられていて、挿話の並び替えが目まぐるしかったことを物語っている。また、前半は現在『ゲルマントの方』に置かれている挿話、主人公が友人のサン＝ルーをドンシエールの駐屯地に訪ねる場面にあてられ、海辺の避暑地での画家との交流が回想されるが、後半は現第二巻『花咲く乙女たちの影に』で語られる夏の海での少女たちとの出会いが描かれているため、両者の関連性は一見希薄

図1 カイエ34の表紙（フランス国立図書館蔵）

に思われる。また後半部はページの欠損が激しい。切り取られた紙片は、タイプ原稿や校正刷の手直しの際に貼付けるのに用いられたことが想像でき、そのごく一部が« Cartonnier »と呼ばれる草稿の断片を集めた箱に残されているものの、一九一四年以降の『花咲く乙女たちの影に』の草稿やタイプ原稿は散逸が激しく、失われたページに関しては、前後の文脈と、最終稿との比較によって、想像するしかない。このカイエが作品の準備の過程で残された残骸であるという印象をより強めることになる。前半部に基づいて作成されたタイプ原稿も抜き取られて、結局別の場所に移されることになり、この部分も「切り取られる」運命にあるのだ。[4]

しかし、プルーストのカイエは、『失われた時を求めて』という巨大なカテドラルにも例えられるべき作品のための石切り場跡、余程物好きでない限り興味を引くに値しない廃墟にすぎないのだろうか。衣虫が最上質の布地を好むというフランソワーズの例えが正しいのなら、作家が切り取り続けたこのカイエこそ、作品の貴重な栄養分を提供したといえないだろうか。内容も体裁も「虫食い」だらけのカイエの頁をめくり、残された断片を解読していくうちに、完成されたテクストとして流布している物語の筋とは違ったロジックが見えてくる。小説の最終稿では読み飛ばしてしまいがちな些細な挿話、ちょっとした比喩も、試行錯誤の繰り返しの産物であることがわかるにつれ、これまでとは焦点の異なる新たな読みが可能となるのだ。

2 少女たちの挿話における画家の役割

このカイエが執筆されたのは主に一九一三年末から一九一四年前半と推察される。この時期の作品の構成は、今と大きく異なっていた(表1)。網かけされている部分がカイエの該当箇所となる。[5]

現在の第二巻は、第一部のパリのスワン家での挿話で始まり、第二部のバルベックの物語も、旅と土地の印象、サン=

ルーとの出会いにプレイヤッド版にして百ページ以上が費やされた後、やっと少女たちが舞台に登場する。「花咲く乙女たちの影に」という詩情あふれる題名は、「カイエ34」の後半部冒頭に初めて書かれるのだが、この時点では第二巻第二章にあてられ、冒頭から少女たちの登場の場面が描かれるので、内容が題名により相応している。現在「土地の名・土地」で語られる海辺の避暑地の挿話は、二度の滞在に分けられ、モンタルジとの交流については第一巻ですでに語られているからだ。

　画家との最初の出会いは、第一巻で語られる一度目の滞在中だが、出版事情もあり、この場面は清書原稿で削除され、第二巻でモンタルジの駐屯地を訪れる際に、回想の形で語られる。レストランでの出会い、アトリエ訪問中に見た作品の数々の印象、教会建築について画家が語る場面が、カイエ34の前半で描かれる。一九一二年末には第一巻の最初のタイプ原稿が出来上がっているので、まず第二巻に移された画家の挿話を書き、さらにカイエの後半で第二巻の同じく海辺の避暑地を舞台とする章に移っているのは、執筆手順の論理にかなっているといえる。しかしカイエの前半部、後半部にはさらなる連関性がある。花咲く乙女たちの物語で、他ならぬ画家エルスチールが重要な役割を果たすのだ。

表1　『失われた時を求めて』の構成

最終稿	カイエ34執筆時
第一巻　『スワン家の方へ』	第一巻　『スワン家の方へ』
第一部　「コンブレ」	第一章　「コンブレ」
第二部　「スワンの恋」	第二章　「スワンの恋」
第三部　「土地の名・名」	第三章　「土地の名」
第二巻　『花咲く乙女たちの影に』	〔……〕
第一部　「スワン夫人のまわりに」	
第二部　「土地の名・土地」	
バルベック到着	クリクベック到着
サン＝ルーとの友情	モンタルジとの友情
少女たちとの出会い	
画家との交流	〔画家との出会い―削除〕
第三巻　『ゲルマントの方』	第二巻　『ゲルマントの方』
I.	第一章
	〔……〕
〔……〕	モンタルジの駐屯地訪問
サン＝ルーの駐屯地訪問	画家との交流の思い出
ヴィルパリジス夫人のサロン	ヴィルパリジス夫人のサロン
	第二章　「花咲く乙女たちの影に」
	少女たちとの出会い
	画家との交流

海岸にいきなり出現した見知らぬ少女たちの一群に魅かれた主人公は、何かと口実を見つけては、彼女たちが通りそうな時間帯と場所で待ち伏せる。しかしそれを無意識のうちに妨害するのが、同伴している祖母である。昼食後長く引き止めては、孫をいらだたせるのだが、とりわけ近郊の別荘に住んでいる画家を訪問するようにとうるさく言って、彼をうんざりさせる。この葛藤はカイエで何度も書き直されている。

　このように私は少女の一人にもう一度だけでも出会えたらと、朝から晩まで海岸を歩き回るのだった。ある田
画家エルスチールに会いにいったところ　しかしながら祖母は私に会いに行くようにというのだった　私がま
だ画家エルスチールに会いに行かないことに驚いていた[6]

傍線を引いた部分では、主人公が自発的に訪問をしたようにもとれるが、削除される。また数ページ後で、画家の家に到着する場面でも「私はしばしば午後を過ごすためにこの彼の家に来ていた」という一文が削除され、この訪問が強要されて不本意なものだったことが強調される。[7]このページの見開きの左ページでは、祖母が彼を責め立てる様がさらに加筆されているが、この部分は最終稿よりも詳しい。孫が才能のある芸術家と話したり、その作品を鑑賞するかわりに、ゴルフやテニスのことを知るのに時間を費やして「ばかみたいになっている」と断言するが、この「ばかになる」se crétiniser という俗っぽい表現が祖母の口からでているところが面白い。この動詞は最終稿ではどこにも用いられず、形容詞形の« crétin »がサン＝ルー[8]とゲルマント公爵夫人[9]によって使われるのみである。また、祖母は「ラ・ブリュイエールやフェヌロンを師とすることができたコンデ侯やブルゴーニュ公」のような特権を孫が無駄にしていると嘆くのだが、この比喩は最終稿ではここではなく、彼女がバルベックで知り合いになったシャルリュスに魅了されるところで用いられる。[10]

祖母への恨みを胸に、画家を訪問することになった主人公は、家の外観にも怒りの目をむけるが、この描写の加筆も興味深い。最初はこの家は「バルベックの近代的な地区」にあり、「アトリエとなる広い部屋があるという理由で画家が借りた」とあるだけだが、[11]数ページ後では、この地区は「豪華でこれ見よがしな建物〔……〕俗悪な贅沢さをもつ豪華な建物」

が立ち並び、ページ上部の加筆では画家の家自体も「贅沢」だが「滑稽」であると書き直される[12]。最終稿では、周囲の建物の中でも「とりわけ豪華で醜い」と嫌悪が強まっている[13]。最も古い草稿では、この建物は「ケルクヴィルで最も美しい邸宅」と呼ばれ、地区全体はパリの「フォーブル・サントノレ通りやオスマン通り」を思わせるとあり、印象が逆転している[14]。

主人公はこの有名な画家をレストランで初めて見かけ、給仕にファンレターを託したところ、家へ招待までされて有頂天になる。最終稿ではそれから数日しか経ていないのに、少女たちの登場があったとはいえ、彼の家にこれほど嫌々ながら赴くわけで、心理の落差が急激すぎて理解しがたいところもある。しかし、カイエ34の時点では、すでに一度目の海辺の滞在の折に画家のアトリエを訪れており、熱狂も峠を越えていると思えば、より自然な設定である。

画家を訪問するために海岸を離れることは、少女たちと出会う機会から遠ざかることだと主人公は思い込んでいる。しかしぶしぶ訪れたこのアトリエの窓の側を、少女の一人が通りかかり、画家と彼女たちが親しいことを知ることになる。少年を彼女たちと引き合わせてくれるのは他ならぬエルスチールなのだ。訪問にあたっての嫌悪感の描写を書き込むことにより、この展開の意外さが強まる。人間の先入観の誤り、人や事物の印象の移ろいやすさは、実はこのカイエの後半部の横糸となるテーマであり、また印象派画家であるエルスチールの芸術の理論的基盤でもあるのだ。

3
印象派の海の絵と水の精の乙女たち

カイエの前半部、最初のアトリエ訪問の回想では、画家の作品数点の詳しい描写がされるが、肝心の大作、最終稿ではアトリエに入った主人公の目を真っ先に釘付けにする『カルクチュイ港』の絵は含まれていない。この絵の鑑賞と印象派絵画の理論の説明は、二度目の滞在中の訪問に置かれていたことは、カイエに残された断片からもわかる。プレイヤッド版の編者のピエール＝ルイ・レーは「メタファーについての難解な教えはもっと後にとっておく」ことにより、主人公の絵を見る目の発達の段階により自然に沿った筋立になっていると説明する。[15] それだけではなく、この絵が具現する揺れ動く印象とメタファーの理論は、少女たちの描写の基調をもなしているのだ。

カイエのページの欠損はこの絵の描写部分で最も激しく、一九一〇年の草稿（「カイエ28」）や最終稿で数ページに渡る膨大な描写のうち、カイエに残されているのは、光の具合で地面の起伏の頂上に置かれているように見える波の上の船を描写する数行のみである。[16]

しかしながら、問題の絵の登場に先立つ重要な場面、アトリエに足を踏み入れた主人公の目に入る、キャンバスに向かう画家の姿の描写にあてられた一ページが、各行が線で消された上、まん中がやぶかれているものの、残されていることは暗示的だ。天地を創造する「父なる神」のように、様々な海の波、木々の形象に取り囲まれて、「用」「用や星」「沈む太陽」の形に筆を加えている画家の姿がある。事物から従来の「名を排除しながら」、キャンパスの上に自然界の再創造をしているのだ[17]（図2）。

生命の誕生の場であり、画家が最もとりあげる題材である海を背景に、その海から生まれ出たかのように、少女たちは突然主人公の目の前に登場する。見知らぬ少女の一群との出会いの挿話は、早い段階から草稿で描かれるが、最初から海を舞台にしていたわけではなかった。[18] 一九〇八年末から一九〇九年春に書かれたカイエでは、場面はパリだ。主人公は部屋の窓から「家庭教師に伴われてキリスト教理の授業か何かの講義」に向かう少女たちを目撃する。[19] 別のカイエでは、数日前に家の近くの通りで見かけた三人の少女と、ゲルマント家での舞踏会で再会する。[20] 最初の出会いが「舞踏会か、海岸か、通りで」と設定について迷っている箇所もある。[21] しかし興味深いのはこの段階から少女たちと水のイメージの連関性があったことだ。窓のカーテンを開けた主人公の目に飛び込むのは、「金色の水たまり」に映る少女たちの姿であり、[22] 少女たちは「花のオンディーヌ（水の精）」にも例えられる。[23] 水の揺らぎに、未知の乙女たちの捉えがたい神秘が呼応しているようだ。

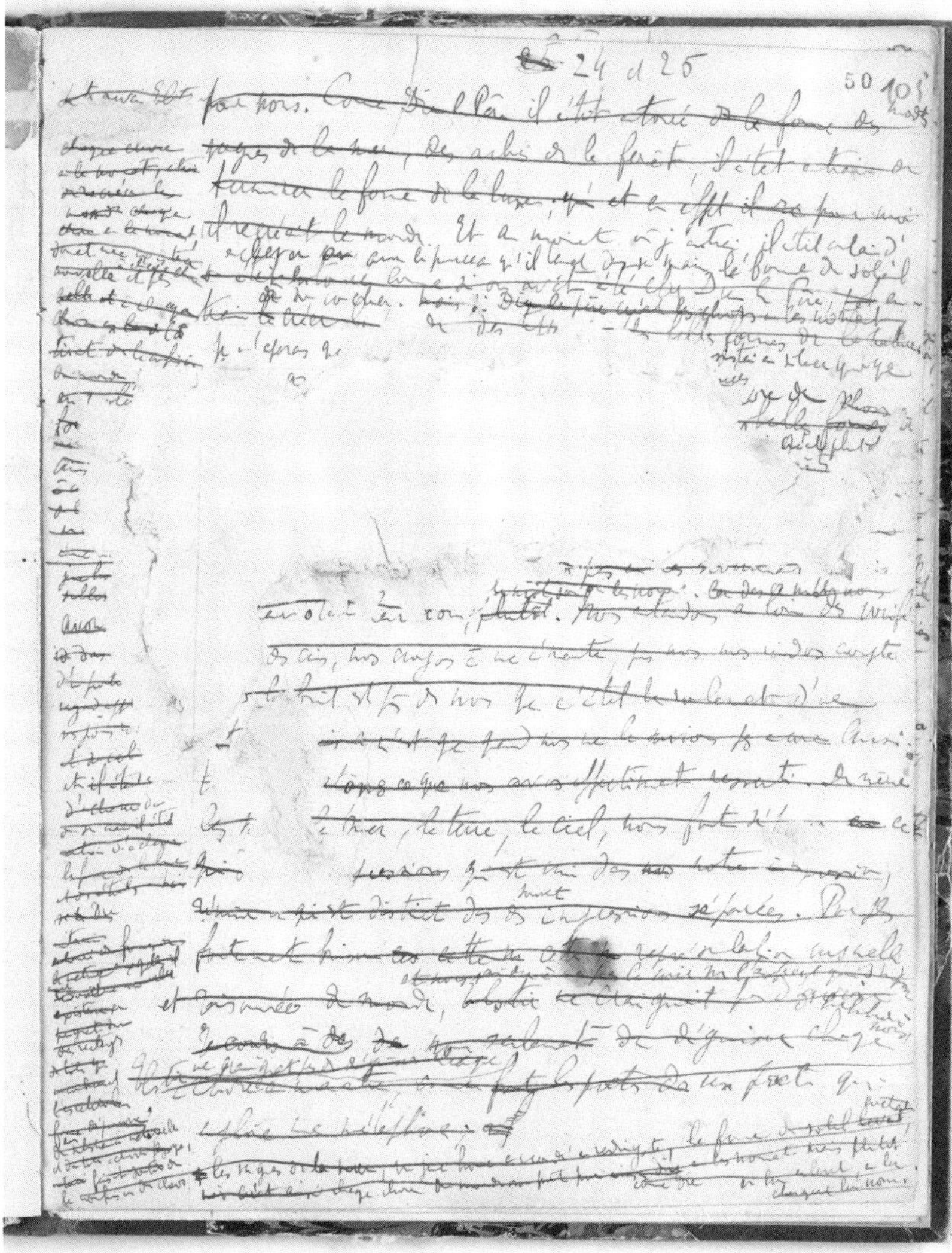

図 2　カイエ 34, f° 50 r°（ページのまん中が欠損している）（フランス国立図書館蔵）

少女たちの物語が海辺の避暑地での滞在中に置かれるようになるのは一九〇九年夏頃である。まず、すでに少女たちと交流をもつようになった時期のことが素描される。特殊な魅力をもつ彼女たちも、「空や海が数々の風景に共通する背景をなすように」親しくなれば同年代の主人公と共通項も多い普通の少女にすぎない[24]。しかし彼女たちを見つめる悦びには、「海辺のテラスに横たわって、広大で震える線で青の領域と緑の領域に分けられた海に目を喜ばせる怠惰な楽しみ」のようなにか感覚に訴える官能的なものがある[25]。同一の水面なのに光の加減で区切られているように見える海の描写は、最終稿ではエルスチールの『カルクチュイ港』でも見られる[26]。ところが、同時期、もしくは少し後に書かれたと思われるカイエでは画家のアトリエ訪問の最初の素描がなされるものの、ここでは様々な波を描いた習作と、海辺にそびえる教会や断崖の絵に言及されるのみである[27]。海の印象派的効果が、まず少女たちを巡る箇所で登場することは興味深い。この少女たちは「どこから降り立って来たのかわからない四羽のかもめのように」海岸に現れるのだが[28]、さらに主人公が一度目の滞在のときにすでに彼女たちを見かけていたことを思い出すという設定が加わる。夕方輪になって座っているもっと幼い彼女たちは、海岸に、「ポリプ」のようにひしめき合い、「形をなさない魅力的な塊」、「判然としない星座か見分けのつかない天の川」、「星雲の密集」を形成している[29]。海から生まれた不思議な生き物にもたとえられる少女たちを描写するのに、さらに原始的な海の生物の比喩が用いられ、薄暗い遠景にぼんやり見えるその姿の印象の曖昧さを効果的に描く。ポリプ、カモメ、人間……彼女たちの印象は、海中から地上に向かう生物の進化の過程をも思わせる。海、天体、自然創造と、先に見た「カイエ34」に残されたエルスチールの創作風景のページの構成要素がこうして認められる。

また、二度目の滞在で再登場する成長した少女たちの描写にも、興味深い比喩が加わる。海岸を固まって進んで行く彼女たちの集団は、そこに「特殊で、周りとは異なったエッセンスの斑点」を形成し、「輝く彗星」のように海岸を横切っていく[30]。「斑点」tache は「色班」とも訳される絵画用語でもあり、本論の冒頭のマルローの引用にもあったように、マネ以降の近代絵画に対してよく用いられる[31]。その後の別のカイエでは「五、六人の少女たちが成すグループ〈断片、斑点、奇妙な一群〉」と語の選択に少し迷いを見せている[32]。「カイエ34」ではこの少女たちの「斑点」が認められる場所について、

「堤防の数歩離れたところに」「遠くに」「堤防のまだほとんど先端に」と距離感をさらに強調すべく書き換えが目まぐるしくなされる。[34] 一群が近づいてくるにつれ、その「集団の美」の中に、「黒くて笑いに満ちた二つの目、まっすぐで美しい鼻、緑の目と薔薇色の頬、深みがあって陰険なまなざし、あるいは卵のように完全な形で白い卵形の顔」といった特徴が断片的に垣間みられるものの、まだその一人一人を判別するに至らない。[35] この箇所も繰り返し作家の手が加わっている。「あるシンフォニーを初めて聴いた人が」「交響楽の波の中の」「不分割で愛撫するようで多様な塊から」「先程自分を魅了したフレーズを切り離すことができない」と、音楽の比喩を発展させ、「最も異なった様相、ありとあらゆる色階が寄せ集められている素晴らしい集まり〔行間加筆〕」と絵画の比喩も加えている。[36] さらに欄外の書き込みで、「一種の連続するうねり、調和のとれた移動、独自で多形で集団的な美の流動性」と、液体・水の比喩が見られる。[37]

4　少女たちの名前をめぐって

混沌とした星雲のような少女たちの集団のそれぞれの特徴は次第に見分けられるようになってくるが、まだ一人一人をはっきりと個別化するまでにはなかなか至らない。その理由は名前の不在であると説明される。主人公は彼女らいずれの名前もまだ知らないし、「名前にとってかわるような呼び名もまだはっきりとは」定まっていない。[38] また、「二文字だけ読んで、なんの語であるか特定するときのように」、通り過ぎて行く少女たちに投げかけられる一瞥の印象には信憑性がない。[39] 名前を与えることは、文字化・言語化すること、知性が感覚的な印象に定まったカテゴリーを与えることである。アトリエでのエルスチールは「事物から名前を排除しながら」、固定観念を捨てた生の印象をキャンパスに描くという作業をしていた。[40] この段階の少女たちが構成する光景は、名前や言葉が介在する以前の感覚の受容を描いた印象派の美学に準じているのだ。

左ページの加筆では、主人公が少女の一人の名前を最初に知る状況をめぐる作家の試行錯誤が見られる。一人の婦人が「ブクトーさんのところの娘さん」[41]と口にするのを聞き、それが少女のことだと確信した主人公は、ブクトー家のことについて婦人を質問攻めにし、たちまちブクトー嬢に「恋をする」[42]。別の断片では設定が変わっており、今度は画家エルスチールが「そういった帽子のことだったらブクトー嬢に聞いてみないと」と言うのを聞いて、主人公は「直観で」それが少女の一人であると思い、画家が彼女たちと親しいことを知る[43]。興味深いのは、見知らぬ少女のファーストネームではなく、苗字が重視されていることだ。苗字こそは見知らぬ人が属する社会階層を明らかにするコードだからだ。

突然現れた少女たちが一体どういう家の娘たちなのか様々な憶測がされる様は、この挿話の初期の草稿にすでに見られる。最も古い草稿では、窓の下の通りの水たまりの上を「~~貴族の~~　大柄な少女たち」が通り過ぎるとあり、「貴族の」という形容詞がすぐに消されている[44]。次のページでは彼女らの服装等から、「貴族ではなく、明日にも貴族と婚姻関係を結んでもいいような裕福なブルジョワ階級に属していることがすぐにわかる」と書かれており、二つの階級の境界線上にあることが彼女らの不可思議な神秘さの源でもあることがわかる[45]。実際に彼女たちに紹介されるのは大貴族のゲルマント家でのパーティーの席であり、うちの一人はフォルシュヴィル家の娘（Mlle de Forcheville：フランス語で姓につくdeは貴族の称号であることが多い）だが、彼女の実の父は主人公の家族の親しい隣人だったスワンに他ならない[46]。次に書かれた草稿では、「裕福な〈プチ〉ブルジョワ」ではあるが、実際には、閉鎖的で、尊大で、スポーツ好きで、教会を重んじるという狭い意味での真の貴族」であり、「プチ（小）」という語が行間に加筆された上、一層曖昧な説明になっている[47]。姓としてはスワン、カンペルレ（Mlle de Quimperlé）、フォルシュヴィルが見られる[48]。次第に重点が置かれるようになるのは、彼女たちのいかにも「育ちの悪い」と思われる振舞であり、それが厳格な家に育った主人公には魅力的に映る[49]。画家のアトリエでのパーティーでそのうちの一人に紹介される場面では、名前が空欄になっているが（« Mlle de〔空白〕»）、« de » が書かれていることから、それでも貴族の名が考えられていることがわかる[50]。その後に書かれたカイエによると「育ちが悪くて無礼な」彼女たちは「決して貴族の娘ではありえない」ことは明らかで、「裕福なブルジョワあるいはスポーツ好きではあるがもっと庶民の出」、ことによるとそのうちの一人はプロの自転車競技のコーチか選手の娘あるいは妹なのではないかと、想定される階層はどんどん低くなって行く。しかし滞在客の一人から彼女たちの親は両替商や実業家であることを聞き、その「苗字が全くありふれたものである」ことに主人公は少し失望する。[51] 一九〇九年後半の草稿では、彼女らの名を教えるのは画家の役目となる。アトリエの窓の側を通りかかった少女はプパルディエというブーローニュの著名な代訴人の娘である。[52] また彼女は貴族のシュミゼイ夫人の姪という設定になっているが、[53] これ以後の草稿にはそうした記述は見られない。

貴族の名前のポエジーとそれにまつわる夢想の美しさは、『失われた時を求めて』の前半部で顕著であるが、生成過程で海辺の少女たちは貴族とは次第にかけ離れ、主人公の家と同等かそれ以下の新興勢力の階級へと変えられていく。十九世紀後半にブルジョワジーが台頭して貴族を凌駕する現象はバルザックの『人間喜劇』のテーマの一つであるし、『見出された時』にも詳述される。幾世代もの伝統を経て定まった物腰や生活様式を連想させる貴族の名と比べて、プチブルジョワの姓は変動的で進化中というイメージがある。それを象徴するのがすんなりとした少女たちの肢体である。一九〇八―一九〇九年の最初の草稿の段階ですでに、少女たちの身のこなしには「数世代に渡るスポーツの習慣が与えたしなやかさと繊細さ」が見て取れる。[54] スポーツは富裕層だけに許された贅沢な余暇であり、ブルジョワジーの貴族化を象徴するものととれる。彼女たちは実際に「テニスのラケットを手に、または騎馬用の短いスカートをはいて[55]」、「乗馬用ブーツをはいて[56]」、あるいは「うち二人は自転車を押し、一人は馬から降りたばかりという風で長いスカートと長いベールを付け、もう一人はゴルフのクラブを手に[57]」登場する。スポーツによる鍛錬は、台頭しつつある階級が遺伝により引き継ぐ肉体的特徴を変化させ、「進化」を促進する。カイエ34はこの現象を描くのに彫刻の比喩を導入する。「彼女たちの美しい脚、腰、健やかで安らかな顔、敏捷で悪賢い眼差し」は「知性を洗練させる鍛錬以前の肉体の鍛錬」が「まだ苦悶に満ちた表情を探求しない時代」、「古代のまだ若い時代」の「彫刻」のように生み出すものであり、[58] 最終稿ではこの美しい肉体は「ギリシアの海岸で太陽に照らされている彫像のように海を背景にしている[59]」。彼女たちの属する社会階級の歴史が数十年をかけて彫刻家のように新しい肉体の鋳型をつくっていったように、語り手の眼差しもまた、最初は星雲のようにしか見えなかった彼女たちの流動的な像を、一瞬一瞬少しずつ明瞭にしていく。マクロとミクロの異なったスパンの時間の流れがここで交差しているのだ。

5　変容し続ける印象とエクリチュールの増幅

かもめの一群のように突然出現した少女たちの印象は、距離が縮まるにつれ、海のように激しく変容する。彼女たちをさらに知る過程で重要な役割を果たすのが、すでに見たように画家エルスチールだ。名前や両親の職業についての情報を与え、主人公を彼女たちに引き合わせるだけでなく、物の印象を感覚に忠実に捉えるという美学的な意味でもこの少年の恋愛に大きな影響を与えている。

「カイエ34」の後半部とそれに引き続く「カイエ33」では、アトリエでの午後のパーティーでブクトー嬢に紹介されるまでの経緯が、話を前後させながらほとんど手探りで描かれるが、ページの欠落が激しい。しかし、例外的に、ある二つの場面を巡る試行錯誤の連続を物語る重要な断片がかろうじて残されている。

アトリエ訪問中、エルスチールが少女たちと親しいことを知った主人公は、少女たちが通りかかる可能性のある海辺へ彼を散歩に連れ出そうと画策する。外にやっと出たものの日も暮れてきて絶望的な気持ちになったそのときに、少女たちの一群と遭遇する。紹介してもらえると確信し、彼女たちと挨拶をかわす画家からわざと数歩離れたところで、「波を受けるときに海水浴客がするように」背を向け、目の前のアンティックの店のショーウインドーに見入っているふりをする。画家に呼ばれるやいなや、自分を指差して「私のことをお呼びなのですか」とさも驚いたように言いながら駆けつける準備をする彼は、少女たちと知り合うことは実際にもうどうでもよい気にすらなり始める。しかし、その期待に反して、画家はそのまま少女たちと別れてしまう。紹介してもらう目論見がはずれたとわかるやいなや、少女たちは再び欲望の対象に見えてくる。[60] そこで画家は数日後アトリエで小さなパーティーを開き、そこに主人公と少女の一人を招待する。到着した少年は、絹のドレスを着て行儀良く座っている少女が彼女に他ならないことに一瞬気がつかない。音楽やビュッフェや社交の場の華やかさに気を取られ、彼女についに紹介してもらってもそのときはさほど感動を覚えない。[61] いずれも少年の衒い、わざとらしさが鼻につく滑稽な場面である。

一九〇九年の草稿ですでにパーティーの場面、[62] ついでそれに先立つ散歩の場面[63]の概要は出来ている。「カイエ34」では、二つの場面における欲望の増減とそれに伴う印象の激しい移り変わりが書き込まれる。

まず作家によって「35」というページ番号が頭に書かれたフォリオ51 r°で、少女がアトリエの窓の側を通りかかり、その後主人公が画家を散歩に連れ出すまでの経緯が書かれる。この後の数ページを白紙にしたまま、次のカイエを開いて続きを書いたようだ。[64] その一方で、「カイエ34」の余白のページにもさらに断片的に書き込まれる。一度目の滞在中にまだ幼い少女たちの塊を浜辺でぼんやりと目にした思い出が書かれる部分の左ページの加筆を引用する。

a）私が初めてアルベルチーヌと知り合いになる場面で重要

エルスチールは彼女にむかって私の名を言った、私は彼が私についてどんなことを言ったかがすべてわかっていた、すると彼女は全く小さくなり、すべての神秘性を失った。〔……〕パーティーのざわめきの中で、他の人たちに気をとられ、我を忘れ、私はもはや彼女のことは考えなかった。夜、自分の部屋に帰り、自分の体、すきま風や疲労や不消化を恐れるこの体、エルスチール宅では見失っていたこの体と、**〔ページ左欄外〕**〔……〕自分の考えや記憶を取り戻したときに、私が欲した魅力的なゼラニウムの花の色の彼女の顔がそっと浮かんでくるのだった、それはそれまでは見えなかったものの、おそらく星のようにそこにあったのであり、+[65]**〔ページ上欄外〕**+というのも星はいつも我々の頭上にあるのだが、昼間の目をくらませるような光の中では見ることができず、いつも暗闇が訪れるやいなや、まるでたった今やって来たところだと言わんばかりに輝き始めるのだ〔この最後の比喩については、紹介される前にアルベルチーヌを見る場面の一つに置いた方がおそらくいいだろう、というのも紹介される場面のためには、写真の焼き付け職人の比喩があるはずだから。紹介の場面については、また以下の通り。しかし私が再び見ていたのは、ゼラニウム色の顔をした大柄で高慢な少女ではなく、小柄でおどおどしてキンポウゲのような顔色をした少女だった。**〔右端と右ページ左欄外にまたがった四行〕**この後に続くのは、私たちの出会いの挿話。今や私が彼女にとって**〔右ページ左欄外下〕**好奇心の対象であると感じると、彼女はもはや私の好奇心をそそらないのだった。彼女はもはや私の思いが彼女の周りに投げかけようとする網では囲みきれないのではないかと不安になるような巨大な存在として私を凌駕することはなく、私のうちに円の中の三角形のように含まれ、私は彼女を所有していると感じていた。~~好きなときに彼女に会えることを確信し、私は不安なしに彼女のことを思い、まったく安らかに私の内の記憶は~~○**〔左欄外上〕**○彼女のキンポウゲ色の顔の瑞々しいイメージの上に留まり、私はそれを再び目で見る日まで、ゆっくりと記憶によって凝視するのだった。**〔ページ上欄外〕**そしてその日、彼女はまた別人となるのだ。彼女は海のように多様だからだ。（この断片とこのページの欄外の書き込み全体は左ページに関するものであり、このページには関係なし。[66]）（図3）

左ページから右ページの欄外へと、見開きの二ページにまたがりながら、残された余白にびっしり書き込まれている。作家の註では関係がないとはされながらも、右ページの本文中に描かれる遠方で判然としない少女の最初の像と、距離が縮まっても日によって、また見る人の心理によって、変貌し続ける彼女のイメージの描写は、視覚的曖昧さというテーマ的な関連が深く、この二つのテクストがカイエの空間上で隣接し、絡み合うさまは象徴的だ。少女は「海のように多様だ」とあるが、ここで« la‹es› Mer‹s› »と、海という単語を複数形に修正し、一つの物の名に結びつくイメージの多様性を強調する。また大文字で書かれていることから、人の名への連想も可能だ。事物の名にまつわる固定観念との葛藤は、画布に

図3　カイエ34, f°s 41 v° − 42 r°（左ページの執筆の際、欄外や右ページの余白も使って書き込まれている）（フランス国立図書館蔵）

自然の印象をうつしとる印象派画家の姿勢である。
この三ページ前にあたる左ページにも関連する書き込みがある。

b）偶然私はほとんど同様の考察を、エルスチールが私を呼ばなかった場面でカイエ・フリドランに書いた（これについては失念していた）、二つの断片を組み合わせ、どこに置くのがよいか考えること。

〔ページ下に貼られた紙の断片上〕私は好きなときに彼女に会えることがわかっていた、彼女が私のことを知っていることは、彼女に手紙を書くことも可能であるということであり、この確実性のため、喜びから不安な要素が取り除かれてさほどさしせまったものでなくなり、もはや想像力も意志もかきたてられることはなく、私の記憶だけが全く安らかにキンポウゲ色の顔の瑞々しいイメージの上に留まるのだ。

この数行は次ページの裏側の左欄外下で削除された数行に代わる、以降このページの左欄外上の○キンポウゲ色の顔の瑞々しいイメージへと続く。[67]

これも物語の素描の中に作家の注記が入り交じって読みづらい。カイエ・フリドランは「カイエ33」のことであり、「エルスチールが私を呼ばなかった場面」とは画家との散歩中に少女たちと遭遇した挿話のことだ。「次ページの裏側」はフォリオ42 r°（加筆a）を指す。引用した断片の上には、「私が毎日彼女たちを見かけるようになった後のどこかで、このように無頓着に言うこと」という指示の別の断片もあり、少女たちとの距離が縮まる過程での主人公の心象の変化を物語る挿話や比喩をどのように配置するか、作家は苦心している。

このテーマに関してはさらにもう一連の加筆がある。

c）私が彼女たちに会えるように毎日の段取りを決めるようになったときに置く。

〔……〕娼家の女主人の世話を受け、我々に身をまかせる少女がいるとすると、彼女は我々がよく知っているすべてのものと同様になるだろう。おそらく我々の欲望は小さくなるだろう。彼女がいるところに赴くことができ、彼女に会うことが可能だと考えるだけで、前日より事態が進展しているわけではないのに、もっと良い方にいくと思うだけで明日も再開しようという押さえきれない欲望が生まれるのだ、〈〔**右ページ下余白**〕これまで我々が知っていたのとは違った花のような顔。なぜなら輪郭も色彩も驚異的に多様だからだ。つまりいろいろな顔や個人の相違の根源はごくわずかなものなのだ。ここで少し強調されている曲線、頬のところですこし淡くなっている薔薇色、私の目の前の少女は新しい種に属していた。おそらく微量の赤褐色がかった黄色が薔薇色の中に溶けたその頬が私に与える欲望は、生命力旺盛でやわらかなゼラニウムを再び見たいという欲望と同じものなのだ（少女たちはゼラニウム、garnierium.〉[68]〔……〕〔**右ページ左欄外**〕〔……〕四ページ前のページＬＥＲに続く。[69]

ｄ）ページＬＥＲ

（四、五ページ後の表ページの左欄外の続き）

恐らくそのために私の欲望は増すのだった。〔……〕しかし満たされない欲求のみが我々を駆り立てて、いかなる思いがこのキンポウゲ色の頬、ゼラニウム色の頬、あるいは柘榴色の頬の裏に潜んでいるのか想像させるのであって〔……〕

〔**左欄外**〕前ページ（裏ページ）にこの最初の会見について書いてあるので見ること。

〔**ページ上欄外**〕私が画家のパーティーに到着したときに、彼女を知ることはほとんどどうでもよくなっていたと書かなければならないだろう（capital）[70]〔……〕[71]

ページＬＥＲで「前ページ（裏ページ）」とあるのは、すでに引用したフォリオ41ｖ。（加筆ａ）のことである。ここではページ数の関係で、加筆ａやｂにも見られた花のような少女らの顔の描写のみ引いている。加筆ｃでは、微妙な色彩のニュアンスが繊細に描かれ、画家のパレットをも思わせる。「微量の赤褐色がかった黄色」の傍線箇所では「原子、微粒子、微量」atomeという語が用いられ、常人の目を越えたほとんど科学的な精密さを思わせる。加筆dでは、頬の色のニュアンスから、知りたくても知ることのできない少女たちの内面へと連想され、主人公の欲望をかきたてている。この主題についてはもう一つ断片が書かれている。

e）場所がないので、この少女の一群についてここで書き加える。アルベルチーヌとの散歩の場面中に書いた空想と習慣についての一節は、恐らく以下の断片[72]に入れなければならない。それをゼラニウムという語の後に置き、こう書くことができるだろう。眼前のゼラニウム色の皮膚の思い出が実際に我々の持つすべてである。この少女の存在の他の側面、彼女の思いや、意志や、性格や、生活については、我々は想像によって構築するのであり、故にそれは我々には未知の生活そのものに思え、我々の目に見える唯一の面であるこのゼラニウム色の顔の裏側を自分のまなざしで見ることができたら、そのまなざしはもっと奥深い諸感覚の認識が混入されてより官能的になるが、まなざしのそういう本性が露になることはなく＋〔左欄外〕＋我々は目の楽しみ以外のものを探し求めていると思わせておくのだ、あたかも我々が偉大な芸術家の手による我々が大好きな美しい絵画作品を見にいくときのように[73]。

花のような色彩が与える目の喜びは、我々が気がつかないうちに共感覚的に他の深い感覚にも訴えかける。画家の比喩が最後にあるのも興味深い。花の比喩については、「カイエ33」でさらに手が加わる。

f）私が彼女に紹介される場面で重要。

最初私には彼女がわからず、そこにいるのが彼女とは思わなかった。女性というものは、アルベルチーヌの場合がそうであるように日によって変化しないまでも、全く「違って」見えることがある。なぜならば最後の日に我々が目にし、拠り所にする彼女の特徴は、ある一定の様子、ある色合いであり、その色合に最も微細なタッチで色を加えるだけで〈モクレンから椿へ〉、椿からキンポウゲへ、キンポウゲからゼラニウムへ、ゼラニウムから柘榴やシネラリアへと変化させることができるのだ〔……〕〔左欄外に続く〕~~モクレン~~　椿のような顔色の代わりに、少しのブロンド色がキンポウゲの魅力を与え、そこにゼラニウム、おそらくシネラリア、あるいは（ボタン穴につける花）の赤が混ざるのだ[74]

花の種類はさらに増え、パレットのグラデーションが豊かになる。もう一種類赤い花が頭にあったようだが、名前を思い出さないようだ。

最後に「カイエ33」にまたがる重要な一連の加筆を検証する。空白のまま残されていた「カイエ34」の最終ページにこう書かれる。

g）〈これはページ35の長い付記の続きである〉
おそらく私がそのときアルベルチーヌという名であることを知った少女の同一性をめぐるこの最初の躊躇は、人は皆、様々に変化するのだというすでにジルベルトやゲルマント夫人を愛していたときに感じていた印象をさらに際立たせるのだった〔……〕アルベルチーヌに関していえば、彼女を最初に見たときに背景にあったあの海のように、私がアルベルチーヌと呼ぶのは、ちょうど言語の便宜のためにそれを海と言うようなもので、もし真実に忠実になるならば、毎回異なった名前で、ニンフと彼女を呼ばなければならないだろう。このようにもしアルベルチーヌについて実用上の帰納によって知っていることではなく、目に見えている彼女に名前をつけるなら、彼女が私に見せる様々な少女に対して異なった名前を用いなければならないだろう〔……〕⦶ ~~ページ35に続く~~〔……〕この付記の結末はカイエ・フリドランに続く。[75]

ページ35はすでに見たとおり、アトリエ訪問中に少女が通りかかった直後の場面である。印象と名前に関する考察が再び取り上げられているが、加筆aと同じく、多彩な顔を見せる少女は、刻一刻と姿を変える海に例えられている。

「ページ35の長い付記」の本体は、カイエから切り離され、現在「cartonnier」[76]に収められているものの、ページの大半が切り取られており、内容はわからない。「カイエ33」には、この続きとして、「ページ35の長い付記の続き（A）」[77]、「（B）」[78]、「（C）」[79]の三ページが書かれ、さらに時間をおいてカイエの最後の二ページに「もう一冊のカイエの最終ページ[80]とこのカイエのページ35の長い付記の続きのAというページの間に挿入のこと」という注記で始まる加筆がある。多様で複数の名を与えられなければならないのは、まなざしの対象のアルベルチーヌだけではなく、見ている「私」もそのときによって違う名をもつべき別の人格になっているとあり、印象についての考察がさらに深まっている。[81] また、左ページでは、「異なった複数のアルベルチーヌ」がある日は両の眼に「時折海が見せるような斜めの青い透明性」をたたえ、その頰も「シクラメンの紫がかった緋色を見せるかと思うと、時折濃い赤色のある種の薔薇の黒に近い赤色になる」様が描かれる。[82]

6　画家のパレット、少年のまなざし

このようにカイエ34、それに引き続きカイエ33では、三層に亘る加筆を経て、一つの名前だけに結びつけられないほど変容しつづける少女の印象の描写が構築される。このテクストの物語中の布置について作家が迷っているのが、各断片の冒頭の注記にも伺えた。

二冊のカイエをもとにタイプ原稿、校正刷と出版へ向かって進むはずだったが、第一次世界大戦の勃発でグラッセ社からの出版は中断した。第二巻『花咲く乙女たちの影に』は一九一九年にガリマール社から出版されるが、この間の資料は散逸していることは先に述べた通りだ。カイエと最終稿を比べると、特に海辺の避暑地を舞台とする「土地の名・土地」

に手が多く入れられ、物語の構成も変化していることがわかる。

エルスチールとの散歩の場面では、少女たちは「並木道のずっと向こうに」「他のものとは混同できないエッセンスの「斑点」taches のように、植虫類の群れの散らばった星状に」姿を現す。[83]《 taches 》という単語、また海の原始的な生物の比喩が、海辺で最初に彼女たちを認めたときの描写と共通する。この箇所はカイエ33では切断されているが、ページのわずかに残された部分より、最終稿に近い状態だったことが推察される[84]（図4）。最終稿では、紹介してもらうあてがはずれた後の、少女たちのイメージの変化も詳しく描かれ、昼間は見えないのに夜になると輝きだす月の例えがみられる。[85]これはカイエでは月ではなく星となっており、加筆aの「この最後の比喩については、紹介される前にアルベルチーヌを見る場面の一つに置いた方がおそらくいいだろう、というのも紹介される場面のためには、写真の焼き付け職人の比喩があるはずだから」という注記の通りの配置になっている。写真の比喩については、最終稿では画家のパーティーの挿話中で、「愛する人の前でとるのはネガにすぎず、それを現像するのは後になって、家に帰り、あの内面の暗室が自由に使えるようになってからであり、その室の入口は他の人たちと一緒にいるときは『締切』になっているのだ」と書かれている。[86]しかし、このパーティーで間近に見た彼女の「燃えるように赤いこめかみ」に言及されるものの、[87]キンポウゲもしくはゼラニウムを思わせる顔色の描写は存在しない。

カイエ34と33はこのパーティーのあたりで終わっている。それ以後の少女たちとの交流も、最終稿で大幅に書き換えられている。その一つが一九〇九年にすでに素描されている以下の挿話である。或る夜、事情があって主人公と同じホテルに部屋をとったアルベルチーヌは、自分がベッドに入ってから部屋に遊びにきてもよいと言う。それを曲解した少年は横たわっている彼女の頬に接吻しようとするが、怒った彼女はけたたましく呼び鈴を鳴らして拒む。最終稿では視覚的印象の描写に重点が置かれる。窓の外には海、「丸く膨らんだ断崖」、まだ天頂に達していない月という、絵のような光景が見える。しかし、主人公の眼下にはさらに魅力的な風景が広がる。「内面の火に照らされたようで」、「不動で目もくらむような渦巻きにさらわれるミケランジェロの人物たちのように回転する、燃える天体の自転の立体感」をもつアルベルチーヌの頬の丸く膨らんだ曲線が次第に近づいてくるが、「この見知らぬ薔薇色の果物の香りと味」に到達される前に企ては阻止される。[88] 海のように形と色を変え続ける少女の花のような頬の「もっと奥深い諸感覚」を知りたいという少年の欲望が最高潮に至る場面だ。比喩やミケランジェロの作品の例えを駆使した描写は、初めてのアトリエ訪問のときに画家が手がけていた海と天体の風景と競合しているようにも読める。

今回とりあげた二冊のカイエに残されたページ中で書き換えのくり返された問題の描写は、最終稿ではこの拒絶された接吻の場面の後、海辺の滞在も終わりに近づいたところで登場する。印象と色彩の分析はさらに細かく豊かになっていて興味深いが、ここではカイエのヴァージョンと共通する部分にとどめる。

> ある日は、彼女は痩せて、つやのない顔色で、陰鬱な様子で、透明な紫色が、海でよく見られるように日の奥に斜めに射し込んでいた〔……〕彼女の頬の色はシクラメンのような紫色がかった薔薇色に達するときもあるし、また時折、充血して熱っぽいときは、病的な感じが私の欲望をもっと官能的なものに引き下げるのだが〔……〕ほとんど黒に近い赤の薔薇の濃い緋色を呈するのだった〔……〕私はアルベルチーヌのことを考え続ける私の一人一人に違った名を与えなければならないだろう。そしてさらに私の目の前に現れる様々なアルベルチーヌの各々にそれぞれ名を与えなければならない。というのも彼女は決して同一ではなく、それは――単に便宜上私が海と呼んでいる――あの次々と姿をみせる複数の海のようであり、それらの海を背景にアルベルチーヌは、際立ったニンフとしてその姿を浮かび上がらせるのだった。[89]

こうした物の名にとらわれない画家のようなまなざしの獲得の背景に、エルスチールが介在していることが、この引用の直後に明らかにされる。

> しかしながらとりわけ〔……〕ある日アルベルチーヌを見るときに私の魂を支配していて、自分の目に入る

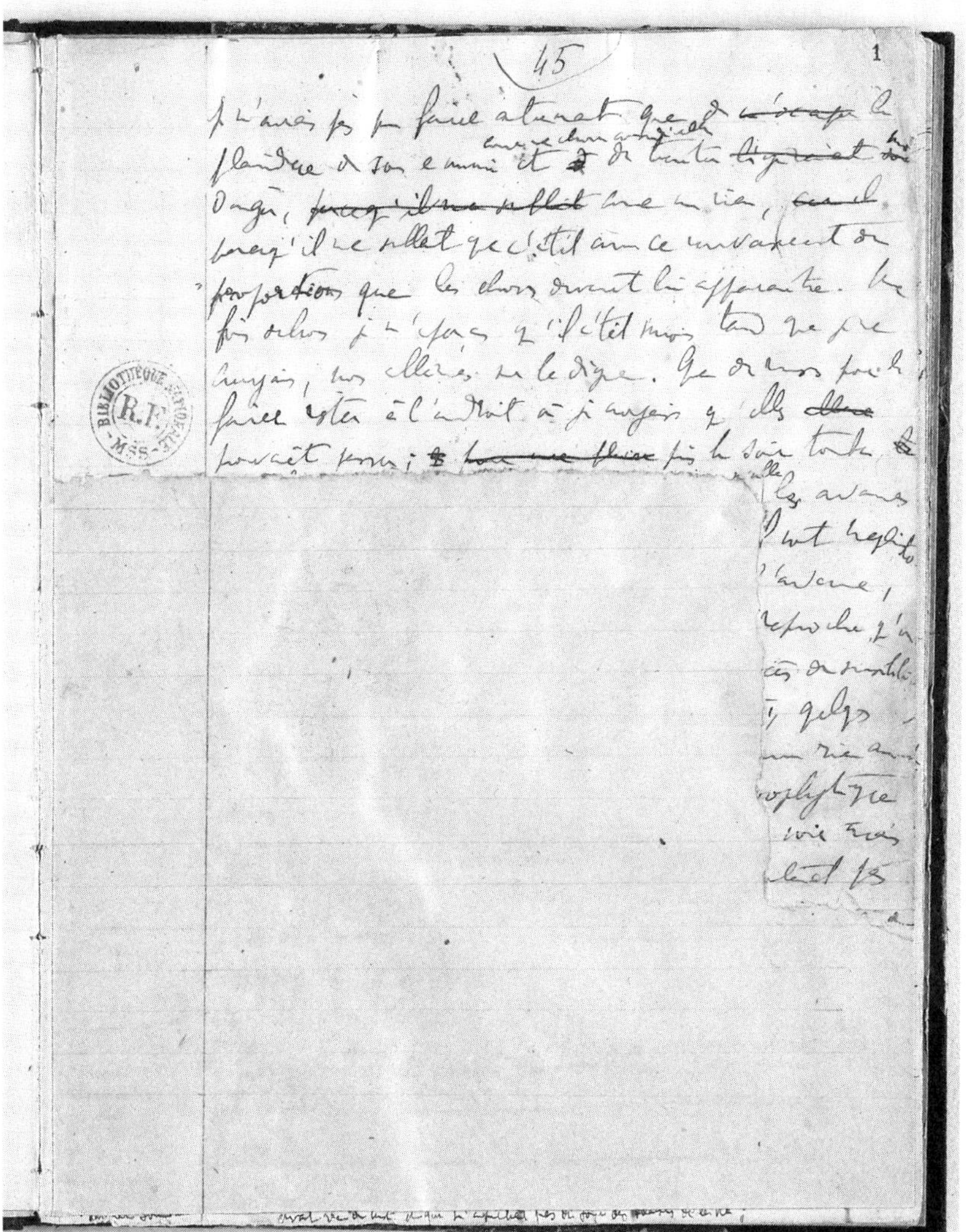

図 4　Cahier 33, f° 1 r°（フランス国立図書館蔵）

人々の雰囲気や様子をつくりあげている確信に常に名前をあたえなければならないのだった、ちょうど様々な海の様子がかろうじて見分けられる雲に支配されているのと同じで、その雲は濃密になったり、動いたり、拡散したり、遠ざかることによって、事物の色彩を変えるのだった――その雲とは、エルスチールが引き裂いたあの雲と同じだった、あの日の夕方、彼は立ち止まって一緒にいた少女たちに私を紹介してくれなかったので、遠ざかっていくときになって彼女たちのイメージが突然私にとって美しくなったのだ――その雲は数日後、彼女たちと知り合いになったときに、彼女たちの輝きを覆い、彼女たちと私のまなざしの間に、ウェルギリウスのレウコテアのように不透明にやわらかく立ち入るのだった。[90]

画家とのこの夕暮れの散歩は、主人公の恋愛だけではなく、そのまなざしの美学を育む上で重要だったことにさりげなく言及されている。二冊のカイエにおける試行錯誤、その中で生まれた比喩の物語中の配置の並べ替えの過程をたどることによって、逸話の隠された意義に焦点をあてたこの一文の重要性が我々読者の目に明らかになるのだ。

エルスチールの印象派の技法は少年に深い影響を与え、アトリエ訪問の数日後には、食後の散らかったテーブルを前にしながら、画家の静物画のように「現実の中に何かポエティックなもの」を見つけようとし、[91]数年後のバルベックの二度目の滞在の折は、「エルスチールによって教育された目で」海の風景と対峙する。[92]同様に、見知らぬ少女の群れの出現場面は水や海のイメージと深く結びつき、にじんだ色斑に溶け込んだ一人一人の像は次第に輪郭をとりながらも、刻々と形や色を変え続け、見る人のまなざしによって別人のようにすら変化することを主人公は学んでいく。断片が混在し、レースのように虫食いだらけのカイエに交互にくり返される絵画と恋愛の二つのテーマの隣接は、単なる生成過程上での偶然の産物ではなく、交差し、融合し、物語の重要な伏線となる流れを形成していくのだ。

『失われた時を求めて』という膨大なテクストには、様々な仕掛けがあり、繰り返し読んでも、読者が見逃してしまうものが大半かもしれない。読むごとに新たな発見があるのが、この作品の魅力ではある。この巨大な機械の構築過程に書かれた草稿は、複雑で難解だが、完成作品に新たな光をあて、この宝探しに大きなヒントを与えてくれることが多々ある。今回取り上げたのは些少な例にすぎないが、カイエが「目利きの毛皮職人」である読者の邂逅を得れば、「最上質の布地」として作品の読みに無限の滋養を与えてくれることは、半世紀以上に亘るプルースト草稿研究の成果が物語っている。そしてその布地の「構造」texture の解明にはまだまだ尽きることがない課題が残されているのだ。

注

1 André Malraux, *Le Musée Imaginaire*, Gallimard, « folio essais », 1997, p. 60.

2 Marcel Proust, *À la recherche du temps perdu*, Gallimard, « Bibliothèque de la Pléiade », 4 vol., 1987–1989, v. IV, p. 611. 以下、『失われた時を求めて』からの引用はつねにこの版によるものとし、該当箇所の巻数およびページ数のみを記す。

3 「カイエ34」と「カイエ33」については、以下の論文に詳しい分析がある。Michelle Berman-Gourmelon, « Cahiers 33 et 34 : la mise au net du manuscrit des *Jeunes Filles* », *Bulletin d'informations proustiennes*, n° 21, 1990, p. 67–74.

4 加藤靖恵、「吉田城先生と画家エルスチールのアトリエ」、『流域』六一号、青山社、二〇〇七年、五二頁。

5 この問題についてはすでに別の機会に詳説した。前掲論文、四九—六〇頁。

6 Cahier 34, f° 47 r°. カイエの用紙一葉（フォリオ）の表面は recto（r° と省略）、裏面は verso(v°) と呼ぶ。

7 Cahier 34, f° 49 r°.

8 II, p. 401.

9 II, p. 776 ; III, p. 147.

10 II, p. 117.

11 Cahier 34, f° 47 r°.

12 Cahier 34, f° 49 r°.

13 II, p. 190.

14 Cahier 64, f° 25 r°. Cf. Yasué Kato, *Etude génétique des épisodes d'Elstir dans* A la recherche du temps perdu, Surugadaishuppansha, 1998, p. 88–89.

15 II, p. 1322.

16 Cahier 34, f° 52 r°. Cf. II, p. 194.

17 Cahier 34, f° 50 r°. Cf. II, p. 190–191.

18 少女の挿話の生成過程については、プレイヤッド版のNotice（II, p. 1314–1330）及び主として以下の論文を参照。石木隆治、『マルセル・プルーストのオランダへの旅』、青弓社、一九八八年。Hidé-hiko Yuzawa, « Souvenirs du rêve et leçon du regard : étude génétique sur les jeunes filles à la plage d'après les manuscrits de Marcel Proust », thèse (Paris IV), 1989.

19 Cahier 3, f° 29 v°.

20 Cahier 36, f°s 32 r°–37 r°.

21 Cahier 4, f° 65 v°.

22 Cahier 3, f° 29 v°.

23 Cahier 36, f° 33 r°.

24 この段階ではスワンを思わせる三人称と「私」という一人称との間の迷いが見られる。これは「カイエ25」でも同様である。

25 Cahier 26, f° 28 r°.

26 Cahier 26, f° 29 v°. この風景は未完の小説の草稿『ジャン・サントイユ』にも見られる (*Jean Santeuil*, Gallimard, « Pléiade », 1971, p. 213)。

27 「嵐の影響で黒い部分」、「空と同じ色で、空と同様にエナメルを塗ったような部分」、「太陽に照らされ、霧と泡のために白く、密度が高く、地面のように見える部分」と、各部分は「同じ一続きの海とは言えない」ほど違った風に描かれる (II, p. 193–194)。

28 Cahier 25, f°s 30 v°–28 v°.

29 Cahier 12, f° 111 r°.

30 Cahier 25, f° 41 v°.

31 Cahier 25, f° 40 v°.

32 Cahier 25, f° 39 v°.

33 Cahier 64, f° 145 v°.〈　〉内は加筆部分。

34 Cahier 34, f° 24 r°.

35 Cahier 34, f° 30 r°.

36 Cahier 34, f° 31 r°.

37 Cahier 34, f° 32 r°.

38 Cahier 34, f° 36 r°.

39 Cahier 34, f° 37 r°.

40 Cahier 34, f° 50 r°.

41 まずBoucteau、ついでBouqueteauと表記される。尚、最終稿ではSimonetとなる。

42 Cahier 34, f°s 36 v°–37 v°.

43 Cahier 34, f° 50 v°.

44 Cahier 3, f° 29 v°.

45 Cahier 3, f°s 30 r°, 31 r°–32 r°.

46 Cahier 36, f° 37 r°.

47 Cahier 26, f° 33 r°.「小ブルジョワ」とは資本家階級（ブルジョワ）より下位にあり、蔑称のニュアンスもある。

48 Cahier 26, f°s 36 r°–37 r°.

49 Cahier 12, f°s 114 r°–115 r°.

50 Cahier 12, f° 122 v°.

51 Cahier 25, f°s 38 v°–37 v°.

52 Cahier 64, f° 127 v°.

53 Cahier 64, f°s 91 v°, 68 v° etc.

54 Cahier 3, f° 30 r°.

55 Cahier 36, f° 32 r°.

56 Cahier 12, f° 111 r°.

57 Cahier 64, f° 145 v°.

58 Cahier 34, f°s 33 r°, 38 v°.
59 II, p. 149.
60 II, p. 210–215.
61 II, p. 225–230.
62 Cahier 12, f°s 117 r°–123 r°, 121 v°–122 v°.
63 Cahier 64, f°s 125 v°, 126 r°.
64 Cahier 33, f°s 1 r°–3 r°.
65 引用中の＋や○は、ページ中ばらばらに書かれた加筆をつなぎあわせる順序を指示するための記号。プルーストは草稿ノートでこうした用途のために、他にも様々な記号や、人の顔、家、鳥などのデッサンを用いる。
66 Cahier 34, f°s 41 v°–42 r°.
67 Cahier 34, f° 40 v°.
68 「ゼラニウム」géranium から派生した造語と思われる。プルーストは括弧を閉じるのを忘れている。
69 Cahier 34, f°s 47 v°, 48 r°.
70 「重要」という意味。晩年の草稿ノートにこの表現が散見される。
71 Cahier 34, f° 42 v°.
72 ページの大部分は切断されて、言及されている断片を読むことができない。
73 Cahier 34, f° 46 v°.
74 Cahier 33, f° 8 v°.
75 Cahier 34, f° 54 r°.
76 N. a. f. 27350 (1).
77 現在はこのページは草稿のルリーカ（断片を集めたファイル）にある（N. a. f. 16729, f° 142 r°）。
78 Cahier 33, f° 4 r°.
79 Cahier 33, f° 5 r°.
80 Cahier 34, f° 54 r°.
81 Cahier 33, f° 60 r°.
82 Cahier 33, f° 60 v°.
83 II, p. 210.
84 「並木道」、「進んでくる」、「感受性の過剰」、「植虫類の」など、最終稿と同じ語が見られる（Cahier 33, f° 1r°）。
85 II, p. 212.
86 II, p. 227.
87 II, p. 229.
88 II, p. 285–286. Cf. Cahier 25, f° 33 v° ; Cahier 64, f°s 91 v°, 92 r°, 78 v°–77 v°, 79r°.「カイエ 25」では、少女の顔は「シクラメンのように紫色がかった薔薇色」をし、「薔薇色に燃えながら回転する卵形の球体」のようだとある。シクラメンの色の比喩はカイエ 33 では他の場面に移行していることはすでに見た（f° 60 v°）。
89 II, p. 298–299.
90 II, p. 299–300.
91 II, p. 224.
92 III, p. 179.

第17章　ポール・ヴァレリーと生成の詩学《ポイエティック》

森本淳生

1　ヴァレリー研究と草稿

ポール・ヴァレリー（一八七一—一九四五）のことを考えるさいに、広い意味での草稿ないし手稿《マニュスクリ》を読む作業はかかすことができない。言うまでもなく、一九五七年から六一年にかけてCNRSからファクシミレ版として出版された『カイエ』——ヴァレリーが一八九四年から死の直前まで書き続けたノートブック——は、ヴァレリーの思想を理解するうえで不可欠の資料となっており、一九七三年から翌年にかけて二巻本で出され、テーマ別に編集されている点において便利でもあるジュディス・ロビンソン＝ヴァレリーによるプレイヤッド版（その翻訳が筑摩書房から出された『ヴァレリー全集　カイエ篇』（一九八〇—一九八三）である）や、一九八七年以来、新たな校訂作業を施され注釈を伴って出版されている活字版とあわせて、『カイエ』は基本文献としてヴァレリー研究者のみならず一般の読者にも広く開かれたテクストとして存在しつつある[1]。今日、ヴァレリーがおもに請われて書いた公刊されたテクストのみに頼ってヴァレリーについて語ることは——当時の社会における「ヴァレリー像」や言説の影響関係を探る研究をのぞいては——誤解を招く危険性が大いにあるだろう。手稿《マニュスクリ》『カイエ』は必読の資料なのである。

これとならんでフランス国立図書館草稿部に所蔵されている多くの作品草稿にも注意が払われてきた。ヴァレリーの文壇復帰作となった一九一七年の『若きパルク』や詩集『魅惑』の生成研究がなされる一方[2]、『テスト氏との一夜』や『レオナルド・ダ・ヴィンチの方法序説』などの初期作品の生成研究[3]や、『アガート』、『マラルメ試論』、『注意論』などいわゆる「沈黙期」の未完テクストの草稿研究[4]なども行われている。いずれも、ヴァレリーの全体像を考えるにはかかすことのできない作業である。

いわゆるブルデュー流の「文学場」の概念を援用して、ヴァレリーが公刊したテクストの果たした社会的な機能を研究するのでなければ、今日、公刊されたテクストと草稿・手稿《マニュスクリ》とのあいだにヒエラルキー的な差異はない。生成研究が強調してきたように、「完成された」テクストと準備稿にみられる削除・訂正・逸脱などは同じ価値をもったエクリチュールとして、作家の活動の一部に位置づけられる。では、このような視点をとると、どのようなことが見えてくるのだろうか。例えば、『テスト氏との一夜』の草稿を見ると、ヴァレリーが当時いかにエドガー・アラン・ポーの創造した探偵デュパンに影響を受けていたかが分かるし、『注意論』の草稿やノートを丹念に読んでいけば、ヴァレリーが一九〇〇年前後にどのようなかたちでカントの『純粋理性批判』を受容したかも理解できる。こうしたことは公表されたテクストだけからは想像しがたいことであり、手稿《マニュスクリ》を読むことで初めて明らかになるのである。

2　詩（へ）の回帰

さて、若くしてマラルメの弟子となり、少なからぬすぐれた詩篇を書いたヴァレリーは、やがて詩を放棄し、エドゥアール・ルベーの私設秘書として生計をたてつつ、ただひたすら『カイエ』の孤独な思索に没頭することになる。しかし、一九一二年、ジッドにかつての詩篇をまとめて出版することを求められたヴァレリーは逡巡しつつもその改訂作業に入り、詩に別れを告げるために最後の作品を書くことを思い立つ。初めは小さな詩篇を企図していただけだったが、書くためにノートをとっているうちに、それはどんどん膨らんでいき、大きな作品へと成長していった。これが一九一七年に公表された五一二行からなる長篇詩『若きパルク』である。[5]

ここで注目したいのは、このようなヴァレリーの営為が「詩への回帰」であると同時に、彼の内面における「詩の回帰」でもあったということである。実際、四年以上の歳月をかけて書かれた『若きパルク』制作の過程で、ヴァレリーは詩作上の理論的・実践的なさまざまな問題につきあたった。それが彼の詩人としての意欲を刺激し、ヴァレリーはいわばこの作業を通じて詩人としてのポテンシャルを高めていき、やがて『魅惑』という詩集を編むにいたる。

しかし、ヴァレリーにおけるこうした詩（へ）の回帰は、彼が他方で熱心に行っていた『カイエ』における抽象的な思索とどのような関係にあるのだろうか。ヴァレリーは多様な顔をもった作家である。詩人、批評家、思想家……、こうした様々な側面はこれまでのヴァレリー研究において個々別々に論じられてきたといってよい。しかし、大きく言って、いわゆる「システム」と総称されるヴァレリーの思弁的な思想と、実作をも含む詩人としての体験とがどのように関連しているのか、言いかえるならば、知性と詩とはヴァレリーにおいてどのようなかたちでともに生きられたのか、このことを考えずにはヴァレリーについての統一的な理解は得られないだろう。

実際例えば、ヴァレリーは以上の点について、次のように述べている。

> 思うに、私の諸詩篇から（そしてとりわけ『若きパルク』から）私が引き出した利得は、掛け値なしに言って、私が自分が詩作するあいだに詩作する自分自身について行ったさまざまな観察の総体でした。しかし他方で考えるに、こうした省察と、これに加えて、多くのテーマについてあらゆる文学的目的とは無関係に私が探し求めた詳細な説明とは、詩人としての私の仕事に多少なりとも役に立たなかったというわけではなかったのです。[6]

ヴァレリーの内部にあって、詩と思想は相互に影響しあう関係にあった。以下では、おもに『若きパルク』制作期の『カイエ』によりながら、ヴァレリーの詩学がいかに彼の思想と密接に関わっているかを考察し、さらにその詩学が彼自身の詩の制作体験からどのような影響を受けているかを見てみることにしたい。

3　行為と詩学《ポイエティック》

しかし、具体的に言って、このヴァレリーの「思想」をどのように特徴づけたらよいのか。ここではそれを十九世紀の後半以降支配的となった心理学思想である「反射理論」と「運動理論」との関係で考えておきたい。刺激と反射という単純な過程が次第に複雑化していくことで意識や思考といった高度な知的活動が生じると考えるのが「反射理論」であり、いくつかの反射が身体において組織化され行為となることを学の基本にすえる心理学が「運動理論」である。それは例えば「注意」という現象を、生理的・身体的運動過程から考察したり眼球の調節のアナロジーで語ろうとする心理学であり、ベルクソン、リボー、ジャネなど当時の学者の主要なエピステーメを構成していた（ちなみにフロイトの出発点も反射理論であった）[7]。ヴァレリーは『カイエ』のなかでこれら同時代の心理学思想を独自に展開していったのである。

これがヴァレリーの詩学と接続されるとき、それはたんなる「ポエティック」ではなく、「ポイエティック」poïétique となる[8]。このギリシア語語源 poïein（作る）を際だたされた詩学は、まさに詩人が詩を作っている状態の内部に飛びこみ、その過程を明らかにしようとする試みで、ヴァレリー自身の詩作の体験と密接に関わっていた。詩学《ポイエティック》は、できあがってしまった作品ではなく、文字通り作品が生成するプロセスを――そしてヴァレリーの企図に沿うならば、テクスト生成論が追跡しうる文字痕跡の変遷のみならず、そのようなエクリチュール自体の精神内部での生成のプロセスを――対象とする批評知なのである。「作品は私にとって大して重要ではない。私を気がかりにさせ、刺激し、苦しめるのは作品を作る能力である。」[9]これは後に「精神の作品は行為においてしか存在しない」[10]という有名なテーゼに変奏されることになるだろう。

『カイエ』において、詩学《ポイエティック》はいわゆる「グラディアートル」（剣闘士）――当時の競走馬の名前でもあったらしい――の項目のもとに分類される断章と関連づけて考えられるべきだろう。そこには、人間の芸術的、知的あるいはスポーツ的なさまざまな活動に対するヴァレリーの関心が色濃く表れている。「グラディアートル――／デッサン／話すこと＝書くこと／歌うこと――リズム／計算――推論／調教――馬――お前のなかには馬がいる。[11]」ここから詩をダンスと比較するヴァレリーの有名な比喩[12]が生まれてくる。「「詩」。「フェンシング」、「ダンス」、「乗馬」と言うように「詩」と言わなくてはならない。あらゆる思弁についても同様である。[13]」詩学《ポイエティック》において働くさまざまな「機能」は「筋肉」に対比される。文学は「言語の芸術」であり、最良の詩人は内的にも客観的にも「最も良く自分の言語を所有している者」であるが、それはちょうど「アスリートが自分の筋肉を」所有するとともに「解剖学者が筋肉なるものを」所有していることに比較できる。詩人の務めは「解剖学者とアスリートを接続すること」なのである。[14]

詩をダンスにたとえるヴァレリーの比喩はよく知られているが、これまでどうしてこのような比較が可能なのかについては問われてこなかったように思われる。ひとことで言えば、ヴァレリーが詩をダンスという肉体運動にたとえることができたのは、彼があらかじめ運動理論的な心理学によって思考していたからである。『カイエ』で展開された運動理論の図式は、ヴァレリーが詩学《ポイエティック》を考えるさいにも一種のモデルとして機能したのだ。

こうした背景におくことでヴァレリーの詩学《ポイエティック》はよりいっそう立体的かつ歴史的に理解できるように思われる。実際、よく知られているように、文学的創造の価値は「練習[15]」のうちにあるとされるが、それは身体的運動のレベルにすぐさま関連づけられるのである。「私は文学が好きではない。好きなのは精神の行為と練習である。[16]」「文学は、もしそれが知的動物の高等な練習でないなら、望ましい点はなにもない。[17]」ひとことで言えば、「芸術とは訓練でしかない[18]」のである。

こうした考察の帰結は、すでに見たようにできあがった作品の軽視と生成過程への注目である。作品とは「生き物の抜け殻、蜘蛛の巣、もはや住まれなくなった殻ないしホラ貝、繭[19]」であり、また、「排泄物、行為の残余物[20]」なのである。ヴァレリーはこうして作品を創造のプロセスと同一視するまでにいたる。「真の芸術作品とは制作そのもの、つまり芸術作品の作成である。[21]」しかし、どのようにしたら創造行為を作品として捉えることができるのだろうか。

「グラディアートル」の思想は、「事物と行為との等価性」を前提しており、対象のかわりに、「純粋な状態で」en pur 再構成された行為を置換することなのだとヴァレリーは述べる。[22] このように捉えられた構成要素は、しばしばピアニストやヴァイオリニストの訓練され独立した指の動きにたとえられている。[23]「練習しているヴィルトゥオーゾのようである作家は、自分の指を意識化する。[24]」アナロジーはさらに推し進められる。自分の楽器を演奏する音楽家のように、詩人は自分の楽器、すなわち創造状態にある自分の存在を演奏するのである。

詩人——ピアニスト

自分自身を用いての演奏。
ひとつの楽器として、欲望の共鳴器として、望ましい事物の現前、切迫として、自分を考え、自分を組み立て、自分を調律し、自分の演奏を始め、そして自分を聞くこと。[25]

作品とは演奏であり実演だというわけである。詩はそもそもヴァレリーにとって、その「朗読」diction の時にしか存在しなかったし、さらには、「芸術作品の実現」、たとえば絵画や彫刻の制作は、それがリズムを伴ってなされる時、「芸術作品そのもの」と考えることが可能なのだとも言われる。[26] そのとき問題となるのは結局、「自分を対象とする〔……〕芸術家[27]」なのである。

4　待機と偶然

このようにヴァレリーの詩学《ポイエティック》は主体の能力を高めようとする構築への意志に貫かれている。ブルトンのように、[28] そこにヴァレリーのいわゆる主知主義を見ることもあながち間違いではない。しかし他方でヴァレリーは、その詩学《ポイエティック》がはらむネガティヴな側面、曖昧なるものの領域にも視線を配っていた。実際、すべてを行為として構築しようとしても、明らかに「行為として構築できないもの」の広大な領域が残るのであり、いわゆるインスピレーションはそこに由来するものである。[29]「偶然なるもの」l'accidentel は詩学《ポイエティック》の不可欠な構成要素であり、ヴァレリーはそれについて繰り返し考察している。「素晴らしい一語、天才的な筆致はほとんどすべてを幸運に負っている。[30]」従って、「幸運なる偶発事」l'accident heureux を利用しなければならない。[31]

『カイエ』における「与えられた詩句」と「計算された詩句」との区別はここから生じる。後者は前者から派生させられたものである。「与えられた詩句」は、詩人にとって脚韻、統語、意味などの形式的な制約のなかで解かれるべき問題である。[32] 言いかえるなら、最初の詩句は「善良なる神」によって与えられるが、「この詩句と韻を踏み、この超自然なる兄にふさわしい第二の詩句を作るのはわれわれなのである[33]」。しかし、このようにして出現してくる順番は、決定稿における序列とはかぎらない。

> しばしばそれは最初の詩句としてとどまるだろうが、間にわりこんだり——詩を終えたりするときもあるだろう——その続きを見つけなければならないか、その原因、正当化する理由を見つけなくてはならないだろう。[34]

こうして詩人の作業とは、偶然的に与えられた要素から出発して説得力のある全体を構成することとなる。

実際、文学的ないし芸術的な仕上げとは、「多くの無視すべき項を含んだセリーから取られたさまざまな瞬間を選別し〔……〕分類することである——なんらかのやり方でそうしたさまざまな瞬間を無視することが作品へと導く[35]」のだ。ヴァレリーは具体的に説明している。

> 実際のつらなりは、a b c d e f gであった。実際に仕上がった作品は例えばb e d gであろう——これは最初のつらなりから引き出されたものである。dはa b cからしか生じることができなかったが、この生成は削除された。[36]

つまり問題は、「偶然をあるシステムの必然的な要素となすこと[37]」、「偶然的な諸関係が規則的である——機能的である（ないしは、そのようにみえる）ようにする（ないしは、そのようなふりをする）こと[38]」なのである。

インクの染み——……この偶然から、私は周りにデッサンを描くことでひとつの形象を作り出す。染みは、このコンテクストのなかで、ひとつの役割と機能をもつことになる。[39]

こうした偶然の組織化という議論のなかで、ヴァレリーは詩を「運動理論」で議論されていた「機能的記憶」mémoire fonctionnelle ——個々の事実の記憶ではなく、言語や運動のように能力として定着する記憶——にさらに結びつけることになる。

そしてまさにここにおいて詩は一般的記憶と多くの関係をもつのである。一般的記憶が過去の偶発事を規則的な機能、恒常的な器官にするのである——[40]。

しかし、こうした偶発事はあらかじめ待機されていなければ、詩人の捉えるところにはならない。待機されていなければ、「素晴らしいアイデア」も「事前にもみ消されてしまっていたことだろう[41]」。この待機は、しかしながら、それ自体「偶然の作用」で作り出される。それが「サイコロのさまざまな面に異なる重要性を与える[42]」のだ。待機は、詩の芽であるかもしれない偶然を捉えるのだが、偶然こそがこの待機の状態を作り出すというわけである。しかし、なぜヴァレリーはこうした偶然性をことさら強調するのか。最初期のテクスト「文学の技術について」（一八八九）や、若き日に多大な影響を受けたポーの「構成の原理」からいえば、詩人の意志に着目した主知主義的詩学こそヴァレリーにふさわしいと思われるかもしれない。だが、「詩学講義第一講」で強調されたように、ヴァレリーは「われわれの内部において、そこから獲得しようと望むものに正確に到達する方法をわれわれがまったくもっていない[43]」ことに気づいていた。こうした考えはすでに一九〇七年から八年頃に現れていたが[44]、『若きパルク』執筆期間中に何度も取り上げなおされることになる[45]。

思考の政治学――

このことは、彼らが無意識と名づけるものに対する行動手段の所有に要約される――これらの手段は皆間接的である。

　理解できないことを自分に理解させたり、見つからないものを見つけたり、表現不可能なものを表現したりするための、直接的な行為の手段は存在しない――インスピレーション、ひらめき《イリュミナシオン》、解決のための直接的手段はない。――心的な「作業」は間接的手段である。注意とは待機であり――計算できない「現前ノ作用」*actio praesentiae* であり、――注意は、目的に反する機会を減らすことによって否定的に目的に向かう。[46]

もちろん、この「無意識」をフロイトの無意識と同じものと解釈してはならない。グラディアートルのテーマとのつながりで述べれば、馬がよく調教されなければならないように、「知性はさまざまな無意識を導くが、これらの無意識は知性がなければ動物にすぎず」、知性はそれらを「器官へと〔……〕変換」しなければならないのである。[47] これとは反対に、詩人が「美しい詩句」を見出せないでいる状態は、夢における無力や「分析によって終わらせることのできない苦しみ」に比較することができる。[48] これは詩人にとって不可避的な状況である。なぜなら、明瞭な意識をもって作品全体を制作することなどほとんど不可能だからだ。


「私は一篇の詩を制作した……」と言うのはまったく間違いである。

本当は、詩篇とは詩人が作れたようにできたのである。「私は一篇の詩を制作した」ということにかんして言えば、それは詩人の理想を表明することなのである。詩人の理想とは、一方では眼下に自分のあらゆる手段をもち、他方には自分のあらゆる欲望をもって、〔作品を〕打ち立てることであろう。こんなことはない。それは不可能である。目的がかぎりなく鮮明になることはありえないし、瞬間に対する完全に数え上げられ所有され

た手段もないし、〔文章未完〕

ではいったい何が生じているのか[49]？

詩人がなすべきこと、できることは、制作の意志的行為に集中するということであるよりは、「自己聴取、自分自身に対する感受性を規則的なものにしようと努めること」[50]なのである。問題は、想像的豊饒さやインスピレーションではなく、「他の人々には無視されている、無数の心的偶然事を失うまいとする後天的ないし先天的な姿勢」[51]である。

この欠陥、この無秩序、この予想外のこと、このくず、このとるに足りないもの、このでこぼこ、この一致、この言い間違い……を、これらの反対物の役に立てること。

最も利用する者。敵、苦痛、弱点、不都合、同音異義語、半諧音を利用すること。〔……〕文学者は、……絶望を、そぞろ歩きを、怠惰を、……すべてを利用するものである。

詩人はあらゆる存在のうちで最も功利主義的である。[52]

このように捉えられた待機は、意志的な注意ではない。たとえ「ひとつの詩句、メロディーを見つけることは待つことである」としても、「この待機は普通の注意ではない——それはチェスで遊んでいる人には由来しない——待機は放心の親類である」[53]。実際、「われわれは帰結を知らずにしか行為することができない」し、「こうした意志された行為の続きは無意志的である」[54]。ヴァレリーはこの文脈では詩人にとって予想外のことの重要性を積極的に肯定する。「ある作品の作家にとっての重要性は、作成中にそれが作家に、彼から彼へと、もたらした予想外のことの多さに比例するのである。」[55]こうした予見不可能な出来事がなければ、詩は不毛であろうし、その源泉はすぐに涸れてしまうだろう。詩的豊饒さは一種の「無秩序」を前提するのである。[56]

5　出来事としてのポイエイン

このように考えてくると、ヴァレリーにおけるポイエイン――作る行為――は、主体と客体がいまだ分離する以前の内的空間における、ひとつの「出来事」として捉えることができるだろう。「詩の構成」は「神秘的な」部分を含むのであり[57]、創造行為は、自らが作り上げるはずのものをあらかじめ正確に予想させてくれるような確固としたなにかをまったくもたないのである。作品の生成だけでなく、作品を作る行為それ自体、創造に先立つ時間において明確に説明されることはない。探し求められている語が偶然に見出されるのであれば、「作家」がそれを意図的に見出したということにはならないだろう[58]。それに、創造においては「首尾一貫性の巧妙な欠如」がある。つまり、作者の「意図の主要なものになると思われたものが付属的なものでしかなくなる」ということが起こる[59]。ひとことで言えば、詩人があらかじめ確定した計画を持つなどということは不可能なのである。たとえ「ことを始めるにあたってはひとつのアイデアを持たなくてはならない」にしても、「確定されたプランに従おうと望むことは、成功が膨大な数の条件に依存しているときには、あらゆる場合に過ちとなる」[60]。複雑に錯綜する状況の中で詩人は複雑さを複雑さとして引き受けながら制作せざるをえないが、そこには驚くほど単純な偶然的契機も存在している。こうしてヴァレリーは詩的創造の不確実な性格を強調する。

詩人はひとつの意図をもっていたはずであるとみなされる。〔しかし〕詩人がどの時点で意図をもったかは知ることが決してできないだろう。〔……〕もし作品が、それ以前に存在した計画から引き出されたものであるとしても、この計画自体が、ふたつの脚韻の出会い――いやもっとずっと偶然的なもの――に等しいようなある出会いに由来している。[61]

ポイエインは、生成状態にある出来事であり、意図的な限定された行為に還元することができない。それは、「不定形なもの」l'informeから「かたち」la formeへの、ないしは内的な存在の非限定的状態から行為の確実性への、運動にほかならない。詩的行為は「限定不可能なもの」との接触によって成立するのである。[62] 言いかえるなら、ポイエインは、形式と不定形なものとを一時的に媒介させる作用である。

詩は、感覚と言語との間の闘争から生じる（ここで言語というとき私は韻律の条件などを考えている）。結局、感覚が始めるか言語が始めるかはほとんど重要ではない。最初、それは言葉なき存在であった、あるいは最初、それは空虚な秩序であった――そしてついで、それは表現された存在となった――あるいは反対に、特別な意味が生じた。

詩人はこのふたつの道のどちらからでもことを始めることができる。彼は、完全に空虚ですばらしく構築された一文を構想することができる。〔……〕しかし、彼はある充実から出発することもできる。手探りで、ヴィジョンを前にもちながら、しかし、探している語はまったく見えないという状態で、語と形式を探すこともできるのだ。[63]

ヴァレリーの詩論において、詩はしばしばあの有名な「振り子」のイメージで説明されてきた。つまり、詩的形式（リズム、音色、韻律など）と意味との間を揺れる振り子である。[64] 詩を読むとき、最良の場合であれば、表現と表現されたものの間に「完璧な相互性」が生じ、両者は互いに相手を創造することになる。[65] 散文が理解されてしまえば消滅してしまうのに対し、詩は「その形式において再生される傾向にある」[66]のであり、「それら自体から再生し、それらの固有の効果によって自分自身が刺激されるような、そんな言語的諸要素によって」詩は構成されているのである。[67]

詩的制作においても事情は同様である。詩を創造するのに必要なことは、「存在と認識の一致[68]」、「存在が認識と合体されること」[69]である。ヴァレリーによれば、「美の印象」は、「ひとつの限界的な状態であり、あらゆる変化は、それを感覚的すぎるものにするか、あるいは知的すぎるものにしてしまう」[70]。しかし、この存在と認識の一致は永続的なものではない。ヴァレリーはそうした詩的状態がある種のかりそめの状態、擬態であることを意識していた。というのも、文学は「認識へと結局は還元することのできないその存在をもっている[71]」からである。存在と認識が一致したように見える場合でも、この一致は「擬態」simulé にすぎず、「認識は存在を予感させるために用いられている——が、それは効果にすぎない[72]」。そして結局、この一致は詩人にとっては「神秘的なもの」にとどまり、決して知性にとって完全に明らかになることはない。

> 文学の神秘が実現されるのは、イメージ、努力、停止、音が互いに補完しあい、バランスを取り合うようになる領域においてである。計算不可能な均衡、証明できない置換があるのだ[73]。

主知主義からもインスピレーションからも遠く離れて、ヴァレリーは芸術作品とポイエインの神秘的な生成に直面することになる。このようなヴァレリーの詩論はまさに「生成の詩学《ポイエティック》」と呼ぶことが可能であろう。

注

1 *Cahiers*, édition intégrale en fac-similé, 29 vol., C. N. R. S., 1957–1961 ; *Cahiers*, édition établie, présentée et annotée par Judith Robinson-Valéry, 2 vol., Gallimard, « Bibliothèque de la Pléiade », 1973–1974 ; *Cahiers 1894–1914*, édition établie, présentée et annotée sous la co-responsabilité de Nicole Celeyrette-Pietri, Judith Robinson-Valéry (jusqu'au tome III) et Robert Pickering (à partir du tome VIII), 11 vol. parus, Gallimard, 1987–2009.『カイエ』の校訂上の諸問題については次の論文が参考になる。Françoise Haffner, « Des grands registres aux feuilles volantes et aux petits cahiers autour de 1908–1910 », in *Paul Valéry 9. Autour des* Cahiers, textes réunis par Huguette Laurenti, Lettres Modernes Minard, 1999, p. 135–188 ; Robert Pickering, Françoise Haffner et Micheline Hontebeyrie, « Lieux génétiques inédits chez Paul Valéry : Des feuilles volantes et des *Cahiers* aux premiers brouillons de *La Jeune Parque*, 1907–1913 », *Genesis*, 18, Jean-Michel Place, 2002, p. 67–90.

2 Octave Nadal, *Paul Valéry*, La Jeune Parque, *étude critique*, Le Club du Meilleur Livre, 1957 ; Florence de Lussy, *La Genèse de* La Jeune Parque *de Paul Valéry, essai de chronologie*, Lettres Modernes Minard, « Situation », n° 34, 1975 ; Charmes *d'après les manuscrits de Paul Valéry, histoire d'une métamorphose*, 2 vol., Lettres Modernes Minard, 1990 et 1996 ; *Paul Valéry 11. "La Jeune Parque". Des brouillons au poème. Nouvelles lectures génétiques*, textes réunis et présentés par Françoise Haffner, Micheline Hontebeyrie

et Robert Pickering, Lettres Modernes Minard, 2006.

3　『テスト氏との一夜』については次の論文を参照のこと。Kunio Tsunekawa, « Essai d'une analyse de *La soirée avec Monsieur Teste* », *Bulletin des études valéryennes*, n°s 56–57, juin 1991, p. 55–77.『レオナルド・ダ・ヴィンチ』作品群については今井勉による一連の生成研究がある。同氏のサイトに業績一覧があるので参照のこと（http://www.sal.tohoku.ac.jp/~tsutomu/travaux.html）。フォーゲルの編集による論集（Christina Vogel, éd., *Valéry et Léonard : Le Drame d'une rencontre. Genèse de l'Introduction à la méthode de Léonard de Vinci*, Peter Lang, 2007）および木村正彦の著書（*Le Mythe du Savoir : Naissance et évolution de la pensée scientifique chez Paul Valéry (1880–1920)*, Peter Lang, 2009）第二部も『ダ・ヴィンチ』作品群の生成研究である。

4　未刊だがヴァレリーの恐らく最重要テクストのひとつである『アガート』については次のものを参照。Nicole Celeyrette-Pietri, *« Agathe » ou « Le Manuscrit trouvé dans une cervelle » de Valéry, genèse et exégèse d'un conte de l'entendement*, Archives des Lettres Modernes, n° 195, Archives Paul Valéry, n° 4, Lettres Modernes Minard, 1981；ポール・ヴァレリー『アガート』（訳・注解・論考）、恒川邦夫編、筑摩書房、一九九四年；Atsuo Morimoto, *Paul Valéry. L'Imaginaire et la genèse du sujet. De la psychologie à la poïétique*, Lettres Modernes Minard, 2009, chapitre II. 筆者および田上竜也共編訳著による『未完のヴァレリー――草稿と解説』（平凡社、二〇〇四年）には、『死すべきものについての試論』、『マラルメ試論』、『注意論』、『神的ナル事柄ニツイテ』という四つの未刊テクストの翻訳と解説が収められ、巻末にはフランス国立図書館所蔵草稿の概要がまとめられている。

5　『若きパルク』の読解については別のところで試みたことがある。拙論「裂開と神秘――『若きパルク』の構造とその身体論」、吉田城・田口紀子編『身体のフランス文学――ラブレーからプルーストまで』、京都大学学術出版会、二〇〇六年、二三四―二五五頁。

6　Paul Valéry, *Œuvres*, édition établie, présentée et annotée par Jean Hytier, 2 vol., Gallimard, « Bibliothèque de la Pléiade », t. I, 1987 [1957], t. II, 1988 [1960]. 以下、*Œ* と略記し、巻数と頁を示す。この引用は、*Œ*, I, 1636.

7　「反射理論」については、次のものを参照。Marcel Gauchet, *L'Inconscient cérébral*, Seuil, « La librairie du XXe siècle », 1992.『若きパルク』についての前掲拙論はおもに反射理論を前提したうえでの詩篇の読解を示している。ヴァレリーが「運動理論」に受けた影響については、前掲拙著第五章を参照のこと。

8　*Œ*, I, 1342.

9　ＣＮＲＳから出版されたファクシミレ版『カイエ』を *C* と略記し（注一参照）、巻数と頁を示す。この引用は、*C*, V, 152.

10　*Œ*, I, 1349.

11　*C*, XI, 823.

12　*Œ*, I, 1330–1331.

13　*C*, VII, 399.

14　*C*, IX, 748.

15　*C*, VI, 204.

16　*C*, VII, 206.

17　*C*, VII, 180.

18　*C*, IX, 284.

19 *C*, V, 88.
20 *C*, VI, 18.
21 *C*, VII, 700.
22 *C*, VII, 693.
23 *C*, XII, 428; *Œ*, I, 1400.
24 *C*, XII, 673.
25 *C*, VI, 824.
26 *Œ*, I, 1400–1402.
27 *C*, VI, 173.
28 André Breton, « Notes sur la poésie », in *Œuvres complètes*, édition établie par Marguerite Bonnet, Gallimard, « Bibliothèque de la Pléiade », t. I, 1988, p. 1014.
29 *C*, VII, 693.
30 *C*, V, 145.
31 *C*, IV, 399.
32 *C*, VII, 388.
33 *C*, VII, 483.
34 *C*, VI, 177.
35 *C*, VI, 746.
36 *C*, VI, 496.
37 *C*, V, 636.
38 *C*, V, 151.
39 *C*, VII, 146.
40 *C*, V, 151.
41 *C*, VII, 613.
42 *C*, VI, 685.
43 *Œ*, I, 1353.
44 *C*, IV, 302.
45 *C*, V, 652, etc.
46 *C*, VI, 630.
47 *C*, VI, 603.
48 *C*, VII, 7.
49 *C*, VII, 472.
50 *C*, VI, 164.
51 *C*, VI, 448.
52 *C*, IV, 456–457.
53 *C*, VI, 651.
54 *C*, VI, 106.
55 *C*, VI, 485.
56 *Œ*, I, 1358.
57 *Œ*, I, 1356.
58 *C*, IV, 809.
59 *C*, VI, 498.
60 *C*, VI, 619.
61 *C*, VI, 386.
62 *Œ*, I, 1357.
63 *C*, IV, 641.
64 *Œ*, I, 1373.
65 *C*, VI, 613.
66 *Œ*, I, 1373.

67 C, VI, 687.
68 C, IV, 811.
69 C, VII, 581.
70 C, VII, 70.
71 C, VI, 906.
72 C, IV, 811.
73 C, VI, 290.

参考文献

Florence de Lussy, *La Genèse de* La Jeune Parque *de Paul Valéry, essai de chronologie*, Lettres Modernes Minard, « Situation », n° 34, 1975.
Florence de Lussy, Charmes *d'après les manuscrits de Paul Valéry, histoire d'une métamorphose*, 2 vol, Lettres Modernes Minard, 1990 et 1996.
ポール・ヴァレリー『アガート』(訳・注解・論考)、恒川邦夫編、筑摩書房、一九九四年。
田上竜也・森本淳生共編訳著『未完のヴァレリー——草稿と解説』、平凡社、二〇〇四年。
Paul Valéry 11. "La Jeune Parque". Des brouillons au poème. Nouvelles lectures génétiques, textes réunis et présentés par Françoise Haffner, Micheline Hontebeyrie et Robert Pickering, Lettres Modernes Minard, 2006.
Christina Vogel éd., *Valéry et Léonard : Le Drame d'une rencontre. Genèse de l'*Introdution à la méthode de Léonard de Vinci, Peter Lang, 2007.

コラム

ジャック・ドゥーセ文庫

吉井亮雄

ジャック・ドゥーセ文庫（文学図書館）は、パリの五区、パンテオンの真横に位置するサント＝ジュヌヴィエーヴ図書館の一角に本館が、また通り一本を隔てた建物のなかに別館がある。クリスマスと復活祭の休暇、五週間の夏季休暇を除き、週日の午後二時から六時まで開館し、所蔵品の閲覧・調査をのぞむ研究者を受けいれている。本館・別館とも閲覧室の収容人員は十名ほどだが、専門性の高い図書館とあって満席になる日はさほど多くない。書簡のオリジナルや作品の草稿など、特に十九世紀末から二〇世紀前半にかけての文学・芸術関連の所蔵品は、質量ともに国立図書館手稿部のそれを凌駕しており、収集の対象となった作家や詩人、芸術家の名を挙げていけば、その主だったものだけでも紙幅は尽きてしまうほどである。

この膨大なコレクションの基礎を築いたジャック・ドゥーセ（一八五三―一九二九）は、十九世紀末からベル・エポックにかけオートクチュールで成功を収めたファッション界の大御所で、初めはその巨万の富を十八世紀絵画の収集につぎこんでいたが、一九一二年、これをすべて売却処分し、同時代の美術・文学へと方向転換する。「文学図書館」のアイデアじたいは、その翌年に結ばれた詩人アンドレ・シュアレスとの交流を契機に浮上していたが、実際に系統立った収集・購入が始まるのは、シュアレスに具体的なリストを作成させた一九一六年のこと。メセナとアドバイザー両者間の了解事項の第一は、ジッド、クローデル、ジャム、シュアレスからなる「カルテット」を最優先対象とすることであった。ちなみにヴァレリー嫌いのシュアレスはその名をリストから落としたが、ドゥーセは独自の判断にもとづきヴァレリーを「カルテット」に次ぐ重要な対象に加えている。

ジャック・ドゥーセ（マン・レイ撮影）

シュアレス作成のリスト（第一次分）は、シャトーブリアン（『墓の彼方からの回想』）やスタンダール、フロベール、ネルヴァル、ボードレール、ランボー、ヴェルレーヌ、マラルメら近現代文学の先駆者たちを「教会堂の礎石」として置き、次いでラフォルグやヴィリエ・ド・リラダン、コルビエール、サマン、ユイスマンスら、さらにジャリ、モレアス、レニエ、ルイス、ルナール、メーテルランク、ヴェラーレンなど、前世代や当代の作家・詩人およそ六〇名の自筆稿や刊本の収集、また『独立評論』『ヴォーグ』『白色評論』『レルミタージュ』『メルキュール・ド・フランス』『新フランス評論』など主要な同時代文芸誌の収集を提案している。初期の自筆稿類入手にあたっては、パリの出版者・古書店主カミーユ・ブロックの協力に負うところが大きいが、ドゥーセは彼の仲立ちで、ピエール・ルヴェルディを知り、シュアレスにたいしてと同様、経済的援助と引き替えに、アクチュアルな文学状況を定期的に書面で報告させた。前途有望な文学者の生活支援と文体訓練、その結果としての自筆稿の獲得と、いわば「一石三鳥」を狙った方法であったが、これは以後、アンドレ・サルモン、マックス・ジャコブ、サンドラール、ブルトン、アラゴンらとの関係にも適用されることになる。

コレクションは数年間で急速に増大していった。研究者からの閲覧希望の声も次第に高まるなか、蔵書の分類・整理や新規購入の選定を委ねうる人物として、ドゥーセは一九二〇年、シュアレスの推挽にもとづき、まだ一般には無名に近い青年だったブルトンを私設の蔵書係に採用する。ブルトンは四年間にわたり、経費の出納、所蔵品の管理、装丁の注文などの仕事をこなしつつ、時に応じて入手すべき書籍や自筆稿を提案した。ランボーやヴェルレーヌ、マラルメら象徴派の巨星たちの草稿多数がドゥーセ文庫の所蔵となったのは彼の功績でもある。また彼の仲介によって、その補佐役を務めたアラゴン、さらにエリュアールやツァラ、デスノス、レリス、ピカビアらの自筆稿類が順次加わり、結果的に同文庫はダダ・シュルレアリスム研究の一大拠点となるまでの充実を見たのである。

一九二五年、ドゥーセはブルトンの後任としてマリー・ドルモワを雇い入れる。ドルモワはシュアレスの「女神」として、また後にはレオトーの愛人として文学史にも名をとどめる女性だが、以後メセナが没する一九二九年十月までの五年間（その間にドゥーセ自身の主要な関心はレオン・ムシナックを顧問とするフィルム・ライブラリー設立のほうに傾いていた）、この個人コレクションを公的な機関に移行させるための準備を担う。かくして一九三二年、所蔵品はすべてパリ大学に遺贈され国家財産となった（現在はパリ第三大学の管轄下）。翌年には最初の展覧会が開催されるが、その折りの出品物の柱としてドルモワが選んだのは、スタンダール、ボードレール、ジッド、そしてヴァレリーであった（後二者は展覧会カタログに書簡のかたちでドゥーセの功績を称える序文を寄せている）。ドルモワは初代主任司書としてその後も四半世紀にわたりドゥーセ文庫の管理にあたり、その発展に多大の貢献をなした。

以後さらに半世紀、今日に至るまで同文庫には、資料の散逸を怖れる作家自身や親族・関係者からの生前・没後の寄贈が相次ぎ、新規買入分とあわせ、その収蔵量は年々着実に増大している。また、かつてはすべて手作業による、ややもすれば閉鎖的・制限的であった利用者への対応・情報提供も、ここ数

Bibliothèque littéraire Jacques Doucet

8, place du Panthéon, 75005 Paris
http://www.bljd.sorbonne.fr/

年で大幅に改善され、所蔵品の確認や閲覧予約がインターネットで容易にできるようになった。実証的・文学史的な研究にとってであれ、生成研究にとってであれ、その如何にかかわらずドゥーセ文庫の存在意義はいや増すばかりである。

第18章　シュルレアリスムと手書き文字《マニュスクリ》の問題——鳥たちからの伝言

鈴木雅雄

1　加筆というアポリア

失われたはずの『磁場』の草稿がアンドレ・ブルトン（一八九六―一九六六）の死後二〇年近くを経て発見されたとき、生き残っていたもう一人の著者フィリップ・スーポーは、顔面蒼白になるほど驚愕したといわれている。[1] 自動記述の、いやシュルレアリスムそのものの起源であったはずの光景、だが時間の暗闇へと決定的に葬り去られてしまったはずの光景が、突如として眼前に開けたのだとすれば、人々がまずそこに、『磁場』が自動記述として真正なものであったかどうかの判決を求めようとしたのは、自然といえば自然なことであった。第二次世界大戦中にブルトンと知り合ったシャルル・デュイツがその回想録のなかで、長編詩『ファタ・モルガナ』の草稿が加筆まみれになっているのを見て、ひどく落胆したと語っていたことを思い出そう。[2] 草稿研究といった段階より遥か以前から、人々はシュルレアリスムに、無垢なエクリチュールの幻想を押しつけようとしてきたのである。ところがひとたび『磁場』の草稿が見つかってみると、本物か偽装かという二分法を前提とする限り、そこから得られた答はどうにも歯切れの悪いものでしかなかった。だがブルトンのプレイヤッド版全集出版[3]や、『磁場』と『処女懐胎』[4]という自動記述の主要テクストの草稿がファクシミリの形でアクセスできるようになった事実に象徴される、最近二〇年間ほどの研究はむしろ、これまでの議論の前提そのものを問題化するものだった。作家が来るべき作品について何らかのコンセプトを抱いてから、最終稿を印刷業者に手渡すまでのプロセス、すなわち通常生成研究の対象とされる領域の完全な不在こそが自動記述の理想形であるという発想自体が、そもそも根拠のない思いこみだったのではなかろうか。

たしかに『シュルレアリスム宣言』には「下書きにして仕上げ」という表現が見出されるし、『宣言』に付随する「溶ける魚」の草稿に、書き直しの類がかなり少ないのも事実であるらしい。だがたとえば自動記述を、頭に浮かんだ言葉をすべてそのまま書きつけていく行為であると考えたとして、そのことと加筆とははたして矛盾するだろうか。もっとも重要なのはやはり、『磁場』のなかでも一際印象的な、まったく謎めいた三つのフレーズが、草稿に（あるいは校正刷りの段階で）加筆されたものだという事実である。「湧出・カテドラル・高等脊椎動物」、「抜き足差し足のタイヤ」、「シュザンヌの堅い茎・無用性・とりわけオマール海老の教会がある風味の村」という三つの異様なフレーズのうち、一番目と三番目は行間ないし余白への加筆であったし、ブルトン自身にとって幻覚体験の原因ともなった二つ目のものにいたっては、そもそも草稿には存在しない（図1）。だとすると、『磁場』のなかでもっとも早いスピードで書かれた、すなわち単純に考えればオートマティックなレベルがもっとも高いテクストである「蝕」のなかでも、さらにとりわけ意識的な統御に抵抗した強迫的な言葉こそが、あとから書き加えられたものだったことになる。もちろん原理的にはブルトンの誠実さを疑うことは可能だし、極端にいえばこの加筆は、不可思議な外観を演出するために熟考の末選び取られたものではないかといった想像すら、論理的には排除できない。だがおそらくより有意義かつ自然なのは、はじめに書かれたテクストを再読する際に、そのテクストに触発されるようにして到来したのがこれらのフレーズだと考える選択だろう。要するにここで私たちに突きつけられているのは、加筆もまたオートマティックなものでありうるという事実なのである。

ただし急いでつけ加えておくなら、このケースはさすがに例外的なものであり、『磁場』の草稿には単純な綴りや活用の間違いを訂正した箇所や、幾度も言葉の選択にためらったかのような、失敗した書き出しが打ち消されている箇所など、理由を解釈しやすい書き直しが数多く含まれる。それにしても私たちが草稿のファクシミリを手にしたときに感じ取るのは、「溶ける魚」のように広義でのコントの性格を持ち、ストーリーに頼って書き進められるタイプのテクストはいい淀みなく書き継いでいくことが容易だが、『磁場』のように言葉どうしの関係があまり論理的でなく、より不透明なテクストの場合、次に書く言葉を見つけるのは常に難しいという、考えてみればごく当然の事実であった。言葉の定義次第では、オートマティックな程度の高いテクストほど書き直しがふえざるをえないという結論にすらなりそうではないか。もちろんオートマティックに書くとはどういうことかを現象学的に規定しようといった意図を、私たちは持ち合わせていない。だがあるテクストが自動記述であるかどうかと、草稿に発見できる書き直しの量とがまったく別のレベルの問題であることは、認めざるをえないだろう。このことの帰結は重要である。自動記述のテクストは、生成研究の成立しない空白地帯ではなく、むしろ生成研究に含まれるさまざまな発想を問題化するための実験場であることになるからだ。

草稿には書き手がテクストをより高い完成度を目指して書き進んでいったプロセスが痕跡の形で刻みこまれているはずだとする考え方は、そこで一つの持続的な思考が展開しているという前提に立っている。だが一度途切れた自動記述のテクストが逡巡の末に再出発するとき、あるいは自分の書きつけた言葉の解釈や、場合によっては読み取りそのものに迷った書き手が何らかの書き直しを施すとき、ましてや草稿にまったく新しい謎めいたフレーズが挿入されるとき、それは本当に連続性を持った一つの思考のなす業なのだろうか。こういい換えてもいい。あるテクストを書いた思考と、そこに加筆する思考とは、たとえそれらが同じ主体のものであったとしても、同じ思考だと考えることは本当に可能なのだろうか。――そんな風にして『磁場』や『処女懐胎』の草稿は、生成研究が通常前提する文学のあり方は歴史的に限定されたものであるという、ある意味で当然の事実を思い起こさせ、現在の支配的なエクリチュールの体制の外部にあるものを夢想させるのである。

だが自動記述の草稿について、この二〇年間ほどの研究は、ただ書き直しの多さに戸惑ってばかりいたわけではない。ジャクリーヌ・シェニウー＝ジャンドロンが、ファクシミリ版の出版に先立ってピカソ美術館所蔵の『処女懐胎』草稿を扱った二つの研究、[5]とりわけそこで提起される「オートマティックな作業」の概念は、やはり決定的に重要である。彼女がいう通り、そこではシュルレアリスムの草稿資料に関する「よい使い道」の一つが提示されている。シェニウー＝ジャンドロンは、ある言葉が「なぜ」ここに現れたかを考えるのでなく、「いかにして」生み出されたかを記述しようとした。「冒頭の一句」、既存テクストの書き直し、表現のコラージュ、等々の手法が数え上げられるが、それらはすべて、意識（と無意識）に圧力をかけて変形するためのものと解釈されるのである。問題が作業とその結果との関係である以上、加筆や削除の量が多いかどうかは（さほど）意味を持たないし、重要なのは淀みなく進んでゆく一つの思考への忠実さではなくて、「作業」がどの程度どのように成功し、あるいは失敗したかである。

ただし以上の考え方は、必ずしも研究者の共通了解になってはいない。端的に『シュルレアリスムの草稿』と題された一九九一年のシンポジウムに際しては、このテーマについておそらくこれまででもっとも集中的な議論がなされ、前記のシェニウーの論文もそのときの発表に基づくものだが、ベアトリス・ディディエによる全体の総括は、必ずしもシュルレアリスムの草稿が課す問題の特殊性に目を向けようとするものではなかった。またそこでジャック・アニスとカトリーヌ・ヴィオレが発表した『磁場』論は[6]、緻密に草稿をたどり直したものではあるが、結論部で「自動記述はテクストと前＝テクストの境界を消し去る」のだと述べてしまうとき、自動記述に含まれる意識的「作業」の痕跡という問題にはまったく無関心なままである。シュルレアリスム研究は一九八〇年代から新しい段階に入っていると考えられるが、そのなかで草稿研究は、かつてのステレオタイプな自動記述解釈と新たな問題化とのあいだで揺れ動いているといわねばならないのかもしれない。

これに加えて、自動記述というテーマを離れたところでも、有意義な草稿研究の可能性が存在することは指摘しておくべきだろう。ブルトンについてなら、『ナジャ』に代表される一連の準自伝的テクストの草稿研究、ないしより広い意味での前＝テクスト研究は特別な意味を持つ。『ナジャ』にせよ『通底器』にせよ、ブルトンが自ら経験した出来事を綴ったこれらの文章は、回想録や自伝のように、出来事が終了した時点からいわば超越的な視線を過去に向けることで書かれたものでなく、書く時間と生きる時間とが相互に働きかけあう構造を持つわけだが、したがって執筆の準備段階を示す生な状態の覚え書きなどは、来るべき作品のためのメモというだけでなく、やがて語られるであろう出来事を生み出す要因とすら考えられるケースがある。[7] 私たちもまたこの文章の後半で、『秘法十七』をめぐってそうした関係の特殊なあり方の一つを考えることになるだろう。[8]

だが「作業」による意識／無意識の変形というモデルは、シュルレアリストたちが残したそれなりに厖大な草稿資料を前にしたとき、有効性を持つ唯一の解釈モデルではない。この概念の重要性は疑いのないところだが、それがまだ、言葉の到来というシュルレアリスムの出発点（シュルレアリスムを基礎づける一種の神話）に縛りつけられていることも事実である。たしかに『宣言』が問題にするのは、このいわば絶対的な始点を招き寄せるための戦略であるわけだが、シュルレアリスムにはまた、無数の始点を作り出すだけでなく、到来した言葉とともにあり、それに基づいて生活を組織しようとする作業が含まれる。あるいは草稿資料から、この残り半分を思考するための何らかのモデルを引き出すことも可能ではないだろうか。

2　変形から反復へ

過去の巨匠たちの作品、とりわけマネの「草上の昼食」の構図から出発し、場面を欲望の赴くままに変形しながら、晩年といってもよい時期にさしかかっていたピカソはしかし、狂おしいまでに執拗でエロティックな連作デッサンを描いていく。スケッチブックの一ページの上に、下の紙にまで跡が残るほどの強さで鉛筆を走らせると、残った痕跡をなぞることからはじめて二枚目のデッサンを描き、以下同様のやり方で、連続的に変化する無数のイメージを作り上げるのである。かつては歴史上の名作をモチーフにしたヴァリエーションのシリーズを企てたピカソが、準備段階で描いた習作と見なされていたこれらのデッサンを、ロザリンド・クラウスがむしろ一続きになった衝動の激発と捉え直し、一瞬のうちに与えられる純粋視覚というモダニズム的教条に対立させながら、一種のパラパラマンガであると形容したことは、よく知られている。[9] それらは何らかの到達点へと向かうプロセスではなく、一枚一枚が等しい権利を主張するイメージの連続体なのである。

音楽についてもまた、こうした連続体を見出すことは容易であろう。同じ曲を何度も演奏し直すたびに曲は次々に形を変え、しかもそれは完成度を高めるための目的論的プロセスではなく、むしろ衝動の表現形態の多様性であるといった事態はごく自然なものだからだ。だが文学テクストについてこれに近いプロセスを発見することは困難である。あるテクスト内での、同じモチーフ、同じ語やリズムの現れなどをこのようなものと見なす可能性はあるのかもしれないが、そうした単位の反復的な現れもやはり、推敲を経た上で書き手がたどり着いた最終的な選択にすぎないのが普通であろう。神話や伝説、あるいは俗謡が、口承か、少なくとも筆写によってしか伝えられることがなかった時代に、語り手あるいは書き取り手によってテクストが常に少しずつ変形していったであろうような状態にまで遡るのでない限り、文学作品のなかにこうしたプロセスを発見するのはきわめて難しい。印刷術が確立して以来、ということはつまり近代的な意味での「草稿」というものが存在するようになって以来、文学的生産行為は主体にとって、愛するものをただ反復するという単純な快楽から遠ざかってしまったのかもしれない。

ところがシュルレアリスムのさまざまな活動は、まさにこうした反復のモチーフに貫かれている。おそらくそれを図式的なほど明確に示しているのは、実践された期間はかなり限られているものの、「ヴァリアントの遊戯」のケースであろう。それは輪をなして座った数人の参加者が、一つのフレーズを順に隣の席の参加者に耳打ちして伝えていく一種の伝言ゲームだが、この結果、もとのフレーズは各人の密やかな欲望によって変形され、次第に姿を変えていくのであった。[10] より一般的にいって、自動記述によって与えられた、なぜだかわからないがつきまとう言葉の群、つまり「オートマティックなメッセージ」をさまざまな形態で反復しようとする行為は、シュルレアリスム的活動の核心をなしているように思われる。特徴的な例を拾ってみよう。

ダダの時期にポール・エリュアールが数号を編集した雑誌『諺』*Proverbe* の第二号（一九二〇年三月）には、ブルトンの署名のある奇妙な一ページが含まれる。字体の異なる九つのフレーズが意味ありげに配置されたタイトルのないページだが、実はこれらはすべて、『磁場』の一章「もう動くまい」から抜き出されたものである（ただし一つは『磁場』からの抜粋でなく、同時期『リテラチュール』*Littérature* 誌に掲載されたフレーズ）。つまり一旦公刊されたテクストの素材もまた、自由に別の場所へと移動し、別の原理に従って配列し直される可能性を持っていると考えなくてはならない。やがてこの一ページは詩集『白髪の拳銃』（一九三二）に再録されるが、そこでは「致命的なポーズ」と題されることになる。もともとはバラバラのフレーズの集合だったものが、一つの詩としてのステイタスを獲得するのである。さらにブルトンは第二次世界大戦中、友人の画商ピエール・マティスのために『大鳥籠』[11]と呼ばれる一種の自己アンソロジーを作ったときにもこの「詩」を、重要な変更を加えた形で再録する。『大鳥籠』は二〇枚ほどの紙片をまとめてケースに収めた繊細なオブジェだが、各ページにブルトンは、過去三〇年間（一九一二年―一九四一年）に書いたテクストのなかから各々その年を代表するものを選び、その一節を特有の端正な文字で写し取っている。そこで一九一九年のページに選ばれたのが「致命的なポーズ」であるが、ブルトンは新たに、「一九一九年に得られた最初のシュルレアリスムのフレーズ」であると注記された未刊の詩句を、ページの左端に書き加えた。さらに三二年のヴァージョンと比べると最後の二つのフレーズが削られ、その代わりに「蝕」に挿入されたあの不可思議な声の一つ（「シュザンヌの堅い茎……」）が書きつけられている。聞き取られた「声」は次々と別の場所、別のレベルにいわば転送され、少しずつヴァリエーションをふやしながら反復されていく。それらはあるとき最終的な形に定着された、犯すべからざる聖典などではないのである。

あるいはブルトンとロベール・デスノス、バンジャマン・ペレの初期の共作、「なんていい天気！」の草稿を考えてもよい。そこではブルトンとデスノスが、睡眠状態のペレの語った言葉をさまざまな場所に移動させ操作することのできるモチーフとして扱っていたことがわかるだろう。[12] いやそもそも『磁場』草稿に対するブルトンの扱いが、すでにそうしたものだったかもしれない。たしかに『宣言』は加筆を断罪しているが、一九一九年におけるブルトンとスーポーがそれをどこまで否定的に見ていたか、明確な答が与えられているわけではない。ジャック・ドゥーセに宛てた一九二〇年末の手紙（正確にはその下書き）でブルトンは、『磁場』の成果を「鉱物の原石」[13]と表現しているが、だとすると彼自身が、それは一字一句変えるべからざる文字列ではなく、思いがけず手に入ってしまった自由な操作の素材だと認めていたことになるのではないか。さらには草稿に対するブルトンの修正や変更のなかで、編集作業に近いと見えるものですら、「声」の残した痕跡をまるで詩であるかのように偽装する身振りだったかもしれない。『宣言』そのものが小説や演説を、あるいは日常会話をすらオートマティスムによって偽装するように誘っていたはずだ。いやそもそもあの「シュルレアリスム魔術の秘訣」自体が、最終的にはいわば霊媒の書記行為を偽装することへの誘いだったのではなかろうか。「好きなだけ書き続けたまえ」という言葉を、人はいつのまにか「決して書き直してはならない」という禁止に変えてしまったが、それはもともと「あなたは何でも好きなことを書き、それを思いのままに作り変えてよいのだ」という認可、あるいは誘惑だったように思われる。

自動記述とは書き直しの不在（テクストと前＝テクストのずれの不在）ではなく、意識への働きかけによる言語の生産（「作業」によって前＝テクストからテクストを生み出すこと）だけに限定されるのでもなくて、忘れ去ることを許さないほどに執拗な言葉を到来させるとともに、やって来た言葉とさまざまな方法でつきあうことである。到来した「声」を反復し増幅しようとする試みは、ブルトンにおいてはやがて、目覚めのフレーズを星座のように散りばめた地の上に展開する長編詩「三部会」（一九四四）という形を取り、またこの反復され変奏されるべき言葉は『A音』（一九六一）において、再び原材料の状態にまで送り返されることになるだろう。

もちろんシュルレアリストたちが、読者に読まれることを意識した推敲作業を行わなかったわけではない。だがそれは、発表されたものが最終形態だということを必ずしも意味しないだろう。同じ曲を録音した無数のテイクのなかから一つが選ばれリリースされるとき、何度もオン・エアされるのに適したものが選ばれるだけであって、それが他のテイクや、ましてライブで演奏されたどのヴァージョンよりも優れていることにはならない。極論になることを承知でいうならば、印刷されたテクストと草稿資料その他のいわゆる前＝テクスト、さらに事後的な別ヴァージョンなどのすべては権利上同等

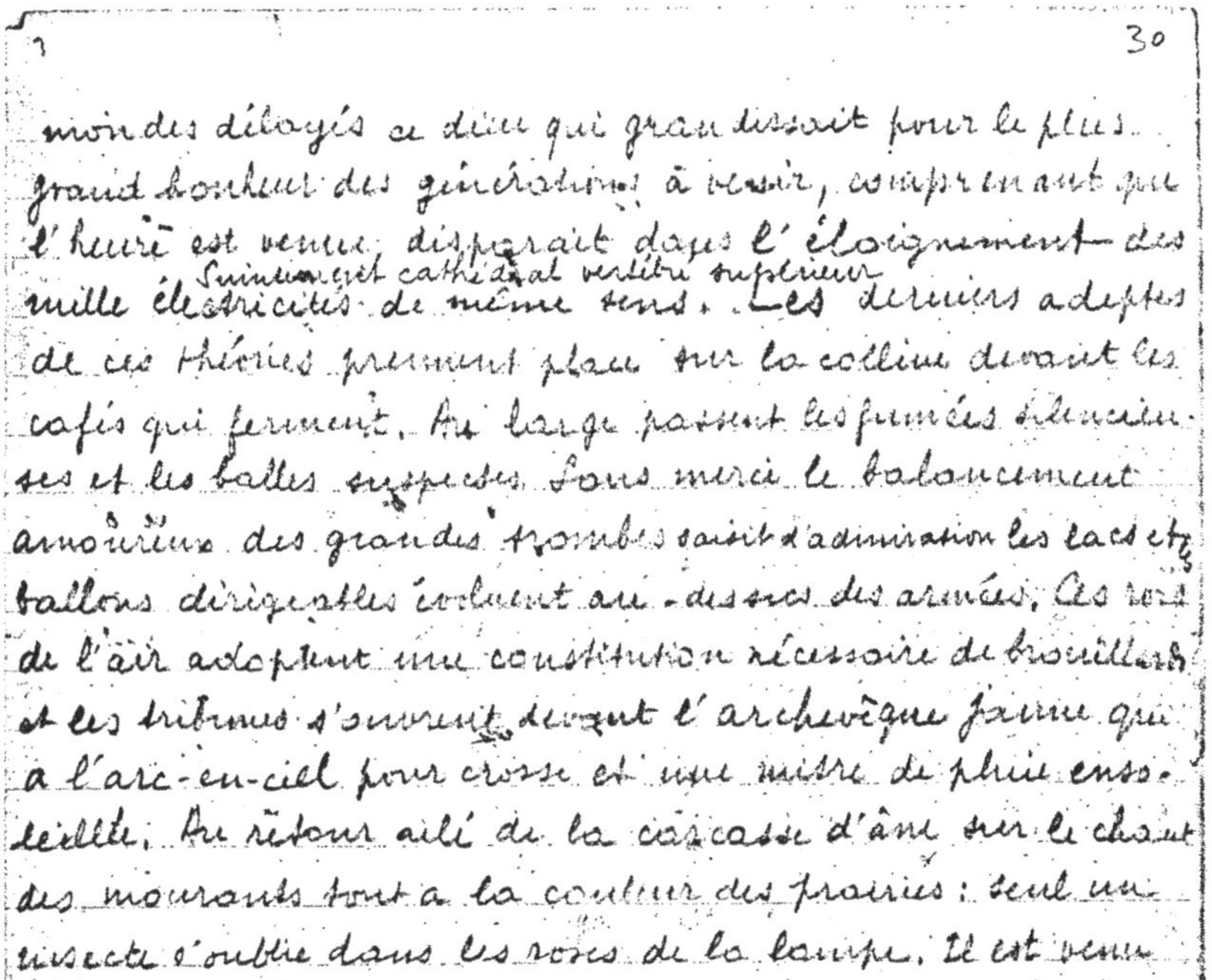
1 30
mon des délogés ce dieu qui grandissait pour le plus
grand bonheur des générations à venir, comprenant que
l'heure est venue disparaît dans l'éloignement des
mille électricités de même sens. Les derniers adeptes
de ces théories prennent place sur la colline devant les
cafés qui ferment. Au large passent les fumées silencieu-
ses et les balles suspectes. Sans merci le balancement
amoureux des grandes trombes saisit d'admiration les lacs et les
ballons dirigeables évoluent au-dessus des armées. Les rois
de l'air adoptent une constitution nécessaire de brouillards
et les tribunes s'ouvrent devant l'archevêque jaune qui
a l'arc-en-ciel pour crosse et une mitre de pluie enso-
leillée. Au retour ailé de la carcasse d'âne sur le chant
des mourants tout a la couleur des prairies : seul un
insecte s'oublie dans les roses de la lampe. Il est venu
de ces canaux serrés dont est fait le paillon des bouteil-
les et s'ennuie à mourir. Je suis touché de sa contenance
honorable, de ses vivacités charmantes quand je mets la
main dessus. Le sang des perce-oreilles environne les
plantes dont on fait servir les feuilles au moyen d'épin-
gles de sûreté.* Les étalages deviennent la proie d'une
infinité de microbes fluets et cela se met insane dans
les robes de mariées. Sous couleur d'amour on dépeint
aux belles les demeures mourantes aux murs saumons.
*Raidi tige de Suzanne inutilisé surtout village de saveurs
avec une église de homard.

図1　アンドレ・ブルトン、フィリップ・スーポー『磁場』草稿（パリ国立図書館蔵）

図2　アンドレ・ブルトン『現実僅少論序説』(1927) に口絵として収録された、準備段階のメモ

図3　アンドレ・ブルトン『秘法17』草稿（エリザ・ブルトン蔵）。エリザ夫人の撮影したカツオドリの写真が貼りつけられている

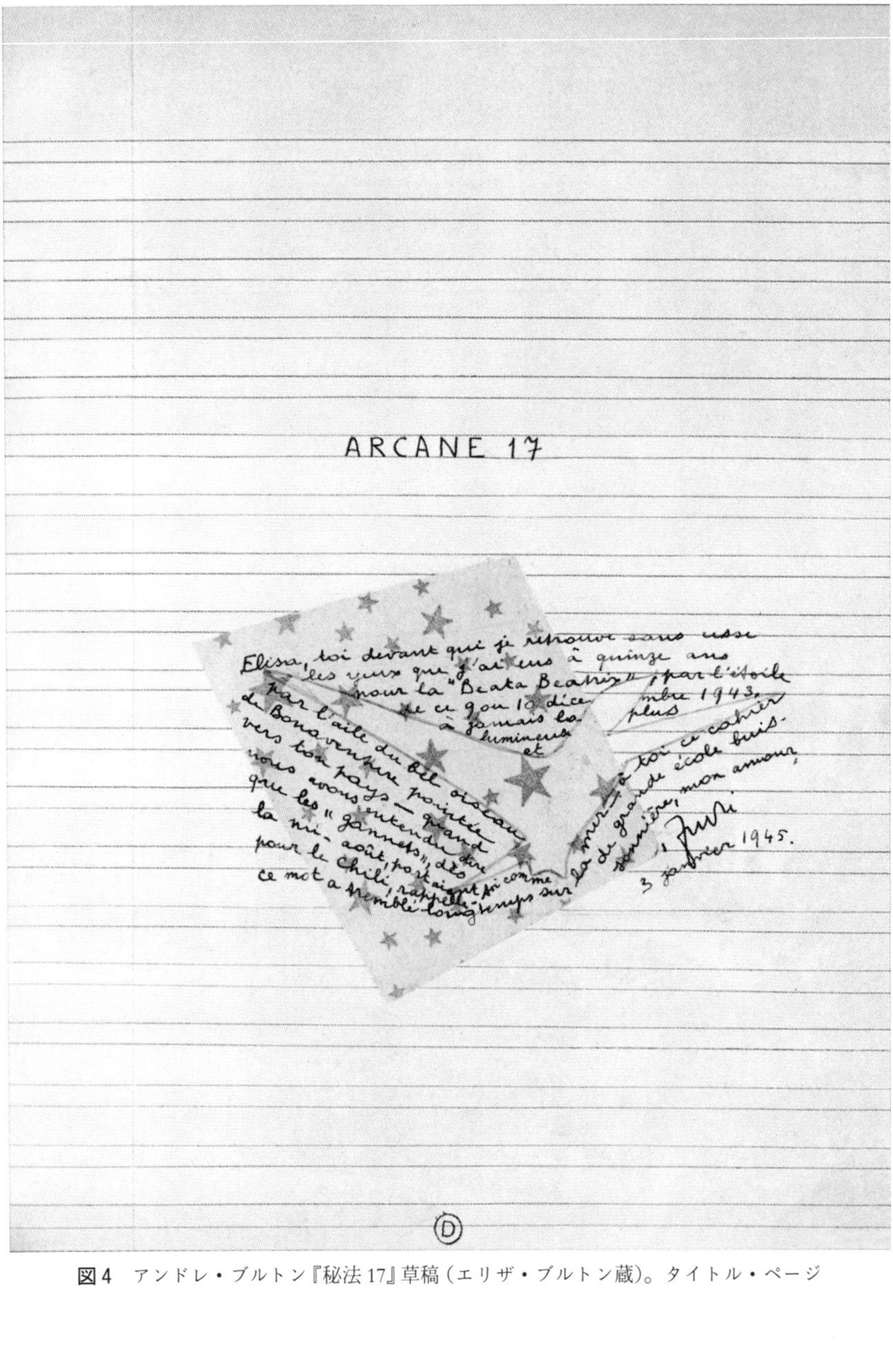

図4　アンドレ・ブルトン『秘法17』草稿（エリザ・ブルトン蔵）。タイトル・ページ

のステイタスを持っていると、そんな風にいえる側面がシュルレアリスムにはたしかにあった。シュルレアリスムとは前＝テクストの不在ではなく、前＝テクストとテクストの境を平然とまたぎ越す、「作品」という最終審級を持たない反復＝変形なのである。[14]

3　声と手書き文字《マニュスクリ》

とはいえシュルレアリスムのテクストを、たとえば中世の写本のような匿名性を帯びたものであると想像するのも、おそらくは正しくない。たしかにシュルレアリスムには、やって来た声を「慎ましい録音装置」として記録すべしという要請が含まれているし、言葉の到来をロマン主義的な個性《オリジナリティ》の問題と捉えることは許されてはいない。だがその声は、集団的に共有されるものとは異なり、むしろ書き手（あるいは「聞き手」）を個別化するのである。それは決して世界の真理や創造の秘密を告げ知らせるのではなくて、常に「私」の真実を届けにやってくるからだ。「ベチューヌ、ベチューヌ」という声はブルトンに、自分はベチューヌに行くべきなのかと自問させた。[15] 聞き取られるのが「私」を越えた声であっても、それは「私」に何かをさせるための、「私」だけに聞き取ることのできる声でなくてはならない。シュルレアリスムのテクストに署名するものはテクストに対して全権を持った「創造者」ではないが、そこにはやはり署名者が必要だった。匿名性と固有性との対立を苦もなくすり抜けながら、シュルレアリスムはテクストの末尾に、その言葉を作り出したものでなく、聞き取ったものの署名を要求するのである。

言葉はだから、「作品」の普遍的な時間のなかへと押し出されていくのではなく、あくまで「私」の時間のなかに書きこまれねばならないのだが、そのためにシュルレアリストたちが（とりわけブルトンが）用いた手段の一つに、手書き文字がある。もちろん誰でも与えられた言葉を自分の文字で書き写すことはできるが、声を聞いた当事者にとって、自らの筆跡で「メッセージ」を書き直すことは、それを自分自身の時間のなかに引き戻す身振りでありうるだろう。だからマニュスクリという語はシュルレアリスムにおいて、しばしば作品の草稿という通常の意味から抜け出し、手で書かれたものという原義へと差し戻されるのである。

ブルトンの書物や造型作品に登場する、しばしば非常にステイタスの曖昧な手書き文字は、多くの場合書きつけた当事者にしか完全には解読できず、あるいはその本人にすらいまだ謎めいたものであるために、とりあえずそのままの状態で保存しなくてはならない、そんな痕跡としての性格を備えている。それはたとえば『現実僅少論序説』(一九二七)の口絵として印刷された、本文の準備段階で取られたメモとおぼしい錯綜した紙片(図2)であり、あるいは『シュルレアリスム革命』*La Révolution surréaliste* 第十一号(一九二八年三月)の巻頭記事であるマックス・モリーズの「先史時代から現代にいたるまでの時間の軌跡」のイラストとして挿入された、やはりこの文章のアイディアをメモしたものと思われる手書きの図式である。[16]『ナジャ』に収録されたナジャ本人のデッサンのなかの文字や、あるいは『通底器』出版後にフロイトから届いた手紙が『革命に奉仕するシュルレアリスム』*Le Surréalisme au service de la révolution* 誌上に、続いて『通底器』再版に写真の形で掲載されているものなども、語られていることの真実性を保証する資料というだけでなく、否応なくその書き手について、テクストが語っている以上の情報を付け加えてしまうという意味で、やはり変則的なステイタスを持っている。だがブルトンによる手書き文字の使用としてとりわけ印象的なのは、「ポエム゠オブジェ」に見出されるしばしば詩的な書きこみと、特にアメリカ亡命期以降何度か実践された、自分自身のテクストの肉筆による書き写し作業の二つであろう。

ポエム゠オブジェの多くは明確な宛先を持った贈り物としての性格を有するが、そのこととも相俟って、ブルトンと受け取り手(多くはブルトンが愛した女性たち)を含みこんだ現実の時間のなかで、何らかの役割を割り振られているような印象を与える。ましてそうしたタイプのポエム゠オブジェを時系列にそって追っていくと、「私」の時間への嵌入というあり方は、徐々に意識的なものになっていったことがわかるだろう。「マルセル・フェリへ」« à Marcelle Ferry »(一九三四)という献辞はまず作られたオブジェが次にマルセルに贈られたものと想像させるが、「ジャクリーヌのために」« pour

Jacqueline »（一九三七）の場合、はじめからジャクリーヌのために構想されたオブジェであると理解できるし、さらに「エリザのために」« pour Elisa »（一九五三）という献辞になると、すでに献辞ではなく作品に組みこまれた一構成要素となっている。[17] 一方手書き文字による過去のテクストの再現についていうと、やはりなんといっても重要なのは、すでに触れた『大鳥籠』である。[18]

ポエム＝オブジェが手書き文字によってオブジェを「私」の時間に引きこんでいるとするなら、『大鳥籠』の各紙片は、かつて「作品」の無時間的な時間のなかへと押し上げられたものを、ブルトン個人の筆跡によって、しかもしばしばグラフィックな形態を与えることで二重に個別化しつつ、かつてその言葉を聞き取った「私」の時間へと引き戻す。それらはいわば、オブジェのないポエム＝オブジェなのである。

事実、選択された断片の多くは、何らかの形で「声」に関わる。それは自動記述の成果ないしそれに準ずるもの（前述の通り『磁場』から抜き出したフレーズで構成される「致命的なポーズ」、それに続く「丈夫なハイタカ」と「よろしければ」を組み合わせた一ページ、『処女懐胎』の精神病偽装実験によって得られたテクストの一部、等々）であり、あるいは「声」についての考察（『第二宣言』や「オートマティックなメッセージ」の一節）であり、あるいはまた「声」を発しているはずの、「私」を越えた私の「思考」への呼びかけである（『僅少論序説』の一部である「一連の奇跡」、『狂気の愛』第五章に当たる「星型の城」）。すべての断片がこのテーマに収斂するわけではないが、「声」の体験に関わるものこそがグラフィックな手段を使って強調されているという印象も否定しがたい。ごく普通に行分けされた初期詩篇のあとにやってくる「致命的なポーズ」の画面構成はやはり一際目覚しく、そこで決定的な何かが起きてしまったことを思わせるだろう。続く「丈夫なハイタカ」、約十年を隔てた自動記述の成果である「憑依」にしても同様である。散文のなかで視覚的にもっとも特徴的な扱いを受けているのもやはり前記の「一連の奇跡」と「星型の城」であるとすれば、「声」は明らかに有標化されていると結論できるだろう。おそらく『大鳥籠』は、ブルトンが自分に訪れた「声」の体験、すなわち自分だけのものでありながら（自分だけのものであるからこそ）我有化できない体験を、今一度指し示し、なぞって強調しようとする試みであった。

我有化できないが執拗に回帰する固有性というこのあり方は、もっと目立たない形でも差し出されている。マルグリット・ボネがいう通り、[19]「ポーズ」とは写真を撮る際のそれでもある。すでに確認したように、抜き取られたフレーズはみな『磁場』の「もう動くまい」からのものだが、この章題は写真撮影のときに、一定のポーズに凝固したままであろうと努力している身体への示唆でもあった。続く一九二〇年のページのテクストが、金星の占星術記号でもあるヴィーナスの手鏡のように見えるとするなら、そしてまた一九二一年のページに選ばれたのが「自動記述とは思考の写真」であるというフレーズを含み、映画のスクリーン上に機関車を到着させる技術について語った「マックス・エルンスト」論であるとするなら、ここには写真／鏡／映画という、現実を写し取る技術の系列があり、しかもそれらはことごとく、「私」を私自身のあずかり知らない姿で映し出す、不実で驚異的な光学装置であるだろう。「私」はそれを見知らぬ誰かのイメージであるかのように覗きこみ、しかもだからこそそれが自らに固有の体験であることを、自らの筆跡によっていつまでも証明し続けるのである。

これらの言葉たちは、自分を聞き取ったのは今再びそれを書き取っているその「私」以外の誰でもないとつぶやく。活字の場合とは異なって、言葉たちをあいだにはさみ、書き手と読み手とは対称的な関係を取り結ぶことがないのである。この言葉を書きつけたのは、今この文字でそれをたどっている、そして今またそれを聞き取ったときの記憶をたどりながら、それに相応しいグラフィックな形を与えようとしている、その「手」の持ち主であるからだ。作品と草稿との区別を無化しながら反復され変化するシュルレアリスムの言葉たちは、誰が書いたものであるかを明示し続ける手書きの文字で綴られることで、「私」の時間へと再び侵入し、しかしまたそのことで「私」には操作できない領域を「私」の時間のなかに開くのである。

4　鳥たちからの伝言

手書きの文字が持つ「私」の時間との特別な関係をブルトンが、一貫した、しかし奇妙なやり方で利用したテクストとして、『秘法十七』の草稿を挙げることができる。[20] なぜ奇妙かといえばそれはこの五〇ページに満たない小さなノートが、文字通りの草稿、すなわち流布したテクストに対しての前＝テクストであると同時に、印刷されたすべてのテクストを自らの影のようなものに変えてしまうほどの強力な磁場を作り出しながら、その後にやってくる多くの出来事を準備し、ときには招き寄せ、結局は自らに取りこんでしまう、驚くべき「後＝テクスト」でもあるからだ。

一九四四年夏、やがて三人目の妻となるエリザ・ビンドホフと前年の終わりに出会っていたブルトンは、二人でフランス語圏カナダに滞在し、その二ヶ月間のうちに彼女に捧げられた書物、あるいは彼女とともにあるための書物、『秘法十七』を書き上げる。本文末尾の日付にある通り八月二〇日から十月二〇日までの正確に二ヶ月のあいだに、ブルトンは一冊の小学生用ノートに草稿をあの乱れることのない小さな文字でびっしり書きこんでいくわけだが、本文は常に見開きの右ページに記され、左ページには右ページのテクストと何らかの関係を取り結んでいるさまざまなオブジェが貼りつけられている。それは二人が旅行の際に乗った列車のチケットやエリザ本人が撮影したボナヴァンチュール島のカツオドリの写真（図3）であり、ブルトン自身の思想を裏書きしてくれるような新聞記事の切抜きであり、あるいは書物が長々と記述するタロット・カードの「星」の札である。正確にはどのタイミングでブルトンがこれらのオブジェを草稿に貼りつけたのかはわからないが、右ページに割りこんで添付されたチケットが存在するし、添付されたのがいずれも旅行中に集められた品々であるらしいことからすれば、執筆と並行して作業がなされていたと考えるのが自然であろう。草稿はしたがって、はじめの段階からすでに、印刷さるべきテクストの準備段階という以上の価値を――だからといって単に思い出を詰めこむためというだけではすまされない、どこか秘め事めいたあり方を――担わされていたと考えられる。

この秘められた書物という印象は（それは何もすぐさま隠秘主義的なものであるということを意味しない）、しばしば同じ系列に属するものとみなされるブルトンの他の書物が、彼の生活のなかに生じた不可思議な、しかし常に恋愛生活と結びついた出来事を「暴露」しているのとは明確な対照をなしている。事実このテクストは、『ナジャ』や『通底器』、あるいは同じく愛する女性との出会いの書物といっていい『狂気の愛』と、明らかに正反対の戦略を選択している。ナジャ、シュザンヌ・ミュザール、ジャクリーヌ・ランバ。作品によって行動を記録され、具体的に描き出されるそうした女性たちとは異なって、エリザだけは語られる出来事の網の目に巻きこまれることがない。たしかにブルトンは出会ったときに、即座に彼女を「見分ける」のではあるが、そこに読み取られたというシグナルは、ジャクリーヌとの出会いが詩「ひまわり」によって裏打ちされていたように、私たちにも確認可能なテクストや事物によって保証されてはいないのである。ブルトンにとって、エリザとイシスやエスクラルモンド、シバの女王やメリュジーヌとの結びつきは、「証明」すべき命題ではなく、単なる事実であるかのようだ。だがそれでいて、エリザはブルトンの愛した女性たちのなかで、テクストの表面にその実名を書きつけられた、ただ一人の存在でもある。彼女は『秘法十七』の第一行目に、すなわちテクストとその外部の閾の位置に、一度だけ実名でくっきりとした姿を現すと、以後は語られる対象となることはなく、テクストの枠組みを規定する存在でありながら、あくまで出来事の外部にとどまる。『秘法十七』は出来事（「客観的偶然」）の書物ではないのである。

ブルトンはジャクリーヌがオンディーヌであることの「証拠」を、執拗なまでに読者に突きつけようとした。それはおそらく、詩「ひまわり」という「予言」と、ジャクリーヌとの出会いという「出来事」の関係は、この執拗さがない限り、ほとんどの他者には一蹴されかねないものであるからだ。ここにはブルトン自身の真実と外的現実との、個別的なものと普遍的なものとの矛盾や衝突が存在するのであり、だからこそ彼は他者に（読者に）語りかけねばならない。私を取り巻いているあらゆる事物や出来事が、私と彼女の結びつきを運命的なものだと語っているように私には思えてしまう。私は狂人なのだろうか。いやしかし、私はそう思わずにはいられないのだと、ブルトンはいう。そして彼は語られているのが（自らの）真実であることをオンディーヌ本人にも確認するかのように、書物のうちの一冊の表紙に金星の占星術記号をあしらい、ヴィーナスの生まれ出た貝殻を示すであろう二枚貝の図柄を表紙裏に貼りつけた特装本としてジャクリーヌに捧げる。おそらく『狂気の愛』と『秘法十七』の違いは、ジャクリーヌ用の特装本――印刷されたのちに、つまり一旦普遍的な領域へと押し出されたあとに、個別的な領域に送り返されたテクスト――と、エリザの隣で(彼女の手を借りて)作り出され、彼女と書き手が形作る双数的空間にとどまりながら外部を組織する、『秘法十七』の草稿との違いでもあるだろう。

ブルトンはここで、最終的にはおそらくエリザだけに語りかけている。ここで語ったことが今後世界とどのような関係を取り結ぶのか、まだ私にはわからない。ともかくこのテクストに書かれているのは私が君を通して見た世界であり、そのことを見誤ることがないように、私はそれを私自身のものと誰にもわかるあの筆跡で、ただ一冊用意することにした。――そんな風に語りながらブルトンは、エリザにつながれた言葉たちの反復によって自らの時間を満たそうとする。だがこのとき不思議なことに、出来事の書物ではない『秘法十七』は、出来事を生み出す書物となるのである。

ではどのような出来事が生み出されるのか。とりわけ重要なのはいうまでもなく、『秘法十七』再版(一九四七)に付された三編の「透かし彫り」のうち最後の一つで報告される一連の出来事である。[21]要約してしまえばブルトンの目的は、「我が唯一の星は死んだ」というネルヴァルの「廃嫡者」の詩句を「我が唯一の星は生きている」へと逆転させること、ネルヴァルがたどった自死へといたる道を、自分は知らぬ間に逆向きにたどり、自らの「星」であるエリザとの人生を勝ち得たのだと証明することである。ブルトンはジャック・エロルドに教えられたジャン・リシェの書物のなかにその対応関係を見出すわけだが、リシェの文章を追ってゆくと「「我が唯一の星は死んだ」とはタロットの大アルカナ十七番をさす[22]」という明解な一文に出会うのであり、ブルトンが何としてもベクトルを逆転しなくてはならないと感じたのも当然だったと納得できる。そのために若い画家ジャック・アルペルンの奇妙な体験を通してニコラ・フラメルと錬金術とが導き入れられ、ネルヴァルの死はいわば「秘儀伝授的」な死(つまり一種の誕生)に書き換えられていく。だがそうしたすべてを記述可能にする軸の位置に置かれているのは、些細といえばきわめて些細な偶然の一致にすぎない。ブルトンが『シャルル・フーリエへのオード』をエロルドに献呈する際に記した献辞と、リシェの書物の図版として掲載されたネルヴァルの肖像画の余白に残されたネルヴァル自身による書きこみとが、ともに《g》の文字をgeai（カケス）の意味で用いていたという事実がそれである。言葉遊びの手法による伝達は隠秘学の文脈で「鳥の言語」と形容されるわけだが、だとするとこれは二重の意味で鳥を媒介にして自らに伝達されたメッセージであるというのがブルトン自身の解釈であり、だからエピソードのまわりには、エロルドと連れ立って訪れた「鳥市場」で目にした珍しい鳥や、フラメルの語る金の錬成プロセスで首を切られるカラスなどが次々に呼び出され、連結されていく。つまりいかに些細なものであれ、外部からやってくる何らかの出来事が好適な土壌を提供するならば、『秘法十七』本文が組み立てた意味のネットワークはそれを捉えて痙攣的な振動をはじめ、さまざまな出来事を生み出すことができる。「ひまわりの夜」のときと同様に、他者には何の意味もないかもしれない出来事や事物を自らの愛の証左と考えずにいられない、そんな狂気を他者に差し出すことが可能になるのである。だが『秘法十七』は、いかにしてこのネットワークを作り出していたであろうか。愛する対象に結びつきうるあらゆるものを、ただひたすら反復するという身振りがその条件であったことを、私たちはここで確認することができる。

鳥たちがメッセージを運んでくることができたのは、もちろん本文で語られる女性像の多くが鳥に結びついているからではあるが、とりわけブルトンは自分とエリザの生活のなかにおける鳥の現前を、草稿を書きこみつつあるノート全体を用いて強調しようとする。草稿を手に取ったものには一目瞭然なのだが、このノートはいわば鳥のオブジェなのである。左ページに貼りつけられた品々を追っていくなら私たちは、本文で直接ネルヴァルと結びつけられている「ヒバリ」という銘柄のタバコの空き箱や、すでに言及したエリザが撮影したカツオドリの群、鳥と少女のお伽噺を喚起するものとして選ばれた「白フクロウ」White Owlという葉巻タバコの空き箱などに、次々と出会う。鳥の羽を持ったトーテムの写真や「星」のカードに描きこまれた鳥などをこれに加えることもできるだろうが、何よりタイトル・ページに書きつけられたエリザへの献辞では、同時に星でもある図案化された鳥のシルエットが中心に浮かび上がっており、テクスト全体が明確にこの二つの記号のもとにあることが示されているのであった（図4）。活字化されたテクストはおそらくこのオブジェの部分的なコピーでしかないのだが、草稿本体はだから、総力を挙げて鳥の意味系列を延長し増殖させるのであり、「透かし彫り」で報告されるカケスのエピソードもそのネットワークによって捕らえられた出来事なのである。

だが実をいうと、『秘法十七』が呼び出した鳥たちからの最初のメッセージは、「透かし彫り」の出来事よりはるかに以前、まさに草稿を執筆中に届けられたものであった。本文中に「小姓の髪のなかのナイチンゲールの羽毛」という語句を記した三、四日後、ブルトンとエリザが逗留していた小屋の窓に一羽の鳥がぶつかって落下し、しばらくして飛び去っていくのだが、その鳥がまさしくナイチンゲールだったことを報告するメモが、その部分に対応する草稿の左ページに書きとめられている。[23] ところがこの出来事はしばらくのあいだ公表されることはなく、一九四七年のトワイヤン展に際して序文を書こうとしていたブルトンの部屋に一羽のナイチンゲールが迷いこんできたときはじめて、この新たな訪問と結びつけて語られるにすぎない。またこのトワイヤン展の序文自体が、[24] なぜかブルトンの美術論すべてを網羅したかに見える『シュルレアリスムと絵画』最終版（一九六五）に収録されなかったとすれば、詩人にとっては常にエリザについての知らせでもあろう鳥たちからの伝言は、展覧会場に置かれた一枚の紙片とともにどこかへと紛れ飛び、いつまでも「作品」の時間と「私」の時間のあいだに浮遊し続けなくてはならなかったかのようだ。

ブルトンの報告したおそらくは最後の「客観的偶然」もまた、同じく鳥たちからの秘められたメッセージであった。一九六三年のある日、タバコの箱の封を切ったブルトンは、蓋をしていた紙の帯の裏に、数ヶ月来関心を引かれていたハシビロコウのイメージを見出す。[25] 明らかに『秘法十七』草稿に貼りつけられた二つのタバコのパッケージによって予告され、予め意味を充填されていたこの出来事もまた、しかしブルトンの生前に活字化されることはなかった。彼はそれを一枚の紙片に肉筆で書き取り、一番下に件のタバコの帯を貼りつけると、さまざまな鳥のフィギュアらしきものをその横に配してポエム＝オブジェを作成するのである。鳥たちの伝言は最後にいたるまで、半ば隠された「私」の領域に留め置かれねばならなかった。

『秘法十七』の草稿には、愛する対象、あるいはそれに直接つながるものを、好きなだけ好きなように反復してみせる身振りが観察されるが、その遊戯的な身振りこそがこれら一連の出来事を可能にするのである。だがこの反復の作業は、

「作品」のレベルでは決して可能にならない。なぜなら「作品」とは宿命的に、愛する対象の不在であるからだ。イシスやメリュジーヌやエスクラルモンドは、エリザの不在のなかで彼女の代理となりうる、エリザ以上にエリザであろうとするイメージ、すなわち「表象」ではない。だがまた実際に収集された事物によって草稿に(したがって「私」の時間に)つなぎとめられている以上、好き勝手に発明できる恣意的な「記号」でもない。愛する対象の存在する時間のなかにとどまり、それとともに語り続けるためにこそ、「作品」の時間に参与しきることのない手書き文字のレベルが要請される。その身振りだけが愛するものにつながる意味やイメージの系列を無際限に拡大し、加算的な連続性を組織するのである。

「私」の聞き取った声を「私」の文字で反復し、それによって「私」の時間を満たすこと。——自動記述や「客観的偶然」をこの文脈で理解しようとする私たちの選択は、結局のところシュルレアリスムとは「作品」でなく「生」であるという、古いテーゼを新たに書き直すことなのかもしれない。もちろんシュルレアリスムは、いわゆる文学作品・美術作品を端的に排除したりはしなかった。私に取りついて離れない声、私が愛さずにいられない対象、あるいはその対象と連続体をなすあらゆる事物、それらは他の事物を押しのけて、一際強い光で自らを包みこんでしまう以上、まるで芸術作品と見紛うばかりのものでしかありえないだろう。いやそれはほとんど芸術作品なのだとさえいってもいい。ただ一点、それが「私」だけの時間に属するという点を除いては。ならば結局は「作品」もまた必要なのだ。これはあなた方にとって「作品」かもしれないが、私にとってそうではないのだと、いつでも口にすることが可能であるために。

アイディアのメモや狭義での草稿、事後的な書き直しや書き加え、さらにはテクストの磁場のなかで到来した出来事の報告、そうしたすべてはシュルレアリストたちにとって、この「まるで作品のようなもの」を、「作品」とほんの皮膜一枚で隔てるために、どうしても必要な審級を形成していた。彼らが多くの草稿を破壊せずにおいたのは、あるいはそのことを証明するためではなかったろうか。マニュスクリとはだから、芸術家ではなくシュルレアリストであることを選んだものにとって、「作品になろうとするもの」でなく、テクストが「作品ではないもの」であり続けるために要請される、「私」の痕跡である。

注

1 Lydie Lachenal, « Introduction », in André Breton, Philippe Soupault, *Les Champs magnétiques*, le manuscrit original fac-similé et transcription, Lachenal & Ritter, 1988, p. 20.

2 Charles Duits, *André Breton a-t-il dit passe*, Maurice Nadeau, 1991 (1ère éd., 1969), p. 133.

3 André Breton, *Œuvres complètes*, t. I-IV, Gallimard, « Bibliothèque de la Pléiade », 1988–2008.

4 André Breton, Paul Eluard, *L'Immaculée conception*, édition fac-similé du manuscrit du Musée Picasso, L'Age d'Homme, Lausanne, 2002.

5 Jacqueline Chénieux-Gendron, « Jeu de l'incipit et travail de la correction dans l'écriture automatique : l'exemple de *L'Immaculée conception* », in Michel Murat, Marie-Paule Berranger (éd.), *Une pelle au vent dans les sables du rêve. Les écritures automatiques*, Presses Universitaires de Lyon, 1992, p. 125–144 ; « Du bon usage des manuscrits surréalistes, *L'Immaculée conception* (1930) », in Béatrice Didier, Jacques Neefs (éd.), *Manuscrits surréalistes. Aragon, Breton, Eluard, Leiris, Soupault*, Presses Universitaires de Vincennes, Saint-Denis, 1995, p. 15–40.

6 Jacques Anis, Catherine Viollet, « L'automate et son double : Breton et Soupault, *Les Champs magnétiques* », in *Manuscrits surréalistes, op. cit.*, p. 41–66.

7 プレイヤッド版の編者たちによる解釈は、これらの作品の成立過程について多くの示唆を与えてくれるが、最近では特に『ナジャ』の成立事情においてナジャ自身の書いたテクストの果たした役割を強調している次の研究が重要である。Georges Sebbag, *L'Amour-folie*, Jean-Michel Place, 2004.

8 またこれ以外にも、作家本人の意志によってＣＮＲＳに寄贈されたアラゴンの厖大な草稿が、ミシェル・アペル＝ミュレールを中心とするグループの精力的な活動によって分析されていることも思い起こさねばならない。量的には中後期のテクストが中心だが、そこにはいわば自動記述の誕生に立ち会い損ねたアラゴンがどのようにそれと向かい合おうとしたかを教えてくれる、初期の重要な資料なども含まれている。

9 ロザリンド・クラウス「見る衝動《インパルス》、見させるパルス」、ハル・フォスター編『視覚論』、榑沼範久訳、平凡社ライブラリー、二〇〇七年、一〇二―一一一頁。

10 これについては次の書物で論じている。鈴木雅雄『シュルレアリスム、あるいは痙攣する複数性』、平凡社、二〇〇七年、二八五―二八六頁。またこれをデッサンに応用した「デッサン伝達の遊戯」についても同様のことがいえるだろう。

11 André Breton, Yves Tanguy, *Volière*, Pierre Matisse, New York, 1963.

12 この点については以下で論じた。『シュルレアリスム、あるいは痙攣する複数性』、前掲書、一三三―一三七頁。

13　アンドレ・ブルトン「『手帖』より」、星埜守之編訳、『現代詩手帖』、一九九四年十月号、二四頁。

14　誤解を避けるためにいっておかねばならないが、これはいわゆる「未完成」の問題系とも異なる。ここにあるのは、最終的な全体にたどり着くことなく姿を変え続けるテクストの運動ではなく、いわばはじめから一つの全体として与えられたモチーフが、レベルや媒体を横断してさまざまに変奏されていくプロセスである。

15　アンドレ・ブルトン『シュルレアリスム宣言・溶ける魚』、巖谷國士訳、岩波文庫、一九九二年、八一頁。

16　これらについては、ジョルジュ・セバッグによる次の分析が有益である。ジョルジュ・セバッグ「シュルレアリスムの無線的時間」、塚本昌則・鈴木雅雄編『〈前衛〉とは何か？〈後衛〉とは何か？文学史の虚構と近代性の時間』、平凡社、二〇一〇年、二九九―三二四頁。

17　以下にこれらのポエム＝オブジェの写真図版が掲載されている。André Breton, *Je vois, j'imagine*, Gallimard, 1991, p. 19, 39, 47.

18　これ以外に、一九二三年の詩篇「神々の眼差しのもとで」をスラヴコ・コパッチのデッサンと結びつけるようにして書き直した一九四九年の小冊子などが重要な分析対象となりうるだろう。André Breton, Slavko Kopac, *Au regard des divinités*, Editions Messager, 1949.

19　Marguerite Bonnet, « Le Regard et l'écriture », in *André Breton. La beauté convulsive*, Centre Georges-Pompidou, 1991, p. 33.

20　この草稿も現在はファクシミリの形で参照できる。André Breton, *Arcane 17. Le manuscrit original*, Biro Editeur, 2008.

21　ここでは「透かし彫りⅢ」の詳細を追う余裕はないが、これについては次の論考が示唆に富んでいる。野崎歓「扉としての書物　ブルトンとジェラール・ド・ネルヴァル」、『ユリイカ』、一九九一年十二月号、一七〇―一八二頁。

22　Jean Richer, *Gérard de Nerval et les doctrines ésotériques*, Editions du Griffon d'Or, 1947, p. 109.

23　André Breton, *Arcane 17*, le manuscrit original, *op. cit.*, f. XII.

24　André Breton, [Préface à l'exposition Toyen], *Œuvres complètes*, III, *op. cit.*, p. 963-965.

25　アンドレ・ブルトン「情念鳥類学と客観的偶然」、鈴木雅雄訳、『ユリイカ』、一九九一年十二月号、四六―四九頁。

参考文献

シュルレアリストたちの作品について、いわゆる草稿研究に正面から取り組んだ書物は少なく、まとまった研究となると(3)の論文集くらいしか見当たらない。だが特に『磁場』草稿の再発見以来、自動記述の草稿は多くの研究者の関心を引いており、自動記述に関する論文集である(2)は草稿研究の観点からも重要である。またこの問題を考える上での基本資料は『磁場』と『処女懐胎』の草稿をファクシミリの形で出版した(1)と(4)だが、特に(4)は解説者による分析も詳しい。本文で取り上げた、非常に特殊なステイタスを持つ『秘法十七』の草稿も(5)の形で出版された。

このほかブルトンのプレイヤード版などをはじめとした各作家の校訂版が重要であることは当然だが、特にアラゴンについては、作家自身がＣＮＲＳに寄贈した膨大な草稿の整理と研究が進んでおり、その成果は雑誌 *Recherches croisées Aragon/Elsa Triolet* などに発表されている（ただし草稿の大部分はシュルレアリスム期のものではない）。

(1) André Breton, Philippe Soupault, *Les Champs magnétiques*, le manuscript original fac-similé et transcription, Lachenal & Ritter, 1988.

(2) *Une pelle au vent dans les sables du rêve. Les écritures automatiques*, études réunies par Michel Murat et Marie-Paule Berranger, Presses universitaires de Lyon, 1992.

(3) *Manuscrits surréalistes. Aragon, Breton, Eluard, Leiris, Soupault*, études réunies et présentées par Béatrice Didier et Jacques Neefs, Presses universitaires de Vincennes, 1995.

(4) André Breton, Paul Eluard, *L'Immaculée conception*, édition fac-similé du manuscrit du Musée Picasso, L'Age d'Homme, 2002.

(5) André Breton, *Arcane 17*, le manuscript original, Biro éditeur, 2008.

あとがき

文学作品は、いかにして生まれるか。その生成の背景となる規範や発想源はどのようなものか。作家の生涯や歴史的状況は、そこにどのような影を落としているか。作家の独創が形成される創作過程は、原稿や校正刷などの資料からどのように解明できるか。これらの問いに答えることは、文学作品だけでなく、広く芸術創造の秘密を解く手がかりになり、ひいては人間の知的営為一般を解明する鍵になるのではないか。このような問題意識から、本書では、十六世紀から二〇世紀にわたるフランス文学を素材にして、さきの問いに総合的に答えようとした。この書物の理論的背景と構成については田口紀子の序章「生成論の射程」を参照していただくとして、ここでは本書成立の経緯をかんたんに記しておく。

本書の出発点となったのは、序章でも言及されているように、科学研究費補助金を受けて京都大学文学研究科のフランス語学フランス文学研究室を中心に進めてきた共同研究「フランス文学における総合的生成研究――理論と実践」（二〇〇五年四月―二〇〇九年三月）である。この補助金は、亡き吉田城氏を研究代表者として申請していた計画に交付されたもので、研究の発足を担ったのは、名古屋以西の大学に勤める研究者である。発足時のメンバーは、京都大学の吉田城（プルースト）、田口紀子（語りの構造）、稲垣直樹（ユゴー）、増田真（ルソー）、永盛克也（ラシーヌ）を中心に、名古屋大学の松澤和宏（フロベール）と加藤靖恵（プルースト）、奈良女子大学の三野博司（カミュ）、大阪大学の和田章男（プルースト）、神戸海星女子学院大学（のちに関西学院大学）の水野尚（ネルヴァル）、西南学院大学の和田光昌（フロベール）という顔ぶれである。ところが吉田氏は、研究のはじまる二〇〇五年四月に体調を崩して入院し、六月に不帰の客となった。その急逝については何度も語る機会があったので、ここではくり返さないが、それが本計画に与えた打撃の大きさは言いあらわしようがない。元気に研究を主導してくれていたら本書もべつの豊かさを備えていたはずで、残念でならない。

そのあとの代表者は田口紀子がひきつぎ、共同研究のまとめ役を務めた。さらに二〇〇六年には新たなメンバーに、吉田氏の後任として吉川が、また京大仏文研究室出身の若手研究者として井上櫻子（ルソー）と小黒昌文（プルースト）が加わった。各メンバーは課題とする研究を個別に進めるかたわら、年に三回、成果を発表して討議した。二〇〇七年には、中間報告として「文学作品はいかにして生まれるか——草稿、文化的背景、テーマの変遷」と題する三日間の国際シンポジウムを開催した（十二月七日—九日、関西日仏学館）。メンバーがそれぞれの研究成果を披露したほか、文学作品の生成問題にかかわる多数の第一線研究者をゲストに迎えることができた。京都大学の同僚エリック・アヴォカ氏（フランス革命期の演説）が発表をしたほか、東京大学から塩川徹也（パスカル）と中地義和（ランボー）の両氏が、パリの高等師範学校からベアトリス・ディディエ（大作家の全集校訂版）、パリ第三大学からフィリップ・ベルチエ（スタンダール）とピエール＝ルイ・レー（カミュ）、パリ第十大学からコレット・ベッケール（ゾラ）、フランス国立科学研究センターからナタリー・モーリヤック・ダイヤー（プルースト）、グルノーブル大学（のちにパリ第三大学）からジル・フィリップ（カミュ）、ポワチエ大学からアンリ・セピ（ラフォルグ）、米国のジョージア州立大学からエリック・ル・カルヴェーズ（フロベール）の諸氏が入洛し、貴重な研究成果を披露してくださった。このシンポジウムにおける二五編のフランス語発表を網羅した論文集は、本書の姉妹篇というべき共同研究の成果で、本年秋にパリのシャンピオン書店から出版の予定である（*Comment naît une œuvre littéraire ? — Brouillons, contextes culturels, évolutions thématiques —*, textes réunis par Kazuyoshi Yoshikawa et Noriko Taguchi, Champion, à paraître en automne 2010）。

本書は、以上の研究成果を踏まえつつ、フランス文学はもとより広く文学創作に関心を寄せる日本の読者を想定し、読みやすく統一ある書物をめざして編集した。そのため、上記フランス語版に収録される論文のうち、日本人読者を想定していないフランス人研究者による発表は割愛し、日本人による論文も冒頭にその分野の研究史をわかりやすく紹介したり、べつの論文にさし替えたりした。その一方で、重複するプルースト論を減らし、文学作品生成の解明に役立つ他の作家例をできるだけ多く補充するようにした。メンバーが扱えなかった分野を補うため、十六世紀詩について伊藤玄吾氏の御協力を仰いだり、十九世紀の大作家について吉田典子氏（ゾラ）と鎌田隆行氏（バルザック）の御助力をえて研究ノート欄を設けたり、二〇世紀の大作家例を補充するために、吉井亮雄（ジッド）、森本敦生（ヴァレリー）、鈴木雅雄（シュールレアリスム）、澤田直（サルトル）、久保昭博（クノー）の諸氏に寄稿を仰いだりした。また作家の草稿を所蔵ないし研究している機関について、桑田光平氏（ＩＭＥＣ）らの御援助をえて紹介コラムを作成し、簡便な施設案内となるよう工夫した。それぞれの論文や研究ノートには、必要最低限の文献目録も添えることにした。本書がまとまったのは、なによりも編纂方針に賛同して貴重な論文を寄稿してくださった執筆者のかたがたのおかげであり、ここに深謝の意をあらわす。

編者としては、多様なフランス文学の網羅的記述はとうてい無理だとしても、文学作品の生成を考察するさいのできるだけ総合的な研究書となるよう努めたつもりである。その出来ばえについては世評に委ねるほかないが、本書がすこしでも多くの読者に迎えられ、日本における文学研究の一助になることを願わずにはいられない。

最後になったが、同志社大学非常勤講師の吉川順子氏には、さきに記した国際シンポジウムの準備をはじめ、フランス語論文集と本書の編集作業など、研究補佐として献身的なご尽力をいただいた。また、本書の出版を快諾してくださった京都大学学術出版会の鈴木哲也氏、および編集の実務を担当してくださった佐伯かおる、國方栄二の両氏からも細やかなご配慮をいただいた。なお本書の出版には、日本学術振興会から科学研究費補助金研究成果公開促進費の助成を受けた。あわせて篤く御礼もうしあげる。

二〇一〇年五月三一日

吉川一義

ルネヴィル Rolland de Renéville　209, 210
ルーバンス Victor Loubens　116, 125
ルブラン Maurice Leblanc　310
ルルー Gabrielle Leleu　159, 365
レー Pierre-Louis Rey　432
レイ Man Ray　273, 472
レヴィ Michel Lévi　112, 113, 142
レヴィ＝ヴァランシ Jacqueline Lévi-Valensi　183, 184
レヴィナス Emmanuel Levinas　203
レニエ Henri de Régnier　472
レリス Michel Leiris　473
ロヴァンジュール Charles, vicomte de Spoelberch de Lovenjoul　142, 144
ロスチャイルド James de Rothschild　149-151, 156
ロットマン Herbert Lottman　186-188
ロトルー Jean de Rotrou　64
ロートレアモン Comte de Lautréamont　210
ロバン Charles Robin　353
ロビンソン＝ヴァレリー Judith Robinson-Valéry　455
ロブ＝グリエ Alain Robbe-Grillet　203
ロンサール Pierre de Ronsard　21, 121, 122
ロンドー Lucile Rondeaux (née Keittinger)　381

ミトラン Henri Mitterand　372
ミュンテアノ Basil Munteano　61
ミレー Jean-François Millet　282
ムナン Sylvain Menant　103, 104
メイ Georges May　60
メーテルランク Maurice Maeterlinck　472
メナール Jean Mesnard　329, 332, 339
メリアン Jean Merrien　187
メリエ Jean Meslier　265
メリメ Prosper Mérimée　143
メルシエ Pascal Mercier　379
メルセンヌ Marin Mersenne　40, 46, 49
モーデュイ Jacques Mauduit　25, 46, 47
モーパッサン Guy de Maupassant　7, 345, 348, 352, 363
モリエール Molière　335
モリーズ Max Morise　488
モーリヤック François Mauriac　315
モルガン Michèle Morgan　305
モルレ André Morellet　242, 253
モレアス Jean Moréas　472
モンテスキウ Robert de Montesquiou　273
モンテスキュー Charles-Louis de Montesquieu　83, 266
モンテーニュ Michel de Montaigne　2, 71

［ヤ行］

ユイスマンス Joris-Karl Huysmans　373, 472
ユゴー Victor Hugo　4, 143, 423
吉田城　15, 16, 137, 421, 451, 468

［ラ行］

ライゼン Thomas Reisen　379
ラ・シズランヌ Robert de la Sizeranne　277－281, 283－295
ラシーヌ（ジャン）Jean Racine　12, 57－80, 335
ラシーヌ（ルイ）Louis Racine　59, 65－68
ラスキン John Ruskin　277, 281, 282, 294, 400, 407, 409, 419
ラディゲ Raymond Radiguet　203
ラ・ヌー Odet de la Noue　40－45, 49
ラニュックス Pierre de Lanux　384, 396
ラフォルグ Jules Laforgue　472
ラフュマ Louis Lafuma　329, 331, 332, 334, 338
ラプラド Victor de Laprade　361
ラモー Jean-Philippe Rameau　238, 239, 243, 244, 260
ランソン Gustave Lanson　8
ランボー Arthur Rimbaud　13, 169－176, 178－180, 182, 209, 210, 315, 472
リシェ Jean Richer　116, 119, 493
リバルカ Michel Rybalka　303
リボー Théodule Armand Ribot　458
リュイテルス André Ruyters　384, 392
ルイス Pierre Louÿs　472
ルヴェルディ Pierre Reverdy　472
ル・カルヴェーズ Éric Le Calvez　366
ルカルム Jacques Lecarme　319
ルクレール Yvan Leclerc　349, 363, 366, 367
ル・ゲルン Michel Le Guern　331, 332, 339
ルーシェ Jean-Antoine Roucher　92
ルジュンヌ Philippe Lejeune　208, 220, 308
ル・ジュンヌ Claude Le Jeune　12, 25, 37－45, 48－51
ルーセ Jean Rousset　99, 408
ルソー（ジャン＝ジャック）Jean-Jacques Rousseau　12, 13, 83－86, 92－95, 97－99, 103, 105, 139, 235, 236, 238－254, 257－262, 266－268, 282, 349－354, 356, 363
ルソー（テオドール）Pierre Étienne Théodore Rousseau　282
ルナール Jules Renard　472

ブルトン（アンドレ）André Breton　14, 209, 211, 216, 229, 460, 472, 473, 475, 476, 478, 480−489, 491−495, 498, 499
ブルトン（エリザ）Elisa Breton (née Bindorff)　485, 486, 491−496
フロイト Sigmund Freud　458, 463, 488
ブロック Camille Bloch　472
ブロッサール Sébastien de Brossard　251
ブローデル Fernand Braudel　299
フロベール（アシル＝クレオファス）Achille-Cléophas Flaubert　146
フロベール（ギュスターヴ）Gustave Flaubert　7, 12−14, 145, 146, 149, 150, 153, 155, 156, 160, 164, 165, 298, 299, 302, 306, 345−347, 349−353, 356, 357, 360−363, 365−368, 400, 423, 472
ブロンドー Marie-Thérèse Blondeau　184
ペギー Charles Péguy　210
ベケット Samuel Beckett　203
ベーズ Théodore de Bèze　22, 32, 33, 39, 46, 48
ベッケール Colette Becker　372
ベニシュー Paul Bénichou　116, 335
ペリエ（エチエンヌ）Étienne Périer　333
ペリエ（ジルベルト）Gilberte Périer　332
ベルクソン Henri-Louis Bergson　458
ペルタン Pierre Pertin　146
ベルナール Claude Bernard　353
ベルニス François-Joachim de Pierre de Bernis　88−90, 99, 100
ペレ Benjaman Péret　481
ベン・ジェルーン Tarhar Ben Jelloun　203
ポー Edgar Allan Poe　456, 462
ボーヴォワール Simone de Beauvoir　302, 304, 306, 308, 309, 322
ボスト Jacques-Laurent Bost　308
ボーディエ Paul Baudier　394
ボードレール Charles Baudelaire　143, 210, 294, 315, 472, 473
ボナコルソ Giovanni Bonaccorso　366
ボニ Jacques Bony　119
ボネ Marguerite Bonnet　490
ポープ Alexander Pope　105
ボーマン Frank Paul Bowman　111
ポミエ Jean Pommier　159, 365
ボワロー Nicolas Boileau　57, 58, 77, 78
ボンタン夫人 Marie-Jeanne, dame de Bontems　87

［マ行］

マイスター Jakob Heinrich Meister　266
前田陽一　329, 338
マティス Pierre Matisse　481
マネ Édouard Manet　434, 479
マブリ Gabriel Bonnot de Mably　253
マラルメ Stéphane Mallarmé　209, 223, 231, 456, 468, 472, 473
マリヴォー Pierre Carlet de Chamblain de Marivaux　104
マルシャル Bertrand Marchal　119
マルタン Claude Martin　376−378, 397
マルタン＝ショーフィエ Louis Martin-Chaufier　394
マルティノー Emmanuel Martineau　328, 332, 334
マルロー André Malraux　394, 425, 434
マロ Clément Marot　22, 32, 33, 39, 46, 48, 130
マンディアルグ André Pieyre de Mandiargues　203
マントノン夫人 Françoise d'Aubigné, marquise de Maintenon　58
マント＝プルースト Suzy Mante-Proust　400
ミケランジェロ Michel-Ange (Michelangelo)　447, 448
ミシュレ Jules Michelet　124

362, 367
ドルモワ Marie Dormoy　473

［ナ行］

ナイト Roy Clement Knight　60
ナジャ Nadja　488, 492, 497
ナダール Paul Nadar　273, 292
ニコル Pierre Nicole　67, 69, 79
ニザン Paul Nizan　309, 315
ネルヴァル Gérard de Nerval　7, 13, 111–116, 119–134, 136–141, 239, 393, 493, 494, 498
ネロ Nero　71–75
野沢協　265

［ハ行］

ハイネ Heinrich Heine　16, 298
バイフ Jean-Antoine de Baïf　12, 21–29, 34, 36–51
バウアー George Bauer　312
パジェス Alain Pagès　372
パスカル（ブレーズ）Blaise Pascal　2, 14, 315, 327–339, 373, 385, 423
パスカル（エチエンヌ）Étienne Pascal　330
バトゥー Charles Batteux　253, 261
バーニー Charles Burney　248, 261
バフチン Mikhail Bakhtin　16, 227, 231
バルザック Honoré de Balzac　2, 142–144, 341–343, 437
バルト Roland Barthes　203–205
バロウズ William Seward Burroughs　315
バーンウェル Harry Thomas Barnwell　61
パンゴー Bernard Pingaud　184, 185, 187, 190
ビアジ Pierre-Marc de Biasi　365, 367
ピカソ Pablo Picasso　477, 479
ピカビア Francis Picabia　229, 473
ビシャ Xavier Bichat　146, 150–152, 165
ピショワ Claude Pichois　113, 116
ヒトラー Adolf Hitler　311, 315
ヒューストン John Huston　304
ピュヨー Émile Constant Puyo　278, 280, 294
ビュルガー Gottfried August Bürger　131
ファノン Frantz Fanon　203
ファロワ Bernard de Fallois　403, 404
フィリップ（ジェラール）Gérard Philippe　305
フィリップ（ジル）Gilles Philippe　303, 310
フェヌロン François Fénelon　349
フォジェール Prosper Faugère　328, 331, 334, 335
フォール Francine Faure　186, 189, 190
フォルス Pierre Force　336
フォレスティエ Georges Forestier　63, 79
フーコー Michel Foucault　203, 204
ブトロン Marcel Bouteron　143
フュークス Catherine Fuchs　11
フュマロリ Marc Fumaroli　61
ブラッサイ Brassaï　275, 291
プラトン Platon (Platōn)　125, 335
ブラン Bernard Brun　413
ブランシュ Émile Blanche　114, 138
ブランシュヴィック Léon Brunschvicg　329, 334, 338
フランス Peter France　61
ブリタンニクス Britannicus　75
ブリックス Michel Brix　115, 116
ブルゴ Jean Bourgault　303
プルースト（アドリアン）Adrien Proust　399
プルースト（マルセル）Marcel Proust　2, 7, 9, 12–14, 185, 239, 271–279, 281, 283, 285, 287, 289–292, 294–299, 301–303, 357, 399, 400, 402–408, 410, 412–415, 417, 418, 423–428, 451–453, 468

ジャヌレ Michel Jeanneret　28−31
ジャネ Pierre Janet　458
ジャム Francis Jammes　384, 471
ジャリ Alfred Jarry　472
シャルル九世 Charles IX　21, 46
シャルル・ドルレアン Charles d'Orléans　130
シュアレス André Suarès　471, 472
シュヴァリエ Jacques Chevalier　334
シュニーダー Peter Schnyder　379
ジュネ Jean Genet　203, 204
ジュネット Gérard Genette　16, 406
シュランベルジェ Jean Schlumberger　385, 390, 392, 395, 396
シュレーゲル Hermann Schlegel　126
ジョイス James Joyce　211, 298, 299, 400
ジラール René Girard　367
スタンダール Stendhal　7, 472, 473
スピケル Agnès Spiquel　183
スーポー Philippe Soupault　475, 481, 483
セジャンジェール Gisèle Séginger　366
セネカ Sénèque (Seneca)　60, 70−75, 80
セリエ Philippe Sellier　331, 332, 334, 338, 339
セリーヌ Louis-Ferdinand Céline　54, 203
ソポクレス Sophocle (Sophoklēs)　64
ゾラ Émile Zola　7, 9, 298, 299, 352, 353, 371−373, 400

［タ行］

高階秀爾　291, 296
タディエ Jean-Yves Tadié　401, 419
ターナー Joseph Mallord William Turner　282
ダラディエ Édouard Daladier　311, 315
チェント Albert Cento　365, 367
チェンバレン Arthur Neville Chamberlain　311
ツァラ Tristan Tzara　473
ツェラン Paul Celan　299
ディエ Michel Dyé　215
ティエリ Augustin Thierry　124
ディディエ Béatrice Didier　261, 262, 478
ディドロ Denis Diderot　83, 91, 96, 98, 100, 240, 242, 266, 268, 269, 423
デカルト René Descartes　218, 243
デジャルダン Paul Desjardins　394, 397
デスノス Robert Pierre Desnos　473, 481
デノワイエ Étienne Jules Desnoyers　88
デマレ Claire Démarest (née Rondeaux)　381
デュイツ Charles Duits　475
デュピュイトラン Guillaume Dupuytren　146
デュ・ボス Jean-Baptiste Du Bos　242, 243, 247, 251
デュマ Alexandre Dumas　114, 143
デュラス Marguerite Duras　203
デュリー Marie-Jeanne Durry　365
デリダ Jacques Derrida　203, 204
デーレンバック Lucien Dällenbach　341
ドゥギー Michel Deguy　203
ドゥクレール Gilles Declercq　61, 69
ドゥーセ Jacques Doucet　386, 397, 471−473, 481
ドゥブレ＝ジュネット Raymonde Debray-Genette　365, 413
トゥルヌール Zacharie Tourneur　329, 332
ドストエフスキー Fiodor Mikhaïlovitch Dostoïevski　227
トッド Olivier Todd　186, 189, 190
トビン Ronald Tobin　60
ド・ブロス Charles de Brosses　242
ドマシー Robert Demachy　278, 280, 281, 294
トムソン James Thomson　87
ドルーアン Marcel Drouin　392
ドール＝クルレ Stéphanie Dord-Crouslé

キヨ Roger Quilliot　185, 187
クィンティリアヌス Quintilien (Quintilianus)　245, 251
クーザン Victor Cousin　328, 335, 336
グーテンベルク Johannes Gensfleisch zur Laden zum Gutenberg　2, 3
クノー Raymond Queneau　12, 13, 207-213, 215, 218-231, 511
クラウス Rosalind Krauss　479, 497
クラカウアー Siegfried Kracauer　288, 296
クララック Pierre Clarac　403
クリステヴァ Julia Kristeva　16, 104
グリム Frédéric Melchior, baron de Grimm　266
グリュック Christoph Willibald Gluck　247, 248
クールヴィル Thibaud de Courville　21, 25, 38
グルニエ（ジャン）Jean Grenier　186
グルニエ（ロジェ）Roger Grenier　275, 276
グーレ Alain Goulet　379
グレール Isabelle Grell　310, 312
クレマンス Jacques Clémens　115
クローデル Paul Claudel　210, 384, 471
ゲオン Henri Ghéon　384, 385
ゲーテ Johann Wolfgang von Goethe　131, 381
ゲラシ John Gerassi　306
ゴーチエ Théophile Gautier　112, 113, 116, 138, 142, 143
ゴト＝メルシュ Claudine Gothot-Mersch　365
コポー Jacques Copeau　381-383
コルネイユ Pierre Corneille　61, 63, 64, 70-72, 75, 76, 79, 335
コルビエール Tristan Corbière　472
コレ Louise Colet　145
コロー Jean-Baptiste Camille Corot　282
ゴンゴラ Luis de Góngora　89
コンタ Michel Contat　302, 303, 305, 307-309, 321, 328

［サ行］

サガエール Martine Sagaert　379
サド Donatien Alphonse François, marquis de Sade　268
サマン Albert Samain　472
サルトル Jean-Paul Sartre　13, 157, 159-161, 198, 299, 301-310, 312-315, 317-322, 400, 423, 424, 511
サルモン André Salmon　472
サロッキ Jean Sarocchi　185, 187
サンダース Carol Sanders　218
サン＝タマン Marc-Antoine Girard, sieur de Saint-Amant　88, 89, 99
サンド George Sand　114, 142, 143
サント＝ブーヴ Augustin Sainte-Beuve　8, 142, 143, 399, 401, 403, 404, 412, 417
サンドラール Blaise Cendrars　472
サン＝ランベール Jean François de Saint-Lambert　90-93, 95-100
シェニウー＝ジャンドロン Jacqueline Chénieux-Gendron　477
ジッド（アンドレ）André Gide　7, 14, 54, 375-386, 388-397, 456, 471, 473, 511
ジッド（カトリーヌ）Catherine Gide　381, 389
ジッド（ジュリエット）Juliette Gide　380, 381
ジッド（マドレーヌ）Madeleine Gide (née Rondeaux)　383, 384
シモネ Claude Simonnet　207
シャクルトン Anna Shackleton　380
ジャコブ Max Jacob　210, 472
ジャザンスキ René Jasinski　60
シャトーブリアン François-René de Chateaubriand　239, 472

人名索引

[ア行]

アヴェ Ernest Havet　334
赤木昭三　265
アニス Jacques Anis　478
アブー André Abbou　184-187, 189
アポリネール Guillaume Apollinaire　423
アラゴン Louis Aragon　472, 473, 497, 499
アリストテレス Aristote (Aristotelēs)　3, 63, 66, 247, 261
アルチュセール Louis Althusser　203
アレグレ（イヴ）Yves Allégret　305
アレグレ（マルク）Marc Allégret　377
イェイツ Frances Amelia Yates　38, 46, 47, 49, 50
イース Isabelle His　38, 48
ヴァッション Stéphane Vachon　342
ヴァラン夫人 Françoise-Louise-Éléonore De la Tour, dame de Warens　85, 257
ヴァレリー Paul Valéry　14, 58, 298, 299, 400, 423, 455-462, 464-468, 470, 471, 473
ヴィアン Michelle Vian　306, 308, 312
ヴィオー Théophile de Viau　88, 89
ヴィオレ Catherine Viollet　478
ヴィケール Georges Vicaire　143, 144
ヴィーニュ Jean Vignes　38
ヴィリエ・ド・リラダン Auguste, comte de Villiers de L'Isle-Adam　472
ヴィルマール Philippe Willemart　366
ヴェラーレン Émile Verhaeren　472
ヴェルヌ Jules Verne　310
ヴェルレーヌ Paul Verlaine　170, 472, 473
ウォーカー Daniel Pickering Walker　38, 47
ヴォルテール Voltaire　83, 100, 103, 104, 150, 153, 163, 265-267, 269
ウセー Arsène Houssaye　112, 141
エウリピデス Euripide (Euripidēs)　64, 68-70, 79
エリュアール Paul Éluard　64, 68-70, 79
エルヴェシウス Claude-Adrien Helvétius　91, 100
エルカイム Arlette Elkaïm　304, 306
エルシュベール＝ピエロ Anne Herschberg-Pierrot　367
エルンスト（ポル）Pol Ernst　329
エルンスト（マックス）Max Ernst　490
エロルド Jacques Hérold　493, 494
オウィディウス Ovide (Ovidius)　60, 69, 70
奥田恭士　343
オルシバル Jean Orcibal　60

[カ行]

カステックス Pierre-Georges Castex　186, 187
ガタリ Pierre-Félix Guattari　203
カプラン（ピエール）Pierre Kaplan　332
カプラン（フランシス）Francis Kaplan　334
カミニッティ Pennarola Lea Caminiti　367
カミュ Albert Camus　13, 183-191, 198, 199
カユザック Louis de Cahusac　240-242, 260
ガランドー Christiane Galindo　186-188
ガリマール Gaston Gallimard　309
キシュラ Louis Quicherat　127
木之下忠敬　166, 366
ギベール Hervé Guibert　203
金容銀 Kim Yong-Eu　366, 369
ギュヨタ Pierre Guyotat　203
ギヨーム Jean Guillaume　113-116, 138, 141

共和主義者の共闘」(『表現文化研究』第9巻第1号、2009年)、アラス『モナリザの秘密』(翻訳、白水社、2007年)、ゾラ『ボヌール・デ・ダム百貨店』(翻訳、藤原書店、2003年)など。

和田　章男(わだ・あきお)

1954年生まれ。大阪大学文学研究科博士課程単位取得退学。パリ第4大学第3課程文学博士。現在、大阪大学文学研究科教授。専門はプルースト研究。

主要業績:『フランス表象文化史—美のモニュメント』(大阪大学出版会、2010年)、*Index général des Cahiers de brouillon de Marcel Proust*(科学研究費成果報告書、2009年)、『フランス文学小事典』(共編、朝日出版社、2007年)。

加藤　靖恵(かとう・やすえ)

1966年生まれ。パリ第3大学博士課程修了。大阪大学大学院文学研究科博士課程研究指導認定退学。現在、名古屋大学大学院文学研究科准教授。専門は19-20世紀文学と美術批評。

主要業績:*Etude génétique des épisodes d'Elstir dans* A la recherche du temps perdu(駿河台出版社、1998);« Proust et Mantegna » (*Bulletin Marcel Proust*, 2009) ; « L'unité thématique du Cahier 64 : Leconte de Lisle, la sensualité et l'amour » (*Bulletin d'informations proustiennes*, 2008).

森本　淳生(もりもと・あつお)

1970年生まれ。京都大学大学院文学研究科博士後期課程中退。ブレーズ・パスカル=クレルモン第2大学博士。京都大学人文科学研究所助手を経て、2005年より一橋大学大学院言語社会研究科准教授。専門は19-20世紀文学。

主要業績:『小林秀雄の論理—美と戦争』(人文書院、2002年)、『未完のヴァレリー——草稿と解説』(田上竜也と共編訳著、平凡社、2004年)、*Paul Valéry. L'Imaginaire et la genèse du sujet. De la psychologie à la poïétique*, Lettres Modernes Minard, 2009.

鈴木　雅雄(すずき・まさお)

1962年生まれ。東京大学大学院総合文化研究科博士課程単位取得退学。パリ第7大学博士課程修了。現在、早稲田大学文学部教授。専門はシュルレアリスム研究。

主要業績:『シュルレアリスム、あるいは痙攣する複数性』(平凡社、2007年)、『ゲラシム・ルカ　ノン=オイディプスの戦略』(水声社、2009年)、『〈前衛〉とは何か?〈後衛〉とは何か?——文学史の虚構と近代性の時間』(共編著、平凡社、2010年)ほか。

の政体』(翻訳、岩波書店、「ユートピア旅行記叢書」、2000年)。

小黒　昌文(おぐろ・まさふみ)

1974年生まれ。京都大学大学院文学研究科博士課程研究指導認定退学。京都大学文学博士(2005年)。現在、駒澤大学総合教育研究部専任講師。専門は19世紀末から20世紀初頭のフランス文学・社会文化史。

主要業績:『プルースト　芸術と土地』(名古屋大学出版会、2009年)、フィリップ・フォレスト『荒木経惟　つひのはてに』(共訳、白水社、2009年)、*Marcel Proust 6-7* (actes du colloque international « Proust sans frontières »), Lettres Modernes Minard, 2007–2009 (共同編集)。

澤田　　直(さわだ・なお)

1959年生まれ、パリ第1大学哲学博士。現在、立教大学文学部教授。専門は現代フランス文学・思想。

主要業績:『〈呼びかけ〉の経験』(人文書院、2002年)、『新・サルトル講義』(平凡社、2002年)など。サルトル『真理と実存』(人文書院、2000年)、『言葉』(人文書院、2006年)、『自由への道』(共訳、岩波文庫、2009年より刊行中)、J=L・ナンシー『自由の経験』(未來社、2002年)、フィリップ・フォレスト『さりながら』(白水社、2008年、日仏翻訳文学賞)、ほか多数。

塩川　徹也(しおかわ・てつや)

1945年生まれ。東京大学教養学部卒。パリ・ソルボンヌ大学博士課程修了。東京大学名誉教授。専門は近世フランスの文学と思想。

主要業績:『パスカル　奇蹟と表徴』(1985年)、『虹と秘蹟—パスカル〈見えないもの〉の認識』(1993年)、『パスカル『パンセ』を読む』(2001年)、『パスカル考』(2003年)、『発見術としての学問—モンテーニュ、デカルト、パスカル』(2010年)　以上、岩波書店刊。

和田　光昌(わだ・みつまさ)

1962年生まれ。早稲田大学文学研究科フランス文学科博士後期課程修了。パリ第8大学文学博士(1995年)。現在、西南学院大学文学部教授。専門は19世紀フランス文学。

主要業績:*Roman et éducation, étude génétique du chapitre X de* Bouvard et Pécuchet *de Flaubert* (Atelier national de la reproduction des thèses, 1995) ; « Magnétisme et phrénologie dans *Madame Bovary* » (*Madame Bovary et les savoirs*, Presses Sorbonne nouvelle, 2009)、A. コルバン編『身体の歴史 2』(共訳、藤原書店、2010年)。

吉田　典子(よしだ・のりこ)

1953年生まれ。京都大学大学院文学研究科博士課程研究指導認定退学。現在、神戸大学大学院国際文化学研究科教授。専門は19世紀フランス文学・社会文化史・視覚文化論。

主要業績:『身体のフランス文学』(共著、京都大学学術出版会、2006年)、「ゾラとマネ:

中地　義和（なかじ・よしかず）

1952年生まれ。東京大学教養学科卒。同大学院人文科学研究科博士課程修了。パリ第3大学博士（1985年）。現在、東京大学大学院人文社会系研究科・文学部教授。専門はフランス近代詩。

主要業績：*Combat spirituel ou immense dérision ? Essai d'analyse textuelle d'* Une saison en enfer, Corti, 1987 ;『ランボー、自画像の詩学』（2005年、岩波書店）など。『ランボー全集』（共編訳、青土社、2006年）、モンサンジョン『リヒテル』（翻訳、筑摩書房、2000年）、ル・クレジオ『黄金探索者』（翻訳、河出書房新社、2009年）など。

三野　博司（みの・ひろし）

1949年生まれ。京都大学卒。クレルモン＝フェラン大学博士課程修了。奈良女子大学文学部教授。専門は20世紀文学。

主要業績：*Le Silence dans l'œuvre d'Albert Camus* (Corti, 1987).『カミュ「異邦人」を読む』（彩流社、2002年）、『カミュ　沈黙の誘惑』（彩流社、2003年）、『「星の王子さま」事典』（大修館書店、2010年）。

桑田　光平（くわだ・こうへい）

1974年生まれ。東京大学大学院人文社会系研究科博士課程満期退学。パリ第4大学文学博士（2009年）。現在、東京外国語大学大学院総合国際学研究院講師。専門は20世紀フランス文学・美術。

主要業績：*La « moralité » de Roland Barthes*, 2009（博士論文）、「空白の経験――デュブーシェとジャコメッティ」（『仏語仏文学研究』第36号、2008年）、ル・コルビュジエ / ポール・オトレ『ムンダネウム』（共訳、筑摩書房、2009年）。

久保　昭博（くぼ・あきひろ）

1973年生まれ。東京大学大学院総合文化研究科博士課程満期退学。パリ第3大学フランス文学・文明研究科博士。京都大学人文科学研究所助教。専門は20世紀フランス文学・文学理論。

主要業績：「小説に組み込まれた神話―ミシェル・ビュトールの小説におけるジャンルの問題」（『早稲田文学』第3号、2010年）、*Raymond Queneau et la question des genres*, 2006（博士論文）、ミシェル・ヴィノック『知識人の時代』（共訳、紀伊國屋出版、2007年）。

増田　　真（ますだ・まこと）

1957年生まれ。東京大学教養学部卒、東京大学人文科学研究科博士課程単位取得退学、パリ第4大学博士課程修了。一橋大学社会学部助教授を経て、現在、京都大学大学院文学研究科准教授。専門は18世紀フランスの思想と文学。

主要業績：田村毅・塩川徹也編著『フランス文学史』（共著、東京大学出版会、1995年）、朝比奈美知子・横山安由美編著『はじめて学ぶフランス文学史』（共著、ミネルヴァ書房、2002年）、ル・メルシエ・ド・ラ・リヴィエール『幸福な国民またはフェリシー人

永盛　克也（ながもり・かつや）

1964年生まれ。京都大学大学院文学研究科博士課程研究指導認定退学。パリ第4大学文学博士。現在、京都大学大学院文学研究科准教授。専門は17世紀フランス文学、古典悲劇。

主要業績：≪ Racine et la catharsis ≫（*Equinoxe*, n° 15, 1998）、『ラシーヌ劇の神話力』（共著、上智大学出版会、2001年）、『身体のフランス文学』（共著、京都大学学術出版会、2006年）、« Racine et Sénèque »（*XVIIe siècle*, n° 248, 2010）

井上　櫻子（いのうえ・さくらこ）

1977年生まれ。パリ第4大学博士課程修了。京都大学大学院文学研究科博士課程研究指導認定退学。現在、慶應義塾大学文学部助教。専門は18世紀フランス文学。

主要業績：« L'influence de Burke dans *Les Saisons* de Saint-Lambert » (*L'Éloge lyrique*, Presses universitaires de Nancy, 2008), « La fonction morale de la rêverie dans *La Nouvelle Héloïse* »（*Études Jean-Jacques Rousseau*, n° 17, 2009）、『ブローデル歴史集成 III　日常の歴史』（共訳、藤原書店、2007年）など。

水野　尚（みずの・ひさし）

1955年生まれ。慶應義塾大学文学研究科博士課程単位認定退学。パリ12大学（クレテイユ）文学博士。神戸海星女子学院大学文学部教授を経て、2008年より関西学院大学文学部教授。専門は19世紀フランス文学。

主要業績：『物語の織物―ペローを読む』（彩流社、1997年）、*Nerval L'écriture du voyage*, Champion, 2003、『恋愛の誕生　12世紀フランス文学散歩』（学術選書、京都大学学術出版会、2006年）、*Gérard de Nerval et l'esthétique de la modernité*, Hermann, 2010（共編書）。

鎌田　隆行（かまだ・たかゆき）

1967年生まれ。名古屋大学文学研究科博士課程およびパリ第8大学博士課程修了。現在、名古屋大学文学研究科専任講師。専門は19世紀フランス文学と生成批評。

主要業績：*La Stratégie de la composition chez Balzac. Essai d'étude génétique d'* Un grand homme de province à Paris（駿河台出版社、2006年）。

松澤　和宏（まつざわ・かずひろ）

1953年生まれ。1988年パリ第8大学文学博士、筑波大学大学院文芸言語研究科博士課程満期退学。現在、名古屋大学大学院文学研究科教授。フランス国立科学研究センター近代テクスト草稿研究所フロベール班メンバー、ソシュール研究所Texto!編集委員。専門は19世紀フランス文学。

主要業績：*Introduction à l'étude critique et génétique des manuscrits de* L'Education sentimentale *de Gustave Flaubert†: l'amour, l'argent, la parole*（France Tosho, Tokyo, 1992, diffusion Nizet, 渋沢・クローデル賞）、『生成論の探求』（名古屋大学出版会、2003年、宮沢賢治賞奨励賞）。『「ボヴァリー夫人」を読む―恋愛・金銭・デモクラシー』（岩波書店、2004年）など。

[編者紹介]

田口　紀子（たぐち・のりこ）

1953年生まれ。京都大学大学院文学研究科博士課程研究指導認定退学。パリ第4大学文学博士。現在京都大学大学院文学研究科教授。専門はフランス語学、テクスト言語学。

主要業績：『身体のフランス文学―ラブレーからプルーストまで』（吉田城と共編、京都大学学術出版会、2006年）、「フィクションとしての旅行記―メリメの『カルメン』に見る「スペイン性」の表象」（『グローバル化時代の人文学―対話と寛容の知を求めて　上』京都大学学術出版会、2007年）ほか。

吉川　一義（よしかわ・かずよし）

1948年生まれ。1977年、パリ第4大学文学博士、東京大学大学院博士課程満期退学。東京都立大学教授を経て、京都大学大学院文学研究科教授。専門は近現代フランス文学。

主要業績：『プルースト美術館』（筑摩書房、1998年）、*Index général de la Correspondance de Marcel Proust*（共編、京都大学学術出版会、1998年）、『ディコ仏和辞典』（共著、白水社、2003年）、『プルーストと絵画』（岩波書店、2008年）、*Proust et l'art pictural*（Champion, 2010）など。

[執筆者紹介（執筆順）]

伊藤　玄吾（いとう・げんご）

1970年生まれ。京都大学大学院文学研究科博士課程研究指導認定退学。現在、同志社大学言語文化教育研究センター助教。専門はルネサンス文学・思想・音楽。

主要業績：「ジャン＝アントワーヌ・ド・バイフの韻律法改革の実像」（『フランス語フランス文学研究』、日本フランス語フランス文学会、2005年）、「エチエンヌ・パスキエの韻律論―『フランス考』第7巻を中心に」（『関西フランス語フランス文学』日本フランス語フランス文学会関西支部、2007年）など。

吉井　亮雄（よしい・あきお）

1953年生まれ。東京大学文学部卒業、京都大学大学院文学研究科博士課程研究指導認定退学。パリ第4大学博士課程修了（博士号取得）。現在、九州大学大学院人文科学研究院教授。専門はフランス近現代文学。

主要業績：André Gide, *Le Retour de l'Enfant prodigue*, Édition critique (Presses Universitaires du Kyushu, 1992) ; *Bibliographie chronologique des livres consacrés à André Gide, 1918–2008* (Centre d'Études Gidiennes, 2009. クロード・マルタンとの共著）など。

文学作品が生まれるとき——生成のフランス文学

2010 年 10 月 8 日　初版第一刷発行

編　者　　田 口 紀 子
　　　　　吉 川 一 義
発行人　　檜 山 爲 次 郎
発行所　京都大学学術出版会
京都市左京区吉田近衛町69番地
京都大学吉田南構内(〒606-8315)
電　話（075）761-6182
FAX（075）761-6190
URL http://www.kyoto-up.or.jp
振　替 01000-8-64677

ISBN978-4-87698-949-2
Printed in Japan

印刷・製本　㈱クイックス
定価はカバーに表示してあります